CALEB CARR

THE ALIENIST

沉默的天使

【美】卡勒·卡尔 著

黄洁芳 译

中国出版集团 现代出版社

现代推理馆 | 卡勒·卡尔

谨以此书献给我的读者，

还有大卫·亚伯拉罕博士。

《沉默的天使》书评

“令读者不忍释卷，愉快度过睡前时光。”

——《旧金山纪事报》

“煎熬人心，令人入迷……定会吸引喜欢《爵士年代》和《沉默的羔羊》的读者群。”

——《弗林特杂志》

“引人入胜。”

——《新闻周刊》

“情节出众……一次惊险的黑暗之旅。”

——《亚利桑那每日星报》

“一道可口的大餐……情节设置和人物性格都复杂多变，远超同辈之作。”

——《华盛顿邮报·书之世界》

“富有魔力。”

——《底特律自由新闻报》

“非凡之作……读者仿佛坐上历史的列车，回到纽约的‘镀金时代’。探访公租屋，爬上屋顶，见证……一个精心雕琢、令人惊叹的神秘故事。”

——《里奇蒙德时讯报》

20 世纪以前，受精神疾病困扰的人通常被视为异端（alienated），不但与整个社会，也与他们的本性格格不入。于是，研究精神疾病的学者和专家就被称为“异端研究者”，即“精神病学家”（alienist）。

目　录

CONTENTS

第一部分

观念

我们所感知的概念一部分来自对眼前物体的感受，另外一部分（或许是较大的部分）则来自我们的头脑。

——威廉·詹姆斯[①]

《心理学原理》

① 威廉·詹姆斯（William James，1842—1910）：美国本土第一位哲学家和心理学家，也是教育学家，实用主义的倡导者，被称为美国“心理学之父”。

1

1919 年 1 月 8 日

“西奥多 · 罗斯福已长眠地下。”

我无奈地写下这句话，如同我只能眼睁睁地看着他的棺材沉入萨加莫尔山附近宁静的沙砾土里——那曾是他在世界上最钟爱的地方。今天下午的早些时候，我站在那里，来自长岛湾的冷风从脸上吹过，我对自己说：“这一定是个玩笑。”仿佛下一秒钟，他就会掀开棺盖，露出标志性的荒诞笑容，用高分贝的爽朗笑声撕裂我们的耳膜。他大声宣布还有工作尚未完成——“行动起来”，并积极动员我们去完成一项重要的任务——比如保护某种鲜为人知的蝾螈物种的栖息之地，使其免受利欲熏心的工厂的破坏。这样的幻觉非我一人独有，葬礼上的每个人都期盼着它的发生，他们的脸上充满希冀。新闻报道显示，在全国和世界上的大部分地区，人们都盼望这样的奇迹发生。西奥多 · 罗斯福的离去令人无法接受。

尽管大家都不愿承认，但事实上他已经衰弱很久了，尤其他的小儿子昆廷 · 罗斯福在空战中阵亡之后。塞西尔 · 斯普林 – 莱斯[①]曾经以半是喜爱半是取笑的口吻说道，罗斯福一辈子都仿佛“只有六岁”；赫姆 · 海格顿也曾说过，自昆廷 1918 年夏天在空战中遇难之后，“西奥多心中的那个男孩就已经死去”。晚上，我和拉兹洛 · 科雷兹勒在“德莫妮卡”饭店共进晚餐。我提到海格顿的

① 塞西尔 · 斯普林 – 莱斯 (1859—1918)：英国政治家，1912—1918 年曾任英国驻美大使，罗斯福总统的密友。

这句话，于是，在接下来的时间里，科雷兹勒便开始向我滔滔不绝地阐释昆廷的死如何压垮了罗斯福的最后一线生机——强烈的负罪感。罗斯福常年向孩子们灌输“努力生活”的生活理念。为了取悦父亲，孩子们总是有意让自己置身险境。可是，昆廷的死让罗斯福心生愧疚，巨大的悲伤让他难以承受，尤其是当他不得不面对亲人的死亡和离去。我虽然对此有所了解，但直到今晚聆听科雷兹勒的评论时我才体会到，对于这位美国第二十六任总统，对这位经常把自己看作正义化身的人物而言，道德风险是他生命中不能承受之重。

尽管罗斯福夫人再三邀请，科雷兹勒医生……其实他并不想参加葬礼。罗斯福夫人一直对这个被她称为“谜一样的男人”赞誉有加。科雷兹勒才华横溢，对人脑结构的研究在过去四十年里让所有人震惊不已。他写信给罗斯福夫人，表达了对总统去世的惋惜。他说自己已经六十四岁，生命中的大半时光都在面对丑陋现实，所以他只想任性地放纵一次，不想直接面对好友离去这样悲伤的事实。罗斯福夫人和我说，她被科雷兹勒的话感动得热泪盈眶，意识到罗斯福的真挚和热情（出于记者的职业正义感，我不得不说这种热情曾经引发许多的批评和嘲讽，甚至令密友都无法忍受）居然如此强烈，以至于让一个几乎所有人都无法理解、离群索居的人都心生感动。

本来，《泰晤士报》的记者邀我去参加罗斯福的追悼晚宴，但我更想和科雷兹勒共度一个宁静的夜晚。我们并非因昔日的童年伙伴情谊而举杯共饮——科雷兹勒和罗斯福是后来在哈佛才互相认识的。不，科雷兹勒和我想到的，是1896年的那个春天——距离现在已经二十五年！那年春天发生了一系列现在看来还依旧匪夷所思的事件。“德莫妮卡”饭店和我们一样，也已经日渐衰老，但它曾经见证了我们一生中几乎每一个重要的时刻。在这样一个充满回忆的地方回想当年，多少有些心酸。待我们用完大餐，饮尽杯中的马德拉葡萄酒，不约而同地一边笑一边摇头，对自己当年经历了那样的恐怖事件却能够毫发无伤地活到今天而感到庆幸，并惊叹不已。看着科雷兹勒的脸，我心中也有同感，对那些未能挨到今天的同伴，表示深切的哀悼。

当年的事情，无法用简单的语言去描述。回首过往，我们三个人，还有许多其他人的生命，都在冥冥之中无可避免地被带到那里；我可以将其解释为心理决定论，并对自由意志之说提出质疑——换言之，这是一个哲学谜题，无可抑制地出现或隐没于那一段噩梦般的过往，仿佛一出晦涩难懂的歌剧中时隐时现的低音呢喃。又或者，我可以这样说：在那几个月里，罗斯福、科雷兹勒和我，在一群最优秀的人的帮助下，追踪了一个恐怖的变态杀手，最终亲手将一名备受惊吓的少年解救出来。这样说或许太过简单粗略，意义不详，不能引起当今小说家们的兴趣，这也是为什么我不愿意去书店读书，却总爱光顾漫画商店的原因。不，关于当年的故事只有一种处理办法，就是把它讲述出来，从最初那个恐怖的夜晚，从那具被肢解的尸体开始讲起；或者更久远一些，从我们在哈佛的詹姆斯教授说起。是的，抽丝剥茧，直至真相大白——这是唯一的办法。

公众或许并不会喜欢这个故事。事实上，我们正是出于对公众反响的担忧才将这一秘密隐藏多年，即便在罗斯福总统去世的讣告上也只字未提。只有《先驱报》在列举罗斯福自1895年至1897年担任纽约警局监事会主席一职取得的成就时，晦涩地提到他曾经“破获1896年震惊市民的连环杀人案件”。然而，罗斯福从未因此而居功。的确，尽管心怀忧虑，他仍然豁达而开明地将案件交给更有能力破案的人。在私下场合，他毫不讳言地指出，那个有能力破案的天才就是科雷兹勒。

他本也可以在公开场合这样宣布。但罗斯福知道，那时的美国民众并未完全信任他，也没有做好聆听细节的心理准备。我不知道现代人的心理素质是否已经足够强大，科雷兹勒也有同样的怀疑。当我告诉他，我想把当年的故事写出来，他的笑容略带讽意，说民众只会感到恐慌并排斥事实，除此之外再无其他。尽管许多人为此曾付出不断的努力——例如西奥多·罗斯福、雅各·里斯[①]、林肯·斯蒂芬斯[②]，但美国自1896年以来并未改变许多。在科雷兹勒看来，国人都在疲于奔命。私下里，所有人都和当年一样充满恐惧，一直在逃离，逃离那些隐藏在宁静家园门后的重重暗影；逃离那些被孩童最亲近的人反复提及并灌输的心灵噩梦；许多人以最快的速度逃向安慰药剂、粉末、牧师、哲学理论——任何能够帮助他们忘却噩梦和恐惧的事物，并回报以奴性的忠诚。科雷

---

① 雅各·里斯：20世纪初美国记者，专门揭露光辉美国梦背后鲜为人知的黑暗与艰辛。

② 林肯·斯蒂芬斯：美国记者，在20世纪第一个10年中，在美国新闻界掀起了一股揭露社会黑暗的文学浪潮。

兹勒是这样说的，难道是真的吗？

但是，我不愿意暧昧下去。那么，让我们从头开始！

2

一阵急促的敲门声在深夜2点突然响起，惊醒了我的祖母和她的女仆。这是1896年3月3日，华盛顿广场北街19号我祖母的旧居。当时的我正躺在床上，半醉半醒（或许睡个好觉能让我更加清醒）。可是潜意识里，我知道无论门外是谁，他要找的人一定是我。我痛苦地钻进枕头深处，期待那个人能够主动放弃并迅速消失。

"摩尔夫人！"我听见女仆在说话，"外面很吵，我要不要去看看？"

"不要去，"祖母干脆地回答，"把我的孙子叫醒，哈瑞特。肯定是他又欠了赌债，忘了还。"

随后，我听见脚步声向我的卧室走来，我最好还是赶紧爬起来。自从两年前和华盛顿的茱莉亚·普拉特小姐解除婚约之后，我就和祖母住在一起。老太太对我的生活方式一直颇有微词。虽然我一再自称清白——作为《纽约时报》专门负责案件报道的记者，出入这个城市的地下场所，结交一些狐朋狗友是我的工作职责之一，然而祖母始终无法接受我牵强附会的理由。并且，每日回家后我的种种作为也让她越发相信，流连于舞厅和赌桌完全是我的自发行为而并非工作所迫。想到刚才祖母对女仆所说的"赌债"之言，我深刻地意识到有必要维护一下自己的形象，于是赶紧套上一件黑色睡袍，整理了头上的乱发，赶在女仆到来之前，矜持而傲慢地将门打开，并摆出一副清醒镇定、严肃庄重的模样。

"啊，哈瑞特，"我将一只手插在口袋里，"没必要慌张。刚才我在浏览一篇报道的材料，发现有些东西忘在办公室里。肯定是那孩子帮我把材料取回来了。"

女仆脸上露出困惑的神色。“约翰！”祖母的声音响起，“是你在说话吗？”

“不是，祖母，”我一边回答，一边踩着厚厚的波斯地毯走下楼梯，“是霍尔姆斯医生。”霍尔姆斯医生是个冷酷无情的杀人犯和骗子，这个时候他应该已经在费城等候执行绞刑。对祖母来说，他从刑场逃脱并跑到纽约来谋杀她或许是祖母所能想象到的最可怕的噩梦。我走到祖母的房间，亲吻她的脸颊。虽然她的脸上没有笑意，但我知道她是开心的。

“别胡说八道，约翰，这是你最讨人厌的地方。也不要以为长得帅就能让我不那么烦你。”敲门声又响起来，还夹杂着一个男孩的声音，他在高喊我的名字。祖母的眉头皱得更深，“到底是谁？他究竟要干什么？”

“应该是给我送文件的。”我谎称，但内心深处对于这个执着堵在门口要见我的年轻人的身份产生了一丝不安。

“送文件的？”祖母根本不相信我的话，“那好，开门吧。”

我迅速且小心翼翼地来到楼下，突然意识到自己似乎曾经在哪里听到过这个声音，可是又不能完全肯定。虽然声音很稚嫩，但我依然警惕——1896年的纽约我所遇见过的一些最凶残的盗贼和杀人犯也只不过是少年而已。

“摩尔先生！”门口的少年还在喊，又朝门踢了几脚，“我要见约翰·舒勒·摩尔先生！”

我站在门厅黑白相间的大理石地面上，“你是谁？”我一边问话，一边将手放在门锁上。

“是我，先生！史迪威，先生！”

我放下心来，长出一口气，将厚重的大门打开。门外唯一没有被祖母换掉的汽油灯依然散发着微弱的光芒，灯下站着史迪威·泰戈特，人称“水管史迪威”。史迪威只有十一岁，却曾经一度是纽约警局十五分局的烦恼之源；但现在的他已经改过自新，是我的好朋友——著名医生、精神病学家拉兹洛·科雷兹勒——的车夫，并帮他打理一些杂事。史迪威斜倚在门外一根白色廊柱旁，喘着粗气，看上去有些惊魂未定。

“史迪威！”我注意到他的棕色头发已被汗水浸透，互相缠结在一起，“发生了什么事？”他身后不远处停着科雷兹勒的马车，拉车的是一匹名为弗雷德里克的公马。马车帘子放了下来。这牲畜和史迪威一样，全身都淌着汗，在3月早春的空气里呼呼冒着热气。“科雷兹勒医生也来了吗？”

“医生让你跟我走！”史迪威急匆匆地说道，“马上！”

“去哪儿？现在可是凌晨2点——”

“现在就走！”他显然不想解释，于是我让他等我穿好衣服。这时，祖母的声音从屋内传来，说不管“那位古怪的科雷兹勒医生”和我在凌晨2点要去做什么，肯定不是什么好事情。我没有理会祖母的怨言，随手拿了一件花呢外套便跳上了马车。

还未等我坐稳，史迪威便迫不及待地扬起马鞭出发了。我重重地摔倒在车厢内的坐垫上，暗下决心这趟车钱绝不支付一个子儿，可是史迪威脸上恐惧的表情让我感到吃惊。马车以惊人的速度在华盛顿广场的鹅卵石路上飞奔，我只能勉力支撑自己的身体，直到车子拐到百老汇大街鲁斯大道的石板路上，车子的颠簸和冲撞才稍微缓解。我们一路向南，然后向东，驶向科雷兹勒医生在曼哈顿的办公处所。越往深处走，街区变得越发廉价和肮脏，那里就是著名的“下东区”。

有那么一个瞬间，我以为是科雷兹勒医生出了事，或许那就是史迪威如此急躁的原因。要知道，他对待弗雷德里克（拉车的马匹）从未像今天这样粗暴。科雷兹勒是第一个令史迪威无法拳脚相向的人，也是史迪威没有被兰德尔岛“少年感化院”关押的唯一原因。史迪威曾经被认为是“小偷、窃贼、酗酒闹事者、尼古丁瘾君子、赌庄常客、骗子”，他“天生便具有可怕的破坏性”（警方用语）。十岁时，他攻击了一个据说想要侵犯他的兰德尔岛监狱守卫，并将对方致残（在二十五年前的报纸语言里，“侵犯”的意思就是强奸）。由于那个守卫已经结婚成家，史迪威的控词乃至他的精神状态都受到法庭的质疑。科雷兹勒医生就是在这个时候介入的，他是当时最出色的司法精神病学家之一。在史迪威的听证会上，科雷兹勒向所有人讲述了一个街头孩童是如何艰难生存下来的故事——史迪威三岁就被母亲遗弃，那个女人染上了鸦片毒瘾，疏于照顾自己的孩子，并最终成为毒品交易商的情妇。法官被科雷兹勒的描述所感动，并开始怀疑监狱守卫证词的真实性。最终他同意释放史迪威，但有一个条件：科雷兹勒必须收留这个孩子，并为他将来的行为做出担保。科雷兹勒那时候一定是疯了才会同意这样的条件。可是不到一年的时间，史迪威脱胎换骨，面目一新。和其他人一样，史迪威对医生完全忠诚，虽然这位医生性格古怪，不太合群。

“史迪威，”我努力使自己的声音盖过车轮的嘈杂，“科雷兹勒医生究竟在哪里？他还好吗？”

“他在学院！”史迪威睁着大大的蓝色眼睛说道。科雷兹勒的工作大都在科雷兹勒儿童学院。它既是一所学校也是研究所，建于19世纪80年代，由科雷兹勒个人创立。我放弃了继续追问下去的想法，因为我们已经来到百老汇大街和休斯敦街道的交叉地带。在这里，人们戏称，你可以朝任何一个地方开枪，却绝不会伤到一个“好”人。史迪威一边驾车，一边大声吆喝着，把酒鬼、赌徒、吗啡和可卡因瘾君子、妓女和流浪汉们纷纷赶到人行道上，对于他们的恶毒咒骂充耳不闻。

“我们也去学院吗？”我喊道，但史迪威突然在斯普林大街勒住马缰，惊扰了路边音乐厅的生意。那里是妓女们的生意场所，她们通常乔装成舞蹈演员，在音乐厅和来自城外的倒霉蛋们约定之后幽会的地方。从斯普林大街，史迪威又拐向德兰西大街，这里的街道已被拓宽，以便从刚刚开始兴建的新威廉斯堡大桥驶来的车流可以从这里通过。接下来我们又飞速掠过若干黑暗的影院建筑，在转过的每一个街角，我仿佛听到了暗处传来的绝望和疯癫的呻吟：肮脏的小酒馆兜售着掺假的劣酒，脏兮兮的木板上放着许多杯子，酒里掺着轻质汽油或者樟脑，只需五美分一杯。史迪威完全没有减速——似乎正全速驶向这个城市的边缘。

我最后一次企图和他沟通：“我们是要去学院吗？”

史迪威摇头，再次甩起马鞭。我耸耸肩，坐回座位里，思索着究竟是什么事情让这个年轻人几近疯狂，要知道，虽然年轻，但史迪威所经历过的纽约恐怖事件并不比其他人少。

穿过德兰西大街缤纷各异的水果摊和服装店，我们来到下东区最贫穷脏乱的棚屋区，位于克里尔斯胡克以北滨水一带的贫民窟。入眼之处满是密密麻麻的棚屋和劣质住宅，这是一片移民混居地带，爱尔兰人占据着德兰西大街以南，匈牙利人盘踞在北部，靠近休斯敦大街。破旧的房屋间偶尔可见某个不明教派建立的小教堂。即便在这个干冷的早晨，屋顶也晾晒着一排排衣物。床单和布片已经冻得干硬，冷风吹过呈现出一种诡异的角度。但事实上，这里并没有什么东西可以真正称得上诡异——鬼魅一般的暗影出没于房前屋后，又悄然消失在漆黑的巷尾，人们衣衫褴褛，光脚踩在路上，完全忽略了街面已经被冻硬的马粪、尿液和烟灰覆盖的事实。不知是人为还是其他原因，这里的人们并不知道何为秩序。无论是对于访客还是住户，他们最大的愿望或许就是远离贫民窟，并盼望它日渐衰败。

在德兰西大街的尽头，混合着海水和淡水的味道，还有滨水区居民每天倾倒的垃圾的恶臭，产生出了属于“东河”的独特气味。很快，我们的眼前出现了一个巨大阴影——正在兴建的新威廉斯堡大桥的引桥。史迪威毫不犹豫地驱车驶入，马蹄和车轮敲击着木结构的桥面，发出更大的声响。

桥下是错综复杂的钢铁支撑结构，将铁桥架在离水面几十英尺的空中。我开始怀疑是否已经到达目的地——因为桥上的塔楼明显还没有建好，距离竣工之日似乎遥遥无期。就在这时，前方不远处出现了一个隐约的轮廓，仿佛一座巨大中国寺庙的外墙。一幢花岗岩的建筑，顶端建有两处塔楼，塔楼四周环绕着通道——这是新威廉斯堡大桥连接曼哈顿一端的锚碇建筑，用来固定大桥的钢制悬索，以支撑桥体结构。然而，我将它比作一间庙宇也并非毫无道理。和布鲁克林大桥的哥特式尖拱一样，这座位于东河河面上的通道也同样具有神圣的意味：无数工人投身于对建筑工程的信仰，正是出于这种信仰，曼哈顿才在过去的十五年里涌现出无数建筑奇迹。然而我并不知道的是，在这个特殊的夜晚，在新威廉斯堡大桥西面锚桥上出现的血祭，却有着和建筑信仰完全不同的性质。

在锚桥塔楼的入口处，昏暗的灯光下站着几个巡警。他们手里提着吊灯，衣服上的铜质徽章显示了他们的身份——来自第十三分局（不久之前我们还经过了他们位于德兰西大街上的警局）。和他们站在一起的，还有一位来自十五分局的警长。这是很不寻常的，作为一个有两年警讯报道经验的纽约当地人，我十分清楚地知道，纽约各个分局几乎都是各自为政（历史上还曾经出现过不同分局公开相互为战的事情）。发生在十三分局的案件却传唤了一位十五分局的警长，这暗示着发生了一起重大案件。

史迪威最终将马车停在这群穿着蓝色制服外套的家伙面前，然后从他的座位上跳下来，牵着马走到路边，那里堆着许多建筑材料和工具。少年以惯常的不信任的眼神打量着这群警察。来自十五分局的警长是一个高个子爱尔兰人，因为没有像其他警长那样蓄有胡须而显得脸色分外苍白。他走到史迪威面前，笑容里满是威胁。

“这不是史迪威·泰戈特吗？”他的话语带着明显的爱尔兰口音，“你不会以为局长大老远地把我叫来，就是为了把你海扁一顿吧，史迪威？”

我跳下马车，走向史迪威，看到他愠怒地瞪着警长。“别放在心上，史迪威，”我悄悄对他说道，“物以类聚，人以群分。”听到我这样说，少年笑了。我继续说道，“告诉我为什么带我来这里？”

史迪威用头示意着北面的塔楼，随后从口袋里掏出一根烟，“就在那边，医生说让你过去。”

我朝塔楼门口走去，但史迪威却没有动。“你不去吗？”

小伙子耸耸肩，转过身点燃香烟。“我已经看过，再也不想看了。我会在这里等你然后送你回家，摩尔先生，医生是这么吩咐的。”

我转身朝塔楼走去，内心越发觉得不安。在塔楼门口，警长伸手拦住了我。“你究竟是谁？居然让史迪威大半夜地拉着你过来？这里是犯罪现场，你知道的。”我告诉了他自己的名字和职业。他听后笑了，露出一颗闪亮的金牙。“啊，原来是大记者——居然是《纽约时报》的记者！好吧，摩尔先生，我也刚到，是紧急呼叫。很显然，我是他们唯一信任的人。我叫福林，福气的福，森林的林，先生，我可不是什么小喽啰，我是警长。来吧，咱俩一起进去。史迪威，你小子老实点，小心我把你送回兰德尔岛监狱去！”

史迪威给了他一个背影。“舔你自己的屁股去吧！”他嘟囔着，音量刚好能够让警长听见。福林怒气冲冲地转过身，随后仿佛突然想起我的存在，强忍住自己的怒气：“简直不可救药，那家伙。摩尔先生，我简直不能想象，像您这样的人怎么会和他在一起。一定是需要他提供案件线索，一定是这样的。我们走吧，先生，小心脚下，这里黑漆漆的，伸手不见五指。”

他没有夸张。我跌跌撞撞地走上一段崎岖不平的楼梯，楼梯顶端站着另外一个呆头呆脑的家伙。这是十三分局的一个巡警，看见我们过来，他转身对旁人说道：

“是福林警长，先生。他来了。”

走过楼梯，我们进入一间小屋，里面零散地摆放着锯木架、厚木板、几个钉桶，还有一些金属和电线。墙上有一扇窗，四周的景色一览无余——身后的城市、河水，还有面前亟待完工的塔楼。房间外面有一条通道直通塔楼，通道旁边站着一个小眼睛的大胡子探长，帕特里克·康诺尔，我之前在桑树街的警察总部见过他。站在他身旁的那个人双手背在身后，脚掌敲击着地面，正在眺望着远处的河水，这个熟悉的背影属于西奥多·罗斯福。

“福林警长，”罗斯福并未转过身来，“之所以叫你来，是因为这次的案件十分恐怖，甚至可以说，恐怖至极。”

我内心的不安猛然剧增。罗斯福转过身，他的外表并没有什么不同寻常：身穿一件质料上乘的格子西装，最近他很喜欢打扮成这样；和他的方脑袋相比，眼镜和镜片后的眼睛都显得太小；满脸的胡茬儿中间露出硕大的鼻子。可是，今天的他似乎有些不对劲。对了，他的牙齿。他习惯性地会把牙齿咬得咯咯作响，可是今天，他的下颌紧闭，说不清楚是因为愤怒还是郁闷。显而易见，他受到了不小的打击。

我的到来似乎让他更加郁闷。“怎么是你，摩尔？你跑来这里干什么？”

“我也很高兴见到你，罗斯福。”尽管内心紧张，我还是伸出手去和他致意。

他握着我的手，似乎不愿放开。“什么——哦，抱歉，摩尔。我很高兴见到你，当然，我很高兴。可是，是谁告诉你——”

“告诉我什么？我是被科雷兹勒派人强行绑架来的。是他的命令，连一句解释的话都没有。”

“科雷兹勒！”罗斯福低声自语，他看向窗外，脸上的表情有些困惑，又似乎有些恐惧，这完全不像他。“是的，科雷兹勒曾经来过。”

“来过？你是说他又走了？”

“在我来之前。只留下一张字条，还有一份报告。”罗斯福给我看紧握在他左手的一张纸，“案件的初步调查。他是他们找到的第一个医生。虽然没有什么用……”

我揽过他的肩，“罗斯福，告诉我发生了什么？”

“长官，我也想知道，”福林警长插嘴，语气中有一丝令人反感的谄媚，“我们十五分局的人都很少有睡完整觉的时候，我会尽快——”

“很好，”罗斯福说，似乎内心已经做好准备，“你们俩的胃没有毛病吧？”

我没有回答，福林警长又开始调侃自己一生已经见过无数恐怖的景象，但罗斯福似乎完全不为所动。他示意我们那条通往塔楼的路，于是康诺尔探长退到一边，福林警长一马当先冲了出去。

尽管内心恐惧，我脑海中涌现的第一个念头竟然是：通道两边的景色要比在塔楼房间窗户看到的风景更加壮观。河对岸是威廉斯堡，曾经的宁静小镇很快就要变成喧嚣城市的一部分。数月之内，它将被正式纳入大纽约的版图。南面是布鲁克林大桥；西南不远处可以眺望印刷社广场上最新修建的高楼；而在我们脚下，黑色的河水不断翻滚——

接着，我便看见了。

3

很古怪，我竟然花了这么久才明白过来眼前究竟发生了什么。又或许我根本就没有明白过来。不对劲的地方太多了，每一处都不对劲，都如此……扭曲。我怎么能够指望自己迅速明白眼前发生的景象呢？

路上躺着一个年轻人的尸体。我无法判断性别，因为尽管身体特征显示为男性，但他却穿着一件旧式的女士无袖内衣，脸上画着浓重的女性妆容。也许死者是一名女性吧，但十分可疑。死者的双手被捆在身后，腿部弯曲呈下跪的姿势，迫使脸部朝向大桥的钢索方向。他下身赤裸，没有穿鞋，只有一只袜子可怜地耷拉在脚踝部。然后，他的身上……

他的脸并没有遭受暴打，也没有擦伤的痕迹——脸上的妆容还依旧完整，但眼睛已经被抠去，只留下两个还淌着血的黑窟窿。颈上有一道很宽的伤口，但伤口处血迹并不多。腹部纵横交错着许多巨大的撕裂伤痕。右手也被完整地切了下来。除此之外，另一处可怕的创伤在死者的下体部位，整个生殖器被切下来，塞进了死者的嘴里。他的臀部也被完全割掉，只剩一个巨大的……无法用语言去描述。

就在我努力想消化眼前景象的一两分钟里，身边的景色似乎也发生了变化，变为一片漆黑的海洋，将我完全淹没。我仿佛听到轮船经过发出轰鸣，却发现原来是耳朵里的血液在四处奔涌。我突然意识到自己可能生病了，于是我赶紧转身抓住栏杆，将自己的脑袋伸出去，悬在水面之上。

“长官！”康诺尔大喊，从塔楼里冲出来。但罗斯福比他更快一步，跳起来抓住了我。

“放松，约翰，”他一边说话，一边用他如拳击运动员一般健壮的身躯让我依靠，“深呼吸。”

我照着他的话去做，却突然听到一旁的福林警长吹了一个长长的拖着尾音的口哨，他紧盯着死者的尸体，“好吧，”他对着尸体说道，仿佛并不在意和死者对话，“有人对你做了什么，是不是？小乔吉奥，还是叫你格洛丽亚？你看上去糟透了！”

“所以，你认识这个孩子，福林？”罗斯福一边询问，一边让我靠在墙上，我的大脑渐渐恢复正常。

“是的，长官。”在昏暗的灯光下隐约可见福林脸上的笑容，“他可不是个孩子，至少行为上不像个孩子。他的姓氏是桑托雷利，应该是十三岁左右，最初他说自己叫乔吉奥，自从他开始在帕雷斯舞厅外招揽生意，这个阴阳人就开始自称格洛丽亚了。”

“阴阳人？”我用袖子擦去额头上的冷汗，“为什么你说他是阴阳人？”

福林的笑容更深了，“要不然叫他什么呢，摩尔先生？他不是男人，从那怪异的做派就能看出来。可是上帝也没有让他生为女人。这种人，我都叫他们阴阳人。”

罗斯福的手顶在腰间，手指握成拳头——他已经忍无可忍。“我对你的分析不感兴趣，警长。不管怎样，这个男孩还是个孩子，而且被残忍地杀害了。”

福林不怀好意地笑了笑，瞥了尸体一眼，“您说得对，先生。”

“福林警长！”罗斯福的声音突然尖锐起来，朝站得笔直的福林吼道，“我不想再听你说一个字，除非是回答我的问题！你听到了吗？”

福林点头，但嘴唇微微翘起，仿佛对他的话不屑一顾。这种针对罗斯福的略带讽刺的排斥情绪几乎见于每个纽约警官的脸上，他们对于仅用了一年时间就成为纽约警局最高长官，并领导整个警务系统的罗斯福心怀不满。福林这个微小的动作自然也没有逃过罗斯福的眼睛。

“那么现在，”罗斯福咬着牙说道，以他惯有的方式，似乎在咀嚼每一个字的分量，“你说那孩子叫乔吉奥·桑托雷利，他在帕雷斯舞厅外面揽活。帕雷斯舞厅——是比弗·埃里森[①]开在库珀广场的那家舞厅吗？”

“正是那一家，长官。”

“那么你认为这位埃里森先生现在会在哪里？”

“应该在——当然是在舞厅里，长官。”

“你去找他，让他明天早上到桑树街警署来见我。”

福林的脸色终于凝重起来，“明天——可是现在，抱歉长官，可是埃里森先生恐怕不会轻易听候传唤。”

“那就逮捕他。”罗斯福说着，转身眺望着远处的威廉斯堡。

“逮捕？当然，长官，如果我们逮捕城内每一家色情场所的业主，只是因为他店里的牛郎被人殴打或者杀害，那么我们就没法——”

“或许你想告诉我你不愿意去的真实原因，”罗斯福的拳头在身后攥得更紧，他径直走到福林对面，仔细打量着他的面孔，“埃里森先生难道不是你们的金主？”

福林的眼睛猛然睁大，但他傲慢地向后退了一步，仿佛自尊心受到伤害。“罗斯福先生，我加入警队已经十五年，我想我已经充分了解这座城市的运作方式。你不能仅因为一个小小的移民案件而去骚扰埃里森先生这样的体面人！”

太过分了，我知道这些话实在是太过分——如果不是我及时拉住了罗斯福的胳膊，他一定会把福林揍成肉酱。但他太强壮了，我几乎阻拦不住。“不，罗斯福，不要！”我在他的耳边轻声说道，“他故意的，你知道！如果你袭警，

---

① 比弗·埃里森：19 世纪 90 年代纽约地下黑帮之一，嗜杀成性。

他们不会放过你，连市长都救不了你。”

罗斯福努力放平呼吸，福林又笑了，笑得意味深长。康诺尔探长和其他巡警在整个冲突过程中没有做出任何举动。他们深知，在这场席卷纽约的市政改革政治博弈里自己不能轻易站队。这场改革风暴始于一年前莱克索委员会对警局腐败问题的调查（这一调查得到了罗斯福的全力支持）。警局的腐败势力早就已经存在，恐怕从警队成立之初就已经开始。如今它正在耐心地等待着自己的机会，等待着公众对改革的热情逐渐退却，然后一切都会重回旧日轨道。

“选择很简单，福林，”罗斯福尽管内心愤怒，却依然不失风度，“要么把埃里森带来，要么交出警徽。明天早上！”

福林闷闷不乐地答应了，“遵命，长官。”他原地一个转身，一边朝塔楼楼梯走去，一边嘴里咕哝着“不过是个底层小喽啰戏弄警方的把戏而已”。原本在塔楼下站岗的一个巡警走上来，报告说验尸官的马车已经到达，正准备将死者尸体带走。罗斯福让他们稍等几分钟，同时遣散了康诺尔探长和其他巡警。通道处只剩下我们两个人，远处密密麻麻的低矮棚户区一路向西，地面上血渍斑斑的凶案现场则提醒着我们曾经在这里发生过的一切，死去的孩子不过是许许多多被黑暗所唾弃、走投无路的人们中的一个。他们为了生存不择手段——乔吉奥·桑托雷利所利用的只是最基本的生存手段而已。如果你不熟悉 1896 年的纽约贫民窟生活，你几乎无法想象这样的孩子是如何无依无靠、举步维艰。

“科雷兹勒猜测死者是在今晚早些时分遇害的，”罗斯福瞥了瞥手中的字条，“好像是关于尸体温度什么的。所以凶手应该还在附近，我已经让人去搜索了。还有一些其他线索，以及这张字条。”

他将字条递给我，可以看出科雷兹勒潦草的笔迹：“罗斯福，这是个可怕的错误。我明天早上会去找你，或者中午。我们应该开始了——时间表已经启动。”我努力地想弄明白这些语句的意思。

“总是这么神神秘秘，真讨厌！”我百思不得其解，只好放弃。

罗斯福挤出笑容，“是啊，我也有同感。但我现在明白他的意思了，就在刚才检查尸体的时候。摩尔，你知道每年在纽约大概有多少人被杀害吗？”

“不清楚。”我好奇地又瞥了一眼尸体，但看到被压在路面上那张扭曲的面孔，下颌和上颌呈现出扭曲的角度，原本是眼睛的地方只剩下两个黑红色的窟窿，我转过头去不忍再看。“我猜大概几百人，或者一两千人。”

“差不多，”罗斯福说，“但我也只是猜测，因为我们从来没有在意过他们中的大多数人。如果遇害人是个体面人，那么警方肯定会竭尽全力。但像这样的社会底层少年，一个从事皮肉生意的移民——我这样说也许很惭愧，但摩尔，这样的案件没有先例，从福林的态度你可以看出这一点。”他的手再次移到腰间。“但我忍不下去了，在这些阴暗的街区里，夫妻互相残杀，酒鬼和毒贩将毒手伸向手无寸铁的守法公民，妓女们不是被残忍地谋杀就是自杀。对外人而言，仿佛这一切都是冷酷可笑的场景。情况已经够糟糕的了，尤其是当死者还这样年轻，大众的反应却和福林那家伙没什么不同——天哪，我觉得好像在与自己人开战！光是今年，就已经发生三起类似的谋杀案了，可是从分局或者刑警大队那里，一个字的消息都没有听到。”

“三起？”我说，“我只知道德雷珀的那个案子。”尚·德雷珀在第六大道和二十四街交叉口经营了一家臭名昭著的妓院，顾客可以在那里随心意挑选雏妓，年龄从九岁至十四岁不等（大多数是女孩，偶尔也有男孩）。1月份时，在妓院一间小屋里，一个年仅十岁的女孩被人殴打致死。

“是的。你之所以能知道那个案件，是因为德雷珀的封口费给得有点慢。”罗斯福讽刺地说道。虽然纽约市长威廉·L.斯特朗上校和他的追随者罗斯福发起的反腐浪潮很是振奋人心，但他们并未能触动警务系统中最古老、也最有利可图的那一块蛋糕——酒吧、舞厅、赌场、毒品窝点，以及其他各种违法场所交给警局的保护费。“是十六分局的一个家伙，我不知道具体是谁，把这个案件捅到媒体，想给政府施压。可是其他两起案件的受害者，另外两个可怜孩子的尸体是在街头被发现的，无法向妓院老板施压，所以他们的案子就只好不了了之……”

他的声音逐渐淹没在脚下滚滚的河水翻腾声和水面上传来的阵阵风声中。“那两个孩子也死得这么惨？”我看见罗斯福的眼光仍然聚焦在死者身上。

“差不多，喉咙被割，被人发现的时候，尸体都已经被老鼠和鸟吃得惨不忍睹。”

“老鼠和鸟？”

“眼睛被啃掉了，”罗斯福说，“康诺尔探长认为是老鼠，或者是某种食尸鸟的原因。可是眼前这个死者……”

关于另外的那两起案件并没有记录，虽然这并没有什么值得大惊小怪的。如同罗斯福先前所说，未能解决的悬案，以及那些发生在穷人或流浪汉身上的案件很少被记录在案，更别说去调查了。尤其当受害者来自社会的边缘层面，公众就更没有机会得知真相。我不禁想象，如果我向《纽约时报》总编兜售一个将自己打扮成妓女模样向那些衣冠楚楚的男人们出卖肉体，却最终被人残忍地谋杀在城市黑暗角落里的男孩的故事，他究竟会做何反应。将我开除可能还是幸运的，更有可能我会被直接带到柏明岱收容所强制拘留。

“我有几年没有和科雷兹勒打过交道了，”罗斯福沉思，“虽然他曾经非常善意地寄给我一张字条，”——他的语气突然变得有些艰难——“在那段困难时期。”

我明白他的意思。罗斯福指的是他第一任妻子去世的那段时间——爱丽丝1884年因难产而死，只留下一个和她同名的女儿。罗斯福在那一天遭受了双重打击，他的母亲在他妻子去世几个小时之后也撒手人寰。罗斯福以他特有的方式面对了这场惨痛，将悲伤的情绪和记忆封存，永远不再提起。

他努力让自己振奋起来，转过身看着我，“言归正传，那位医生叫你过来一定有他的道理。”

“我要是能猜到就是神仙了。”我无奈地耸肩。

“是啊，”罗斯福很是同情，“咱们的这位老朋友一向神秘莫测。而且和他一样，过去的几个月里我也一直在和怪胎打交道，所以他这样做应该自有他的道理。你知道，摩尔，我一直对这样的案件视而不见，因为警察局里没有人愿意费劲去调查；即便有人愿意，也没有人有能力能解释这种残忍的行为。但是这个孩子，遭受了这么痛苦可怕的折磨——我们不能再视而不见。我有个计划，我想科雷兹勒也有——我觉得你会是把我们组合到一起的最佳人选。”

“我？”

“就是你！就像当年我们在哈佛遇见时那样。”

“你想让我做什么？”

“明天带科雷兹勒来见我。可以在上午稍晚的时间，像他说的那样。我们交换一下看法，商量下一步的行动。但是提醒你，一定要小心——对外人，就说是老友聚会。”

“该死的，罗斯福。这个老友聚会是个什么破借口？”

罗斯福已经沉浸在未来的计划里，并没有理会我的问题，只是深吸一口气，看上去比先前精神了许多。“行动起来，摩尔——让我们都行动起来！”

说着，他搂过我的肩膀轻轻拥抱了我，他的热情和道德正义感又完全回来了。可怜我还没有任何感觉，一丝感觉都没有，我只是徒劳地期待它会自动降临。我知道我被卷进来了，这是两个我所认识的人中意志最坚定的两个——这个想法并未让我感觉轻松。走下楼梯，我们回到科雷兹勒的马车里。桑托雷利的尸体被孤零零地留在塔楼上，任冷风从冰冷的身体吹过，即便破晓也未曾带来任何改变。

4

清晨时分下起冰冷的雨。我起床时，好心的哈瑞特已经为我备好了早餐：浓咖啡、吐司，还有水果（以她多年在酗酒人家服务的经验来看，这些都是醒酒必备品）。我待在祖母的玻璃暖房里，俯视着后院那片依旧沉睡的玫瑰园，决定在给科雷兹勒打电话之前，先浏览一下今早的《纽约时报》新闻。雨滴敲打在玻璃幕墙和屋顶上，伴着祖母多年悉心栽培的各色植物的芬芳，我拿起报纸，企图和昨夜事件发生之后仿佛突然变得陌生而遥远的世界重新建立联系。

报纸上说，西班牙正在被怒火燃烧：美国政府对于古巴民族主义势力的支持（国会正在考虑支持对方进行全面交战）让马德里原本就摇摇欲坠的邪恶政权更加忧心忡忡。此外，《纽约时报》编辑控诉汤姆·普拉特——老共和党的幕后操纵者——出于个人私利而在暗中企图出卖“大纽约计划”——一个包括布鲁克林、长岛、皇后区、布朗克斯区和曼哈顿区的巨大城市版图。即将举行的民主党和共和党会议都许诺要探讨金银双本位制的问题，也就是美国坚挺的金本位系统是否允许银币流通加入的问题。三百一十一名美国黑人乘船前往利比里亚；意大利正在爆发动乱，因为他们的军队在非洲战场上惨败给了阿比西尼亚人。

这些国际要闻虽然重大，对于此时的我却没有多少吸引力，因为我想看一些轻松点的话题。普罗科特大马戏院有大象骑自行车的表演；第十四大街上的休伯特博物馆来了一群印度苦行僧；昨晚在音乐剧院里，麦克斯·艾维瑞扮演的“特里斯坦”[①]大获成功；莉莉安·鲁塞尔在修道院剧院里上演了《真理女神》；艾琳诺拉·杜丝的《茶花女》演出了和莎拉·伯恩哈特[②]完全不一样的感觉；而《哈姆雷特》中的奥提斯·斯琴勒却哭得太多太轻易。《曾达的囚徒》已经是第四周在莱西剧院上演——我虽然已经看过两回，但总想再去回顾一遍。这是摆脱烦恼的最佳消遣之一（尤其在经历了昨天那样一个恐怖的夜晚之后）：护城河围绕的城堡、剑术决斗、令人兴奋的秘境，还有美丽痴迷的女子……

尽管我的思绪还在戏剧上盘旋，目光却已经飘到报纸的社会专栏。第九大街上的一名男子几年前醉酒后割伤了自己弟弟的喉咙，这一次他又喝醉了，结果枪杀了自己的母亲；聋哑人教育学院麦克斯·艾格劳遇害一案仍旧没有任何进展；一个名叫约翰·马肯的男人在杀害了自己的妻子和岳母后割喉自杀未遂，抢救后又绝食，在当局给他展示了行刑者强制犯人进食的装备之后，开始老老实实地吃东西了……

我把报纸扔到一边，喝完咖啡，又吃了一块据说从佐治亚运来的甜桃，更加坚定了要去莱西剧院看剧的决心。我刚走回自己房间去穿衣服，却听到电话铃声猛然大作，随后便是祖母的惊呼声——“天哪！”每一次电话的铃声响起都会吓到她，可她却固执地不肯将电话移走，哪怕是把铃声调小都不行。

哈瑞特从厨房走出来，身上星星点点地布满肥皂沫，“是找你的，先生，”一边说着一边用围裙擦手，“是科雷兹勒先生。”

拉了拉身上的衣服，我朝厨房附近的电话走去，拿起沉重的听筒，放到耳边，另一只手扶着话筒。“喂？”我说，“是你吗，拉兹洛？”

---

① 特里斯坦：经典歌剧《特里斯坦与伊索尔德 (Tristan und Isolde)》中的主要角色。

② 莎拉·伯恩哈特：法国女演员，因为在《茶花女》中的经典演绎而出名。

“哈，你起床了，摩尔，”电话另一端的他说道，“这真是太好了。”他的声音不大，但充满活力，还夹杂着欢快的欧洲口音。科雷兹勒童年移民到美国，父亲是一个富裕的德国印刷商人，1848年欧洲革命中的共和党人；母亲曾是匈牙利皇室成员，后为躲避皇室的压迫来到美国，从而成为纽约城内名噪一时的政治明星。“罗斯福想让我们几点去见他？”他问，似乎从未想过罗斯福也许会拒绝他的请求。

“午饭之前！”我提高音量，完全盖过了他的声音。

“你大喊大叫做什么？”科雷兹勒说，“午饭之前，嗯，不错。那么我们还有时间。你看今天的报纸了吗？关于沃尔夫这个人的消息？”

“没有。”

“那你赶紧一边穿衣服一边看。”

我瞅了一眼自己的衣服，“你怎么知道我——”

“他们把他关在贝尔维尤医院。我需要去评估他的精神状况，还要问一些其他问题，以确定他是否和我们的案子相关。之后咱们再去桑树街警局，然后去趟学院，接下来去‘德莫妮卡’吃个午饭——乳鸽怎么样？或者鸽肉酱？蓝赫夫的松露胡椒沙司也不错。”

“可是——”

“塞勒斯和我直接从我家出发。你自己坐车去吧。我们9点30分见面，千万不要迟到，摩尔。一分钟的时间都不能浪费。”

说完，他挂断电话。我回到玻璃暖房，捡起报纸，迅速地翻了翻，随即在第八页上找到了他说的报道：

“亨利·沃尔夫前天晚上在自己的住所和邻居康拉德·吕德斯海姆一起喝酒，席间康拉德五岁的小女儿走进房间，沃尔夫说了一些在吕德斯海姆看来非常不礼貌的言辞，于是后者提出了抗议。沃尔夫随即掏出枪，对着女孩的头将其当场射杀，然后逃离了凶案现场。几小时之后，沃尔夫在东河附近被抓获。我放下报纸，瞬间产生了一种直觉，昨晚发生在大桥上的那起案件或许仅仅只是一个序曲。”

回到门厅，我迎面碰上了祖母，她的一头银发梳得一丝不苟，灰黑色的长裙整洁得体，一双和我一模一样的灰色眼睛炯炯有神。“约翰，”她语气惊讶，仿佛家里来了十几个陌生人，“究竟是谁给你打电话？”

“是科雷兹勒医生，祖母。”我一边说一边走上楼梯。

“科雷兹勒医生！”她的声音紧跟在我的身后，“好吧，亲爱的，我这一天已经听够他的名字了！”直到我关上房门开始换衣服，祖母的抱怨还在门外喋喋不休，“要叫我说，那个人古怪极了。我可不相信他是什么医生，要知道，那个叫霍尔姆斯的杀人犯也是个医生！”我洗了脸，刮了胡子又刷了牙，祖母就一直在我耳边唠叨不停。老太太就是爱唠叨，尽管有些让人烦，但是对于我这个生活似乎没什么方向的人来说，这也许是我唯一有机会能够体会到的家庭温馨。我宁可整日被祖母唠叨，也胜过孤零零一个人住在满是陌生和孤独面孔的公寓大楼。

我冲出前门，随便拿了一顶灰色帽子和一把黑色雨伞，随后脚步轻快地向第六大街走去。雨下得更大了，风也开始强劲起来。我到达第六大街时，呼啸的劲风从高架铁路桥下咆哮而过，却突然改变方向，吹翻了我和许多匆忙经过桥下的其他路人手中的雨伞。这样的风雨交加使得本就繁忙的早高峰变得更加混乱不堪。我手里拿着沉重而累赘的雨伞，好不容易叫到一辆马车，却突然被旁边冲出来的一对年轻夫妇挤到一旁，然后他们迅速爬上了本属于我的马车。我火冒三丈，愤怒地大声问候他们的子孙，并把手中的伞远远地扔向他们。妻子吓得尖叫起来，丈夫则一脸焦虑地看着我，认为我一定是疯了——想到自己的目的地正是精神病院，我不由自主地笑出声来，令我接下来的等候轻松了许多。不久从华盛顿方向又驶来一辆马车，我不等它完全停下就跳了上去，迅速关上车门，吆喝着车夫将我送到贝尔维尤医院——这可不是车夫喜欢听到的地方。他的脸色立刻郁闷起来，让我觉得十分好笑。这种轻松的情绪让我忘记了自己的花呢裤子已经湿透，直到马车顺利抵达第十四大街。

纽约车夫通常性情乖僻，我的这位车夫——雨衣领子高高立起，高帽子外面罩着一层薄薄的塑胶防雨布——决定先穿过第六大街的商业区，然后再向东进入第十四大街。于是我们一路经过了纽约最繁华的商业场所——奥尼尔商场，亚当斯百货公司，辛普森－科洛夫百货，直到我敲了敲车顶，再三向车夫表示我要去的地方是贝尔维尤。车子随后猛地向右拐进第二十三大街，然后经过了第五大道和百老汇大街的交会处。第五大道旅馆此时突然出现在眼前，那里是

"大佬"普拉特的总部，或许也正是他制订"大纽约"计划的地方。随后我们沿着麦迪逊广场花园东边的小路驶向第二十六大街，在花园广场意大利风格的拱廊和塔楼那里折转向东。很快，一座庄严肃穆的红砖大楼映入眼帘。又过了几分钟，我们穿过第一大道，最后停在第二十六大街医院里一辆黑色救护车的身后，就在精神病院入口处不远。我支付了车费，然后走了进去。

精神病院大楼十分简朴，是一幢长方形的建筑。前厅很小，似乎并不欢迎访客和病人的到来。穿过几道大铁门，便走入一条宽阔的长廊，一直通向医院的中心。走廊两边设有二十四间"病房"——称为牢房或许更为合适，中心地带设有两道滑动大门，将二十四间病房分成两个病区，男女分开。这所精神病院主要用于对有暴力行为的病人进行观察和精神评估。病人的精神状态一经得到诊断，并形成正式报告，就会被送到其他机构。

走入门厅，便听见病房里传来此起彼伏的哀号和呻吟——有些是锲而不舍的抗议，有些则是疯癫绝望的哭喊。就在此时，我看见了科雷兹勒。很奇怪，为什么他的形象总是会和这样的声音联系在一起？和往常一样，他身穿黑色西装和外套；和往常一样，他正在阅读《纽约时报》上的音乐专栏。那双黑色的大眼睛，在报纸页面上不断逡巡，身体重心在两只脚之间不停地变换。他用右手拿着报纸，因为童年的一次意外事故而一直有些萎缩的左臂垂在身体一侧。时不时，他会抬起左手摩挲自己修剪得整整齐齐的唇髭和下巴上的一小撮胡须。和现在流行的发式不同，他留着稍长的发式，全部向后梳起，湿漉漉的，因为他从不戴帽子。此时，他的脑袋正随着报纸的翻动点来点去，仿佛一只不安的鹰隼，企图从四周忧患的世界里获取满足。

站在科雷兹勒身边的是大个子塞勒斯·蒙特罗斯——科雷兹勒的贴身助理兼车夫和保镖，也是医生的密友。和科雷兹勒的大多数雇员一样，塞勒斯曾经是他的病人。每次我看见这个大个子都会不由自主地感到紧张，尽管他看上去恭敬有礼。那天早上，塞勒斯穿着一件紧身系扣的棕色夹克和灰色裤子，粗放的五官一如既往，他似乎并没有注意到我的到来，直到我走近，他才拍了拍科雷兹勒的手臂，向他示意我的出现。

"啊，摩尔，"科雷兹勒的左手从怀中掏出怀表，微笑着将右手伸向我，"见到你太好了。"

“拉兹洛。”我握了握他的手。“塞勒斯。”我和大个子点点头，却没有得到回应。

科雷兹勒看了看时间，然后指着报纸对我说道：“我对你的雇主有点意见。昨天晚上我在大都会戏院欣赏了一出精彩的意大利歌剧《丑角》，可是《纽约时报》对此一个字都没有提，满篇都是艾维瑞的‘特里斯坦’。”他看了看我的脸色，“你看上去有点疲倦，约翰。”

“我可不知道为什么。我还以为大半夜被人用车拉着满大街跑是最佳休息方式呢！你是否能告诉我为什么叫我来这里？”

“稍等。”科雷兹勒转身对坐在旁边的一位身穿蓝色制服的工作人员说道，“富勒，我们可以开始了。”

“好的，先生。”男人从腰带上取出一大串钥匙，朝走廊中央走去。科雷兹勒和我跟在后面，塞勒斯像一尊蜡像一样走在最后。

“你看了那篇报道了，是吧，摩尔？”科雷兹勒一边问我，一边看着工作人员打开通向第一病区的大门。大门刚一开启，哀号和呼喊声就仿佛猛然间放大了数倍音量，震耳欲聋。走廊没有窗，只有几盏负荷过重的电灯发出微弱的光亮。一些病房的探视窗口是打开的。

“是的，”我说道，语气有些不安，“我读了，知道其中的联系——可是为什么要叫我来这里？”

科雷兹勒还未来得及回答，一张女人的脸突然出现在我们右手边的第一扇门上。尽管她的头发已经束起来了，却仍然乱七八糟，疲倦而骨骼粗大的脸孔上充满了愤怒。然而，当看见我们的那一刹那，她脸上的表情却突然柔和起来，“科雷兹勒医生！”她的声音嘶哑却充满渴望。

随着女人情绪的变化，科雷兹勒的名字也迅速从一间病房传到另一间病房，从一个病人传到另一个病人，从女病区传到男病区。我曾经在不同的地方数次目睹类似的场景发生，每一次都令我震撼不已：他的名字仿佛倾倒在热炭火上的一盆凉水，噼啪作响浇灭了火焰，只留下蒸汽在空气中嗞嗞作响，将燃烧正旺的热火暂时却有效地退却了热度。

引发这一切的原因非常简单。科雷兹勒在病人、罪犯、医疗界、法律界以及纽约的各个社区组织都赫赫有名，他是精神病医师中的佼佼者，他在法庭或精神状态听证会上的证词将会极大程度地决定病人将会被送往监狱、精神病院，还是继续流落街头。他的身影一出现在贝尔维尤精神病院这样的地方，平日疯癫的呼喊就会变为大多数病人渴望交流的执着祈求。只有不知情者和已经无可救药的患者才会不为所动，继续胡言乱语。然而，喧嚣的吵闹声突然安静下来却并不能让人感到安心，事实上，它反而令人更加紧张不安。因为众所周知，这种对秩序的期盼是一种被压抑的渴求，痛苦的声音很快会席卷回来，然后再一次，像点燃的炭火一样，摆脱了凉水的暂时镇压，再次熊熊燃烧起来。

科雷兹勒对于病人的反应让我更加不安。我很难想象究竟是怎样的生活和职业经历可以让他从容地走在这样的地方，面对如此疯狂而绝望的行为（病房里充斥着病人们“科雷兹勒医生，我必须和你谈一谈”，或“科雷兹勒医生，求求你，我和他们不一样！”诸如此类的强烈渴求），而没有被恐惧、反感或绝望的情绪影响分毫。他迈着镇定的步伐朝走廊尽头走去，眉头紧蹙，眼睛时不时飞快地朝两边的病房扫视着，脸上的表情一半是警告一半是同情，仿佛这些人只是迷失的孩童。他不允许自己停下来与任何一个病人交谈，但这种拒绝并非残酷；相反地，这是一种仁慈，因为和其中一个人交谈则意味着给他以希望。这种希望虽然不太现实，却会给其他同样祈求的人以沉重打击。任何一位曾经在精神病院或监狱待过的人，或者那些曾经在贝尔维尤被观察过的病人都知道这是科雷兹勒的习惯做法。他们只能用自己的眼睛不断祈求，因为只有通过眼睛科雷兹勒才会读懂他们。

我们又穿过一道滑动大门，随后进入男病区。富勒领着我们走到最后一排左边的一间病室。他站在一边，打开大门上的探视窗。“沃尔夫！”他喊道，“有访客来探望你。这是公务，老实一点。”

科雷兹勒站在窗前向病房里望去，我也透过他的肩头向里看。这间狭小的房间十分简陋，一个男人坐在一张简易床上，床下摆着一个铁质便壶。房间里只有一扇安有栅栏的小窗，窗上爬满青藤，遮住了仅有的能够通过窗户透射进来的阳光。男人脚边的地上放着一个金属水罐和一个托盘，托盘上有一小块面包和一碗燕麦粥。他的头埋在手里，只穿着汗衫和羊毛裤，腰带已经被人抽走（为了防止病人自杀），手脚都戴着镣铐。被富勒点名之后，他缓缓抬起头，布满红血丝的双眼让我想起今早睡眠不足的自己。他线条分明的脸颊长满胡须，带着一副疏离和认命的表情。

“沃尔夫先生，”科雷兹勒仔细打量着对方，“你现在是清醒的吗？”

“又有谁不是呢？”男人缓缓说道，语句有点含混，“尤其是在这个鬼地方待过一晚之后。”

科雷兹勒关上探视窗，问富勒：“他吃过药？”

富勒不安地耸耸肩，“被带进来的时候一直胡言乱语，科雷兹勒医生。院长说不像是醉酒，所以他们给他注射了三氯乙醇。”

科雷兹勒有些愤怒，因为水合三氯乙醇对性命有害。这是一种无色、味道略苦，且具有一定腐蚀性的药剂，会减缓心跳，从而使病人异常安静。这种药常见于酒吧，它会致人昏迷，是抢劫者和绑架者的帮凶之一。然而，医疗部门坚持认为此类药物不会致人上瘾（科雷兹勒对此观点表示强烈反对），而且一剂药仅需二十五美分，与辛苦地用蛮力将病人制服相比，注射药剂显然成本更低且更为方便。因此，在对待精神异常人士或有暴力倾向的人士时，三氯乙醇经常被滥用。在该药剂被发明之后的二十五年里，它的使用范围已经扩大到普通人群。人们可以在药店不受约束地购买三氯乙醇、吗啡、鸦片、印度大麻和诸如此类的成瘾性药品，许多人因此葬送了自己的生命，或沉迷于三氯乙醇给他们带来的“现实忧虑的逃避，和安稳的睡眠（如某生产商所言）”。因过量注射而引发的死亡已经变得寻常，越来越多的自杀者也开始使用这种药物。讽刺的是，医生们却还在心安理得地强调它的安全性和实用性。

“注射了多大剂量？”科雷兹勒的愤怒已经转为无奈——他知道富勒并不是那个下达注射命令的人，这并不是他的过错。

“一开始注射了 20 毫升，”看守胆怯地回答，“我告诉他们了，先生，我告诉他们你很快要来进行精神评估，也告诉他们你会很生气，但是——你知道的，先生。”

“是的，”科雷兹勒平静地回答，“我知道。”其实我们都知道，听说科雷兹勒要来而且或许会反对注射，精神病院负责人反而会把注射剂量加倍，让沃尔夫更加无法清醒地完成医生对他的评测，因为评估过程中会涉及很多探索性的问题（理想状态下被评测对象应该避免受到任何药品或酒精的影响）。然而，在科雷兹勒的同行之中，尤其是那些老家伙们看来，负责人的这种做法非常正常，表达了他们对于科雷兹勒的态度。

“好吧，”科雷兹勒思索了一下，“虽然什么都做不了，但是既然我们已经来了，摩尔，时间不等人。”他的话让我立刻想起他先前留给罗斯福的那张字条上有关“时间表”的说法，但我什么也没有说，看着他打开门闩，推开厚重的大门。“沃尔夫先生，”科雷兹勒大声说道，“我们需要谈一谈。”

接下来的一小时里，科雷兹勒对这个似乎已经迷失了自己的男人进行了全面的检查。尽管被注射了过量的镇静剂，他仍旧坚持声称自己不可能用枪打爆路易莎·吕德斯海姆的头。如果真的是那样（如我们所说），他一定是疯了，应该被送到精神病院（或者至少送到马特文精神看守所），而不是监狱或绞刑架。科雷兹勒仔细地记录下他说话时的表现，但并未就此发表任何意见。他并没有按常规来询问对方的过往经历、家庭背景、亲友子女，而是直截了当地追问一些非常隐私的问题，这种方式在正常情况下会显得有些擅作主张且咄咄逼人。沃尔夫对于这些隐私问题的反应并不十分强烈，这明显受到了镇静剂的影响。这种略显平静的态度说明他的回应未能达到直接准确的程度，因此现在下任何结论都还为时过早。

但当科雷兹勒开始询问有关路易莎·吕德斯海姆的问题时，即便在镇静剂的强效之下，沃尔夫再也无法维持他的平静。科雷兹勒的询问单刀直入，这并不十分常见。问题十分尖锐，例如：沃尔夫对这个女孩是否怀有性冲动？在他居住的附近是否曾有其他孩童让他产生过这样的冲动？他是否有女朋友？他是否曾光顾过妓院？他是否对男童有特殊的癖好？为什么他开枪打死路易莎而不是用刀将她捅死？沃尔夫有些迷惑，不得不求助富勒看守，询问是否必须要回答这些问题。起初他还比较配合，但大约一小时之后，他便开始来回踱步，脚镣拖在地上叮当作响，并且开始大声咒骂，说没有人能强迫他回答这样猥亵的问题，说自己宁愿去面对刽子手也不愿意受到这样的侮辱。于是，科雷兹勒站起身来，直视沃尔夫的双眼。

“我知道在纽约州，电椅正在逐渐取代绞刑架的位置，沃尔夫先生，”他平静地说道，“然而，基于你对这些问题的回答，我怀疑你恐怕没有机会看到这一变化了。上帝会垂怜于你，先生。”

科雷兹勒走向病房门口，富勒为他打开大门。我在离开之前又回头看了沃尔夫一眼：他的表情已经从愤怒转为深深的恐惧，但他现在虚弱得只能轻声抗议，然后又重新坐回自己的小床上。

富勒锁好房门，科雷兹勒和我则顺着走廊原路返回。原本已经安静下来的乞求声再次响起，但我们没有理会。到达门厅之后，这些哀号和怒吼的声音越发响亮起来。

“我想可以让他出院了，摩尔，”科雷兹勒一边接过塞勒斯递来的手套，一边说道，语调平静而疲惫，“虽然被注射了镇静剂，沃尔夫依然表现得很暴力，尤其是对儿童充满厌恶，而且他还是个酒鬼。但是，他没有疯，而且在我看来，和我们手中的案子没有联系。”

“噢，”我借机赶紧问道，“那关于——”

“当然，他们都希望他精神不正常，”科雷兹勒仿佛没有听见我说的话，“这里的医生、报社记者、法官，所有人都认为只有疯子才会枪杀一个年仅五岁的小女孩。这个社会里，正常人也会做出如此残酷的事情，但如果我们强迫他们接受这样的观点，我想这……有些困难。”他叹了一口气，然后从塞勒斯手中拿过雨伞，“是啊，听证会可能会持续很久，一两天吧，我想……”

走出精神病院，我躲在科雷兹勒的伞下避雨，然后坐上马车。我知道接下来即将发生什么：他会发表大段的独白和宣泄，强调他的职业原则是帮助一个人在走向死亡的时候减轻自己身上的重责。科雷兹勒是死刑的坚决反对者，哪怕是像沃尔夫这样罪大恶极的人，但他从未让这种反对影响自己的职业判断，尤其是对于精神正常的定义判断。和他的同业者相比，科雷兹勒对于精神正常与否的标准是非常狭隘的。塞勒斯跳上车夫的位置，驱动马车离开贝尔维尤，此时的科雷兹勒已经开始如往常一样，抨击目前的精神病研究。他说，如果精神正常的标准宽泛，对于社会整体而言自然会更好，但对于精神病学的发展却没有任何益处，而且只会让真正的精神病人失去得到妥善治疗和关怀的机会。他的这番话并不十分连贯——科雷兹勒似乎已经将把沃尔夫送上电椅的机会完全拱手相让。我开始意识到自己不可能再从整件事里获得任何有用的信息，也完全不知道自己究竟被叫来做什么。

我郁闷地看着窗外掠过的高楼，视线渐渐落在正在驾车的塞勒斯身上。我想，他肯定已经听过很多次这样的牢骚了，或许我至少能够从他那里获得一点同情。我早该这样想的。和史迪威·泰戈特一样，塞勒斯在遇见科雷兹勒之前也曾经有过一段艰难时光，可是现在却已经成为他的忠实随从。塞勒斯从小生活在纽约，曾经目睹自己的父母在1863年的动乱中肢体分离的惨象。那是真正的人间地狱：一群愤怒的白人男女，其中许多都是新近移民，因为拒绝参加北方军队解放奴隶，于是将怒气倾泻在他们所能见到的任何一个黑人身上——包括幼小的儿童。有的人惨遭肢体分离，有的人被活活烧死，还有的人被浇上热油烫死——完全还原了中世纪的种种酷刑。塞勒斯本是一个才华横溢、拥有一副浑厚重低音的天赋少年，却不幸在父母遇难后被家族中一位专门从事皮条生意的亲戚收养，从而被训练成为“专业人士”，在一家专门为白人提供黑人妓女的淫秽场所为人弹琴。1887年的一个夜晚，他遇见了一个醉酒的警察，刚收完保护费，以为自己可以为所欲为地尽情羞辱这些“黑鬼骚货”。塞勒斯平静地走到厨房，拿起一把锋利的杀猪刀，一刀就将这位自命不凡的警察送往了纽约市警局专门为残障警察设立的福利院里。

于是，科雷兹勒介入了。他给大家解释了一种名为“爆炸性联想”的理论，向法庭陈述了塞勒斯行为的由来：在杀戮开始的几分钟里，科雷兹勒说，塞勒斯的情绪被带回到他的童年时代，带回到那个父母被残酷杀害的夜晚。于是，从那时起便压抑许久的愤怒喷薄而出，全部倾注到了那位惹事的警察身上。科雷兹勒坚持认为，塞勒斯并没有精神失常，只是因为他过去的经历影响才会做出这样的行为。法官虽然被科雷兹勒的说法打动，却因为民意不能释放塞勒斯。有人建议将塞勒斯送往纽约精神病院关押，但科雷兹勒认为自己的研究所将更有利于塞勒斯的精神康复治疗。急于结案的法官同意了。这一事件加重了世人对于科雷兹勒特立独行的印象，也并未让在科雷兹勒家里见到塞勒斯的访客减少一点不安。但是，医生却赢得了塞勒斯的绝对忠诚。

大雨倾盆而下，没有丝毫停下来的意思，马车一路向柏威利街行驶而去。据我所知，柏威利街是纽约市唯一没有教堂的街道，只有各色酒馆、音乐厅和廉价旅馆。车子驶到库珀广场时，我看见了比弗·埃里森的酒吧的大型电子招牌——乔吉奥·桑托雷利就是在那里谋生。我们继续向前行驶，路过了更多废弃的空屋和残破的人行道，它们只是因为下雨才显得不像往常一样破败。就在我们突然拐到布里克大街，并即将到达警察总署的时候，科雷兹勒突然问我：

“你看见尸体了？”

“看见？”我愤懑不已，虽然终于谈到了正事，“我的眼睛只要闭起来超过一分钟，那景象就会出现在眼前。大半夜地把我全家人吵醒，又把我强拉到罪案现场，究竟为什么？你知道的，我是不可能报道那种案子的——所以这件事除了得罪我的祖母之外，再没有任何好处。”

“抱歉，约翰。但是这件我们即将要调查的案子，你必须亲眼去看看。”

“我不想调查任何一件案子！”我大声抗议，“我只不过是个记者，不是吗？得知了一个恶心的故事却根本无法报道出来的小记者！”

“你太低估自己了，摩尔，”科雷兹勒说道，“你知道的内幕消息比任何人都多，是名副其实的百科全书——或许你自己还没有认识到这一点。”

我提高了音量，“拉兹洛，你他妈的究竟——”

再一次，对话未能继续下去，因为我们已经驶入桑树街。在喧闹的嘈杂声中，我看见林肯·斯蒂芬斯和雅各·里斯朝我们的马车小步跑来。

5

“离教堂越近，与上帝越亲密。”这是一个黑社会头目将自己的活动大本营选址设在离警察总署只有几步之遥的时候曾经说过的一句话。很多像他一样的人都曾经说过类似的话，因此桑树街北面的终点布里克一带（警署位于桑树街300号）便成了暂住户、妓院、酒馆、舞厅和赌场最集中的地方。警署的正对面就坐落着一家妓院，仅隔着一条布里克大街。在妓女们不多的工作闲暇时间里，她们总是坐在妓院绿色的百叶窗下，用手中的小型望远镜观察着警署里的一举一动，并且对过往的警员评头论足。这已经成为妓院的日常消遣活动之一。还有人将警署比作马戏表演场，是古罗马式的野蛮表演——每天数次，都有浑身是血的受害者或行凶者被带进这座看上去毫不出奇的建筑。虽然从外面看上去这栋建筑仿佛是一个普通旅馆，但实际上是纽约执法部门的中心，只有楼前步道上黏污阴暗的血迹才会让人想起这幢大楼的冰冷本质。

桑树街警署对面的303号，是警方和通信记者的非正式活动中心。就是在这间简陋的屋子里，我和我的同事们度过了绝大部分的光阴，只是为了等候警方破案的更多消息。因此，里斯和斯蒂芬斯两人会在这里等候我的到来也并不出奇。里斯脸上焦急的神色，以及斯蒂芬斯瘦削脸庞上突然显现的欣喜若狂，无不说明某件大事即将发生。

“太好了！”斯蒂芬斯撑着雨伞，跳上马车的踏步板，“神秘客人们一起出现了！早上好，科雷兹勒医生！非常高兴见到你，先生。”

“斯蒂芬斯！”科雷兹勒只是礼貌地点点头，并未表现得有多么欢喜。

里斯跟在斯蒂芬斯身后，他的五官不似斯蒂芬斯那样精致，带着丹麦人独有的粗犷轮廓。“医生你好！”科雷兹勒和他也点点头。科雷兹勒不太喜欢里斯，后者专注于揭露贫民区居民的悲惨生活，曾经发表了一系列叫作“另外一种生活”的图片和文章，并因此而闻名。尽管里斯的工作可谓先驱，但在科雷兹勒看来，这并没有改变他顽固偏执和道德主义的说教本质。我不得不承认，在这一点上我和科雷兹勒看法相同。“摩尔，”里斯继续说道，“罗斯福刚才把我俩赶出了他的办公室，说要等你们来讨论重要事情——我想，你们是在玩什么古怪游戏吧！”

“别听他胡说八道，”斯蒂芬斯笑着说道，“他不过是自尊心受了伤。最近又发生了一起凶杀案，可是因为这位朋友的个人信念问题，这起案件的报道永远不会出现在《暮日》上了——要知道，一直以来我们总是在无耻地利用着他。”

“天哪，斯蒂芬斯，如果你总这样——”里斯握紧拳头，朝着斯蒂芬斯的方向挥舞着。他一直在跟着马车一路小跑，因此气喘吁吁。塞勒斯在警署门口停下马车，斯蒂芬斯首先跳了下来。

“得了，雅各，没必要动手动脚！”他好脾气地劝道，“不过是开个玩笑！”

“你们两个究竟在说什么？”我问道。科雷兹勒没有理会他们，只是安静地走下马车。

“噢，别装傻，”斯蒂芬斯回答，“你看见那具尸体了，科雷兹勒医生也是——我们都知道。可不幸的是，雅各拒绝承认这个世界上有牛郎和牛郎院的存在，所以他不能对这起案件进行报道。”

里斯又发怒了，脸涨得通红，“斯蒂芬斯，我得好好教训你——”

“而且，你的老板估计也不会报道这样丑陋的消息，约翰，”斯蒂芬斯继续说道，“那恐怕就只剩下《晚间邮报》了。怎么样，科雷兹勒医生？是否能够给唯一一家能够报道这起案件的报社透露一点内幕细节？”

科雷兹勒的嘴角露出一丝笑容，不是出于礼貌，也不是觉得可笑，而是有些不以为然。“唯一报社，斯蒂芬斯？那《世界报》和《纽约日报》又算什么？”

“噢，我该表述得更准确一些——唯一一家能够报道此案件的重量级报社。”

科雷兹勒上下打量着斯蒂芬斯的瘦脸。“重量级？”他摇摇头，向楼梯走去。

“随便您怎么说，医生，”斯蒂芬斯在他身后高声喊道，脸上依旧带着笑容，“比起赫斯特[①]或普利策[②]，您从我们这里得到的机会肯定更多！”可是科雷兹勒并没有理会。“我们知道您今天早上去对凶手进行了精神评估，”斯蒂芬斯锲而不舍，“您至少可以说点这方面的内容吧？”

科雷兹勒在门口停下，转过身来，“我今早去探访的那个人的确是个杀人犯，但他和桑托雷利案件毫无关系。”

“真的吗？那您最好告诉康诺尔探长。他今早一直在说，是沃尔夫在杀死那个女孩之后精神失了常，然后再次作案。”

“什么？”这一次科雷兹勒是真的吃惊了，“不——不行，他不可以——他绝对不可以这样说。”

科雷兹勒关上门，斯蒂芬斯最后想要和他交谈的企图以失败告终。看着自己的猎物消失在门后，我的这位来自《晚间邮报》的同行把手叉在腰上，笑容微敛，“你知道的，约翰，那家伙的态度傲慢得很，没几个人喜欢他。”

“他也不指望别人喜欢。”我一边说，一边走上楼梯。斯蒂芬斯拽住我的

---

① 乔治·赫斯特（1820—1891），美国企业家，议员，主要的报业发行人之一，《纽约日报》的实际拥有者。

② 约瑟夫·普利策（1847—1911），美国大众报刊的标志性人物，普利策新闻奖的创办人，《世界报》总编。

手臂。

“你就不能透露点什么，约翰？又不是说罗斯福把我和里斯排斥在了警局业务之外——比起那些跟他坐在一起的傻瓜，我们都是委员会的成员，理应关系更近一些。”

这是事实：罗斯福经常会就政策性问题咨询里斯和斯蒂芬斯。然而，我只能耸耸肩，“如果真有什么消息，我会告诉你。可是其实我也两眼一抹黑。”

“但是那具尸体，摩尔，”里斯插了进来，“我们听说了一些非常荒唐的谣言——那些谣言不是真的吧！”

想起大桥塔楼上那具尸体，我叹了口气，“不管谣言多么荒唐，伙计们，恐怕连真相的万分之一都不到。”说完，我大步朝楼梯走去。

我还没有走进门里，就听见里斯和斯蒂芬斯又争吵起来。斯蒂芬斯不断地冷嘲热讽，而里斯则怒气冲冲地让他闭嘴。但斯蒂芬斯其实并没有说错，尽管他表达得有些过分。由于里斯固执地拒绝承认同性恋妓院的存在，那么他所服务的纽约市报社便无法报道这起谋杀案的任何细节。这份案件报道来自里斯或者来自斯蒂芬斯，意义大不相同，因为斯蒂芬斯是激进运动的拥护者，因此他的意义在于未来；里斯则代表长期以来的既有统治者的声音，正是在他的全力推动下桑本德地区（纽约最著名的贫民窟五点区的中心地带）才会遭到铲平，许多瘟疫地带也被推倒重建。然而，雅各·里斯始终无法强迫自己承认桑托雷利谋杀案的事实。尽管他也目睹了现场的恐怖，却无法接受这起案件的因由背景。我一边走进警署绿色的大门，一边在想——如同我曾经在《纽约时报》员工会议上多次想象过的那样，报社的大多数人（更不要说政客和公众了）究竟还需要多久才能够不再对罪恶视而不见？

走进警署，我看见科雷兹勒站在电梯前，正热烈地和康诺尔探长——前一晚曾经出现在罪案现场的探长——展开对话。我正准备加入他们，手臂却忽然被拽住。那是我在警署最喜欢见到的人之一——莎拉·霍华德，我的一个老朋友。

“别掺和进去，约翰，”她的语气中夹杂着一种圣贤般的劝诫，“你的朋友正在狠狠地批评康诺尔，他活该受到指责。还有，长官在楼上想见你——还有科雷兹勒医生。”

"莎拉！"我语气欢快，"真高兴见到你。昨晚和今早一直都和疯子待在一起，我实在需要听见一些正常的声音。"

莎拉身穿一件样式简洁的绿色裙子，和她的眼睛十分相称，也突显了她的好品位。裙子的裙撑很小，并不像普通衬裙那样繁复臃肿，完美地勾勒出她高挑匀称的身材。她的面孔说不上很美，但也十分俊俏，眼睛和嘴唇的组合巧妙地带着一丝俏皮，又仿佛有一种忧郁之美，令人赏心悦目。70年代时，她和家人搬来纽约，距离我在格拉梅西公园的家只有几步之遥。那时的我只有十几岁，眼睁睁地看着她在随后几年将这个高雅端庄的社区变成了自己的私人游乐园。长大后的莎拉并没有改变多少，只是在容易激动之外，也开始学会思考问题（偶尔也会沉思）。在和茱莉亚·普拉特解除婚约之后，有一晚我曾喝得烂醉如泥，认为所有被称为美女的女人都是魔鬼。醉醺醺的我曾向莎拉求婚，她的回应则是帮我叫了一辆驶往哈德逊河的马车，然后把我扔了进去。

"今天的这幢大楼里没有正常人，"莎拉一边说着，一边和我一起走上楼梯，"泰迪——我是说主席先生——，这样称呼他是不是有点奇怪，摩尔？"的确如此，罗斯福所在的警察总署是由四位委员组成的委员会共同执掌的，罗斯福是他们的头儿，所以被称为"主席"。那时的我们并不能猜到，在不久的将来，他将会获得另外一个类似的头衔①。"今天因为桑托雷利的案子他又发脾气了。各种人都在他的办公室进进出出——"

正说着，罗斯福的声音猛然从二楼的门厅传来："凯利，别再费心把你在坦慕尼协会②的人带到这里来！坦慕尼是民主党的畸形产物，这里是共和党改革机构——你在这里勾肩搭背得不到任何好处！建议你和我们好好合作！"楼梯处传来窃笑声，飘到我们的耳朵里。随即莎拉和我便迎面碰见了衣着浮夸、满

---

① 这里指的是"总统"头衔。在英语里，总统（president）和主席（president）是同一个单词。

② 坦慕尼协会（Tammany Hall），也称哥伦比亚团（The Columbian Order），1789年建立，最初是美国一个全国性的爱国慈善团体，后来则成为纽约一地的政治机构。在南北战争期间，坦慕尼协会摇身一变成为美国民主党在纽约的组织，并进而控制了纽约民主党，其后赢得对纽约市的彻底控制，开始了一个极端腐败和堕落的时代。坦慕尼协会还在选举中搞欺骗、实行贿赂和勒索，并卷入了一系列的丑闻。

身古龙水味道的大个子比弗·埃里森，站在他旁边体格稍矮、打扮入时而闻起来不那么呛人的则是他的老大——保罗·凯利。

曼哈顿下城的黑社会活动到1896年时，已经基本告别街头散兵游勇的小混混时代，转而被一些更大型的黑社会帮派所操纵，其杀伤力不减，但是变得更加有组织性。东城的混混们以“和尚伊士曼”为首，控制柏威利以东从第十四大街到且林士果几乎所有的地区；在西面，“哈德森掸子”——纽约上层社会和艺术圈的座上宾（因为他们都吸食可卡因），掌控了第十三大街以南和百老汇大街以西地区。第十四大街以北的地盘则属于马莱特·墨菲领导的“地鼠帮”——一群专门住在地窖里的爱尔兰人，恐怕连达尔文都无法解释这群人是如何进化而来的。在这三个虎视眈眈的帮派中间，在罪犯活动的最中心地带，距离警署仅几个街区的位置，就是保罗·凯利和他的“五点帮”，他们强势控制着百老汇大街和柏威利之间从第十四大街直到市政厅一带的所有地下活动。

凯利的“五点帮”因这座城市最令人畏惧的居住区“五点区”而得名，实际上，比起历史上曾经控制五点区的那些无法无天的帮派而言（“啊呜帮”[①]“丑塞子”“死兔子”等，他们的阴影如鬼魂一般始终未能飘散），“五点帮”几乎可以算得上是守法公民了。凯利本人就体现了这一风格上的变化，他着意修饰自己的言辞和公众行为，让自己看上去头脑敏锐、品位十足。他还略通艺术和政治，对现代艺术和社会主义都有所偏好。但凯利更了解的，是他的客户。他位于琼斯大街的五点帮总部——新布莱顿舞厅——和“品位”毫无关系。花里胡哨的玻璃墙，明晃晃的水晶吊灯和铜制扶手，以及衣着暴露的“舞女”，充斥着奢华和浮夸，连红极一时的“谭德利”——曾经被公认的不法分子天堂——都无法企及。

和凯利截然相反，詹姆斯·T. 比弗·埃里森则是传统黑帮的代表人物。他最开始不过是个舞厅保镖，后来因为将一名警察几乎狂殴致死而臭名昭著。尽管他也渴望像凯利那样改变风格，但对于这个原本就无知粗俗、荒淫成性的瘾君子来说，这种改造更像是一种荒诞的卖弄。凯利手下有许多臭名昭著、胆大

① 啊呜帮：19世纪末期的纽约街头帮派，名字来源于帮派成员的哭声，听上去仿佛一只鸟或猫头鹰的叫声。

妄为的家伙，但没有一个像埃里森这样胆敢把自己的“帕雷斯舞厅”公开经营成雅各·里斯始终拒绝承认存在的同性恋淫秽场所，这样的舞厅在整个纽约城也不过三四家。

“噢，看哪，”凯利笑眯眯地说着，“这不是《纽约时报》的摩尔记者吗？还有我们的警署之花。”他执起莎拉的手，垂下自己轮廓分明的脸庞，亲吻着。“现在被传唤到警署已经成为一件乐事了。”他看着莎拉，脸上的笑容节制而自信。尽管这样，楼梯间的空气却突然变得紧张起来。

“凯利先生。”莎拉壮着胆子点点头。但我看得出来，她内心其实十分不安，“真是遗憾，你的同伴看上去和你可不那么匹配。”

凯利大笑，埃里森走到我和莎拉身前，巨塔般的身形将我们笼罩，让我和莎拉能够看清楚他凶神恶煞的面孔和满含威胁的眼神。“管好你的嘴，小姐——从警署到格拉梅西公园的距离可不短，一个独身女子可能会碰上许多不幸的遭遇。”

“你其实是只兔子，对吧，埃里森？”尽管这个男人可以分分钟将我撕成两半，我还是开口了，“你是怎么回事？手底下的男孩都跑光了，所以现在开始盯上女人了？”

埃里森的脸涨得通红，“你这个成天胡说八道的死记者！是啊，格洛丽亚是个麻烦精，非常讨厌，但绝不是我干的。我只会干掉那些——”

“好了，比弗。”凯利的声音依旧愉悦，但话中的含义却不容置疑——赶紧闭嘴，“不管什么原因都不能动手。”说着，凯利转向我说道：“比弗和那孩子的遭遇没有半点关系，摩尔。我也不希望看到自己的名字和这起命案连在一起。”

“想起来就是噩梦，凯利，”我说道，“我看过尸体了——很像是比弗能够做出来的事情。”事实上，即便是埃里森也从未做出如此骇人听闻的恶行，但这一点他们不必知道，“受害人不过是个孩子。”

凯利笑了，朝楼梯下面又走了几步，“是的，一个玩着危险游戏的孩子。好了，摩尔，在这个城市里，每天都有那样的孩子死去——为什么偏偏对他产生兴趣？他在警局有亲人？是摩根还是福里克的私生子？”

“你觉得这是案件被调查的唯一原因？”莎拉问道，语气里有些愤愤不平，她在警局工作的时间还是太短。

“亲爱的，”凯利回答，“摩尔先生和我都知道，只能是出于这个原因。但是随便你们——罗斯福反正已经愚昧透顶！”凯利自顾自地走下楼梯，埃里森把我推开，跟在他的后面。他们在稍远的地方停下来，凯利转过身，他的声音终于听上去开始和他的实际身份相称，“但是我警告你，摩尔，我绝对不希望看到我的名字和这起案件有任何关系。”

“不用担心，凯利。我们总编是不会让这案子见报的。”

他笑了，“非常明智的做法。这世界每天都有大事发生。摩尔，为什么要把精力浪费在这区区小事上呢？”

说完，他们离开了。莎拉和我终于放松下来。虽然凯利已经不同于旧时代的黑帮分子，但他毕竟还是黑社会人物，这样的相遇实在无法不让人紧张。

“你知道吗，”我们上楼时莎拉若有所思，“我的朋友艾米丽·考特曾经专门到贫民窟去见保罗·凯利——她居然说他特别有趣！哎，艾米丽总是脑子缺根筋。”说着，她挽着我的手臂，“顺便问一句，约翰，刚才你为什么说埃里森是兔子？我觉得他更像大猩猩。”

“在黑话里，兔子是恶棍的意思。”

“噢，我得把它记下来。我希望自己对这些事情懂得越多越好。”

我不由自主地笑了，“莎拉，女性现在可以从事的行业这么多，怎么你偏偏就想做警察？你这么聪明，完全可以成为科学家，或者医生，甚至——”

“你不也是一样，约翰，”她的回答很不客气，“不过是你不想而已。巧合的是，我也不想。说实话，有时候你真是笨死了，明明知道我究竟想要什么。”是的，莎拉的所有朋友都知道，莎拉的梦想是成为全纽约的第一位女警官。

“可是，莎拉，你距离目标更近了吗？现在的你也不过只是秘书。”

她笑了，笑容背后隐藏着一丝尖锐。“说得没错，约翰，但我已经成功进入警署大楼了，不是吗？放在十年之前，这几乎是不可能的事情。”

我点了点头，又无奈地耸耸肩，知道没有必要再和她争论下去。接着，我朝二楼门厅的周围张望，想看看有没有熟人。可是，来往的探员和警官都是新面孔。“真是见鬼，”我说，“今天这里的人我一个都不认识。”

“是的，情况越来越糟了。上个月我们损失了不少。他们宁可辞职或退休，也不愿接受调查。”

“可是罗斯福总不能把整间警局都换成新人吧。”

“大家都这么说。但如果非要在腐败分子和缺乏经验的新手中间选，你也知道他会选哪一边。”莎拉从背后猛地推了我一把，“好了，别再懒散了。他让你马上进去见他。”我们迎面路过一群便衣警察，走到走廊的尽头。“晚些时候，”莎拉嘱咐道，“你必须要详细地告诉我，为什么这样的案件通常不会被立案调查。”说完，她急匆匆地敲响并打开了罗斯福办公室的房门，将我推搡进去。“是摩尔先生，长官。”她大声说道，随后关上房门，只将我一人留下。

罗斯福酷爱读书和写作，因此他喜欢给自己布置超大的书桌。此刻他的办公室里便放置着这样的一张桌子，四周摆放了几张扶手椅。屋内壁炉的白色木架上有一座大型钟表，亮闪闪的铜制电话放在一张边桌上。除了这些简单的装饰，房间里便只剩下书籍和报纸，堆放在地板上，摞得高高的，有半个房间那么高。面对桑树街的百叶窗帘半垂着，罗斯福正站在窗前，穿着一套为上班而特意准备的灰色保守西装。

“啊，约翰，太好了，”他从桌子那边冲过来，抓着我的手，“科雷兹勒在楼下？”

“是的。您想单独见我？”

罗斯福的表情有些严肃，又似乎有所期待。“他的情绪如何？你觉得他会怎么想？那家伙总是阴晴不定——我想让事情能够顺利地开始。”

我耸耸肩，“他还好，我觉得。我们刚从贝尔维尤回来，沃尔夫那个案子，就是杀死小女孩的那个人。科雷兹勒回来的路上情绪不太好，但我想他已经缓解了——用我的耳朵。可是，罗斯福，我不知道你究竟想让他干什么——”

门上突然响起轻快的敲门声，莎拉再次出现，身后跟着科雷兹勒：他们一直在交谈，我注意到在他们结束谈话走进办公室的时候，科雷兹勒一直在打量她。其实这并没有什么，大多数人在看到警局居然有女雇员的时候都会出现这种反应。

罗斯福迅速走到他们中间。“科雷兹勒！”他大声说道，“真高兴见到你，医生。真是太高兴了！”

“罗斯福，”科雷兹勒露出真心的笑容，“很久没见了。”

“太久了，真的太久了！我们坐下谈吧，或者，我们把办公室清空，然后再打一场比赛？”

这指的是他们第一次在哈佛见面时的故事，他们曾经打过一场拳击赛。我们三个人都笑了，坐下来开始聊天。我的思绪却不由自主地回到当年。

罗斯福 1876 年进入哈佛读书，但多年以前我就已经认识他了，虽然和他并不太熟。罗斯福幼年身体不太好，却是个努力学习、认真听话的乖小孩。和他不同，我和弟弟在格拉梅西公园社区的整个童年都是在一种混乱无秩序的状态下度过的。父母的朋友们把我俩叫作“小魔头”，对于深受我们这两匹害群之马折磨的我的父母则表示了深切的同情。其实，我们也并没有做什么特别邪恶的事情，只不过总是和那些家住在东面煤气厂区的穷人孩子们混在一起而已。在我们那个以古板而著称的荷兰裔社区里，这样的玩伴是不被接受的。大人们认为社会阶层决定一切，不允许子女拥有自己的思想。但预科学校的若干年也未能扭转我的这种倾向。事实上，我一贯的荒诞放纵在十七岁时敲响了人生的第一次警报——我被哈佛拒绝录取。其实我很能够欣然接受这一事实，但父亲用他深不可测的钱包扭转了我的命运，于是，我不得不走进生活单调乏味的剑桥村，在那里熬过了头两年沉闷的大学生活。当罗斯福来到哈佛的时候，我是不可能和这样的书呆子亲近起来的。

1877 年的秋季，我上三年级，罗斯福上二年级，情况开始发生变化。恋爱不顺再加上父亲病重，遭受双重打击的罗斯福蜕变重生，抛弃了过往的狭隘，而变得心胸开阔、容易接近起来。我们已经开始学会互相欣赏彼此的世界观，度过了许多喝酒谈天的愉快夜晚。接下来，我们开始携手探索波士顿，和上流社会和底层人士都有接触。就是在这样的过程中，我们建立了坚固的友谊。

与此同时，我孩提时代的另一好友——拉兹洛·科雷兹勒——也以前所未有的惊人速度完成了哥伦比亚医学院的学业，并在位于布莱克威尔岛的精神病院找到了一份高级助理的工作。可是不久，他被哈佛大学威廉·詹姆斯医生所开设的一门心理学新课程所吸引，于是来到哈佛。詹姆斯医生社交广阔，治学深厚，本可以成为一名哲学家，却在劳伦斯中心的几间小屋里建立起全美第一家心理学实验室，并且给学生开设比较解剖学课程。1877 年的秋季学期，在听说詹姆斯教授不仅幽默风趣而且对学生的分数非常慷慨之后，我报名参加了他的课程。上课第一天，罗斯福就坐在我的身边，他对所有疯狂的事物都有浓厚的兴趣。尽管有时会和詹姆斯教授就某个有关动物行为的细节问题争执不休，但和所有人一样，他很快就被这位依旧年轻的教授迷住了。教授有一个很有趣的习惯：每当学生情绪萎靡不振时，他就会躺在地上，美其名曰“教学是一个相互的过程”。

科雷兹勒和詹姆斯教授的关系却更复杂一些。尽管他对于詹姆斯的工作极为尊重，而且对他本人也极为喜爱和尊敬（想不这样其实很难），科雷兹勒却无法接受詹姆斯有关“自由意志”的理论和说法，而这一理论正是这位教授的治学核心思想所在。詹姆斯曾经多愁善感，体弱多病，年轻时不止一次有过自杀的念头，但在阅读了法国哲学家雷诺维叶（雷诺维叶认为，人的意志力能够克服所有精神包括生理上的病痛）的著作之后，阻止了自残的倾向。“我自由意志行为的其中之一，就是相信自由意志！”这是詹姆斯教授早期的呐喊，并一直主宰着他的思想直至1877年。这样的理念注定与被科雷兹勒称为“环境决定论”的思想背道而驰。科雷兹勒认为，每个人的行为都在极大程度上受其个人早期经历的影响，分析或评价一个人的行为绝对不能脱离他的生活经历。劳伦斯中心实验室里装配有许多测试和解剖动物神经系统及人类反应的仪器，在那里，詹姆斯和科雷兹勒经常会因为人群生活模式的形成问题或者人是否能够决定自己的生活方式之类的问题争论不休。这样的冲突愈演愈烈，直到最后，在第二学期的一个晚上，他们决定在学校礼堂就“自由意志是否是一种心理现象”这一话题展开公开辩论。

大多数在校学生都聆听了这一辩论。尽管科雷兹勒表现出色，大多数人还是先入为主地站在了他的对立面。此外，詹姆斯的幽默风趣也给他额外加了不少分，哈佛学生很喜欢教授的那些俏皮话，因此自然而然地倒向了詹姆斯一边。从另外一个方面来说，科雷兹勒在辩论中提到的那些悲观主义哲学家——例如德国的叔本华，以及他引用的达尔文和赫伯特·斯宾塞的理论以证明生存是人类心理及生理发展终极目标的观点，都让在场的学生不愿趋同。我承认，即便是自己，也在两人之中摇摆不定：一方是我的密友，可是他的观点却总是令我不安；另外一方和我没有私人关系，但他的理论却能给所有人的未来带来无限的可能。罗斯福——那时候的他并不认识科雷兹勒，而且明显对詹姆斯更有好感——并未像我一样良心不安，曾经饱受童年病痛折磨的他毫不犹豫地为詹姆斯教授的大获全胜高声欢呼。

辩论结束后，我和科雷兹勒在哈佛学子经常光顾的查尔斯大街上的一家小酒馆吃饭。饭吃到一半，罗斯福和几个朋友走进来，看见我和科雷兹勒在一起，于是请我互相介绍一下。虽然彬彬有礼，但罗斯福的语气有些尖锐，说科雷兹勒“关于人类心理的论述是天方夜谭”，一定是和他的欧洲背景和经历有关。而且，后来罗斯福的言语说得有点过了头，居然嘲弄科雷兹勒是“吉卜赛血统”。科雷兹勒的母亲是匈牙利人，他因此感到十分屈辱，于是决定为荣誉发起挑战。罗斯福毫不犹豫地答应了，提议进行拳击赛。我知道，科雷兹勒其实更愿意选择击剑，由于左臂曾受伤的缘故，他是不可能在拳击比赛中有任何机会的。但科雷兹勒同意了，因为按照决斗规则，被挑战的一方有权利选择决斗的方式。

罗斯福是个君子，在偷偷溜进海门威体育馆（我在先前的一次扑克比赛里从保管员那里赢得了体育馆的钥匙）脱下衣服之后，他看到了科雷兹勒羸弱的手臂，于是大度地让对方再选择一种武器。但是，科雷兹勒是个固执且骄傲的家伙。虽然在那一晚又一次遭受失败，他却展现出惊人的意志力和表现，他的行为让在场所有的人都动容，也赢得了罗斯福的真心尊敬。我们于是又回到酒馆，一直买醉到深夜。尽管罗斯福和科雷兹勒并未成为最亲密的那种朋友，一种特殊的情感纽带却将他们二人联系在一起。正是这种情感纽带，逐步打开了罗斯福的心灵，使他开始慢慢接受科雷兹勒的理论和观点。

正是这样的一个开始，使得我们三人今天一起坐在罗斯福的办公室里。我们兴致勃勃地谈论起当年在剑桥村的时光，似乎忘记了今天来的真实目的。后来我们谈起最近的生活和工作，罗斯福似乎对科雷兹勒正在进行的儿童研究非常感兴趣，科雷兹勒则说他一直在关注着罗斯福，从他在奥尔巴尼当议员开始，直到后来成为华盛顿市政服务委员会主任。老朋友之间的谈话总是令人愉悦的，我满足而轻松地聆听着他们的交谈，几乎忘记了前一晚和今天早上的种种遭遇。

但是不可避免地，谈话最终引向桑托雷利被害一案。一种不祥的预兆和悲哀的情绪开始在房间里蔓延，无情地驱散了先前的欢颜笑语，就像将那个男孩的尸体遗弃在冰冷大桥上的凶手一样无情。

6

“我收到你的报告了，科雷兹勒，”罗斯福说着，从书桌上拿起文件，“还有验尸官报告。当然你也知道，他不会贡献出什么更多的想法。”

科雷兹勒点头，一脸不以为然，“任何屠夫或持有执照的医药销售员都可以胜任验尸官的工作，罗斯福。和当精神病院院长一样简单。”

“的确如此。但是，你的报告似乎在暗示——”

“它并没有完全呈现我发现的东西，”科雷兹勒小心打断他，“是的，有些很重要的东西并不在报告里。”

“嗯？”罗斯福惊讶地抬起头，办公用的夹鼻眼镜从鼻梁上滑下来，“你再说一遍？”

“警署里能够看到报告的人太多了，长官。”科雷兹勒已经尽可能地言辞委婉，这对他来说十分费劲，“我不希望看到某些案件细节……被公开。还不是时候。”

罗斯福没有说话，眉头因思考而皱起，好一会儿才开口，语气平静：“你写的东西很可怕。”

科雷兹勒站起来走到窗边，将百叶合起。“首先，罗斯福，你必须答应我，那些像——”他的语气中带着厌恶，“像康诺尔探长那样的人绝对不能知道我要说的这些话。这家伙一早上都在向媒体散布错误信息，这些信息也许会导致更多无辜的人消失。”

罗斯福眉头皱得更深，“岂有此理！如果是真的，医生，我会让他——”

科雷兹勒举起一只手，“答应我，罗斯福。”

“我答应你。但是至少告诉我康诺尔究竟说了些什么。”

“他对好几个记者说，”科雷兹勒一边回答，一边在办公室里来回踱步，“说沃尔夫是桑托雷利案件的真凶。”

“你不这么认为？”

“当然不。虽然沃尔夫无法控制自己的情绪，而且有暴力倾向，但他的想法和行为完全没有预谋的痕迹，也不成体系。”

“你说他是不是……”罗斯福努力在脑海里寻找合适的词汇，“精神变态？”听到这样的问题，科雷兹勒翘起一边的眉毛。“我读过你最近写的一些书，”罗斯福继续说道，“尽管我没有太看懂。”

科雷兹勒点点头，露出神秘的笑容，“你是想问，沃尔夫是不是精神变态？是的，毫无疑问他是有一些病态性的人格低下。至于‘精神变态’——如果你读过一些相关文献，罗斯福，你就会知道，那取决于我们接受的是哪种观点。”

罗斯福点头回应，一只粗糙大手摩挲着下巴。那时的我虽然对此并不太了解，但几周之后也开始懂得，科雷兹勒与其他同行们的最大分歧就是：杀人狂究竟是怎样形成的。他们的观点之战主要在《美国精神周刊》（一家由全国精神病院负责人协会出版的学术季刊）上进行。一般来说，如果男性或女性的暴力行径完全背离了特定的道德思考模式，然而智力却完全正常，这样的人最近被德国精神病学家埃米尔·克雷佩林归纳为“精神变态人格”。这一划分在行业内得到了广泛的认可，然而争论的问题在于：这样的精神变态人格真正属于心理疾病范畴吗？大多数医生的回答是肯定的，虽然他们现在还无法准确界定其本质和原因，但认为这个问题早晚都会得到回答。然而，科雷兹勒却认为，精神变态人格是由极端的童年环境和经历所导致的，和病理学本身并没有关联。在特定情境下，这种病人的行为是可以被理解并预测的（和真正疯癫的人不同）。亨利·沃尔夫就属于这种情形。

“所以你将判定他精神正常，可以受审？”罗斯福问道。

“是的。”科雷兹勒的脸色沉了下来，他双手交叠，“而且更重要的是，我敢打赌，在庭审开始之前，我们就会有证据证明他和桑托雷利案完全无关。冷冰冰的证据。”

我发现自己很难再保持沉默，于是开口问道：“证据呢？”

科雷兹勒的手垂下来，“如果我们把沃尔夫当作桑托雷利案的元凶，证据恐怕就是更多的尸体。是的，”科雷兹勒的声音有点飘忽，“他会很生气，因为他的风头被人抢走了……”

“他？你说谁？”

但科雷兹勒似乎没有听见我的疑问。“你们记得吗，”他继续说道，“三年前曾经有过一起旧案，被害人也是儿童。罗斯福，那正是你在华盛顿的斗争最高潮时期，可能没有听说。摩尔，你那个时候也正和《华盛顿邮报》打得不可开交，因为他们不想让罗斯福好过。”

“《华盛顿邮报》？”我语气厌恶，“那地方烂透了，是被非法政府任命的一群垃圾——”

“说得没错，”科雷兹勒抬起虚弱的左臂，阻止我继续说下去，“毫无疑问，你们报社的立场更正确，也更忠诚，虽然这种支持看上去并不是那么热烈。”

“但后来报社的态度改变了，”我气鼓鼓地说，“我并不是因为他们保住了我的饭碗才这么说。”我补充道，却多少有些底气不足。

“好了，没必要自责，摩尔。回到我刚才说的那个案件。三年前，位于萨福克大街德兰西以北公租房屋顶的一座大型水塔被雷电击中。水塔是那一带最高的建筑，因此它会被雷击中并没有什么出奇的地方。然而，当居民和消防员赶到那里时，一些人开始认为这是天意——因为他们在水塔里发现了一对孩子的尸体，兄妹两人，喉咙被割。我碰巧认识死者的家人，是来自奥地利的犹太人。两个孩子长得都很漂亮——精致的面孔，大大的棕色眼睛。但是他们也很调皮，给家里惹了不少麻烦：偷窃、撒谎、欺负其他孩子——简直无法无天。事实上，这两个孩子遇害之后，他们的邻居、家人也并没有多么悲伤。尸体被发现的时候已经高度腐烂。男孩的尸体掉进了水里，完全肿胀变形；女孩的尸体相对完整干燥一些，但是有利于破案的证据都被无能的验尸官给毁掉了。我只看了验尸报告，里面有一处细节相当古怪，”说着，他用左手指着自己的脸，“死者的眼睛都被挖掉了。”

我不禁打了个冷战，想起桑托雷利，还有罗斯福那天晚上告诉我的另外那两起凶杀案。我瞄了罗斯福一眼，他似乎也和我想到了一起，因为虽然身体还保持镇静，他的眼神中却显露了一丝恐惧。为了挣脱这样的情绪，罗斯福申辩道："这也并非不正常，尤其是当尸体长时间暴露在外的时候。如果喉咙被割，大量的血和腥气会引来食尸鸟。"

"或许吧，"科雷兹勒点了点头，"但水塔是封闭的，其目的就是要将鸟群和虫兽阻挡在外面。"

"我懂了，"罗斯福回答，"这些细节见报了吗？"

"是的，"科雷兹勒回答，"我记得是在《世界报》上。"

"可是，"我抗议说，"并非所有的生物都不能进入水塔，比如老鼠。"

"的确，约翰，"科雷兹勒分析道，"在没有进一步证据的情况下，我只能勉强接受这一说法。但是，为什么纽约市的老鼠在面对尸体时只是小心翼翼地吃掉眼睛呢？这是一直困扰我的问题。直到昨天晚上，"科雷兹勒继续在房间里来回踱步，"在我看见桑托雷利的尸体之后，我对尸体的眼眶进行了仔细的检查。虽然灯光条件差强人意，但我还是发现了一些线索。在死者颧骨和眉弓之上有许多细小的凹槽，蝶骨的翼端——基底部位置——也有若干道细小的刻痕。所有这些印记都和某种利刃的切割痕迹相吻合，凶器在我看来，应该是一种猎人常用的匕首。我还猜测，如果可以将 1893 年水塔案那两个孩子的尸体挖掘出来重新检查——我个人强烈要求这样做，我们将会发现类似的痕迹。换句话说，先生们，被害人的眼睛是被人为挖掉的。"

我的恐惧陡然升级，笨拙地寻觅着合适的言辞，"但是康诺尔探长说——"

"摩尔，"科雷兹勒的声音异常坚定，"如果还想继续这场讨论，我们就必须摆脱像康诺尔探长那样的人的观点的影响。"

罗斯福不安地在椅子上扭动着身体，我看得出来，他已经无法再隐瞒下去了："我想我应该告诉你，医生，"他双手握着椅子扶手，"在过去的三个月里，曾经发生了另外两起谋杀案，作案手法和你所描述的……十分相似。"

科雷兹勒非常震惊。"什么？"他焦急地问道，"在哪里——尸体在哪里发现的？"

"我不是特别清楚。"罗斯福回答。

"受害者也是童妓？"

"我想是这样。"

"你觉得是这样？报告呢，罗斯福？我必须要见到验尸报告！难道警察局里就没有人发现这些案件互有关联吗？你难道没有察觉吗？”

验尸报告很快送了进来。据报告所言，两起案件的遇害者都是男孩，也确实都是童妓。验尸官猜测，尸体被发现的时间应该在他们被害的几小时之内，就像罗斯福那天晚上告诉我的那样。和桑托雷利案件相比，这两位受害者尸体的受损程度并没有那么严重，但其差别也只是量的区别，而非质的区分。三个案件的相似点远远超过它们的不同之处。第一起案件中的受害男孩，是一个年仅十二岁的黑人移民，我们只知道他的名字叫“米勒”，他的尸体被发现用铁链锁在埃利斯岛一艘游船的船尾。第二起案件的受害者是十岁的亚伦·莫顿，他被发现双脚倒挂在布鲁克林大桥上。报告显示，两位受害人都几乎全身赤裸，喉咙被割，身上有多处伤痕，而且，受害人的眼睛全都不翼而飞。科雷兹勒读完报告上的描述，在最后一个细节上低声重复了数次，陷入了深深的思考。

“我想我明白你的意思，科雷兹勒。”罗斯福大声说道，他不喜欢在知识讨论中落于下风，哪怕讨论的知识领域对于他完全陌生。“一个杀人犯在三年前犯了案，然后被报纸曝光。现在，另外一个读过这份报道的人受到启发，于是模仿杀人。”他似乎对自己的推断颇为满意，“我说的对吗，医生？这并不是第一次新闻报道产生如此的效果。”

然而，科雷兹勒只是坐在那里，用手指轻轻敲击自己的嘴唇，表情明显在说：整件事情要比他想象的更为复杂。

我试图另辟蹊径：“那余下的那些呢？那些……失踪的器官，还有被割走的……身体部位。之前的案件里并没有这样的细节。”

“是的，并没有，”科雷兹勒缓缓答道，“但我相信这一定有原因，虽然我们现在也许还不清楚。眼睛是关键，是联系一切的线索，是破案的关键——我敢打赌……”他的声音越变越弱。

“好吧，”我说，举起双手，“所以，有人三年前杀害了两个孩子，现在我们又发现了一个模仿当年凶手的变态杀手，对凌辱尸体有特殊癖好。所以，我们该怎么办？”

“约翰，你刚才所说的那些——”科雷兹勒平静说道，“几乎都不准确。我并不确定这个凶手是个变态，也不认为他喜欢自己的所作所为——似乎你是这样认为的。但最重要的是——而且恐怕会令你失望了，罗斯福——我百分之百能够肯定，后来的这个凶手并不是模仿者，他们是同一个人。”

是了，我和罗斯福最害怕的就是这句话。自从为了支持罗斯福反对内政部分赃制度的斗争而任性地从华盛顿离职开始，我报道警方通讯已有多年。我曾经报道过一些国际大案，也清楚像科雷兹勒提到的这种凶手的确存在。但这些经历并未使我感到轻松，因为凶手仍然逍遥法外。对于罗斯福而言，虽然他天生是个斗士，但对犯罪行为的细节所知并不多，因此，这对他来说就更加难以理解。

“但是……三年了！”罗斯福有些震惊，“当然，科雷兹勒，如果这个凶手真的存在，他居然逍遥法外这么多年。”

“因为根本没有人对他立案追踪，所以他才能轻易逃脱法律的制裁，”科雷兹勒毫不客气地说道，“即便警方曾经对案件产生兴趣，他们也会束手无策，因为他们根本无法理解凶手的作案动机。”

“你理解吗？”罗斯福满怀希望。

“不完全。我只有一点点线索——我们得找出更多线索来。只有充分了解凶手的作案动机，才会有一丝破案的可能。”

“可是，怎么会有这样骇人听闻的行为？”罗斯福很是困惑，“毕竟，桑托雷利那孩子没有钱，所以一定不是因为钱财纠纷。我们调查了他的家人，他们当晚也似乎都在家里，没有人出门。除非因为和别人发生了争执，那么……”

“我怀疑是否真的曾经发生过争执，”科雷兹勒回答说，“或许，死者在被害之前从未见过凶手。”

“你是说，被害的那孩子根本不认识凶手？”

“非常有可能。认识与否对于凶手来说并不重要——重要的是，受害人代表了什么？”

“你的意思是？”我问。

“这也正是我们要去查证的东西。”

罗斯福进一步追问：“有任何证据能够证明你的理论吗？”

“没有，没有你认为的那种证据，我不过是研究了他们一辈子——还有直觉。”

“可是……”罗斯福站起来走来走去，科雷兹勒却变得放松下来，工作中最艰难的那一部分已经完成。罗斯福的一只手握成拳头，敲打着另外一只手的手心。“听我说，科雷兹勒，我是在特权家庭长大的——我们其实都是，但自从接手这份工作以后，我就打算认真去做，去了解这个城市的地下生活，而且我的确也见识了很多事情。我不需要别人告诉我，那些惨无人道、骇人听闻的邪恶之手已经伸到纽约。可是，那究竟是一种什么样的可怕的噩梦，才会驱使一个人去做这样冷酷的事情？”

“不要——”科雷兹勒说得很慢，尽量让自己的意思表达清楚，“不要把原因归结于这个城市。不是因为最近的环境，也不是因为最近发生的事情。你们要找的这个怪物很久以前就已经成型了，或许在他的婴儿时期——又或许是童年。不一定是因为纽约。”

罗斯福说不出话来，他的脸上满是挣扎。这场对话给他带来了巨大的冲击，就像当年第一次见到科雷兹勒并听说了他的理论时一样。然而他知道，这是必然的，自从他让我将科雷兹勒带到办公室的那一刻起，就已经注定会是这样的结果。其实他也并非没有收获，这场谈话令他意识到，整个警察局恐怕都没有人能够驾驭这样一个令人生畏的领域，而在科雷兹勒那里，它却有迹可循。科雷兹勒的理论提供了一种途径，能够解开这件在罗斯福看来如谜一般的案件，从而将凶手绳之以法，为那些无辜死去、从未被警局给予过任何重视的可怜受害者伸张正义。可是，尽管这样，我还是不能理解自己为什么会出现在这里。

“约翰，”罗斯福突然对我说，虽然他的眼睛并没有看我，“凯利和埃里森刚才在这里。”

“我知道，莎拉和我在楼梯上遇见了他们。”

“什么？”罗斯福推了推眼镜，“有没有给你们带来什么麻烦？凯利是个魔鬼，尤其是有女性出现的时候。”

“总之不太友好，”我说，“但是莎拉表现不错，非常勇敢。”

罗斯福松了一口气。“感谢上帝。其实，我私下里一直都在怀疑，自己的选择是否明智。”他指的是雇用莎拉这件事。莎拉和另外一个部门的秘书一起，是纽约整个警力部门仅有的两位女性。因为这件事，罗斯福曾遇到不少嘲弄和批评的声音——公开的或未公开的。但是和许多人一样，他为女性在美国社会所受到的不公平待遇打抱不平，因此决定给莎拉她们一个机会。

“凯利，”罗斯福继续说道，“凯利威胁说，如果我们把他或埃里森和这起案件关联在一起，他就要在移民社区挑起骚乱。他说，他会让所有人都知道，警方让杀人真凶逍遥法外。”

科雷兹勒点头，“对他来说这还真不是件困难的事情。而且，他说的也没错。”罗斯福闻言有些愤怒，但很快平静下来，因为他知道科雷兹勒并没有说错。“告诉我，摩尔，”科雷兹勒继续问道，“你对埃里森评价如何？他和案件有关联吗？”

“比弗·埃里森？”我靠在椅背上，伸出双腿，思索着该如何回答，“毫无疑问，他是纽约的几大恶棍之一。大多数流氓都多多少少还存有人性，虽然藏得比较深，即便连‘和尚’伊士曼也养猫养鸟。可是比弗——据我所知，没有什么能够打动他。暴力是他的唯一嗜好，是唯一能够给他带来乐趣的东西。如果我没有见过被害人的尸体，如果这只是一个关于在帕雷斯舞厅外工作的男孩遇害的理论性假设，我会毫不犹豫地将他列为嫌疑人。至于动机？他有动机，最可能的动机就是他想让这帮人听话，并上交保护费。可是，这样的假设却存在一个漏洞——作案风格。比弗是个干脆利落的人，如果你懂我的意思。如果是他去杀人，他一定杀得干脆利落、悄无声息。很多死在他手里的人据说至今连尸体都没有被发现。虽然他外表浮夸，但做事却截然不同。所以，尽管很想说他有嫌疑，但我不觉得他和这个案件有关。这不是他的——风格。”

抬起头，我看见科雷兹勒的眼神有点迷惘。“约翰，这是我认识你以来你说过的最有智慧含量的话！你说你想知道为什么会在这里？”说着，他看了看罗斯福，“罗斯福，我要求摩尔做我的助手。他对这个城市的犯罪活动和犯罪场所的了解，对我来说价值非常。”

“助手？”我喃喃自语，但没有人理会我。罗斯福大笑起来，露出的牙齿和眯起的双眼说明，他欣然同意科雷兹勒对我的这个评价。

“所以希望你参与案件调查，”罗斯福说，“我想你会的。”

“参与案件调查？”我再一次目瞪口呆，“罗斯福，你是疯了吗？让一个精神病学家、心理学家来破案？你已经给自己树了很多敌人了，警队里几乎每一个高级官员，还有几乎一半的委员会。你知道吗？他们居然在赌场下注，赌你一定会在独立纪念日之前就被开除！如果别人知道你邀请了科雷兹勒参与调查——天哪，还不如雇一个非洲巫医！”

科雷兹勒笑了，“这大概就是大多数上等公民眼里的我。摩尔说得对，罗斯福。这项工作必须绝对保密。”

罗斯福点头，“我了解现实情况的严重性，先生们。相信我，一定会完全保密。”

“还有，”科雷兹勒努力想把话说得委婉，“关于我加入的条件……”

“你是说薪水吧，”罗斯福说道，“因为你将会担负起顾问的职责，所以……”

“我说的不是薪水，也不是说我顾问的身份。天知道，罗斯福，警队的那些所谓探长连死者眼睛是被人为挖掉的这一点都看不出来——三个月接连三起——而且最讽刺的是，他们竟然说是老鼠干的！天知道他们还有没有犯下其他愚蠢的错误。至于说本案和三年前那起旧案的联系——假设这一联系的确存在的话，我恐怕直到老死都等不到这些笨蛋能够找出两个案子之间的蹊跷，不管他们有没有顾问帮助他们。所以，不，我不能和他们一起工作。我脑海里想的是——协助办案。”

一直奉行实用至上的罗斯福立刻表示愿意洗耳恭听：“快说！”

“给我拨两个年轻警探，熟悉科学办案方法，和警局里那些旧势力没有牵连，而且不崇拜伯恩斯，不是他的忠诚追随者。（托马斯·伯恩斯是警探厅的创始人和颇受尊敬的前任厅长，在任期间暗中积累了巨大的财富。而且，并非巧合，在罗斯福被任命为局长的时候光荣退休。）我们会在警署外面找一间办公室，就在不远的地方。你可以指派一个你信任的人为联络官——当然，最好是新来的、年轻的警员。尽可能做好一切保密工作。”科雷兹勒靠在椅背上，知晓自己的要求几乎是史无前例的，“如果你能做到这些，那我相信或许我们还能有机会破案。”

罗斯福靠在桌子上，轻轻晃动着身体，直视科雷兹勒：“这意味着，如果这件事被人发现的话，我将以自己的职位为代价。”他说道，脸上却并未露出担忧的神色，“我不知道你是否了解，医生，你的存在让纽约的实际掌权者——不管是政界还是商界——既害怕又愤怒。摩尔关于非洲巫医的那个说法其实并不只是个笑话。”

“我向你保证，我也没把它当笑话。如果你真心地想阻止凶案再次发生——”科雷兹勒的请求十分真诚，“那么就必须答应我说的这些条件。”

我还在震惊于自己听到的对话。我以为，如果罗斯福邀请科雷兹勒只是戏言而已，那么他是时候该放弃这一想法了。可是，罗斯福用拳头使劲敲击了一下自己的掌心。“一言为定，医生！我认识两个完全符合你要求的警探。但是请告诉我——你将从哪里开始？”

“对于这个问题的答案，”科雷兹勒用手指着我，“我必须要感谢摩尔。我的灵感来自很久以前他曾经寄给我的一份东西。”

“我寄给你的？”有那么一刹那，我忘记了自己的恐惧，内心满满的全都是自我膨胀。

科雷兹勒走到窗边，将百叶拉起以便能看到外面。“你记得的，约翰，几年前在伦敦的‘开膛手杰克’连环杀人案？”

“我当然记得。”我咕哝着。1888 年我在伦敦待了三个月，那次度假简直糟透了，一个嗜血狂魔在伦敦东区连连作案。他看似随机地挑选了一些妓女，随后便将她们残忍杀害，开膛破肚。

“当时我向你打听消息，想知道当地对于案件的详细报道。你非常慷慨地寄给我许多材料，其中包括了一些小福布斯·温斯洛①关于案件的评论。”

我迅速搜索着脑海里的相关记忆。小福布斯·温斯洛的父亲老福布斯·温斯洛曾是英国著名的精神病学家，科雷兹勒早期曾深受他的影响。十年前，小福布斯借着父亲的余荫成为伦敦精神病院院长。可在我看来，他不过是个自负的蠢蛋。开膛手杰克开始作案时，小福布斯被邀请参与案件侦查。事实上，他也一直声称，是他的参与才使得凶手得以被抓获，案件得以被侦破（虽然直到现在，案件的真正原因仍然成谜）。

“千万别告诉我，是温斯洛给你指出了破案的方向。”我吃惊地说。

“他并非有意。在关于‘开膛手杰克’的一段论述里，他讨论了案件的一个疑犯。他的原话是这样说的：若非因为勾勒了一个‘虚构人物’以符合凶手

---

① 小福布斯·温斯洛：19 世纪末伦敦著名的精神科医生，因参与“开膛手杰克”一案而声名大噪。曾就精神疾病和犯罪行为的关系发表多篇文章。

的每一条线索，他也许就把那个疑犯当作真凶了。当然，他所说的那个疑犯后来被证明是无辜的。但‘虚构人物’这个表述却一直在我的脑海中挥之不去。”科雷兹勒转身看着我们，“我们对这起案件的凶手一无所知，也不太有可能找到目击证人，间接证据寥寥无几——我们现在仅知道凶手有过作案经验，作案时间非常充裕。所以，我们必须要做的——也是目前唯一能做的——事情，就是给本案凶手描绘一幅虚构的画像。如果我们能够把他画出来，那现有证据的作用就可以被极大程度地放大。侦破工作不会再是大海捞针，或许可以把搜索的范围缩小到——比如说一湾小水潭，如果你愿意的话。”

“可是我不愿意，谢谢。”我的不安愈来愈烈。这种对话最容易刺激罗斯福的神经，科雷兹勒明明很清楚地知道。行动、计划、运动——只要遇到这种极具诱惑力的词汇，罗斯福就根本无法做出明智的决定。我站起来，伸开双臂想要先发制人，“听我说，你们两个——”我刚想说下去，科雷兹勒碰了碰我，然后扔给我一个惯常的眼神——眼神中不容反对的意味十分明显。他随之开口说道：“你先坐下，摩尔。”

我别无选择，虽然内心勉强，却只能照做。科雷兹勒接着说：“还有一件事情你们必须要知道。我说，如果接受我的种种条件，那么也许会有成功破案的可能——注意，只不过是可能而已。我们的对手经验非常丰富。要知道，之所以我们能够发现水塔里那两个孩子的尸体，这几乎完全是天意。我们对于凶手几乎一无所知——连凶手是男是女都无法确定。女性谋杀自己或者他人的孩子，这样的案例也并不罕见。这种行为或许是分娩后狂躁症的一种极端表现，现在通常被称为产后抑郁症。但值得庆幸的是，我们拥有一条非常重要的线索。”

罗斯福的脸明亮起来，“是桑托雷利吗？”他领会得很快。

科雷兹勒点头，“更准确地说，是桑托雷利的尸体。是他的尸体，还有另外两具尸体被发现的场所。凶手完全可以把他的受害人永远隐藏起来，这样就没有人知晓他在过去的三年里究竟残害了多少人。然而，他现在给我们留下了关于他作案手法的公开证明——和信件不同，摩尔，你记得吗？‘开膛手’杰克作案时喜欢给伦敦警方写信。本案的凶手有一种隐形的心理变化，或许已经厌倦了简单的杀戮。在这三具尸体上，我们可以清晰地感受到凶手在一反常态地叫嚣，仿佛在催促我们赶紧找到他。而我们必须要快——因为我怀疑，凶手在遵循严格的时间表作案。我们也必须尽快破译他的时间表。”

“所以，你觉得自己能够迅速破案，医生？”罗斯福问道，“你所描述的这种调查通常旷日持久，而我们必须要看到结果！”

科雷兹勒耸耸肩，似乎不为所动。“我所说的话绝对诚实。我们或许有一线希望，但再无其他。”科雷兹勒的一只手放在罗斯福的书桌上，“所以，罗斯福？”

很奇怪，我并没有再提出抗议。之前我们关于哈佛的回忆，罗斯福对于科雷兹勒计划的浓厚兴趣，以及科雷兹勒说他的行动灵感来自我几年前寄给他的一份材料——这一切的发生使我突然意识到，办公室里此刻正在进行的这一场谈话不过只是桑托雷利之死所带来的部分结果。事件的起因可以追溯到很久以前，回到我们的童年，以及童年之后的生活——不论是作为个人，还是我们彼此交叉的那些部分。我从来没有像现在这样，如此清晰地体会到科雷兹勒理论的精髓：那些我们借以回答生命中重要问题的答案从来都不会无缘无故地出现，它们是多年自身体验的反映，体现了我们生命中对个人行为进行控制的不同思考模式。罗斯福——这个始终以“积极态度面对所有挑战”，并凭借此信条渡过了人生中重重难关的人——难道真的可以自由地做出拒绝科雷兹勒提议的决定吗？如果罗斯福接受了这一提议，我难道可以拒绝他们吗？他们伴随我走过了我年轻时最荒唐的那些岁月：在所有人都认为我的知识和行为荒诞不经（除工作以外）的时候，是他们告诉我，这些知识非常重要，可以用来破案。詹姆斯教授曾经说过，是的，任何人都是自由的，在任何时候都可以追求或拒绝任何事情。或许，从客观角度来说，这的确是真理。但是，就如同科雷兹勒一直强调的那样（连詹姆斯教授都很难反驳），你不能将主观客观化，也不能将具体宽泛化。人究竟会做出怎样的选择，这个问题仍然存有争议。罗斯福和我便是最好的例证。

因此，在这个阴郁的 3 月清晨，科雷兹勒和我变成了侦探。我们知道，这是必然发生的事情。之所以如此肯定，是因为我们对彼此的性格和过往都充分了解。然而在纽约，却还有另外一个人在这个决定性的时刻猜测到了我们的行动决议。现在回想起来我才发觉，他对我们在今天的举动格外关注，于是，他才特地挑选了我和科雷兹勒离开警察局的那一刻，送给了我们一个语焉不详、令人忧虑的信息。

从警局出来的时候天色变得更加可怕，雨水也开始进行新一轮的攻击。科雷兹勒和我匆忙躲进马车，刚一进去，我便闻到了一股奇怪的味道，仿佛马粪和街头垃圾混合在一起的恶臭。

“科雷兹勒，”我捏着鼻子，看着他在我身边坐下来，“是不是有人——”

我的话被卡在嗓子里，因为顺着科雷兹勒的眼光，我看见马车地板的角落里多了一个卷成一团、散发着恶臭的布团。我用雨伞尖戳了戳。

“这味道真是令人难忘，”科雷兹勒低语，“如果没记错，应该是人血和排泄物混合的味道。”

我呻吟着，用手捂着鼻子。“某个孩子的恶作剧吧。”我说，想用雨伞把布团挑起来。“马车和高帽子一样，都是此类恶作剧的绝佳目标。”我正准备把布团挑出窗外，从里面掉出一个脏兮兮的纸团。我想用雨伞把纸团挑起来，可是纸团松开了，露出里面的点点字迹。

“嗯，”我很是迷惑，“这东西好像是你们这种人常见的，科雷兹勒，‘卫生和饮食与婴幼儿神经形成的联系’——”

科雷兹勒突然一把抢过我手中的雨伞，用伞尖扎住纸张，然后将雨伞和纸团都扔出窗外。

“科雷兹勒，你干什么！”我赶紧跳下马车，捡起雨伞，把伞尖上的纸团扯下去，然后回到马车里。“你知道，那把雨伞可不便宜。”

我看着科雷兹勒，一丝惶恐和担忧爬上他的脸庞。但他随即努力掩饰了这份紧张，说话时又恢复了先前的镇定模样。“很抱歉，摩尔。但我碰巧认识那笔迹的主人，一个蹩脚的设计师和思考者而已。我们现在不是分心的时候，有很多事情要做。”说完，他倾身向前，呼喊着塞勒斯的名字。大个子的身影随即出现在车盖下面。“去学院，然后去吃饭，”科雷兹勒说，“如果可以的话，尽量快一点，塞勒斯——我们这里需要一些新鲜空气。”

很明显，在马车里留下那个污秽包裹的人绝对不是个孩子：我看到的那段简短文字以及科雷兹勒后来的表现都说明，那张字条是从科雷兹勒的一本著作上撕下来的。想到科雷兹勒的众多批评者——无论是在警局还是在其他公众领域——都有可能是这一行为的幕后主使，我并没有把它当回事。可是接下来的几周却证明，这起意外事件的重要性越来越明显了。

7

我们急于召集力量展开调查，可是却被耽搁下来，虽然时间不长，但也令人心生沮丧。当罗斯福听到风声，说警局和报社已经有人开始对科雷兹勒拜访警署的行为产生关注时，他意识到自己先前将我们三人的会面放在警署来进行是一个严重的错误。因此他说，他需要几天的时间使事态平息下来。于是，科雷兹勒和我利用这段时间，对我们即将开展的“协助调查工作”进行了一系列安排。我需要说服我的老板给我放一段时间的假，这个任务并不算艰难，尤其在罗斯福及时打了个电话并解释说警方有重要工作需要我的协助之后。可是，当我和老板请求，如果案件可以报道，我会独家提供给《纽约时报》而绝不透露给其他报社时（无论他们付给我多少钱），我却被老板礼貌地请出了他位于第三十二大街和百老汇大街交会处的总编办公室。我不得不再三向摆着一张苦瓜脸的主编们表示，其实并没有报社会对此感兴趣，随后便旋风般地离开了。这是纽约常见的3月天气，上午11点，华氏二十九度的气温，大风以平均每小时五十英里的速度掠过我的脸庞。按照计划，我接下来应该去科雷兹勒的学院和他见面。我本打算徒步过去，为一段时间都不用向总编去报告工作而欣喜万分。可是，纽约的3月太冷了——连街面上的马尿都被冻成冰凌，足以冷却任何的激情。走到第五大街旅馆的时候，我决定叫辆车，却突然发现“大佬”普拉特从另外一辆马车走下来，然后走进旅馆消失不见。他的动作有些僵硬，不得不让人对他的健康状况表示担忧。

我的马车随后经过了且林士果广场，然后驶向东百老汇大街方向，在185—187号停下来，我走下了车——这里便是“科雷兹勒学院”。看见科雷兹勒的车子停在路边，我朝楼上的窗户瞄了一眼，希望能够看到他，可是连一个人影都没有见到。

科雷兹勒自掏腰包在1885年买下了这幢四层楼高的红砖黑边建筑，然后将大厦内部重新设计装修，使之成为一个连贯的整体。大楼的后续维修和保养费用大都来自权贵客户的咨询费，也有部分源自他作为司法专家而获得的可观收入。大厦顶层是孩子们的宿舍，三层设有教室和游戏大厅，二层则是咨询室和检查室，以及心理研究室。科雷兹勒常在那里进行儿童的认知、反应、联想、记忆能力测试，以及其他种种令他的同行们炫目不已的精神功能测试。大厦一层是颇受争议的手术间，他通常在那里进行大脑解剖和尸体解剖。我的马车正好停在大门的黑色铁质楼梯附近，塞勒斯站在台阶上，头戴圆顶礼帽，高大的身躯隐藏在一件尺寸巨大的外套之下，两只鼻孔向外冒着热气。

“下午好，塞勒斯。”我艰难地挤出一丝笑容，以为自己看见他不会感到紧张，却只是徒劳。“科雷兹勒医生在吗？”

“他的马车在这儿，摩尔先生。”塞勒斯的声音愉悦轻快。相比之下，我听上去仿佛一个十足的傻瓜。但是，我仍然坚决地傻笑着。

“你知道的，医生将会和我在一起工作一段时间。”

塞勒斯点头，露出笑容。若不是我早就熟悉他的表情，定会对他产生误解。“我听说了，先生。”

“好吧！”我将外套撩在身后，拍了拍前胸，“我自己进去找他。噢，对了。下午好，塞勒斯。”

我的问候没有得到任何回应，不是说我不值得他这样做，而是我们俩没有必要都表现得像个傻瓜。

学院的门厅和前廊很小，白色的墙壁，深色的护墙板。像往常一样，这里拥挤着心焦的父母和孩子们，他们分坐在两张长凳上，等候科雷兹勒医生的接见。冬末春初的每天上午，科雷兹勒会亲自出诊，以决定哪些人可以在接下来的那个秋天进入学校进行康复和治疗。申请入校的人来自四面八方：既有来自东北部的富裕家庭，也有贫穷的移民和郊区工人。这些人都有一个共同点：他们都拥有一个不安的或令人不安的孩子，其行为异于常人，并无法得到解释。其实这是件严肃的事情，但事情的严肃性质却不能改变学校大厅内乱哄哄如菜市场一般的情形。如果你沿着走廊向前走，非常有可能会被等候的孩童们绊倒、吐痰、咒骂，甚至是拳打脚踢。尤其是那些或许唯一的心理缺陷就是被过度溺爱的孩子们，他们的父母显然不应该带着他们来科雷兹勒这里。

在往咨询室走去的路上，我的目光锁定在一个潜在的捣乱分子身上：一个胖乎乎的小男孩，目露凶光。还有一个五十岁左右、穿着臃肿、围着一条大围巾的黑皮肤女人在咨询室门前走来走去，嘴里还念念有词，仿佛是在说匈牙利语。我不得不穿过她的身边，躲过那个小胖子的无影脚，才顺利来到咨询室的门前。敲响房门，我听见科雷兹勒大声说道："进来！"于是在那个来回踱步的女人的好奇目光注视下，我走进了房间。

位于门厅后部的咨询室是科雷兹勒的潜在病人在进入学院之后能够看到的第一个房间。科雷兹勒始终坚持称呼他的病人为"学生"，并要求他的员工也这样称呼，不让孩子们意识到自己和他人的不同。同时，科雷兹勒要求室内的设计装潢不会给人造成压抑的感觉。大厦内部没有悬挂动物图片，这不仅反映出他的独特品位，也让孩子们感觉愉悦和放松。学校里有很多玩具——球杯、简单积木、玩偶、铅制的士兵玩具。这些玩具在孩子们进行初步的敏捷性、反应时间以及性情测试时会经常用到。医疗仪器则很少出现，大多存放在隔壁的检查室里，那里是科雷兹勒进行心理研究的地方——如果他对某个案例产生兴趣的话。测试的目的是判定孩子们的问题究竟是出于继发因素（即因为身体器官失常而影响情绪和行为），还是原发心理疾病（指的是心理或情绪失调）。如果孩子没有显现出继发因素，而且科雷兹勒认为他有希望痊愈，也就是说，这个孩子没有显现出无可救药的脑部疾病或损伤，那么他就可以被学院"录取"，可以在学校全天生活，并在医生觉得安全的前提下，在假期允许回家探视。科雷兹勒本人非常赞同他的朋友和同事阿道夫·迈耶[①]的理论和学说，并经常引用对方的名言："孩童的退化性进程主要来源于有缺陷的家庭环境。"因此，学校最主要的目的就是为患病儿童创造一个新的环境。除此之外，科雷兹勒还有另外一个工作重心，就是试图讨论人类灵魂的"原始模型"是否可以被重铸，以及人因出生的随机性而被写就的命运是否可以被重新决定。

---

① 阿道夫·迈耶：美国精神病学家，很重视对精神病的预防。曾发表论文多篇，在美国精神病学界产生广泛影响。

科雷兹勒坐在他的豪华办公桌前，在桌角一盏镶嵌着绿色和金色玻璃的台灯下奋力书写着什么。在等候他的时间里，我走到书桌附近的书架前，取下我最喜欢的一本书——《塞缪尔·格林——疯狂大盗和杀人犯的一生和灭亡》。这是 1822 年的一起旧案，也是科雷兹勒经常对“学生”父母说起的一个案件。臭名昭著的格林曾经是“鞭子下的产物”（科雷兹勒原话），童年时期屡受虐待，他被警方抓获之后，曾公开宣称自己的一切罪行都只不过是复仇。这本书里最吸引我的是卷首插画，生动描绘了“疯子格林”在绞刑架上的终结。我一直对插画里格林那疯狂的眼神赞叹有加。此刻的我正津津有味地欣赏着，科雷兹勒却将桌子上的一摞材料推给我，说道：

“看看吧，摩尔。我们的首个胜利，虽然不大。”

我放下书，接过那摞材料。那是各种表格和发行物，似乎和某个墓地有关，尤其是其中的两处墓穴。还有一张关于尸体发掘的条子以及相关文件，上面的字迹已经模糊不清，隐约辨认出仿佛是一个叫亚伯拉罕·茨威格的人签发的。

我突然察觉到有人在背后注视我。转过身，我看见一个十二岁左右的小女孩，一张圆圆的漂亮面孔上满是惊恐和困扰的表情。她一定是看到了我刚才看过的书，一边不安地摆弄着裙子最上方的几颗纽扣，目光却一直在书中插画和我之间来回逡巡。她显然已经看到了图画下面的简要故事说明，然后得出了一些令人不太愉快的结论。她脸色煞白，一边躲避着我，一边向科雷兹勒求助。

科雷兹勒转身看着她，“啊，是蓓尔特。要回家了吗？”

小女孩不安地指着那本书，小手指向我，声音颤抖：“那么……我是疯了吗，科雷兹勒医生？这个人是准备把我送到那个地方去的吗？”

“什么？疯了？”科雷兹勒把书拿走，扔给我一个训诫的眼神，“这太荒唐了！我想说的都是好消息，”对她说话的科雷兹勒像对待一个成年人那样直率而坦白，但语气却还是像对孩子说话一样——耐心，慈祥，偶尔还有些宠溺。“到我这里来。”女孩朝他走过去，在科雷兹勒的帮助下坐在他的膝上。“你是个非常健康也非常聪明的小淑女。”女孩的脸有些发红，露出恬静的笑容。“你的问题在于，在鼻子和耳朵里长了一些小东西。这些小东西和你不一样，它们最喜欢的就是房间里的冷空气。”他拍了拍小女孩的头，“你需要做的是去看医生，这位医生是我的好朋友，他会帮助你把那些小东西都拿掉。你只需要美美地睡上一觉就可以。至于这个人，”他把蓓尔特放在地上，“他是我的一个朋友，摩尔先生。问个好吧。”

女孩朝我行了个礼，动作轻微得几乎看不出来，但没有说话。我向她弯腰示意，“很高兴见到你，蓓尔特。”

她只是笑了笑，这时科雷兹勒的声音又响起，“不要再傻笑了。去找你的妈妈吧，我们会安排一切的。”

女孩向门口跑去，科雷兹勒略显兴奋地掸了掸我手中的材料，“动作很迅速，是不是，摩尔？材料是不到一小时之前送过来的。”

“是谁干的？”我迷惑地问，“是什么东西？”

“是那两个叫茨威格的孩子！”他平静地回答，“水塔那件案子——他们的遗体现在就在楼下！”

两具尸体就在楼下，这个画面实在令人毛骨悚然，和今天学院里的一切是那么格格不入，我不禁打了个寒战。刚想问问科雷兹勒他究竟为何要这样做，女孩蓓尔特领着她的母亲——那个披着大围巾的妇女——进来了。那女人和科雷兹勒用匈牙利语简单交谈了几句，可是科雷兹勒的匈牙利语所知有限（他的德国父亲并不希望自己的子女学会他们母亲的语言），因此对话很快又转回英语。

“拉伊克夫人，我已经用各种不同的方法向你解释过了。”科雷兹勒试图想再一次体现公平。他从怀里掏出一块银表，飞快地扫了一眼，“也用了各种不同的语言。你发现了吗，孩子的肿胀有时候并不那么明显？”他指着自己的耳朵、鼻子和咽喉，“这时候的她其实并不感觉疼痛，不仅能够正常听说，而且呼吸也很顺畅。因此，这时候的她是正常的。但大多数时候，位于她咽部和鼻腔后部的赘生物——也就是她的鼻子和咽喉——堵塞了和耳朵相连的咽管，使她的正常活动受到很大阻碍。而且你的房子四处透风，这种环境会加重她的病情。”科雷兹勒将手放在女孩的肩上，她又开心地笑了。“简言之，她不是有意的，不是故意要折磨你和她的老师。你明白了吗？”科雷兹勒身体前倾，用他那鹰隼一般的眼睛紧盯着那位母亲的双眼，“不，显然你并没有明白。好吧，那么就直接照我说的去做——孩子的大脑或心灵并没有任何问题。带她去卢克大街，奥斯本医生技术很高超。我相信可以说服他为你们降低诊费。到了明年秋天——”他抚弄着女孩的头发，后者抬起头倾慕地望着他，“蓓尔特将会完全康复，并且能够出色地完成学校的各项任务。是不是，我的小淑女？”

女孩没有说话，只是咯咯地再次笑起来。母亲还想说点什么：“可是——”但科雷兹勒抓住她的手臂，将她推出门厅，直到抵达前门。“真的，拉伊克夫人，这样就可以了。你不能理解，并不代表这种情况不存在。带孩子去看奥斯本医生吧！我会和他联系的，如果我发现你没有照我的话去做，我会非常生气。”说着，他关上前门，回到门厅，却迅速被其他家长包围上来。科雷兹勒只好大喊“休息十分钟”，才得以从人群中退回到咨询室，关上房门。

“想要让人相信孩子的心理健康必须小心呵护，最大的困难——”他一边退回书桌前整理材料，一边嘟囔着，“最大的困难在于，人们总是认为孩子的每一次异常行为都是某一个重大情况的反映。嗯……”他锁上书桌抽屉，转过身来，“现在，摩尔，我们下楼去。罗斯福派来的人应该已经到了。我让塞勒斯把他们直接从一楼的大门领过去。”

“你要在这里面试他们？”说话间，我们已经穿过检查室，躲开了外面那些等候的人群，从后门进入学校的庭院。

“事实上，我根本不打算对他们进行面试，”冷风迎面向我们扑来，“我会让尸体去考验他们，而我只看结果。记住，摩尔，不要讨论我们要做的事情，一个字都不要，直到我能够确信他们的能力。”

天上开始飘起雪花，科雷兹勒的几个小病人正在庭院中玩雪，他们穿着学院的统一蓝灰制服，目的是为防止学生互相攀比。看见科雷兹勒，他们兴奋地跑过来和他打招呼。科雷兹勒朝他们微笑示意，简单询问了几个关于老师和学校作业的问题。当几个胆大的孩子直言不讳地谈论起某个教师的容貌或身体气味时，科雷兹勒温和地对他们进行了教育。等我们转过身走进大厦一层，院子里的欢呼声已经开始此起彼伏，让我不禁想到最近又有许多孩子流落街头，很可能会步乔吉奥·桑托雷利的后尘。渐渐地，我发现自己的思绪越来越向这起案件靠近了。

穿过一条黑暗潮湿的走廊，我们来到手术间。这是一间长条形的房间，房间里的燃气加热装置不停地工作，以保证室内空气温暖而干燥。墙面被粉刷过，平滑而干净，沿着墙壁的四周摆放着白色的玻璃门橱柜，里面的医疗器械阴森地闪着冰冷的光芒。橱柜的白色架子上陈列着一排人或类人猿头骨的石膏模型。为了更好地呈现其大脑结构，模型的部分头盖骨被移除，但脸上却依然栩栩如生地保留着它们垂死挣扎的表情。除此之外，架子上还陈列着各种生物的大脑标本，封存在装有福尔马林的罐子里。人体和动物神经系统图示则占据了剩余的墙面空间。在房间的正中央，摆放着两张钢制的手术台，台下设有管道，可以将流出的液体引流到地上的铁质容器里。两张手术台上此刻各摆着一具尸体，尸体被无菌布单所遮盖，散发着浓烈的尸臭，并混合着泥土的气味。

手术台旁站着两个人，身穿三件式羊毛西装。高个子的西装是时髦的格子图案，个子稍矮的那一个是纯黑色的。在耀眼的手术灯强光反射下，他们的面孔仿佛隐藏在黑暗里，模糊不清。

“先生们，”科雷兹勒直接向他们走过去，“我是科雷兹勒医生。希望没有让你们等候太久。”

“没有，医生。”高个子说道，握着科雷兹勒的手。当他走到强光之下，我发现这是一个相当英俊的、犹太特征明显的年轻人——坚挺的鼻梁，清澈的棕色眼睛，还有一头浓密的鬈发。相比之下，矮个子的那一位则是小眼睛，肉乎乎的脸颊上还挂着汗珠，头发稀疏。两人看上去都不过三十岁出头。“我是马库斯·艾萨克森，”高个子男人说道，“这是我弟弟，卢修斯。”

矮个子男人伸出手，看上去有些恼火，“我是卢修斯·艾萨克森警探，医生，”他自我介绍道，随后侧过身和高个子低语，“别再这样，你答应过我的。”

马库斯·艾萨克森转了转眼珠，朝我们笑了笑，随即也从嘴角挤出一句话：“怎么？我做了什么？”

“别再说我是你的弟弟。”卢修斯急切低语。

“先生们，”科雷兹勒打断了他们，对这场突如其来的争吵感到有些迷惑，“请允许我介绍我的朋友，约翰·舒勒·摩尔。”我和他们一一握手，科雷兹勒又接着说道，“罗斯福局长对两位的能力有着高度评价，认为你们或许能够协助我进行我正在着手的一点小工作。二位在两个领域的专业知识令我印象十分深刻——”

“是的，”马库斯抢着说道，“刑事犯罪学和法医学。”

科雷兹勒又继续说：“首先，我想知道——”

“如果您对我们的名字存有疑问，”马库斯再一次打断医生的话，“我们的父母刚到美国时，曾经非常担心他们的子女会被学校的反犹太情绪所波及。”

“我俩比较幸运，”卢修斯补充说，“我们有个妹妹，名叫科迪莉亚。”

“您看，”马库斯继续说着，“父母一边读莎士比亚，一边学习英语。我出生的时候，他们刚开始看《尤利西斯·恺撒》。一年之后我弟弟出生时，他们还在读同一本书。可两年后我妹妹出生时，他们已经大有进步，能够阅读《李尔王》了——”

“先生们，”科雷兹勒打断了他，皱起眉头，双眼紧盯着二人，“虽然你们的故事很有趣，但我想知道的，是关于你们的专业水准，以及你们是如何加入警队的。”

卢修斯叹了口气，抬起眼睛。“没有人愿意听我们讲名字的故事，马库斯，”他嘟囔着，“我早就告诉过你。”

马库斯有点脸红，似乎在生气，但很快就严肃起来，似乎意识到这次见面的开场并不十分顺利。“好吧，您知道，医生，这个原因需再次归咎于我们的父母，尽管我知道这并非一个有趣的借口。母亲曾经希望我成为一名律师，希望我的弟弟——这位警探先生——成为一名医生。结果适得其反，我们两人从小就开始阅读威尔基·柯林斯[①]的作品，上大学的时候就下定决心将来要成为侦探。”

“法律和医学知识都是十分有用的。”卢修斯补充道，“后来我们为平克顿侦探社工作了一段时间，直到罗斯福长官开始掌管警务部门，我们才有机会加入警署。我相信您也听说过，他雇用员工的方式有点……与众不同。”

我知道他的意思，并随后解释给科雷兹勒听。除了对警署的每一个部门和警探进行调查并迫使许多警员主动辞职之外，罗斯福还大张旗鼓地雇用了许多新员工，以期打破前局长托马斯·伯恩斯以及一些如“大棒威廉”和“大个子

---

① 威尔基·柯林斯：英国侦探小说家，著有《月亮宝石》《白衣女人》等。小说中的故事情节大多神秘莫测，错综复杂，离奇曲折。

比尔”等警区头目在位时形成的派系格局。此外，罗斯福似乎对于犹太人有一种偏爱，认为他们忠诚勇敢，并形容他们为“麦克白式的正义勇士”。艾萨克森兄弟便是在这样的背景下出现的，尽管“勇士”一词与他们给人的第一印象并不十分相符。

“我猜，”卢修斯语气里有一丝希冀，想脱离有关他们的犹太背景的话题，“您是想让我们检查一下这两具从墓穴里挖掘的尸体吧？”他指着手术台说道。

科雷兹勒打量着他，“你怎么知道它们是被挖出来的？”

“气味，医生。这十分明显，还有两具尸体的姿势，说明它们曾被郑重其事地下葬。”

科雷兹勒的眼睛猛然明亮起来。“是的，警探先生，你的推论十分正确。”他走过去，拿掉尸体上遮盖的无菌布，腐烂的气味更加明显了。两具小小的、令人不忍直视的尸体出现在我们眼前，其中一具身上的黑色西装已经开始褪色腐烂，另外一具尸体上的白色裙子也早已破败不堪。尸体的骨架还彼此相连，但更多地方都已经和皮肉分离。尸体可见一些毛发和指甲，指甲的缝隙中都是泥土。我的身体一僵，只能强迫自己面对现实：这类可怕的景象在接下来的一段时间将成为我生命的主旋律，我想最好提前习惯这一切。可是，尸体的头盖骨令人尤其感到可怕，它们清楚地说明两个孩子都是以非正常的方式死去，这样的恐怖景象让人很难再继续检查下去。

然而，艾萨克森兄弟的脸上却没有任何惊恐的表情。他们走近手术台，神情专注地听科雷兹勒向他们解释尸体的由来：“这是兄妹两人，本杰明和索菲亚·茨威格，被人谋杀。尸体被发现在——”

“在一座水塔里，”马库斯插话，“案件发生在三年前。目前调查仍在继续中。”

显然，这样的回答令科雷兹勒十分高兴。“到这边来，”他继续说道，指着角落里一张白色的桌子，上面堆放着一摞剪报和材料，“这里是我收集的关于这起案件的所有资料。因为事出紧急，所以你们只有今天下午和晚上的时间。晚上 11 点半，我会在‘德莫妮卡’饭店等候二位。作为你们辛苦工作的回报，我将请你们吃晚餐。”

马库斯兴奋的表情中夹杂了一丝好奇，“如果不是因为公务，医生，不必请我们吃晚餐了，尽管我们内心非常愿意。”

科雷兹勒点点头，露出微微笑容，“那我们11点半见。”

随后，艾萨克森兄弟便开始着手研究文件资料。他们十分投入，甚至没有注意到我和科雷兹勒的离开。回到楼上，我去咨询室取回我的外套，科雷兹勒的表情看上去兴致十足。

“毫无疑问，他们看上去有点古怪，”他一边陪着我走到门口，一边说道，“但我的直觉告诉我，他们知道自己在做什么。我们拭目以待吧。哦，顺便问一句，摩尔——你今晚有干净衣服穿吗？”

“今晚？”我一边问，一边戴上帽子和手套。

“今晚有歌剧表演，”他回答，“罗斯福的联络官今晚7点会去我家和咱们见面。”

“是谁？”

“不知道，”科雷兹勒耸耸肩，“但不管是谁，他的角色至关重要。我想我们可以带他一起去剧院，然后观察他的表现。这是一个非常好的测试机会，天知道我们什么时候还会有下一次。可以用我在‘大都市剧院’的包厢。马洛尔今晚演出《弄臣》，和我们的主题很相称嘛。”

“的确如此，”我很兴奋，“说到主题，今晚谁会扮演驼背人的女儿？”

科雷兹勒略带嫌弃地转过身去，“天哪，摩尔，我真应该好好研究一下你的童年经历。你这无法抑制的性狂热——”

“我不过是想问一下，扮演驼背人女儿的会是谁！”

“好了，好了！告诉你，是弗朗西斯·萨维拉，用你的话来说，就是那个‘长腿美女’！”

“如果是那样的话，”我跳下楼梯走向马车，“我肯定会找到合适的衣服。”据我所知，在大都会剧院可以欣赏到包括奈利·梅尔巴、莉莉安·诺帝卡在内的四大女高音歌唱家的美妙歌喉，正如史迪威·泰戈特说的那样，尽情享受。如果能够欣赏到美女的歌唱，我将是最好的观众。“我7点准时去你家。”

“太棒了，”科雷兹勒说，眉头却皱起，“我都迫不及待了。塞勒斯！把摩尔先生送到华盛顿广场去！”

在路上我不禁想，歌剧和晚餐——以这样的方式展开一起谋杀案的调查，这是多么地与众不同却又令人愉快。可惜的是，我的计划并未如愿，因为当我回到家时，在门前发现了焦急不安的莎拉·霍华德。

8

莎拉没有理会我的问候。“这是医生的马车，对吗？”她问道，“还有他的人。我能借用一下吗？”

“要去哪儿？”我抬头看见祖母在房间窗口焦急地向下张望，“莎拉，出什么事了？”

“康诺尔探长和另外一个叫凯西的警员今天早上去找桑托雷利家人问话，回来的时候说一无所获，可是康诺尔的袖口上有血迹，一定是发生了什么。肯定是这样，我想知道究竟是怎么回事。”说话的时候她没有看我，或许是因为她知道我会怎样回应她。

“这有点超过秘书的职责权限了吧。”我说。莎拉没有回答，脸上露出失望的神色。她的失落让我有些不忍，只好打开车门。“塞勒斯，可以吗？”我问道，“可否为霍华德小姐和我跑一趟？”

塞勒斯耸肩，“当然可以，先生。只要在咨询时间结束之前赶回学院即可。”

“不会耽误你的。上来吧，莎拉，这是塞勒斯·蒙特罗斯先生。”

莎拉的表情立刻由阴转晴——这可并不常见。“约翰，”她一边跳上马车一边对我说，“有时候，你真的让我刮目相看。”她扶着塞勒斯的手坐稳，待我也坐下后将毛毯展开，盖在我和她的腿上。随后她告诉了塞勒斯一个地址，位于莫特大街上。马车开动了，莎拉兴奋得击掌庆贺。

在这个世界上，像莎拉这样如此期待去往纽约下东区最脏乱区域的女性似乎并不多见，她勇于冒险的精神品质也并未因其审慎的态度而有所缓和。不仅如此，莎拉对于贫民区是非常有经验的：大学毕业后，她的家人认为除了学校教育，莎拉也应该获得一些在莱茵贝克（霍华德家的乡村别墅所在地）和格拉梅西公园社区之外的第一手生活经验。于是她成为一名专门上门服务的探访护士，穿上浆得笔挺的白色上衣和黑裙子，戴着一顶滑稽的硬草帽，一整个夏天都在第十病区来回奔波。那几个月中，她经历了许多——几乎走过了下东区的每一个角落。然而，那里的任何一处都无法和我们今天即将去探访的地方相比。

桑托雷利一家住在运河大街以南几个街区之外的一处后巷出租屋内。后巷出租屋曾在 1894 年被政府宣布为非法建筑，但是法案中有一条保留条款：已建出租屋可以在简单修缮之后继续存在。打个比方，如果说面向街面的公租房已经是黑暗破旧、疾病丛生，那么位于后巷的那些低矮建筑的破败情况就更加呈几何级数增长了——那里本是大楼的庭院，用于通风和透光。那天，我们的马车就停在这样的一幢出租屋面前：建筑的入口平台上垃圾遍地，污水横流。一群衣衫褴褛、面目污秽的男子聚在一起，一边喝酒一边大声调笑。看见塞勒斯驾着马车驶过来，他们的笑声戛然而止。莎拉和我走下马车，站在人行道上。

“别走得太远，塞勒斯。”我说道，努力掩饰自己的紧张不安。

“不会的，先生。”塞勒斯将马鞭握在手里，另一只手伸向外套的口袋。“或许您需要这个，摩尔先生。”他掏出一套指节铜环。

我研究了一下这件武器，“嗯，还是不用了。”我坦承自己的不足，“而且，我也不知道怎么用。”

“快点，约翰。”莎拉催促着我走上平台。

“嘿！”一个闲汉抓住我的手臂，“你的车夫是个黑鬼？”

“是吗？”我说着，拉着莎拉想快步从这群臭气熏天的人身边走过。

“简直和黑桃 A 一样黑！”另外一人大声说道，语气惊讶。

“形容得非常好。”我说。莎拉先走了过去，我正想跟上，先前的那个人拽住了我。

“你不是警察吧，是不是？”他的语气充满威胁。

“绝对不是，”我迅速回答，“我讨厌警察。”

那个人点点头，但什么也没说，我认为，这就是放我离开的意思。

在到达后巷出租屋之前，我们首先要穿过一条长长的漆黑的走廊。这是一次让人惊心动魄的历险：莎拉在前面领路，我们沿着脏兮兮的墙壁摸索前行，徒劳无益地想要让自己的眼睛适应走廊中的黑暗。突然，莎拉似乎被什么东西绊了一下，紧接着那东西居然发出呜呜的声音来。

“天哪，约翰，”莎拉过了几秒钟才说道，“是个婴儿。”

我在黑暗中目不能视，靠近时才闻到一种独特的气味——是的，一个婴儿，身上沾满了自己的排泄物。

“我们得帮帮他。”莎拉说。我想向门口那群男人求助，可是回头望去，我看见他们的身影在雪天中隐约晃动，他们的手中似乎挥舞着棍子一样的东西，一边看着我们，时不时还发出不怀好意的笑声。看来从他们那里获得帮助近乎痴人说梦，我只好敲响出租屋内住户的房门，期待有人会有所回应。终于，有一家人开了门，我将莎拉拽过来，挡在房门之前。

屋子里是一对老年夫妇拾荒者，在我表示愿意支付钱之后接过了婴儿。据他们说，婴儿的父母住在走廊对面，白天晚上都不在家，不是在注射吗啡，就是在街角的小酒馆买醉。老人向我们保证他们会给孩子准备些吃食，然后负责把他洗干净。为此，莎拉又另外支付了一美元。至于婴儿究竟能够获得多好的照顾，我们其实都不抱太大希望。也许你会批评我们这样做只是为了减轻自己的负疚感，但纽约城里类似的事情每天都在发生，我们并没有太多选择。

终于，我们来到出租公寓的后门。公寓前后之间的黑巷子里垃圾和污水四处横流，散发着令人难以言说的气味。莎拉用手帕捂住鼻子和嘴，让我也像她这样做。我们飞快地穿过后巷楼房的门廊，这一层共有四间出租屋，里面却仿佛拥挤着上千人居住。耳朵里传来的各种不同的语言至少有八种。一群大嗓门的德国人在楼梯处支了几个帐篷，在我们经过的时候十分不情愿地站起身让路。即便在昏暗的灯光下也可以看到，楼梯地面上满是厚厚的一层黏腻，足足有一英寸。那玩意儿究竟是什么我并不想知道，也无意去麻烦那些德国人。

桑托雷利家位于二楼后部，是整座大楼最黑暗的地方。我们敲响房门，一个瘦骨嶙峋、个子矮小、眼睛深陷的女人开了门。她说的是西西里方言，可我只能听懂歌剧里的意大利语，但幸亏莎拉能够和她自如交流——得益于她的探访护士经验。看到莎拉，桑托雷利太太似乎并不惊讶，仿佛一直在期盼她的到来。但对于我的出现，她却有些警惕，担心地问我是不是警察或记者。莎拉反应很快，说我是她的助手。桑托雷利太太看上去似乎不太相信，但最终还是让我们进去了。

“莎拉，”向屋内走的时候我问道，“你认识她？”

“不认识，”莎拉回答，“但她似乎认识我，这可真奇怪。”

桑托雷利家只有两个房间，但却连一扇真正意义上的窗户都没有，只在墙壁上有一处裂口，明显是为了应对新房屋法案中关于通风要求的条款而临时在墙面上切割出来的。他们一家人只占用了其中一个房间，将另外一间租给了一个西西里家庭，这意味着全家六人——桑托雷利夫妇和四个孩子——只能挤住在一个只有十六英尺长、九英尺宽的狭小空间。房间可谓家徒四壁，角落处有两个装垃圾的大桶，还有一个煤油炉，是最廉价、最容易引发火灾事故的那一种。

角落里一张陈旧污秽的床垫上躺着一个人，身上盖着或许是这个家庭所拥有的唯一一张毛毯，那便是桑托雷利太太焦急不安的源头——她的丈夫。男人一张肿胀的脸上满是瘀青和擦伤，额头上布满冷汗。在他身旁是一块已经浸透了血渍的脏布，还有被揉成一团的一捆钞票，看上去竟然似乎有数百美元之多。桑托雷利太太飞快地抓起那团钞票，迅速塞到莎拉手中，并急切地将她带到自己丈夫身旁，眼泪哗哗地流个不停。

原来，桑托雷利夫人把莎拉当成了护士——就在一小时之前，她让自己的四个孩子去附近找个护士来。于是，莎拉趁势充当了一回护士的角色，开始仔细查看桑托雷利的状况，发现他的一只手臂已经骨折，而且，身上还有多处伤痕。

“约翰，”莎拉语气坚定，“让塞勒斯去寻找一些绷带、消毒剂和吗啡。还有，告诉他我们需要一块干净的木头做夹板用。”

我迅速冲出门口，掠过巷口的那家德国人，飞快跑到马车跟前。在我大声将莎拉的要求转述给塞勒斯之后，他快马加鞭地出发了。可是，正当我准备原路返回时，先前站在大门口那群人中的一个伸手拦住了我。

“等一会儿，”他说，“你们要干什么？”

“是桑托雷利，”我回答，“他受了很严重的伤。”

那个人朝街面狠狠地啐了一口痰。“那些该死的警察。我不喜欢意大利人，但我告诉你，我更讨厌警察！”

对警察的同仇敌忾似乎再一次成为让我通行的暗号。于是，我回到桑托雷利家，莎拉已经弄到了一些热水，正在清洗桑托雷利的伤口。桑托雷利太太还在不停地抹着眼泪，嘴里絮絮叨叨地说着什么。

“一共有六个人，约翰。”莎拉仔细听了一会儿，然后告诉我。

“六个？”我重复道，“先前你说只有两个人？”

莎拉的头朝着床的方向点了点，“到这里来，帮我一把，不然她会怀疑的。”我听她的话坐下来，一股令人难以忍受的气味扑面而来，让我分不清那气味究竟是来自床垫还是来自床垫上躺着的那个人，但莎拉似乎并不在意。“康诺尔和凯利是其中两个，”她说，“还有另外两人和两个神父。”

“神父？”我拿起一片止血绷带，“究竟——”

“其中一人是天主教神父，另外一个不是。桑托雷利太太对于那个人也不太确定。钱是神父给的，他们让桑托雷利用这笔钱给乔吉奥办个体面的葬礼，然后剩下的就是封口费了——这很明显。他们还说，不要让任何人日后重新挖掘尸体，即便警方也不行，而且不准和任何人再谈起这件事——尤其是记者。”

“神父？”我一边机械地擦拭着桑托雷利身上的伤痕，一边问道，“他们长什么样？”

莎拉将问题转述给桑托雷利太太，然后又为我翻译了她的回答。“其中一个是矮个子，留着大胡子——就是天主教的那个神父，另外一个瘦瘦的，戴眼镜。”

“可是，为什么会有两个神父搅和在这件事里？”我疑惑不解，“为什么他们不想让警方知道？你说康诺尔和凯利先前也来问过话？”

“非常明显。”

“所以不管发生了什么，那两个人肯定有份。好吧，罗斯福应该会很高兴听到这个消息。这意味着警探部门又会新添两个空位子，我敢打赌。可是，另外两人是谁？”

莎拉再一次转述了我的问题，桑托雷利太太咕哝了一些什么，可是莎拉没有听懂。她又继续追问，还是同样的回答。

“我对西西里方言的了解还不够多，”莎拉说，“她一开始说另外两人不是警察，可是后来又说他们是警察。我也不知道——”

莎拉突然停下来，因为门口传来震耳欲聋的敲门声音。桑托雷利太太惊恐地躲在一边，我也有些慌乱。但是莎拉十分镇定，“哦，得了吧，约翰，别傻了。可能是塞勒斯回来了。”

我打开房门。走廊里站着一个先前站在大门口的男人，手里提着一个包裹。

“你们的药，”他咧嘴笑道，“我们这里不允许‘黑鬼’进来。”

“噢，”我接过包裹，“谢谢你。”

我把东西拿给莎拉，然后重新在床边坐下。桑托雷利此时已稍许恢复了些意识，莎拉给他注射了些吗啡，然后想扶正他的手臂，这是她在当护士的那段时期学到的技能之一。骨折的程度不太严重，但是当她试图将错位的骨头扳回原位时，手臂里发出的咔咔声响却令人难以承受。处于半昏迷状态下的桑托雷利其实并没有痛感，可是他的妻子却在一旁不停地啼哭，间或也祈祷两句。我一边将消毒药水涂抹在桑托雷利的其他伤口上，一边听莎拉和桑托雷利太太继续着她们的谈话。

“情况似乎是这样的，”莎拉后来对我说，“桑托雷利很生气，把钱扔在神父的脸上，而且坚持要求警察找出杀害他儿子的凶手。就在那个时候，神父离开了，然后……”

“是这样。”我说，“那然后呢？”随后便想到爱尔兰裔警察对于来自非英语国家，且拒绝合作的移民的一贯行事作风。绝好的例证现在正躺在我的面前。

莎拉摇头，“这一切都太古怪了。”她叹了口气，然后将纱布敷在最严重的那几处伤口上。“桑托雷利差点害死了自己——然而，他已经有四年没有见过乔吉奥。那孩子一直流浪在街头。”

看到莎拉如此细心照料自己的丈夫，桑托雷利太太也似乎放下心来，于是开始给我们讲述她儿子的故事。她一旦开始讲述，便停不下来。尽管莎拉和我一直不停歇地在包扎桑托雷利的伤口，我们的思绪却已经完全被桑托雷利太太的故事所吸引。

乔吉奥小时候曾是个文静害羞的男孩，但心思敏锐，头脑灵光，不仅进入了当地的公立学校，而且成绩相当不错。但从七岁那年开始，他却和学校里的另外一群男孩厮混在一起。那些大男孩不知通过怎样的方式说服乔吉奥同意从事某些古怪的性行为，具体怎样桑托雷利太太并不愿意过多描述。莎拉追问了几句，因为她认为这些信息会非常重要。随后我们得知了很多超出我们承受范围的细节。后来，他们的所作所为被学校里的一位老师发现，然后通知了家长。尽管意大利人以心胸宽广、善于原谅而著称，乔吉奥的父亲却勃然大怒，并对孩子动手相向。桑托雷利太太说，她的丈夫总是把孩子的手腕捆绑在门上，然后用宽皮带狠狠地将男孩的后背打得皮开肉绽。这种惩罚明显有些过分残酷，其结果就是乔吉奥开始逃学。原因很简单，他被打之后，根本无法坐在椅子上。

然而，乔吉奥并没有因为被严厉惩罚而变得乖巧顺从。相反，每次挨打之后，他会变得更强硬倔强。几个月之后，他的行为发展到极致：开始夜间离家不归，并且彻底从学校退学。有一天，桑托雷利夫妇在华盛顿广场西面的大街上看到了自己的儿子，画着妖艳的女妆，在街头寻觅着目标。父亲走到儿子面前，警告他如果再敢回家，非杀了他不可。乔吉奥愤怒地回骂了几句脏话，父亲于是火冒三丈地想要揍人，这时有一个人走过来——很可能是给乔吉奥拉皮条的人——制止了他，并建议桑托雷利赶紧离开。那是桑托雷利夫妇最后一次见到他们的儿子，再后来的见面就是在冰冷的停尸间了。

这个故事令我产生许多疑问，我知道莎拉也和我一样，可是我们问不出口。正当我们想把桑托雷利用先前那条毛毯裹起来的时候，门口砰地传来一声巨响。我以为是公租房大门口的那些人，可是打开门后却冲进来两个五大三粗、满脸胡须的家伙，穿着西装，戴着圆顶礼帽，在房间里横冲直撞。看到他们，桑托雷利太太发出歇斯底里的尖叫。

“你们是什么人？”其中一人问道。

莎拉勇敢地挺身而出，说自己是护士，而我是她的助手。这个说法先前曾经成功地说服了屋子里绝望的桑托雷利太太，但面对这两个凶徒却完全没有说服力。

“助手，哼？”对方一边说着，一边逼近我们。莎拉和我小心翼翼地挪向门边。“助手，门口的阵仗可真不小！”

“是的，你说得没错。”我努力挤出微笑，却一把拽过莎拉跑下楼梯。生平第一次，我为此刻身边的女孩具有相当出色的运动细胞而感到庆幸。即便穿着裙子，她跑得都比紧追在我们身后的那两个家伙快。然而，这似乎也并没有什么用，我们冲到前楼大厅时，看见原本站在门廊的那一群闲人挡住了我们的去路。他们围过来，用手里的棍子击打着手掌，似乎不怀好意。

“约翰，”莎拉大喊，“他们是准备要包围我们吗？”尽管一路狂奔，她的气息却依然稳定，这一点令我十分恼火。

“当然是这样，姑娘！”我有些上气不接下气，“因为你和你所谓的侦探游戏，我们差点要丢了命！塞勒斯！”我把手放在嘴边，冲着门外用尽全力大喊。门口那群人现在离我们越来越近。“塞勒斯！”我很失望，“这家伙究竟去哪儿了？”

莎拉紧紧地抓住自己的手提包，一言不发。看到身后那两个戴着圆顶礼帽的家伙已经出现在走廊的另一端，她猛地冲了出来，“别担心，约翰，”她的语气充满自信，“我不会让你有事的。”说着，便从手提包里拿出一只点45口径军队制式的左轮手枪，枪管长约四点五英寸，银色手柄。莎拉是一个狂热的枪支爱好者，但此时此刻，我的心情并未因这把手枪的出现而有所放松。

“哦，天哪，”我的内心反而更加不安，“莎拉，不能在这样漆黑的走廊里开枪，你不知道自己会打到什么——”

“难道你有更好的办法？”她的神情终于开始紧张，四下里张望，希望能够如她所愿。

“嗯，我——”

太晚了：前面那群游手好闲的人离我们越来越近。我扯过莎拉，用自己的身体挡住她，暗暗祈祷她在接下来的打斗中不会枪支走火，射穿我自己的内脏。

然而，本在意料之中的袭击却并未降临在我们的头上。那群拿着棍棒的家伙和我们擦身而过，只是让我们受到了一点小小的撞击。他们大呼小叫地直冲着我们身后那两个凶徒狂奔而去。这并不是一场势均力敌的对抗：前几秒还是呼喊声、低骂声和角斗声交织在一起，几秒钟之后就只剩下沉重的呼吸声和呻吟声。莎拉和我趁机飞快地冲出大门奔向马车，塞勒斯在那里等候。

“塞勒斯！”我说，“你知不知道我们刚才差点死在里面？”

“那不太可能，摩尔先生，”他平静地回答我，“至少从那些人进去之前所说的话来看，不太可能。”

“他们说了什么？难道为我们祈祷吗？”我对他的态度很是不满。

他还没来得及回答，那两个家伙就被人从大门口甩了出来，身体重重地摔在人行道上，随后帽子也被扔出来。两人昏迷不醒，似乎比桑托雷利还要糟糕。那群手持棍棒的人得意扬扬地走在后面，虽然有几个身上也受了伤。先前和我说话的那个人看着我们，一边喘着粗气一边说道：

“我或许讨厌黑鬼，”他咧着嘴笑，“但是，去他妈的，我更恨警察！”

“这就是他们先前所说的话。”塞勒斯低语。

我看着躺在地上的两个恶棍，“他们是警察？”

“前警察，”他说着，朝我走过来，“曾经是这一带的巡警。还真有胆量再回来。”我点点头，又看了一眼那昏迷不醒的两人，朝对方道谢。“阁下，这是件重活。”他指着自己受伤的嘴角。我掏出几个硬币扔给他，他伸出手却没有接到。后面的人见机一哄而上，很快就互相争执起来。莎拉和我赶紧坐上马车，让塞勒斯向百老汇大街的方向驶去，回到我们先前出发的地方。

终于安全了，莎拉兴奋不已，差点在车厢里跳起来，兴高采烈地回忆着刚才惊心动魄的历险。我微笑着应和，很高兴看到她在经历危险之后依然这么积极阳光。但此刻的我，心思却萦绕在另外一件事上。我在回忆桑托雷利太太所讲述的那个故事，并试图从科雷兹勒的角度审视整个过程。小乔吉奥的故事里有些细节让我想起科雷兹勒对水塔里遇害的两个孩子的描述，当时的我对于一些重要的细节还不是很明确。但电光火石之间，我突然清楚了——是他们的行为。科雷兹勒曾经说过，那两个令人头疼的孩子，他们的行为令家人蒙羞——而今天，我又听到了一个相似的故事。在科雷兹勒的假设里，这三个孩子的命运最终都被同一人终结。那么，他们性格上的相似会是导致遇害的关键吗？抑或，这只是一个巧合？我猜是后者，但科雷兹勒也许不会这么认为……

思绪沉浸在这些疑问中的我没有听清楚莎拉在说什么，于是莎拉只好又说了一遍，透露的信息令我大吃一惊，也让我感到十分怪异。可是那天的我们已经经历了那么多，我不愿表露出来令她沮丧失望。

9

我提前几分钟到达了科雷兹勒的家——第十七大街 283 号。身穿斗篷、戴着白色领结的我，对先前与莎拉订下的预谋有些忐忑不安——无论好坏，这个预谋即将在今晚实现。雪下得更大了，足有几英寸厚，在附近的灌木丛和街道对面史蒂文森公园的铁栏杆上都覆盖了白茫茫的一层。推开庭院大门，我走到屋子门口，轻轻叩响铜制门环。楼上起居室的法式窗户半开，我听见塞勒斯正在弹奏钢琴，是《弄臣》里的片段——科雷兹勒正在为晚上去欣赏歌剧做准备。

门开了，出现在我面前的是身穿制服也依然身姿婀娜的玛丽·帕尔默——科雷兹勒的女仆和管家。玛丽也曾经是科雷兹勒的病人，后来成为他的雇员。她的遭遇令人心生唏嘘。这位天生的美女拥有一张魅人心魄的面孔和天蓝色清澈的眼睛。虽然美丽，但自出生起便被家人视为白痴，因为她不能够连贯地说完一整句话，只能含混不清地将单词和音节组织在一起，所以也从未能够学会读写。于是，她的父母（父亲是布鲁克林一位颇受人尊敬的学校校长）只好训练她从事简单的家务工作——看上去对她照顾有加。可是，1884 年的一天，即玛丽十七岁那一年，她趁家人外出之际将父亲用铁链锁在床头，然后放火烧毁了整座房屋，令父亲惨死其中。由于没有明显的作案动机，玛丽最后被强制送往了布莱克威尔岛的精神病院。

就是在那里，她幸运地被科雷兹勒发现，因为后者偶尔会去精神病院做一些咨询工作。科雷兹勒惊讶地发现，玛丽身上并不具备早发性痴呆的大多数症状——在科雷兹勒看来，这是构成精神失常的唯一因素（据科雷兹勒所言，“精神失常”已经被尤金·布鲁勒[①]医生所创造的“精神分裂”一词取代。后者在

① 尤金·布鲁勒：瑞士精神科医生和优生学家，因为发明了“精神分裂症”这一术语而著名。

我的理解中，是指一种无法对周围环境进行识别或反应的病理性无能)。于是，科雷兹勒开始试图与她沟通，并很快发现她的病其实是典型的运动性失语症和失写症。玛丽能够听懂对方说的话，也能够清晰地形成思考，但是她的大脑中掌管语言和写作的区域受到了损伤，因此才会出现读写和语言障碍。和其他此类病患一样，玛丽清楚自己的状况，却有口难言。科雷兹勒和她的交流也仅限于一些能让她简单回答“是”或“不”的问题，后来他还教会了玛丽一些基本的写作。经过几个星期的努力，科雷兹勒终于了解了玛丽深藏在心中的令人震惊的故事：很显然，她的父亲在遇害之前，对玛丽有过多年的性侵犯行为，但是可怜的姑娘却没有办法将此事告诉任何人。

科雷兹勒于是要求对案件重新进行司法审核，最终玛丽被无罪释放。随后，她向科雷兹勒表示，自己完全可以胜任家庭服务员的工作。考虑到她在别处重获新生机会渺茫，科雷兹勒同意了，于是她开始为医生打理家务，并满怀戒心地替他看家护院。正是因为玛丽和塞勒斯、史迪威三人的存在，我对于这间第十七大街上豪宅的畏惧心理才能够略微得到缓解。虽然房间装饰得高雅豪华，还时不时有美妙的钢琴音乐伴奏，我却总是无法忽略自己其实是被一群窃贼和杀人凶手所包围的事实。虽然每个人的故事背后都有一个完美的解释，但他们一定无法接受别人对自身行为的质疑。

“你好，玛丽！”我脱下斗篷递给她。她行了个屈膝礼，眼睛望着地面。“我来早了。科雷兹勒医生已经准备好了吗？”

“还没有，先生。”她努力组织自己的语言。脸上的神情一半是解脱，一半是挫败——每次她成功说出一句话时都会显现这样的表情。解脱是因为终于成功地表达了自己的意思，而挫败是因为没能说得更多。她伸出戴着蓝色波浪纹袖套的一只手臂，指向楼梯，并随后将我的斗篷挂在门边的衣帽架上。

“好吧，那么我就喝点什么，顺便欣赏一下塞勒斯无与伦比的歌喉。”我说道。

我两步并作一步迈上楼梯，感觉衣服有点紧。看见我走进来，正在二楼起居室演奏的塞勒斯并未停止歌唱，只是向我点头示意。我从壁炉的大理石架子上取过一个银色的香烟盒子，从里面挑选了一支美国弗吉尼亚和俄罗斯烟草混合味道的精选香烟，又从旁边的另外一个银色盒子里取出一根火柴，然后点燃了它。

科雷兹勒从楼上走下来，身穿一套无懈可击、剪裁得体的白色燕尾晚装。“罗斯福的人还没到？”他正说着，玛丽端着一个银色托盘走进来，上面有一小碟闪光鲟鱼子酱、几片切片面包、一瓶冰镇伏尔加，还有几个磨砂玻璃杯——这是自科雷兹勒去过一次圣彼得堡之后便养成的习惯。

“还没有。”我赶紧熄灭香烟，急切想要品尝托盘上的美食。

“嗯，我希望每个人都能准时，”他看着时间，“如果他不能……”

楼下的房门突然被敲响，声音透过楼梯传了上来。科雷兹勒点头，“最起码，这是个好兆头。塞勒斯——来点轻快的歌曲吧，比如，《我的美丽家园》。”

于是塞勒斯轻柔地吟唱起这首威尔第①的名曲。我狼吞虎咽地吃下一大口鱼子酱，玛丽又一次走进来，面露疑惑和不安。她努力想向我们介绍新来的客人，却未能说出口，只好行礼之后又退下。就在此时，一个熟悉的身影从楼梯大步向我们走来——是莎拉。

“晚上好，科雷兹勒医生。”莎拉穿着一条祖母绿和孔雀蓝相间的晚礼服，裙角随着她轻快的脚步飞扬。

科雷兹勒吃了一惊。“霍华德小姐，”他眼神明亮，声音却有些困惑，“这可真是个惊喜。你是带联络官过来的？”可是没有人回答他。科雷兹勒看了看莎拉，又看了看我，目光最后又回到莎拉身上。他点点头，脸上的表情却依然未变，“啊！原来你就是我们的联络官——我说的对吗？”

有那么一刹那，莎拉有些不太自信，“我希望您不要以为这份工作是我从长官那里吵闹着要来的。事实上，我们进行了非常严肃的交谈。”

“我可以证明，”我飞快地插话，内心有些不安，“而且，如果你听说了我们下午的经历，科雷兹勒，你一定会认为莎拉小姐是最适合的人。”

“而且还有一些实际的考虑，医生，”莎拉补充道，“没有人会注意我在桑树街警署的举动，我的缺席不会引起很多怀疑。在警署里能做到这一点的人并不多。而且，我也修过犯罪刑事学的课程，还可以去到连约翰都没有办法去的地方——就像我们今天这样。”

---

① 居塞比·威尔第（Giuseppe Verdi,1813—1901）：意大利伟大的歌剧作曲家。

“看来，我今天错过了许多精彩的事情。”科雷兹勒说道。

“最后，”莎拉继续说着，看到科雷兹勒似乎不为所动，她的语气也有些犹豫，“如果出现了危险情况……”她迅速从左手的暖手袋里取出一支精巧的德林格手枪，瞄准壁炉，“你会发现，我是比约翰更出色的一个枪手。”

我赶紧闪躲在一旁，科雷兹勒被我的举动逗乐了，令莎拉以为是在嘲笑她，脸上显露出几分怒气。

“我向您保证，医生，我是认真的。我的父亲是位专业射击手，因为母亲不会射击，而我是家中唯一的孩子，所以就成为父亲打猎和射击的最佳良伴。”莎拉说的都是真的。史蒂芬·汉密尔顿·霍华德是一位典型的乡绅，在莱茵贝克拥有自己的庄园。从小他就教会莎拉骑马、射击、赌牌和喝酒——她几乎样样都会，而且非常精通。此刻，莎拉挥舞着手中那把精巧的银色手枪，“大多数人都以为德林格手枪火力不强，但是这支枪能够射出点 41 口径的子弹，完全可以从窗外将正在弹琴的那位先生一枪击倒。”

科雷兹勒朝塞勒斯看过去，仿佛期待他有所警惕。但塞勒斯无动于衷，依然陶醉在自己的表演里。科雷兹勒也注意到了这一点。

“并不是说我对这种枪独有偏好，”莎拉把枪收起来，“只是……”她深吸一口气，晚装领口露出的雪白肌肤起伏不停。“我们去剧院吧。”她摸了摸颈上的翡翠项链，今晚第一次露出笑容。真是个古典美人，我内心暗道，将杯中的伏尔加美酒一饮而尽。

接下来是一段长时间的沉默，科雷兹勒和莎拉的眼神锁定着彼此。但随后，科雷兹勒移开眼神，恢复了常态。“的确应该去剧院。”他拿起鱼子酱，并递给莎拉一杯酒，“如果不抓紧时间，就会错过‘美女如云’了。塞勒斯，你去看一下史迪威把马车准备好了没有？”听到吩咐，塞勒斯站起身准备下楼，但是科雷兹勒拦住他，“塞勒斯——这位是霍华德小姐。”

“是的，先生，”塞勒斯回答，“我们之前见过了。”

“哦，”科雷兹勒说道，“那么对于她接下来即将和我们一起工作，我想你不会感到吃惊了？”

“不会的，先生。”塞勒斯给莎拉行了个礼，“霍华德小姐。”莎拉点头微笑示意，然后塞勒斯下楼去了。

“所以塞勒斯也会加入，”科雷兹勒说道，莎拉优雅轻快地品尝着杯中的美酒，“我必须承认，我的胃口被你们吊起来了。去剧院的路上，一定要告诉我你们这趟惊险之旅的细节——你们去哪儿了？”

“桑托雷利家，”我说着，尝了一口鱼子酱，“得到了许多有用的线索。”

“桑托——”科雷兹勒被我们的回答所吸引，突然变得分外严肃，“可是……在哪儿？怎么去的？告诉我所有的事情，所有细节——案子的关键就隐藏在细节里！”

莎拉和科雷兹勒并肩走在我的前面，一边下楼梯一边交谈，仿佛一直在期盼着此刻。我长舒一口气，因为不知道科雷兹勒对于莎拉的态度究竟如何，我先前一直有些惴惴不安。我又取过一支香烟叼在嘴角，正准备点燃，却被玛丽的突然出现吓了一跳。她的脸从餐厅门后的缝隙中显露出来，漂亮的大眼睛紧紧锁定着莎拉，身体似乎在发抖。

“这里的一切，”我对玛丽耳语，“都将会和以前不一样了，玛丽。你很快就会看到。”她似乎没有听见我说的话，随即很快跑开了。

外面的雪依旧在下。科雷兹勒拥有的另外一驾马车——黑色边框、深紫红色的四轮马车——正在等候，史迪威·泰戈特也已经套好马匹。莎拉将斗篷上的帽子戴上，穿过前院，在塞勒斯的帮助下登上马车。科雷兹勒在前门处拦住了我。

“真是个与众不同的女人，摩尔。”他低声耳语。

我点头，“只是千万别激怒她，她的神经绷得像钢琴丝那样紧。”

“是的，很明显，”他说，“她提到自己的父亲，他去世了？”

“嗯，在一次狩猎中遇难。八年前的事情了。父女两人关系非常亲密，因为这件事，莎拉还在疗养院休养过一段时间。”我不知道自己是否应该透露更多，但貌似应该这样做。“有些人说她父亲是自杀，但莎拉坚决否认。所以你最好不要在她面前提起这个话题。”

科雷兹勒点点头，戴上手套，眼神一直追随着莎拉。“这样性情的女子，”他说，“在当今这个社会或许不会太幸福，但她的能力毋庸置疑。”

我们坐进马车，莎拉开始急切地描述下午和桑托雷利太太会面的细节。从格拉梅西公园南前往百老汇大街的一路上，科雷兹勒都在仔细倾听，并没有插话，一双不安分的手显示出他内心的兴奋。等到我们到达哈罗德广场，因为车站的缘故，街上的声音开始变得越来越喧闹。科雷兹勒问了许多细节问题，这对我们的记忆力是一个极度的考验。他对那两个前任警察以及陪同康诺尔他们去探望桑托雷利家人的两个神父颇感兴趣。但最令他兴奋的——如同我所猜想的那样——是小乔吉奥的性行为和他的性格特点。“想要了解你的猎物，首先应该去了解受害者。”科雷兹勒说。马车很快停在大都会剧院的门口，他问我们对乔吉奥印象如何，这令我和莎拉陷入回忆和沉思，半晌没有说话。随后，塞勒斯陪我们走进剧院入口，史迪威则驾着马车离开了。

纽约老居民通常把大都会剧院称为“黄色啤酒厂”，这个绰号清晰地显示出他们对这幢四方形文艺复兴早期风格剧院的排斥。不仅仅只是因为建筑风格，大都会剧院一夜成名的历史也是令老纽约人嗤之以鼻的原因。它建造于1883年，坐落于百老汇大街、第十七大街、三十九大街和四十大街的合围处，是由纽约城最著名（也是最臭名昭著）的七十五家新贵人士合资修建的，其中包括像摩根、古尔德、惠特尼和范德比尔特这样的权贵家族。然而，老派的纽约上流社会并不能接受他们，因此，位于第十四大街上的音乐剧院包间是不对他们开放的。面对这种不言而喻的蔑视，大都会的投资人在建造剧院时一改只有一、二层包厢的传统，反而建造了整整三层。于是，每逢演出，这里便会上演诸多权力和金钱的明争暗斗，和其他地方一样惨烈。虽然非议众多，大都会剧院的经理——亨利·阿贝和莫里斯·格劳——却神通广大，他们能够将世界上最著名的歌剧明星请到这里来演出。到1896年，大都会剧院的歌剧表演的规模和精彩程度，已经是世界上任何剧院都无法企及的。

刚走进剧院略显朴素的门廊——并没有欧洲剧院常见的豪华装饰，我们就收到了四周几束冷淡的目光，那些自诩思想开放的人士仍然无法接受科雷兹勒有一位黑人随从的事实。大多数人以前曾经见过塞勒斯，只能用他们惯用的冷漠默默忍受着这一事实。我们快步沿着转角楼梯走进剧院，几乎是最晚到达演出厅的人。科雷兹勒的包厢位于二楼“钻石马蹄”包厢的左首尽头，所以我们不得不快步穿过铺着红色天鹅绒地毯的大厅，走到我们的座位。刚坐下，剧场的灯光便暗下来，我拿起手边的折叠望远镜，只来得及看到隔壁及对面包厢里几张熟悉的面孔。我看见了罗斯福和斯特朗市长，他们坐在罗斯福的包厢里，似乎正在进行严肃的谈话。随后，我又将目光掠过二楼最中心位置的35号包厢，包厢的阴影里坐着一位气势非凡的商界巨头人物——J. 皮尔庞特·摩根，周围围绕着几位年轻曼妙的女士。我正想看清她们的脸，灯光熄灭了，剧院完全暗了下来。

那一晚，维克多·马瑞尔——著名的法国男中音歌唱家，威尔第曾为其创作过若干名曲——的表现异常精彩，可是包厢中的我们（或许塞勒斯除外）却都有些心不在焉。第一幕谢幕时，我们的话题就迅速从音乐转向了桑托雷利案件。莎拉还是不能理解，为什么乔吉奥受到殴打却反而会更加刺激他对于性反常行为的追求。科雷兹勒对此进行了评论，说如果桑托雷利能够对儿子好言相劝，并试图找到这种古怪行为的根源，那么情况或许不会发展到今天这样。简单粗暴的做法反而将父子间的关系激化成一场对抗。在孩子眼中，所谓的精神独立就是去做父亲反对他去做的事情。这样的观点让我和莎拉在整个歌剧表演的第二幕都在不停地思考和回味，直到第二幕结束时才逐渐明白：在乔吉奥看来，用最不堪的方式去生存的终极目的，就是为了宣扬自我。

同样的经历或许也曾经发生在茨威格兄妹两人的身上，科雷兹勒说道，证明我先前对他的猜测是对的——乔吉奥和茨威格兄妹案件中的相似点并非巧合。科雷兹勒认为，决不能轻视这一细节的重要性：我们已经发现凶手的作案模式，可以从中去推演凶手施暴的真正原因。能做到这一点，应该归功于莎拉，是她坚持要去拜访桑托雷利太太，以及后者对她的信任才使我们获得了这样有价值的线索。科雷兹勒的道谢尽管有些蹩脚，但充满真诚。莎拉脸上充实而兴奋的表情也说明，这一天的辛苦和努力并没有白费。

谈话的气氛本来很融洽，直到罗斯福和斯特朗市长在第二幕结束的休息时间走进我们的包厢。空气似乎突然凝固了。尽管曾经是一名“上校”，威廉·L. 斯特朗却和大多数富有的中年纽约商人一样，对科雷兹勒的出现不以为然。那位阁下完全不理会我们的问候，只是坐在椅子上，等候灯光再次熄灭。罗斯福不得不尴尬地向我们解释，斯特朗先生有重要事情要向我们传达。通常，在歌剧表演进行期间进行交谈并非一种不礼貌的行为——事实上，一些纽约知名的私人或商业交易就是在这样的时间里完成的。可是，科雷兹勒和我今天显然不愿意这样做。也就是说，当斯特朗在第三幕音乐声响起开始训诫我们的时候，我和科雷兹勒并没有充当他的友好观众。

“医生，”市长连看都未看他一眼，“罗斯福局长向我保证，你之前到警署的拜访完全是出于私人理由。我相信他说的话。”科雷兹勒没有应答，这让斯特朗有些恼火。“可是，今天看见你和警署的一位雇员一同出现在歌剧院里，这让我十分惊讶。”他的头朝莎拉的方向示意。

“如果您想了解我全部的社交活动安排，市长先生，”莎拉勇敢地说道，“我可以向您汇报。”

罗斯福无声地拍着自己的前额，斯特朗的怒气更盛了，但他没有对莎拉的话进行回应，而是继续说道：“医生，或许你还并不清楚，我们的城市正处于一场打击腐败和堕落的伟大战役之中。”科雷兹勒仍然没有回应，只是凝视着舞台上演员的对唱。“在这场战役中，我们有许多敌人，”斯特朗说，“如果被他们发现任何一个能够羞辱我们的机会，他们是不会错过的。你明白吗，先生？”

“明白？”科雷兹勒终于开口，目光却依然未离开舞台，“虽然您很没有礼貌，但至于听没听懂……”他耸耸肩。

斯特朗猛地站起来，“我把话摊开说吧。如果你的举动和警局产生了一丁点联系，先生，就会给我们的对手制造出借口来羞辱和攻击我们。真正的正派人士是不会和你有交集的，先生。因为你对美国人民所持的观点令人憎恶，你对儿童心灵的窥探更是下流不堪，那本应该是父母和他们的神父关心的范畴。如果我是你，就会把自己的工作限定在精神病院之内，那才是你真正应该工作的地方。不管怎样，执法部门不需要像你这样的人。请你记住这一点。”说完，市长先生站起来朝门口走去，在经过莎拉身边的时候停了下来，“至于你，小姐，请记住，警署雇用女性员工不过是个实验而已——而实验通常都是失败的！”

说完，斯特朗便消失在我们的视线中。罗斯福短暂地停留了一下，也只是轻声告诫我们，我们三人同时出现在公共场合或许并不是一个明智的决定。他说完便紧追市长而去。刚才的这一幕令人气愤，但又再正常不过：如果有机会，当晚在场的许多人都会选择对科雷兹勒说出类似的话。拉兹洛、塞勒斯和我以前都有过此类经历。但对莎拉而言，却是第一次见到这样的阵势，因此很难接受。在接下来的表演时间里，她看上去十分严肃，仿佛随时都有可能掏出手枪，将斯特朗打个脑袋开花。可是，舞台上的演出到了最高潮的时刻，演员的吟唱催人泪下，令莎拉也暂时忘记了她的愤怒。灯光最后终于亮起，我们都站起身，大声为表演的成功而欢呼，演员也频频挥手致意。然而，当莎拉再一次无意中看到斯特朗和罗斯福，她的愤怒即刻席卷重来。

“说真的，医生，你难道真的忍得了？”我们一边往外走，莎拉一边说道，“那家伙真是个笨蛋！”

“你很快就会发现，莎拉，”科雷兹勒平静地回答，“人不能把眼光只关注在这些微小的事情上。尽管如此，市长先生的话里有一样东西确实让我格外注意。”

我根本不用去想——刚才斯特朗说话的时候我就已经注意到这一点。“是那两个神父。”我说。

科雷兹勒点头，“没错，摩尔。那两个令人讨厌的神父——让人怀疑这些安排的幕后之手究竟是谁。这件事，暂时还是保密的好。”说着，他看了看怀表，“很好。我们将会准时到达。我希望咱们的客人也是如此。”

“客人？”莎拉说，“我们要去哪里？”

“去吃晚饭，”科雷兹勒飞快地说道，“我希望，这将是一次富有启发性的小组会议。”

10

一个家庭可以通过经营饭店改变整个国家的饮食习惯，这是当代美国人很难理解的事情，而这恰恰正是19世纪“德莫妮卡”饭店对美国饮食业的发展所做出的贡献。1823年之前，他们第一间位于曼哈顿区的商业和金融街区的小咖啡店在威廉大街开张之前，美国人的食物大多只是简单煮一煮或煎一煎，因为其最主要的功能就是填饱肚子或作为下酒菜——通常是劣酒。虽然“德莫妮卡”饭店的老板是瑞士人，他们却将地道的法式大餐带到美国，并被其后的每一代经营者不断改进和完善。从一开始，饭店的菜单就包括数十道营养美味的菜肴，相对于菜肴制作过程的繁复程度，其价格也非常合理。饭店酒窖里的酒品质量和种类几乎可以和巴黎的任何一家相媲美。自然，他们的饭店经营十分成功，十年之内连开三家分店，两家在商业中心，另外一家则位于住宅区。内战期间，在“德莫妮卡”体验了饕餮大餐的来自全国各地的旅行者回到自己故乡时，也开始要求家乡饭店既提供良好的就餐环境，也要供应营养精致的食物。从此，对于美食的追求自19世纪末开始风靡起来——这应该归功于“德莫妮卡”饭店。

但是，“德莫妮卡”饭店的红火不仅只在于它提供的美酒和美食，另外一个重要原因来自饭店经营者公开的平等主义态度。无论是在第二十六大街还是第五大道的分店，你很可能遇上钻石大王吉姆·布莱迪、莉莉安·卢塞尔（范德比尔特夫人），或者是纽约城里的其他名流。即便是像保罗·凯利之流的黑社会也不会被拒之门外。最让人称颂的是，每个人都必须排队等候，座位不会被预留（包间里的聚会除外），而且所有人一视同仁。等候的过程有时是令人煎熬的，但如果发现排在前面的人也包括像范德比尔特夫人（她或许会跺脚抱怨这样的“非人对待”）这样的名流，这一过程或许也会变得有趣起来。

在这个和艾萨克森兄弟会面的特别夜晚，科雷兹勒非常有先见之明地提前预订了一个包房，知道我们的对话如果在大厅进行，会给邻近桌子的客人带来强烈的不适。我们的马车从百老汇大街出发，路过咖啡店，在第二十六大街左拐，最后停在饭店的正门前。塞勒斯和史迪威不会和我们共进晚餐，他们最近已经连续多晚熬夜，我们可以吃完饭后自己叫车回家。穿过大门，走入饭店大厅，年轻的查理·德莫妮卡立即走上前来欢迎我们的到来。

德莫妮卡家族的老一辈经营者在1896年时大都已经去世，是查理放弃了华尔街的高薪工作回来接管了家族生意。他的确是个再适合不过的人选：衣冠整洁、待人温和有礼、处事八面玲珑。查理也是个注重细节的人，整洁的胡须一丝不乱，也从不会因任何事而失了分寸。

“科雷兹勒医生，”他一边打着招呼，一边和我们握手，脸上露出真诚的笑容，“还有摩尔先生。真高兴见到你们，先生，尤其是看到你们一同出现。霍华德小姐——好久不见了，很高兴看到你回来。”查理了解莎拉在父亲死后曾经有过一段抑郁的时光。“您的客人已经到了，医生，正在楼上等候。”他帮助我们脱下外套，继续说道：“我记得您说过，橄榄色和深红色会抑制消化，所以，我帮您安排了蓝色的房间——可以吗？”

“你真是善解人意，一直都是，查理，”科雷兹勒回答，“谢谢！”

“欢迎您光临楼上，”查理说道，“蓝赫夫已经准备好了，和往常一样。”

“哈哈！”这可是“德莫妮卡”最有名的大厨之一，“我相信他已经准备好应对我们苛刻的点评了。”

查理再次露出笑容，嘴角翘起好看的弧度，“他必定不会让你们失望。请这边走，先生们。”

我们跟随查理穿过镜子镶嵌的走廊，一路欣赏着大厅中的红木家具和壁画天花，随后上楼来到蓝色包间。艾萨克森兄弟正坐在一张小而精致的桌子旁，神情看上去有些迷惘。看到莎拉出现在面前，疑惑更深了，因为他们知道她在警署工作。莎拉狡猾地躲避了他们的直接询问，自称是替罗斯福长官来记录的，因为长官对这起案件非常关注。

“是吗？”马库斯·艾萨克森回答，高挺鼻梁两侧的深邃眼睛中透露出担忧。“这难道——嗯，难道是某种测试？我知道警局里现在每个人都要接受审查，但是——嗯，用一件三年前的旧案来评价我们的能力，这不太公平……”

“并不是说我们不愿调查这件案子。”卢修斯匆忙补充，用手帕擦着脑门上的汗珠。这时侍者走进来，给我们端上了牡蛎、雪莉酒和苦味酒。

“镇定点，警探先生，”科雷兹勒说道，“这并非审查。事实上，你们之所以会在这里，正是因为你们和现在引起警局动荡的那一派势力毫无牵连。”听到医生如此解释，艾萨克森兄弟同时长舒一口气，端起雪莉酒抿了一口。“我想，你们并不曾受过伯恩斯的恩惠？”科雷兹勒继续说道。

兄弟二人交换了一个眼神，随后卢修斯朝马库斯点点头，后者开口说道：“没有，先生。伯恩斯厅长的查案方法已经——嗯，完全过时了，可以这样说。我弟弟——艾萨克森警探——和我都曾在国外留学，这让厅长对我们很是不信任。而且，还有我们的——背景问题。”

科雷兹勒点头。警署里的老家伙们对犹太人的态度并不是秘密。“好吧，先生们，”他继续说道，“告诉我你们今天究竟发现了什么。”

兄弟二人就谁先发言的问题又争论了一小会儿，随后决定由卢修斯先说。

“您也知道，医生，对于这样高度腐烂的尸体，可发现的线索的确不多。

然而，我们还是找到了一些验尸官和当年查案的警探没有留意到的东西。首先，就是死亡原因——对不起，霍华德小姐，你难道不需要开始记录吗？”

莎拉冲他笑了笑，“先记在脑子里。回去我再转写在纸上。”

这一解释并未说服卢修斯，他紧张地看了莎拉一眼，才继续说道，“是的，嗯——死亡原因。”侍者走进来取走了我们的生蚝盘子，又给我们上了一道甲鱼汤。卢修斯开始擦汗，尝了一口甲鱼汤。侍者在一旁打开一瓶阿蒙提那多雪莉酒。“嗯——味道真不错！”他说，食物的香气似乎让他轻松下来，“如我刚才所说，警方的验尸报告显示，致死原因是死者喉咙上的伤口，颈动脉被严重割伤。是的，如果尸体的喉咙被割，大家通常都会这么想。但是我注意到，死者的喉部结构，尤其是舌骨部位，有很严重的损伤，多处骨折。当然，这种情况说明死者曾被人扼住颈部。”

“我不明白，”我插话道，“如果凶手已经掐死了他们，为什么还要把他们的喉咙割断？”

“因为嗜血。”马库斯一本正经地回答，说完喝了一口汤。

“是的，嗜血，”卢修斯应和，“凶手可能不想弄脏衣服，这样他逃跑的时候就不会引起别人注意。但是，他需要看见流血——或者闻到血的气味。有些杀人犯曾经承认，血的气味要比鲜血本身更能够满足他们的欲望。”

幸运的是，我已经喝完了甲鱼汤，卢修斯刚才说的话并未影响我的胃口。我瞥了一眼莎拉，她一脸平静的样子。科雷兹勒的眼神则充满了对卢修斯的兴趣和好奇。

“所以，”科雷兹勒说道，“你认为他们是因颈部被扼窒息而死。非常好。还有吗？”

“还有关于眼睛的问题。”卢修斯一边回答，一边靠在椅背上，方便侍者端走他面前的汤碗。“我不太认同报告上关于眼睛的那部分判断。”侍者为我们端上来美味的奶油蛋黄酱焗鲈鱼。杯中的阿蒙提那多雪莉酒也被换成了霍克海默白葡萄酒。

“对不起，医生，”马库斯平静地说道，“但我想说——真的是太好吃了。我从来没吃过这么美味的东西。”

“很高兴你喜欢，警探先生，”科雷兹勒回答，“后面还有更多。现在——

你说说眼睛？”

“是的，”卢修斯说，“警方报告里说，是鸟或者老鼠吃掉了死者的眼睛，验尸官也赞同这个观点。可是这很不同寻常，怎么会只有眼睛被吃掉呢？即便是尸体被放置在旷野中而不是水塔里也不会这样。而且更让我不解的是，尸体上的刀痕十分明显。”

科雷兹勒、莎拉和我都忘记了咀嚼，看了看彼此。“刀痕？”科雷兹勒问道，“任何报告上都没有提过刀痕。”

“是的，我知道！”卢修斯语气欢快。这段听上去让人反胃的对话似乎对他十分轻松，当然，美酒也起了作用。“这的确十分古怪。但是，我发现在死者的颧骨和眉弓部位都有细小的凹痕，蝶骨附近也有一些。”

这几乎和科雷兹勒先前向罗斯福和我描述过的桑托雷利尸体上的细节完全一致。

“第一眼看上去，”卢修斯继续说道，“或许会以为这些不同的痕迹彼此之间没有关联，是某种利器多次猛击的结果。但在我看来并非如此，所以我做了个实验。您的学院附近有一个相当不错的刀具店，医生，店里也卖猎刀。我到那里买了几把在我看来或许是凶手使用的利器，有不同的长度——九英寸、十英寸、十一英寸都有。”他把手伸进外套内袋，“最后证明，最大的那一把符合本案的作案凶器。”

说着，他将一把闪着寒光的大刀放在了桌子的正中央。刀把用鹿角制成，刀柄为黄铜材质，刀刃上印着一个牡鹿和树丛的标志。

“阿肯色大猎刀，”马库斯说，“这种刀最早出现于三十年代，发明者不知道是吉姆·鲍威还是他的兄弟。这种刀现在大多数由英国的谢菲尔德公司生产，然后出口到美国西部。阿肯色刀常用于打猎，但更多情况下用于打架，尤其是肉搏战。”

“这刀能用来——”我想起桑托雷利的案子，“嗯，能用来雕刻或者切割东西用吗？我的意思是，它够重吗？锋不锋利？”

“当然，”马库斯回答，“刀的锋利程度取决于钢的质量。这种尺寸的刀具，尤其是谢菲尔德公司制造的刀具，使用的都是顶级硬钢。”说完，他用疑惑的目光看着我，“为什么你这样问？”

“这把刀看上去价格不便宜，”莎拉故意扯开话题，“是不是？”

“是的，”马库斯回答，“但是经久耐用。这样的一把刀至少能用十年。”

科雷兹勒紧盯着餐桌上的猎刀，仿佛在说：是的，凶手使用的就是这把刀。

“尸体蝶骨上的刀痕，”卢修斯继续说道，“是和颧骨以及眉弓处的细小凹痕同时产生的。这一点很容易理解，因为凶手在一个非常狭小的区域内——就是孩子的眼眶里——用刀在工作。然而，想做到这一点非常需要技巧，有可能造成更大范围的损伤。现在……”他喝了一口酒，“如果您想知道他这样做的目的，或者为什么他要这样做，我们目前只能推测。或许他是要把人体器官贩卖给解剖学家或者某些医学院，但如果是那样，他不应该仅仅只挖掉眼睛。所以，这仍旧是个谜。”

没有人能说出话来。所有人的目光都集中在那把猎刀上，不敢去触碰它——至少我自己是这样。侍者又出现了，这一次他端上来的是科尔伯特羊肉和拉格朗格酒。

“好极了。”科雷兹勒说。他抬头看着卢修斯，后者肉乎乎的脸颊因为酒精的作用已经变得微红。“做得非常好，警探先生。”

“哦，我还没有说完。”卢修斯一边说话，一边用刀叉戳着盘中的羊肉。

“慢点吃，”马库斯和他耳语，“小心你的胃。”

卢修斯全然不在意。“我还没说完，”他重复道，“尸体的头顶，在额骨和顶盖骨部位也有一些有趣的发现。但还是让我的哥哥——艾萨克森警探——来解释吧。”卢修斯咧着嘴说道，“这菜太美味，我已经顾不上说话了。”

马库斯一边看着他一边摇头。“你明天一定会生病，”他低声威胁，“到时候别怪我——我早就警告过你了。”

“警探先生？”科雷兹勒端着酒杯，身体靠在椅背上，“给我们分享一些精彩细节吧，如果你想胜过你的——同事的话。”

“好吧，这的确非常有趣，”马库斯回答，“也告诉了我们一些实质性的东西。我弟弟发现的尸体上的骨折线说明，撞击是从头顶传来的——头顶的正上方。凶杀案中的攻击一般都呈现一定的角度，有时候是因为凶手和受害者身高相近，有时候也是因为打斗中不容易近身。然而这起案件中的攻击角度说明，凶手相对于他的受害人有绝对的身高优势，所以他能够自上而下地用某种钝器使劲击打——也许是拳头，但我们不确定。”

马库斯随后停下来，开始吃东西。当多汁的马里兰水龟被端上来的时候，我们不得不一边强力阻止卢修斯继续大快朵颐，一边催促马库斯继续分享。

“让我想想，我尽量说得简单易懂些——如果分别计算两个孩子的身高，然后再加上先前所说的骨折线，将这两个数据放入某个特定的公式，就可以推测出凶手的大致身高了。”他把脸转向卢修斯，“我们先前是怎么猜测的？大概六英尺二英寸？”卢修斯点头，随后马库斯又继续说，“我不知道你们是否听说过人体测量学——也就是贝蒂荣识别法所说的鉴定和分类——”

“天哪，你们学过？”莎拉喊道，“我一直想认识学过人体测量学的人。”

马库斯略显吃惊，“你知道贝蒂荣识别法？”

莎拉热切地点头，这时科雷兹勒插话道：“我必须承认自己的无知了，警探先生。我听说过这个名字，但除此之外再无其他。”

于是，在接下来的时间里，我们一边品尝着水龟的美味，一边回顾了阿方斯·贝蒂荣的丰功伟绩。这位性格孤僻、学究气十足的法国人于八十年代在刑事鉴定学领域发起了一场翻天覆地的变化。他最初只是巴黎警局的一个小职员，被上司要求整理警局内所有罪犯的卷宗，然而在整理文档的过程中贝蒂荣发现，如果将人体的十四种基本特征考虑在内——包括身高、脚长、手长以及鼻子和耳朵尺寸等，用这种测量的结果去鉴别“真凶”，其误差率只有二点八六亿分之一。尽管遭遇到来自上级的反对，贝蒂荣却执意开始整理已知罪犯的各种身体数据，将他记录的结果分类，并训练出一大批能够以此方法进行测量和拍照的助理人员。后来他成功地用这种方法解决了若干令巴黎警方头痛不已的大案之后，他的名声也随之传播到世界各地。

贝蒂荣识别法首先被欧洲各国迅速采用，随后传到英国，直到最近才被引入纽约。托马斯·伯恩斯在担任警探厅厅长的时候曾拒绝采用这一新技术，说这项技术需要精密测量和拍照，对他的人来说技术上要求太高——事实也的确如此。然而，伯恩斯也有自己的发明——“罪犯名人堂”，一间装满了全美最臭名昭著的罪犯照片的大屋子。伯恩斯很为自己的创举感到骄傲，认为这一发明足以满足刑事鉴定的目的。最后，他还建立了一套新的发现和鉴定罪犯的方法，绝对不允许自己的方法被法国人所取代。但随着伯恩斯的离职，人体测量学吸引了更多的追随者，其中一人今晚就正坐在我们的面前。

“贝蒂荣识别法的主要缺点，”马库斯说道，“除了需要技术测量，就是它只能将犯罪嫌疑人和已有的档案进行匹配。”他吃完了一小碗冰冻果子露，从衣兜里取出香烟，以为晚餐已经到此结束。然而，当发现侍者又端上一盘玉米片和红醋栗焗北美鸭肉，还有一杯清澈的香贝坦红葡萄酒放在他面前时，马库斯脸上的表情又惊又喜。

“不好意思，医生，”卢修斯的惊讶今晚一直没有停止过，“可是……这顿晚餐会有结束的时候吗？还是说，我们会一直工作到明天早上？”

“只要你们有足够多的信息和我们分享，警探先生，美食会源源不断。”

“那么，好吧……”马库斯咬了一大口鸭肉，闭上眼睛欣赏着唇齿之间的美味。“我们尽力。言归正传，我刚才正要说的是，贝蒂荣识别法不会为犯罪行为提供具体证据，它也不能还原犯罪现场的行为。但是，它可以帮助我们缩小犯罪嫌疑人的范围。我敢肯定，杀害茨威格兄妹俩的凶手一定是生活在附近的一个身高六英尺二英寸的人。符合这一条件的人其实并不多，尤其在纽约警局的档案里。这是一个非常好的出发点，而更好的消息则是，现在越来越多的城市已经开始采取贝蒂荣识别法，我们可以进行全国筛查——甚至是欧洲，如果我们想的话。”

“如果这个人没有犯罪前科呢？”科雷兹勒问道。

“那么，我就会说，”马库斯耸耸肩，“算我们运气不好。”科雷兹勒闻言有些失望，而马库斯——我看见他偷偷瞄了自己的盘子一眼，仿佛在思索如果我们的对话进入了死胡同，那么食物是不是也就会停止——他清清嗓子，继续说道，“我们运气不好，只是就现有的官方技术而言。然而，我还掌握了一门技术，或许最终会有所帮助。”

卢修斯看上去有些担心。“马库斯，”他低语，“我不太确定，它还没有被完全接受——”

马库斯却快速接过话头，语气平静，“虽然没有被法庭接受，但是调查中仍然可以使用。我们已经讨论过这一点了。”

“先生们？”科雷兹勒说道，“愿意分享你们的秘密吗？”

卢修斯不安地喝了一口酒。“这一方法仍然还在理论实验阶段，医生，并非所有法庭都承认并将其作为法律证据，但是……”他看了看马库斯，似乎有些担心，“好吧，你说吧。”

马库斯略带神秘地开了口，“这种方法叫作指纹鉴定法。”

“哦，”我问，“你指的是指纹识别？”

“是的，”马库斯回答，“通常都这么叫。”

“可是——”这一次插话的是莎拉，“我无意冒犯，警探先生，全世界几乎没有警局会承认指纹鉴定法。它的科学基础还没有被完全证实，也没有人实际上用它破获过任何一起案件。”

“你说得对，霍华德小姐，”马库斯回答，“我希望，如果我说你弄错了的话，你也不要生气。这一方法的科学基础已经被证明过，而且也有人利用它成功破获了案件——但不是在您所熟悉的国家。”

“摩尔，”科雷兹勒打断了马库斯，“我似乎开始理解你长久以来的感受了——各位，我完全听不懂你们在说什么。”

莎拉开始向科雷兹勒解释何为指纹鉴定，想到科雷兹勒话里对我的嘲讽，我忍不住抢过莎拉的话头。指纹鉴定法，又称指纹识别（我竭力摆出一副居高临下的样子），作为一种鉴别所有人（包括动物）的方法，近十年来一直颇受争议。这一方法的科学前提是，人的指纹一生都不会发生变化（尽管有大量证据的证明和演示，却仍有许多人类学家和医生并不完全接受这一观点）。例如在阿根廷——被马库斯称为不被大多数美国人或欧洲人了解的国家，指纹识别已经获得了首次的实际应用，布宜诺斯艾利斯警局一位名叫维塞提的警探就运用指纹鉴定方法破获了一起残暴杀害两名儿童的大案。

“所以，”侍者再次出现，为我们端上了鹅肝冻，科雷兹勒继续说道，“大家现在又抛弃了贝蒂荣识别法。”

“倒不完全是，”马库斯回答，“争论仍在进行中，即便指纹的可靠性已经被证实，还是有很多反对的声音。”

“最重要的是，”莎拉补充道——看见科雷兹勒居然被莎拉上课，我不禁暗自窃喜——“指纹可以证明某个人曾经在某地出现。对于我们的——”莎拉及时管住了嘴，平静下来，“它具有很大的潜力。”

“那么如何获得指纹呢？”科雷兹勒问道。

“有三种基本方法，”马库斯侃侃而谈，“第一种，很显然，是可见的指纹——手浸在颜料、鲜血、墨水或类似的液体里，然后触摸别的地方，就会留下可见指纹。第二种是塑料指纹，指的是人触摸过油灰、黏土、湿石膏等之后留下的指纹。最后一种，也是最难获得的一种，是潜在指纹。如果你拿起面前的杯子，医生，你手指上的汗液和油脂混合物就会在杯面上有残留，从而形成你的指纹。如果我怀疑你曾经触摸过这个杯子——”马库斯从口袋里掏出两个小药瓶，其中一个装着灰白色粉末，另外一个是黑色粉末——“我会用铝粉”——他把灰白色粉末的瓶子举起来，“或者用炭粉”——又举起黑色的那一个，“区别在于指纹背景的颜色。如果是深色物体就用铝粉，浅色物体就用炭粉。对于杯子来说，任何一种粉末都可以。这些粉末会被油脂和汗液吸收，从而清晰地显现出指纹的形状。”

“太棒了，”科雷兹勒说道，“可是，如果已经可以科学地证明一个人的指纹永远不会发生变化，为什么指纹识别在法庭上不能成为呈堂证供？”

“并非所有的人都喜欢变化，尤其是激进的变化。”马库斯把药瓶放在桌子上，微笑着说，“我想，您早就明白这其中的道理，科雷兹勒医生。”

科雷兹勒点头表示赞同，推开身前的食物，靠在椅背上。“非常感谢你们今晚带来的所有线索，”他说，“我有一种直觉，警探先生，你们今天一直意有所指。”

马库斯再次扭头看了看卢修斯，后者耸耸肩。于是，马库斯从夹克内袋里掏出了一个扁平的东西。

“有可能，”他说，“像今天这种情况，不会有验尸官注意到这些细节，更别说是三年前了。”他将手里薄薄的纸片——其实是一张相片——放在桌子上，令我们三人想同时凑上去看个究竟。照片上有一些细细的纹路，还有一些白色物体——是骨头，我很快得出结论，却说不出更具体的东西来。

“是手指？”莎拉也提出自己的质疑。

“是手指。”科雷兹勒回答。

“确切地说，”马库斯说道，“是索菲亚·茨威格的左手手指。请仔细看大拇指指尖处，就是能看见全貌的那根手指。”他从衣兜里掏出一个放大镜，递给我们，然后又坐回自己的椅子上，吃了一口鹅肝冻。

“看上去仿佛，”科雷兹勒若有所思，“仿佛受了伤。至少，颜色不太一样。”莎拉赶紧拿起放大镜。

马库斯看着莎拉，“霍华德小姐，你怎么看？”

莎拉将放大镜放在眼前，凑近仔细观察着那张照片。她的视线先是集中在了一处，然后又慢慢移开，仿佛有所发现。“我看见……”

“看见什么？”我不安地扭动着身体，像个四岁的孩子。

科雷兹勒从莎拉的身后望过去，脸上的表情变得不可思议起来，“天哪，你不会是说——”

“是什么？究竟是什么？”我心急得大喊。莎拉将放大镜和照片递给我。我按照他们的指示仔细观察着照片中的大拇指指尖。如果不用放大镜，那一处正如同科雷兹勒所说，只是颜色有些不同；但在放大镜下，却可以清晰地看出那是一个指纹，印在某种黑色的物质之上。我震惊不已，目瞪口呆。

“我们这一次非常幸运，”马库斯说，“虽然指纹并不完整，但做鉴别用已经足够了。不知是出于什么原因，验尸官和殡葬师都未能抹去指纹。留下指纹的物质是血迹，顺便提一句。可能是女孩自己的血，也有可能是她哥哥的。但指纹很大，绝对不会属于那两个孩子。棺材将这个证据保存得十分完好——所以我们现在拥有了一个永久的指纹记录。”

科雷兹勒抬起头，眼睛迸发出前所未有的光亮，“我亲爱的警探先生，这一切太出人意料了！真是让人震惊！”

马库斯转过头，不好意思地笑了笑。卢修斯却面带担忧地开口说道：“请记住，医生，我们所说的这些其实并不被法律或法庭所承认。这仅仅是个线索，只能用于侦查案件的目的，再无其他。”

“警探先生，我们其实也并不需要其他，除了，或许——”科雷兹勒拍了两下手，侍者出现了。“甜点！这是两位先生应得的。”侍者端走我们吃完的菜品，又上了一道香梨甜点——梨子先用酒浸泡，随后油煎，撒上糖霜，再淋上杏子酱。我相信卢修斯看到它的下一秒一定会马上扑上去。科雷兹勒深深地看着兄弟二人。“你们的工作完成得棒极了。但是，二位，我恐怕让你们误解了工作的原因和前提。对此我要说声抱歉。”

随后我们一边享用着香梨甜品和法式小点心，一边向艾萨克森兄弟解释了这一切的来龙去脉，没有漏掉任何一个细节：小乔吉奥的尸体惨状、福林警长以及康诺尔警探的冲突、我们和罗斯福的会面，以及莎拉和桑托雷利太太的对话内容——所有的一切都细细地描述给了他们。我们也没有试图给案件披上柔和的外衣。科雷兹勒说，凶手潜意识里或许正在催促我们尽快找到他，尽管他目前的经历都集中在暴行之上。如果我们过于接近，暴行很有可能会波及我们，这一警告令艾萨克森兄弟沉默了一小会儿。而且，所有工作必须秘密进行，如果被人发现，不会有任何警方部门来承担责任——这一事实也让二人消化了许久。但最终两人还是兴奋地表示愿意加入。这是任何优秀警探都会做出的决定，因为机会千载难逢——可以采用新的技术、远离官僚部门的重重压力，而且一旦破案便会声名大噪。

我必须承认，在吃饱喝足之后，这一结论似乎无可避免。尽管科雷兹勒、莎拉和我对兄弟二人的古怪个性还有所保留，但他们所表现出来的专业能力和素养远远超过了我们的担忧。在短短一天之内，我们已经获得了凶手的身高数据、可能使用的凶器，以及一份很可能在未来证明凶手罪行的个人特征永久影像，还有莎拉所发现的关于被害者的共同性格特征。所有这一切，在我这个已经半醉的人看来，预示着成功指日可待。

然而，在所有人中，我的作用似乎微不足道。我还没有做出任何有价值的贡献——除了早些时候护送莎拉之外。等我们最后将已经醉醺醺的卢修斯抬上马车时，“德莫妮卡”饭店的时钟已经指向午夜两点。我挠着头想清醒过来，却发现脑袋依旧昏昏沉沉。在送走莎拉和科雷兹勒之后（他们乘坐同一辆马车，医生会将莎拉送回格拉梅西公园），我向南走去，准备去探访帕雷斯舞厅。

11

一想到进入舞厅后恐怕要时时警觉，我决定徒步走到库珀广场，让寒冷的空气帮助我清醒一下昏沉的头脑。此时的百老汇大街街上几乎空荡荡，只偶尔看见一些穿着白色制服的年轻人正奋力将积雪铲到大型马车上。他们来自专门从事街道清洁工作的沃宁清洁公司，已经垄断了北部省份和罗德岛的街道清洁，现在正进军纽约。沃宁清洁公司的工人无疑是工作高效的一群人——自从他们出现以后，街道上的垃圾、积雪和马粪已经消失许多。但他们往往会被自己身上的制服造成一种错觉，以为自己也是执法部门，因此每逢看见有人往街上随意乱扔垃圾，总会冲上去试图逮捕对方。他们根本不在意自己是否真正具有抓人的权力，冲突时有发生。有的时候，冲突还会演变升级为暴力对抗——却正是这些制服人员颇为自豪之处。于是，在经过他们身边的时候，我不得不小心翼翼。可是我的步态出卖了自己。在踉跄着经过几个拿着扫帚和铁锹的“义务执法员”身边时，他们用狐疑的眼光打量着我，仿佛是在警告：如果想吐的话，最好找个别的地方。

走到库珀广场时，我已经被凛冽的寒风吹得相当清醒。路过库珀联盟学院的棕色大楼时，我想，等到了帕雷斯舞厅，一定要来一大杯白兰地暖和暖和。我正幻想的时候，库珀公园的北角突然冲出来一辆工作人员车，拉车的马匹怒气冲冲，仿佛十分不情愿似的，车厢上刻着“热那亚父子——焊铁厂——纽约布鲁克林区”的字样。车子猛然在大道中央停下来，从上面跳下四个头戴矿工帽的壮汉，一路冲进公园里。很快，他们又重新出现，挟持着两个衣着不俗的男人。

“脏东西们！”一个壮汉一边咒骂着，一边用一根长长的管子一样的东西朝被挟持者之一的脸上狠狠抡过去，鲜血立刻从他的鼻子和嘴角流下来，溅在衣服和脚边的雪地上。“你们想勾搭的话，滚出公园去！”

其他两个壮汉挟持着另外的那个男人，看上去年纪稍大。此刻，他正被最后一个壮汉打量并侮辱：“喜欢男人，是吗？”

“很抱歉，但你不是我喜欢的那一类型。”男人的回答异常冷静，我觉得应该不是他第一次遇到类似的事情。“我喜欢年轻的男人，干干净净的那种。”这样的回答激怒了壮汉们，他的肚子被狠狠地揍了好几拳，令身体不得不蜷缩起来，呕吐不已。

我飞快地思索：我可以阻止他们，那样的话自己的头也会被打破；或者我也可以——

“嘿！”我朝壮汉们喊道，他们冷冷地注视着我，“你们小心一点——几个警察正在赶来的路上，他们说不想在十五警区的管辖范围里看到布鲁克林来的家伙。”

“哦，是吗？”那个看上去仿佛是头领的人开口说道，“他们从哪条路过来？”他一边说话，一边朝马车移过去。

“从百老汇大街！”我回答。

“快走，伙计们！”头领说，“我们去搞定那些爱尔兰佬！”另外三人欢呼着冲上马车，朝百老汇大街的方向飞驰而去。临走前问我愿不愿意加入他们，但显然他们只是客气一下。

我走近那两个被打的男人，却不知道该说些什么。“你们需要——”还未等我说完，他们已经跑开，年纪大的那个用手捂着胸口，步伐沉重。我突然意识到，如果那些壮汉没有看见警察，说不定会回来找我算账。于是我也赶紧穿过柏威利大街，沿着第三大道高架路下的小道快步朝帕雷斯舞厅走去。

虽已凌晨3点，舞厅的电子招牌依然灯火通明。“帕雷斯”这一名字源于一项专利药品名称——该药品专门防治严重性疾病，其广告经常可以在酒吧和夜总会的厕所里看到。舞厅的窗户安装着厚厚的百叶帘，对此附近的正派居民都心怀感激。门廊处很拥挤，走道两侧随处可见面貌阴柔的男子或男孩，在和刚进来或正准备离去的客人们搭讪着。大厅中央有一处长条形的吧台，吧台四周围绕着黄铜栏杆，还有许多圆形木桌和椅子——极易在打斗中被损毁，又可以随时得到替换。大厅远处修建了一个简陋的舞台，舞台上打扮成女人装束的男人和男孩们搔首弄姿，在一支由钢琴、单簧管和小提琴组成的乐队伴奏下寻欢作乐。

帕雷斯舞厅的最主要功能，就是为各类妓女和她们的顾客提供交易场所。这里的妓女与其他地方不太一样，既有像小乔吉奥·桑托雷利那样的牛郎，也有不喜欢做女人装扮的同性恋者，还有一些普通妓女——寄希望于在这里游荡的嫖客们会突然寻回他们的正常性取向，从而挣几个小钱。大多数在舞厅中交易成功的嫖客和妓女会到附近的廉价旅馆继续寻欢，但舞厅二楼也有一些单独的房间，最受埃里森青睐的几个男孩子可以在这些房间里接客。

但帕雷斯舞厅最独特的地方在于，有别于通常情况下的躲躲藏藏，它是纽约城里为数不多的公开做同性恋生意的地方。来到这里的客人们根本不必担心，可以大大方方地寻欢作乐，挥金如土，给舞厅带来了大量的生意。于是，短短几年之内，无论是从规模还是运作上，帕雷斯舞厅都毫无悬念地成为一家名副其实的地下夜总会——烟雾缭绕、淫秽肮脏、令人作呕。

我进门还不到半分钟，一只短小却粗壮的手臂便紧紧地勒住我的身体，冰冷的金属贴上我的喉咙。四周突然弥漫的香水味道让我意识到，埃里森已经出现在我的身后。我猜，抵在我喉咙上的那把匕首应该属于"刀锋"赖利——埃里森的密友。赖利是个精瘦的小个子男人，浑身上下充满危险的邪恶气息。虽然是"地鼠帮"成员之一，他偶尔也和埃里森混在一起，因为他们有共同的性偏好。

"我想凯利和我已经说得很清楚了，摩尔，"埃里森低沉的嗓音在我身后响起，"不许把我牵扯到桑托雷利的案子里。今天居然敢来这里，究竟是因为你有种呢，还是你已经疯了？"

"都不是，比弗。"恐惧令我的声音分外清晰——赖利因喜欢割喉而臭名昭著，"我只是想让你知道，我来这里是想做件对你有利的事儿。"

埃里森大笑，"你，一个耍笔杆子的？你能为我做什么？"说着，他转到我的身前，格子西装和灰色礼帽散发着古龙水的味道，粗大的手指间夹着一支细长的雪茄。

"我和罗斯福说过了，你和这件案子一点关系都没有。"我深吸一口气。

他靠近我，口中的劣质威士忌味道熏在我的脸上。"是吗？"他的小眼睛一眨一眨，"你说服了他？"

"当然。"我说。

"哦？怎么说服的？"

"很简单。我告诉他这不是你的风格。"

埃里森没有说话，大脑使劲在运转，试图理解我的话中深意。紧接着他笑了，"你说得没错，摩尔，这不是我的风格！好吧，你知道——放开他，'刀锋'。"

原本挤在周围想要看一场热闹的人都失望地一哄而散。我转过身，"刀锋"赖利慢悠悠地收起他心爱的武器放进衣服口袋里，摸摸自己的胡子，随后把手叉在腰间，仿佛下一秒就要和我打上一架。而我只是把弄歪的领结扶正，又整理了一下自己的袖口。

“喝点牛奶，赖利，”我说，“我听说这有助于长高。”

赖利的手又伸向衣服口袋，但是埃里森笑了，拦住了他的举动。“哈，好了，赖利，就让这小子卖弄一下小聪明，反正也伤不到你。”说完，他转过身，搂住我的肩膀，“来吧，摩尔，我请你喝一杯。然后告诉我，你是怎么忽然就变成我的人的？”

我们站在吧台前，一排排劣质酒后面的镜子里清楚地倒映出大厅中正在进行的种种肮脏的交易。我放弃了要一杯白兰地的想法，因为我知道自己在和什么样的人打交道（这里的酒不仅质量低劣，而且很可能还添加了樟脑、轻汽油、可卡因，或者镇静剂一类的东西）。于是我点了一瓶啤酒，侍者拿给我一瓶仿佛是啤酒的东西。我刚喝了一口，舞台上响起一位歌手幽怨的吟唱：

有一个名字从未说出口
有一位母亲伤心欲绝
这是从故乡传来的思念，是的……

埃里森要了一杯威士忌。一个年轻牛郎从他身边经过，摸了一下他的屁股，他也轻浮地拧了拧对方的面颊。

“好吧，摩尔，”他一边望着年轻牛郎涂抹得妖艳的双眸，一边对我说，“你打算要做什么好事？可别告诉我说想采访我们这里的人？”

“不，不是今晚，比弗，”我赶紧解释，“我想的是，既然我或许可以让你摆脱警方的纠缠，你是不是愿意和我分享一些线索——你知道的，关于那个案件的线索。”

他上下打量着我，身后的那个牛郎已经消失在人群中。“从什么时候起高高在上的《纽约时报》开始对这种故事感兴趣了？还有，你他妈今晚究竟去了哪儿？去参加葬礼了？”

“去了歌剧院，”我回答，“而且《纽约时报》也并非纽约城里唯一的报社。”

“所以？”他并未被我的说法说服，“嗯，我什么都不知道，摩尔。格洛丽亚，她曾经一度表现不错。真的，我还让她用二楼的房间接客来着。可是后来，她开始找事儿了，想要更多的分成，而且还煽动别人。所以几天前，我和她说——格洛丽亚，你再这么下去，就滚出我的地盘。然后，她说她会好好表现，可我根本不相信。我本想弄走她——不是你想的那个意思，我只是想把她赶走，让她在大街上待几个礼拜，体验一下流浪的滋味。可是接着——就发生了这件事。”他一口喝完杯中的威士忌，点燃一支烟，“这就是街头流浪儿的归宿，摩尔。”

我等他继续往下说，可是他的注意力却被两个穿着长筒袜和吊袜带的男人吸引过去，他们在舞池里大吵大闹，甚至拿出了刀子。看见这一幕，埃里森咯咯笑起来，大声喊道：

“你们两个婊子有种就互相砍一刀！”

“比弗？”我说道，“你能告诉我的就只有这些？”

“已经是全部了，”他点头，“现在，趁还没有闹起事儿来，赶紧走吧。”

“为什么？你隐瞒了什么？在楼上，是不是？”

“没有，没有隐瞒任何事，”他有些恼怒，“我不喜欢记者出现在这里。而且我的顾客也不喜欢。他们中间有些是体面人，你知道——也有家人和社会地位。”

“那你让我看一眼乔——格洛丽亚以前的房间，证明你是清白的。”

埃里森叹了口气，倚在吧台上，“别逼我，摩尔。”

“就五分钟。”我回答。

他考虑了一下，然后点头，“只有五分钟。但是不许和任何人讲话。上楼后左手边第三个房间就是。”我正转身准备离开，他叫住我，“嘿，”把我点的那瓶啤酒递到我的手中，“别糟蹋了我的好意，伙计。”

我点点头，接过啤酒，然后穿过人群向位于舞厅后部的楼梯走去。几个年轻牛郎和男人看到穿着礼服的我，仿佛闻到钱的味道，朝我靠近过来。他们向我抛着媚眼，有几个甚至对我动手动脚。但我紧紧捂住钱夹，一边坚定地朝着楼梯口走去，一边在脑海中竭力驱赶这些淫词艳语可能会产生的影像。穿过舞台的时候，那位哀怨吟唱的歌手——一个抹着厚厚的脂粉和口红，戴着一顶高帽的肥胖中年男子——正在重复着歌曲的高潮部分：

是的，有一段回忆正在延续，

有一位父亲无法释怀，

还有一张照片已被钉在墙上！

楼梯间里没有灯，但舞池的灯光能够照进来，足够我看清脚下的路。墙上陈旧褪色的墙皮掉得厉害。我刚踏上第一阶楼梯，突然听到身后传来一声呻吟。在门厅另外一边的角落里，隐约可见一个年轻男人的轮廓，他的脸被挤在墙面上，另一个年龄稍大的男子站在他的身后，使劲地压着他赤裸的后背。我不禁打了个寒战，赶紧转身快步走上楼梯，只在中途停下来一次，喝了一大口啤酒。

心情终于平复了一些，可是我又开始暗自怀疑此行究竟是否明智。很快，我找到了左手边第三个门：一扇单薄的木门，和走廊上的其他房门并无两样。我抓住门的把手，觉得自己应该先敲门。就在这时，一个男孩的声音响起：

"谁？"

我慢慢把门推开。屋子里除了一张旧床和一个床头柜再无其他。原本红色的墙漆已经变成棕色，在角落的地方已经脱落。墙上有一扇小窗，能够看见对面建筑的砖墙，之间相隔了大约十英尺。

床上坐着一个亚麻色头发的男孩，大概十五岁，和从前的桑托雷利一样化着艳丽的浓妆。他穿着一件亚麻衬衫，领口和袖口衬有蕾丝花边，下身穿着紧身裤。眼妆有些花了——因为他一直在哭。

"我今晚不工作，"他说道，努力挤出如女人般的假声，"你一个小时以后再来吧。"

"嗯，"我说，"我不是——"

"我说了，今晚不工作！"年轻人大喊，忘记了伪装自己的声线，"噢，天哪，出去！难道没看见我心情不好吗？"

他的眼泪大颗地流下来，双手捧住脸。我站在门口，突然感觉房间里十分温暖。我看着他，几分钟之后有了一个想法：

"你认识格洛丽亚？"我说。

男孩擤擤鼻子，擦去脸上的泪水。"是的，我认识她。哦，我的脸——请出去。"

“不，你不明白。我想知道究竟是谁杀了他——她。”

男孩抬起头，哀伤地看着我，“你是警察吗？”

“不，我是记者。”

“记者？”他看着地面，又擦了擦眼睛，干笑了几声。“好吧，我的确有个故事要告诉你。”他面带凄色地看着窗外，“不管你们在桥上发现的那个人是谁，他绝对不是格洛丽亚。”

“不是格洛丽亚？”屋内的热度让我感到口渴，于是我又喝了一口啤酒，“为什么这么说？”

“因为格洛丽亚从没离开过这个房间。”

“从来没有——”我似乎是缺乏睡眠，又仿佛喝了太多的酒，始终无法理解男孩的话，“你究竟是什么意思？”

“我告诉你什么意思。那一晚，我在走廊，就在我的房间外面，和一个客人在一起。我看见格洛丽亚走进来，独自一人。我在走廊里待了一个小时，她的房门从未开过，我以为她睡觉了。后来客人给我买了酒之后就离开了——他不想给莎莉钱。莎莉就是我，我价钱很贵的，他支付不起。所以我又在门口站了半小时，看有没有其他客人，因为我不喜欢在大厅工作。后来，我听见一个女孩尖叫着跑进来，说警察发现格洛丽亚在市中心被人杀死。我赶紧跑到这个房间，房间里空无一人。可是，她分明从来没有离开过。”

“那么……”我努力想弄清楚情况，“有可能是窗户。”我朝窗边走过去，结果脚底绊了一下差点摔倒——我真的应该回家睡觉了。推开窗时，窗户发出吱呀的呻吟，我伸出头去，外面的空气似乎并没有想象中那么冷。

“窗户？”我听见莎莉在说话，“怎么可能？她会飞吗？窗户底下什么都没有，格洛丽亚没有梯子，也没有绳子，什么东西都没有。而且，我也问了在巷子前门工作的女孩，有没有看见格洛丽亚从那里出去。她说没有。”

窗子到巷口的确十分陡峭，不太可能从那里逃脱。屋顶距离格洛丽亚的房间也还隔了两层楼的距离，墙上没有任何可以借力的地方，或者逃生楼梯。我把头缩回来，关上窗户。“那么——”我说，“那么……”

我突然瘫倒在床上。莎莉发出一声惊呼，看向门口时又发出第二声惊叫。我艰难地顺着她的眼光看过去，埃里森、“刀锋”赖利，还有几个他们的同伙出现在门口。赖利掏出匕首，上下挥舞着。尽管头脑昏沉，我还是清楚地意识到，自己的酒里被他们下了药——很多的镇静剂。

“我警告过你，不要和任何人交谈，摩尔。”埃里森说道，然后转身面对他的手下，“好吧，孩子们——他长得不错，是不是？有谁想和这位记者先生玩一玩？”

两个浓妆艳抹的年轻人跳上床来，开始撕扯我的衣服。我拼命反抗，可是赖利冲过来对着我的下巴狠狠打了一拳。恍惚之间，我听见楼下歌者的歌声：“你造就了今天的我——我希望你能够满意。”接下来，那两个年轻人开始抢夺我的钱包，并在赖利将我双手缚住之后，一把扯下我的裤子。

我很快陷入昏迷——在昏迷前的最后一秒，我想我看见了史迪威·泰戈特，像一匹敏捷的野狼冲进房间，手中挥舞着一根长长的、满是生锈铁钉的木棍。

12

因为镇静剂的原因，我做了一个光怪陆离的梦：梦中到处都是奇异的生物，半人半兽。有的在空中飞，有的在地上爬，还有的顺着高高的石墙在蠕动。无处可去的我内心充满了绝望。忽然，仿佛是地震，高墙周围的荒凉地面剧烈晃动起来。很奇怪，地震轰隆声中居然出现了科雷兹勒的声音。随后，梦中的可怕生物越来越多，我的内心也越来越绝望。等我从噩梦里终于挣扎着醒过来，却并未感到丝毫轻松，因为我完全不知道自己身在何处。我的头脑很清醒，知道自己应该已经熟睡了有一段时间，但我身处的这间宽敞的屋子却是异常陌生。房间里零散分布着一些办公家具和几件精致的意大利风格家饰，这种组合让人觉得分外荒谬，仿佛又是一个梦中的场景。房间四周分布着哥特式的拱窗，令人仿佛置身修道院；而宽敞的室内空间又让人联想到位于百老汇大街上的那些血汗工厂。我竭力想坐起来，看清楚四周的情形，却感到一阵阵的眩晕，不得不再次躺下。看了看四周似乎没有人可以帮忙，我只好强迫自己平躺在床上，开始打量起这个古怪的空间。

我躺的地方是一张沙发椅，我猜大概生产于19世纪早期。沙发椅的靠背上有绿色和银色相间的装饰，和旁边的椅子还有双人沙发明显是一整套的家具。不远处摆放着一张镶嵌了宝石的红木餐桌，餐桌上放着一支银色的烛台，旁边有一架雷明顿牌打字机。这种不甚和谐的风格在墙面装饰上也有所体现：沙发椅对面的墙上挂着一幅豪华的佛罗伦萨风景油画，油画旁边却突兀地悬挂着一幅巨大的曼哈顿城市地图，地图上插着几个飘扬着红色小旗帜的大头钉。另外一面墙上安有一块巨大的黑板，黑板下摆放着五张结实的办公桌，沿房间的墙壁一字排开。巨大的吊扇从天花板上垂吊下来，两张巨大的波斯地毯铺在房间中央的地面上，深绿色的背景，上面绣着精致的花纹。

正常人的起居室绝对不会是这样，但看上去也不像是办公室。我以为这一切又是幻觉——但朝前方的窗户外面望去，我却发现了两处熟悉的景色：一处是麦克里百货大楼的双重斜坡屋顶和铸铁拱形窗户；在它的左边则是圣丹尼斯酒店楼顶。我知道，这两幢建筑在百老汇大街以西，第十一大街街角的位置。

“那我应该是在——街对面。”我喃喃自语。此时，外面的声音仿佛才依次传入我的耳朵——踢踏的马蹄声、电车发出的叮咚声。随后，仿佛突然之间，门外响起一片嘈杂。我赶紧扭动身体转向左侧，无意间在另外一扇窗外看到了格蕾丝教堂的尖顶——教堂坐落在第十大街上。它距离我如此之近，仿佛触手可及。

终于，我听见有人在说话，于是用尽全身力气坐了起来。我想问的问题都已经到了嘴边，却被眼前出现的景象惊讶得说不出话来。门口走进来五六个工人，我一个都不认识。工人们首先推进来一张华丽的台球桌，随即又用推车搬进来一架小三角钢琴。他们彼此正大声叫嚷着，其中一个人突然发现了我。

“嘿！”他笑了，“你们看——摩尔先生醒了！你还好吗，先生？”其他人纷纷取下帽子，冲我微笑示意，并没有期望我会回答。

开口说话比我想象的要更艰难，我只能简单地说：“这是哪儿？你们是谁？”

“我们真是一群傻瓜，”最先和我打招呼的男人说道，“带着那张桌子乘着电梯上来的——只有这个办法。看上去真他妈的惊险，但医生付了钱，他说电梯能上来。”

“科雷兹勒？”我说。

“是的。”男人回答。

我的胃里有点不舒服。“我饿了。”我说。

“那是肯定的，”一个女人的声音从房间后部的某个角落响起，“整整一天两夜，粒米未进，你肯定会觉得饿，约翰。”莎拉从阴影中走出来，身穿一条简洁的海军裙。她的手中端着托盘，里面有一碗热腾腾的东西。“喝点汤，吃点面包，很快就有力气了。”

“莎拉！”我困难地开口说道，看着她坐过来，将托盘放在我的腿上。“这是哪儿？”

莎拉没有马上回答我，她的心思被那群工人吸引过去。工人们看见莎拉坐在我的身边，开始交头接耳、窃窃私语。莎拉并没有理会他们，平静地对我说：

“琼纳斯先生和他的人并不知道我们在干什么，他们知道我不是女仆，所以猜测我可能是你的情人。”她一边喂我喝着浓浓的鸡汤，一边对我说，“有趣的是，他们这些人都是有老婆的……”

我津津有味地喝着汤，好一会儿才开口说话：“可是莎拉——我们现在究竟在哪儿？”

“在家里，约翰。至少，调查结束之前，这里就是我们的家。”

“格蕾丝教堂的隔壁，麦克里百货商店对面——这里是我们的家？”

“是我们的办公总部，”她回答，语气自豪，但随即她又关切地说道，“说起这个，我还得回桑树街一趟，向长官报告。办公室的电话线已经安好了，罗斯福先生非常着急。”说着，她又回到房间的后部，“各位！你们谁出来帮帮摩尔先生？”

塞勒斯闻言走过来，他的蓝白色衬衫袖子挽起，身穿一条背带工装裤。眼神里的关切多于同情，很明显，他并不想接过用汤勺喂我吃饭的任务。

“我可以自己来，”我从莎拉手中拿过汤碗，“已经感觉好多了，我自己做得来。但是莎拉，你还没有告诉我——”

“塞勒斯什么都知道。”她回答，匆忙从门边一个精美的橡木衣帽架上取下外套。“我要迟到了。约翰，把汤喝完。琼纳斯先生！”话音未落，她已消失在门外，“我需要电梯！”

看到我能够自理，塞勒斯看上去轻松了许多。他拉过身边一张精美的银绿色靠背椅坐下来。“您看上去好多了，先生。”

“终于活过来了，”我说，“更棒的是，我还在纽约。你知道，我以为自己会在南美或者某艘海盗船上醒过来。告诉我，塞勒斯——我记得昏迷前看到了史迪威。他有没有……”

“是的，先生，”塞勒斯语气平静，“偷偷地和您说，自从在布鲁克林大桥见过死者尸体之后，他就一直睡不着觉。那一晚，他在附近散步，恰好看见你走过百老汇大街。他说你看上去——有点步伐不稳，先生，所以他一直跟着你，只想确认你是安全的。后来，你走进帕雷斯舞厅，他就想在门口等你出来，这完全可以理解。可是有个警察看见了他，偏要说他干了违法的事情。史迪威当然不肯承认，就告诉警察说他是在等你。警察不肯相信，所以史迪威只好躲进舞厅。他其实不是想去救你，只是想躲开警察——可是最后歪打正着，恰好就把您救了下来。警察最后没有逮捕任何人，但是他至少确保您完好无损地从那里出来了。”

“我懂了。那么我是怎么到——嗯，这里究竟是哪儿，塞勒斯？”

“百老汇大街 808 号，摩尔先生。这是顶楼，也就是六楼。医生把这里租下来当作案件调查的总部。这里距离桑树街有一段距离，不会引人注意，但是坐马车到警局也不过几分钟的路程。如果交通堵塞，还可以坐电车。”

“那这些东西是怎么回事——这些家具什么的？”

“医生和霍华德小姐昨天在布鲁克林四处寻找合适的家具。他们先去了一家办公用品店，可是医生说那样的东西，他用一天都会难以忍受，更别说要用上一段时间了。所以他们就只买了几张书桌，然后又去了位于第五大道的一间拍卖行。正好‘侯爵路易’意大利家具在售卖，他们就买了许多。”

“显而易见。”我说道，两个工人此时走过来，搬进来一架巨大的座钟、两个中国瓷器花瓶和一些绿色的帷幔。

“大部分家具到位以后，医生就把你从他家移到了这里。”

“那一定是地震时候的事情。”我喃喃自语。

“先生？”

“不过是我做的一个梦。为什么选这里？”

“医生说，我们不能再浪费时间。他给你注射了一点镇静剂，这样你醒来的时候能好受一些。他希望你苏醒以后能够马上开始工作。”

门口的喧闹声忽然大起来。我听见科雷兹勒的声音，“啊，是吗？太好了！”说着，他的身影出现在门口，史迪威·泰戈特和卢修斯·艾萨克森跟在他的身后。“摩尔！终于醒过来了？”他大步向我走来，抓起我的手腕检查脉搏，“感觉如何？”

“没我想的那么糟。”史迪威坐在窗台上，手里把玩着一把折叠刀。“我得向你道谢，史迪威。”我大声说道。他笑了笑，眼睛看向窗外，前额上几缕头发掉下来挡住了眼睛。“这笔债我可记着了。”那孩子笑得很开心，似乎并不明白自己完全可以趁此大捞一笔。

“他那天恰好跟着你，这真要感谢上帝，摩尔，”科雷兹勒一边说着，一边翻开眼皮检查眼睛，“要不然你早就死了。”

“谢谢，科雷兹勒，”我说，“若是那样，我想你就不会知道我究竟发现了什么。”

“那么，你发现了什么？”他用某个仪器探查着我的口腔，“你发现桑托雷利从来没有离开过帕雷斯舞厅？你发现有人相信他一直关在房间里没出去，而房间并没有第二个出口？”

一股挫败的感觉涌上心头——经历了这么多苦难却原来都是徒劳。“你怎么知道的？”

“一开始我们以为你是因为昏迷而胡言乱语。”卢修斯·艾萨克森在一旁说道。他走到一张书桌前，将桌上纸袋里的东西一股脑地倒在桌面上，“可是你一直不断地重复，所以马库斯和我就去舞厅找到了你的朋友——莎莉。这个故事非常有趣，马库斯正在试图找出合理的解释来。”

塞勒斯走来，递给卢修斯一个信封，“罗斯福长官派人送来的，警探先生。”

卢修斯飞快地打开信封，仔细阅读。“好吧，这应该是正式文件了，”他的语气仍然有些不确定，“我们俩‘因为私人原因被暂时调离侦探厅’。希望我妈妈没有听到这个消息。”

“太好了，”科雷兹勒对他说，“这样一来，你们既能够接触到警察总署的各种消息，又不用定期去那里报到——这真是个不错的解决办法。或许现在你可以花点时间教会约翰一些高级一点的探案方法。”说着，他笑起来，一边检查我的心脏一边低声和我说：“我并非在贬低你的所作所为，摩尔。你做的事情很重要。但是记住，这件事绝非儿戏，尤其是对许多我们要接触的人而言。在这种情况下，两人同行会是更明智的做法。”

“你别再废话了！”我回答。

科雷兹勒又检查了我身体的其他地方，然后站起来，“下巴感觉怎么样？”

我没有注意到下巴有何异样，用手戳了戳那里，还是软软的。“那个侏儒，”我说，“如果没有了刀，他什么都不是！”

“身体不错！”科雷兹勒笑着，轻轻用手拍着我的后背，“现在，赶紧喝完汤，穿上衣服，我们要去贝尔维尤做精神评估。我想让琼纳斯他们赶紧收拾好这里。我们的第一次员工会议定在今晚5点。”

“精神评估？”我站起来，以为自己会再次晕倒，但是肉汤的作用很明显。“是谁？”我问，低头看了看自己身上的睡衣。

“哈里斯·马克维茨，住在福塞斯大街。”卢修斯朝我走过来，步态有些蹒跚。他的手里拿着几张带字的纸。“是个杂货商。几天前，他的妻子向第十警区报案，声称她的丈夫毒死了两个外孙——塞缪尔和索菲·里特尔，分别是十二岁和十六岁，她说他往两人的牛奶里加了些‘药粉’。”

“毒药？”我问，“可是我们要追查的凶手并不是善于下毒的人。”

“目前看还不是，”科雷兹勒回答，“但是他的作案手法或许比我们想象的要更丰富——虽然我也并不认为马克维茨会比亨利·沃尔夫更像是我们要找的那个人。”

“可是，那两个被毒死的孩子的确符合受害者的特征。”卢修斯说道，虽然委婉，但切中要害。随后他看着我，“里特尔姐弟是新近移民——被父母从波希米亚送到这里和祖父母住在一起，想找一份家政工作。”

“移民，这一点的确符合，”科雷兹勒回答，“如果这起案件发生在三年前，或许我会特别关注。但我们的猎物最近似乎瞄上了牛郎，而且还有分尸的嗜好，他不再仅仅把目光局限于移民了。然而，就算马克维茨先生和我们的案件没有关系，对他进行调查也还有其他原因。在排除他嫌疑的过程中，我们可以越来越清楚地知道我们要寻找的人将不会是什么样——也就是反面形象。如果我们愿意，我们完全可以将其反过来，描绘出他的正面形象。”

塞勒斯拿给我几件衣服，我赶紧穿上，“可是如果总是去给儿童凶杀案的凶手做精神评估，难道不会引起怀疑吗？”

“不得不说，警方是缺乏想象力的，”科雷兹勒说道，“对我来说，这样的工作非常正常。至于你的出现，摩尔，我们完全可以解释成是为了新闻报道的需要。等到警局有人开始把这一切和最近的系列谋杀案联系在一起的时候，我想，我们的工作应该已经结束了。”他转身对着卢修斯说道：“现在，警探先生，请你简单地向我们这位热爱冒险的朋友描述一下案件细节。”

“好的。马克维茨其实相当聪明，”卢修斯说，仿佛对这位先生充满钦佩，“他用了大量的鸦片。你知道，鸦片在体内的残留会在人体死亡的几小时内完全消失。所以他将鸦片倒入两杯牛奶里，在睡前端给了两个孩子，当孩子们陷入昏迷之后，马克维茨又拧开房间里的煤气阀。所以，警察第二天早上到来的时候，整间屋子都弥漫着煤气的味道，负责办案的警探便想当然地认为他们是煤气中毒而死。这一推断后来也被验尸官——本案的验尸官其实相当有能力——所证实，因为他查验了死者胃里的残留物，却并没有发现任何异常。但是，马克维茨太太坚持认为丈夫下了毒，所以我突然产生了一个想法。我去了一趟他们居住的房屋，特别关注了孩子们睡过的床单，因为受害者会有可能在昏迷中或临死挣扎时呕吐在床单上。如果床单被褥还未来得及洗，就一定会有残留。于是，我找到了。我们用试剂化验过，证实找到的呕吐残留物里有鸦片的痕迹。面对证据，马克维茨承认了自己的罪行。”

“他酗酒吗？”科雷兹勒问道，“吸毒吗？”

“都没有。”卢修斯耸肩。

“孩子如果死亡，对他有任何经济利益上的好处吗？”

“没有。”

“好极了！有几条线索是我们需要的：精心预谋，无酗酒或吸毒历史，无明显动机。这些都符合我们的凶手特征。但是，如果马克维茨事实上并不是我们要找的凶手——我猜他不是，那么我们就需要解释为什么他不是。”科雷兹勒拿起一支粉笔，开始在黑板上写写画画，仿佛这样就可以获得更多的线索。“他和杀害桑托雷利的凶手究竟有什么不同？为什么他不肢解尸体？如果可以回答这些问题，我们就可以更清晰地勾画出对凶手的想象画面。而且，我们整理出来的凶手特征越多，就可以排除更多的嫌疑人。但是目前来说，我们的工作范围依然很广。”说着，他戴上手套，“史迪威！你来驾车。我让塞勒斯留在这里监督他们安装钢琴。别让他们弄坏了，塞勒斯。警探先生，你要去学院？”

卢修斯点头，“尸体中午就送过去了。”

“尸体？”我问。

“是今年早些时候被害的两个孩子，”科雷兹勒说着，快步走向门口，“快点，摩尔，我们要迟到了！”

13

正如科雷兹勒所料，哈里斯·马克维茨并非我们的案件元凶。除了又矮又壮，而且年近六十之外——这些都不符合艾萨克森兄弟在“德莫妮卡”饭店所描述的凶手身体特征，他明显精神不太正常。据他所言，亲手杀死自己的外孙是为了将他们从这个洪水猛兽一样的世界中拯救出来。他的话语颠三倒四，极度混乱。科雷兹勒在离开贝尔维尤的路上告诉我，这种毫无根由的恐惧和对自身命运的茫然，是早发性痴呆的典型症状。但是，尽管马克维茨和我们的案件并无关联，这一趟探视并非一无所获。正如科雷兹勒先前所说，它有助于我们以对比的方式更好地了解本案凶手的人格特征。显然，我们所追寻的凶手并非为满足自己的精神变态欲望而杀人，他对死者尸体的愤怒肢解恰好说明了这一点。他也并非对自己的行为能够产生的后果漠不关心。但最重要的是，他如此大张旗鼓地展现自己的残忍手法，其实是一种炫耀。科雷兹勒说，这是一种不自觉的、渴望被理解的乞求，因为杀戮让他感到不安。换言之，尸体上的种种证据证明，凶手并非精神错乱；相反，他是一个神志相当正常的人。

在回百老汇大街808号的路上，我一直在思考这一观点，直到到达目的地，我才抬起头第一次认真地打量起这个在莎拉口中将会在最近一段时间里成为我们的家的地方。这是一幢漂亮的黄色砖墙大楼，科雷兹勒说，是由曾经设计了格蕾丝教堂尖顶和街对面那座柔和的圣丹尼斯酒店的建筑师詹姆斯·蓝维克所设计。办公室的南窗直接面对教堂的庭院，后者总是笼罩在教堂宏伟尖顶的阴影之中。或许是由于教堂的缘故，这一带总是笼罩着一丝宁静安详的气息，让人仿佛忘记了我们其实正置身于城市最繁华的商业中心。在距离808号仅有几步之遥的地方，鳞次栉比的商店在麦克里百货大楼一侧一字排开，有干货店、鞋靴店，还有照相馆。在繁荣的街区里，最引人注目的是一幢高大的铸铁大厦，隔着第十大街和格蕾丝教堂相对。那里曾经是斯图亚特百货商店，后来被希尔顿和休斯公司收购经营，从而成就了现在声名赫赫的沃纳梅克百货公司。

百老汇大街808号的电梯是一个巨大的笼子样的东西，还很新，很快就把我们送上了六楼。办公室在我们离开的时候发生了巨大的变化，家具全都已经到位，却仿佛丝毫不见人工的痕迹。5点整的时候，所有人坐在各自的办公桌前，桌子的摆放非常巧妙，可以让我们一抬眼就看到彼此，方便讨论。虽然会议一开始大家还有些拘束，但讨论起这几天的工作进展，气氛很快就变得友好而热烈起来。直到夕阳缓缓沉降入哈德逊河，将金色的阳光洒遍曼哈顿西区的屋顶和窗前的哥特式教堂，我开始意识到，我们已经以惊人的速度迅速融合，组成了一个工作团队。

我们有敌人，这一点毋庸置疑：卢修斯·艾萨克森汇报的时候说，在他今天要结束尸检的时候，有两个自称是墓地方面的人找上门来，粗暴地要求他们停止尸检。卢修斯那时已经获取了所需要的全部资料，因此不想生事——但是他所描述的那两个人的模样，以及他们脸上的伤痕，完全符合那天在桑托雷利住处曾经追打我和莎拉的那两个恶棍的样子。幸运的是，这两个前任警察并没有认出卢修斯（他们可能在他加入警队之前就退休了）。我们还不知道幕后之人和他们的目的，但学院显然已经不再安全。

至于卢修斯的尸检结果，正如我们所想象的那样：两具尸体上的刀痕都和桑托雷利以及茨威格兄妹身上的刀痕相一致。这一点得到确认以后，马库斯将两个飘着小红旗的大头钉插在墙上的曼哈顿城区地图上，一个在布鲁克林大桥位置，另一个在埃利斯岛渡船码头处。科雷兹勒随即将两起谋杀案的日期——1月1日和2月2日——分别写在黑板的最右侧，还有乔吉奥的遇害日期3月3日。这些日期里，我们都知道，隐藏着某种需要解答的秘密（科雷兹勒从一开始就知道，这个秘密相当复杂，比简单的数字重复更为复杂）。

马库斯向我们描述了他的工作（虽然还没有得到报酬），他正在试图解答一个谜题：究竟为什么“格洛丽亚”可以离开帕雷斯舞厅的房间而不被人发现？莎拉则告诉了我们她和罗斯福商量出来的一套方案，这套方案可以让我们在下次凶手作案之后能够在警方和验尸官之前进入现场，从而获得未被污染的第一手线索。这一方案对于罗斯福来说其实风险很大，但他现在已经完全被科雷兹勒的计划所说服。至于我，则讲述了去探视哈里斯·马克维茨的收获。在所有人全部汇报完毕之后，科雷兹勒站在办公桌后，指着墙上的黑板。他说，根据黑板上的线索，我们可以勾勒出心目中的“假想疑犯”，列举出疑犯所有的身体和心理线索，然后交叉对比，反复修订，直到最终破案。因此，接下来他就将我们已经发现的证据和假设的理论开始写在黑板上。

然而，当他结束之后，宽大黑板上留下的线索却并不多——至少其中有几条，科雷兹勒警告说，是不会留下的。他还说，粉笔的用量标志着我们在这一过程中所犯下的错误数量。工作在一片未知的领域里，我们既不能被困难打败，也不要被探案过程中需要掌握的材料数量所吓倒。看到我们对他最后这句话表现出迷惑不解，他取出了四大摞书籍和材料，内容看似相似，却截然不同。

这里面有他的朋友阿道夫·迈耶和其他精神病学家的文章；有从休谟到洛克，到斯宾塞再到叔本华的哲学著作；还有曾启发了科雷兹勒情境学说的老福布斯·温斯洛的专著；以及厚厚的、满满两册由我们亲爱的威廉·詹姆斯教授所撰写的《心理学原理》。这些书籍重重地落在我们的桌子上，发出震耳欲聋的声响。艾萨克森兄弟、莎拉和我面带忧虑地互相交换着目光，仿佛入学第一天被各种教科书重重包围的学生——这就是我们现在的处境。然后，科雷兹勒解释了之所以要这样折磨我们的原因。

从此以后，他说，我们必须竭尽所能，剔除自己既有的对人类行为的所有偏见。我们不能以自己的眼光来看待世界，不能凭自己的价值观来判断它，而要学会以凶手的眼睛和价值观来理解世界。凶手的经历和他的生活情境，才是决定一切的关键。他的个人行为中任何令我们迷惑的部分——从最不起眼的特质到最可怕的特征，我们都必须试图从他的童年事件中找出因由和关联。这种因果联系的过程——后来我们得知叫作“心理决定论”——或许不会总是清晰可见，但需要我们持续不断地努力挖掘。

科雷兹勒强调，将凶手视为怪兽并不会给我们的工作带来任何益处，因为他的的确确是一个人（或女人），他（她）也曾经是天真烂漫的孩子。所以首先，我们必须去了解这个孩子，了解他的父母、兄弟姐妹以及他的全部世界。只专注于邪恶、暴行和疯癫行为是无意义的，因为这些概念并不会让我们更好地了解凶手。如果我们能够找到那个存在于我们想象中的孩子，那么，我们就一定能够找到那个人。

“如果对这样的回报还不够满意，”科雷兹勒最后总结道，眼神一一掠过我们目瞪口呆的面庞，“那么还有美食。”

接下来的日子里我们发现，美食的确是拉兹洛当初选择808号作为办公室的一个重要原因。这里距离曼哈顿最负盛名的饭店只有几步之遥。在第九大街和大学城一带，你可以在拉法耶特咖啡店和路易·马丁饭店品尝到纯正巴黎风味的法式大餐；如果对德国美食感兴趣，可以沿着百老汇大街向北走到联合广场，那里的芦州饭店是美食家的朝圣之地；在第十大街和第二大道交会处，林荫大道咖啡馆提供丰盛的匈牙利美食；而如果说起意大利菜，则没有能比得上第八大街和马克道格大街上的贡法龙酒店的了。当然还有“德莫妮卡”饭店，虽然距离略远，但绝对值得一去。所有这些顶级的美食餐厅全都变成了我们的非正式会议室，尽管有时我们谈论的话题实在让人难以尽情享受这些美食盛宴。

这一点在工作开始的最初几天表现得尤为明显。由于探案手法另辟蹊径，我们不得不加班加点，花费大量时间来学习并理解许多心理学及犯罪学的基础知识。在办公室窗下的大街上，十几个像乔吉奥·桑托雷利那么大的孩子正在从事着危险的皮肉生意，全然不知有一个陌生而冷酷的凶手正在暗处对他们虎视眈眈。这是一种奇怪的感觉——无论我是在和科雷兹勒去做精神评估的路上，还是在百老汇大街808号办公室研究案件报告，抑或是在祖母家中阅读书籍直到深夜，以一种自己完全不习惯的速度和方式汲取新的信息，我仿佛总会在脑海中听到一个声音在说：“快点！若不然，又一个孩子将死于无辜！”在最初的那几天，我几乎都快被逼疯了——对受害者的尸体和犯罪现场翻来覆去地进行研究，试图从中找到和案件相关的蛛丝马迹。与此同时，我还要和赫伯特·斯宾塞[①]晦涩难懂的文章作斗争，例如下面这篇：

> 分子震荡是否能够有意识地出现在神经性休克中？两者是否可以混为一谈？没有任何行为能够帮助我们将二者同化。感觉的单位和行为的单位是完全不同的，这一点在我们试图将二者放在一起时表现得更为明显。

“莎拉，把你的手枪给我，”我记得自己在第一遍看到这段文字的时候，曾经这样对莎拉喊道，“还不如打死自己算了。”究竟为什么我要去理解这样的文字？这是我在工作伊始的第一周不停追问自己的问题——我真正想知道的不过是凶手究竟在哪里。然而日复一日，我逐渐开始明白了这样做的深意。以前面那段斯宾塞的话为例——我后来终于理解，斯宾塞此类的哲学家本想将人脑活动解释为物质活动在人体组织内部的影响，可是他们没有成功。然而，他们的失败却启发了新一代的精神病学家（如科雷兹勒和阿道夫·迈耶）将人的意识起源首先归结于他在童年时期的一系列经历，其次才是个人的身体机能。这一理论和去了解凶手的心历路程是有关联的，因为凶手的作案动机并非某个身体机能过程的随机结果（对于这一过程的阐释我们无能为力），而是一系列可以被想象到的事件的连锁反应。

我们学习的目的，也并非揭穿凶手或对他背后中伤。虽然斯宾塞对人脑活动起源和进化的解释牵连甚广，但其中有一个观点是颇受赞同的：他认为，大多数人自以为的理性行为选择本质上不过是对特定事件的特殊反应，起源于他

---

① 赫伯特·斯宾塞（Herbert Spencer，1820—1903）：英国哲学家和社会学家，“社会达尔文主义之父”。他的学说将达尔文的“适者生存”进化理论应用在社会学上，尤其是教育及阶级斗争。

童年时期某些至关重要的经验和经历，并在不断地重复中被强化，并同时压制了其他的想法和反应。很明显，本案凶手就存在这种暴力的倾向。而我们的工作就是将凶手暴力倾向的内在原因挖掘出来，弄清楚是什么样的经历导致了他以暴力本能来应对生活中出现的威胁。

是的，已经越来越清楚了，我们需要了解有关凶手所有的一切。如果真的希望将这个“假想人物”找出来，知道的线索越多越好。在明确这一点之后，所有人开始以更坚定的毅力和更快的速度进行阅读和学习，夜以继日地交换着彼此的想法和心得。莎拉和我曾经在凌晨2点还在电话两端大声讨论着令人头晕的哲学名词，虽然这令我的祖母几乎崩溃，但我们已经开始沉浸其中，并满怀信心地想要获取更多。我们正以惊人的速度接受着全新的教育（在最初的十天里，大量的知识在还未来得及完全消化之前就被我们囫囵吞下），但在表面上，我们似乎每天都在忙于处理手边的实际工作，全神贯注于艾萨克森兄弟目前已经收集和整理的实际线索，以及根据这些线索进行推测。起初的线索或推测并不多，我们还没有获得进入犯罪现场的渠道（例如威廉斯堡大桥塔楼，马库斯去勘查现场的时候，已经不可能再获得任何有效指纹了——现场是一片露天建筑工地，被天气和建筑工人的工作破坏殆尽）。因为尚不能获得足够多的信息来描绘凶手的作案手法，办公室的气氛变得日益紧张。每个人都在埋头苦干，但内心却都清楚：距离凶手下次作案的时间已经不远了。

3月刚过，4月伊始，又一桩案件终于发生。一个周六的凌晨1点45分，我正在自己的房间里昏昏欲睡，脸上盖着詹姆斯教授的《心理学原理》第二册。前一天下午，我在办公室正努力钻研詹姆斯教授的“必要的真相以及经历的影响”理论，史迪威·泰戈特走进来打断了我。他手里拿着从《先驱报》上扯下来的一份新的长岛阿德奎赛马场第二天的出场名单，希望从我这里获得一些关于比赛的建议。最近以来，我一直在私下里雇用史迪威帮我投注（当然对科雷兹勒保密），这孩子很快就迷上了赛马。我和他说，他必须在真正理解自己的行为目的，或者真正有钱之后再自己下注，但显然他没能忍住。所以那天我的阅读任务没有及时完成，只好当晚熬夜苦读。当电话铃声在深夜突然响起，我正在熟睡之中。铃声令我猛然惊醒，从座位上弹起，将詹姆斯教授的书甩到了对面墙上。电话响起第二遍铃声的时候，我赶紧套上衣服，响起第三声时，我已经冲到门厅处迅速拿起了听筒。

“是白纸。”我好像还在梦中，以为电话的另一端是莎拉。

的确是她。“你说什么？”她问。

“我们今天下午讨论的问题，”我揉着眼睛回答，“人出生的时候大脑究竟是一张空白的白纸，还是我们与生俱来就具有某些知识？我认为是一张白纸。”

“约翰，你先安静一会儿。”她的声音里透露着一丝焦急，“凶手又作案了！”

我猛然一惊，“在哪里？”

“城堡花园，在炮台那里。艾萨克森兄弟去取相机还有其他设备了，他们必须在我们所有人之前首先赶到，我们需要帮助他们拦住赶往现场的警察。罗斯福已经到那里了，确保一切顺利。我也已经给医生打过电话。”

“好的。”

“约翰——”

“怎么了？”

“我从来没有……我是唯一没有见过……嗯，会很可怕吗？”

我能怎么说？只好给出一点实际的建议，“你可以带点嗅盐。别紧张，我们都会在那里。叫辆车来接我吧，咱们一起去。”

我听见她在电话另一端深吸一口气，“好的，约翰。”

第二部分
联想

同样的外部事物有可能暗示着与其相连的许多现实中的任何一个——因为在我们外部生活经历的变迁中，我们经常会遇见同样的事情，只是出现在不同的场合里。

——威廉·詹姆斯

《心理学原理》

我以为正确的，
别人都认为错误；
我认为错误的，
别人都赞同。
我总是和他们意见不一，
我总是被别人厌恶冷待；
我向往幸福，却总是不幸；
所以我就是那个被他们称为“不幸的人”，
我全部的所有只是悲哀。

——瓦格纳[①]

《女武神》

① 瓦格纳（1813—1883）：德国作曲家，著名的古典音乐大师。

14

等到莎拉坐着马车来华盛顿广场接我的时候，她已经驱散了自己内心的大部分恐惧，取而代之的是满满的坚定。马车沿着百老汇大街的花岗岩石板路一路前行，莎拉对我问她的问题充耳不闻，双眼直视前方，面无表情。她在看什么？她是不会告诉我的，我也猜不出来。我想，或许是和她的伟大理想有关，想证明女性也能够成为称职、出色的警官。如果这个梦想有一天终于实现，那我们即将要面对的景象就会成为她日常职责的一部分——她对这一点十分清楚。如果因为是女性就可以表现得软弱，那是令人无法忍受也是无法原谅的，因为会引发对她的个人能力的怀疑。因此，她一路凝视着飞奔的马匹，几乎一句话也没有说，仿佛在调动自己全部的意志来证明她和任何一位经验老到的警探一样，完全可以应付眼前出现的问题。

莎拉的镇定自若和一直想通过聊天来平复内心慌乱的我形成了鲜明的对比。马车到达普林斯大街的时候，我已经开始对自己的喋喋不休感到厌烦；等到车子走到布鲁姆大街的时候，我已经放弃和莎拉交流的想法，转而去观察那些在舞厅门口进进出出的妓女和她们的客人。一个大醉迷离的挪威水手在角落里对着一条臭水沟狂吐不已，两个舞女搀扶着他，其中一个则明目张胆地将手伸进水手的口袋。这种景象再正常不过，但在今晚看到它，我却突然萌生了一个想法。

“莎拉，”我们已经穿过卡纳尔大街，朝着市政厅方向驶去，“你去过‘霓裳舞厅’吗？”

“没有。”她飞快地回答，呼出的热气迅速在冰冷的空气中凝结。纽约的4月和往常一样，与寒冷刺骨的3月并无太大分别。

这并不是一个好的对话开头，但我并不在意。“好吧，在妓院工作的妓女们通常都有一套鉴别客人的方法，在‘霓裳’或‘帕雷斯’工作的那些牛郎们在这件事上，眼光也相当敏锐。所以，会不会我们所要追查的凶手是个嫖客？也许某一次他受骗上当，被讹了一大笔钱，所以要来报仇算账？‘开膛手杰克’那起案子就是这样的。”

莎拉掸了掸盖在腿上的厚毛毯，仍旧一副不感兴趣的模样，“或许吧，约翰。你是怎么想到的？”

我看着她，“整整三年，从茨威格兄妹被害到今年1月的第一起凶杀案。之前我们一直认为还有其他受害人的尸体可能隐藏在某处没有被发现，会不会这个想法本身就是错误的？会不会他没有在纽约作案的原因是——因为他根本就不在这里？”

“不在这儿？”莎拉仿佛略为所动，“你是说，他旅行去了？离开纽约？”

“或许不得不离开？比如说他是水手。在霓裳或者帕雷斯舞厅厮混的嫖客一半多都是水手。我想有这个可能。如果他是那里的常客，就不会引起大家的怀疑——说不定他早就认识被害者。”

莎拉仔细想了想，点点头。“不错，约翰。这样的话凶手来来去去就不会引起特别注意了。看其他人是怎么想的吧，等我们……”她的语调突然扬起，视线回到街面上，面带忧虑，“等我们到达那里的时候。”

马车里再次陷入寂静。

城堡花园坐落在炮台公园的正中央，要想到达那里，首先要走到百老汇大街的尽头，这便意味着我们将要穿过一片各式建筑风格混杂的高楼，穿过曼哈顿的出版和金融中心。一眼望去，高耸的《世界报》报社和巍峨的国家皮革银行大楼（至少在伍尔沃斯和辛格大厦建立之前，它们是最高的）屹然矗立，居高临下地俯视着老邮电大楼和公平人寿保险协会的维多利亚式华丽建筑。在这一带停留的时间越长，就越能体会到这些建筑散发着同一种气息——财富。我的大半童年时光都在这里度过（我的父亲经营着一家中等规模的投资银行），从很小的时候就开始对金钱来往的各种活动印象深刻。这种财富活动既充满诱惑，又令人反感，但到1896年时，它已经毫无疑问地成为纽约的经济命脉。

那一晚，我再一次地感受到财富的巨大暗流。凌晨2点半，所有街区都处于黑暗之中，仿佛在昏昏沉睡。经过三一教堂墓地——美国经济之父亚历山大·汉密尔顿就埋葬在那里——的时候，我发现自己有些心不在焉。我想：他真是胆大包天。无论本案凶手究竟是谁，无论他的动机是什么，他已经不再满足于只在贫民区活动了，他的触手已经伸向这片繁华的精英富人居住区，明目张胆地将一具尸体留在了这座城市最有影响力的金融大佬的地盘。是的，如果凶手神志正常，就如科雷兹勒所坚信的那样，那么最近发生的这起杀人案不仅野蛮残暴，而且肆无忌惮。凶手以这样的方式不仅让曼哈顿的居民感到深深的恐惧，也强迫他们接受了自己的存在。

马车在滚球草坪那里将我们放下，随后我们穿过马路走进公园。科雷兹勒的马车停在公园门口，史迪威留在车上，身子蜷缩在一条大毛毯里。

“史迪威，”我对他说道，“是在望风吗？帮我们看着警察？”

他点点头，打了个寒战。“还有，这样可以离那里面远点，”他的头朝公园方向点了点，“太可怕了，摩尔先生。”

走进公园，在零星的路灯指引下，我们沿着一条直路向城堡公园的巨大石墙走去。这里曾是一处名为“克林顿城堡”的军事堡垒，1812 年战争时期为保卫纽约而修建。后来它被移交给市政府，被改建成一所歌剧院。1855 年，它成为纽约移民局所在地，在移民局 1892 年被搬迁到埃利斯岛之前，曾有七百多万来自世界各地的移民穿过炮台公园这座历史悠久的堡垒。最近，市政官员又在计划将此处利用起来，想在公园墙内建造一个巨大的水族馆。重建工程还在进行中，我和莎拉还未看见石墙的身影，就已经在路上看见许多施工标识了。

石墙下面站着马库斯和塞勒斯，两人身旁蹲着一个穿着长外套，手里紧紧攥着一顶圆边礼帽的男人。男人的外套上虽别着徽章，却没有任何威严：他坐在一堆纸板上，怀里抱着水桶，露出一张苍白的脸孔，大口喘着粗气。马库斯想问他几个问题，但是这家伙明显吓坏了。看到我们走来，马库斯和塞勒斯点头示意。

“公园警卫？”我问道。

“是的，”马库斯回答，声音中有一种被压制的兴奋，“大约凌晨一点发现了尸体，在房顶。他大概每小时巡夜一次。”马库斯凑近那个男人，“米勒先生？我要回上面去了。你不用着急，等准备好了再来找我。”头发花白的男人点点头，目光空洞，随即又弯下腰对着水桶干呕不止。马库斯将头转向塞勒斯，“看着他，别让他乱走，塞勒斯。我们还需要找他问几个问题。”

“好的，警探先生。”塞勒斯回答。随后，马库斯、莎拉和我一起走进城堡花园巨大的黑色大门。

“那家伙已经吓傻了，”马库斯用头示意着那个公园警卫，“只会反复说，12 点 15 分的时候还没有发现尸体；前门一直都是锁着的；后门也是锁着的——没有被撬的痕迹。我看和帕雷斯舞厅的情况差不多，约翰。进来出去都没有痕迹，但案件就是这样发生了。”

城堡花园内墙的装饰只进行了一半。在满是木板、石膏和油漆的地面中央矗立着一些巨大的玻璃水族箱，有的还未完工，有的已经完成却没有注水，还有的已经开始招待它们的新住客了。形状各异的鱼群睁着大大的受惊的双眼，仿佛也因发生在这里的惨案而受到惊吓。昏暗的灯光下，鱼儿游来游去，身上的鳞片反射着或银色或彩色的奇异光芒，仿佛也因目睹了可怕惨象而拼命想挣脱这个死亡之地，回到先前它们深邃昏暗的栖息地。至少在那里，它们不会看见这样血腥残忍的杀戮手段。

我们登上城堡的旧楼梯，来到当初为了遮盖开放式的中央庭院而修建的平台。平台中央矗立着一座角楼，每一侧都有两扇窗户，从那里可以远眺纽约港口以及位于贝德罗岛上新修的自由女神像。

罗斯福、科雷兹勒和卢修斯站在靠近水边一侧的平台边缘。在他们身边立着一架盒式照相机。在照相机的前方，灯光之下，便是我们这趟行程的目标和终极原因。即便隔着相当的距离，血迹依然清晰可见。

卢修斯一直在研究尸体，而科雷兹勒和罗斯福则转过脸去，似乎在激烈地交谈。看到我们从台阶走上来，科雷兹勒朝我们迎面走来，罗斯福摇着头跟在他的身后。科雷兹勒与我和莎拉分别打过招呼，马库斯则径直向照相机走过去。

“根据尸体情况判断，”科雷兹勒说，“几乎没有任何疑问，凶手就是我们在追缉的那个人。”

“第一个到达案发现场的是二十七警区的一名巡警，”罗斯福补充说道，“他说他记得这个男孩经常在‘金法则’出没，但他不记得死者的具体名字。”（“金法则”夜总会是第四大街西区有名的地下舞厅，专门提供牛郎服务。）

科雷兹勒将手放在莎拉肩上，“这是一个恐怖的现场，莎拉。”

她点头，“我早就料到了。”

科雷兹勒仔细研究着她脸上的表情，“我想请你去帮助警探进行尸检——他知道你曾经受过护士的专业训练。距离警区侦探到来之前并没有多长时间，我们每个人都有许多事情要做。”

莎拉再次点头，深吸一口气，然后朝卢修斯和尸体走去。科雷兹勒转过头和我说话，但我让他稍候，跟在莎拉身后朝着屋顶角落里那一片昏暗的灯光走去。

受害者是一个深色皮肤的男孩，有着明显的闪米特人特征，黑色的头发覆盖着头顶的右半部。在左半侧区域，一大块头皮已经被扯掉，露出里面的森森白骨。除此之外，男孩身上的伤痕几乎和乔吉奥·桑托雷利一模一样（只有臀部不同）。听见科雷兹勒这样描述，我几乎不用猜测就能够判断元凶是谁，仿佛作者签名一样清晰。之前曾经在威廉斯堡桥头所感受到的那种伤恸——不仅只是因为死者年幼，还有因死者被捆绑扭曲的那种残忍——又卷土重来，令我难以呼吸，身体的每一寸肌肤都感到彻骨的寒冷。

我关切地望着莎拉，没有靠近，做好了她有可能随时晕倒的准备，却并不希望她知道我内心的真实想法。莎拉睁大双眼看着眼前的惨象，轻轻摇着头，动作虽微小但清晰可见。随即她紧握双拳，再次深吸一口气，然后站到卢修斯的身边。

“警探先生？”她说，“科雷兹勒医生让我来协助你。”

卢修斯抬起头，惊讶于莎拉的冷静，然后掏出手帕擦了擦汗，“是的，谢谢你，霍华德小姐。我们将从头皮这一处伤口开始……”

我朝科雷兹勒和罗斯福走过去。“真是个勇敢的女孩。”我摇头说道，对面那两个人却都没有回应我。

科雷兹勒甩给我一份报纸，怒气冲冲，“你的朋友斯蒂芬斯今早在《邮报》上发表了一篇文章，约翰。怎么可能？怎么会有人如此蠢笨？”

“没有任何借口，”罗斯福也闷闷不乐，“我能想到的就是，斯蒂芬斯将这件案子当成了公平游戏，只要他没有最终透露你在其中的作用，医生。但是，我一会儿就把他叫到办公室里去，我保证，会和他把情况说清楚。”

在《邮报》首页，醒目地刊登着斯蒂芬斯的文章。文章说“警方高层”认为，茨威格凶杀案和桑托雷利案应该是同一凶手所为。作者从两起案件的关联性推测，这个“杀人恶魔”的目标似乎不仅仅针对未成年牛郎。显然，斯蒂芬斯想竭尽所能地煽动民心，认为“没有一个孩子是安全的”。除此之外，文章中还有一些耸人听闻的细节，例如说桑托雷利在被害前曾经遭受过“侵犯”（事实上，科雷兹勒并没有发现任何性侵害的证据）。文章还说在纽约的某些地方，有些人认为案件的元凶可能不是人，而是某种可怕的非自然生物——尽管“臭名昭著的埃里森和他的同伙”或许是“最有可能的犯罪嫌疑人”。

我把报纸叠起，在腿上轻轻敲打，“这很糟糕。”

“非常糟糕！”科雷兹勒竭力控制着自己的怒气，“但是，它已经发生了，我们现在必须做点什么来抵消它的影响。摩尔，能不能说服你们报社的编辑在《纽约时报》上也刊登文章，就说斯蒂芬斯的论断都只是推测？”

“虽然可以，”我说，“但如果这样做，就暗示着我在案件调查中也参与其中，那么他们就会派人来打探消息，而万一被他们得知本案和茨威格案件的联系，感兴趣的人会越来越多。”

“是的，如果我们努力去抵消斯蒂芬斯报道的影响，我猜只会使情况变得更糟，”罗斯福说，“斯蒂芬斯必须闭嘴，那篇报道必须被忽略。”

“怎么可能？！”科雷兹勒的怒气爆发了，“即便纽约城里没有一个人在意这篇报道，但有一个人会看到——我害怕，我非常害怕他的反应。”

“难道你以为我就不害怕吗，医生？”罗斯福反驳，“我知道媒体最终总会介入——这也是我不断催促你们加快速度的原因。案件发生了几周却无人注意，这是不可能的事情。”

罗斯福双手叉腰，科雷兹勒转过身，愤怒得无话可说。过了一会儿，科雷兹勒终于平静下来，“你说得没错，局长先生。我们现在要做的不是争吵，而是利用眼前的机会。但是，罗斯福——如果你一定要和里斯或斯蒂芬斯他们分享信息，请千万不要透露这件事情。”

“你不用担心，医生，”罗斯福安抚地说道，“这并不是我第一次对斯蒂芬斯所谓的猜测感到恼火——但，这绝对将是最后一次。”

科雷兹勒厌恶地摇摇头，然后又耸肩，“好吧，那么开始工作。”

我们加入了艾萨克森和莎拉。马库斯正在给尸体细节拍照，卢修斯则一直在检查尸体，嘴里嘟囔着一大堆医学和解剖学名词，声音稳定清晰。很奇怪，这对兄弟在工作的时候并没有显露出让人惊讶或发笑的那些怪癖。他们在楼顶来回逡巡，大脑也随之高速运转，像警犬一样对某些微乎其微的细节反复研究，并且主导着全部检查过程，仿佛他们才是案件侦查的主管，而非罗斯福或科雷兹勒。随着工作的不断深入，所有人——即便罗斯福，都尽可能提供援助：或记录笔记，或帮助扶持仪器或灯光，全力保障他们两人的思路不被打断。

拍完照片，马库斯让卢修斯和莎拉继续尸检，而他则开始“打扫”楼顶，收集指纹，使用的正是他先前在“德莫妮卡”饭店展示过的铝粉和炭粉药瓶。同时，罗斯福、科雷兹勒和我开始寻找任何光滑坚硬、有可能留下指纹的表面，如门把手、窗户玻璃，还有尸体不远处塔楼一侧的陶瓷烟囱。经过一番搜寻，我们终于在陶瓷烟囱那里有所发现。马库斯说，这主要是因为公园警卫偷懒，将楼下的火炉提前熄灭了。根据先前艾萨克森兄弟推算出来的凶手身高数据，如果他倚在烟囱上，在他的手可能会接触到的那处烟囱的光洁表面上，马库斯将脸贴近并仔细观察，脸上的表情逐渐兴奋起来。他让罗斯福和我撑起一面油布，挡住从港口方向吹过来的冷风。然后，用一把精致的骆驼毛小毛刷仔细地将粉末扫上去。仿佛奇迹一般，他竟然获得了几枚看上去仿佛是一片污渍的指纹。指纹的位置与我们假想凶手的身高完全一致。

马库斯随后从外套口袋里掏出先前在索菲亚·茨威格尸体上采集到的血拇指印，科雷兹勒也靠过去仔细观察着。马库斯一边仔细研究指纹的样式，黑色的眼睛也随之越睁越大。他转过身，声音中透露着明显的激动，“看上去似乎是匹配的。”说着，他和科雷兹勒去拿照相机，而我和罗斯福则继续撑着油布。马库斯给新发现的指纹拍了若干张近照，闪光灯粉四溅，却迅速消散在黑色的夜空中。

接下来，马库斯让我们仔细检查楼顶的边缘处。他说：“寻找每一处活动的踪迹——即便是砖石上最小的缺口、裂缝或洞穴。”面向纽约港口的建筑必然会有很多缺口、裂缝或洞穴，但我们都很尽职尽责。每当发现一处疑似罪犯活动的踪迹，就会大声呼唤。马库斯一直在检视房顶前方一处弧形的栏杆，听到我们的呼唤就会立刻去进行进一步检视。大多数的发现都是无效的，但是在屋顶最后面、最黑暗、最隐秘的一处角落，罗斯福发现了一些痕迹，在马库斯看来，这些痕迹非常有可能是凶犯留下的。

马库斯接下来的举动有些奇怪：他拿出一根长绳，长绳一端缠在自己的腰上，另外一端在房顶栏杆处绕了个圈，然后递给罗斯福和我。他告诉我们将绳子松开，以方便他顺着堡垒的后墙降下去。我们问他这样做的目的，他说这是寻找凶手进出现场的方法。他的神情如此专注，以至于我们不忍再打扰他，也没有再继续追问下去。

马库斯下落的过程中，不断发出各种声音，似乎找到了些什么。随后，他让我们继续松开长绳，罗斯福和我努力撑住绳索。在间隙中，我抓住时机和科雷兹勒交流了一下先前出现在我脑海中有关凶手职业和习惯的猜测（科雷兹勒因为手臂不便，没有参与拉绳子）。他听到之后陷入思考，表情莫测：

"或许在凶手可能是妓院常客这一点上你是对的，摩尔。但是这个人是否是某种过往旅客……"科雷兹勒一边看着卢修斯，一边说道，"考虑到他的作案手法，他将六具被害人的尸体——目前我们所知的就有六具，放在了越来越公开的位置。"

"这一点，"罗斯福说道，手里松开更多的绳索，"说明凶手对纽约非常熟悉。"

"极其熟悉，"卢修斯听见他们的交谈，插话进来，"凶手每一次作案都不慌不忙，伤口边缘很整齐，所以他应该是有充分的作案时间。我猜测，在每一起案件里，凶手对于自己需要花费的时间都十分清楚，或许他也根据时间来选择作案地点。这一线索和我们之前推测他是一个计划周密的人十分吻合。还有，凶手挖去双眼的手法很纯熟——说明他或许对解剖学有相当的了解。"

科雷兹勒思索了片刻，"有多少人会符合这个特征，警探先生？"

卢修斯耸耸肩，"有几种可能性。医生当然是首选，或者至少受过简单医学训练的人。还有一种可能是有经验的屠夫，或者是有经验的猎人。一定是习惯于处理动物尸体的人，他不仅知道怎样处理肉的部分，而且对眼睛、内脏、四肢和动物的其他部位都非常熟悉。"

"但是，如果他是一个小心谨慎的人，"罗斯福问，"为什么会选择在公开场合实施犯罪？为什么不选择一个更隐蔽的地方？"

“是为了炫耀，”科雷兹勒的声音响起，走到我们身边，“在一个所有人都能够轻易去到的地方作案，对于凶手来说意义非常。”

我说：“凶手希望被看到？”

科雷兹勒点头，“看上去似乎如此，但他也希望能够逃脱。”他眺望着远方的港口，“这些地点还有其他相似之处……”

就在那时，我们听见马库斯大声呼唤我们将他拉上来。在罗斯福的指挥下，所有人齐心协力，一同将马库斯重新拉回屋顶。科雷兹勒问他究竟发现了什么，马库斯回答说要等他确定了再告诉我们，便走到一边去记录笔记。这时，卢修斯叫嚷起来：

“科雷兹勒医生？您过来看看这个。”

科雷兹勒朝尸体方向走去，但罗斯福和我还心有余悸——我们的眼睛无法再忍受那样的景象。即便是一开始信心十足的莎拉，现在也不停地将目光移向别处。直视现场实在需要付出莫大的勇气。

“您检查桑托雷利的时候，医生，”卢修斯一边说，一边解开尸体手腕处的麻绳，“是否记得在这个部位发现过任何皮肤的磨损或创伤？”他举起死者左手，指着手腕处说道。

“没有，”科雷兹勒回答，“除了右手被切断，并没有其他明显伤痕。”

“前臂处也没有？”卢修斯追问。

“没有。”

“好的。那么这就证明了我们先前的假设。”卢修斯将死者手臂放下，擦了擦自己的眉毛，“那些麻绳的质地十分粗劣，”他先指了指地上的一团线绳，然后又指着男孩手腕处说道，“即便挣扎时间很短，也会留下明显的伤痕。”

莎拉的目光从麻绳移到卢修斯的脸上。“那么——没有打斗和挣扎？”她的语气里有着明显的悲伤，令我也心有戚戚——它所暗示的真相十分明显。卢修斯继续说道：

“我猜测，受害人是自愿被绑起来的，即便在这一过程中，他也并没有多作挣扎。他可能并不清楚究竟发生了什么。你知道，如果真的有袭击或者反抗发生，我们会在前臂处发现伤痕，至少会有擦伤，这是受害人在抵抗侵害时会留下的印记。但是，什么都没有。所以……”卢修斯瞥了我们一眼，“我认为死者认识凶手。他们可能以前就玩过这套把戏，或许出于……性交目的。”

罗斯福猛吸一口气，“天哪……”

我看了看莎拉，她的眼角有晶莹的泪光闪烁，但她迅速眨了眨眼，忍住了即将夺眶而出的泪水。

“我说的最后那部分只是推测，”卢修斯补充说，“但是关于受害人一定认识凶手这一点，我十分肯定。”

科雷兹勒点头，眯起眼睛，声音变得柔和起来：“认识他，而且信任他。”

卢修斯站起身，从尸体边上走开。“是的。”他关掉了手中的工作灯。

听到这些话，莎拉突然飞快地站起来，走到距离我们最远的一侧。我们几个人面面相觑，不知道发生了什么。我朝着她的方向走过去，看见她眺望着远处的自由女神像，很惊讶地发现她其实并没有哭泣。相反，她的身体绷得笔直。她没有回头，只是开口说道：

“别靠近我，约翰。”她声音冰冷，“我不想让任何人靠近我。就一小会儿。”

我尴尬地站定，“对不起——莎拉。我只是想看有什么可以帮你的。这一晚你经历得太多了。”

她发出苦笑，“是的，可你帮不上忙。”她沉默了片刻，但我并未离开。“想一想，”她后来说道，“我们一开始还想象凶手可能是个女人……”

“想象？”我说，“据我所知，我们目前还没有排除这一可能性。”

“也许你们几个还没有，还在怀疑，因为你们有先天的劣势。”

我突然感觉身边多出一个人，转过头，我看见科雷兹勒正在谨慎靠近。他示意我不要说话，让莎拉继续：

“但是我可以告诉你，约翰——凶手是个男人。任何一个女人，即便她杀害了那个孩子，也不可能……”她寻找着合适的字眼，“那些刀伤、挖眼、刺穿……我永远都不能理解。但绝不会错的，一旦你……有过那种经历。”她又冷冷地笑了，“而且一切总是从信任开始……”又是一阵令人尴尬的沉默。这期间，科雷兹勒碰了碰我的手臂，用头示意我回到原地。“让我一个人静一会儿，约翰，”莎拉说，“我没事。”

科雷兹勒和我静静地离开。走到莎拉听不见的地方，科雷兹勒向我低声耳语：“她说的没错。我从没有见过这样变态的女性癫狂患者——不管是产后还是什么原因。尽管我自己也许要花上好一段时间才能认清这一点。我们必须好好利用莎拉的这一女性视角，约翰。”他迅速打量了一下四周，“但首先，我们得离开这儿。”

莎拉还在屋顶的另一侧停留，剩下的人则开始收拾艾萨克森兄弟的各种设备，抹去我们遗留在这里的痕迹，尤其是那些地面上的铝粉和炭粉残留。我们一边收拾，一边听马库斯谈论着一个事实：目前我们已知的由同一凶手作案的六起案件中，一半都发生在屋顶。这是个相当重要的线索，因为1896年的纽约市屋顶仍然是城市交通的重要路线，和地面人行道各司其职。尤其是在出租屋集中的贫民窟，有相当一部分人每天都在屋顶行走，几乎很少回到地面上来——其中包括追债的债主，还有建筑工人、推销员、上门护士以及其他。出租屋的价格通常和它所占用的地面面积成正比，因此，最穷的人往往选择在屋顶居住。与这样的穷人打交道的人，比起反反复复上下楼梯，更愿意从一处房顶直接跨越到另一处房顶。的确，我们还不知道凶手究竟是怎样到达这些屋顶的。但显而易见的是，一旦到达屋顶上面，凶手便活动自如、来去无踪。他是否曾经或现在依然从事着屋顶行走的行业，这是一个值得探索的问题。

“无论哪种职业，”罗斯福一边卷着绳子一边说道，“能够如此精密策划并执行谋杀的人，必定头脑相当冷静，因为他知道，危险从来都近在咫尺。”

“是的，”科雷兹勒回答，“很有可能是军人，你说呢，罗斯福？”

“你说什么？”罗斯福的眼神十分受伤，“军人？那并非我的初衷。医生——我根本不是这个意思！我不愿意将这种事情和军人联系在一起。”

科雷兹勒笑了，他知道罗斯福（此时的他距离后来在胡安山带领士兵冲锋陷阵还有许多年）一向对军队怀有崇高的敬意。“或许吧，”科雷兹勒的语气有些讽刺，“但是，头脑冷静，计划周密——这难道不正是军人所接受的教育吗？”罗斯福闻言大声抗议，跺着脚离开科雷兹勒身边。后者的笑容变得更深了，“记下来，艾萨克森警探，”科雷兹勒故意大声说道，“凶手很可能有过军队背景或经历。”

罗斯福猛然转过身，双眼圆睁，但最终也不过低吼了几声：“我发誓，先生！”这时，塞勒斯从楼梯冲上来，脸上带着前所未有的警觉表情。

“医生！”他高喊，“我们需要赶快离开！”塞勒斯挥舞着一只手臂指向北方，所有人的眼睛都顺着他手指的方向望去。

在炮台公园的另一侧，人群正黑压压地逼近：并不是日常白天常见的西装笔挺、文质彬彬的人，而是衣衫褴褛、穷困潦倒的男男女女。一些人手里拿着火把，还有人带上了自己的孩子，孩子们的脸上跳跃着无可言说的兴奋表情，对即将开始的骚乱跃跃欲试。虽然威胁的意味还不明显，但毫无疑问，一场暴乱即将开始。

15

莎拉来到我的身边，“约翰——那些人，他们是谁？”

“来者不善。”我回答，一种异样的感觉涌上心头，当晚第一次感到担心和恐慌。“我想，应该是《邮报》上的消息已经传到了街上。”

“你说他们想干什么？”卢修斯问道。虽然天气寒冷，但他的额头冒出更多冷汗。

“我猜，他们想要一个解释，”科雷兹勒说，“可是，那些人怎么会知道到这儿来？”

“那个二十七警区的警察。”塞勒斯回答，面色焦急，他的父母就丧生在这样一场动乱中。“他在那边和另外两个人说了些什么，然后那两个家伙走进人群，开始煽动大家，说只有贫穷的外国孩子会被杀死之类的话。似乎大部分人都来自东区那边。”

“那个警察，我确定，是巡警巴克雷，”罗斯福说，因被自己的下属背叛而恼怒不已，“就是一开始到过现场的警察。”

“米勒也跑了！”马库斯突然说。随着他的话音，我看见那个可怜的公园警卫正飞快向贝德罗岛渡口跑去，连帽子都不要了。“还好，他的钥匙在我这里，”马库斯说，“他不像会在这里久留的人。”

此时，在我们的正前方，透过公园稀疏的树木，一大群人正吵吵嚷嚷地向我们的方向走来，喧嚣的声音中夹杂着吆喝和恶毒的咒骂。突然，一阵马蹄声传来，科雷兹勒的马车出现在我们的视野中，正飞快地沿着公园主路朝城堡的方向驶来。史迪威高扬马鞭，用力驱使着马匹，沿着堡垒前面的石墙迅速来到大门边。

“好样的，史迪威，”我喃喃自语，转身对其他人说道，“这是我们最好的出路——从后门出去，然后沿着公园河边一路向北离开。”

“赶紧上车吧，”马库斯说，“那些人马上就要到了。”

又是一阵此起彼伏的喧闹声，一大群乱民已经挤入公园大门，左边和右边分别有两小撮人冲在最前面。显而易见，越来越多的人正从附近的街区赶过来，加入了乱民的队伍——短短时间内就已经聚集了好几百人。一定有人在里面煽风点火。

“见鬼！”罗斯福十分愤怒，“二十七警区的夜班警卫哪里去了？我一定会要他们好看！”

“清晨是闹事的最佳时间，”科雷兹勒一边说着，一边走下楼梯，“这个时候，我们还是赶紧离开的好。”

“可是，这是犯罪现场！”罗斯福的怒气依然没有平息，“我绝不允许这里被暴民破坏，无论他们说什么！”他环视屋顶，捡起一根粗壮的木棍，“医生，你们不能被发现在这里——带上霍华德小姐赶紧离开。艾萨克森和我去前门，直接面对那些乱民。”

“我们也去？”卢修斯脱口而出，似乎并没有意识到自己在说什么。

“这正是历练的好机会。”罗斯福笑着，亲热地搂过卢修斯的肩膀，另外一只手拿着木棍对空气狠狠地砍了几下。“不管怎么说，这座堡垒曾经抵挡过大英帝国的进攻——下东区的暴民在它面前根本算不上什么！”虽然他的话有些道理，但还是让人有忍不住想打他一巴掌的冲动。

为了掩盖之前的工作痕迹，剩下的人需要将艾萨克森兄弟的器械全都搬到马车上。我们吃力地走下楼梯，穿过水族箱，把一个又一个沉甸甸的箱子放在马车上。随后我转身想祝福那对兄弟好运，却看见马库斯正在地上寻找着什么，卢修斯则不安地在调试自己的配枪。

“你们或许躲不开一场恶战，”我微笑着说道，希望能起到安慰的作用，“但是如果不愿意，哪怕罗斯福逼迫你们，也千万不要逞强。”

卢修斯嘟囔了一声，马库斯却勇敢地笑了，握了握我的手。“我们会去 808 号和你们会合。”他说。

说完，他们关上堡垒的后门，重新拴上锁链。我跳上马车站在侧面——科雷兹勒和莎拉已经在马车里坐稳，塞勒斯和史迪威在前面并驾齐驱。马车一路颠簸着，沿着港口一侧顺河岸向北飞快驶去。城堡花园外面依旧人声鼎沸，但就在我们即将通过堡垒前门时，原本喧闹的声音却仿佛突然平息下来。我伸长脖子眺望，看见罗斯福站在大门口，一只手平静地握着木棍，另一只手则指向公园里面——很显然，这几个已经疯狂的傻瓜并不满足于安全地留在门内等候救援。艾萨克森兄弟站在罗斯福的身后，情况若有变化可以随时锁上大门。但是，这似乎并没有什么必要——因为人群已经安静下来，正在听罗斯福讲话。

马车走到公园北角的时候，史迪威加快了速度，差点撞上对面而来的二十多个警察，他们正急匆匆地向城堡花园方向跑去。马车行驶到炮台位置时，猛然拐了个弯，并顺着已经荒弃的水边小路继续行驶。就在这时，我清楚地看见角落里停着一辆豪华马车，虽然位置隐蔽，但视野极佳，能够看到堡垒处的所有动静。一只修剪得分外整齐的手搭在马车车门处，小指上戴着一只精美的银色戒指。男人的上半身探在车外，精致的领带夹在昏暗的灯光下闪烁着光芒。那人有着一张轮廓分明的爱尔兰人的面孔——保罗・凯利。我赶紧呼唤科雷兹勒出来看，可是马车的速度太快，他并没有看到。我向他解释自己看到的景象，却发现他早已预料到了这个结果。

那群暴民，正是凯利的作品，或许是为了回应斯蒂芬斯在《邮报》上关于比弗・埃里森的嫌疑推测。这完全符合凯利的作风，他从不做无用的威胁。而且，在积怨深重的人群中挑起对凶手的愤怒，对于这样一个诡计多端的人来说完全不费吹灰之力。然而，这一举措却几乎让我们的团队全军覆灭，直到现在我还担忧不已。我紧紧抓住正在飞奔的马车的扶手，发誓如果罗斯福和艾萨克森兄弟有一点损伤，我就要把账算在这位五点帮的老大头上！

回家的路上，史迪威的马车跑得飞快，没有人让他慢下来——我们每一个人，因为这样或那样的原因，都希望赶紧和城堡花园拉开距离。西区崎岖的街道上有许多雨后留下的水坑，等我们回到百老汇大街 808 号时，我已经全身溅满了泥点，冻得浑身麻木，非常想告辞回家。可是还有工作没有做完，我们必须把设备搬到楼上，然后趁着记忆还清晰完整将自己的想法记录下来，所以都没有离开。电梯将我们载到六楼，科雷兹勒却突然发现自己拿错了钥匙，于是我把自己沾满了泥点的钥匙递给他。总而言之，在这个星期六的清晨5点零5分，一群浑身是泥、精疲力竭的人终于回到了自己的办公室。

一推开门，巨大的惊喜正在等候着我们——一股浓浓的牛排、炒鸡蛋并混合着浓咖啡的香味迎面扑来。后面的厨房里亮着灯，我看见美丽的玛丽·帕尔默正在那里准备着什么。她今天没有穿制服，而是身着一件美丽的白上衣，格子图案短裙，腰间围着围裙。我赶紧放下拎在手中的箱子。

“上帝为我们派来了天使。”我说，跌跌撞撞地朝厨房走去。看见我满身泥泞地出现在门口，玛丽吓了一跳，但随即美丽的蓝色眼睛便沉静下来，露出笑容，端给我一块热腾腾的牛排和一杯咖啡。我只来得及说“玛丽，你怎么……”，便迅速放弃了说话的欲望，全神贯注地集中于美味的食物和咖啡之上。玛丽准备了许多东西：鸡蛋和从科雷兹勒家里拿来的精瘦牛排切片。我真想留在厨房里，陶醉于那里的温暖和食物香气，可是转过头来，却发现科雷兹勒站在门口，双臂交叠放在胸口，脸上隐隐显现怒容。

“原来如此，”他说，“难怪我会拿错钥匙。”

我以为他在开玩笑。“拉兹洛，”我的嘴里塞满了食物，“我想我真的是重新活过来了——”

“可否让我和玛丽单独待一会儿，摩尔？”科雷兹勒的语气依旧冰冷。玛丽的脸色也紧张起来，她知道科雷兹勒生气了。我识趣地没有再问下去，又盛了几勺鸡蛋和牛排，端着咖啡，朝自己的办公桌走去。

刚走出厨房，便听见科雷兹勒清晰而严厉的训斥声。可怜的女孩无法为自己辩解，只能零星地回答“不”，并暗自抽泣。我有些搞不清楚状况，因为在我看来，玛丽的本职工作非常出色，科雷兹勒的怒气有些莫名其妙。但很快，我的注意力被塞勒斯和史迪威吸引过去，这两个家伙正对着我的盘子垂涎欲滴。

“好了，好了，小伙子们，”我用胳膊挡住食物，“别虎视眈眈，厨房里有的是。”

他们立刻像闪电一样冲进厨房，看见科雷兹勒也不过简单打了声招呼。“赶紧吃点东西，”科雷兹勒直截了当地说，“然后把玛丽送回第十七大街。尽快。”

史迪威和塞勒斯嘟囔着表示同意，然后便一头扎进这些仿佛从天而降的牛排和鸡蛋里，狼吞虎咽。科雷兹勒走到我和莎拉的办公桌之间，拉过一张椅子，疲倦地坐下来。

“你难道不吃点什么，莎拉？”科雷兹勒平静地说道。

莎拉趴在自己的办公桌上，听到问话也只是短暂抬头笑了一下，说道：“不用。谢谢您，医生。我吃不下。而且，估计玛丽也不愿意看见我。”科雷兹勒点头。

“你对玛丽有点过分了，不是吗，科雷兹勒？”我嚼着嘴里的食物，努力说道。

他长叹一声，闭上眼睛。“请不要干涉我，约翰。看上去也许是过于严厉了——但我不想让玛丽卷入这件事。”他睁开眼睛看着厨房的方向，“有很多原因。”

人的一生中有许多这样的时刻，感觉就好像在表演期间走进了一家错误的剧院。我突然意识到，有一些奇怪的化学反应正出现在科雷兹勒、玛丽和莎拉之间，不知道该怎样描述它。我从桌子最底下的抽屉里拿出一瓶法国白兰地，倒在还冒着热气的咖啡里，办公室里的气氛仿佛突然变得紧张起来。这种直觉很快就被证实：看见玛丽、史迪威和塞勒斯从厨房走出来，科雷兹勒开口朝玛丽索要自己的钥匙。玛丽很不情愿地将钥匙还给了他。随即，我看到她愤怒地朝莎拉瞪了一眼，然后和另外两人离开了。毫无疑问，这一眼的含义十分丰富。

但现在有更重要的事情要做。玛丽、史迪威和塞勒斯离开后，我们可以更自在地交流彼此的看法。科雷兹勒走到黑板前，把黑板分成三块区域：左边写着“童年经历”，中间写着“间隔”，右边写着“案件特征”。随即，科雷兹勒在各自区域写下我们在城堡花园屋顶所获得的线索和想法，并在每个区域都留下一处空白，以待艾萨克森兄弟在我们离开之后又有新的发现。写完之后，科雷兹勒后退了几步，开始审视线索。尽管在我看来已经收获颇丰，但科雷兹勒看上去却并不满意。他一边扔着粉笔，一边踱步沉思，最后宣布：有一个重要细节需要引起重视。随即，他在黑板的右上角，在“案件特征”标题下面写下了一个字——“水”。

我很是不解，但莎拉深思了一会儿之后便很快指出：自今年1月以来，凶手的作案现场都出现在大规模的水域附近——茨威格兄妹的尸体更是直接被放在水塔中。我怀疑这是否是巧合，但科雷兹勒认为，我们的凶手是如此精于计划的一个人，巧合的可能性并不高。随后，科雷兹勒走回自己的书桌，从书堆里取出一本皮革装订的书册。他拧开台灯，我也做好准备，以为会听到一段冗长的学术段落，就像都灵大学莫索教授著作里所说的那样（我最近刚得知，莫索教授正在进行开创性的研究，试图对人精神状态的外在表现进行测量）。但是科雷兹勒却用平静而略显疲倦的声音为我们朗读了一段非常简明扼要的话：

“有谁能够理解他的错误？洗净你我身上隐秘的过错。”

说完，他关掉台灯，靠在椅背上。我胡乱猜测，以为这段话出自《圣经》。没想到我竟然猜对了。科雷兹勒点头，说这本宗教圣书中“洗清罪孽”这一概念曾经反复出现，出现次数之多连他也感到惊讶。他很快又补充说，他并不认为本案凶手是宗教狂热分子或心智已经丧失（尽管这一特征是许多患有精神疾病的凶手的主要特征）。相反地，他引用这段话是想告诉我们，凶手或许正被罪恶和负疚的感觉所侵扰，因此，“水”便成为一个蕴有深意的所在，是能够洗涤灵魂的最佳方法。

这一推断令莎拉惊讶不已。她用迷惑不解、也多少有些不耐烦的语气提出了自己的疑问。科雷兹勒反复强调，说凶手对自己的恶行非常清楚，而且渴望得到理解，然而他却一再对无辜的年轻男孩进行屠杀。如果我们接受他是精神正常的假定，就必须了解他会从这种凶残的行为中获得怎样的满足或益处。在回答这一尖锐问题之前，科雷兹勒停顿了一下，小心翼翼地挑选着自己的词汇。他和我一样，知道莎拉刚刚才经历一个可怕的长夜，而且，在看到那样恐怖的罪案现场之后，大概最不愿听到的就是对于凶手精神状态的客观分析。悲哀、愤怒，或者害怕——莎拉此刻应该依然沉浸在这样的情绪里。但是，客观的分析在所难免，尤其是在这样的关键时刻。莎拉必须重新回到案件里，于是，科雷兹勒委婉地从一些温和的、看似无甚关联的问题开始。

想象一下，他说，你走进一间巨大而破旧的大厅，周围的人都在喃喃自语、自说自话。他们趴在地上，其中一些甚至在哭泣。你会认为自己是在哪里？莎拉的回答非常迅速：精神病院。或许吧，科雷兹勒说，但也有另外一种可能：

你在一间教堂里。有些行为在一个地方会被定义为疯癫，但却在另外一个场合会被认为完全正常，而且值得尊敬。科雷兹勒随即又举了一个例子：如果一个女人和她的孩子被一群男人以各种残忍的方式所对待，而母亲手中唯一的武器是一把切肉刀，并用这把刀将袭击她和孩子的男人大卸八块，那么你会将母亲这可怕但必要的行为定义为疯癫吗？又或者，另一位母亲得知自己的丈夫虐待孩子并且还有性侵犯行为，于是她在深夜割断了男人的喉咙，那么她的残忍行径是否可以因这个原因而得到宽恕？莎拉回答说，她对这些问题的回答是否定的，但是她认为，这些案例和我们现在正在调查的案件完全不同。可是科雷兹勒迅速地反驳了她：唯一的不同，在于莎拉对于这些案例的认知和理解。大人保护孩子，或者孩子自卫，这两种情况在莎拉看来完全可以开脱最残忍的暴行。但是，如果本案凶手也将自己的行为看作一种自我防护呢？莎拉是否能够变换自身立场，从凶手的角度去理解？在凶手的内心，每一位被害人和作案现场都可能会指向某件遥远的与暴力或威胁有关的经历，虽然我们目前还无法解释，但正是这种经历才迫使凶手采取了在自己看来完全是一种防御行为的措施。

莎拉的表情很勉强，不是不能理解，而是不愿去这样做。而我却惊讶地发现，自己居然能够完全理解科雷兹勒所说的每一句话。或许是白兰地的作用，我的大脑比以往任何时间转得都更快。不管怎样，我开始表达自己的意见：我认为，每一具尸体都是一面镜子。听到我这样说，科雷兹勒满意地举起一只拳头。准确地说，他补充道，尸体是凶手心理发展过程中最重要经历的一种镜像。无论是采取生物学方法中被詹姆斯教授称为“神经途径”的形成理论，还是哲学方法中对灵魂发展的深度探讨，我们最终都会得到同一个结论：对于本案凶手来说，暴力不仅根植于他的行为模式中，更是他生命经验的开始。在他看着那些死去的孩子的时候，他看到的只是深植在他记忆中的某种感觉投射在他身上的体现——哪怕只是身体上的。这种体验和我们完全不同，我们看到尸体，会立刻想到为死者复仇，或者去保护更多的人不受伤害。然而最深刻的讽刺在于，我们的凶手深信，他也正做着和我们完全一样的事情：为曾经的自己复仇，并保护自己那颗备受摧残的灵魂。

尽管科雷兹勒小心翼翼地为莎拉解释，莎拉的态度却并未发生多大改变。想要让她忘记城堡花园的经历并冷静地参与到案件侦破中来，还为时过早。她不安地在椅子上扭动着身体，轻轻摇着头，抗拒着科雷兹勒所告诉她的一切，仿佛那些理论全都荒谬无比。她强烈地反对科雷兹勒将一个人童年时期的感情和身体发展与成年时最可怕的嗜血欲望相提并论，认为两者之间毫无联系。而科雷兹勒则反驳说，也许的确毫无联系，但莎拉是在用自己的人生经历形成的标准来进行判断。愤怒与毁灭并不存在于莎拉的人生经历中——但是如果它们在莎拉的理性思维形成之前就已经存在了呢？什么样的身体行为才能满足这样一种深植于灵魂深处的愤怒？在本案凶手看来，即便最残暴的杀戮也无法令他满足。因为如果可以，他就会安静地进行自己的暴行，将尸体隐藏起来，并不奢求被人发现。

这些观点尽管鲜明有力，却还是不能令莎拉接受和妥协，于是我趁机建议大家都回家睡上一觉。太阳已经高高升起，让我们这些彻夜未眠的人感到头晕目眩。科雷兹勒也知道，适度的休息会让许多事情重新走上正轨。但在我和莎拉准备离开时，他提出了一个最后的要求：不要让恐惧和愤怒将她控制，那样会使她无法参与调查。今天晚上，莎拉已经充分证明了她的重要性，比科雷兹勒原本以为的更为重要。凶手的童年经历里既有男人也有女人，不管我们几个男人对他童年经历里女性的影响如何猜测，我们的结论一定会有瑕疵。只有莎拉能够给我们提供不同的视角，分析女人（或女人们）曾怎样影响了他的人生。如果没有莎拉的视角，我们的调查不会取得成功。

莎拉对于自己新承担的职责疲惫地点点头。我最好赶紧把她带走，因为科雷兹勒是一个非常令人疲惫的人，即便睡了一整夜的觉也难以对付。我打开房门，和她一起走进电梯。我们都没有说话，只有电梯井内机器的吱嘎声在回响。

在一楼，我们迎面遇见了艾萨克森兄弟。他们回来得有点晚，不是因为被城堡花园的暴民所耽搁（我们离开之后暴民很快就被驱散了），而是因为罗斯福，因为他坚持要兄弟二人陪他去他最喜欢的柏威利饭店吃一顿胜利的早餐——牛排和啤酒。警探兄弟看上去跟我和莎拉一样无精打采，考虑到他们还要上楼汇报，我们并没有做过多的交谈。马库斯和我约定第二天下午一起去“金法则”夜总会，随后他们走进电梯。我和莎拉来到大街上，准备搭车回家。

冷冽的清晨里街上并没有多少马车，幸好对面的丹尼斯酒店大门之外停着几辆。我扶着莎拉坐进其中一辆马车，莎拉没有马上告诉车夫自己的目的地，而是抬起头眺望着 808 号六楼依旧灯火通明的窗户。

“他似乎从不休息，”她的声音平静，“就好像——就好像这是他的私事一样。”

“是的，”我打了个哈欠，“这件案子的结果可以为他的专业理论提供许多证明依据。”

“不是，”莎拉依旧平静地说道，“有一些其他的——其他的东西……”

我顺着她的目光向上看，决定打探一个自己十分关心的问题：“我希望你能告诉我，你和玛丽究竟是怎么回事？”

莎拉笑了，“你从来都不是个有浪漫情调的人，约翰。”

“什么意思？”我彻底迷惑了。

“意思是，”莎拉回答得很直接，“她爱上他了。”我被她的话惊得目瞪口呆，莎拉却敲了敲马车顶盖，“车夫，格拉梅西公园。再见，约翰！”

在莎拉的微笑中，马车掉了个头沿着百老汇大街一路北去。几个车夫涌上来问我是否需要用车，我仿佛已经用尽了全部的脑细胞，只能空洞地摇头。或许走路回家更能让我想明白这件事，我想。但是我错了。莎拉的话中深意和她说话时脸上的表情都太过古怪而不能让人理解。走路只会让我更加疲惫，等回到家，我已经身心俱疲，连满是泥泞的衣服都没有脱就一头栽倒在床上。

16

睡梦中的我被一种苦闷情绪牢牢占据，中午醒来时，这种苦闷和抑郁更加强烈，等到科雷兹勒的字条被人送来时，我昏暗的心情几乎到达了顶峰。前一天晚上，长岛一位名叫爱德华·豪斯的夫人被警察逮捕，因为她企图用餐刀杀死自己的孩子。尽管后来被释放，由其丈夫暂时看管，警方还是要求科雷兹勒去给她做精神鉴定。于是，科雷兹勒邀请莎拉和他一同前往。科雷兹勒解释说，并不是因为豪斯夫人和我们的案子有关，而是因为莎拉的兴趣（显然她的精力在几小时的睡眠后得到了充分恢复）。她想按照科雷兹勒所说的那样，收集各种细节拼凑出“假想女性”的形象，以更好地了解我们的假想凶手。但让我感到烦恼的并不是这件事，而是科雷兹勒讲述它的语气，仿佛他和莎拉正准备一起去郊外度过愉快而幸福的一天。我把字条捏成一团，酸溜溜地暗祝他们玩得愉快，然后悻悻地啐了一口。

马库斯打来电话，和我约定下午 5 点在第三大道和第四大道交会处的车站见面。我穿好衣服，开始计划下午空闲时间的安排——似乎无事可做，这让我感到很是郁闷。从房间走出来，我看见祖母正在招待客人——傻乎乎的侄女和她缺心眼的老公（我父亲的投资伙伴之一），还有我的一位表兄。三位客人对我的父亲满怀好奇，询问了许多我根本无法回答的问题，因为我已经和父亲很久没有联系。他们还礼貌地询问了我的母亲（她此时应该和同伴在欧洲旅游），也同样礼节性地回避了关于我的前未婚妻茱莉亚·普拉特小姐的事情，后者是他们社交场所中常见的熟客。整个对话充满着虚伪的笑容，因此我变得更加郁闷了。

其实，已经有许多年我没有和自己的亲人愉快交谈了，其中原因很难解释。我刚从哈佛毕业不久，我的弟弟——他的成年之路比我更为艰辛——从波士顿游船上掉入河中，溺水而亡。尸检结果是我可以坦白向任何人所承认的：他是一个酒精和毒品的双料瘾君子（去世前几年，他和罗斯福的弟弟艾略特曾是酒友，而艾略特也在几年后死于饮酒过量）。弟弟的葬礼办得很隆重，葬礼致辞却华而不实，因为它们对他成年过程中时不时地抑郁发作全都避而不谈。他的不幸有许多原因，但我一直认为，最重要的原因在于，他成长在一个感情表达被鄙视甚至被压抑的家庭和世界里。我在他的葬礼上表达了这样的观点，结果差点被送到精神病院。从那以后，我和父母的关系就出现了严重的裂痕。只有我的祖母——她曾经十分溺爱弟弟——对我表示理解和同情，并愿意让我和她住在一起。除祖母之外，家族里的其他人都认为我心智有损，而且是个十足的危险分子。

因为这些原因，那些亲戚的造访让我烦闷不已，走出家门时，心情已经抑郁得无以复加。我不知道自己要往哪里去，只好茫然地坐在门口台阶上，又冷又饿。突然，我意识到自己好像在嫉妒。这种认知让我震惊不已，眼睛猛然睁大起来。不知怎的，自从前一晚得知那件事情之后，我的大脑便总在无意识地做出一些令自己不快的结论——玛丽爱上了科雷兹勒，并将莎拉的出现视为威胁，科雷兹勒和莎拉两人也对此心知肚明。可是科雷兹勒不仅不愿意玛丽出现在自己周围，而且还主动和莎拉一起外出——好吧，这一切都再明了不过。莎拉显然为我们这位神秘的精神病学家所着迷，而一向特立独行的科雷兹勒——据我所知，他之前只有过一次短暂的浪漫史——也被莎拉爽朗独立的气质所吸引。我并非因为对莎拉另有所想而嫉妒，虽然我几年前曾经对莎拉动过心，而且是在酒后。不，我之所以感觉到受伤，是因为我被排除在他们之外。在这样一个郁闷的上午（或下午），和老友到长岛短暂一行对我来说非常必要。

我在想是否要给某个女演员打电话，自从和茱莉亚的婚约泡汤之后，我曾和她在一起度过许多美好时光（包括夜晚）。可是不知怎么回事，我却突然想起了玛丽·帕尔默。我心情不好，她或许更糟糕——如果莎拉说的都是真的。我想，为什么不邀请她下午出来一起去史蒂文森公园走一走？科雷兹勒也许不会同意，但管他呢，他正和另外一个女孩开心地出游，他的意见完全无效，我不无恶意地猜测着。是的，在我沿着华盛顿广场公园北角一路前行的路上，这个念头变得越发强烈。可是，我该到哪里去接玛丽？

在百老汇大街，我被一群报童围住，直到花钱买了他们手中的报纸才脱身出来。报纸头版被前一晚城堡花园的事件占据了偌大篇幅。显然，移民社区的公众情绪越来越激烈了。他们还成立了市民委员会，到市政厅去表达对凶手的愤慨和凶案给城市治安带来侵扰的忧虑。然而此时此刻，这些事情对我来说毫无意义，于是我迅速翻到娱乐版。新闻不多，但我发现了一条关于第二十三大街上考斯特剧院的消息。除了惯有的歌手、杂技和俄罗斯小丑表演，考斯特剧院还特别安排了投影电影，据说这可是纽约历史上第一次上映电影。价钱看上去不太贵，剧院距离科雷兹勒家也不远。于是我赶紧叫了一辆车。

我到达的时候，玛丽被独自留在第十七大街的房子里，情绪低落。起初，她对和我外出的提议非常抵触，不肯正视我，只是使劲摇着头，手指到处乱指，仿佛在说她还有许多家务事没有做完。但我一心只想让她振作：我用夸张的语气向她描述考斯特剧院的精彩节目。看到她投来谨慎的目光，我解释说是因为想要感谢她那天精心准备的早餐。被我的兴奋所感染，玛丽终于放下戒心，最终同意和我一起外出。她取过外套，戴上一顶小巧的黑帽子，虽然一句话都没有说，但脸上的笑容充满愉悦和感激。

尽管动机不太纯粹，但这次约会的效果却出奇地好。考斯特剧场是一家普通的中等规模剧场，我们到达的时候，一支来自伦敦的喜剧团刚好结束表演。但我们还是幸运地赶上了俄罗斯小丑戏，小丑的滑稽举动令玛丽开心不已。后来的喜剧杂耍也不错，演员们一边嬉笑怒骂，一边表演着高难度的技巧。之后的法国歌舞表演有些乏善可陈。剧院观众虽多但大多很有礼貌，玛丽对观众的兴趣似乎和对表演的兴趣一样浓厚。

当一片闪着光的屏幕从舞台高处落下时，所有人的目光都集中在那里，剧场随即陷入黑暗。光束在我们身后的某个地方闪耀着，投射到屏幕上。当出现蓝色海浪高高卷起向我们迎面扑来的画面时，前排的观众惊呼连连。在座观众中没有人见过这种手摇式的投影影像，因此都感到大为震惊。等剧场的尖叫声终于平息下来，第一个节目“海浪”也已经接近尾声。接下来我们又欣赏了十一个电影小片段，包括“滑稽拳击手”，还有让人略感乏味的德国皇帝视察军队。坐在这间普通剧院里，很难想象电影这一新生事物日后将会成为改变纽约以及全世界的新型娱乐和沟通方式。对我来说，这些忽隐忽现的色彩影像的意义在于，它使我和玛丽短暂地彼此靠近在一起，缓解了内心的孤独感——那对于我也许是短暂的；但对于玛丽，却是她生命中永恒的存在。

直到离开剧院，我的大脑才又重新活跃起来，开始无可抑制地思考起这几周以来一直在困扰着我的问题。望着笑靥如花、美丽温柔的同伴，我不禁在想：这么一个可爱的女子怎能亲手杀死自己的父亲？我知道，作为父亲，对自己的女儿实施侵犯实在是十恶不赦，可是还有很多和玛丽一样受到同样侵害的女子，为什么她们没有把坏人用铁链拴在床头，并将他烤成焦炭？究竟是怎样的原因促使玛丽做出如此行为？我突然意识到，即便事情已经过去多年，这些原因依然能够轻易地被找到。每当玛丽温柔地注视麦迪逊广场公园里的鸽子和小狗，每当她的蓝色眼睛看见如麦迪逊公园里金色戴安娜雕像那样美丽的事物时，她的嘴唇嚅动着，仿佛要说出内心的喜悦——可是，她的下腭僵硬，脸色变得苍白。她知道如果自己说出话来，将受到许多旁观人群的嘲笑。我记得，玛丽从小就被认为心智有失，但孩子们不会对一个“傻子”心怀宽容。此外，她的母亲也曾经认为玛丽只适合做简单的家务工作。因此，等到父亲开始伤害她的时候，玛丽的内心早已伤痕累累，受尽折磨，随时处于爆发边缘。这其中如果任何一种不幸当时没有发生，或许她的人生轨迹便会完全不同。但当所有的不幸叠加在一起，则注定了玛丽悲剧性的命运。

也许我们的凶手也曾经历过这样的生活。在我和玛丽来到麦迪逊广场花园屋顶拱廊想要喝一杯咖啡的时候，我一直这样想。现在的我已经知道，一个喋喋不休的同伴只会让玛丽更加清楚地认识到自己在言语表达上的无能为力，于是我开始更多地使用微笑和手势，内心却暗暗地进行着所谓的“心理推理”。看着她一边喝着咖啡一边伸长脖子，想利用咖啡店的地理优势将四周美景一览无余，我的脑海里浮现出科雷兹勒前晚曾经说过的一句话：暴力，对于本案凶手而言，是他童年经历的出发点。很有可能，凶手童年时曾经遭受过成年人的暴打和虐待——这样才会符合科雷兹勒关于自我防护和报复本能同时存在于凶手身上的推断。但是，有数以千计的孩童在小时候曾遭受过虐待，究竟是什么会驱使凶手——和玛丽一样——采取了以暴制暴的手段？难道他也曾因为跛足或身体畸形而受到大人（包括孩子）的嘲笑和奚落？在这些不幸之上，他是否也和玛丽一样，遭遇过暴力或下流的性侵害？

如玛丽这般温柔可爱的女子竟然会让我联想到这么多的冷血残酷，这种思维跳跃着实有些古怪。但尽管如此，我觉得自己似乎已经抓到了什么重要的东西，因此想尽快将玛丽送回科雷兹勒家，然后去和马库斯见面并交流这些感想。要结束一个令玛丽如此开心的约会，我内心感到有些愧疚。回到史蒂文森公园的时候，玛丽依然十分高兴，但也知道自己还有事情要做。在她看到医生的马车停在门口时，她的所有注意力就立刻又被吸引过去。

史迪威正在给马匹刷毛，科雷兹勒则站在二楼起居室的法式小阳台上抽烟。我和玛丽走进前院，内心已经做好了被训斥的准备。可是令我们惊讶的是，科雷兹勒的脸上满是真诚的笑容。他掏出怀表看了看时间，欢快地说道：

“你们两个下午一定玩得很开心——摩尔先生招待得怎么样，玛丽？”

玛丽笑着点点头，然后跑向前门。在门口处她突然停下来，转过身取下头顶的黑色礼帽，对我说了声“谢谢”。虽然有些困难，但笑容真诚。随后，她消失在屋内，我抬头望着科雷兹勒。

“春天就要来了，约翰，”他用拿着香烟的手指了指远处的史蒂文森公园，“虽然天气还很冷，但树木已经开始发芽。”

“我以为你还在长岛。”我回答道。

他耸耸肩，“我能做的事情不多。相反，莎拉却对豪斯夫人对待自己子女的态度非常感兴趣，所以我把她留下了。这次经历对她将会非常有益，她可以坐明晚的火车回来。”这个回答有点出乎意料，和我白天设想的完全不同。但是科雷兹勒的神情看上去十分正常。“上来喝一杯，约翰？”

“我要去见马库斯，五点——想去‘金法则’夜总会了解一下情况。有兴趣加入吗？”

“非常感兴趣，”他说，“可是，我不出现在这些和案件有关的地方，恐怕会更好。我相信你们两人一定会碰撞出许多火花。记住——关键在于细节。”

“说到细节，”我说，“我有些想法，或许有用。”

“太好了。晚饭时候一起讨论一下。你们结束后给学院打电话，我会在那里，还有些事情要处理。”

我点头，转身准备离开。但是，有个问题我必须要问清楚。

“拉兹洛？”我有些犹豫，“今天下午我把玛丽带出去了，你不生气？”

他耸肩，“你没有和她讨论案件吧？”

“没有。”

“那么，恰恰相反，我非常感激你这样做。玛丽接触的人和事情都不够多。我相信，这次外出对她的性格会有非常积极的影响。”

那就足够了。我转身走出大门，将言语中的暗示留给我的朋友自己去揣摩。在第十八大街处我搭上有轨电车，朝着市中心方向出发，竭力让自己的思绪不受私事的干扰而集中于案件分析上。车子经过库珀广场时，我几乎已经做到了；等到我和马库斯在第四大街见面的时候，我已经完全做好准备，倾听他关于凶手作案手段的最新分析，这一讨论几乎贯穿了我们去往“金法则”夜总会路上的大部分时间。

17

马库斯说，本案凶手可能是一个经验丰富的登山或攀岩爱好者，这一想法第一次出现在他的脑海，是在我从帕雷斯舞厅回来并转述那个叫莎莉的男孩的话之后。然而，当他后来为证明这一观点而去威廉斯堡大桥和帕雷斯舞厅取证的时候，却一无所获，令他几乎放弃了这一推断。可是，这个念头却一直在他的脑海中挥之不去，主要是因为凶手巧妙的作案手法，也因为犯罪现场并没有出现梯子或其他用于攀登的传统工具。在马库斯看来，这只有一种解释：凶手一定使用了相当先进的登山技巧，才能通过窗户自如地出入受害者的房间。而且，凶手在离开建筑物时必须将受害人背在身上，由于受害者没有任何登山经验，这就更加证明凶手一定是这个领域的行家里手。这一切都和艾萨克森兄弟先前在“德莫妮卡”饭店所做出的关于凶手是一个大块头的推测十分吻合。考虑到这些案件细节，马库斯又重新对登山技术进行了研究，并再次回到大桥和帕雷斯舞厅进行勘查。

这一次，他在帕雷斯舞厅的外墙上发现了一些蛛丝马迹——比如钉靴和岩石钉的印记，还有攀登者钉进墙里作为手脚着力点和固定绳索的钢钉的痕迹。但是，这些痕迹很难作为确定性的证据，所以他并没有在先前的会议上提起。但是在城堡花园，马库斯在屋顶后面的角落里发现了一些明显的绳索纤维，再次证明凶手一定是攀登高手。这些纤维似乎指向屋顶栏杆，因此凶手应该是将那里作为固定绳索的锚点。于是在栏杆处，马库斯让我们将他绑在绳索上顺着后墙向下放，并在后墙上也找到了和帕雷斯舞厅外墙上相似的痕迹。正是因为这些线索，马库斯才开始拼凑出城堡花园杀人案中凶手的作案路线。

凶手身上背着受害人，踩着岩石钉爬到堡垒屋顶（守卫没有听到敲钉的声音，是因为他一直在睡觉。马库斯相信，凶手也一定掌握并利用了这一点）。凶手攀爬到屋顶，便开始从容作案。杀戮结束之后，他将绳子缠在屋顶栏杆上，然后采用“坐式下降法”回到地面。“坐式下降”这一名词源于欧洲，是指将绳索穿过一个固定的锚点，并利用绳子快速在陡峭的崖壁上沉降的方法。攀登者通常将两股绳子都抛下，以便他回到地面后可以将绳索拉回收起。在凶手沿着墙壁下降的过程中，他肯定一一移除了先前攀登时候用过的岩钉。

马库斯对于自己的推理非常满意，下一步，他要再回到帕雷斯舞厅去寻找具体的证据。因为距离桑托雷利案件已经有一段时间，那里不大可能再被警察监视。但后来马库斯发现，凶手在帕雷斯舞厅很可能是从屋顶吊下来，而不是从地面攀登上去，所以他根本不会使用岩钉（马库斯上次在这里误以为是岩钉的那些痕迹，很可能是一些和案件没有关联的东西）。所以马库斯在与我见面之前又回到城堡花园，进行他前晚未能及时进行的地面搜查——那天，我以为他在地上寻找什么东西。幸运的是，下午在城堡花园看守的警察很少，而且距离城堡后门相当远，于是，马库斯得以从容地对那一带的地面进行仔细的勘查。

说到这里，我的同伴将手伸进外套口袋，掏出一根他下午在草丛中发现的钢钉。钉子一头有个洞，马库斯告诉我，这是固定绳索用的。他把钢钉拿回家采集指纹，果然有所发现，完全匹配我们之前在烟囱上发现的指纹。我钦佩地拍了拍他的后背，却被马库斯轻巧躲过，身手和老警探一样敏捷，但他明显要比那些老家伙聪明得多，难怪没有和警探厅那些人沆瀣一气。

在剩下的时间里，马库斯继续向我解释他发现的线索。虽然登山运动在1896年的北美并没有被作为一项休闲运动广泛开展起来，在欧洲，这项运动却已发展多年。19世纪，来自欧洲的专业队伍已经成功攀登了阿尔卑斯和高加索山。一位无畏的德国人甚至远征非洲征服了乞力马扎罗山峰。马库斯说，这些登山团体基本是由英国人、瑞士人或德国人组成。在这些国家，登山运动和攀岩已经成为非常流行的大众休闲方式。考虑到本案凶手所体现的专业水准，他非常可能在很久以前就已经开始从事这项运动，他的家庭或许就在不久之前从这些欧洲国家移民到美国。这一线索目前看来意义不大，但如果以后和其他重要线索综合在一起，结果将会令人振奋。破获案件的希望便存在于这样的常识线索之中。

或许，只有浑身充满这样振奋的情绪，我们才能有勇气走进“金法则”夜总会。这个如地洞一般肮脏黑暗的场所与它的名字完全不相称。帕雷斯舞厅至少是地上建筑，房间众多；“金法则”则坐落在潮湿逼仄的地下室里，里面的“房间”是用劣质隔墙分离出的小小隔间，任何人的举动都会通过声音的传播而被所有人听得一清二楚。“金法则”老板是一个叫作司考奇·安的大块头女人，这里仅提供阴柔类型的牛郎——浓妆艳抹，乔装女人的声音，并给自己起女人的名字（其他类型牛郎只能去帕雷斯舞厅这样的地方寻找）。“金法则”的恶名始于查尔斯·帕克赫斯特牧师。1892 年，这位长老会牧师兼犯罪预防协会的领导人发起了一场旨在揭露纽约地下犯罪团伙和政府部门（尤其是警察局）互相勾结的正义运动，在这次运动中他探访了“金法则”。帕克赫斯特牧师正直高贵、心志坚定，比其他反邪恶运动的斗士更加理性和克制。为了探访这个地下淫窟，他招募了一位私家侦探——查理·加德纳——作为向导。查理曾是我的旧友，得到任务之后立刻邀请我，加入这次冒险而刺激的行程。

但 1892 年的我已经不再有年少的冲动和轻狂，而且正在努力挽救自己昔日堕落的形象。为了求得所谓的稳定和平和的生活（无论是个人职业还是家庭），我将全部精力都放在了华盛顿政治圈和茱莉亚·普拉特的身上，并不想因为和查理的一次冒险而断送自己的职业生涯和浪漫感情。因此，我能为这位帕克赫斯特牧师的壮举所做的所有，就是送给他们一份我所知道的地下舞场和淫秽场所的名单。这些地方他们后来都去了，还有其他一些臭名昭著的犯罪场所。后来，帕克赫斯特牧师写书披露了这些地方的堕落和邪恶——尤以“金法则”为甚，其细节之恐怖，令整个上流社会毛骨悚然。

正是因为帕克赫斯特牧师对纽约堕落生活的描述，和对政府官员腐败作为的揭露，才引发纽约州参议院成立委员会，对纽约的城市腐败案件进行彻底调查。以克拉伦斯·莱克索为首的调查委员会最终“对纽约市警察局进行了整体起诉”，许多警局的老家伙都受到牵连。然而，正如我曾经说过的那样，堕落和腐败从来都不是纽约的过客，而是永久存在于它的生命之中。虽然在倾听正义的演讲家（帕克赫斯特、莱克索、斯特朗市长，还有罗斯福）慷慨陈词的时候，不免让人臆想他们所代表的是城市里最坚实的那一部分人群的声音，但走进“金法则”这样的地方却让人不得不承认，这样的淫窟之所以能够出现并生存下来，必然有其背后的利益和欲望驱动（这种驱动会在美国任何地方出现），而这样的利益欲望和所谓的“文明社会”一样，都拥有自己强大的拥趸和保护力量。

当然，文明社会的拥护者和堕落生活的拥趸者通常是同一批人，这一点在我和马库斯在这个周六的夜晚踏进“金法则”大门时表现得再明显不过。刚走进门口，我们就迎面遇上一位大腹便便、衣着华贵的中年男子，他一边挡着自己的脸一边匆忙离开，登上门口一辆等候的豪华马车很快就消失不见。尾随在他后面的是一个不过十五六岁的少年，典型的夜间工作者的打扮，心满意足地数着手中的钞票。他朝马车离去的方向用惯有的娇媚声音说着什么，让人觉得古怪不已。接着，他步伐轻佻地向我们走来，和我们说如果挑选了他，定然会让我们度过一个愉快而难忘的夜晚。马库斯听到他的话，立刻将眼睛转开，瞪着天花板。我只好上前应付，告诉他我们并不是来光顾的客人，只是想见一见他们的老板——司考奇·安。

“哦，”少年恢复了正常的声调，疲倦地说道，“我猜又是警察。安！”他朝里面的一个大房间走去，那里不断传来阵阵沙哑的调笑声。“又来了几个人，是为谋杀案来的！”

我们跟着少年向里走，在大房间的门口停下来。房间里摆放着几件曾经金碧辉煌，但现在已经破败的老旧家具，冰冷发霉的地面上铺着一张破旧的波斯地毯。一个三十多岁的半裸男子蹲在地上，手脚着地，和其他几个围在他身边、衣着暴露的少年大声调笑着。

“蛙跳，”马库斯咕哝着，神情紧张，“帕克赫斯特来暗访的时候看到的就是这个？”

“那是在海蒂歌舞厅，”我回答，“帕克赫斯特并没有在‘金法则’停留很久，他在得知这里的勾当之后就马上离开了。”

司考奇·安从屋子里慢慢走出来，她化着厚厚的浓妆，醉眼迷离，一副徐娘半老的模样。薄薄的衣裙紧贴在涂着香粉的肥硕身躯上，衣领很高，让人无法判断她究竟是不是女人。她的脸上此刻满是不耐烦，遇到不请自来的警察，妓院老板通常就是这副表情。

“我不知道你们究竟想要什么，”她说，声音因为常年的烟酒熏陶而变得沙哑，“但是每个月我都交给警区巡警五百美元，保证这里能顺利开张，所以没有钱再打点你们这些便衣了。而且我已经把我知道的，都告诉了一位警探——”

“好极了，”马库斯出示了自己的警徽，把她拉到门口，“那么你一定还没有忘记。不用担心，我们需要的只是线索而已。”

因为不用花钱，安似乎松了一口气，开始向我们讲述有关受害者的线索。受害者名叫法蒂玛，原名阿里·伊本－加兹，一年前刚来到美国，今年只有十四岁。阿里的母亲在到纽约后不久便在华盛顿市场附近的贫民窟里染上了致命的疾病，几周之后便去世了。阿里的父亲是个苦力工人，找不到工作，于是只好沿街乞讨。乞讨的时候他通常也把自己的孩子们带上，以求得更多人的同情和怜悯。就是在一次乞讨中，年幼的阿里被司考奇·安看中。男孩精致的面孔仿佛是“为我的妓院而生”（安的原话），于是她迅速和阿里的父亲签了卖身契，“法蒂玛”就这样诞生了。原本天真烂漫的男孩，为了取悦那些怀有不可告人的隐秘爱好和对于性别颠倒有特殊癖好的中年男人，被重新赋予了一个女孩的名字，这令我厌恶不已。“她是一棵摇钱树。”司考奇·安这样告诉我们。我闻言恨不得马上抽她一顿，但马库斯依然镇静，以专业的态度继续问讯。除此之外，安并不能给我们提供更多关于阿里的线索，当我们提出想要看看阿里曾经工作过的房间以及采访和阿里关系较好的同伴的要求的时候，安显得有些紧张。

“我猜他没有多少朋友吧，”马库斯随意地说道，“他可能是个很难相处的人。”

“法蒂玛？”安仰着头，“我并不太清楚。哦，她经常在顾客面前扮演泼妇——你知道很多客人喜欢这个调调——可她从来没有抱怨过，其他姑娘们好像都挺喜欢她。”

马库斯和我迅速交换了一个困惑的眼神。这和我们先前所推测的受害者形象并不相符。接下来，在安的带领下，我们穿过弯弯曲曲的走廊，看到走廊两边都是简单的隔墙隔间。马库斯悄声和我耳语：“如果是你，难道会完全把自己的行为个性暴露给老板吗？还是看看其他姑娘们——哦，我的意思是那些男孩子们——会说什么吧。”他摇着头，“该死的，我现在也变得和他们一样了。”

然而，在“金法则”工作的其他男孩的说法却和他们的老鸨完全一致。我和马库斯站在狭窄的走廊里，在耳边不断传来的各种充满情欲的呻吟、叫喊以及下流对话的背景声中，和那些浓妆艳抹的男孩子们一个个问询着有关阿里的问题。慢慢地，我的脑海中浮现出一个温顺乖巧的男孩形象，似乎完全缺乏冲动易怒或桀骜不驯这样的特质。这有些令人沮丧，但我们没有时间去多想，因为太阳已经下山，我们还需要去查探夜总会的外墙。阿里曾经工作过的房间位于夜总会后部的走廊对面，里面的客人——一个鬼鬼祟祟的男人和面有倦色的男孩——刚退出来，我们就立刻冲了进去。房间里那种充满情欲的暧昧空气还未消散，但我们也无暇理会，因为我们想要查看凶手进出的痕迹，以验证马库斯的理论。

在房间里，我们找到了先前期待看到的线索：一扇可以打开的破旧窗户，距离房顶还有四层楼的距离，窗外是陡峭光滑的墙面，一直延伸到屋顶。我们本应在天彻底黑下来之前去检查一下屋顶，但是在离开房间的时候，我停了下来，问隔壁房间的男孩，阿里在被害的那天晚上是几点离开房间的。少年皱着眉头，目光直视墙上一片已经有些破碎的镜子，似乎在思考着。

“我真该死——这个问题很重要，是不是？”他的声音疲惫不堪，与年龄极不相称，“可是我真的记不起来曾经看见他从这里离开过。”说完，他挥了挥手，又回去工作了。“那时候我可能很忙。那天是周末，你知道。肯定有其他人看见她离开。”

这个问题，在我们离开夜总会之前，曾经向不同的人询问，得到的答案却惊人地相似。可以确定，阿里一定是通过他房间的窗户离开，然后被带到建筑物的屋顶。于是马库斯和我来到夜总会外面，穿过一楼的正门和狭小的门厅，登上一条弯弯曲曲、虫子遍地的漆黑楼梯，最后来到夜总会的屋顶。我们之所以跑得飞快，并不仅仅因为太阳就要下山。我们还知道，我们已经比先前更清晰地捕捉到了凶手的脚步，因此，结果将会非常振奋人心。

夜总会的屋顶和纽约其他建筑的屋顶并没有什么不同，到处是烟囱、鸟屎、摇摇欲坠的公共设施棚，还有一些形状古怪的酒瓶和烟蒂，一切都暗示着这里偶尔会有人来（因为现在是早春，气候寒冷，因此那些经常在夏季出现的桌椅、吊床还并未显现出它们的踪迹）。马库斯像一只训练有素的警犬，直接朝着屋顶后面的小斜坡走去，无视它的高度，站在那里朝下面的胡同里探望。随后，他脱下外套平铺在地上，趴在上面，让自己的头探出屋顶边缘。很快，他的嘴角露出微笑。

"同样的记号，"他没有回头，"完全一致。而且这里——"他双眼紧盯着附近的某一处，从那些斑驳的墙皮上抠下一些东西。"绳索纤维，"他说，"凶手一定是将绳子固定在了烟囱上。"顺着马库斯的手指，我看见屋顶前部立着一个低矮的红砖结构。"他用了许多绳子，还有一些其他工具，用某种袋子一样的东西把工具全都放在里面。我们刚才问询的时候应该提到这一点。"

我一边打探着屋顶其他地方，一边说道："也许凶手不是从这幢建筑的楼梯上来的——他是个相当聪明的人。"

"他对屋顶行走的技巧相当熟悉。"马库斯站起来，将找到的绳索纤维放进口袋，然后拾起外套，"我想现在已经可以确定，凶手对于屋顶行走有多年的经验——或许是他的专业领域。"

我点头，"所以对他来说，了解这一带的建筑屋顶，找到最不会被人发现的一处场所，然后从楼梯上来，这些事情再简单不过。"

"或者，根本不用考虑楼梯，"马库斯说，"记住，案件都发生在深夜——他完全可以爬墙，不用担心会被人看见。"

向西眺望，我看见哈德逊河上的倒影已经逐渐从深红色变成黑色。我在屋顶转了两圈，以前所未有的视角眺望着整个城市。

"一切都在我的掌控之中。"我低语。

马库斯明白我的意思。"是的，"他说，"屋顶是他的世界。无论科雷兹勒医生在他身上看到了怎样的心理动荡，在这里他是不一样的。在屋顶上，他拥有着绝对的自信。"

我叹了口气，河流上吹来的冷风令我不由得打了个寒战。"恶魔一般的自信。"我低语。耳边却突然传来一个声音。

"不是恶魔，先生，"楼梯门后传来一个小小的声音，满是恐惧，"是圣人。"

18

“是谁？”马库斯厉声说道，朝声音传来的方向小心翼翼地走过去。“出来，不然就告你妨碍警方公务。”

“不要，求求你！”话音未落，一个化着浓妆的男孩从楼梯门后胆怯地走出来，我刚才在楼下并没有见过他。他的妆有些花了，身上裹着一条毛毯。“只是想帮忙。”他可怜兮兮地说着，棕色的大眼睛里神色紧张。我的心沉了下去，他应该不会超过十岁。

我抓住马库斯的手臂将他拽回来，鼓励着男孩朝我们走近。“没关系，我们知道，”我说，“过来，到这边来。”屋顶昏暗的光线下，我看见男孩的脸上胡乱涂着烟灰和焦油，身上的毛毯也是污迹斑斑。“你整晚都在这里？”

男孩点头。“自从他们告诉我之后。”他开始啜泣，“不应该是这样的。”

“什么？”我有些心急，“什么不应该是这样的？凶杀案吗？”

听到这个词，男孩用双手紧捂住耳朵，使劲摇晃着脑袋，“他会好好的，法蒂玛说过，所有的事情都会好起来！”

我走过去，手臂围在他的肩膀上，带他走到屋顶的一堵隔墙处坐下来。“没事，”我说，“没事，不会再有可怕的事情发生。”

“可是他还会回来！”男孩激烈地抗议。

“谁？”

“他——就是法蒂玛的圣人，那个人本应该带着法蒂玛离开。”

马库斯和我迅速地看了对方一眼。“嘿，”我对男孩说道，“也许你可以先告诉我们你的名字。”

“嗯，”男孩吸了吸鼻子，“在楼下他们都叫我——”

“不要管他们在楼下叫你什么，”我摇晃着他的肩膀，“告诉我你的真名。”

男孩没有立刻回答，大眼睛警惕地望着我们。我不得不承认，他的脸让我有些恍惚，我掏出手帕擦拭男孩脸上的浓妆。

这一举动十分有效。“约瑟夫。”男孩低声说。

“好的，约瑟夫，”我的语气十分友好，“我叫摩尔。这位先生是艾萨克森警探。现在——能说一说你的这位圣人吗？”

“哦，他不是我的圣人，”约瑟夫快速地说道，“是法蒂玛的。”

“你是说阿里·伊本－加兹？”

他点头，“她——他——法蒂玛一直提到这个人，我猜差不多有两个多礼拜了。不是教堂里的圣人，完全不是那样——就是一个好人，说要把她从司考奇·安那里带走，以后和他生活在一起。”

“我明白了。我猜你和阿里关系很好吧？”

男孩点头，“他是我在这里最好的朋友。当然，姑娘们都喜欢她，但我们是特殊的朋友。”

我差不多已经擦拭干净他的脸，这是个非常俊俏的小男孩。“阿里似乎和所有人相处得都不错，”我说，“包括客人，我猜。”

“你从哪里听说的？”约瑟夫的语速越来越快，“法蒂玛讨厌这里。他在司考奇面前假装喜欢，是因为不想再回到父亲身边。但是他憎恨这里，每当他单独和客人一起的时候，嗯——他都会变得特别生气。但是有些客人——”男孩把脸转了过去，有些踌躇。

“继续说，约瑟夫，”马库斯说道，“没关系。”

“嗯……”约瑟夫看了看我们，“有些客人，你越不喜欢做，他们反而越高兴。”他的目光落在自己的脚上，“有些人甚至愿意出高价。老板一直觉得法蒂玛是在假装不高兴，目的是挣更多的钱。但是，他其实真的不愿意。”

一种强烈的反感情绪从我的内心涌出，却又迅速被更深的悲哀所笼罩。马库斯的脸色也是如此，但是，我们还得继续追问下去。

“原来，”马库斯和我耳语，“真的有所谓的隐匿却真实的反感和抗拒。”他随即又大声问约瑟夫，“有客人曾经向法蒂玛发火吗？”

“有过一两次，”男孩回答，“但大多数情况下，像我说的，他们其实喜欢这样。”

我们的谈话陷入沉默，随后远处传来的火车声又将我拉回现实。“那么这位圣人，”我说，“这一点很重要，约瑟夫——你见过他吗？”

“没有，先生。”

“法蒂玛有没有在屋顶见过任何人？”马库斯追问，“或者，你见没见过一个拿着一个大包裹的人？”

“没有，先生。”约瑟夫有些困惑。然后，他的眼睛突然亮起来，对我们说道，“法蒂玛和他认识以后，他来过好几次。我知道的。但是他和法蒂玛说不要告诉别人。”

马库斯笑了笑，“我猜，是客人吧。”

“你猜不出来是哪个客人？”我问道。

“不是的，先生。”约瑟夫回答，“法蒂玛说，如果我保密并且听话，说不定哪一天他也会来把我带走。”

我把他更紧地搂在怀里，眺望远处。“你必须祈祷这样的事情永远不会出现，约瑟夫。”我说，看见他的眼中流下泪水。

那一晚，我们在“金法则”再没有更多的收获，附近街区和大楼里的住户也没有提供更有参考价值的线索。离开之前，我问约瑟夫，是否想离开“金法则”——他实在是太年幼了，即便以妓院的标准来说也还太小，我想或许科雷兹勒能够在学院给他留一个位置。可是从三岁就是孤儿的约瑟夫，已经对于各种学院、孤儿院和寄养家庭产生了恐惧。在他看来，科雷兹勒学院和其他那些机构并没有什么不同。“金法则”最起码不会让他挨饿受冻、不会让他遭受棍棒相加。尽管老鸨司考奇·安令人生厌，但她至少保证孩子们身体健康，身上没有伤痕。对于约瑟夫而言，这比任何事情都更重要，哪怕我和他说那里实则充满罪恶和危险。此外，在经历了阿里·伊本－加兹的悲剧之后，类似“在别处可以获得更好生活”的承诺早已经变得毫无信誉可言。

尽管感到可惜，我对于约瑟夫的决定却无能为力。1896年的时候，我们尚且无法直接说服政府机构（如近年所建立的那些）将他强制性地从“金法则”夜总会带走。那时的美国社会认为（其实现在的很多人也这样认为），儿童完全可以为自己的行动和决定负责；人们并不把童年看作成长道路上一个独立且特殊的阶段——它和成年期完全不同，且有自己独有的规律和法则。那个时候的儿童被视为缩小版的成年人，根据1896年的法律，如果他们想要堕落，那是他们的自由选择——是他们自己的人生观。因此，我面对约瑟夫的选择无能为力，只能和这个十岁的孩子说再见，不知道他是否会成为正在寻找下一个猎物的变态杀手的目标。但在我准备离开时，我突然有了一个想法，既可以保证小约瑟夫未来的安全，又将对我们日后的调查有所裨益。

"约瑟夫，"我在夜总会门口蹲下来，对他说，"你有很多朋友在这样的地方工作？"

"很多？"他将手指放进嘴里沉思，"我想——我猜是有一些。怎么了？"

"我想让你转告他们我接下来要告诉你的这些话。杀害法蒂玛的凶手已经害死了好几个做这种工作的孩子——大多是男孩，也许不一定只是男孩。一定要记住，出于一些我们还不知道的原因，这些被害的孩子都是来自像'金法则'这样的地方。所以我希望你告诉你的朋友们，从现在开始，一定要对自己的客人非常非常小心，提高警惕。"

约瑟夫的第一反应是退后几步，恐惧地望着街面。但是，他并没有跑开，"为什么是这样的地方？"他问。

"就像我说的，我们现在还不知道。但是凶手很有可能会再回来。所以告诉你认识的所有人，一定要睁大眼睛看清楚。小心那些爱发脾气的客人，尤其是如果你们——"我琢磨着合适的词汇——"表现得很难相处。"

"你的意思是说如果我们不听话？"约瑟夫说，"司考奇·安总是这么说——不听话。"

"是的。凶手之所以挑中法蒂玛，可能就是这个原因。不要问我为什么，我现在也不清楚。但是要小心。还有，最重要的是——不要跟任何人到别的地方去。不要离开夜总会，不管那个人看上去多么和蔼善良，或者答应付给你多少钱。对你的朋友也这样说，好吗？"

"嗯——好的，摩尔先生，"约瑟夫慢慢回答，"但是或许——也许你和艾萨克森警探先生能够经常回来看看我们。其他警察，今早来过的那些，他们看上去根本不关心，只告诉我们闭嘴，不许再提法蒂玛的任何事情。"

"我们会尽力，"我从外套口袋里掏出纸笔，"如果你又想起任何事情，任何你觉得重要的事情，直接到这个地方来找我，这是白天的地址，这是晚上的地址。”我不仅留给了他办公室的门牌号码，也把华盛顿广场祖母家的地址告诉了他——不知道老太太如果看见这个男孩会怎么想。然后，我又让他写下“金法则”的电话号码。“不要去找其他警察——直接来找我们。还有，不要告诉其他警察我们来过这里。”

“您不用担心，”男孩飞快地回答，“你们两个是我第一次见到并说过话的警察。”

“或许是因为我并不是警察。”我笑着说。

男孩也笑了。在那一瞬间，我仿佛透过他的脸看到了另外一个人。“您看上去不像警察。”男孩补充道。但随即，他的眉头又皱起来。

“为什么你们这么努力地想要找到杀害法蒂玛的那个人？”

我把手放在男孩头顶，“因为我们要阻止他。”这时，司考奇·安粗哑的嗓音从夜总会的大厅中传来，我朝着那个方向点点头，“你该回去了，记住我的话。”

约瑟夫迈着轻快的步伐消失在夜总会大门后，我站起身，看见马库斯微笑着看着我。

“你真是有办法，”他说，“以前和孩子打过交道？”

“有过一些经验。”我回答，并没有详细解释。我不想告诉别人，在约瑟夫的眼睛和微笑里，我仿佛看见了死去多年的弟弟。

回城的路上，马库斯和我又讨论了一下新发现的线索。显然凶手对于像“金法则”或帕雷斯舞厅这样的地方非常熟悉，然而除客人之外，还会有什么人经常出入此类场所呢？也许是记者？或者像雅各布·里斯这样的社会专栏作家——专注于挖掘城市的黑暗面，并且因为过度曝光这些罪恶而成为极端主义者？但我们很快又意识到，目前还没有人对童妓的故事进行报道，更别提这些从事同性卖淫的少年了。由此我们又联想到牧师或其他类型的教会工作者，似乎这些人更有可能。还记得科雷兹勒曾经提过宗教狂热主义和大屠杀之间的联系吗？我怀疑我们的凶手是否在致力于成为人世间愤怒的上帝。虽然科雷兹勒说，他并不认为这一系列凶杀案背后存在宗教因素和动机，但也许科雷兹勒是错误的——毕竟，牧师和教会人员也因为经常要探访贫民而在屋顶上奔走。但最后，我和马库斯还是放弃了这一想法，主要是因为约瑟夫说的那些话。杀害阿里·伊本－加兹的人会定期造访“金法则”，而且他的到来完全不引人注意。任何热衷于社会改革的狂热分子都不会这样做，他会努力成为众人瞩目的中心。

“不管是谁，不管他是什么人，”马库斯在我们回办公室的路上说道，“我们可以确定一件事——他能够来去自如，而且不被人注意，就好像是这里的住客一样。”

“没错，”我说，“所以最有可能是这里的客人，也就是说，每位客人都存在可能性。”

“你推测出的爱生气的客人也很有道理。即便他不是过客，也有可能曾经被欺骗许多次。”

“我不太肯定。我见过被妓女骗钱的人，他们通常会把对方揍个半死，但是肢解尸体？那他一定是疯了。”

“或许又是一个类似‘开膛手杰克’那样的人，”马库斯说，“或许他得了某种脑部疾病——这种疾病会在帕雷斯舞厅或者‘金法则’这样的地方突然发作。”

“不，”我将双手平摊放在身前，仿佛想把一切整理清楚，“目前我们唯一能够确定的推测，就是凶手精神正常。我们不能对这一基本前提进行怀疑。”

马库斯停顿了一下，然后小心翼翼地开口，“约翰——我想你也在内心暗自问过自己，如果科雷兹勒的基本前提是错误的，我们该怎么办？”

我深吸一口气，“是的，我问过自己。”

“那你的回答是？”

“如果他弄错了，我们将会失败。”

“就这样？”

我们已经到达第十一大街和百老汇大街的西南角，电车和马车正运载着熙熙攘攘的人群前往市中心欢度周末。马库斯的问题还悬在空中，令我产生一种疏离感，仿佛和城市生活的正常节奏已经脱离，对未来充满不安。真的，如果连基本前提都是错误的，那我们将走向何方？

“这是一条黑暗的道路，马库斯，”我终于开口说道，“但是，这是我们唯一的路。”

19

当晚下了阵雪，第二天早上正是复活节，整座城市被一片白茫茫所覆盖。上午 9 点时气温依然没有超过四十华氏度（晚些时候倒是超过了，却也只持续了一小会儿而已），我只想待在家里蜷缩在床上。可是卢修斯有很重要的信息要和大家分享，他在电话里是这样说的。所以，当格蕾丝教堂的钟声再次敲响，上百个信徒排队穿过大门走进教堂的时候，我又回到了几小时之前才刚刚离开的办公室。

卢修斯前一晚去探访了阿里·伊本–加兹的父亲，但从他那里几乎一无所获。老加兹先生似乎打定主意沉默到底，尤其在卢修斯亮出警徽之后。起初，卢修斯以为，他这种不合作的态度是贫民窟居民对付警察的常态。但后来离开时，却被房东悄悄告知，下午早些时候曾经有人来见过老加兹——其中包括两名牧师。房东对于两名牧师的描述和先前去探访过桑托雷利家的那两个牧师几乎完全一致。而且房东还注意到，有一位牧师手上戴着醒目的新教圣公会的图章戒指。这意味着，尽管看上去有些古怪，天主教和新教教会似乎在某件事上达成共识。房东并不太清楚具体原因，因为他无从得知两位牧师究竟对老加兹说了什么，但是在牧师离开之后，老加兹便立刻支付了拖欠已久的房租，不仅全款支付，而且使用的是大额支票。卢修斯本想前一晚就把这个线索告诉我们，可是离开那里之后，他还是打算去停尸房看看。卢修斯想知道，阿里的尸体是否已经被验尸官尸检，尸检报告上又写了些什么。可是这一去，卢修斯被要求等待了近三个小时。最后却被告知，阿里的尸体已经送葬。验尸报告——据夜班值守的官员说，报告非常简短——已经被送往斯特朗市长办公室。

很难确定，那两位牧师、验尸官、市长或任何相关人士在本案里到底扮演怎样的角色，但是他们的出现给我们造成了困扰，而且还将关键证据隐藏起来。

我们开始意识到，破案或许不仅仅意味着抓住凶手，而是面临更大的挑战。这种感觉从桑托雷利被害时就已经有所萌芽，现在则变得越来越强烈，让每一个人都烦恼不已。

被这些不祥的预兆所刺激，我们的工作在接下来的一周里以飞快的速度进行着。艾萨克森兄弟一遍又一遍地回到案发现场和卖淫场所勘查新的证据，和那里的人聊天，想从他们的嘴里套出新的线索。但他们同样碰了壁，那些人也被曾经让老加兹先生缄口不谈的势力封了口。例如，马库斯急切地想要找到城堡花园的看守进行更彻底的盘问，可是当他回到城堡时，却被告知看守已经辞职并离开纽约，没有人知道他去了哪里。我们认为，无论看守逃到了哪里，手中一定紧紧捏着那两个身份不明的牧师馈赠的一大笔钱。最近，这两个人是善财童子，在纽约一直在慷慨地四处发钱。

与此同时，科雷兹勒、莎拉和我一直在整理已有类似案件的凶犯资料作为参考，想要还原出“假想凶手”的原貌。很遗憾，这样的资料并不太多。即便有，也可能要等到天气变暖之后。已有资料中的确有一个古怪的案件，是因为天气原因引起的：科雷兹勒和我调查了一个名叫威廉·斯加利特的犯人，他因为用斧头企图砍死自己年仅八岁的女儿而从家里被逮捕。不光他的女儿，一个接到报警赶往现场的巡警也成为他袭击的目标，整个第三十二大街和麦迪逊大道居民都因为袭击者的癫狂和胡言乱语而担惊受怕。幸运的是，女孩和巡警都没有受到太严重的伤害。当斯加利特被捕时，他唯一的解释却是，他因为当晚席卷纽约的暴风雨的刺激而突然精神失常。令人惊奇的是，科雷兹勒对于这一陈述并没有进行反驳。斯加利特平日对他的女儿视若珠宝，也一向遵纪守法。尽管科雷兹勒倾向于认为，他的行为应该是由于心理发展过程中某个不为所知的黑暗经历所造成的结果，但却并不能完全推翻他的精神失常或许是因为暴风雨所致的可能性。无论如何，这起案件可谓是典型的暴力癫狂突发病症，于我们破案并无多大益处。

第二天，科雷兹勒带着莎拉去调查尼古拉·加诺罗案。加诺罗是移民，住在公园大道，他严重刺伤了自己的弟媳以及她三岁的女儿，因为小女孩声称他对自己实施了“伤害”。在这起案件中，这个词明显意指“性侵犯”。因为案件里所有牵涉到的人都是移民，这激起了科雷兹勒的好奇心。然而，凶手和受害人之间的亲属关系却和本案没有关联，尽管加诺罗的弟媳的确为莎拉的“假想女性”工作提供了一些有趣的素材。

除此之外，我们还有很多报纸要看，每天两次，以期获得一些有价值的线索。曾经在城堡花园案之后大肆报道的纽约各家报社已经偃旗息鼓，原本要去市政厅示威抗议的市民组织也并没有真正采取行动。总而言之，移民贫民原本因为阿里·伊本–加兹的被害而被煽动的火苗现已被有效地扼杀。如今的报纸似乎不再纠缠于这件旧案，转而开始报道国内各处的杀人案件。对于这些案件，我们也仔细研究，看是否能找到应用于本案的关键要素。

这项工作的收获微乎其微。纽约也许是全国的犯罪中心，尤其是那些针对孩童的案件，但其他城市也完全不甘落后，为犯罪率的飙升做出了贡献。例如，印第安纳的一个流浪汉（曾经在精神病院看押，后来因为精神恢复正常而被释放）杀死了自己雇主的小孩；华盛顿洛克溪公园一个十三岁的女孩喉咙被割，原因至今未明；盐湖城的牧师残忍杀害了七名女童，并将她们的尸体扔进熔炉。我们研究的就是这样的案件，还有其他许多——每天都至少有一起案件或一个疑犯被用来和我们的案件进行对比。毫无疑问，这些案件有许多都表现出一种突发性的特征：要么是因为酒精或毒品的作用（疑犯总会在事后清醒），要么是因为暂时脑部功能失调（例如比较罕见的癫痫病发作，但事后也会自行缓解）。偶尔，我们也会遇上一两起有预谋的案件，然而当这些案件犯罪嫌疑人的心理评估或者罪犯作案报告被公开之后，却无法呈现令人眼前一亮的新发现。

连科雷兹勒的仆人也为我们的调查工作做出了贡献，他们或者直接参与，或者给我们提供范例。我先前对于玛丽·帕尔默的推测，以及她的案件和本案的相似之处也都经过了大家的讨论，其显著特征被记录在黑板上。玛丽本人没有直接参与，因为科雷兹勒明确表示，她对本案了解得越少越好。塞勒斯则帮助我们搞到了科雷兹勒所指定的大部分阅读材料，他也阅读了其中一部分。开会时他很少表达意见，除非被点名问到，但他的意见通常非常有洞察力。一次深夜会议中，在推测凶手杀人之后的心理和生理状态时，我们突然意识到这群人中其实并没有人有过这样的经历，除了塞勒斯，但没有人愿意直接向他发问。当然，除了科雷兹勒医生。他毫无顾虑，直接用最简明直接的语言将问题抛给了塞勒斯。塞勒斯的回答也相当坦率，承认自己在杀人后再无能力进行精心策划，也没有力气采取进一步的行动。但最让我们惊奇的是，他在回答问题的时候，居然引用了意大利著名犯罪学家、被誉为现代刑事学之父的塞萨雷·隆布罗索的观点。

隆布罗索曾假设有一种“犯罪人格”（其本质就是向野蛮人的一种进化倒退），但塞勒斯认为这种假设并不真实，这是基于他最近所阅读的大量关于犯罪行为和犯罪动机的论述和他自己的亲身经历得出的结论。有趣的是，霍尔姆斯医生——那个正在费城等待绞刑的系列杀人案凶手——曾在法庭上声称自己就是隆布罗索所认为的具有“犯罪人格”的人。他说，自己的杀人行为源于个人心理、道德和身体情况的退化，因此应该考虑减刑。然而，这番说辞并未给他带来任何好处。在讨论了霍尔姆斯和其他案件之后，我们认为，本案凶手和霍尔姆斯一样，和所谓的进化倒退没有任何关系。这两个疑犯的智力水平和能力都已经得到了充分证明。

有一天，史迪威驾车带我去布鲁克林大桥与艾萨克森兄弟见面。他一直在替我“跑腿”，因为要对医生保密，我和史迪威之间建立了一种特殊的联结和纽带，令我们的交流可以畅所欲言，无所顾忌。那天早上我们收到消息，两个在布鲁克林大桥下玩耍的孩子发现了一辆被遗弃的马车，车厢里发现了一具头颅、一只手臂和手。尽管这起案件和我们的案子风格不太相同，但马车被遗弃在桥下这一事实却令我们想起本案凶手对水和水边建筑的奇怪嗜好，于是还是决定去看一看。这些残肢被证明属于成年人，但是无法辨认身份，而且马库斯在马车上也并没有发现和我们的凶手相匹配的指纹，所以他和卢修斯决定，将这个冰冷恐怖的现场留给警方验尸官来处理。为避免引起怀疑，我在验尸官到来之前提前离开。坐车回城的路上，史迪威突然问了我一个问题：

“摩尔先生——关于你们正在寻找的那个凶手，我听医生说，被杀害的孩子们并没有——嗯，你知道的，先生——被侵犯。是这样吗？”

“嗯，目前看来的确如此，史迪威。为什么这样问？”

“我只是在想，先生，这是不是意味着，那个凶手不是基佬？”

如此直率的问题令我不由得坐直身体——有时候你会几乎忘记，史迪威只有十二岁。“不是的，那并不意味着凶手不是——基佬，史迪威。但是，并不因为他的受害者是向同性卖淫的牛郎，就代表他是基佬。”

“你觉得他会憎恨基佬吗？”

“也许有这个可能。”

我们在休斯敦大街熙熙攘攘的人群中穿行，史迪威一直在努力思考，似乎对身边经过的妓女、瘾君子、小商贩和乞丐全然不在意。“我在想，摩尔先生，也许他是个基佬，也有可能他痛恨基佬。有点像那个在兰德尔岛上折磨过我的守卫。”

“我不懂你的意思。”我说。

“嗯，你知道，在法庭上，当我解释为什么会打破那家伙脑袋的时候，大家都认为我精神不正常。因为那家伙有老婆孩子，怎么可能是个基佬？可是在劳教所的时候，只要他看见两个男孩搞在一起，就会攻击他们。而且，在我之前他也曾经做过类似的事情。不，先生，所以我猜，这也是为什么他会如此卑鄙的原因——他内心从来都不知道自己是什么样的人。你懂我的意思吧，摩尔先生？”

奇妙的是，我知道他在说什么。我们在办公室曾经多次讨论过凶手的性倾向问题，在破案之前，这样的讨论或许还会持续下去。然而史迪威几乎用一句话就把我们的结论全部概括了进来。

我们每一个人无不在每天殚精竭虑地思考和寻找着能够推动案件侦破向前发展的线索，但是，正如大家所料，工作最拼命最努力的那个人正是科雷兹勒。实际上，他如此卖命工作，有时甚至加班到深夜，让我不禁为他的身体和精神健康所担忧。有一次，他在书桌前连续工作了二十四个小时，在厚厚的年鉴上寻找和凶手作案时间相仿的日期（1月1日、2月2日、3月3日、4月4日），想要解开凶手挑选这些日期作案的秘密。看见他的脸色逐渐苍白而憔悴，我强制他停下来，并命令塞勒斯将他带回家中休息。我记得莎拉曾经说过，科雷兹勒似乎将办案看成自己的私事。尽管我很想让她告诉我究竟，却又担心这样的对话会让我重新开始猜测他俩的关系。这既不是我该关心的问题，也对于案件进展没有裨益。

但是某天早上，关于此问题的讨论变得不可避免。科雷兹勒刚刚从学院归来，他在那里花了一整晚的时间处理一个新同学和家长的问题，然后又马不停蹄地去给人做精神评估——一个男人在家里自制祭坛上将自己的妻子杀死并肢解。科雷兹勒近来一直在收集证据，想证明本案凶手的杀人行为是一种古怪仪式，在这种仪式过程中，凶手用非常极端然而却相当正式的身体行为来使自己得到安心。这个推断基于以下事实：首先，受害人在被肢解之前都被捆绑，以方便凶手控制全局；其次，这些尸体的肢解过程大都一致，以挖出眼睛为中心行为；最后，每一起案件的发生场所都靠近水域，在一个高出水面的建筑物上实行。某些杀人凶手会将自己的残忍手段视为一种个人仪式，科雷兹勒相信，如果自己有机会和他们交流，将能够理解那些和肢解行为有关的信息。然而，这样的工作极其烧脑，即便是对于像科雷兹勒这样经验丰富的精神病学家也是如此。再加上夜以继日的操劳，一定会出现问题。

果然，在这之后不久的某天早上，莎拉和我刚走进百老汇大街808号，正巧碰上科雷兹勒要离开。我们看见他吃力地登上马车，却差点晕倒在里面。他晃了晃随身携带的嗅盐瓶，自嘲地笑了笑。塞勒斯告诉我们，这一次科雷兹勒已经整整两天没有休息。

“再这么下去的话，他会害死自己。”莎拉说，马车已经离开，我们也走进电梯，“他这么努力地工作来弥补线索和证据的缺乏，就好像能从中间强行获得什么似的。”

“他一直这样，”我摇着头，“即便我们还是小孩子的时候。他一旦对某件事情专注，就会变得极其认真。那时候看上去真有点滑稽。”

“嗯，但现在的他不再是孩子，应该学会照顾自己。”莎拉似乎话中有话。然后她用一种异样的语气问了我一个问题，似乎漫不经心，却不敢直视我的眼睛，“他的生命里曾经有过女人吗，约翰？”

“他妹妹。”我回答，知道其实这并不是莎拉想听到的答案。“他们曾经关系很好，但她现在结婚了，嫁给了一个英国人，好像是个男爵。”

莎拉似乎在努力压抑自己，让自己说话的语气听上去并没有感情因素掺杂其中，“但是，难道没有感情方面的那种——女性吗？”

“啊，是的。嗯，有一位弗朗西斯·布莱克女士。他们在哈佛相识，在一起好几年，本以为会结婚，可是最后并没有，据我所知没有。在我看来，那位女士像个泼妇，可是科雷兹勒觉得她很迷人。”

莎拉露出调皮的笑容，上嘴角微微翘起，“或许是因为她令他想起了某个人。”

“她只令我想到泼妇。对了，莎拉，那天你说科雷兹勒仿佛把破案当成了自己的私事，你究竟是什么意思？什么私事？”

“我也不是很清楚，约翰。”她回答。我们走进办公室，发现艾萨克森兄弟正在就某个线索激烈地争辩着什么。“但是，我敢说——”莎拉突然压低声音，不想让对话被第三个人听见，“不仅仅只是关系到他的名誉问题，也不仅仅只是满足他的科学好奇心。应该是一件隐藏多年的旧事。你的朋友科雷兹勒，他是个深不可测的男人。”

说完，莎拉走进厨房给自己准备茶饮，我被拖进艾萨克森兄弟二人的争论当中。

就这样，我们度过了4月份的大多数时间，随着气候渐暖，零散的证据和线索正一点点被拼凑起来，我们之间的交流也变得越来越直接，但外界对我们的动向却一无所知。以后有的是时间谈论私事，我这样对自己说道，目前最重要的是工作，是我们手上的案子，这是人命关天的事情。关键在于集中精力，专注并做好准备，准备迎接凶手或许会采取的行动。我自信地这样想。在已经见过两位死者之后，我以为我已经见过了最惨烈的景象。

但是，本月末发生的又一起案件刷新了我和同伴的恐惧程度。这种恐惧并非来源于血淋淋的场面，而是来源于文字。文字本身，和我们先前所遇见过的那些场景一样，令人胆战心惊、毛骨悚然。

20

一个风和日丽的周四下午，我坐在书桌前阅读着《纽约时报》上一篇杀人案的报道，伊利诺伊州洛克岛一个名叫亨利·B.巴斯蒂安的人几天前杀死了在他农场工作的三个男孩，将他们分尸，并将尸体喂了野猪（小镇上的居民无法得知具体缘由，因为当警察包围他的时候他已经自尽，剥夺了旁人研究他杀人动机的机会）。莎拉去桑树街了，尽管她在那里露面的时间越来越少；马库斯也去了，最近他经常去警局——尤其是下班之后，想翻找警局的旧日档案进行对比。与此同时，卢修斯和科雷兹勒则在沃德岛精神病院待了整整一个下午，他们在那里研究第二人格和大脑功能障碍现象，目的是确定本案凶手是否受这两种疾病的影响。

科雷兹勒认为这种可能性并不大，主要是因为，具有双重人格的患者（由精神或身体创伤所引起）通常并不会展现出如本案凶手所具有的那种精密策划的能力。但哪怕是最微小的可能性，科雷兹勒也不愿放过。而且，他的确喜欢和卢修斯一起外出，可以用自己独有的医学知识和卢修斯所拥有的犯罪学知识互相交换。因此，当科雷兹勒 6 点钟打电话说他和卢修斯已经结束的时候，我毫无意外地在科雷兹勒的声音中听到更多的生机和活力。他提议我们去联合广场的“布鲁巴赫”啤酒花园喝上一杯，并就最近的工作交换心得，我回复以同样的热情。

我又花了半个小时阅读报纸，然后给莎拉和马库斯留了字条，告诉他们到“布鲁巴赫”来找我们。我把字条夹在门口，从门口架子上取下一根手杖，高高兴兴地出门去了。对于一个一整天都在研究鲜血、尸体和凶杀案的人来说，能够暂时解脱无疑是一件令人高兴的事情。

百老汇大街街上充满了节日气氛，商店关门很晚。虽然还未到黄昏，麦克里百货商店早已亮起彩灯，一扇扇窗户仿佛指路明灯，向来往的人群热情召唤。圣格蕾丝教堂的晚课已经结束，一些信徒仍聚集在门口尚未离开，他们衣衫轻便，仿佛已经和姗姗来迟的春天缔结了契约。我一路向北，手杖在地上敲出有节奏的韵律，朝着城市里最惬意的地方走去，决心要在那里好好享受一下正常的生活。

“布鲁巴赫”的主人热情好客，他的酒窖里藏有全纽约最优质的葡萄酒和啤酒。饭店坐落在联合广场以东的街道对面，门口有一处平台，可以在那里欣赏到夕阳西下的公园里人们悠闲散步的情景。

我穿过第十四大街，路过联合广场上雄伟的华盛顿骑马像，来到广场东面。远远地就能够听见饭店里传出的此起彼伏的吆喝声。

科雷兹勒和卢修斯出现时刚刚晚上 7 点，但当我看到他们两人的脸色——

马库斯满脸焦虑，莎拉苍白失神——我意识到一定有什么不寻常的事情发生，于是把自己的钱拿了回来。

“你们两个怎么了？”我把啤酒杯放在桌上，“莎拉，你还好吗？”

她虚弱地点点头，马库斯用热切的眼光扫视着饭店，双手不可控制地在颤抖。“电话，”他说，“约翰，电话在哪儿？”

“大门里面，就在那里。跟老板说你是我朋友，他就会让你——”

还没等我说完，马库斯就已经冲了进去，科雷兹勒和卢修斯停止交谈，站起身迷惑不解地望着我们。

“警探先生，”马库斯经过身边时科雷兹勒喊道，“有什么事情——”

“对不起，医生，”马库斯说，“我必须——莎拉有些事情要告诉你们。”说着，他两步并作一步跑进室内，冲到电话边，拿起听筒放在耳朵上，然后快速地拨动号盘。老板有些吃惊，看见我冲他点头便没有出言阻拦。“接线员？喂喂！接线员？”他使劲跺着脚，“接线员！我需要接通多伦多。是的，没错，是加拿大。”

“加拿大？”卢修斯喃喃自语，双眼突然圆睁，“哦，天哪——亚历山大·麦克劳德！那就是说——”卢修斯瞥了一眼莎拉，仿佛突然猜到了她的经历，接着也跑到电话那边。我扶着莎拉来到科雷兹勒跟前，她慢慢从包里拿出一个信封。

“这封信昨天被送到桑托雷利家里，”她的声音有些干涩，“桑托雷利太太今天早上带着信来警局，她看不懂，所以到警局求助。没有人理她，但她也不肯回家，后来我见她坐在门口楼梯上。然后我给她翻译了一下，至少，我翻译了大部分的内容。”她将信塞到科雷兹勒手里，垂着头，“桑托雷利太太不肯留着信，警局也没有人愿意管这件事，所以罗斯福就让我带到这里来，让你看看，医生。”

卢修斯回来加入了我们，和我一起焦急地看着科雷兹勒打开信封。科雷兹勒飞快地阅读着里面的内容，呼吸变得越来越急促，最后他点点头，“好吧。”他的声音并没有什么起伏，仿佛早已预料到这件事的发生。我们坐下来，没有任何铺垫，科雷兹勒平静地将信的内容念了出来：

我亲爱的桑托雷利太太：

对于报纸上最近刊登出来的邪恶的“谎言”，我不知道是出自你的叙述，还是警察和记者们搞的把戏。但是我倩（猜）可能是你，所以我要借这个集（机）会和你直衔（接）说清楚：

在世界上的某些地方——尤其是你们这些肮脏的移民的家乡，人肉是可以吃的，因为食物缺乏，不吃的话就会饿死。我读过这样的故事，也知道这是真的。当然，被吃掉的通常是儿童，因为他们的肉更嫩，而且小孩屁股上的肉最嫩不过。

然而，这些吃人的人现在来到了美国，他们的孩子到处都是，他妈的把屎拉得到处都是。这些脏孩子，比“红色印第安人”更脏。

2 月 18 日，我看见你的儿子在街上耀武扬威，脸上涂着烟灰和油彩。我决定耐心等候，而且和他见了好几面。最后一天晚上，我把他带到“那里”。这个粗鲁的小子，我知道我必须吃掉他。所以我们去了大桥，我把他绑起来，痛快了结了他。我拿走了他的眼睛和屁股，吃了一个礼拜，把它和洋葱胡萝卜一起烤着吃的。

但是我没有干他，虽然我完全可以，而且他可能也希望我这样做。他死的时候没有被我玷污，那些报纸应该说出来让大家知道。

“没有结尾和签名，”科雷兹勒轻声说道，“这可以理解。”他靠在椅背上，双眼直勾勾地看着桌上的字条。

“天哪。”我大口喘着气，跌坐在椅子上。

“就是他，没错，”卢修斯拿起字条，快速扫了一遍，“关于——屁股那件事，报纸上从没有提过。”随后他放下字条，又去到马库斯那边，他的哥哥正冲着电话低吼亚历山大·麦克劳德的名字。

莎拉眼神空洞，双手在身后摸索着，想找到椅子坐下。科雷兹勒赶紧从旁边拉过一把椅子，放在她的身后。“我不能把每句话都说给可怜的桑托雷利太太听，”莎拉的声音低不可闻，“但我告诉了她主要的内容。”

“你做得很好，莎拉，”科雷兹勒安慰道，半蹲在她的身侧，用旁人几乎听不到的声音低声对她耳语，“如果凶手认识她，那么最好她也知道凶手，知道凶手在想什么。但是她不需要知道细节。”说完，科雷兹勒坐回自己的椅子上，一只手指轻轻敲着字条，“嗯，我们获得了一条宝贵的线索。那么就让我们好好利用它吧。”

“利用它？”我还沉浸在信件给我带来的震撼之中，“拉兹洛，你怎么能够——”

科雷兹勒没有理会我的抗议，转过去和卢修斯说话，“警探先生？可以告诉我你的哥哥在给谁打电话吗？”

“亚历山大·麦克劳德，”卢修斯回答，“北美最好的笔迹鉴定专家，马库斯曾经跟他学习过。”

“很好，”科雷兹勒说，“这是个很好的开始。从笔迹分析开始，我们可以进行更广泛的讨论。”

“等等！”我站起来，想让声音保持镇定，自从看到字条之后，我心中便回荡着一阵阵的反感和恐惧。然而，周围其他人的态度却令我震惊。“我们刚刚才发现这个——凶手不仅杀了人，还吃了他，至少吃掉了他身上的某些部分。现在你们又要找什么笔迹鉴定专家，你们到底想干什么？”

莎拉抬起头，努力让自己恢复常态，“不，不，约翰，他们的做法是正确的。我知道这很恐怖，但是你静下心来想一想。”

“的确如此，摩尔，”科雷兹勒说道，“这对我们来说是个噩梦，但对我们的凶手来说也是如此。这张字条显示，他的绝望情绪已经到达了新的高峰。事实上，他或许已经进入了自我摧毁的末期状态——”

“什么？对不起，科雷兹勒，你说什么？”我的心在怦怦直跳，我的声音在颤抖，几乎快要说不出话来，“你还坚持认为他是正常人？你还相信他正盼望着我们去抓他？他都开始吃人了，天哪！”

“目前我们还不能确定。”饭店里正在打电话的马库斯突然说道，他的语气平静而坚定，用两根手指捂着电话的听筒。

“准确地说是这样。”科雷兹勒站起身朝我走来，而马库斯则继续对着电话说着什么。“凶手或许吃掉了受害者，也或许没有，约翰。我们唯一能够肯定的是，他告诉我们说他吃掉了。而他之所以这样做，是因为他知道这样说会让我们非常震惊，从而令我们更难找到他。这是一个正常的举动。记住：如果凶手不正常，他会杀人和吃人，或许还有些什么其他的骇人行为，但他不会告诉每一个人——至少，不会告诉那些会直接去警方报案的人。”科雷兹勒使劲捏住我的手臂。“想一想他告诉我们的那些——不光是笔迹，还有信里的内容，里面有大量值得去解读的线索。”

突然，马库斯大叫一声“亚历山大！”，语气兴奋，仿佛自己的需求终于得到满足。他微笑着对着电话继续说，“是的，我是纽约的马库斯·艾萨克森。我这里有件非常紧急的事情，需要确定一两个细节……”说着，他的声音逐渐低沉下去，靠在门边的角落里，卢修斯在他身边，努力想要听清他们的对话。

马库斯的电话持续了十五分钟。与此同时，那封信就静静地躺在桌子上，和曼哈顿那些被遗留在四处的尸体一样冰冷而令人生畏。从某个方面来说，这封信甚至比那些尸体更加可怕：凶手的行为令人发指，但我们目前所知的却仅仅是用已知线索勉强拼凑起来的一个假想人物。但是，真实地听到他的声音却立刻改变了这一切。他不再是可能隐藏在某处的“任何人”，他就是他，那个唯一能够策划并完成这一切的人，那个唯一能够说出这些话的人。我抬眼望着饭店门口正在大呼小叫的人群，看了看远处街上的路人，突然觉得，如果我此时遇见了他，一定会非常期望和他结识。这种情绪来得如此突然，让我有些难以招架。尽管我的内心还在挣扎，但理智告诉我，科雷兹勒是对的。无论凶手的精神状态多么恐怖和糟糕，这封信却不能被简单地视为胡言乱语——它所表达的思想非常连贯，尽管这种连贯目前还不能让我理解。

马库斯打完电话，拿起信件，坐在桌前开始仔细研究起来。大约五分钟之后，他开始发出一些表示肯定的声音，让我们若有所期。随后他掏出笔记本和笔，记下有用的信息。每隔几分钟，不远处人群就会喧闹起来，我冲着他们大喊，让他们小点声。通常这样的要求总会遭遇到冷眼和嘲笑，但我声音里的急切和恐慌让他们感受到了异样，因此遵从了我的意见。随后，在那个芳香四溢的美丽夜晚，在夕阳昏黄的光线下，马库斯开始向我们详细阐述他的发现。

“在笔迹研究方面通常有两种方法，”他兴奋地说着，“第一种方法叫作文件检验，是比较传统但被法律承认的方法——意思是对文本进行严格的科学分析，并通过比较来确立作者身份；第二个方法涉及的技术则更加——怎么说呢，是猜测性质的。大多数人并不认可它的科学性，而且法庭也不太承认。但是，我们发现这种方法在先前的几起案件里非常有用。”马库斯看了看卢修斯，后者点头却没有说话。“所以——我们从最基础的部分开始吧。”

马库斯没有马上继续，而是点了一大杯啤酒，让自己不会因为说话过多而口干舌燥。随后，他继续说道：

“写信者是个男人——这一点从笔迹的力度可以判断出来，而且至少上过几年学并学习过如何书写。他应该是在美国国内上学，大概十五年前。”看见我露出迷惑的表情，马库斯继续解释说，“笔迹显示，凶手曾经受过系统的帕尔默书写方法的训练。帕尔默书写体出现于 1880 年，很快被全国各地学校所采用，曾在相当长的一段时间里是主流的书写方法，直到去年才在东部和西部的一些大城市被标准书写体所取代。假设凶手的小学教育在十五岁之前就已结束，他现在的年龄应该不会超过三十一岁。”

这一推理听上去似乎无懈可击，科雷兹勒迅速在本子上记下这一关键点，准备日后誊写到百老汇大街 808 号办公室的黑板上。

“好吧，那么，”马库斯继续说道，“如果我们假定凶手现在大概三十岁，他在十五岁或更年幼的时候就已经上完学，然后又花了十五年时间来发展自己的人格和书写能力。后面的十五年对他来说似乎并不十分愉快。首先，如同我们先前猜测的那样，他是个惯于说谎和策划行动的人——他完全知道自己的语法和拼写能力，但他故意改变自己，让我们误以为他并不善于书写。看，在这里，信的最开头，他故意写了几个错别字——‘直街’‘我倩’，还有‘集会’。或许他以为这样做会让我们误认为他没有受过多少教育，但是他疏忽了——在信的最后，他写到‘直接带到大桥上’，这一次却根本没有写错。”

“所以可以推测，”科雷兹勒一边沉思一边说道，“凶手写到最后，想得更多的是自己要表达出的意思，而不再关心文字游戏了。”

“就是这样，医生，”马库斯说道，“所以他的书写非常流畅。还有一点可以证明他是故意写错字。凡是他写错的单词，那里的笔画都会比较犹豫。比如这个‘t’就不像信件里其他的‘t’那样笔画干脆利落。他的句法也是如此：在某些地方会刻意模仿没有受过教育的农场工人的说话方式，但是有时候他又会表达得非常文绉绉，前后风格不一致。但是我猜，他写完信以后应该检查了一遍，却没有发现风格不一的问题。这就意味着，虽然他非常善于精密谋划，却对自己的聪明程度有些高估。”

说完，马库斯喝了酒，又点燃一支香烟，语气放松下来，“到目前为止，这些推断都非常可信，都属于科学验证范围之内，而且被法庭所承认。凶手大约三十多岁，上过学，受过很好的教育，刻意隐瞒自己的书写能力——没有法官会否认这些推断。但是接下来的假设就没有那么确定了。从信上的字迹能够看出凶手的性格特征吗？很多笔迹鉴定分析学家都认为，所有人——不仅仅是罪犯——的基本性格都可以从他的书写方式反映出来，无论书写的内容是什么。麦克劳德在这一领域做过大量研究，所以我想，他的理论和发现或许会对我们有所帮助。”

突然，从饭店门口处传来一阵惊呼——“天哪，我这辈子没见过那么胖的人！”我正准备叫他们小点声，却发现他们已经自动安静下来。于是，马库斯继续说道：

“首先，凶手的所有笔迹里，向下的笔画非常用力，转角处比较突兀，这些特征显示出笔迹的主人内心非常煎熬——他或许正经受着某种极大的情感压力，而且除了愤怒找不到其他发泄的方式。事实上，他顿笔、用力的方式——在这里，看到了吗？——如此明显，我们完全可以推测他有暴力倾向，很可能是个虐待狂。但是，还有更复杂的情况，因为这里有很多互相矛盾的因素。比如说这里，在书写的高位区域，你可以发现这里的笔触更加华丽飘逸，这通常意味着写字的人想象力很丰富。然而在低位区域，笔迹却比较混乱——你看这里有些字母几乎都写反了。这种写反的情况并不常见，但是因为写字的人受过系统的书写训练，而且是个颇有心计和算计的人，那么这些混乱的笔触就很说明问题了。”

“好极了，”科雷兹勒做出评判，我注意到他的笔在这期间几乎都没有动过，“但是警探先生，我怀疑你刚才的推断可能不会被大众接受，至少不会像信件内容或者之前的那些推断那样具有科学分析的性质。”

马库斯微笑点头：“或许吧。这也是为什么从笔迹判断人的性格还不能被称为科学理论。但我认为，这一点发现很有用，至少它告诉我们，信件的内容和笔迹是相符的。如果信件被伪造，你一定能够从中看出端倪。”科雷兹勒点头接受了这一说法，却没有将它记在本子上。“嗯，这就是目前从笔迹中能看出的所有线索，”马库斯最后总结，并从口袋里拿出装有炭粉的药瓶，“我现在要把炭粉撒在信纸边缘，看是否能够采到匹配的指纹。”

于是他便开始动作起来。刚才一直在仔细检查信封的卢修斯接着说道：“信封上的邮戳没有任何古怪，是从市政厅旁边的旧邮政局发出来的，但凶手也许是特意绕路到那里。他是个很仔细谨慎的人，知道邮戳会被检查。但是，我们并不能排除他就住在市政厅附近的可能性。”

马库斯从口袋里拿出一些指纹照片，然后和信件上的痕迹进行仔细对比。

“嗯，”他说，“完全匹配。”打消了我希望这是伪造信件的最后一点想法。

“那么接下来，就要开始对信件内容进行大量的分析工作。”科雷兹勒说道。他掏出怀表看了看时间——马上就到晚上 9 点。“最好是趁热打铁，但是……”

“好的，”莎拉急切地说道，她的情绪已经完全恢复，“但是……”

我们都知道这个“但是”意味着什么——凶手的时间表里并没有给我们留出休息时间。于是带着急切的心情和压力，我们起身朝百老汇大街的办公室出发，那里应该已经为我们煮好了咖啡。我们那晚接下来的其他安排也自然全部取消。

离开饭店时，科雷兹勒碰了碰我的手臂，让我留下来和他说句话。“我曾经希望自己是错的，约翰，”他让其他人先走，然后对我说道，“我现在依然这样想，可是——从一开始，我就怀疑凶手一直在暗处观察我们。如果我猜得没错的话，他应该是一路跟踪桑托雷利太太到桑树街警局，而且留意她会和什么人交谈。莎拉说，她是在警局门口的楼梯附近把信件内容说给桑托雷利太太听的——如果凶手也在附近的话，一定听到了她们的谈话内容。他或许也跟踪莎拉到了这里，说不定现在正在看着我们。”我猛地转过身四处张望，但是科雷兹勒一把拉住我，“别——我们看不见他，我也不想让其他人知道，尤其是莎拉。这或许会影响到我们的工作。但是你和我必须提高警惕。”

“可是——他正在监视我们？为什么？”

“虚荣心吧，我猜。还有绝望。”科雷兹勒说。

我被他的话惊得目瞪口呆，“你说你一直都在怀疑？”

科雷兹勒一边点头，一边和我跟在其他人的身后。“从我们上次在马车里收到那个带血的包袱起我就已经开始怀疑。包袱里那张纸——”

“是你书里的一页纸，”我飞快地说道，“我猜是。”

“没错，”科雷兹勒说，“凶手从我出现在现场之后应该就一直在监视。我想，那张书页是他对我的一种警告，同时，也是嘲笑。”

“可是，你怎么能够认定包袱是凶手送来的呢？”我实在不敢去想，现在进行的一切工作居然都已经落在凶手的眼中。

“那块破布，”科雷兹勒解释说，“虽然血迹斑斑，但是布的材质和桑托雷利身上衬衣的布料完全一样。你还记得吗？他的衬衫少了一只袖子。”

走在前面的莎拉回过头，用询问的眼神看着我们，催促科雷兹勒加快步伐。“记住，摩尔，一个字都不要对他们讲。”科雷兹勒说。

说完，他赶紧追上莎拉，我一个人被留在后面，万分紧张地朝着联合广场公园暗沉的黑夜里望过去。

破案的风险，正如同他们所说，越来越大了。

21

当晚我们走进办公室，刚刚坐好，科雷兹勒就大声说道：“首先，我想可以去除一条长久以来困扰我们的不确定因素。”在黑板右上角“案件特征”的标题下面，原有一行小字写着“独自一人”，后面还跟着一个问号——可是现在，科雷兹勒将问号擦去。我们已经可以确定，凶手并没有同伙，因为团队作案很容易被泄露。调查刚开始的时候，我们之所以会猜测凶手有同党，是因为仅凭他一个人很难翻越夜总会和杀人现场的高墙。但后来马库斯已经解决了这个问题，因此，虽然信件中反复出现的“我”还不能成为凶手单独作案的确凿证据，但如果和其他线索叠加在一起，就足以证明他是一人作案了。

对于这一推断，我们都点头表示同意。然后科雷兹勒又继续分析：“现在，我们先从信件的开头称呼说起。为什么凶手要说‘我亲爱的桑托雷利太太’？”

“或许是一种行文习惯，”马库斯回答，“这和他曾经受过教育的线索相符。”

“‘我亲爱的’？”莎拉表示疑问，“可是孩子们在学校学到的都是‘亲爱的’。”

“莎拉说得没错，”卢修斯说，“这种称呼有些过分亲昵和随意。他知道这封信将会带给这个女人毁灭性的打击，他非常希望看到这一点。所以他在玩弄她，以一种精神虐待的方式。”

“同意，”科雷兹勒说，同时在黑板右侧已经写下的“虐待行为”四个字下面画了道线。

“还有，医生，”卢修斯语气坚定，“这也进一步证明他善于捕猎的特征。（卢修斯一直坚信，凶手丰富的解剖学知识来源于多年的打猎经验，因为他非常善于跟踪猎物）我们早已经讨论过他的嗜血癖好，但这种玩弄行为证明，凶手不仅只是追求血淋淋的捕猎，捕猎过程同时也是心理上的竞技。”

科雷兹勒若有所思，“你的说法很有道理，警探先生。”说着，他在“童年”和“间隔区”两个标题中间写下“猎人”一词。“但是鉴于其前提和内在含义，我们还需要更有说服力的证据。”他在这个词的后面又画了个问号。

简单地说，凶手可能是猎人的前提，意味着他在童年时候需要花费足够多的时间在这项活动上，而且他打猎的目的不是生存，而是娱乐。这意味着，他要么出身上流社会家庭（在劳动法出台之前，只有上流社会的孩子才拥有真正的休闲时间，那时候连中产阶级的孩子都要拼命工作），要么是在乡村长大。不管是哪一种推测，都会在很大程度上缩小调查范围。所以科雷兹勒需要百分之百地确定这一点。

“至于他信件里的开头，”科雷兹勒继续说道，“除了在‘谎言’这个词上做了重点标记——”

“凶手在写那个词的时候反复描了好几遍，”马库斯说，“他当时的情绪一定非常复杂。”

“这说明谎言对他来说并不陌生，”莎拉说出自己的推断，“让人觉得他对虚伪和不诚实这样的事情司空见惯。”

“可是这依然会令他愤怒，”科雷兹勒说，“可以得出什么结论？”

“应该和那些牛郎有关，”我主动说出自己的想法，“首先，他们男扮女装——这本身就是一种欺骗。其次，他们从事的是卖淫服务，所以就应该顾客至上——可是我们知道被害者都是桀骜不驯、不服管教的类型。”

“非常好，”科雷兹勒赞赏地对我点头，“所以他不喜欢表里不一。然而，他本人也是谎话连篇——关于这一点我们还需要更多的解释。”

“他也学会了说谎，”莎拉说，“他常年被谎言所包围，尽管他非常痛恨这点，但为了应付生活，他也不得不学会说谎。”

“但是那种学习只需一次足矣，”我补充道，“这和暴力是一样的：他看见了，虽然痛恨，但是却迅速学会。就像詹姆斯教授说的那样，习惯和行为的法则——我们的大脑基于自身兴趣而工作，而每个人追求兴趣的习惯性行为在青少年时期就已经定型。”

卢修斯赶紧把詹姆斯教授的《心理学原理》一书拿过来，翻到其中一页，“人的性格形成仿佛涂抹石膏，”他念道，并举起一根手指，“变硬之后就不会回软。”

“即便……”科雷兹勒说。

“即便那些习惯在成年之后适得其反。”卢修斯一边飞快地回答，一边用手指迅速翻动书页，“在这里，‘那些习惯决定了我们终其一生都要与受到的教养和早期选择作斗争，在不愿追求的事物面前尽量妥协，因为我们别无选择，已经来不及重新开始’。”

“读得不错，警探先生，但是还需要例证。我们已经假设凶手曾经有过被暴力虐待的经历，或许是和性行为有关——”科雷兹勒用手指着黑板上被圈起来的“童年”标题之下的副标题——“暴力以及（或）性骚扰的形成”——继续说道，“从而严重影响了他对暴力行为的解读和实施。但是，这些对谎言的强烈情绪从何而来？我们是否也可以如此推断？”

我耸耸肩，“显然，最有可能的情况是，他在小时候曾经在说谎问题上受到过不公正的待遇。这种情况可能经常发生。”

“有道理，”科雷兹勒回答，在黑板左侧写下“谎言”，并在下面注明“曾被人认为谎话连篇”。

“还有家庭因素，”莎拉继续补充，“他的家庭里可能充满谎言。最常见的可能性是通奸，但是——”

“但是它和暴力无法联系在一起，”科雷兹勒总结说，“可是，我认为这二者之间必然有联系。谎言如何导致了暴力？——那些在家庭内外被故意隐藏且不为人知的暴力行为？”

“当然，”卢修斯说，“而且，如果他对家庭概念的理解和别人不同，那么情况就会更糟！”

科雷兹勒满意地露出笑容，“正是这样。如果父亲在外备受尊敬，在家里却虐待妻子和孩子……”

卢修斯的眉头皱了一下，“我觉得不一定是父亲，家里任何一个人都有可能。”

科雷兹勒挥了挥手，“父亲是最有可能表里不一的那一个。”

“难道母亲不是？”莎拉小心翼翼地说，好像并没有在说这件案子。她对科雷兹勒的好奇并不亚于对凶手的兴趣。

“目前还没有文献支持这一说法，”科雷兹勒回答，“布洛伊尔和弗洛伊德最近的研究发现，癔症的产生和青春期时受到来自父亲一方的性虐待有很大关系。”

“恕我直言，医生，”莎拉反驳道，“布洛伊尔和弗洛伊德对自己的研究结果也感到很困惑。一开始，弗洛伊德将性虐待视作所有癔症的根源，但最近他似乎有所改变，认为和虐待有关的幻想可能才是疾病的真正原因。”

“的确如此，”科雷兹勒也承认，“他们的研究中还有很多不明确的地方。就我个人而言，我并不认可他们对于性的过分强调——比暴力尤甚。但是从经验主义角度来讲，莎拉——你知道有多少家庭是被有掌控欲和暴力倾向的母亲所主导的？”

莎拉耸耸肩，“暴力的方式有许多种，医生——等我们讨论到信件末尾的时候，我要说的话就更多了。”

科雷兹勒毫不犹豫地在黑板左侧写下“有暴力倾向但外表可敬的父亲”，然后似乎急切想跳过这个话题，进行下一项的探讨。“整个第一段，”他说，“除了故意的拼写错误，前后的语气是一致的。”

“是的，很容易就能看出来，”马库斯回应，“他的大脑里早已经认定，有很多人在试图找到他。”

“我想我知道你的意思，医生，”卢修斯在桌子上的书籍和文件堆里翻了翻，“在你让我们阅读的一篇文章里，就是你自己翻译的那一篇……啊，在这里！”他抽出一份材料，“作者是克拉夫特－埃宾博士。他讨论了‘偏执狂’的问题，认为这个名词不够精准，应该用‘妄想狂’来代替。”

科雷兹勒点头，把“妄想狂”三个字写在“间隔区”的下面，“受迫害感，甚至受害妄想通常来源于感情上的创伤经历，但这种感觉却并不会导致大脑痴呆——克拉夫特－埃宾的定义非常简单明确，但却并不完全适合。我并不认为本案凶手正处于妄想或错觉的状态，他的行为的确是反社会的，但这并不意味着我们要追寻的是一个厌世者——这种推理太过简单。”

“难道杀人行为本身不就是一种反社会驱动的满足吗？”莎拉问道，“这种满足感会令凶手在其他时间里看上去与常人无异——行为正常，为人随和。”

“或许会有些过度正常，”科雷兹勒表示同意，“在邻居眼里，他看上去绝不像那种会屠杀儿童并且吃掉尸体的恶魔。”他把这些想法一一记下，然后看了看我们，“那么——看一下第二段，更精彩的一段。”

“很明显可以看出来的是，”马库斯大声说，“他并不经常出门旅行。我说不好他看的是什么样的书，但是食人行为在欧洲已经不常见了。欧洲人也许会吃任何东西，但他们不会吃人。虽然我不确定德国人会不会……”突然马库斯意识到了什么，看着科雷兹勒，“哦，我不是有意冒犯，医生，”他说。

卢修斯懊恼地拍着脑门，科雷兹勒只是笑了笑。艾萨克森兄弟的怪癖已经不会给他造成困扰。“没关系，警探先生——德国人是永远说不准的。但是，如果假设凶手的旅行范围仅限于美国国内，那么他学会了只在欧洲盛行的攀登技巧又如何解释？”

马库斯耸耸肩，“应该是第一代美国人。他们的父母都是移民。”

莎拉猛吸一口气，“就是信里说的‘肮脏的移民’？”

科雷兹勒再次露出满意的表情。“的确如此，”他说，在黑板左侧写下“移民”，“凶手写的时候语气十分嫌恶，不是吗？这样的憎恶通常会有相当明确的根源，虽然隐藏得很深。在本案里，凶手很可能与他的父母或父母其中一方的关系相当恶劣，久而久之，这种关系导致他对于父母的一切都产生厌恶——包括父母的出身。”

“可是，他也继承了父母的出身，”我说，“这或许可以解释他对儿童的野蛮行径从何而来。这是一种自我唾弃，就好像他拼命地想摆脱自己身体上的污秽。”

“你这个说法很有趣，约翰，”科雷兹勒回应道，“我们一会儿再继续讨论。现在，我们要解决一个比较实际的问题。考虑到捕猎和攀登这两条线索，再加上他从未出过国的推断，现在可以推测出他所在的大致范围吗？”

“和以前一样，”卢修斯很快回答，“要么出身富裕家庭，要么住在乡下。”

“警探先生？”拉兹洛问马库斯，“这两者之间，哪一种更有可能学会攀岩？”

马库斯摇头，“只要有岩石群的地方就可以学——这意味着许多地方都有可能。”

“嗯，”科雷兹勒有些失望，“好像没有什么进展。先把它放在一边，我们继续看第二段。这一段的书写习惯符合你先前所说，在上部区域笔法比较华丽，说明作者具有丰富的想象力。”

“实在是过于丰富了。”我说。

“没错，约翰，”科雷兹勒表示同意，“这一点毫无疑问，极端而病态的想象。”

卢修斯打了个响指。“等一下，”他说，又忙着在书桌上翻找着什么，“我记得有什么——”

“不好意思，卢修斯，”莎拉的嘴角露出俏皮的笑容，“这一次我比你快。”她举起一本已经翻开的医疗杂志，“这里有关于谎言的讨论，医生，”她说道，“在这篇《对儿童心理异常的研究日程》的文章中，迈耶博士指出，某些行为可能会导致儿童未来的危险行为——其中之一就是过度的想象。”这篇文章出自 1895 年 2 月出版的《伊利诺伊儿童研究协会手册》，莎拉为我们念出其中一个段落，“正常情况下，儿童会在黑夜里有意识地产生出各种心理画面。如果这些心理画面始终无法摆脱，不能抑制，那么情况就会变得异常。尤其是那些会引起恐惧和不安心理的画面容易变得过于强大。”莎拉着重强调了这段话的最后一句：“过度的幻想会导致谎言的建立，以及对别人说谎的不可抑制的冲动。”

“谢谢，莎拉。”科雷兹勒说，将“病态幻想”四个字分别写在“童年”和

“案件特征”两个标题下面。我感到有些不解，科雷兹勒向我解释道，“凶手写信的时候应该已经成年，但是约翰，如此明显的幻想特征不会在成年时期突然出现，它应该已经伴随他许多年——迈耶说的没错，这个孩子现在已经变得极度危险。”

马库斯拿着一支笔敲打自己的手掌，沉思片刻说道：“有没有可能，凶手的童年噩梦就是吃人故事？他说他曾经读到过。他是否在儿童时代读过这类故事？给他后来带来很大影响。”

“更重要的问题是，”科雷兹勒说道，“是什么让他产生了这样的幻想？正常的和病态的——尤其是病态的幻想？”

莎拉很快给出答案，“恐惧。”

“恐惧源于他看到的东西，还是听见的东西？”科雷兹勒继续追问。

“二者都有，”莎拉回答，“但最主要是看到的——‘没有什么比现实更令人恐惧了’，诸如此类的东西。”

“阅读难道不会令人产生听觉上的恐惧吗？”马库斯问道。

“会，但即便出身良好的孩子也在几岁之后才开始阅读。”科雷兹勒回答，“我刚才说的只是推测。假设当时的吃人故事和现在一样——目的都是吓唬人，只是，本案凶手不是被吓唬的人，而是吓人的那一方。我们已经调查了他这么久，他难道不会觉得这个过程极其享受，并且有趣吗？”

“但是，究竟是谁给他讲述吃人故事的？”

科雷兹勒耸肩，“谁喜欢用这种故事吓唬小孩子？”

“想让他们听话的大人们，”我飞快地回答，“我父亲曾经讲过一个日本皇帝酷刑密室的故事，吓得我整晚睡不着，脑子里不断出现各种恐怖画面——”

“好极了，摩尔！这正是我的意思！”

“可是，那个——”卢修斯欲言又止，“那个——抱歉，我不知道该怎样在一位女士面前谈论这样的话题。”

“那就假装我不存在。”莎拉有点不耐烦。

“好吧，”卢修斯还是有些别扭，“那个关于——臀部的线索怎么说？”

“是的，你们认为这是恐怖故事的一部分，还是凶手的变态幻想？”

“嗯，嗯——”我嘟囔着，因为我想到了一些关键的东西，但是和卢修斯一样，不知道该怎样在一位女性面前文雅地提起，“嗯——那个不仅和脏东西有关，和——粪便也有关系。”

“凶手用的词是‘屎’。”莎拉突然说。屋子里每一个人听到这句话都不自觉地坐直了身体。“说真的，各位先生，”莎拉的语气非常不屑，“如果早知道你们都这么羞怯，我还不如继续做秘书好了。”

“你说谁羞怯？”我大声抗议——但多少有些底气不足。

莎拉皱眉望着我，“就是你，约翰·舒勒·摩尔。我恰好知道，你偶尔会付费请一些女性陪你过夜——难道她们从来没有说过这样的话？”

“没有，”我断然否认，却知道自己的脸已经变得通红，“但她们不是——没有——”

“不是什么？”莎拉厉声问道。

“她们不是——体面的女士！”

莎拉闻言猛然站起，一只手叉在腰间，另外一只手飞快地从裙下掏出手枪，“我现在警告你们所有人，”她言辞激烈，“如果再有任何人在我面前提到‘女士’这个词，就等着在身体上再开一个洞拉屎吧！”说完，她收起手枪，重新坐下。

房间寂静得如同坟墓，随后科雷兹勒柔和的声音响起，“我想，你刚才是在讨论关于屎的问题吧，摩尔？”

我甩给莎拉一个受伤和愤怒的眼神——她完全无视我的目光，仿佛在说“窝囊废”。我只好继续说：“两者是有关联的——所有关于粪便的话以及那个地方——”莎拉目光灼灼，几乎要把我烧出一个大洞。“以及屁股。”我以一种挑衅的语气说了出来。

“的确有关系，”科雷兹勒说，“无论在生理学层面，还是隐喻意义上来说都是如此。这一点很令人费解——这方面的研究并不多。迈耶曾经就夜间尿失禁现象的原因和深层含义进行过推测。儿童工作者也偶尔会发现某个孩子对粪便异常着迷。然而，大多数精神病学家和心理学家都将这种行为视作一种洁癖——对于污秽物和污染物的病态恐惧。本案凶手很可能也是这样。”说完，他将“洁癖”二字写在黑板中央，然后站远一些，满意地看着黑板上的字迹，“线索越来越多了……”

“医生，”莎拉说，“我不得不提醒你，在本案里不光是父亲，母亲的影响和作用也应该得到重视。我知道你在儿童问题上的经验非常丰富，但你是否曾经照顾过婴儿？”

“给他们看过病，”科雷兹勒回答，“很少的几次。为什么这么问，莎拉？”

“父亲通常在婴儿期的参与度非常小。你们有谁曾经听说，有男人在照顾不到三岁或四岁的幼童上发挥过很大作用的吗？”我们摇头。我怀疑即便真有这样的男人，他十有八九也会否认。莎拉转头看向科雷兹勒，“当你发现某个孩子对排便有异常关注的时候，医生，他通常是什么样的表现？”

“要么过于急迫，要么是一种病态的抵触。”

“抵触什么？”

“上厕所。”

“那么，他们是如何学会上厕所的呢？”莎拉继续追问科雷兹勒。

“有人教他们。”

“通常是男人吗？”

科雷兹勒不得不停下来。这些问题起初看似毫无头绪，但现在已经清楚说明了莎拉的目的：如果凶手对于粪便、臀部或更广泛意义上的“脏东西”（信中提到的就这么多）的异常关注来源于他的童年，那么女性——母亲、保姆、女家庭教师的作用和影响似乎更大一些。

“我明白你的意思了，”科雷兹勒最终说道，“你亲眼见过这样的事情，莎拉？”

“有过几次。”她回答，“还有，我听说过一个女孩的案例。我想你会需要这些信息。所有的一切令人很难相信——难堪、挫折感，还有暴力因素。如果不是因为这件案子，我是不会提起的。这难道不能说明什么吗？”

科雷兹勒点头，“或许吧。但是，我恐怕还是无法认为，这些能够确切地说明问题。”

“难道不能至少考虑一下女性——或许是母亲，但也不一定完全是她——扮演黑暗角色的可能性吗？”

“我并不拒绝任何可能性，”科雷兹勒说，转过身去面对黑板，却什么都没有写，“然而，我担心我们偏题太远，那些东西只是看似有道理而已。”

莎拉跌坐在椅子上，失望地发现自己并没有能够说服科雷兹勒从另外一个角度去解读凶手的幻想世界。而我必须承认，自己有些迷惑，因为毕竟是科雷兹勒自己要求莎拉从女性角度来讨论案件，因为我们这些男人无法做到这一点。然而，如此武断地拒绝莎拉的推论，看上去过于草率了，尤其那些观点听上去相当有理有据（以我这半吊子的水平来看），和他的那些推论一样有道理。

“在第三段，凶手不断在强调他对移民的憎恨，”科雷兹勒继续说道，“然后，凶手提到‘红色印第安人’。他似乎想用最高级的形式来表达自己的嫌恶，但最后却不得不作罢。”

马库斯玩味着问题本身，“如果假定他对移民的憎恨来源于家庭原因，那么他自己应该不是印第安人，但一定和印第安人有过相当的接触。”

“为什么？种族憎恨并不需要非常熟悉这个种族。”科雷兹勒问道。

“那倒不必，但是二者通常伴随出现，”马库斯坚持自己的看法，“看凶手的措辞——非常随意，仿佛他很自然地就将污秽和印第安人联系在一起，而且认为所有人都会这样做。”

我点头，明白了他的意思，“那一定是在西部。在东部这里，你不会经常听到人们这样说——并不是说东部人就更文明开化，而是很少有人懂得其中含义。我的意思是，如果他说‘比黑鬼还脏’，你就会知道他很可能来自南方，对吗？”

“或者来自桑树街。”卢修斯平静地说道。

“的确，”我也承认，“我并不是说这种观点有地域限制。毕竟，也有可能是某个人读了太多关于西部的故事——”

“或者某人想象力过于丰富。”莎拉补充道。

“但是，这是一种暗示。”我说。

“嗯，它的暗示十分明显，”科雷兹勒叹了口气，略带失望地看了我一眼，“有人曾在某篇文章里说过，我们永远不要忽视那些明显的事实。马库斯，凶手可能在西部边界长大，这条线索对你来说有用吗？”

马库斯思索片刻，“嗯，有些用处。首先，这一线索解释了刀的出现，凶器是一把猎刀。其次在西部，捕猎相当常见，无论是出于娱乐还是其他原因，不需要出身富裕家庭也能做到。其次，西部有许多地方适于攀岩，而且相对集中在某些区域，这一点对查案也有帮助。那里还有德国和瑞士移民社区。”

“那么这是相当有价值的线索，虽然我们目前还无法展开。”科雷兹勒说着，在黑板上写下这一点。“那么看下一段，凶手终于讲到作案细节问题，”他一手拿起信件，另外一只手摩挲着自己的后颈，“2月18日，他在街上看见了桑托雷利。在我仔细研究了日历和年鉴之后，我可以告诉大家，2月18日是今年的‘圣灰星期三’[①]。”

“他提到男孩的脸上有灰，”卢修斯补充说，“那意味着，桑托雷利那天去过教堂。”

“桑托雷利全家都是天主教徒，”马库斯说，“帕雷斯舞厅附近并没有教堂，不管是天主教还是其他什么教，但我们可以把调查范围拓宽一点。可能会有人记得见过他，毕竟在教堂这种地方，他的出现将会非常醒目。”

“也有可能凶手第一次看见他是在教堂附近，”我说，“甚至在教堂里。如果我们运气好，或许会有目击证人。”

“你们两个看来已经把周末的行程都安排好了。”科雷兹勒打趣说。我和马库斯这才意识到自己即将面临的艰难任务，略带沮丧地望着彼此。“然而，‘耀武扬威’这个词的使用让我觉得，他们可能是在教堂附近碰上的——尤其是乔吉奥刚刚做完礼拜的教堂。”科雷兹勒分析道。

“说明那孩子正在伺机寻觅客人。”我说。

“这可以说明很多事情。”科雷兹勒沉思片刻，重复着这个词，“‘耀武扬威……’有可能符合你的推测，凶手也许残疾或者身体有畸形，摩尔。这个词的语气里有一丝嫉妒，仿佛他自己被排除在这种行为之外。”

“我倒没有看出来，”莎拉回答，“在我看来，这个词听上去更像是——蔑视。这当然可以被归结为对乔吉奥职业的鄙视，但我并不这样认为。这个词的语气里没有同情，没有可怜，只有刻薄。还有一丝习以为常的熟悉感，就和谎言一样。”

“没错，”我说，“就像学校老师教训人的口吻，他知道你在干什么，因为他自己也曾经淘气过。”

“那么你的意思是，凶手之所以对乔吉奥公开揽客表示蔑视，并非因为他

---

① 圣灰星期三：复活节前的第七个星期三是圣灰节。在圣灰星期三，人们会撒灰于头顶或衣服上，以表明悔改或懊悔。

曾经被禁止这样做，而是因为他曾经有过这种经历？”科雷兹勒仰起头，露出疑惑的表情。“或许吧。但是他的长辈难道能视而不见吗？难道这不恰好和我们关于嫉妒的推测相吻合吗，哪怕他身体并没有残疾？”

“但是这件事一开始肯定会闹得不可开交，”莎拉快速回应，“只有这样，才会对他后来的行为有所约束。”

科雷兹勒点头表示首肯，“是的，你说的有道理，莎拉。”听到医生的表扬，莎拉脸上露出满足的笑容。“那么，”科雷兹勒继续说道，“无论他接受了约束还是反抗，这颗危险的种子已经深埋在他的心灵里。非常好。”科雷兹勒在黑板左侧飞快地记下刚才的话。“我们继续，关于灰和油彩。”

“他把这两种材料非常简单地混在一起，”卢修斯说，“然而对一般人来说，它们一起出现非常怪异——至少教堂的牧师会这样想。”

“牧师也没比桑托雷利好到哪里，”马库斯说，“凶手提到教堂时的语气非常地不以为然。”

“这说明一个问题，”科雷兹勒走到书桌前，取出一本日历，日历的封皮上印着十字架，“2月18日，凶手第一次看见乔吉奥·桑托雷利，我怀疑这次相遇绝不仅仅只是巧合。这一日期说明，凶手是特意挑选在那一天上街寻觅猎物。所以我们推测，‘圣灰星期三’这个日子有着特殊的重要性。此外，灰和油彩的混合似乎更加刺激了凶手当时的心理状态，令他愈加愤怒。这或许说明，凶手非常憎恨牛郎参加基督教的宗教仪式——然而正如警探先生所言，他对于宗教仪式也没有任何好感。恰恰相反，在这一点上我认为，凶手并不是一个宗教狂热者。容易引发宗教病态狂热的福音和救世主元素在信里并没有体现出来。虽然谋杀案发生的日期线索削弱了我的这个观点，但其象征意义却截然相反。”科雷兹勒认真研究着日历，“如果说乔吉奥被害的那天有什么特殊意义……”

我们明白他的意思。科雷兹勒最近对于凶手作案日期的调查显示，除一起例外情况之外，几乎所有日期都和基督教节日有关：1月1日是耶稣受割礼日和中世纪的愚人节；2月2日是圣母行洁净礼日，又称“圣烛节”；阿里·伊本-加兹遇害那天是耶稣受难日。当然，也有很多宗教节日当天并没有凶案发生——例如主显节等。但是桑托雷利遇害的3月3日肯定有其特殊的基督教含义。我们已经基本可以确认，凶手的时间表是根据某种宗教意义来安排的，但 3 月 3 日的宗教含义我们现在还不得而知。

“或许是根据月运周期的规律？”马库斯提起我们先前曾经热议过的一种可能，意思是凶手的行为也许和月亮的盈亏运转有关联，所以才“阴晴不定”。

“我还是不太接受这个推测。”科雷兹勒挥挥手，目光并未远离桌上的日历。

“据说，月亮的确和某些身体或行为转变有关，”莎拉说，“例如，很多女性都相信，它控制月经周期。”

“本案凶手似乎的确遵循某种规律。”卢修斯表示赞同。

“的确如此，”科雷兹勒回应道，“但是这种占星学式的理论对精神生物学的影响目前尚未得到证明，也会让我们偏离凶手作案的仪式性特征。信中提到的食人行为应该是这种仪式性特征的一部分，但是野蛮的程度却在不断升级。可以预测，我们未来将要面对的情况会越来越恶劣。在阿里·伊本－加兹身上，这种仪式感似乎并不明显，但这意味着他有可能已经进入一个新的领域。不管凶手在信里说得多么耸人听闻，他其实并不真正享受这些行为。”

讨论陷入僵局，随后我的脑海升起一个新的想法。“科雷兹勒，”我斟酌着自己的用词，“先假定我们目前的推测全部都是正确的。你也说了，谋杀案件里似乎隐藏着某种和宗教有关的因素。”

科雷兹勒转过身，眼神里透露着一丝疲惫。“可以这样说。”他说。

“那么，那两个牧师的角色是什么？我们已经推测出他们的目的是保护某个人。也许他们想保护的是自己人？”

“哈，”卢修斯轻声说道，“你是说，就像盐湖城那个杀人的牧师，约翰？”

“就是这个意思，”我回答，“一个误入歧途的神职人员，一个有着密不可告的龌龊心思的人。假定他的上级听说了他的行为，但因为某种原因找不到他——或许那个人藏了起来。那么一旦丑闻爆发，其杀伤力将是巨大的。而且，考虑到纽约城里天主教和圣公会教会势力庞大，他们完全可以找到市长或者城中权贵帮助他们将丑闻隐瞒下来，直到事态逐渐平息，可以私下自行处理。”说完这番话，我靠在椅背上，有些得意扬扬，但是内心很忐忑科雷兹勒会怎么看。他一直沉默不语，似乎不是什么好兆头。所以我怯怯地又补充了一句，“这只是我的一个想法。”

“这绝对是一个超级牛的想法。”马库斯兴奋地用笔敲了一下桌子。

“嗯，这样一来似乎许多事情都能说通了。”莎拉也表示认可。

科雷兹勒终于做出反应，缓慢点头，“的确如此，”他说，然后在黑板中央写下“隐姓埋名的牧师？”字样，“目前我们已知的关于凶手背景和性格的线索适用于任何人，包括牧师。而且凶手有可能是神职人员这一点，提供了宗教狂热分子之外的又一种有趣的可能性，很有可能是个人心理矛盾的一种外放。作案时间恰好都是宗教节日，这对一个神职人员来说再自然不过。当初要是对那两个牧师进行进一步的追查，也许会获得新的线索。”说到这里，科雷兹勒转过头，“那么——”

“我懂，我懂，”我赶紧举手，“警探和我将会负责追查牧师。”

“多么有先见之明！”科雷兹勒不怀好意地笑了。

趁我和马库斯讨论接下来几天的工作行程之际，卢修斯看了一眼信件。“在下一行，凶手又回到施暴行为的描述了，”他说，“他决定等待，在动手之前和男孩见了好几面——所以他又是在戏弄受害者，尽管他内心清楚自己将要做什么。这是非常典型的捕猎心态，一个有着施虐倾向的猎手。”

“是的，这句话里没有什么新线索——除了结尾处，”科雷兹勒用粉笔点击黑板，“‘那个地方’——这是除‘谎言’之外，整个信件中唯一被强调的词。”

“是憎恨吧？”莎拉分析，“尤其是对帕雷斯舞厅，或者那种类型地方的憎恨？”

“又或者二者都有，”马库斯说，“毕竟，帕雷斯舞厅是专门为特殊客人服务的——那些对异装癖男孩情有独钟的人。”

科雷兹勒不断用粉笔点击着“暴力以及（或）性骚扰的形成”的标题，“我们又回到整个案件的核心问题。凶手痛恨的并不是所有儿童，也并非所有同性恋——更不是那些总把自己打扮成女性的牛郎。凶手有着非常独特的品位。”

“但你仍旧认为他本人是同性恋，医生？”莎拉问道。

“如果伦敦开膛手连环案的凶手可以被称作异性恋是因为他的被害人都是女性的话，是的，我同意将本案凶手称为同性恋。”科雷兹勒回答，“这个问题和本案没有太大关系——从信件里也可以这样判定。凶手也许是同性恋，也许是恋童癖，但最重要的是，他是个施虐者，暴力特征要比性特征或其他暧昧情愫更为明显。凶手或许根本无法分清暴力和性，但任何感官上的刺激对他来说都会迅速转化为暴力冲动和行为。我坚信，这一定是在他童年的经历中形成的。在那些惨痛的经历故事中，故事的反派角色一定是男性——在凶手挑选受害者时，这一事实特征远远超过性倾向的影响力。”

“那个反派是早年对他施暴的人吗？”卢修斯问，“或许是一个别的男孩？”

科雷兹勒耸肩，“现在还很难回答。但可以确定的是，某些男孩会引发一直以来埋藏在凶手内心的愤怒暴力情绪。是什么样的男孩呢？就像摩尔刚才所说的那样，是那些——或许在凶手眼里，或许是事实上——满口谎言、粗野无礼的男孩。”

莎拉指着信件示意：“粗鲁的男孩。”

“是的，”科雷兹勒回应，“我们先前的假设是正确的。我们已经推断出，凶手选择暴力是为了发泄心中的怒气，因为他的家人便是如此，这个家人极有可能是他的父亲，其暴力行为既不为人所知，又没有受到任何惩罚。原始暴力的原因究竟是什么？凶手是如何看待理解的？我们还需要进一步进行推论。”

“等一下，”莎拉突然仿佛明白了什么，她抬头望着科雷兹勒，“我们又绕回到原点了，是不是，医生？”

“的确如此。”科雷兹勒一边回答，一边在黑板上画了一道长长的线，将凶手的特点分析和受害者的性格特征联系在一起，“凶手童年时期是否曾说谎，是否性早熟，又或者是否极度行为乖张以至于父母不得不用威吓和殴打的方式来教训他——不管他是否具有这些特征，他已经在某些方面和他的受害者非常相似。”

他们说，这个想法目前只是一个推测。如果凶手作案的目的不仅是摧毁周围世界中难以忍受的因素，而且也是摧毁他心灵内部无法遵从的部分，那么科雷兹勒的推测就是正确的——他已经进入了一个新的、明显的自我摧毁阶段。其实，从这个方面来讲，凶手最终必将无可避免地走向自我摧毁。但是，为什么凶手会认为自身的那些因素不可忍受呢？如果他认为不可忍受，为什么不改变呢？我问科雷兹勒。

“你其实已经做出回答了，摩尔，”科雷兹勒说，“那样的学习，只需一次就足够。或者，用我们的老师詹姆斯教授的话来说，之所以在不喜欢的东西面前妥协，是因为我们别无选择，已经来不及重新开始。在第四段的后半部分，他描述了自己绑架男孩的过程，行文的语气是命令式的。他提到欲望了吗？并没有——他说他‘必须’这样做。他之所以‘必须’那样做，是因为那是存在于他自己内心世界的法律，无论他喜欢与否，他只能遵从。他就是被詹姆斯教授称为‘被习惯所束缚的行尸走肉’。如果让他摒弃那些习惯，就意味着放弃自己。你是否记得我们有一次提到乔吉奥·桑托雷利，他总是认为如果做出什么让父亲对他大打出手的事情，那其实证明了他的精神独立？在这一点上，凶手和他并没有什么不同。他从杀人中获得的“快感”几乎等同于乔吉奥从反抗父亲行为中得到的满足。对于这两个人来说，那些行为曾经而且现在依然非常重要，尽管内心深处他们对自己的行为非常憎恶——这一点相信你已经在信件里发现了，摩尔。”

我必须承认，已经记不清那一晚自己到底贡献了多少深刻的发现和敏锐的分析，但是现在，我已经可以毫不困难地跟上科雷兹勒的思路了。“凶手在信件最后提到了这一点，”我说，“就是那一句关于乔吉奥没有被他‘玷污’的那句话——他所厌弃的污秽实则存在于他的身体内部，是他身体的一部分。”

“而且会通过性行为得到传播，”马库斯补充道，“所以你说得没错，医生——凶手并不从性行为中获取快感，他的真正目标是暴力。”

“是否有可能他是性无能者？”莎拉问，“考虑到已经推测出的有关凶手的家庭背景，在你让我们阅读的资料里，有一篇关于性刺激行为和焦虑反应的讨论——”

“是苏黎世大学的派尔博士，”科雷兹勒打断莎拉的话，“他最近关于性交中断的研究——”

“没错，”莎拉又抢过话头，“对于家庭生活不顺的人来说，这种情况尤为可能发生。持续焦虑会明显压抑性欲，从而导致性无能。”

“我们的凶手似乎很温柔呢，”马库斯说着，拿起信念起上面的一句话，“我没有干他，虽然我完全可以。”

“是的，”科雷兹勒说着，毫不犹豫地在黑板中央写下“性无能”，“这只会加剧他的受挫感和愤怒，从而制造更多的杀戮。杀戮正是我们目前最难解的谜题。如果肢解行为的确只是个人仪式的一部分，除作案日期之外和任何宗教主题没有直接关系，那么无论他是牧师也好，水管工也好，解读这些细节就成为我们最重要的任务，因为它们对他意义非常。”科雷兹勒又拿起凶手的信件，“我想，这封信在这一点上并不能给我们提供更多的线索。”他揉了揉眼睛，然后掏出表看了一下时间，“已经很晚了。我建议今天到此为止。”

“在结束之前，医生，”莎拉突然说道，语气平静却坚定，“我想再探讨一下关于凶手童年时期所受到的成年人影响的问题。”

科雷兹勒点点头，却并未显示出太多热情，“关于女性。”他叹了口气。

“是的，”莎拉站起来走到黑板前，指着上面的各种线索，“我们目前的推测是，有一个人在童年时期曾经被骚扰、难堪、责骂和殴打。我也同意，殴打行为有可能出自男性之手。但是其他行为中的亲密性因素让我认为，虐待更有可能出自一个恶毒的女人。你们体会一下凶手在信里的语气，这封信是写给桑托雷利太太的。凶手在信里辩解、发牢骚，甚至是抱怨，而且充满了和屎尿有关的细节。这难道不像是一个男孩在申诉吗？他总是被责骂，被羞辱，认为自己从上到下无一处不脏。如果凶手的性格特征的确是在童年时期被定型，科雷兹勒医生，那么我必须重申，在这一点上，造成凶手暴力性格的元凶更有可能是母亲。”

科雷兹勒露出不耐烦的表情，“如果真是这样，莎拉，难道凶手的愤怒情绪不应该更多吗？而且受害者不应该是女性吗，就像开膛手杰克那样？”

“我对于受害者的推测并没有异议，”莎拉回答，“只是希望你能换一个角度。”

“你认为我的思路过于狭隘？”科雷兹勒愈加不耐烦，“我要告诉你，之所以这样判断，是因为我对这些事情有经验。”

莎拉仔细打量着他的表情，然后平静地问道：“为什么你对性格形成过程中的女性影响如此抗拒？”

科雷兹勒猛地站起，狠狠地拍了一下桌子，大声喊道：“因为女人的影响并没有那么巨大，去他妈的！”

马库斯、卢修斯和我都惊呆了，不安地交换着眼神。科雷兹勒突如其来的怒气，不仅出乎所有人的意料，而且似乎毫不讲道理。然而，他的愤怒还在继续：“如果曾经有女性在凶手的成长过程中发挥积极作用，那么我们今天就根本没必要坐在这里——这些凶杀案根本不会发生！”说着，他努力想将膝盖伸平，却没有成功，“这个想法是荒唐的，没有前人文献可以支持这一观点！所以我必须坚持，莎拉——必须假定女性在这一过程中的作用是消极的，然后结束这个话题，继续讨论肢解行为！明天！”

就像我们所了解的那样，莎拉·霍华德绝非能够轻易忍受指责的女人，尤其当指责来自一个她崇拜有加，而且甚至暗生情愫（这是我自己的推测）的男人。所以莎拉双眼眯起，狠狠地瞪了科雷兹勒一眼，语气变得异常冰冷：

“既然您早就已经决定，医生，那么让我来研究案件就毫无意义了。”我有点担心，害怕她下一秒钟又会掏出手枪，但她只是要去拿外套而已。“或许你认为，让我整天忙这忙那是很有趣的一件事，”莎拉也开始发飙，“但我告诉你，我不需要别人逗我开心，不需要别人来哄我，也不需要别人来宠爱——不需要你们任何一个人这样做！”

说着，她冲出大门。艾萨克森兄弟和我交换了更多不安的眼神，但是谁都没有说话。我们知道莎拉是对的，科雷兹勒的行为不仅愚蠢，而且有些不可理喻。科雷兹勒叹了口气，跌坐在椅子上，仿佛对自己的行为也非常不满，可是他什么也没有说，只是示意我们离开，让他好好休息一下。然后，他的视线落在眼前的信件上，目光呆滞。我们几个赶紧取过自己的东西准备回家，离开之前和他轻声道别，但他并没有理会。

如果这件事后来没有引起那么大的回响，我绝不会在这里提起。是的，这是我们第一次在百老汇大街 808 号发生争吵，但绝对不是最后一次。毫无疑问，这场风波很快就会过去。但科雷兹勒和莎拉之间的激烈交锋还是激起了回响：它不仅揭示了许多我们从不知道的关于科雷兹勒过往的秘密（即便是对我而言），而且也照亮了我们未来的道路，让我们得以有机会和美国近代史上最骇人听闻的罪犯进行一场正面的相遇。

22

接下来的那一周几乎没有见过科雷兹勒，后来我听说他几乎天天都去往纽约的各大监狱和居民区，采访因家暴而锒铛入狱的男人，和那些遭受家暴的妻子和儿童。他只来过办公室一两次，什么也没有说，只是专注于收集资料和文件，有些一意孤行的味道。他没有向莎拉道歉，即便有几次交谈，气氛也颇为尴尬和僵硬。然而，莎拉内心其实早已原谅了他那天的尖刻言辞，并将它归咎于科雷兹勒对案件的情绪波动和因为日程紧急而产生的焦急心情。毕竟，现在已是月底，很快就要进入 5 月，无论凶手作案依照的是何种规律，他很快就会再次动手。在当时来看，这的确是一个能够解释科雷兹勒古怪行为的好借口，可是后来我们却发现，这并不是让他发狂的全部原因。

至于我们——马库斯和我决定在 5 月最初的几天去完成发现凶手信件那天晚上被分配到的任务。马库斯走遍了下东区（以及附近）的每一间天主教教堂，以查访是否有人曾经见过乔吉奥·桑托雷利，而我则肩负着调查那两位牧师的重任。为了获得新的线索，我在周末再次拜访了桑托雷利太太（莎拉充当了翻译）、桑托雷利家的房东和邻居，发现用于支付给桑托雷利全家、邻居和其他人的封口费数额相当巨大。于是，我将工作重心转移到涉案的两间教会组织。他们认为，《纽约时报》记者的身份比较容易接触这两个机构，所以我决定直接去拜访机构的顶层人物：纽约罗马天主教的主教——迈克尔·考瑞根和纽约圣公会主教——亨利·考德曼·波特。两位主教都住在麦迪逊广场附近第五十大街上的豪宅里，我想，自己应该能够在一天之内完成采访的任务。

我先去拜访了波特。虽然圣公会的信众人数只占纽约总人口的千分之十几，但这仅有的千分之十几却集中了纽约城里最富裕的家庭。他们拥有最奢华的教堂和礼拜堂，规模宏大的建筑群落，并且深度参与纽约城市的大小事务。比起拥挤吵闹的纽约城，波特主教——通常被称为纽约“第一公民”——本人其实更喜欢古雅的村落和远离城市的宁静教堂。但是，他也清楚教堂的资金从何而来，所以将其教区延伸到城市中心。这一切都说明，波特主教是一个有宏图大志的人，虽然我在他的豪华休息室里等候了许久，他最终出现时却只给我留了十分钟的采访时间。

我问他，是否得知最近有两个打扮成牧师模样、戴着圣公会教会图章戒指的人接近一起儿童谋杀案的涉案人士，并支付大量现金让其缄口。如果说波特对于这个问题感到吃惊，他至少没有在表面上表现出来。他泰然自若地告诉我，那个人无疑是个骗子，或者是疯子——圣公会教堂完全不会干扰任何警方事务。

随后，我问他圣公会教会的图章戒指是不是很容易获得。他耸耸肩，怡然自得地靠着椅背，脖子上的赘肉落在浆得笔挺的衣领上，说他对于戒指图章是否易得这件事完全没有概念。他推测，任何一家过得去的珠宝店都能生产出这种戒指。显而易见，从他那里我并不能得到更多有价值的线索。但采访最后，仅仅是为了好玩而已，我问他是否知道最近保罗·凯利利用谋杀案件在煽动移民的事情。波特说，他不认识保罗·凯利，自然更不了解所谓的煽动事件了。因为圣公会教徒里很少有新移民，所以他和下级部门对移民的相关事件并不关心。最后，波特建议我去拜访考瑞根主教，因为天主教和移民及相关社区打交道更频繁。我告诉他，考瑞根主教将是我的下一个采访对象，然后便告辞了。

我必须承认，在拜访波特之前我就已经有些疑心，他完全不似教会人员的做派和漠不关心的态度让我更加疑窦丛生。为什么他没有对遇害者表示出任何关切？为什么他不对我热情地说“如果有可以帮忙的地方尽管开口”？为什么他不表示出希望尽快将元凶抓获的期待，并且热切地和我握手？

上述所有这些，我后来在考瑞根主教那里都得到验证。考瑞根主教的家位于第五十大街和第五十一大街之间，就在马上就要竣工的新圣帕特里克大教堂身后。这座教堂是建筑师詹姆斯·蓝维克的最新力作，它的宏大气魄证明，蓝维克先前所设计的格蕾丝教堂（就在我们办公室的旁边）只不过是他的练手作品而已。巨大的尖拱和拱门、绚丽的彩色玻璃窗和黄铜大门，都是以前所未闻的速度和规模被建造起来。而且，依循天主教传统，教堂之类的大型设施并不像圣公会教堂那样是由某个财大气粗的财团单独出资建造，而是依靠忠诚的天主教教徒的捐献——这其中包括一拨又一拨的爱尔兰、意大利和其他天主教移民。教徒数量的迅速增长极大地壮大了教会的力量。要知道，在美国建国初期，罗马天主教几乎被所有美国人所厌弃。

和波特主教相比，考瑞根主教明显要活泼热情得多。一个依靠教徒捐献才得以生存发展的人恐怕除了热情也没有别的选择，我有些不怀好意地推测。主教带我参观了新建的教堂，还介绍了接下来即将要执行的一系列计划：教堂里要安装“十字架座”，圣母礼拜堂还没有修建，排钟的钱还没有支付，教堂的尖拱顶也还没有被装饰。我以为他想动员我捐钱，但是后来发现，这不过只是一个开始，真正的目的是要带我去参观“天主教孤儿协会”，让我得知教会的另一面。孤儿协会位于第五十一大街对面一座四层高的建筑里。在大厦的前院花园，一些行为得体的孩童正在院子里玩耍。考瑞根说，之所以带我到这里参观，是想让我了解天主教教会对于纽约市被遗弃儿童的关注。这些孤儿于他的重要性不容小觑，和孤儿协会对面的那间宏伟教堂并没有什么分别。

我觉得不错——可是我突然意识到，自己今天的目的还未达成。这位热情好客、和蔼可亲、充满同情心的主教先生完全知道我今天来的目的。于是我开始把问过波特主教的同样问题一一抛给他。考瑞根的回答仿佛经过了精心的排练：哦，是的，那些遇害的孩子太可怜了；这简直太可怕了；他不知道为什么会有人冒充神父来干扰警方办案（虽然他对于其中的暗示并不感到吃惊）；当然他会展开调查，但我可以放心……最后我不得不打断他，告诉他我在城里还有个约会要赴，然后在第五大道叫了一辆马车，朝市中心方向驶去。

我很确定，自己最近并没有出现那种被克拉夫特－埃宾教授称为“妄想”的错觉：我们所面对的绝对是某种阴谋，是对于凶案细节的刻意掩饰。我兴奋地猜想，如果凶手真的是教会成员，那么除了要保护教会，还有什么原因会让这些德高望重的大人物费尽心思想要掩饰这一切？

马库斯赞同我的推理逻辑。于是接下来的几天里，我们开始扮演魔鬼代言人的角色，试图找出“凶手可能是教会邪恶分子”这一理论的疏漏之处。然而，我们没有找到任何可以完全抹杀这一假说的推论和证据。例如，也许你会说牧师不太可能同时也是一个技巧娴熟的攀岩爱好者，但这也并非完全不可能。至于提到“红色印第安人”，也可能是出自凶手在西部的传道经历。捕猎技巧或许可以算得上是个问题，因为卢修斯已经推测出凶手应该在捕猎一事上有多年的历练——但牧师也完全有可能在童年时代习得这一技能。毕竟，牧师并非生来就是牧师，和其他人一样，他们也有父母、家庭和童年。所以，我们最后得出结论：科雷兹勒所有关于凶手心理的推测与马库斯、我和其他人目前所推论的结果并无矛盾。

在这周剩下的时间里，马库斯和我一直在寻找更多证据以支持我们的推论。一个像凶手那样娴熟掌握攀登屋顶技巧的牧师一定和传教工作有牵连，于是，我们开始调查那些专门负责向穷人布道的天主教和圣公会机构。在此过程中，我们遇到许多阻挠，也并未收集到有价值的线索。但我们并未气馁，相反，到了周五的时候，我们已经对自己的推论相当自信，并分享给莎拉和卢修斯。他们对我们的努力表示赞赏，也对我们理论中出现的一些瑕疵紧追不放。凶手的军队背景如何解释？卢修斯问，因为这对于如何理解凶手能够在危机四伏的情况下精密策划并冷静执行非常重要。一个牧师从哪里能够获得这样的能力？或许，我们回答，凶手曾经在西部的某支部队里担任过专职教士，这就不仅可以解释他的部队经历，而且也和先前关于印第安人和边疆的推论相吻合。卢修斯却说，他并不知道军队的专职教士还可以参加格斗训练；而且，莎拉补充说，如果凶手曾经在边疆服役多年，然后我们已经知道他的年龄不会超过三十一岁，那么他哪里有时间能够对纽约的城市地形如此熟悉？是童年，我们回答。如果真是那样，莎拉继续分析，那么他必定出身于一个富裕家庭，才能熟练掌握攀登和捕猎的技巧。好吧，我们说——那么就假定凶手出生于富裕家庭。接下来，是关于案件中天主教和新教两种元素并存的讨论。莎拉问，难道它们中任何一方不会因为另外一方有可能卷入丑闻而暗自欣喜？对于这个问题我们无法回答，便说莎拉和卢修斯之所以对我们的理论连番攻击，是出于嫉妒。面对这样的指控，二人恼火不已，坚持说他们只不过是按程序要求对我们的理论提出质疑和反对意见，这样做是为了我们好，他们的行为并没有错。

科雷兹勒出现在办公室的时候是下午 5 点，却并没有加入我们双方的争论。相反，他急切地将我拉到一边，让我陪他去一趟中央车站。虽然我和科雷兹勒这几天没有说过话，却并不妨碍我对他的关心和担忧。而他突然并神秘兮兮地要求我和他一起去搭火车则让我更加忧虑。我问他是否需要收拾行李，他说不用，我们只是短途旅行到哈德逊河口，去探访一个不太远的机构。他已经将会面安排在傍晚，他说，因为机构大部分的高级官员那时候都已经下班，我们可以悄然往返。当时他只告诉了我这么多，让我觉得异常神秘。现在回想起来，他这么做情有可原，要是我早知道要去的目的地和我们要去见的人是谁，我肯定会断然拒绝。

坐火车从曼哈顿中心去往哈德逊河边小镇只需不到一个小时的时间。这座小镇原本名叫“青星”，后被一个荷兰人买下并重新命名为“星星”。对于访客和囚犯而言，前往这里的旅途和真实旅途完全不同，是你所能想象到的最短和最长的旅途。星星监狱（原名“愉悦山”）坐落在哈德逊河边，在那里能够眺望塔潘泽断崖的全景。它建于1827年左右，号称是监狱管理学的最高典范之作。的确，那个时代的监狱大多是小型的工厂作坊，囚犯在监狱里从事劳务工作，从生产梳子到家具再到切割石材，所以他们的生活比七十多年前的前辈要好得多。的确，他们也被殴打和折磨，但现在的囚犯们不也是这样吗？而且，他们会告诉你，工作要比“悔罪”强得多。所谓的悔罪其实不过是发呆，除了沉思当年犯下的罪行，没有其他事情可做——当然也可以计划复仇。但随着大规模劳动力的出现，监狱工厂逐渐倒闭，因为普通劳动力无法容忍廉价的监狱劳工拉低整个行业的工资水准。出于这一重要原因，星星监狱到1896年时已经完全堕落成一个可怕的，毫无任何意义的地方。囚犯们穿着条纹囚服，遵守着监狱内部严禁讲话的规定，依然像以往一样戴着锁链在监狱操练，但从前令他们兴冲冲奔赴的工作岗位现在已经完全消失不见了。

到这样一个野蛮而毫无生机的地方去探访无疑是令人生畏的，但更可怕的还在后面，当科雷兹勒终于向我揭晓我们将要去探访的人时——

“我真是笨死了，竟然没有想到他，”我们搭乘火车前往哈德逊小镇，路过旅途中一片郁郁葱葱被夕阳笼罩下的小山丘时，科雷兹勒忽然对我说，“当然，事情已经过了二十年。但我从不认为我会忘记这个人。早先看到尸体的时候就应该想到他的。”

“拉兹洛，”看到他重新又变得健谈，我尽管非常高兴，但仍然表情严肃，“既然你已经把我强拽进这件事里来，或许应该透露你的秘密了吧。我们究竟要去看谁？”

“更让我吃惊的是，你居然也没有想起他来，摩尔，”他回答，似乎我的不悦让他很高兴，“毕竟，他曾经是你最喜欢的人物之一。”

“是谁？”

科雷兹勒的眼睛一动不动地凝视着我，“杰西·波默罗伊。”

听到这个名字，我们同时陷入沉默，仿佛名字本身就会给本来已经空荡的车厢带来恐怖的气息。当我们再次开口说话并回顾当年案情时，都不自觉地压低了声音。虽然这些年来，杰西·波默罗伊的案子并不是卷宗最厚的那一个，但没有人的作案手法比他更残酷，更令人毛骨悚然。1872年，波默罗伊先后引诱了若干儿童到他居住的小山村外的偏僻角落，将他们脱光并绑起来，然后用刀和鞭子残忍折磨他们致死。他最终被捕获并关押判刑，但由于在被监禁期间表现不错，他的母亲——他父亲很早就已经抛弃了母子二人——声泪俱下地向法官请求获得假释。在服刑仅仅十六个月之后，波默罗伊获得假释。可是不久，一起新的、更骇人听闻的案子发生在他家附近：一个年仅四岁的男孩被发现惨死在沙滩上，喉咙被割，身体其他部分惨遭肢解。杰西当然受到严重怀疑，却缺乏直接证据能够证明他是凶手。然而，仅仅数周之后，一个失踪的十岁女孩的尸体在波默罗伊家地窖被发现，女孩也遭受了残酷的折磨和分尸。杰西再次被逮捕，在接下来的几周里，警方开始对附近所有涉及失踪孩童的案件都进行了重新审理。虽然这些案件并没有能够直接和波默罗伊发生关联，但那个十岁女孩的案子却证据确凿。杰西的律师团于是非常明智地决定申请对杰西进行精神鉴定。然而，这一企图从一开始便已注定失败。波默罗伊最先被判定绞刑，但因为年龄问题最后减刑为终身监禁。

是的，杰西·波默罗伊当年第一次杀人时只有十二岁，当他后来被终身关押在孤独的监狱囚牢时（在我写下这部小说时，他仍在那里），他也只有十四岁。

科雷兹勒第一次和这位被媒体称为“少年恶魔”的囚犯接触是在1874年的夏天，波默罗伊的律师向法庭请求精神鉴定。当时和今天一样，这样的请求是基于“米克诺滕氏条例”来进行的。1843年，一位名叫米克诺滕的不幸的英国男子脑海中出现了幻象，以为罗伯特·皮尔总理要杀死他。为避免这一不幸，他决定先下手为强，刺杀皮尔总理。尽管他并没有成功击中目标，却失手杀害了总理的秘书。然而后来，米克诺滕却被裁定无罪释放，因为他的律师辩护说他并不真正理解自己的错误所在。这一事件从而打开了全世界对凶手进行精神鉴定的大门。三十年后，杰西·波默罗伊的律师聘请了一大拨精神病学家，对杰西进行精神鉴定，希望其结果可以和米克诺滕一样。专家中的一位就是年轻的拉兹洛·科雷兹勒博士，他和其他几位精神病学家一样，认为波默罗伊的精神状态完全正常。法官最终站在了这群人一边，但他特意指出，他觉得科雷兹勒对于这位少年恶魔行为的解释神秘晦涩，而且有些耸人听闻。

考虑到科雷兹勒对于波默罗伊家庭生活的强调，这样的评论并不让人十分惊讶。但我突然意识到，这虽然只是科雷兹勒二十岁时的一次调查，但对于本案的侦查却具有相当重要的价值：波默罗伊出生时就有兔唇，婴儿时期经历了一场高烧，留下了满脸的痘痕；更糟糕的是，他的一只眼睛也因为溃烂而变得了无生机。所以，波默罗伊作案时将其受害人的眼睛全都残忍地挖去，这在当时也被许多人认为并非偶然。然而在接下来的审讯中，他对此一直缄口不言，所以也并未得出任何可靠的推论。

“我还是不懂，科雷兹勒，”火车已经缓缓驶入星星车站，“你说先前并没有把本案和波默罗伊联系起来，那么为什么我们现在要去见他？”

“你要感谢阿道夫·迈耶，”科雷兹勒回答。我们走出站台，一个戴着帽子的年老车夫朝我们走过来，“我今天和他在电话里讨论了很久。”

“迈耶博士？”我问，“你告诉了他多少？”

“全部，”科雷兹勒简单说道，“我绝对信任他。但即便如此，在某些事情上他还是认为我做错了。比如，他非常赞同莎拉的说法，认为女性在凶手童年时期有可能对他影响巨大。事实上，那也正是我想到波默罗伊的原因，当然还有眼睛的问题。”

“女性影响？”我们坐上那位年老车夫的马车，向监狱方向驶去，“科雷兹勒，你在说什么？”

“没关系，约翰。”他回答，眺望着远处的监狱高墙。此时天色已晚，“你很快就会发现。但是，有几件事情在我们进去之前需要说清楚。首先，监狱长同意我们去探访，是因为我贿赂了他一大笔钱，但他不会亲自出来迎接我们。只有另外一个人，一个叫拉斯基的警卫知道我们要来，也知道我们来干什么。他会把钱拿走，然后把我们引进去再领出来，希望不会有别人注意到。所以尽量少说话，对波默罗伊什么也不要说。”

“为什么不对波默罗伊说？他又不是监狱官员。”

“的确，”科雷兹勒回答，监狱沉闷的高墙已经出现在眼前，“尽管我相信杰西能够帮助我们解决有关分尸的疑惑，可是一旦他了解了我们的真实目的，也许就会变卦。所以，因为各种复杂原因，不要提自己的名字，也不要提我们现在的工作。我想我不需要提醒你——”走到监狱门口时科雷兹勒突然低沉了声音，“——这个地方到底有多危险。”

23

星星监狱的主楼平行于哈德逊的河流方向，监狱内另有车库、谷仓、商店等附属建筑，以及一幢能够容纳两百多人的女囚牢，女囚牢和主楼垂直交叉，指向河水的方向。大大小小的建筑楼顶立着许多烟囱，使整座监狱看上去更像是一间沉闷枯燥的工厂，在那里生产的主要产品，就是悲惨和不幸。囚犯们拥挤在本应只容纳一人的单间里，牢房虽然也曾经过修缮，却仍然抵不过年久的衰落，破败的景象几乎随处可见。还未走进大门，科雷兹勒和我就已经远远听见院子里传来犯人操练的单调脚步声。虽然沉重的脚步声里不再夹杂鞭打——鞭刑惩罚在1847年便已被废除，但守卫们身上携带的大粗木棒还是明显地提示了我们，监狱用以维持纪律的首要手段是什么。

拉斯基警卫出现在我们面前，他是一个大块头家伙，行为粗俗、脾气暴躁。在他的带领下，我们穿过石头小路和一块块草坪，来到牢房。在大门附近的角落里，几个戴着铁质和木头枷锁的犯人正在被一群警卫严厉地责骂。警卫身上的黑色制服并不比拉斯基身上的制服干净多少，性情也更加暴戾。刚走进牢房大门，一阵撕心裂肺的叫喊便吓住了我们：在一间小小的不到三平方米的牢房里，几个警卫正对着一个囚犯集体围攻，他们手持电棒，毫不留情地朝犯人的身上捅去。虽然这一幕我们以前都见过，但却并不代表内心能够完全接受。迈着沉重的脚步向前走，我快速地瞥了科雷兹勒一眼，他脸上的表情和我一样。考虑到目前的惩罚体系和方法，出狱犯人二次犯案的比例居高不下的原因并不是一个秘密。

杰西·波默罗伊被关押在牢房尽头，令我们不得不穿过长长的走廊，经过无数牢房，看到一张张各色表情的脸孔——从极度的愤怒悲伤到满是阴郁的冷漠。由于监狱禁言，我们听不到有人在说话，只偶尔听到几句低语。在空旷走廊里回响的沉重脚步声，还有犯人们那令人毛骨悚然的目光巡视，这一切几乎令我疯狂。终于，我们走到牢房尽头，穿过一处狭小潮湿的门厅，来到一间小得可怜的囚室。囚室里没有窗户，只在靠近天花板的石墙上露出几道窄窄的缝隙。杰西·波默罗伊坐在一个奇怪的木头架子里，架子顶端伸出几根水管，但架子里面却完全是干爽的。我疑惑了好几秒钟，才想到这玩意儿究竟是什么——臭名昭著的“冰水淋浴器”，把犯人泡在加了压的冰水里以达到惩罚的目的。由于被罚的犯人大多因为心脏骤停而死，它早些年就已经被废除。但显然，这里的警卫一定是嫌麻烦不愿拆除这个装置，而且它的存在本身就会对犯人造成震慑。

波默罗伊的手腕上拴着沉重的镣铐，颈上戴着一个铁质的“颈圈帽”，将整个头部包围起来。这个装置其实是一个高约两英寸的栅栏笼子，是专门为那些特别不服管教的犯人所设计，其重量和人的头部重量相当，一旦戴上，会让人极度不适。许多犯人曾因此而濒临疯狂边缘。尽管头上戴着“颈圈帽”，手上也戴着镣铐，杰西却拿着一本书在安静地阅读。听到我们的声音他抬起头，让我清楚地看到他满是痘痕的皮肤，丑陋的兔唇畸形（稀疏的胡须并未能完全掩饰这一缺陷），以及最令人感到可怕的、仿佛浑浊的牛奶一般的左眼。我终于明白了此行的目的。

“看哪！”他平静站起身来。尽管已经年届三十，头上戴着笼子，他的个子仍然不高，足够他在“冰水淋浴器”里站直身体。他丑陋的唇边露出微笑，夹杂着怀疑、惊讶和满足等复杂情绪，这样的情绪表达在被意外探访的囚犯脸上经常可以看到。“是科雷兹勒医生，如果我没有记错的话。”

科雷兹勒挤出笑容，“杰西。很久没见，很惊讶你还记得我。”

“哦，当然记得，”波默罗伊回答，仍然是个男孩的声线，却充满威胁，“我记得你们所有人。”他专注地看了科雷兹勒几秒钟，然后突然转向我，“可我以前并没有见过你。”

“没有，”科雷兹勒抢在我之前回答，“你没见过他。”说着，他转身看着带我们进来的警卫，后者正十分郁闷。“好了，拉斯基，你在外面等我。”然后迅速塞给他一大卷钞票。

拉斯基的脸色立刻由阴转晴，“好的，先生，”随后又冲着波默罗伊大喊，

“你老实点，杰西。虽然今天已经得到教训了，但还会有更厉害的等着你。”

波默罗伊根本没有理会他的恐吓，只是目不转睛地盯着科雷兹勒。“这地方想读点书真是困难，”门关上后杰西说道，“但我在努力。我一直在想，这或许就是我犯错的原因——没念过书。你看，我在自学西班牙语。”他说话的声音一如二十年前的那个男孩。

科雷兹勒点头，“令人钦佩。我看见你被戴上了‘颈圈帽’。”

杰西大笑，“哈哈——他们说我在一个人睡觉的时候用烟头烧了他的脸。他们说我整晚没睡，挣脱了一只胳膊就是为了能够用烟头够到他。但是我问你——”他突然看着我，牛奶般的眼球漫无目的地转动着，“这听起来像我做的事吗？”说完，他咯咯笑出声来——像一个男孩在调皮开心地笑。

“那么我猜，你已经玩腻生剥老鼠皮的游戏了？”科雷兹勒说，“几年前来这里时，听说你在指使其他犯人帮你抓老鼠。”

波默罗伊笑了，仿佛有些难为情，“老鼠。它们总是扭来扭去，吱吱乱叫。如果你不小心，还会被它们咬。”他给我们展示手上几道细微但丑陋的伤痕。

科雷兹勒点头，“你还是和二十年前一样容易生气，是吧，杰西？”

“当年我并不生气。”波默罗伊回答，嘴边依然带着笑容，“我只是精神不正常。你们这些家伙蠢透了，居然没有看出来。就是这样。但是，你今天来这里是为什么，医生？”

“我来做二次评估，”科雷兹勒小心翼翼地说道，“偶尔我会翻查一下旧案，看看进展。而且既然我到监狱里来办事，所以——”

第一次，波默罗伊的声音变得异常严肃，“别和我玩游戏，医生。就算戴着手铐，我也能在拉斯基赶到之前把你的眼睛挖出来。”

科雷兹勒的眼睛突然明亮了一瞬，声音却依旧平静，“我想，你以为刚才那番话可以证明你精神不正常。”

杰西笑了，“难道不是吗？”

“二十年前，我就判定你是个精神正常的人，”科雷兹勒耸肩，“虽然你残忍挖掉了那些被害儿童还有好几个被你折磨的孩子的眼睛。但是，我并没有发现任何不正常的因素——所有的行为都可以被理解。”

“噢？”波默罗伊的语气又开始变得戏谑，“为什么？”

科雷兹勒停顿片刻，身体向前倾斜，“我还从未见过有人因嫉妒而真正发疯，杰西。”

波默罗伊突然收敛笑容，猛然伸出手向自己脸上挥去，却狠狠撞到栅栏上。他握紧双拳，仿佛随时都会爆发，我也做好了逃跑的准备。但是下一刻，他又大笑起来，“让我告诉你，医生——如果你今天付出了代价，那也是活该。你以为我一只眼睛烂掉了，所以我就嫉妒那些双眼都完好的人？根本不是那样！看看我——所有大自然的错误都在我身上发生。我怎么不把别人的嘴割开？怎么不在别人脸上到处乱划？”他的身体前倾，“如果只是因为嫉妒，医生，你为什么不砍掉别人的胳膊？”

我飞快地看了科雷兹勒一眼，很显然，他也毫无防备对方会这样攻击他。但多年的经验已经让他学会如何控制情绪，他只是眨眨眼，并未将目光从波默罗伊身上移开。然而，杰西却似乎读懂了那些眨眼的含意，带着满意的笑容又重新坐了回去。

“是啊，你是个聪明人，好吧。”他笑着说道。

“所以，挖眼睛的行为并不代表什么。”科雷兹勒说。现在回想起来，他应该是在小心地控制着对方情绪，“只不过是暴力的偶发行为。”

“别和我甩那些文绉绉的词，医生，”波默罗伊语带威胁，“我们已经做过鉴定，很久以前。我只想说，我之所以杀人，并不是因为那些通常的理由。”

科雷兹勒猛然抬起头，“或许吧。可是，既然你不愿透露真正的理由，那么我们的对话也没有继续下去的必要。”说着，科雷兹勒站起来，“我要搭火车回纽约，所以——”

“坐下！”波默罗伊几乎是以命令的语气对我们说道。但科雷兹勒故意装作无动于衷，于是对方的语气越来越焦急。“我只告诉你一次，”他说，“那个时候我真的疯了，但是后来又清醒过来，再没有疯过——也就是说，现在我回想起来，一切都记得清清楚楚。我杀了那些孩子，不是出于常见的理由。我只是——我只是再也无法忍受，那些所有的一切，所以我必须要阻止它。”

科雷兹勒感到他就要吐露真相了。为了继续诱惑他说出全部，他坐下来，温和地说道：“你要阻止什么，杰西？”

波默罗伊抬起头，望着石墙上的狭窄缝隙，从那里隐约可见外面的几点星光。“他们都在看我，”他低声说，声音里有一种我从未听到过的疏离，“从开始到现在，一直都在注视，从来没有停止过。”说着，他将头转过来，仅存的那只完好的眼睛里似乎有泪光闪动。然而，他在微笑。“你知道，我以前去过动物园——是在镇中心吧？那时候我还很小。我记得，不管那些动物在做什么，人们都在注视眺望。就那样注视着，目光呆滞，表情空虚，瞪着大眼睛，因为惊奇下巴似乎都掉下来。尤其是孩子们，因为他们什么都不懂。而那些该死的动物们也会回望人群，你可以看得出来，它们全都已经疯了——该死的，不是疯了，是愤怒。好吧，它们只想扑上去，把那些人扑倒，把他们撕成碎片。动物们来回踱步，在想哪怕只有一分钟的时间可以从笼子里逃出去，它们也要让那些人好看。是的，我没有被笼子关起来，医生，但是那些该死的眼睛却到处都是，从我记事起就是这样，从来没有变过。它们直勾勾地盯着我，永远如此，让我无法逃脱。医生，你告诉我，如果那都不能把人逼疯，还有什么可以？后来我长大了，我看见那些狗娘养的蠢货站在那里，舔着手里的棒棒糖，眼睛都快要从脑袋里掉出来——你看，医生，我其实并没有被关在笼子里，所以，如果我想做什么，没有人可以阻拦我。”

说完这番话，波默罗伊并没有动，如石像一般静坐，等候科雷兹勒的回应。

“一直都是这样，杰西，”科雷兹勒说，“你记得有多长时间？每一个人都是这样？”

“所有人，除了我父亲，”波默罗伊回答，然后大笑起来，笑声中并没有欢乐，只有怜悯，“他肯定看厌了我，所以跑掉了。现在我知道了——我其实已经不记得他。但是，根据我母亲的所作所为，我猜情况应该是这样。”

再一次，科雷兹勒的脸上露出期待的表情，“哦，那是怎样？”

“就像——这样！”话音未落，杰西忽然站起，举着自己被笼子禁锢的脑袋倏地冲到距离科雷兹勒只有几英尺距离的地方。我拔腿想逃，但杰西却没有任何下一步的举动。“告诉你的保镖，他完全可以坐下，医生。”他说，唯一的那只好眼锁定科雷兹勒，“不过做个示范而已。就像这样，在我看来就是这样。每一分钟都在看着我，究竟为什么我不知道。她总说是为了我好，但从行动上完全看不出来。”沉重的“颈圈帽”的重量落在杰西伸长的脖子上，令他不得不转过身。“是啊，她肯定是从我这张脸上找到了她感兴趣的东西。”又是一阵歇斯底里的笑声，“但是，她从来不肯亲吻我！”他似乎被某种情绪击中，平静下来，又抬头望着石墙上的缝隙，“我第一个杀死的男孩，我强迫他亲吻我，他不肯，但是后来我——好吧，最后他亲了。”

科雷兹勒沉默了好一会儿，才开口问道：“那么，今天被你烧伤脸的那个男人呢？”

杰西透过笼子朝地上啐了一口，“那个笨蛋——也是个该死的东西！管不好自己的眼睛。我他妈的跟他说了二十遍——”他突然刹住话闸，猛地转过头望着科雷兹勒，面露恐惧。但很快恐惧消失，又被威胁的笑容所代替，“你赢了。看来我中圈套了，是不是？做得不错，医生。”

科雷兹勒站起来，“我并没有做什么，杰西。”

“是啊，”波默罗伊阴森森地笑了，“或许你是对的。只要我活着，也许永远都无法知道你是如何诱骗我说出这番话的。如果现在有一顶礼帽，我一定会向你脱帽致敬。可是，既然我没有——”

他飞快地弯下腰，从靴子里拿出一个寒光闪闪的东西，将它握在手里，面带威胁地对准我们。他站起身绷紧身体，仿佛准备随时扑过来。我本能地将身体紧贴在身后石墙上，科雷兹勒也和我一样，但动作缓慢得多。在波默罗伊得意的笑声之中，我终于看清了他的武器——一块长长的、锋利的厚玻璃碎片，手持的那一端用带着血渍的破布紧紧包着。

24

波默罗伊的动作比大多数普通人都快，甚至比没有戴枷锁的人更快。他将自己先前坐过的一个小凳子踢过来，正好堵住门闩，阻止外面的人冲进来。

“别担心，”他狞笑着说道，“我不想把你们俩怎么样——只不过想和外面那个笨家伙玩一玩！”他转过身去，狂笑几声，然后大声喊道：“嘿，拉斯基！

你准备好被开除了吗？要是典狱长看到我怎样对待这几个人，他再也不会让你看守这个鬼地方了！”

拉斯基大声咒骂着，用身体狠狠地撞击房门。波默罗伊手里拿着碎玻璃刃，依旧指着我们喉咙的方向，却并没有采取任何有威胁的行动，只是笑得越来越疯狂，让外面的警卫心急如焚。很快，房门的合页被撞松，先前卡住门闩的凳子也失去作用。砰的一声之后，拉斯基冲进来，被撞开的房门倒在地上。站稳身体之后，他看到我和科雷兹勒完好无损，而波默罗伊却手持武器。抄起地上的小凳子，拉斯基朝杰西冲了过去，后者只是敷衍地抵抗了一下。

整个冲突过程中，科雷兹勒对于自己的人身安全并未表现出明显的担忧，只是轻轻摇着头，仿佛这一切完全在他意料之中。很快，拉斯基将碎玻璃刃从波默罗伊的手里抢过来，开始毫不怜悯地对他拳打脚踢。他够不到波默罗伊的脸，这似乎令他更加恼怒，于是，落到杰西身上的拳头就变得愈加凶猛。可是，尽管波默罗伊不时地发出痛苦的叫喊，他却一直在笑——狂野的笑，充满了自我放逐的意味，以及某种古怪的快乐。我实在是困惑至极，只能一动不动；而科雷兹勒在思考了几分钟之后，走上前开始拉扯拉斯基的手臂。

“别打了！”他大声喊道，“拉斯基，看在上帝的分儿上，住手，你这个笨蛋！”他叫喊着，拉扯着，但是大块头守卫毫不理会他的阻拦。“拉斯基，住手！你难道看不出来，这正是他想要的吗？他乐在其中！”

可是拉斯基完全不为所动。可能是出于绝望，科雷兹勒使出浑身力气朝拉斯基撞过去，将他和波默罗伊强行分开。拉斯基又惊又怒，刚一站起来就挥动巨大的拳头向科雷兹勒的脑袋袭击，却被他灵巧地避过了。看到大块头守卫执意向他进攻，科雷兹勒也握紧拳头，飞快地击打了拉斯基几下，让我想起二十年前他和罗斯福的对战。看见拉斯基跌跌撞撞倒在地上，科雷兹勒深吸一口气，站在他的身边。

“你必须住手，拉斯基！”他大声说，声音中的高涨情绪令我立刻冲到两人中间，防止他们再生冲突。波默罗伊躺在地上，痛得直打滚。他试图用戴着镣铐的双手撑住身体，但嘴里依然发出奇怪的笑声。科雷兹勒看着他，呼吸急促，但仍然语气温和地说道：

“必须住手！”

拉斯基清醒过来，看着科雷兹勒。“你这个狗娘养的！”他想站起来，却非常艰难。“救命！”他大口喘着气，血滴到地板上。“救命！守卫遭到袭击！”他的求救声在走廊里回响。“快到原来的浴室来！救救我！该死！”

我听见急促的脚步声在走廊响起，似乎从大楼的另一端传来。“拉兹洛，快走！”我急声催促，知道我们已经深陷麻烦：拉斯基不是那种会轻易放弃复仇的人，尤其当他有同伴相助的时候。科雷兹勒还在看着波默罗伊，我赶紧将他拉出房间，“拉兹洛，该死的！你会把我们都害死——快跑！”

冲出房门的时候，拉斯基想突袭我们，却只是把自己摔倒在地板上。一出门就在走廊里遇上迎面而来的四个警卫，我告诉他们说拉斯基和波默罗伊起了冲突，警卫受了伤。看到我和科雷兹勒都毫发无损，警卫们赶紧朝出事的牢房奔去，我和科雷兹勒则继续往外跑，迅速冲过门口挤作一团、茫然不清楚状况的另外一群警卫。很快，里面的警卫知道了事情真相，吆喝着朝我们追过来。幸运的是，先前我们雇用的车夫还在监狱大门口等候。待警卫追到门口，我们的马车早已经驶出几百米远了。我们一路向车站狂奔，并在内心暗暗祈祷——至少我是这样——希望无须在车站等候太久。

最先驶来的是一辆支线列车，在到达纽约中央车站之前需要停靠许多小站。考虑到自身窘况，我们已经别无选择，只能赶紧登上列车，将我们回家的旅途变得漫长。车厢里坐满了小镇居民，对我们的突兀出现惊讶不已。我不得不承认，如果他们将我们误认为小偷或者其他违法分子，也完全有道理。为减轻乘客的不安，我和科雷兹勒来到最后一节车厢，站在后门靠近月台一侧。看着星星监狱的高墙和烟囱逐渐消失在哈德逊河岸的茫茫夜色中，我从衣服内袋里掏出一小瓶威士忌，每个人都喝了一大口。直到终于再也看不见任何与监狱有关的景象，我们的呼吸这才平静下来。

“你他妈的最好给我解释清楚！”站在火车引擎带来的温暖气流中，我对科雷兹勒说道。终于摆脱了危险，我的喜悦无法自抑，但仍然期待科雷兹勒的答案。“你可以从为什么我们要到这里来说起。”

科雷兹勒又喝了一大口酒，仔细琢磨着酒的味道，“这酒是个非常粗劣的组合，摩尔，”他说，故意避开我的问题，“让我有点吃惊。”

我挺直身体，“科雷兹勒……”

“是的，是的，我知道，约翰，”他挥手阻止我继续说下去，“你有权知道真相。可是，我从哪里开始呢？”他叹口气，又喝了一口酒，“之前和你说过，今天早些时候我和迈耶通过电话，我向他详细描述了目前工作的进展。然后，我也告诉他我和莎拉之间的——嗯，争吵。”他面露愧色，踢了踢栏杆，“我真的应该向她道歉。”

“是的，”我回答，“你必须道歉。迈耶怎么说？”

“他说，他认为莎拉关于成长过程中女性角色至关重要的观点非常有道理，”科雷兹勒回答，似乎还在后悔当初的所作所为，“我发现自己再一次和他就此问题争执起来，就像当初和莎拉一样。”喝了一口威士忌，他喃喃自语，“这该死的谬误……”

“你说什么？”我迷惑不解。

“没什么，”科雷兹勒回答，轻轻甩了甩头，“是我自身思考的一次偏差，却让我浪费了许多天的宝贵时间。但是已经不重要了。现在最重要的是，我已经想了一整个下午，我发现迈耶和莎拉说的对——关于女性在本案凶手成长过程中的负面作用已经有了强力的证据。凶手的鬼祟行为和对施虐的嗜好，这些因素都指向莎拉的结论。我说过，我和迈耶争论起来，就像当初和莎拉一样，但是接着，他举出了杰西·波默罗伊的例子，而且用我当年二十岁时说过的话来证明我现在论断的错误。波默罗伊从未见过他的父亲，据我所知，也没有在童年遭受过极度的身体惩罚。然而他在很多方面——现在也是——与本案凶手非常相似。你知道，波默罗伊曾经在被捕时非常坚定地拒绝讨论他对受害者尸体的肢解行为。我只能希望，时间和坐牢减缓了他的决心。我们今天无疑是幸运的。”

我点头，回想起波默罗伊今天说过的话。“他说的那些关于他的母亲，其他那些孩子，还有他无时无刻不感受到的监视——你认为那就是关键所在？”

“是的，的确如此，”他回答，语速越来越快——典型的科雷兹勒风格，“还有他提到，在他的世界里，那些人不愿和他进行身体接触。你记得他说，他的母亲竟然不愿意亲吻他？很有可能，他在童年时期唯一和别人有过的身体接触就是被嘲弄或者被折磨。由此，我们可以发现他暴力的真实来源。”

“这怎么说？”

“你看，摩尔，让我告诉你詹姆斯教授曾经说过的另一句话。那是当年他经常在课堂上提起的一个概念，我第一次阅读《心理学原理》时，这个概念曾经像闪电一样击中了我。”科雷兹勒转头望向夜空，似乎在努力回忆每一个确切的字眼，“‘如果所有冰冷的东西都是潮湿的，而所有潮湿的东西都是冰冷的；如果所有坚硬的东西都让我们感到刺痛，而没有其他物体能达到这个效果。那么，我们是否能够真正区别寒冷和潮湿，坚硬和刺痛？’和以往一样，詹姆斯教授并未把这一概念研究到底，并在行为的动态领域得出任何结论。他只是就其功能进行了讨论，例如味道和触感。可是，我所看到的一切都说明，这一观点非常具有活力。想象一下，摩尔，想象一下你——因为毁容、残暴或者其他什么不幸的原因——从未和任何人有过任何温情脉脉的身体接触，那么你会如何感觉？”

我耸耸肩，点燃一支香烟，“糟透了，我猜。”

“或许。但是也有可能，你不会感觉到有任何不对劲的地方。让我这么说好了——如果我对你说‘妈妈’这个词，你的脑海里会立刻无意识地闪现所有和自己的母亲有关的熟悉画面，这是基于你自身经历的联想。我也是这样。我们的联想里既有好的画面，也有糟糕的画面，我们大多数人都是。但是，有多少人会像杰西·波默罗伊那样，一想起母亲就全部都是负面、糟糕的画面呢？的确，在杰西的案例里，我们可能要跨越‘母亲’这一有限概念而讨论人性。如果你对他说‘人’这个字，他的脑海里只会浮起满含耻辱和痛苦的画面，这已经成为习惯。就好像我对你说‘火车’，你马上就会回答‘运动’。”

“你对拉斯基说波默罗伊乐在其中的时候，就是这个意思吗？”

“是的。或许你已经注意到，杰西故意策划了整起事件，不难判断他为什么要这样做。在整个童年时代，他一直被各种折磨所包围。过去的二十年里，他唯一见到和接触的人就是像拉斯基那样的人。他的所有经历，无论在监狱内或者监狱之外，都让他误以为人和人之间的交往只有暴力和对抗这种形式。他甚至把自己比喻成动物园里的动物，这就是他的现实生活世界。他知道，他现在的处境下，挨打和呵斥几乎是家常便饭；他唯一能做的就是给殴打创造条件，以便自己能够操纵加入其中的人员，就像他当初操纵那些被他折磨和杀害的孩子一样。这是他唯一能够获得的满足感——也是保证他精神独立的唯一方式，所以他就这么做了。”

我一边抽着烟来回踱步，一边尽力去理解这些想法，“但是，难道没有什么东西——嗯，他内心深处的东西，人人内心深处都有的东西——会抗拒这种情形吗？我的意思是，难道他不会产生悲伤或者绝望，哪怕是对自己的母亲？或者，至少也会渴望被爱吧？难道每个孩子不是天生——”

“小心，摩尔，”科雷兹勒也点燃一支香烟，“你似乎想说，人天生便具有一些具体的需求和渴望——这是很可以理解的想法，如果有证据支持的话。人的机体从出生以来只有一种最基本的渴望——生存。是的，对于大多数人来说，生存渴望和母亲的概念紧紧缠绕在一起。但是，如果我们的经历和大多数人完全不同——如果母亲这一概念并不意味着生存和养育，而是意味着挫败和危险，那么生存本能就会使我们架构起完全不同的世界观。杰西·波默罗伊便是最好的例证。我现在相信，本案凶手也是如此。”科雷兹勒猛地吸了一口烟卷，“为此，我应该感谢波默罗伊，还有迈耶。但是最应该感谢的，是莎拉。我非常想这样做。”

科雷兹勒是个言出必行的人。在回程途中路过的一个小车站上，他问车站乘务员是否可以发一封紧急电报回纽约。乘务员同意了，于是科雷兹勒写了一封电文，告诉莎拉晚上 11 点到“德莫妮卡”饭店会合。回城以后，我们没有时间回家换衣服，但是查理·德莫妮卡曾经见过我们更邋遢的时候。所以，当我们抵达位于麦迪逊广场的饭店时，他一如既往地热情招待了我们。

莎拉坐在饭店大厅的一张桌子前，面对第五大道对面的公园，和其他客人都距离遥远。她说她非常担忧我们的人身安全——因为那封电文让她焦急不已。但看到我们都安然无恙，便对这次旅行产生极大的好奇。虽然还不知道科雷兹勒准备向她道歉，她和他之间的互动已经很自然，但还是有一点古怪：我不是说莎拉小心眼，但是如果被刺激，她也会变得小心翼翼。所以，我努力去忽视他们两人之间奇怪的化学反应，将注意力集中在眼前的正事上。

莎拉说，根据我们从波默罗伊那里获得的线索，几乎可以肯定，本案凶手和杰西一样对自己的外表极度敏感。她认为，这种敏感完全可以解释凶手对于儿童的憎恨和怨气从何而来。由于在早年生活中一直被嘲弄和遗弃，这种愤怒自然而然地产生，并且不会随时间的流逝而消亡。科雷兹勒也同意这一观点，认为凶手应该患有某种残疾。我在几周之前就早已做出这种推测，所以提醒他们要小心求证。因为根据推测，凶手大约有六英尺高，而且能够借助一根简单的绳索自由地在屋顶爬上爬下——哪怕身上还背着一个男孩。而且，就算他真的身患残疾，也不可能是手臂或腿脚，其他地方也不太可能，只除了脸——那将会极大缩小我们的调查范围。科雷兹勒说，考虑到这一点，他准备进一步将范围缩小到眼睛有残疾的人。比起波默罗伊，凶手对于受害者眼部器官的处理更加仔细和连贯。这一线索，科雷兹勒认为，不仅仅只是重要而已，它的作用将是决定性的。

晚餐过程中，科雷兹勒一直在鼓励莎拉，让她告诉我们，究竟是怎样的女人可能会在凶手的童年扮演那样恶毒的角色。莎拉接受了鼓励，认为只有母亲才能发挥在本案里如此深远的影响。一个狠心肠的家庭女教师或者女性亲戚或许会给孩子留下阴影，但如果孩子可以向生身母亲寻求保护和慰藉，那些阴影就会被很大程度弱化。莎拉认为，本案凶手很明显未能从母亲那里获得应有的保护。这可能会有多种原因，莎拉认为最有可能的原因是，母亲从一开始就不情愿把孩子生下来。莎拉推测，她之所以生下孩子，只是因为不巧怀孕了，或者除生育之外没有其他选择。于是，这勉为其难的结果便令母亲极度痛恨自己的孩子。据莎拉推测，凶手可能是家中独子，或者兄弟姐妹不多。母亲不愿意重复生育的惨痛经历，而且孩子身患残疾的事实更加剧了她对孩子的负面看法。但同时莎拉也认为，残疾本身并不能完全解释这样的母子关系。科雷兹勒也同意，他说，虽然杰西·波默罗伊将母子关系恶劣的原因归咎于自己的丑陋长相，但其背后应该还隐藏着更复杂、更深层的原因。

由此，一个结论正在变得越来越清晰：凶手应该不是出身于富裕家庭。首先，有钱的父母如果不喜欢孩子，他们并不需要亲自处理孩子的一切事情。其次，一个略有资产的女性在19世纪60年代（这是我们推测凶手出生的大致时间）完全可以在生儿育女之外找到更感兴趣的事情去做，尽管这样的选择或许会招来非议和批评。当然，意外怀孕会在任何女性身上发生，与贫富无关，但是莎拉认为，凶手信件里大量和性以及粪便有关的措辞显示，孩子一直生活在严密监视和频繁的羞辱之中。这说明，他们的居住空间非常狭窄——典型的穷人生活。莎拉很高兴得知迈耶博士和她看法相同，而更让她高兴的是，在晚餐最后，科雷兹勒举杯向她表达了自己的歉意，以及对她努力工作的致敬。

然而，这种轻松惬意的时光总是流逝得飞快。科雷兹勒又掏出笔记本，提醒我们距离下一个基督教节日“耶稣升天日”只有短短五天时间。因为时间紧迫，他说，调查不能再完全集中于研究和分析，应该开始采取行动。我们已经掌握了诸多关于凶手的线索，例如外貌、作案时间、地点和方式，完全可以提前预测凶手的下一步举动，并想办法试图阻止。听到这番话，我的胃又开始难受起来，莎拉似乎也和我一样。但我们深知一切势在必行，从一开始，这也就是我们努力的方向。所以离开饭店时，我的内心已经坚定无比，没有发出任何不安的担忧声音。

走出饭店，我感到莎拉拉了拉我的手臂。我转过身，她没有看我，却分明让我感受到她有话要说。她婉言谢绝科雷兹勒送她回家的提议，一待他消失在我们的视野里，便立刻拉着我走进麦迪逊公园，来到一盏路灯下面。

“怎么了？”我注意到她的脸色有些焦虑不安，“最好是重要的事情，莎拉。我今晚已经受够了，我正打算——”

“当然很重要，”莎拉飞快地回答，从手提包里取出一摞文件，“这个，就是这个。”她蹙起眉头，仿佛在掂量着什么，“约翰，关于科雷兹勒的过往，你究竟了解多少？我是指他的家人。”

我很惊讶她竟然提到这个问题，“他的家人？还挺熟的吧。小的时候我经常去拜访他家。”

“他们——他们，嗯，很快乐吗？”

我耸耸肩，“看上去是这样。当然也应该这样。他的父母是纽约社交场上最受欢迎的人。你现在可能看不出来。自从科雷兹勒的父亲几年前得了中风，就不太露面了。他们在十四大街和第五大道那里有一座大宅。”

“是的，”莎拉的回答来得很快，再一次让我吃惊，“我知道。”

“嗯，”我继续说道，“那时他们总是举办各种大型宴会，把欧洲的上层名流介绍给纽约上流社会。那情景至今令人难忘——我们都很喜欢那些宴会。但是莎拉，为什么这么问？究竟为什么？”

她停顿片刻，叹了口气，将手里的资料塞给我，“我整整一个礼拜都在思考，为什么他会如此固执地认为，凶手一定是由暴力的父亲和不作为的母亲抚养长大。于是，我萌生了一个想法，然后到第五警区的档案馆去查证。这是我的发现。”

这份文件是一个名叫欧班尼的巡警记录下来的。1862 年 9 月的一个夜晚——科雷兹勒当时年仅六岁，巡警到科雷兹勒家调查了一桩家庭暴力案件。文件上的记载并不多，只写到科雷兹勒的父亲喝醉了，因为被指控袭击伤人（指控后来被撤销）在警局被拘留整整一夜。后来，一位医生被带到科雷兹勒家里，给一个左臂被打断的男孩进行治疗。

结论显而易见。但是，鉴于和科雷兹勒多年的友谊，以及对他家人的良好印象，我的大脑对于这个明显的结论产生抵触。“可是，”我心不在焉地将文件重新折起，“可是他们都说是他摔倒……”

莎拉长长呼出一口气，“很明显不是。”

难堪的一段沉默之后，我望着四周的公园，内心震惊不已。熟悉的印象很难被抹去，而且它们的消逝令人晕晕乎乎。有那么一会儿，似乎连麦迪逊广场的树木和建筑都变得和以前不同。然后，科雷兹勒小时候的形象猛地一下出现在我的脑海，在他身后是他热衷社交的父亲和永远生气勃勃的母亲。我看着这些熟悉的面孔和身影，心中突然想起早先在星星监狱波默罗伊曾说过的关于因嫉妒而砍掉别人左胳膊的那番话。从那里我又联想到在回程火车上，科雷兹勒曾经说过的一个词：

“‘谬误’，真该死！”我轻声自语。

“你说什么，约翰？”莎拉悄悄问我。

我甩甩头，想清醒自己的头脑，“是科雷兹勒今晚说过的一句话。他说他最近浪费了很多时间，还提到‘谬误’这个词，当时我并没有理解。现在……”

莎拉深吸一口气，因为她也想到了答案，“‘心理学家的谬误’，在詹姆斯教授的《心理学原理》里提到过。”

我点头表示同意，“心理学家将自己的视角混同于他所研究的对象的视角。这就是科雷兹勒为什么会犯错的原因。”沉默片刻，我低头看了看文件。“莎拉，”我说，“你和其他人聊过这个话题吗？”她慢慢摇头，“警局里有人知道你拿走这份文件吗？”她又摇头。“但是你知道它意味着什么？”这一次，莎拉并没有摇头。我点点头，慢慢将手中的报告撕得粉碎，将碎纸片放在草丛里。

随后，我掏出一盒火柴，点燃其中一根，然后点着了草地上的碎纸片。我坚定地对莎拉说道：“没有人知道这件事情。你的好奇心已经得到满足。如果他的行为再次变得怪异，我们就会知道原因究竟是什么。但除此之外，这件事如果透露出去，将没有任何好处。你是否同意？”

莎拉蹲在我的身边，重重地点头，“我和你想的一样。”

看着那些燃烧的碎纸片逐渐灰飞烟灭，我们都沉默地希望，这将是最后一次谈论这个话题，也希望科雷兹勒的过往不会再影响接下来的调查。然而事与愿违，在后来的某一天，这个已经被烧成灰的旧日话题却再次浮现在所有人眼前，并引发了一场真正的——几乎是致命的——危机。

25

在凶手可能作案的时间里到纽约各大牛郎卖淫场所去蹲守，这个想法出自卢修斯·艾萨克森。不用说，这将是一件非常艰巨的任务。如果这些酒吧或妓院得知有人在监视，肯定都会毫不犹豫地请出他们的幕后势力来对付我们。想要从那些场所的经营业主那里获得协助几乎完全不可能，所以，我们只能够待在隐蔽的地方，躲过他们和本案凶手的注意。卢修斯坦承，他在这方面能力欠缺，经验不足，所以我们只能依靠最有可能给我们提供专业意见的那个人——史迪威·泰戈特。史迪威曾经做过许多年飞贼，熟知暗中监视的各种方法和技巧。那个周六的下午，当他走进办公室却发现所有人都对他虎视眈眈时，还以为是自己惹了什么麻烦。而且，因为科雷兹勒曾经告诫他要忘记自己的犯罪过往，所以在我们向他询问暗中监视的方法时，他满心都是怀疑，以为是在给他设置陷阱，不肯透露分毫。待后来终于明白我们需要他的帮助时，这才热情地和我们讨论起来。

起初，我们打算在每一个凶手可能出现的场所都布置一位成员：帕雷斯舞厅、“金法则”夜总会、田德隆区的“霓裳”、布里克大街上的“幻影”，还有位于同一条街道上由弗兰克·史蒂芬森经营的“黑棕酒吧”——那里专门为黑人和东方人提供白人妓女和娈童。史迪威一边嚼着甘草片，一边告诉我们这个计划错漏百出。首先，我们已经知道凶手专门在屋顶行走，所以如果在高处对他进行拦截，不仅不会引起太多注意，而且成功的可能性会大大提升。其次，就算忽略不计舞厅老板专门豢养的打手，我们要追捕的凶手很明显是个大块头的凶悍家伙。他能够轻易地掀翻桌子，而且加上在屋顶行走的娴熟技术，肯定会先我们一步逃走。因此，史迪威建议在每个地点安排两名人员，这就意味着还需要再找三名助手（最终，塞勒斯、罗斯福和史迪威成为加盟的新成员），并减少一处嫌疑场所。在史迪威看来，这个问题比较容易：他认为凶手不太可能出现在田德隆区，因为那里嘈杂吵闹，而且永远灯火通明，很容易被别人看到或引起怀疑。说着，史迪威淡然地从我桌上的烟盒里抽出一支香烟，点燃放进嘴里，缥缈的烟圈在眼前升起。他建议我们从那些蹲守场所临近的建筑登上楼顶，而且最好乔装打扮。这样，即便被凶手看到，也不会引起过多怀疑。科雷兹勒点头表示赞同，却顺手从他嘴边夺过烟头，扔在地上将其踩灭。史迪威脸上略带失望，只好重新嚼起甘草片。

接下来，我们开始讨论监视任务的起止时间。凶手会在“耶稣升天日”的前一晚光临卖淫场所并当晚动手，还是会等到第二天晚上再实施杀戮？从他以往的作案方式来看，似乎倾向于后者。科雷兹勒说，或许是因为他的愤怒会在节日当天不断累积，也许就是在看到人们出入教堂完成宗教仪式时。无论凶手作案的直接导火线是什么，当夜晚来临的时候，他将再也无法抑制自己的愤怒，从而完全爆发。我们都赞同这一推理，因此，决定将守夜时间定在周四晚上。

计划讨论完毕，我抓起外套准备出门。马库斯问我去哪里，我说要到“金法则”去见那个叫约瑟夫的男孩，去告诉他一些有关凶手的资料。

“这样做明智吗？”卢修斯一边整理桌子上的书籍，一边担忧地问我，“距离行动时间只剩五天，约翰。我可不想有什么意外情况发生。”

莎拉有些迷惑不解，“可是，去提醒他们防备危险，这件事本身并没有错吧。”

“当然没有，”卢修斯飞快回答，“我的意思并不是说要让他们以身冒险。只是——嗯，好不容易才设下这个陷阱。”

“是的，警探先生说得有道理。”科雷兹勒抓住我的手臂，和我一起走到门边，“究竟要透露多少给你的小朋友，你要注意分寸，摩尔。”

“我只是希望，”卢修斯继续说道，“不要泄露行动的大致时间。我们甚至连凶手下次作案的时间都不能确定——如果它确实发生了，而那些男孩子们又有所警觉，凶手一定会感觉到异常。所以不要透露时间，但你可以说些你认为必要的事情。”

“说得很有道理，”科雷兹勒指着卢修斯。接着，在我走进电梯时，他又低声嘱咐我，“记住，约翰，在提醒那个孩子的时候，如果你被人看到和他一起，很有可能会将他也置于危险之地。所以，一定要非常小心。”

步行到达“金法则”后，我设法将约瑟夫约出来，在拐角的一间小桌球厅见面。他很快就出现了，脸上的油彩洗得干干净净，看上去脸色红润，让我十分触动，想起第一次见面的时候，我帮他擦拭过脸上的油彩。他知道我不愿意看见他化着浓妆。说实话，他此时的说话举止一点也不像是以卖笑谋生的牛郎，仿佛只是一个普通的年轻人在向自己的年长朋友求助。难道我也出现了詹姆斯教授所谓的“谬误”？难道因为约瑟夫让我想起了自己的弟弟，所以影响了我对他的判断？

约瑟夫点了一杯啤酒，熟稔的程度说明他已经不是第一回（我也知趣地闭上了嘴，打消自己想提醒他酒精危害的念头）。然后，我们随意打了几杆球，其间我告诉了他一些有关杀害阿里·伊本－加兹的凶手的新的线索。我提醒他要加倍小心，而且希望他能转告给他的朋友。

凶手很高，我说，大约六英尺二英寸，身体非常强壮，能够轻易举起像约瑟夫这么大的孩子，更大的也可以。然而，尽管身高体壮，凶手身上却有些缺陷，令他对此非常敏感。这个缺陷很有可能在脸上，尤其是眼睛，可能受过伤、有疤痕，或者畸形。无论是哪种情况，凶手都不愿意别人提起或者盯着他看。约瑟夫回应说，他从未注意过这样一个人，但是，许多到“金法则”来的客人都是蒙面而来。于是，我让他今后当心，然后又开始继续描述凶手的穿着。我说，他通常穿得很普通，因为并不想引人注意。而且，他本人并不富有，也买不起那些昂贵的衣服。但是，就像上次马库斯提醒的那样，凶手有可能会随身携带一个巨大的包袱，包袱里装着用来爬墙的工具，以便他能够在不被发现的情况下悄然出入受害人的房间。

随后便是最关键的信息了。我告诉约瑟夫，凶手很小心，不想让自己被别人看到，也许是因为他是像“金法则”这样的地方的常客，所以很容易被辨认出来。他完全有可能是你们熟悉并信任的一个人，是一个曾经帮助过你们的人，是一个曾经竭力鼓励你们走向新生活的人。他或许是慈善机构的义工，或许——甚至可能是牧师。最主要的是，凶手看上去绝不像一个能够做出如此凶残行为的人。

约瑟夫一边玩着手指，一边认真记下我说的每一句话。等我说完，他点头说道：“好的，我记住了。但是，我是否可以问个问题，摩尔先生？”

“尽管问。”我回答。

“嗯，那么——你怎么知道这么多关于凶手的事？”

我露出淡淡的微笑，“有时候，我自己也很迷惑。为什么这么问？”

约瑟夫笑了，有点紧张地踢着脚，“只是因为——嗯，有很多朋友，我上次和他们说的时候并不相信我。他们不明白怎么会有人知道这些，说这些事是我瞎编的。而且，很多人在谣传，说凶手不是人，是一种——鬼还是什么的。大家都这么说。”

“是啊，我也听过。但是，如果你不理会这些谣传，对你自己绝对有好处。这一切事情的背后绝对是个活生生的人。我可以保证，约瑟夫。”我搓了搓手，说道，“现在——咱俩打上一局？”

多年以来，我总是听别人说，迷上桌球赌博将是一个年轻人走向堕落的开始。但在我看来，成为一个职业桌球手——这是纽约大多数父母的噩梦——或许却是面前这个男孩摆脱堕落的开始。因此，在接下来的几小时里，我将自己的桌球知识和技巧倾囊相授。时间过得非常愉快，只除了时不时我会突然想起，一会儿分手之后他还是会回到那样肮脏污秽的地方。这样的认知让我很沮丧，可是我无能为力，他们的人生只能自己做主，别人帮不上忙。

回到办公室时天已经黑了。莎拉在给罗斯福打电话，向他说明周四的晚上除了他我们再无法信任其他人来担任监视的工作。通常情况下，罗斯福是不用游说的，可是他最近在桑树街的处境非常艰难。原本支持他的两个委员会成员和警察局局长都临时倒戈，站到了“大佬”普拉特和反对改革势力的一边。最终，罗斯福终于同意和我们一起执行监视，但他有他的顾虑。

与此同时，科雷兹勒和艾萨克森兄弟正兴致勃勃地探讨着另外一个重要问题：凶手的作案时间。卢修斯推测，目前凶手的作案时间表上唯一的一处不一致出现在 3 月 3 日桑托雷利的被害，但这可以用凶手写给桑托雷利太太那封信中出现的“我决定等候”这句话来解释。卢修斯说，凶手遇见并挑选受害者这一过程对于他内心的意义，或许和他杀人获得的满足感同等重要。科雷兹勒对于这一说法非常认可，并补充说，如果凶手在达到目的（杀人）之前没有遇到任何阻碍，他甚至会有可能延缓杀戮，因为这会使他获得更多施虐的快感。按照这一观点，桑托雷利被害的时间非常有可能符合我们发现的规律，因为凶手发现桑托雷利的那个重要的心理时刻是在“圣灰星期三”。

然而，在关于是否因为凶手对某些特定宗教故事和事件有特殊情结而导致他选择宗教节日而不是其他日期作案的问题上，科雷兹勒和艾萨克森兄弟有了分歧。科雷兹勒本人不赞同这一观点，认为这将会再次陷入宗教狂热主义者——对基督教信念持有过分疯狂的沉迷和执着——的推定。他更倾向于认为凶手是名牧师（或者曾经是一名牧师），但连他自己也说不清楚为什么“三智者”的故事不足以成为杀人的原因而“圣母洁净日”却可以。马库斯和卢修斯则抗议说，肯定是因为某种特定原因凶手才会选择某些节日作案，科雷兹勒也同意，但是他认为，我们还没有找到能够解释这一原因的关键线索。

因为不能保证“耶稣升天日”的监视一定会有所收获，所以这些天我们还在一直轮流对案件的推论进行质询和验证。马库斯和我仍然执着于凶手是牧师这一理论，科雷兹勒、卢修斯和莎拉则开始进行一项崭新的、看似潜力巨大的工作——发电报或写信给全国各地的精神病院，询问他们在最近十五年内是否曾经治疗过和本案凶手有类似特征的病人。尽管深信凶手精神正常，科雷兹勒仍然希望凶手的特质曾经在他早年间爆发过，从而留下某些痕迹可寻。或许在他第一次发现自己对鲜血的嗜好时曾经犯下过一些轻率的错误，从而让普通人（甚至是那些平庸的精神病院院长）以为这是精神不正常的一种表现。无论具体情况如何，精神病院应该会留有相关的资料。因此，对各地精神病院的档案进行细查或许是一个明智并经济可行的办法。

“耶稣升天日”的前一晚，我们分派了第二天的任务：马库斯和莎拉一组，负责在“金法则”屋顶进行监视；科雷兹勒和罗斯福负责帕雷斯舞厅，因为如果比弗·埃里森闹事的话，罗斯福完全可以镇住场子；卢修斯和塞勒斯盯梢“黑棕酒吧”，因为塞勒斯的肤色可以为他们的出现作掩护；史迪威和我则蹲守在同样位于布里克大街上不远处的“幻影”。同时，在这些淫秽场所之外，我们还安排了许多史迪威旧日的流浪汉朋友。他们对于我们的探案细节并不了解，但若有紧急情况发生，他们可以被派遣到需要帮助的地方。罗斯福本来想调用警察来执行这个任务，但科雷兹勒表示强烈反对。私下里他曾对我说，尽管罗斯福下达了禁令，但他依然认为执法官员和凶手的正面冲突只会加快后者的迅速死亡。我们经历过神秘力量的干扰，知道有远比罗斯福更强大的力量在背后暗箱操作，那些神秘力量的唯一目的就是要压制这个案件，让它不能见光。很明显，若要实现这一目的，最好的办法就是将被捕的嫌犯就地枪决，这样就可以避免公开的法庭审理。科雷兹勒一心想要阻止这一切发生，不仅因为这样不符合法律程序，而且还会剥夺我们了解凶手犯案动机的全部机会。

然而，我们对于“耶稣升天日”的期待最终完全落空，因为当晚什么事情都没有发生。我们在各自的岗位坚守，熬过漫漫长夜直至第二天早上6点，却除无聊外没有任何发现。于是，在接下来的日子里，我们又开始争论凶手为什么会选择“耶稣受难日”而不是“耶稣升天日”作案。大家似乎越来越倾向于相信，凶手选择在宗教节日作案更像是一种巧合。但马库斯和我则坚持认为，凶手的作案日程表和基督教信仰之间一定存在某种特殊的联系，因为这一观点对我们所坚信的“凶手可能是牧师”这一推论有益无害。后来我们建议，将目光集中在下一个重要的基督教节日——圣灵降临日，只在“耶稣升天日”十一天之后，并且充分利用好这中间的空当时间。然而遗憾的是，我和马库斯在有关“凶手是牧师”的求证上屡屡碰壁，似乎整个推论不过是白白浪费了时间而已。

另外，其他工作伙伴却在“圣灵降临日”到来之前取得了可喜的进展。之前他们用电报和信件咨询全国各家略有名望的精神病院开始纷纷回信。虽然大多数的回复是否定的，但有些回复却让我们看到了希望所在。他们在回信中提供了一个或几个符合科雷兹勒所描述的相似病人，这些人至少有一项心理特征符合科雷兹勒信中的描述，并且在过去的十五年里在精神病院里发作过。有几家机构甚至还将卷宗档案一起寄给我们。虽然这些资料最后并没有提供更有价值的线索，但是，有一封来自华盛顿特区的信件却吸引了大家的注意。

那天下午，我正巧看见卢修斯拿着一堆来自精神病院的信件和卷宗穿过房间。突然，他好像发现了什么，猛地转身，扔掉其他文件，双眼紧盯着科雷兹勒的桌面。他双眼圆睁，额头浸出汗珠。片刻之后他掏出手绢开始擦汗，声音慢慢平静下来。

"医生——"他对科雷兹勒说，后者正和莎拉在门边交谈，"这封来自圣伊丽莎白精神病院负责人的信件——你看过了吗？"

"看了一眼，"科雷兹勒朝卢修斯走过来，"但没有看出有什么异常的地方。"

"是的，我一开始也这么想。"卢修斯拿起信件，"信里的描述很模糊——提到有个人有'面部抽搐'的特征，这个范围太大了。"

科雷兹勒紧盯着卢修斯，"但是，警探先生……"

"但是——"卢修斯努力调整着自己的思绪，"嗯，是邮戳的问题，先生。信件来自华盛顿。圣伊丽莎白是一间联邦政府管辖下的精神病院，不是吗？"

科雷兹勒有几秒钟没有说话，随后他的眼睛突然明亮起来。"没错，"他说，语气平静但急切，"他们没有提到这个人的背景，所以我——"他突然用拳头敲了敲自己的额头，"我真是个傻瓜！"

科雷兹勒冲到电话前，卢修斯紧紧跟随。"考虑到首都的特殊司法情形，"卢修斯说，"它不会仅仅报告一起不普通的案件。"

"你的解读非常正确，警探先生，"科雷兹勒说道，"每一年，这样的案件在首都都会发生。"

莎拉走过来，被他们的兴奋表情所吸引，"卢修斯？你们在说什么？是什么让你们这么兴奋？"

"是邮戳！"卢修斯用手拍着信封，"华盛顿特区的法律中有一条小小的附录，这条附录有点麻烦，它和精神病人以及被迫关押在精神病院里的病人有关。如果某个被关在华盛顿精神病院里的病人并没有在哥伦比亚区被裁定精神失常，那么该病人可以申请人身保护令——而且他最后几乎百分之百会被释放。”

“为什么说这会是麻烦？”我问。

科雷兹勒正在试图给华盛顿打电话，于是卢修斯向我解释说，“那是因为华盛顿很多的精神病人，尤其是圣伊丽莎白精神病院的病人，都是从全国其他地方送来的。”

“哦？”这次提问的是被吸引过来的马库斯，“为什么？”

卢修斯深吸一口气，可以看出他越来越兴奋了，“这是因为，圣伊丽莎白接收的病人是被认为不适合再继续服役的陆军和海军。他们不再适合服役，是因为精神疾病的问题。”

本来我们还不紧不慢，听到卢修斯的回答，莎拉、马库斯和我则全速冲到他的身边，将他立刻包围。“我一开始也没有想到，”卢修斯一边闪躲，一边继续解释，“因为信件里完全没有提到这个人的背景，只是对他的外貌和特征有所描述——经常有迫害妄想和持续暴力。但如果他的确有过服役经验，而且又被送到过圣伊丽莎白——嗯，有可能，虽然可能性不大但却实实在在有可能，他就是——”卢修斯停下来，似乎有些害怕即将脱口而出的那个词：“凶手！”

这个推论似乎很有道理，但我们刚刚升起的希望却被科雷兹勒的电话泼了一盆冷水。虽然等候了一阵儿，科雷兹勒最后终于接通圣伊丽莎白精神病院院长的电话。对方对待科雷兹勒的态度相当轻蔑，显然，他或许听说过科雷兹勒的恶名，于是和其他人一样对他持有偏见。科雷兹勒问对方是否可以派人协助调查一下此人，但院长回复说，他的员工早已经超负荷工作，并且已经给我们提供了“大量”协助。如果科雷兹勒想翻查医院的详细记录，他可以亲自到华盛顿来。

问题是，科雷兹勒不可能立刻放下手里的全部工作赶往首都——我们中间没有一个人可以，因为距离“圣灵降临日”只剩下两三天时间。我们只能将华盛顿之行列为监视结束后的首要事件去做，然后压抑内心的兴奋，为即将到来的“圣灵降临日”做准备。想到上一次“耶稣升天日”的无功而返，我不由得对这一次的行动有些灰心。

周日的“圣灵降临日”（庆祝圣灵来到门徒中间）那一晚，我们到达各自岗位，静心等候凶手的出现。不知道其他三处监视场所是怎样的气氛，但对于蹲守在“幻影”屋顶上面的史迪威和我，却只有无聊。周日晚上的布里克大街并不喧闹，只有第六大街高架火车偶尔从附近呼啸而过，起初还有些动静，但不久后也归于平静。很快，一阵阵的困意向我袭来。

大概 12 点半，我看见史迪威正在安静地玩牌，将一副扑克牌在面前摆成十三摞。“纸牌接龙？”我问。

“犹太人的塔罗牌。”他回答，这是一种经常用于骗人的复杂算命游戏，我始终未能掌握它的玩法。看到现在有机会可以学习，我弯着身子坐在史迪威身边，听他给我讲塔罗牌的具体玩法。大半个钟头过去，我却一无所获。最后，我又是沮丧又是无聊，只好站起来四处眺望。

“这次的盯梢又没有用，”我轻声说道，“他不会出现的。”然后转身朝科妮莉亚街的方向眺望，“不知道其他人进行得怎么样？”

“黑棕酒吧”——塞勒斯和卢修斯蹲守的地方——就在我眺望的那个方向。越过屋檐，我看见卢修斯光秃秃的后脑勺在月光下反射着光芒。我压抑着自己的笑声，喊史迪威过来看。

“他应该戴顶帽子，”史迪威也笑了，“要是我们能看见，其他人肯定也能。”

“的确。”我说。看着那颗秃头走到屋顶的另一角然后消失，我突然感到有些不解，“难道卢修斯从任务开始以后长高了？”

“应该是站在间隔墙旁边的缘故吧。”史迪威回答，又回去继续玩牌。

我们说笑着，一点也没有预感到灾难即将来临。然而，十五分钟后，从科妮莉亚大街方向突然传来卢修斯急切的呼救声。我赶紧望过去，他的脸上满是急切和恐惧，于是我立刻拽起史迪威的衣领，匆匆跑向楼梯。虽然大脑已经疲惫，但我仍清楚意识到，这或许是我们和凶手的第一次碰面。

26

刚下到街面，我和史迪威就立刻派遣等候在此处的流浪儿小分队去分别通知科雷兹勒、罗斯福、莎拉和马库斯，然后飞快通过科妮莉亚大街，向“黑棕酒吧”的方向奔去。冲过酒吧大门，我们却迎面撞上酒吧老板弗兰克·史蒂芬森，他也被卢修斯的呼救声惊醒，正站在酒吧门口。像很多此类酒吧的老板一样，史蒂芬森也豢养了一群打手，这些身强力壮的家伙们正和他站在一起守着大门，不让我们进去。我没有心情和他们玩恐吓和反恐吓的游戏，直截了当地告诉他，是警察正在办案，有一位警察在屋顶，而警察管理委员会的最高长官也马上会到。这番说辞足以让史蒂芬森和他的打手们让步，于是史迪威和我以最快的速度来到酒吧屋顶。

卢修斯蹲在塞勒斯的身边，后者头上受了很严重的伤，鲜血在地上汇成一摊。他的眼睛半睁，眼球恐惧地向上翻，嘴里无意识地发出呻吟和疼痛的叫喊。出于谨慎，卢修斯随身携带了一些纱布和绷带，现在正小心翼翼地将塞勒斯的头包扎起来。从受伤的程度判断，塞勒斯至少是脑震荡。

“是我的错。”卢修斯在我们开口之前急忙说道。他的手上动作不停，声音中却充满懊恼，“我有点困，想去买杯咖啡。我忘了今天是周日——所以花的时间比预计的要更久。我肯定走开了超过十五分钟。”

“十五分钟？”我说，跑到屋顶后部。“时间够吗？”看着下面黑漆漆的后巷，我没有看到任何活动的痕迹。

“我不知道，”卢修斯回答，“得听马库斯怎么说。”

马库斯和莎拉几分钟之后也赶到这里，随即是科雷兹勒和罗斯福。查看了塞勒斯的伤势之后，马库斯拿出一面放大镜和一盏灯，开始在房顶搜索凶手的踪迹。马库斯说，对于一个熟练攀登者，十五分钟已经足够他顺墙爬下去，然后再爬上房顶。在仔细搜寻之后，他找到了一些绳索纤维，也许会是凶手出现过的证据。若想进一步，需要去问询弗兰克·史蒂芬森，看他的“员工”中是否有人失踪。在罗斯福的陪同下，马库斯下楼去调查，剩下的人则留在屋顶，聚集在卢修斯和科雷兹勒周围，看他们检查塞勒斯的伤势。虽然还不确定塞勒斯的情况是否适合移动，但科雷兹勒仍然让史迪威告诉流浪儿到最近的圣文森特医院叫一辆救护车。在用嗅盐令塞勒斯稍微清醒，并判断出他的四肢仍然还有感觉，可以自主活动之后，科雷兹勒终于可以断定，去往医院的路程虽然有些颠簸不适，却不会进一步恶化他的伤势。

科雷兹勒对塞勒斯的伤非常关心。然而，在后者再次陷入昏迷之前，科雷兹勒还是用了更多的嗅盐，并急切问他是否见到了袭击者。塞勒斯摇摇头，痛苦地呻吟了几声。卢修斯说，没有必要如此急切，塞勒斯的伤口说明他是从后面被人袭击，所以可能完全不知道究竟发生了什么。

又过了半小时，圣文森特医院的救护车才到。在等候的这段时间里，我们已经得知“黑棕酒吧”里有一个十四岁的男孩从他的屋子里失踪。失踪细节和目前已知的故事几乎惊人的相似：失踪的是一个德裔男孩，刚刚才移民到美国，名叫厄内斯特·罗赫曼。没有人看到他离开房间，他的房间里也恰好有一扇窗通向后巷。据史蒂芬森说，那个房间是失踪男孩当天特意要求的，所以凶手有可能和这位不知情的受害者已经提前商定好更换房间。至于多久以前——是几小时以前还是几天以前，我们现在还不得而知。马库斯下楼之前，我告诉过他“黑棕酒吧”并不专门提供男扮女装的牛郎服务，而且他也就此问题询问过史蒂芬森。显然，整间酒吧唯一能够提供这种服务的，只有厄内斯特·罗赫曼。

终于，两个穿着制服、来自圣文森特医院的救护员来到屋顶，抬着一副折叠担架。他们小心翼翼地将塞勒斯抬下楼梯，放在救护车的后车厢里。望着两批骏马拉着救护车飞快离去，我突然意识到一场残酷的死亡竞赛即将开始。我指的并不是塞勒斯，虽然他伤情严重，但性命无忧。我指的是厄内斯特·罗赫曼。科雷兹勒和莎拉陪着塞勒斯坐救护车前往医院，罗斯福转过身来看着我，他的脸上露出同样的担忧表情。

“不管科雷兹勒怎么说，约翰，”罗斯福咬紧下颌，拳头握起，“这是一场和时间以及杀戮的赛跑，我要动用自己能调动的所有警力。”说完，他冲向第六大街去叫车。“第九警区离这里最近。我要去那里做些安排。”他看见一辆空车，快步跑过去，“我们已经知道凶手的基本作案方法——他会去往水边。我派人去搜查每一处——”

“罗斯福——等等。”在他跳上马车的一瞬间，我抓住他的手臂拦住了他，“我明白你的感受。看在上帝的分儿上，不要向你的人透露任何细节。”

“不透露——天哪，约翰！”他的牙齿咬得咯咯作响，眼睛里有火苗在燃烧，“你是否明白究竟发生了什么？为什么，在这个时候还——”

“我知道，罗斯福。但是，就算整个警方都知道也无济于事。你就说发生了一起绑架案，你怀疑凶手会坐船或者从大桥离开。这是最好的处理方法。请相信我。”

罗斯福狠命吸了一口气，点了一下头。“或许你是对的。”他一手握拳，和另一只手掌相击，“去死吧，这些该死的干扰！我会照你的话去做——你不要管，让我来处理。”

说完，他的马车朝第六大街飞驰而去。我回到“黑棕酒吧”，前门处已经围聚了一小群人，弗兰克·史蒂芬森正在和他们讲述晚间事件的经过。严格地说，“黑棕酒吧”并不在“哈德逊掸子”的保护范围之内，史蒂芬森也不必对保罗·凯利言听计从。但是，他们肯定认识彼此，而且史蒂芬森的所作所为也的确让酒吧外面的那群人变得群情激奋起来，这让我不禁怀疑，是否凯利早就已经预见到这会发生凶杀案，从而付给史蒂芬森一大笔钱，让他利用这个机会制造威胁？史蒂芬森说了许多煽动的话，大意是警察已经来到现场，却只是出工不出力。受害人是个穷苦的移民男孩，不能引起警方破案的兴趣，等等。如果想要预防此类事件再次发生，大家必须主动掌控事件的进展。马库斯先前早就向史蒂芬森亮明了自己的警察身份，看到人群变得越来越群情激奋，而且越来越多的眼光开始投向我们的方向，史迪威、艾萨克森兄弟和我决定先撤回办公室去，至少在那里，我们可以通过电话和外面的事件保持同步。

可是，这件事听上去容易做起来难。关于事件的最新进展，我们无人可问——罗斯福和其他警察在一起，所以根本不会接听电话，而且并没有人会主动和办公室里的我们联系。大约凌晨四点的时候，我们终于收到科雷兹勒的消息，他说他和莎拉已经将塞勒斯安顿在圣文森特医院的私人病房，很快就会回办公室来。办公室里没有人交谈，大家都沉默不语。卢修斯虽然因刚才那个电话松了一口气，却仍然感到非常自责，疯狂地在屋子里来回地走。说实话，若不是马库斯，我想大家可能会因为无事可做而被逼得发疯。马库斯说，如果我们不能亲自到抓捕现场，至少可以用脑力来帮忙。他指着墙上的巨大曼哈顿地图，建议我们试图去预测，推断凶手有可能会在哪里实施杀戮仪式。

我知道事情的发生不会以我们的意志为转移，尽管刻意去忽略这一点，我却仍然对此次预测不抱太大希望。的确，我们已经收集到一些关键线索：首先，凶手对移民的憎恨使他在前两次杀人后将尸体分别遗弃在城堡花园和埃利斯岛渡口；其次，他对于水能够洗净污秽的执念使得他挑选了两座大桥和一座水塔分别作为杀人现场。但是，难道这些线索就足以令我们推测出他下一次的杀人地点吗？其中一种可能性是，他也许会挑选另一座大桥作案。但是，假定凶手不会重复其作案地点，那么就会有两个选择：一处是位于曼哈顿最北端东河上的旧桥（其主要作用是将克罗顿水库的水引进城市）；另一处则是附近的华盛顿大桥，一年前才通车。马库斯认为，凶手或许知道他的追捕者正在逼近。根据他对塞勒斯的袭击，我们几乎可以肯定，他那天晚上一定在暗处监视我们。一个会对自己对手的行踪如此在意的人，肯定能猜测到我们正期待他去往我们猜测的地方，所以他一定会做出调整。马库斯推测，凶手对移民的憎恨或许是推测他下一个杀人地点的最好根据。依据这一推理，马库斯认为，凶手可能会前往码头或船坞，因为那里的蒸汽船将移民装卸到小艇，然后再将他们带往美国各地。

当我们最终获得这一谜题的答案时，这个答案如此明显，几乎让所有人面有愧色。4点30分左右，科雷兹勒刚刚走进办公室，莎拉从警局打来电话，她先前去往那里打探消息。

“警方从贝德罗岛收到消息，”我刚拿起听筒，她就飞快说道，“一个自由女神像的夜班守卫——他发现了一具尸体。”我的心沉了下去，一句话也说不出来。“喂？”莎拉说，“你还在听吗，约翰？”

“是的，莎拉。我还在。”

“那么仔细听着，我不能说得太久。一群高级警员正在向那里赶去，罗斯福长官和他们在一起。但是，他说我们千万不能出现在那里。他说他会尽力阻止验尸官在现场检验尸体，会建议他把尸体送回验尸房。然后，他再安排我们去那里去验尸。”

“可是案发现场，莎拉——”

“约翰，别傻了。已经没有办法，我们今晚本来有机会，可是却搞砸了。现在，只能趁着验尸的时候尽量多获得一些线索。同时——”突然，我听见电话另一端的背景声嘈杂起来：其中的一个声音属于罗斯福，另外一个则是记者斯蒂芬斯，还有其他我无法分辨的声音。“我要挂电话了，约翰。一有消息我会立刻回去。”说着，她挂了电话。

我向其他人转述了这些话。所有人花了好几分钟才消化了这样一个事实——尽管调查了这么久，也准备了这么久，我们还是未能阻止凶手又一次的杀戮。卢修斯是最难过的那一个，认为自己不仅让朋友被打破头，还导致了一个男孩的死去。马库斯和我试图从情感上安慰他，却没有效果。科雷兹勒和我们采取了不同战略。他理智地告诉卢修斯，既然凶手一直在暗中观察我们，那么就算不是昨夜，他也总会找到机会攻击我们。科雷兹勒说，我们是幸运的，所有人中只有塞勒斯被打成脑震荡，因为卢修斯也完全有可能被打倒在屋顶，成为又一个被脑后袭击的对象。没有时间自责，科雷兹勒最后总结说，我们需要卢修斯的专业知识和智慧来继续追查案件。这番话深深触动了卢修斯，不光是说话的人，还有说话的内容。于是，他迅速恢复冷静，和我们一起讨论起当晚的发现。

凶手作案的每一步都符合我们先前对他的性格和作案手法的推测。但是对科雷兹勒而言，凶手此次作案里最引人注意的部分，是他对我们行踪的关注和对塞勒斯的袭击。如果他已然知道我们在蹲守，为什么还要冒险将厄内斯特·罗赫曼带走？而且，既然已经决定要冒着危险采取行动，为什么不直接杀了塞勒斯，而只是把他打晕？凶手一旦被抓，一定会被判定绞刑。所以，为什么他要冒着可能和塞勒斯打上一架的风险？塞勒斯完全有可能看到他的模样，从而在清醒之后告诉我们。对于这些问题，科雷兹勒并不能肯定可以给出确切的答案，但至少这说明，凶手在今晚的冒险中获得了刺激和快感。他知道我们正在逼近他，或许让塞勒斯活下来是为了催促我们更快一些——这既是目中无人的挑战，也是绝望的乞求。

尽管这些分析都很重要，我却不由自主地在科雷兹勒说话的时候走了神，想到那一晚的贝德罗岛。曾经一度被视作自由象征的“自由女神”像如今在我看来，更像是执迷杀戮的凶手对我们的无情嘲笑，因为就在雕像的底下，一个无辜的男孩惨遭杀害。我不愿去想象他惨死时的情景：双手被缚，跪在地上，看着他曾经无比信任的人将双手掐在他幼嫩的颈项上，突然恐惧地意识到自己错信了人，并将为此付出宝贵的生命代价。

当我的思绪终于飘回正在热烈进行的谈话中，我听见科雷兹勒正焦急地在询问着什么：

“有些线索——一定有新的线索是我们今晚刚刚发现的。”

马库斯、卢修斯和我都沉默。史迪威忐忑地看了看我们，好像有话要说。踌躇了一会儿，他最终说出口：“嗯，有一件事，医生。”科雷兹勒用期待的眼光看着他，“他没有头发。”

突然，我回忆起昨夜看到的那个光头，我们本以为是卢修斯，可是那人明显要比卢修斯高得多。“是的，”我说，“我们看见他了——天哪！史迪威，那一刻我们确实看到了他。”

“哦？是吗？”科雷兹勒追问，“那么，你们肯定还注意到了别的线索。”

我看着史迪威，他耸耸肩。我把那一刻的回忆分成不同的小节，仔细搜寻着每一个可能被遗忘的细节，每一个可能被忽略的时刻……什么也没有。一个光秃秃的后脑勺，这就是我看到的全部。

科雷兹勒很失望，叹了口气，“秃头，哈？”他说着，在黑板上写下这条线索，“嗯，至少我们现在知道的比昨天多。”

“和一个孩子的生命相比，我们知道得并不多。”卢修斯说。

几分钟之后，莎拉又打来电话。厄内斯特·罗赫曼的尸体正在运往贝尔维尤太平间的途中。发现尸体的守卫没有目睹案发经过，但是在看到尸体之前听到了一个异常声音，好像是汽艇驶离的引擎声。罗斯福告诉莎拉，他需要一点时间来摆脱其他警察，所以如果可以在6点30分到达贝尔维尤，他应该可以安排我们在无人打扰的情况下检查尸体。这样，我们大约还有一个小时的时间。我决定先回家洗个澡，换身衣服，再和其他人在太平间碰面。

回到华盛顿广场的家中，祖母居然还在熟睡，这让我感到很是惊奇。哈瑞特早已醒来，正在忙着家事。她主动提出帮我放洗澡水。看她匆忙走上楼梯，我问她为何祖母会睡得这么香。

“是的，先生，”哈瑞特说，“自从报纸新闻刊登出来以后，她就轻松多了。”

“什么新闻？”我有些困惑。

“你一定知道了吧，先生？那个可怕的杀人恶魔霍尔姆斯医生？昨天的报纸上全都是他。家里的报纸肯定还在哪个角落里，如果你想看——”

“不用，”我拦住她，“我自己去拿。只要你愿意帮我放洗澡水，哈瑞特，我这辈子都会尽心伺候你。”

“完全不必要，约翰先生。”她说着，又继续上楼去了。

我走向祖母最钟爱的椅子，在椅子旁边黄铜镶边的玻璃盒子里找到了今天的《纽约时报》。“霍尔姆斯走向终点”——他的故事在头版清晰可见。这位臭名昭著的医生终于在费城的绞刑架上结束了自己的生命。临死之前，他对自己杀害了二十七条人命——大多数是他曾经约会和抢劫过的女性——进行了忏悔，却并没有懊悔之情。绞刑时间是上午10点12分，二十分钟之后，他被当众宣布死亡。为了安全起见——报纸并没有说具体为了什么，霍尔姆斯的遗体在被放进棺材之后又被填注了水泥。然后，棺材被安葬到一处无名墓地的墓穴，上面浇筑了近一吨重的水泥。

我再次离开家前往贝尔维尤的时候，祖母依然没有睡醒。事实上，后来我从哈瑞特那里得知，她一直睡到了上午10点多。

27

后来我们发现，在那个周一的早晨去往医院太平间路上所遇到的最大阻碍，并非来自那里的官员。他们都初来乍到——他们的前任因为将尸体卖给解剖学家（每具尸体一百五十美元）而被开除，不敢和罗斯福公然作对。不，我们的最大困难是如何进到医院里。在我们抵达的时候，一群来自下东区的愤怒民众已经将医院包围，要求政府做出解释，为何放任杀人案件继续，而且到现在也没有逮捕任何嫌疑人。民众的情绪比那一晚在城堡花园更为激烈，到处都是义愤填膺的面孔。可是，并没有人提到厄内斯特·罗赫曼的职业或生存方式（他并没有家人可以依靠），这个男孩被塑造成为被社会遗弃的无辜儿童，本应该得到警察局、政府或者慈善团体的照顾，可是他们现在却丝毫不予理会。即便他死去，也没有人愿意负责。这一系列因罗赫曼的惨剧所带来的动荡——其实是整个移民社区的投影——表面看上去似乎是由于示威民众里有许多德国人的缘故。但是我内心怀疑，这一切都和保罗·凯利高度相关，尽管我在穿过人群时并没有看到他的身影，也没有看到他那辆豪华的马车。

我们从医院后面的铁门进入了这间阴沉的红色大楼，莎拉、艾萨克森兄弟和我把科雷兹勒拥在中间，不让别人看到他的脸。罗斯福在门内等候我们进去，并打发了两个企图探头探脑的家伙，将我们直接领到验尸房。房间里满是福尔马林和尸体腐烂混合在一起的恶臭，墙皮斑驳地脱落着。房间四个角落各有一张桌子，上面摆放着铺着白布的尸体，一排排看起来已经有些年头的瓶瓶罐罐摆在墙边的木架上，里面装着各种人体标本。屋顶天花板中央垂下来一盏巨大的电灯，电灯下方摆着手术床，周围高中间低、已经有些生锈，看上去仿佛和科雷兹勒以前放在学院地下室的那些床一样。手术床上静静躺着我们的受害者，身上盖着一张脏兮兮的、潮湿的布单。

卢修斯和科雷兹勒径直朝手术床走去，卢修斯一把将盖布掀开——仿佛在最短的时间内看到这个让他心生内疚的男孩。马库斯也随后走过去，但莎拉和我却踌躇不前。如果可以的话，我们根本不想靠近。科雷兹勒从口袋里掏出笔记本开始记录，卢修斯开始一条条陈述他在男孩身体上看到的伤口，语气平静单调，却又诡异地充满热情。

“整个外阴部从基底处被切……右手从手腕关节处被切——尺骨和桡骨全部切断——腹腔侧面撕裂，小肠有伴随性损伤……胸腔动脉系统大面积损伤，心脏被切除……左眼被切除，颧骨和左侧眉弓有伴随性损伤……枕骨和头顶骨处头皮被切……”

这些冷冰冰的陈述，令我恨不得堵住自己的耳朵。可是其中一句话却引起我的注意。“抱歉，卢修斯，”我不得不打断他，“你说左眼被切除？”

“是的。”他回答得很迅速。

“只有左眼？”

“是的，”这次回答的是科雷兹勒，“右眼依旧完好。”

马库斯有些兴奋。“凶手没有完成，因为他被打断了。”

“的确有可能，也许是因为他发现了守卫，”科雷兹勒指着尸体心脏处，“心脏的事情之前没有发生过，警探先生。”

马库斯突然向门口冲去，“罗斯福长官，能再给我们四十五分钟吗？”他问。

罗斯福看看表。“有点紧张。监狱长和他的随从通常 8 点上班。怎么了，艾萨克森？”

“我需要去拿一件设备——做个试验。”

“试验？什么试验？”像罗斯福这样的自然主义者，“试验”一词本身就意味着“行动”。

“有些专家认为，”马库斯回答，“人在死亡的那一刻，眼睛会记录下他在临死前看到的最后影像。如果我们将人眼作为镜头，那么这些影像就可以被拍成照片。我想试一试。”

罗斯福对于这一建议思考了几秒，“你认为他是看着凶手死的？”

“有这个可能性。”

“下一位验尸官会发现你的试验痕迹吗？”

“不会，先生。”

“嗯，这主意不错。好的。”罗斯福坚定地点点头，“去取设备吧。但是我提醒你，警探先生，我们 7 点 45 分必须要离开这里。”

马库斯闻言立刻从后门冲了出去。他走以后，卢修斯和科雷兹勒继续检查尸体，而我坐在地板上，身心俱疲，已经无法再支撑自己站起来。我抬头望着莎拉，希望从她那里获得安慰，却发现她直勾勾地盯着手术床尾，神情莫测。

“医生，”莎拉轻声说道，“他的脚是怎么回事？”

科雷兹勒转过身，看了看莎拉，并顺着她的眼神看向尸体的右脚。那只脚此时悬在床尾，肿得像馒头一样，和小腿之间形成一个奇怪的角度。当然，和尸体身上其他的可怕伤痕相比，此处异状显得有些微乎其微，难怪刚才卢修斯没有注意到。

科雷兹勒托住那只脚，仔细看了看。“畸形足，”他最后判定，“这个孩子有畸形足。”

这条线索引起了我的兴趣，“畸形足？”

“是的。”科雷兹勒回答，然后把那只脚重新摆好。

在我看来，这是个测试，是测试我们在这段时间里的思维活跃程度。因此，尽管我们都已非常疲惫，却仍然要打起精神，对给我们的受害者带来痛苦和折磨的这一身体畸形的隐含意义进行推论。一直到马库斯带着照相设备回到太平间，并做好一切拍照准备，我们的讨论依然如火如荼。后来对“黑棕酒吧”里与罗赫曼相熟的人的调查也证实了我们的一些推论，它们是非常有价值的。

莎拉认为，凶手一开始就被罗赫曼吸引，是因为他和受害者一样，都受到身体畸形的困扰。但是，如果罗赫曼对自身缺陷表现出的态度是愤怒和不满——这个年龄和职业的孩子很容易这样，他对别人的关怀之举就会反应剧烈。而这种反应，恰好激发了凶手内心对于不服从管教的孩子的憎恨和愤怒。科雷兹勒对这一观点表示同意，并进一步分析说，罗赫曼对凶手的同情之举反应冷漠或者出言不逊，有可能让凶手内心产生一种新的、更深刻的愤怒之情，令他后来做出挖走受害人心脏这样的事情。很明显，凶手本想将自己的暴行提高到一个新的高度，但过程却不幸被守卫打断。我们都知道，这意味着更大的麻烦——一旦计划被打断，这个男人的反应将极为可怕。

这时，马库斯说他已经准备好，科雷兹勒后退几步，以便马库斯能够将他带来的设备放在尸体旁边。接着，马库斯叫我们把头顶的大灯关掉，又叫卢修斯将厄内斯特·罗赫曼剩下的右眼慢慢从眼眶中拉出来。卢修斯照办之后，马库斯拿出一盏很小的白炽灯，放在死者的眼睛后面，将照相机对准它。照了两张相，他又拿出两根细细的电线，电线的一端拴着两根细金属条。他将电线和眼部神经连到一起，用电激活神经，又拍了好几张照片。最后，他关掉白炽灯，对着已经被电激活，却未被照明的右眼拍了两张照片。整个实验工程看起来古怪异常（我后来在法国小说家儒勒·凡尔纳[①]的作品里也看到了相关描述），但马库斯对此充满希望，恨不得马上回暗室将照片冲洗出来。

我们收拾好马库斯的设备准备离开，这时我看见科雷兹勒紧盯着罗赫曼的脸，似乎有所动容。我尽量不去看那具残缺的尸体，站在科雷兹勒的身边，一只手搭在他的肩上。

---

① 儒勒·凡尔纳：法国作家，被誉为“科幻小说之父”。其代表作品有《地心游记》《海底两万里》《八十天环游世界》等。

“是镜像。”他喃喃自语。一开始，我以为他在说马库斯的某个实验步骤，但后来想起几周前的一次对话中，我们曾说起被害者的遗体实际是一种镜像反映，反映出凶手所遭受的精神伤害的剧烈程度。

罗斯福站在我的身边，双眼注视着受害人的遗体。“这景象太残忍了，凶手完全没有人性……”

“为什么会这样？”科雷兹勒问道，似乎在问所有人，“为什么偏偏这样？”他伸出手指向尸体，我知道他指的是那些残缺的肢体。

“只有魔鬼本人才能解释，”罗斯福说，“除了红色印第安人，我还从来没有见过这么残忍的景象。”

科雷兹勒和我闻言同时惊住，转身望着罗斯福。我们的眼神令他浑身不安起来，“你们两个怎么了？我难道不能这么说吗？”他恼羞成怒。

“罗斯福，”科雷兹勒向前走了一步，冷静说道，“你是否可以重复一下刚才那句话？”

“有很多人批评我说话，”罗斯福回答，“但我说话从不含混。我相信我已经说得很清楚。”

“是的，你说得很清楚。”艾萨克森兄弟和莎拉走过来，他们从科雷兹勒的脸上读取到了愤怒，“但究竟是什么意思？”

罗斯福为自己辩解：“我只不过是想到自己以前碰到过的另一件残暴的事情。那是我在达科他州荒原放牧时，我看见几个白人被印第安人杀死，而且被残忍分尸，就像这样——我想，是为了恐吓别人。”

“是的，”科雷兹勒说，仿佛在回答自己，又仿佛在对罗斯福做出回应，“我们通常会这样想。但是，凶手真的是为了这个目的吗？”他开始围着桌子走，一边踱步，一边摩挲着自己的左臂，时不时还轻轻点头，“典范，他需要的是一个典范……凶手的行为一直非常连贯，经过深思熟虑，条理分明——他是在模仿什么……”他突然低头看了一下时间，对罗斯福说道，“罗斯福，顺便问一下，你知道自然历史博物馆几点开门？”

“我当然知道，”罗斯福有些骄傲，“我父亲是创始人，而我自己也——”

“到底几点？”

“9 点。”

科雷兹勒点头，“很好。摩尔，你和我一起。其他的人——马库斯，你去冲洗照片看能否有所发现。莎拉，你和卢修斯回办公室，然后去联系华盛顿陆军部，去查一查因为精神问题而被军队退回的人员档案。告诉他们，我们只对那些曾经在西部服役的人感兴趣。如果电话打不通，就发电报。”

“我认识一些在陆军部工作的人，”罗斯福补充说，“不知道能不能帮上忙？”

“一定可以，”科雷兹勒回答，“莎拉，记下那些人的名字。快去，你们都快走！”莎拉和艾萨克森带着设备离开了，科雷兹勒看着我和罗斯福：“你知道我们要去做什么吗，摩尔？”

“是的，”我说，“可是，为什么偏偏去博物馆？”

“去见我的一个老朋友——弗朗茨·博厄斯[①]。如果说肢解尸体在印第安部落中有某种特殊文化意义的话，或许他可以告诉我们答案。如果真是这样，罗斯福，那么我应该感谢你。”说完，科雷兹勒将布单重新盖在罗赫曼身上，“不巧的是，我让史迪威把马车赶回家了，这意味着我们得叫车去。你能顺路送我们吗，罗斯福？”

“不行，”罗斯福回答，“我最好留在这里处理后事。外面那些人肯定还有许多问题要问。但是我祝你能够找到新的发现，医生。”

在给罗赫曼验尸期间，太平间外聚集的人越来越多。莎拉和艾萨克森兄弟显然已经顺利地通过了人群，因为出去以后我们并没有发现他们的身影。科雷兹勒和我就没有那么幸运了。路刚走了一半，就有人发现了我们，警惕地注意着我们的一举一动。突然，一个拿着斧头柄的彪形大汉拦住了我们的去路。大汉冷眼看着科雷兹勒，明显已经认出他。我转过身，发现科雷兹勒也认识此人。

“哈！”大汉的声音仿佛从身体深处迸发出来，“原来他们找的是著名的科雷兹勒医生！”从口音判断，这是一个来自社会下层的德国人。

“霍普纳先生，”科雷兹勒平静地回答，声音中却有一丝警惕，这个拿着斧子的人可能相当危险，“很遗憾，我和同事要去别的地方处理一些事情。请让

---

① 弗朗茨·博厄斯（Franz Boas，1858—1942），德国裔美国人类学家，现代人类学的先驱之一，享有“美国人类学之父”的名号。

我们过去。”

“那么，那个叫罗赫曼的孩子怎么办，医生？”大块头霍普纳并未让开。“你和这件事有什么关系？”一些附近的人开始低声和他呼应。

“我不知道你在说什么，霍普纳，”科雷兹勒冷冷说道，“请让开。”

“不知道？”霍普纳用斧头柄敲打自己的手心。“我不相信，你们认识这位医生吗？”他对人群喊道，“这家伙破坏了多少家庭，从多少父母那里偷走了他们的孩子！”人群中传来一阵阵欢呼。“我要求知道你在这件事里的作用，医生！是不是你把罗赫曼从他父母身边抢走的？就像你把我女儿从我身边抢走一样！”

“我已经告诉过你了，”科雷兹勒说，他的牙齿咬得咯咯作响，“关于罗赫曼我什么都不知道。至于你女儿，霍普纳，她是自己要求离开你的，因为你总是用棍子殴打她——就像你现在这样！”

人群中有人吸气，霍普纳怒眼圆睁。“我在自己的家里教训自己的孩子，这是我自己的事！”他大声反驳。

“可是你女儿并不这么想，”科雷兹勒说，“现在，最后一次——你给我让开！”

科雷兹勒说的是德语，那是一种命令的语气，就像对用人或者下级发号施令一样。霍普纳恼羞成怒，仿佛被人当面啐了一口。他高高举起斧柄，正准备朝科雷兹勒抡过去，我们身后突然传来一阵骚乱。转过身去，我看见一匹高头大马拉着马车朝这边驶来。站在车厢外侧的是我认识的一张面孔：杰克·麦克马纳斯。他挥舞着巨大的右臂——那是他的强大武器之一，十年之前在拳击台上曾经让无数对手望之生畏。如今的他早已不再参加比赛，因为他已经成为保罗·凯利的私人保镖。

凯利的豪华马车向我们缓缓驶来，黄铜镶边在阳光下熠熠生辉。个子虽小却肌肉发达的车夫挥舞着马鞭。人们都知道车子里面坐着的是谁，纷纷退让到一边。车子刚停，麦克马纳斯就跳下车来，拉了拉帽子，用满含威胁的眼光打量着四周。确认安全之后，他才拉开车门。

“我建议你们上车来，先生们！”马车里传来一个戏谑的声音。话音未落，一张英挺的面孔出现在马车门口，“你们清楚暴民会具有怎样的杀伤力。”

28

“哈！你们看！”马车离开贝尔维尤医院的路上，凯利回头看着喧闹的人群兴高采烈地说道。“这群人们终于动起来了！这会让住在豪华大厦里的人好几晚都睡不着觉，是不是，摩尔？”我坐在科雷兹勒身边，和凯利正好面对面。说完，他转身面对我们，镶金手杖重重往地上一敲，然后大声笑道：“当然，这种情况不会维持多久——他们很快就会重新把孩子送进一周才挣一美元的血汗工厂，甚至坚持不到罗赫曼下葬。如果想让示威继续，就还需要另外一个牛郎送命。不过，就现在而言，已经很可观了。”凯利向科雷兹勒伸出自己戴满各种宝石的右手，“您还好吗，医生？真是荣幸！”

科雷兹勒和他轻轻握了握手，“你好，凯利先生。还好，有人觉得这种情况很有趣。”

“哦，的确如此，医生，我觉得很有趣——这也是为什么我尽力安排的原因！”科雷兹勒和我对此没有发表意见。“好了，先生们，如果没有人在后面使劲，你们难道认为那些人会主动站起来？适当的时候用点小钱是应该的。而且我不得不说，我从未料到能在这样的场合遇见尊贵的科雷兹勒先生！”他的惊喜透露着满满的虚伪。“能送二位一程吗？”

我看着科雷兹勒。“给我们省了车钱，”我说，科雷兹勒也点头。然后，我对凯利说，“去自然历史博物馆，在第七十七大街和——”

“我知道它在哪里，摩尔。”凯利用手杖捅了捅车顶，威严地高声说道：“杰克！告诉哈利去第七十七大街和中央公园西面。要快！”然后，脸上露出充满恶意的笑容：“我有点吃惊，居然能在这里遇见你，摩尔。我以为自从比弗那件事以后，你对这些谋杀案已经不感兴趣了呢。”

“还得需要好几个比弗，才能让我彻底失去兴趣。”我希望自己看上去没那么窝囊。

“哦，那我再送给你几个，”凯利的脑袋向杰克的方向点了点。我的脸上一定露出了后悔的表情，因为凯利又开始大笑，“放轻松，我说过，只要你不把我和凶杀案连在一起，我就不会动你。你的表现一直不错，不过我希望你的朋友斯蒂芬斯也和你一样乖。说起来，摩尔，最近你没有写什么东西了，是不是？”凯利狡猾地笑着。

“我在收集资料。”我说。

“那是当然。你的医生朋友这趟出来只是锻炼身体？”

科雷兹勒不安地在座位上动了动，但声音依旧平静：“凯利先生，既然你如此善心地愿意送我们一程，不知道是否可以问你一个问题？”

“当然，医生。或许你很难相信，但是我对您怀有很大的敬意——噢，我还曾经读过您写的一本专著，”凯利笑道，“虽然没读完，但读了一大半。”

“谢谢。”科雷兹勒说，“请告诉我——虽然我对你提到的凶杀案所知不多，但我很好奇，为什么你要煽动甚至威胁那些本来与这件事毫无关系的人？”

“我威胁他们了吗，医生？”

“当然，你知道这样会导致社会不安和治安动荡。很多无辜的人会受牵连，甚至入狱。”

“没错，凯利，”我补充说，“在纽约这样的地方，你做的事情会很快失控。”

凯利思索片刻，依然面带微笑，“让我来问你一个问题，摩尔——每天都有赛马，但大多数人却只对他下注的那几匹马感兴趣，为什么？”

“为什么？”我有些迷惑，“嗯，因为如果和你没有关系……”

“就是这个原因，”凯利打断我的话，若有所思地笑了，“你们二位坐在车里，说城市治安会动荡。可是，这和我有什么关系？我管它纽约会不会被烧成灰？不管什么人笑到最后，他总归要喝酒吃饭，找个地方打发寂寞，那么我就是那个给他提供娱乐消遣的人。”

“如果真的这样，为什么你会这么关心这件事？”科雷兹勒问。

“因为这件事让我愤怒。”今天第一次，凯利的脸上没有任何表情，“就是这样，医生——让我愤怒。那些人因为第五大道男孩遇害的事情充满抱怨，可是他们做什么了？他们什么都没做，却想从中得利？这是赌博，是不公平的游戏——不管你把这种行为叫作什么。我只是不介意让它有时候失点控而已。”笑容又回到他的脸上，“或者，我的态度之下还有更深层次的原因，医生。也许你能够在我的生活‘情境’中找到并分析出来，如果你有机会知道我的过往。”他这句话让我和科雷兹勒大感意外。凯利粗俗的智慧里有一种震慑的力量，让人觉得他无论面对任何人都可以制造威胁。“但不管原因是什么，”望着马车外面的人群，凯利笑得更加欢快，“我非常乐于看到目前的事态。”

“这难道不会使结果变得更复杂？”科雷兹勒追问。

“医生！”凯利假装有些头晕，“我得让自己的大脑缓一缓，”说着，他弹开手杖顶盖，露出里面一小节空心处，那里装满了亮晶晶的粉末。“先生们也来点儿吗？”他主动邀请我们。科雷兹勒和我都婉言谢绝。凯利取了一些放在自己的手腕上，使劲嗅了嗅：“起得太早，身体功能还没有完全清醒。我不想让自己看上去像个瘾君子，但我的确不喜欢早上太早起床。无论如何，医生——”他用一块上好的丝质手帕擦了擦鼻子，然后合上手杖顶盖，“我不清楚这件案子现在究竟有些什么动作，”他双眼紧盯着科雷兹勒，“您是否知道一些内幕？”

科雷兹勒和我并没有回答，这使得凯利在接下来的时间里不无讽刺地对警方的不作为进行批判，直到马车行驶到中央公园西面并停下来。科雷兹勒和我走下马车，希望凯利可以就此闭嘴。可是刚踏上人行道，他的脑袋却又从后面探了过来：

“很荣幸，科雷兹勒医生，”他大声说，“还有你，大记者。最后一个问题——你们不会以为那些大人物会真的让你们继续调查吧？”

我完全没有防备，被他的问题吓了一跳，但科雷兹勒要镇定得多。“对于这个问题，我只能用另外一个问题来回答，凯利——你会让我们继续吗？”他问。

凯利仰头望着清晨的天空，“说实话，还没有想过。我从未想过我要回答这样的问题。这些案件的发生对我有好处。如果真的要损害我的这些好处——哈，我在说什么呢？鉴于你们现在进行的工作，如果没有被抓起来，就已经非常幸运了，”说完，他拄着手杖，“再见，先生们！哈利！回新布莱顿去！”

我们望着马车离开，杰克·麦克马纳斯仍旧站在车厢外面，像一只丑陋的、生长过度的大猩猩。转过身，我们朝着具有早期文艺复兴风格的自然历史博物馆走去。

博物馆建馆还不到三十年，却早已收集了一批专家级别的收藏品，和众多骨骼标本、岩石、动物和昆虫标本。在博物馆的各分馆里，最负盛名、也最反常规的是人类学博物馆。后来我才得知，我们今天要去拜访的那个人——弗朗茨·博厄斯，正是人类学博物馆的负责人。

博厄斯和科雷兹勒年纪相仿，出生在德国，在那里接受教育并成为一名实验心理学家，来到美国后才转行成为人类学家。很显然，由于相似的经历，博厄斯来到美国之后，和科雷兹勒熟识并成为好友。但他们的友谊更多建立在相同的科学理念上。科雷兹勒因为“情境”心理学说而闻名，认为成年人的性格形成和他的个人经历之间具有极大关联。博厄斯的人类学研究则在许多方面体现了对科雷兹勒“情境”学说的应用，并将其运用到更广阔的领域——文化领域。通过对美国西北部印第安人部落的研究，博厄斯总结出自己的理论：文化形成的最主要原因是历史，而非种族或地理因素。不同种族的群体之所以行为不同，不是因为生理或气候原因（许多例子都可以证明生理或气候理论的矛盾所在），而是因为他们自出生以后就被教导要那样做。因此，从这个角度出发，所有文化都是平等的。对于反对者所提出的某些文化要更进步和文明，从而可以被视为更高级文明的说法，博厄斯则认为，“进步”是一个完全相对的概念。

自从1895年被任命为历史自然博物馆人类学分馆的负责人以来，博厄斯在此注入了许多他的想法和心血。漫步在展示厅里——就像我们那天早上那样，你会感到一种文化的活力和兴奋流动全身。当然，这种感觉可能来自靠在墙边的巨大图腾上一张张鲜活的面孔；或者是因为展厅角落里一只巨大的独木舟，里面坐着正奋力划桨的印第安人雕像；又或者是因为展厅别处所陈列的一件件武器、面具、服装和其他工艺品。无论出于何种原因，走进展厅，你会觉得已经离开了喧嚣的曼哈顿，来到地球上并不被我们熟知的一个偏远角落。对于那里我们几乎一无所知，却偏执地将其称为“蛮夷之地”。

科雷兹勒和我在博物馆角楼一间可以俯瞰第七十七大街的凌乱办公室里见到了博厄斯。这是一个小个子男人，却长了一个大大的圆头鼻和一把茂盛的胡须。他的头发已经开始稀疏，棕色眼睛里闪烁着我经常能在科雷兹勒眼睛里发现的睿智的光芒。两个人友好并热烈地握手，分享着见到彼此的热切和欢愉。可是，我们的到来似乎打扰了博厄斯手头的工作——在莫里斯·K.吉萨普的赞助下，他正在为自己的美国西北角远征之旅做准备。于是我们长话短说。说实话，对于科雷兹勒的百分之百坦承，我有些吃惊。博厄斯似乎也震惊于我们所描述的故事。他站起来，严肃地看了看我们二人，然后将办公室的门紧紧关上。

“科雷兹勒，”他的口音和科雷兹勒极为相似，只是更柔和一些，“你知道自己在做什么吗？如果这一切被曝光，一旦你失败——太凶险了！”博厄斯挥了挥手，然后取过一支香烟。

“是的，我完全知道，弗朗茨，”科雷兹勒回答，“可是，你让我怎么做？他们还只是孩子。无论如何被遗弃，如何不幸，杀戮还会继续。而且——如果我们能够成功，将会出现很多的可能性。”

“我不能理解为什么会有记者也加入，”博厄斯看了看我，点燃香烟，并抱怨着，“但是你的工作很重要，科雷兹勒。已经有公众和同行对你产生了不信任——万一你失败，会被他们嘲笑和鄙夷！”

“你没有在认真听我说，”科雷兹勒有些恼火，“你以为我就没有这样想过吗？言归正传，摩尔先生和我时间紧迫，你也是。所以，恕我直言，你到底帮不帮忙？”

博厄斯吐了一口烟圈，仔细打量着我们，最后无奈地摇摇头，“你们想知道关于平原部落的事情？”科雷兹勒点头。“好吧，但是有件事很重要——”博厄斯伸手指着科雷兹勒，“你绝对不可以说，印第安部落的文化习俗需要为这个纽约杀人犯的行为负责。”

科雷兹勒叹气，“弗朗茨，求求你——”

“哦，我对你并无怀疑，可是，我并不认识和你一起查案的那些人。”博厄斯再一次看着我，眼神中满是不信任。“民众对于印第安人的误解已经太多。所以你必须向我发誓，拉兹洛。”

“我为自己，也替我的同事发誓。”

博厄斯轻蔑说道，“同事，这可不好说。”他开始在书桌上翻找着什么，“我对你们想了解的部落所知有限。但是，我手底下有一个年轻人，他或许可以帮助你。”说完，他起身走到门口，将门拉开，冲着秘书喊道：“詹金斯小姐！魏斯勒博士在哪里？”

“在楼下，博厄斯博士，”秘书回答，“他们正在准备‘黑脚族’[①]的展览。”

“哈，”博厄斯走回办公桌前，“很好，展品还没有到位，所以你们得下去和他谈。不要被他年轻的外表欺骗，科雷兹勒。他这几年学到了很多，也见识了很多。”他的语气和缓下来，走向科雷兹勒，再次伸出右手，“不逊于我认识的任何一位专家。”

两个人彼此笑了笑，但当博厄斯和我握手时，笑容却再次被怀疑所取代。然后他把我们送出办公室。

走下楼梯，我们又一次经过展厅里巨大的独木舟。我们向警卫问路，他告诉我们，魏斯勒博士在另一间展室。但当我们找到那里，门却是锁着的。科雷兹勒敲了敲门，没有人回应。可以听见门内有人来回走动和说话的声音，还有厮杀声、叫喊声，好像你能在西部听到的那种声音。

“天哪，”我说，“他们不会把活的印第安人放在里面展览吧？”

“别胡说八道，摩尔。”科雷兹勒又用力敲了敲门，门终于开了。

出现在我们面前的是一个二十五六岁的年轻人，留着一头鬈发，胖乎乎的圆脸上跳动着一双蓝色的眼睛，嘴唇上留着一撮小胡子。他身穿马甲，戴着领结，嘴角叼着一支老烟枪，头上却戴着一顶巨大的、看上去很是吓人的印第安人羽毛头饰——我猜是老鹰毛做的。

“有事吗？”年轻人说，笑容热情，“有什么需要我做的？”

“魏斯勒博士？”科雷兹勒说。

“克拉克·魏斯勒，没错。”突然，他好像意识到自己正戴着羽毛头饰，“哦，真是对不起，”他一边道歉，一边把它摘下来，“我们正在准备展览，我对此非常感兴趣。您是——”

“我叫拉兹洛·科雷兹勒，这位是——”

“科雷兹勒医生？”魏斯勒两眼发亮，迅速打开房门。

“是的。这位是——”

“这真是太意外，太让人惊喜了！”魏斯勒热情地和科雷兹勒握手，“太荣幸了！我读了每一本您写的书，医生——您应该再多写几本的。心理学领域需

① 黑脚族：北美印第安人的一个种族。

要像您这样的学者。”

我们走进屋内，这里地方虽大，却十分杂乱。魏斯勒的热情一直不减，说个不停，只是在中间停下来和我握了一下手。从他的言辞中得知，他最初念的也是心理学，然后才转向了人类学研究。即便在目前的人类学工作里，他也将自己的研究重点放在不同文化价值体系的心理学表现上，这些表现可以从神话传说、艺术品、社会结构等领域反映出来。我们躲开一群正在工作的工人，来到大厅较偏远的角落。听到我们正在调查的案件之后，魏斯勒同博厄斯一样，也对将凶手的恶行和印第安文化牵连在一起有可能带来的影响表示担忧。在科雷兹勒做了同样的保证之后，魏斯勒对于科雷兹勒无可抑制的仰慕之情令他的担忧一扫而空。关于肢解尸体的行为，他迅速地为我们提供了他的分析，其见解之深刻，让人几乎不敢相信这些话竟然出自一个如此年轻的人。

“是的，我明白你们为什么会来这里，”他说。他的手里拿着羽毛头饰，本想找个地方放下，附近却只有建筑瓦砾。“很抱歉，但是——”他重新将头饰戴到头顶，“我必须保证这东西到展览时还是干净的。所以，你们所说的分尸，或者部分分尸，的确和印第安部落处理敌人尸体的方式有些相像，尤其是苏族[①]人。但是两者之间又有很大区别。”

“我们一个一个来说，”科雷兹勒说道，“首先是相似之处——印第安人为什么要这样做？他们这种行为只针对死人吗？”

“通常是这样，”魏斯勒回答，“您也许也读到过不同的说法，但苏族人很少折磨活人。当然，部落也有一些这样的行为——比如一个男人如果有证据证明妻子对他不忠，就会将她的鼻子割下来以示惩罚。但是，此类行为一般会有非常严格的规定。所以，你所知道的大部分骇人听闻的事件通常都发生在已经死亡的敌人身上。”

“那么，为什么要这样做？”

魏斯勒点燃烟枪，小心翼翼地不让它接触到羽毛，“苏族人有一套非常复杂的关于死亡和灵魂世界的信仰。我们目前还在收集资料和案例，希望能更好地理解他们信仰的整个构架。简单来说是这样的：每个人的‘那吉’，就是魂魄

① 苏族：北美印第安人的一个部落。

的意思，不仅会受到死亡方式的影响，也会被死后肉体的直接遭遇所影响。你知道，魂魄在前往灵魂之地之前，会在肉体附近逗留——算是在为长途旅行做准备吧。为了能够顺利达到灵魂之地，并享受自己的死后生活，魂魄可以带上他生前觉得有用的东西。但前提是，在他死亡的那一刻，这样东西必须存在于肉体之上。如果一个勇士杀死了他敬仰的一个敌人，他不必将他的尸体分解，因为根据另一种说法，死亡的敌人将会在灵魂之地成为勇士的侍从。所以，谁会需要一个肢体不全的侍从呢？但是，如果勇士非常憎恨他的敌人，不想让他享受灵魂之地的幸福生活，那么他就会做出你所描述的那些事来。比如阉割——在苏族关于死后生活的信仰里，灵魂可以和女性交配，且不会让她们怀孕。所以，割掉死人的生殖器，则意味着他无法享受灵魂之地的这一福利。此外，灵魂之地还会有武力比赛或游戏，一个没有了手或其他重要器官的魂魄，不可能在这样的活动中获得胜利。在战场上，我们看到过许多像这样的肢解分尸行为。”

“那么眼睛呢？”我问，“在那个地方也是这样吗？”

“眼睛不太一样。你知道，通往灵魂之地的旅途充满艰险，魂魄如同一根非常窄小的木头，需要跨越危险的神秘河流。如果魂魄胆怯或失败，他就会回到我们的世界，做一个孤魂野鬼。所以，一个失去眼睛的魂魄根本无法完成这一艰险旅程，他将注定成为无所去处的孤魂。苏族人将这件事看得很重。死后成为孤魂野鬼，是他们最不能接受的事情之一。”

科雷兹勒一边听，一边在笔记本上记录。记完最后一笔，他点点头，然后问道：“那么，苏族人的分尸和我们案件中的分尸有什么不同？”

“嗯……”魏斯勒抽了一口烟，思索道，“你描述的案件和苏族人有些原则上的差别，但也有几处只是细节上的不同。最重要的是，案件里的受害人臀部被割掉，而且凶手还提到食人现象。苏族人和大多数印第安人部落一样，对食人故事尤为恐惧。这也是他们最痛恨和蔑视白人的地方之一。”

“白人？”我说，“但是，我们并不是——嗯，公平地说吧，我们不是吃人族。”

“大多数情况下不是，”魏斯勒回答，“但也有例外，而且印第安人都知道。还记得 1847 年的‘唐纳事件’吗？那群人爬雪山的时候路被封住，没有了食物——然后他们中间有人吃掉了别人。这些故事一直都在西部的印第安部落里流传。”

“可是，”我觉得有必要抗议一下，“你不能因为只有少数人这样做，就影响对整个文化的判断。”

“当然可以，摩尔，”科雷兹勒说，“你还记得我们对凶手进行推论的基本原则吗？因为他过去的经历，因为他和某些人早期的交往，他对整个世界的判断便具有了独特的看法，我们虽然可以说他的看法是错误的，但是，考虑到凶手的过往，他没有别的选择。同样的道理也适用于这里。”

“美国西部的印第安人部落和白人之间一直互有敌意，摩尔先生，”魏斯勒也同意科雷兹勒的说法，“而且在最初的印象产生之后，误解不断加深。例如，若干年前，苏族部落首领‘坐牛’和白人共进晚餐，其中有一道菜是猪肉。‘坐牛’以前没有见过猪肉，却听说过‘唐纳吃人事件’，所以就以为那是人肉。这就是文化不同引起的误解。”

“还有什么不同？”科雷兹勒问道。

“嗯，把生殖器塞在嘴里——那是完全不必要的，苏族人不会这样做。你已经阉割了那个人的灵魂，再把他的生殖器塞在嘴里并没有任何实际的作用。但是最重要的区别是，案件里的受害者都是孩子，是儿童。”

“我还有个问题，魏斯勒博士，”科雷兹勒说，扫了一眼自己的笔记，“会不会有人曾经目睹印第安人肢解尸体，却并不了解这一行为的文化含义，只把它看作野蛮行径，然后模仿其方式做出我向你描述的那种杀戮？而且，这个人在模仿的同时也许会认为，越多的野蛮行径或许会让他的行为看起来越像印第安人？”

魏斯勒思索片刻，随后点头，将已经燃尽的烟灰从烟管上敲下来，“是的，没错，我也这么想，科雷兹勒医生。”

紧接着，科雷兹勒递给我一个熟悉的眼神，似乎在说让我们赶紧坐车回去，回到办公室。他对魏斯勒说，自己还有紧急事情要处理，而后者其实非常想和他再深入交谈，但是科雷兹勒许诺改天会再来找他。说完，他飞快朝门口跑去，留下我一个人对魏斯勒表达匆忙离去的歉意——毫无意外，魏斯勒本人并不介意。科学家的大脑通常都无规律可循，他们对彼此的这种行为都相当宽容。

等我追到大街上，科雷兹勒已经截下一辆马车钻了进去。如果我不加快速度，很有可能会被甩下。于是，我赶紧冲过去跳上马车，随手关上车门。

“百老汇大街808号！”科雷兹勒对着车夫大喊，对我兴奋地挥舞着拳头，“你明白了吗，摩尔？明白了吗？他一直都在那里，我们的凶手，他目睹了一切！他认为这种行为既恐怖又肮脏——‘像红色印第安人一样脏’。然而，他认为自己也是充满污秽的。他一直在和愤怒暴力的情绪对抗，但是当他杀人时，只会陷得更深，陷入一个连自己都唾弃和鄙视的程度，陷入他所能想象到的最野蛮、最动物化的行为——虽然这是模仿印第安人的行为，可是在他的认知里，这比印第安人更印第安人。”

“那么他去过西部边陲？”我问道。

“他肯定去过，”科雷兹勒回答，“或者是幼年，或者参军的时候——希望我们能从华盛顿那边得到一些线索。让我告诉你，约翰，我们或许昨晚犯了错误，但今天，我们距离凶手绝对又近了一步！”

29

我们或许正在靠近，但遗憾地说，却并未如科雷兹勒所希望的那样美好。回到办公室后我们得知，虽然有罗斯福帮忙，莎拉和卢修斯却未能从陆军部获得任何有用的线索。因精神疾病而停止服役的军人的相关资料都属绝密，不能仅通过电话来获取，所以华盛顿之行已经迫在眉睫。事实上，就目前我们获得的所有线索而言，离开纽约势在必行。无论凶手是否曾经在西部长大，还是曾经在那里服役过，都必须有人去那里才能确定这些线索的真假。

于是，我们便开始查对历史时间和地图，以寻找有可能发现线索踪迹的地点。最终，我们锁定两个区域：或者，凶手在童年时代曾经目睹过惨烈的、曾导致 1876 年小巨角河之战①中卡斯特将军的死亡的白人与苏族人战役；或者，

① 小巨角河战役（Battle of Little Big Horn），又译作小大霍恩河之战、小大角战役、小比格霍战役。发生在 1876 年 6 月的蒙大拿州小比格霍河附近，是美军和北美势力最庞大的苏族印第安人之间的战争，被称作“最惨烈的”美军与印第安人之间的战役。最终以印第安人的胜利而结束。

作为陆军的一员，凶手有可能参加了1890年的“伤膝河惨案”[①]，对不满的苏族人进行屠杀和镇压。无论是哪一种情况，科雷兹勒都迫切地希望可以马上派人去西部了解情况。就像他说的那样，他现在怀疑，凶手对茨威格兄妹的残害或许并非他初次杀人。如果凶手曾经在西部有过杀人前科——无论是在服役前还是在服役中，应该会留下一些案件记录。的确，这样的杀人案也许一直没有被破案；有可能它被归咎于是印第安人的杰作。但是，肯定会有相关材料被保存下来，或者在华盛顿，或者在西部某个地方的行政办公室里。而且，就算没有类似的凶案发生，我们也的确需要自己的人在那里，以配合求证在华盛顿有可能会发现的新线索。只有实地探访，才能准确地知道究竟发生了什么，从而能够更准确地预测凶手下一步的行为。

科雷兹勒计划独自去华盛顿。但当我告诉他，我在那里认识一些记者和政府官员——包括一位在内政部印第安事务所的工作人员——的时候，他便决定将我也带上。莎拉和艾萨克森兄弟都非常向往西部一行。然而，必须有人留在纽约来居中协调。于是经过一番热烈讨论，最终决定让莎拉留下来，因为她还要继续在桑树街警局时不时地出现以迷惑敌人。虽然有些失望，但莎拉是个顾全大局的好姑娘，她欣然接受了这一决定。

艾萨克森兄弟的西部之行需要事先做好联系工作，罗斯福显然是最佳人选。当打电话告知他这一计划时，他兴奋地表示要亲自带着两位警探先生一起去。然而，不管罗斯福去哪里，媒体总会如影随形，尤其当目的地是西部的时候。如果是那样，罗斯福身穿缀着流苏的鹿皮装的打猎照就会出现在各大报刊上，然后就会有人询问他去西部的目的，以及与谁同行——我们的工作可付不起那样的代价。而且，桑树街警局的权力斗争现在已经进入一个相当关键的时刻，这位警局改革的主力不可能在此时突然消失而出现在西部的蛮荒大地上。

所以，只能艾萨克森兄弟自己去。我们推测，如果他们马上出发，就可以

---

① 伤膝河惨案：1890年12月29日，美国将军 James W. Forsyth 率领第七骑兵团的500名美国骑兵对印第安人苏族（Sioux）部族进行屠杀，至少146名（一说300多名）印第安人因此被枪杀。伤膝河惨案在美国历史上是一个标志性的事件，持续三百年的印第安战争画上了一个句号，这也是美国境内针对印第安人的最后一个屠杀事件。

赶在科雷兹勒和我从华盛顿获得新线索并给他们发报前已经就位。于是，当马库斯冲洗完照片并垂头丧气地回到808号办公室的时候——他的眼睛影像实验以失败告终，他惊讶地发现自己马上就要收拾行李，准备第二天早上出发去位于南达科他州的朽木镇。从那里，他和卢修斯将继续南行至“松树岭苏族自留地”，并在那里调查最近十至十五年里任何和分尸有关且尚未破案的谋杀案件。与此同时，我会在华盛顿联系自己在印第安事务部门工作的朋友，也进行同样的调查。科雷兹勒则负责催促陆军部和圣伊丽莎白精神病院，让他们提供因精神疾病而停服兵役的西部军人资料，尤其要对圣伊丽莎白精神病院在信中提到的那个人做进一步的调查。

我们一直忙到下午，才将所有的工作整理出头绪。因为前一晚没有睡觉，每个人都有些昏昏沉沉。此外，还有些家事需要处理，而且还要收拾行李，于是决定提前结束一天的工作。我们互相告别，但精神上的疲倦让我们忽略了告别的重要意义。说真的，我想艾萨克森兄弟可能还没有真正意识到，明天一大早他们就要坐火车横穿美国大陆。科雷兹勒和我也好不到哪里去。莎拉离开的时候说，她明天早上会租车来接我们，并亲自将我们送到车站。看到我们两个面如死灰的神色，她相当怀疑我们是否还有站起来的力气，更别提去赶火车了。

科雷兹勒和我刚走出办公室，在门口遇见了史迪威，他休息了几个小时之后已经完全恢复了精神。他提醒我们，塞勒斯还独自躺在医院里。他说已经把马车赶过来，可以送我们去圣文森特医院去看望他。想到我们这位英勇的同伴，我和科雷兹勒虽已疲惫不堪，却不忍拒绝。想到医院那令人反胃的食物，我们给查理·德莫妮打电话，让他准备一些可口的饭菜让我们可以带到医院去。

塞勒斯头上缠着厚厚的绷带，虽然才6点半，他却已经昏昏欲睡。看见我们送来可口的食物，他面露喜色，却隐瞒了自己被医院护士歧视的遭遇。科雷兹勒知道后非常生气，冲着医院主管发了好大一通脾气。我们在塞勒斯的病房里过得非常愉快，那间病房拥有非常好的视野，可以从窗户看到第七大街和杰克逊广场沐浴在夕阳下的风景。

走出医院大门，天已经快要黑了。我们告诉一直等候在门口的史迪威，他可以上楼去和塞勒斯问个好，我们会在马车上等他。小伙子闻言很高兴，急忙跑进医院。科雷兹勒和我正要坐进马车松软的后座里，一辆救护车突然从不远处冲过来，猛然停在我们身边。若非疲惫不堪，我本应该能够注意到驾驶救护车的人是我曾经见过的一张面孔。然而，我却只来得及将精神集中在车门上。车门突然弹开，里面冲出另外一个我曾经见过的人。我一眼就认出了他——他绝对不是医院救护员，我的内心升起一丝恐惧。

"这是什么鬼！"我低声骂道。对面的男人盯着我，龇着牙笑了。

"康诺尔！"科雷兹勒的脸上满是震惊。

这位前任警探脸上的笑容更深了，满带威胁地朝我们走来。"你们还记得我？太好了。"突然，他从外套里掏出一把左轮手枪，"上救护车。你们两个！"

"别胡闹。"虽然被枪指着，科雷兹勒的态度依然强硬。

相比科雷兹勒，我更加了解康诺尔的为人，所以我试图走温柔路线："康诺尔，把枪拿开。这样做太疯狂了，你不能——"

"疯狂，是吗？"康诺尔很愤怒，"根本不是。这不过是我的新工作而已。我丢掉了原来的工作，你们应该还记得。不管怎么说，有人让我把你们俩带回去——虽然我很想把你们一枪打死在这里。所以，快走！"

因为害怕，所有的疲劳都不翼而飞。我仿佛突然之间又充满活力，尤其是我的双脚。想逃脱几乎不可能——康诺尔是认真的，我知道，他是真的想要我们的命。于是，我拽着一直在挣扎和抗议的科雷兹勒坐进救护车的后座。坐直身体之后，我认出了司机，他就是在桑托雷利家外面想要伏击我和莎拉的那些恶棍中的一个。以往零散的线索现在慢慢被串联起来。

康诺尔从外面锁上救护车车门，和另外一个人爬上车顶。紧接着，车子便以来时的飞快速度又狂奔而去，被关在狭小空间里的我们根本无从判断车子究竟驶向哪里。

"好像是往北走。"我和科雷兹勒挤在黑暗的车厢里。

"被绑架了？"科雷兹勒在愤怒的时候声音总会格外清冷，"这难道是某人的恶作剧？"

"这不是恶作剧，"我试着推了推门，门却坚如磐石，"从警察到罪犯，往往只有一线之隔。我猜，康诺尔已经越过那条线了。"

科雷兹勒很吃惊，"我真不知道应该说什么。你有什么事情需要忏悔吗，摩尔？当然，我不是神父，但——"

"科雷兹勒，你听见我的话吗？这绝对不是玩笑！"说话间，车子突然拐弯，我们都被重重甩到车厢的另一边。

"哎哟，"科雷兹勒叫喊着，试图站起来看自己有无受伤，"我开始明白你的意思了。"

十五分钟之后，我们的狂野之旅终于走到终点。车子不知道停在哪里，四处一片寂静，只能听到康诺尔和他的同伙低声说话和咒骂的声音。车门终于被打开，我依稀记得这是位于莫里山区的麦迪逊大道，距离我们最近的一根电线杆上刻着"第三十六大街"的字样。此刻，我们正站在一幢高大却颇有格调的赤褐色建筑面前，建筑正门两侧各自耸立着一根高大的石柱，巨大的凸窗俯瞰街面。

科雷兹勒和我互相看了看，目光中已了然。"原来如此。"科雷兹勒说，虽然感到有趣，语气中也透露着一丝敬畏。

而我却几乎被吓死。"真见鬼！"我轻声说，"为什么会——"

"快走。"康诺尔指着大门喝道，自己并没有下车。

科雷兹勒又看了看我，耸耸肩，然后抬脚向大楼门前的楼梯走去。"我们还是进去吧，摩尔。他不是个习惯等待的人。"

一位风度翩翩的英式管家将我们领进这幢标号为麦迪逊大道219号的豪宅。豪宅内部的装潢和其外墙一样，完美地融合了富丽堂皇和高雅格调。脚下是光滑平整的大理石地砖，不远处是通向楼上简洁而宽敞的白色楼梯。可是，我们要去的地方并非楼上，而在正前方。走廊两侧随处可见风格典雅的欧洲油画、雕塑和各种陶瓷艺术品，错落有致地摆放着，让人丝毫没有堆砌之感（堆砌感是范德比尔家族豪宅大厅的风格）。沿走廊我们一路走到豪宅后部，管家替我们推开位于尽头的一扇大门，一间空旷深远、灯光昏暗的宽敞房间出现在我们眼前。我和科雷兹勒走了进去。

房间四面的高墙摆满了用顶级圣地亚哥红木制作的书架，这种红木颜色很深，近似黑色，因为这个原因，这间铺满红木的房间被豪宅里的人以及整个纽约都称为"黑色图书馆"。房间地面上铺着厚厚的豪华地毯，墙上镶嵌着巨大的壁炉。名贵的欧洲油画错落有致地挂在墙上，高高的书架上摆满了精致的羊皮装订的各种书籍珍本，是其主人屡次欧洲之行带回的成果。在这个房间里，曾经召开过纽约——乃至美利坚合众国——历史上最重要的会议。如果说先前我和科雷兹勒还在为此行的目的而在内心有所猜测，在看到屋内那几个人的面孔和朝我们投射过来的目光之后，内心的迷惑慢慢清晰起来。

壁炉一侧的长沙发上坐着亨利·波特主教，迈克尔·考瑞根主教坐在壁炉的另外一侧，他们背后各自站着一位牧师：波特身后的那一位高高瘦瘦，戴着眼镜，而考瑞根身后的牧师矮矮壮壮，留着白色胡须。壁炉前站着的那一位我认得，是恶名远扬的美国邮局信件审查官——安东尼·考姆斯托克。在过去二十年里，他一直孜孜不倦地利用国会赋予他的权力对那些使用避孕装置、人工流产、传递淫秽书籍和图片的人，以及任何被他定义为“下流”的行为进行疯狂打压（不知这是否违反宪法）。毫不意外地，在这个人的脸上我只看到了无情和刻薄。然而，站在他身边的那个人拥有一张更加让人心惊胆战的面孔——纽约警局前任巡视官托马斯·伯恩斯。两道粗黑浓密的眉毛下是一双仿佛能够看穿所有、让一切无所遁形的锐利眼睛。此时此刻，茂密生长的胡须却将他的表情深深隐藏，很难从脸上读懂他的内心所想。我们走进房间，伯恩斯转身看着我们，两条眉毛神秘莫测地弯成一个弧度，将头朝着房间中央一张巨大的胡桃木书桌的方向歪了歪。我顺着他的示意朝那个方向望去。

一个男人正坐在书桌前翻阅着桌上的文件，并不时在上面写写画画。这个男人是世界上权力最大的金融家，只可惜他的英挺面孔却被一只红肿的酒糟鼻所破坏。在和他对视的时候，你一定要格外小心，不要对他的鼻子显现出任何异样的关注，否则，将会付出令你无法想象的惨痛代价。

“哈，”约翰·皮尔庞特·摩根[①]从文件中抬起头，随即站起身，“请进，两位先生，让我们把这件事情做个了结。”

---

① 约翰·皮尔庞特·摩根（John Pierpont Morgan Sr.，1837—1913），美国银行家，摩根财团的创始人，曾参与过通用电气（GE）的合并，整合过钢铁大王卡内基的公司，参与过美国许多铁路的建设，建造了强大的金融帝国，并在经济、社会、政治和外交等领域织成了无比繁复的人际关系网络。

第三部分

意愿

所有现实的本源，无论从绝对或实际的角度出发，都是主观的，都是来源于我们自己。当我们是纯粹、不带有感情色彩的理性思考者时，任何出现在脑海里的念头都是事实，因为它们是真实的现象，是我们曾经闪现的念头。然而，当我们是带有感情色彩的思考者时，我们所谓的“现实”，往往是我们自主选择、强调、并满怀意愿去思考的事实。

威廉·詹姆斯

——《心理学原理》

唐璜先生，您邀请我和您共进晚餐，所以，我来了。

唐·庞特

——选自莫扎特歌曲《唐璜》

30

摩根书桌旁留有两张空着的豪华座椅，我忐忑不安地朝那里走去。科雷兹勒却仍然站在原处，和这位金融家冷冷对视。

“在我坐下之前，摩根先生，”科雷兹勒说道，“我想问一下，用枪指着将我们绑来，难道是您惯用的待客之道？”

摩根猛地转向伯恩斯的方向，狠狠地看了他一眼，后者却无所谓地耸耸肩，眨了眨眼，似乎在说：近朱者赤，近墨者黑……

摩根轻轻地摇了摇头，表示着不赞同，“不是的，这并非出于我的命令，科雷兹勒医生，”说着，他伸出手指向椅子的方向，“我希望您能够接受我的道歉。这件事情似乎让所有知道的人都有些情绪失控。”

科雷兹勒轻哼了一声，并不满意对方的说辞，然后，我们两人都坐下了。摩根回到自己的座位，简单介绍了一下在场诸位（除了那两个站在沙发后面的牧师）。然后，摩根向安东尼·考姆斯托克点点头，后者随即走到房间中央，说出的话语和他的脸一样，让人厌烦。

“医生，摩尔先生，我们就不兜圈子了。我们已经了解到你们正在调查案件，出于多种原因，希望你们就此罢手。如果不同意，那么有些事情咱们法庭上见。”

“法庭上见？”我越来越讨厌这个人。“这不是道德案件，考姆斯托克先生。”

“袭击他人是犯罪行为，摩尔先生，”伯恩斯眼睛望着满墙的书架，平静说道，“星星监狱的一个守卫被打掉好几颗牙齿。还有，你们和黑社会头目有结交——”

“得了，伯恩斯。”我飞快打断他的讲话。在报社工作的时候我曾经和这位先生打过多次交道。虽然他令我感到紧张，但我并没有让这种紧张显现出来，“你总不能说他顺路送过我们一回，我们就算是‘结交’。”

伯恩斯没有理会我的反驳。“最后，”他继续说道，“你们还滥用警方人力和资源……”

“我们并不是官方性质的调查。”科雷兹勒冷冷地回答。

伯恩斯的胡须下仿佛露出一丝笑意，“很聪明，医生。但我们都清楚你和罗斯福长官之间的约定。”

科雷兹勒不为所动，“你有证据吗，先生？”

伯恩斯从书架上取出一本书，“很快就会有。”

“好了，好了，各位，”考瑞根大主教又一次露出和蔼亲切的笑容，“我们没有必要互相作对。”

“是的，”波特主教也表示赞同，语气里并没有多少热忱，“如果我们可以了解彼此的——观点，我相信完全可以找到双方都可接受的解决办法。”

摩根没有说话。

“我所了解的是，”科雷兹勒大声说道，主要是说给一直沉默不语的摩根听，“我们被人用枪绑架，还被威胁要对我们进行法律指控。所有这一切，只是因为我们想解决一起让警方头痛不已的杀人案而已。”科雷兹勒掏出烟盒，从中取出一支香烟，愤怒地敲打着椅子的扶手，“或许，这些不法行为之后有复杂的原因，可是我看不见。”

“你确实看不见，医生，”考姆斯托克的声音充满狂热，“这件事根本没有复杂的地方。这么多年，我一直想要压制像你这样的人的言论和作品。可是那些所谓的公务员，用他们对第一法案的荒唐阐释阻碍了我的想法。但是，如果你希望我会袖手旁观，看着你们搅乱社会治安——”

摩根的脸上闪过一丝怒气，被波特主教敏锐地发现，于是，他赶紧打断考姆斯托克，仿佛一个忠诚的仆人——摩根可是圣公会教会最大的金主。

“考姆斯托克先生只是出于义愤而过于直率些，科雷兹勒医生。但在我看来，你们的工作的确打扰了许多纽约居民的内心平静，令社会不安。毕竟，家庭的完整和不容侵犯，以及每个人在上帝和法律面前对自己的行为负责，是我们的文明赖以生存的两大基石。”

“对于平静被打破，我很遗憾，”科雷兹勒点燃香烟，“但是，目前已知有七个孩子被害，或许还有更多。”

"但这是警方的职责，"考瑞根主教说，"为什么你们要牵涉进来？"

"因为警方破不了案。"我抢在科雷兹勒前面回答。虽然那些指责听上去冠冕堂皇，但我无法抑制自己的怒气，"然而，用科雷兹勒医生的方法，我们却可以。"

伯恩斯发出几声微不可闻的轻笑，考姆斯托克的脸涨得通红，"我不相信这是你们的真实意图，医生。我认为，你在伙同保罗·凯利，还有那些无神论的社会活动分子，试图通过拆散美国家庭的手段在社会上制造动荡不安。"

对于这样一番言辞，我和科雷兹勒既没有嘲笑，也没有站起来回击，这是有原因的。我们不能忘记，尽管考姆斯托克的"邮件监审官"头衔看上去仿佛人畜无害，他却戴着这个特殊头衔行使了极大的政治和监管权力。在四十年的职业生涯中，他自豪地吹嘘自己曾经将数十名敌人逼至自杀，还有更多的人被他迫害得家破人亡、名声尽毁。科雷兹勒和我都知道，虽然他现在大发雷霆，但我们其实并没有进入他真正的迫害名单里。但如果继续逼迫他，将来有一天我们回到原来的工作之后，会发现自己成为联邦法庭的罪人，罪名是违反公共道德。所以，面对考姆斯托克的怒火，我没有反驳，科雷兹勒也没有说话，只是疲惫地抽着烟。

"那么，我们制造动荡不安的目的是什么？"科雷兹勒不无讽刺地问道。

"虚荣心，先生！"考姆斯托克冲着我们大喊，"为了发展你那邪恶的理论，获取那些没有受过教育的、迷茫的民众的注意！"

"在我看来，"摩根终于开口说话，语气平静却坚定，"科雷兹勒先生获得的关注已经很多，考姆斯托克，"没有人对此发表意见，于是摩根用手拄着头，对科雷兹勒说道，"这些都是很严重的指控，医生。若非这样，我也不会请你到这里来。我想，你和凯利并不是一伙的？"

"凯利的有些看法并非全无道理。"科雷兹勒说，知道这句话可能会刺激到在场的某个人，"但他本质上是个不法之徒，而且我对他来说并没有利用价值。"

"很高兴听到你这样说。"摩根似乎对科雷兹勒的回答非常满意，"那么其他那些问题呢，那些关于引起社会不安的问题？我必须承认，我对这些东西不是很清楚。但你或许知道，我是圣乔治教堂的高级守护人，就是你们办公室附近的那座教堂。"摩根抬了抬黝黑的眉毛，"我似乎在教堂集会上见过你，医生？"

“我的宗教信仰是私事，摩根先生。”科雷兹勒回答。

“但是你也知道，科雷兹勒医生，”考瑞根大主教突然插话，“教会组织对于维护城市治安至关重要？”

听到从考瑞根的嘴里说出这些话，我不由得看了看一直如雕像般站在主教身后的两位牧师，一个模糊的想法突然出现在我的脑海——是关于为何我们会被带到这里，以及和这些人物进行对话的原因。渐渐地，这一模糊的想法清晰起来，但我什么也没有说，因为那只会激发更多的争论。不，我只是靠在椅背上，任自己的思绪蔓延。现在我已经安心多了，因为我知道，科雷兹勒和我并不像先前以为的那样危险。

“‘秩序’是一个含义广泛的词，大主教先生，”科雷兹勒回答道，“然而，对于您的担忧，摩根先生——如果您只是想了解我们的工作情况，我认为有比绑架更容易的方法。”

“那是当然，”摩根有些不安，“但是既然已经来到这里，医生，或许您可以直接告诉我。这些先生们请求我协助他们终止你的调查。但是，我想先听一下你们双方的意见，然后再作决定。”

科雷兹勒叹了口气，但还是决定继续往下说，“我所提出的心理情境理论——”

“完全是令人生厌的决定论！”考姆斯托克大声说道，无法控制自己的情绪，“人的行为由婴儿和青少年时期所决定——这完全有悖自由、有悖责任！是的，这完全是反美国式的言辞！”

摩根又悻悻地瞪了他一眼。波特主教赶紧安抚地拍了拍考姆斯托克的手臂，后者闭上了嘴，闷闷不乐。

“每个人在法律面前都需要为自己的行为负责，我从来没有反对过这一观点，只除了在真正精神失常病人的案件里，”科雷兹勒双眼紧盯着摩根，“如果征询我的同行，你会发现我对精神疾病的定义要比大多数人保守得多。至于考姆斯托克先生所呐喊的自由，我认同它是一个政治或法律概念。心理学领域所谈论的‘自由意志’，则相对复杂得多。”

“那么你对家庭作为社会机构的看法呢，医生？”摩根追问，语气中并没有责难，“我听到许多人提到这个概念，但都小心翼翼。”

科雷兹勒耸耸肩，然后熄灭了烟蒂，“我对于这个观点并没有过多的看法，摩根先生。我的研究专注于隐藏在家庭内部里的各种形式的罪恶。我只是想揭开这些罪行，并减轻它们施加在孩子身心上的影响。我不会为自己这样的行为道歉。”

“但为什么偏偏要研究家庭问题？”考姆斯托克又开始抱怨，“有很多地方的罪恶要恶劣得多——”

摩根猛地站起身来。“谢谢各位，”他突然对考姆斯托克和那些教会人士说道，粗暴地打断了即将发生的争吵，“伯恩斯先生会送你们出去。”

考姆斯托克看上去还有些茫然，波特和考瑞根主教却明显有经验得多——他们迅速起身离开房间。房间里只剩下摩根，我的心里轻松许多，科雷兹勒也明显如此。虽然这个男人手中握着令人难以想象的神秘力量（一年以前，他成功地将美国从经济崩溃的边缘挽回），他的身上却散发着一种令人放心的力量，这种力量来自他的教养和远大的眼界。

“考姆斯托克先生是一个敬畏上帝的人，”摩根坐下说道，“但我和他之间并无多少共同语言。但是你，科雷兹勒医生……虽然我不甚了解你说的那些理论，我却有一种感觉，你是一个我可以共事的人。”他整理了一下上衣，摸了摸胡子，靠在椅背上，“纽约现在的情形很不稳定，先生们。比你们所知道的更不稳定。”

我想，是时候说出我的想法了。“所以主教们才会出现在这里，”我说，“而贫民窟的情形恐怕更糟，非常糟糕。他们担心他们的钱。”

“他们的钱？”科雷兹勒面带疑惑。

我转身看着他，“他们不是在包庇凶手。他们对凶手其实并不关心。他们害怕的，是移民对这件事的反应。考瑞根担心那些贫民会被凯利和社会激进分子所煽动。如果移民们愤怒起来，就会停止周日的礼拜活动，也不再给教会捐钱——再少的钱也是钱。总的来说，那家伙就是担心他不能如期修好他那该死的教堂而已，还有那些在他计划之内的修缮工程。”

“那么波特呢？”科雷兹勒问道，“你曾经和我说，圣公会在移民里并没有多少教徒。”

“没错，”我笑了笑，“他们的确没有贫民教徒。但是，他们拥有更有利可图的东西。我真是笨死了才没想到这一点。摩根先生或许能够告诉你——”我转向那张巨大的胡桃木书桌，摩根有些不自在地看着我，“纽约城最大贫民窟的地主是谁？”

科雷兹勒猛地吸了一口冷气，“我明白了，是圣公会。”

“圣公会的运作并无任何违法之处。”摩根飞快说道。

“是的，”我回答，“但是，如果那些租客团结起来要求改善住宿条件，圣公会就会非常头痛了。难道不是这样吗，摩根先生？”摩根默默地转过头去。

“但我还是不明白，”科雷兹勒不解地问道，“如果考瑞根和波特都如此担心凶案的恶劣影响，为什么还要阻挠调查？”

“有人告诉我们，这起案件根本破不了。”摩根回答。

“但是为什么连试一试都不让？”科雷兹勒步步紧逼。

“那是因为，先生们，”一道平静的声音从我们身后响起，“只要这起案件被定性为破不了，就没有人会因为无法破案而受到责备。”

说话的是伯恩斯，他送完其他人之后又静悄悄回到房间。这个男人的出现让房间里的气氛再次紧张起来。“那些底层百姓会逐渐明白，”他从摩根的书桌上取过一支烟，“案子破不了很自然，不是任何人的错。那些牛郎从事违法活动，所以死了。是谁杀的？原因是什么？都很难确定，而且也没有必要确定。事实上，应该将公众的注意力引向更基本的问题——”伯恩斯划亮火柴点燃香烟，“只要遵纪守法，这些事情都不会发生。”

“去你妈的，伯恩斯，”我说，“我们能破案，只要你别妨碍我们。你看，昨天晚上我就——”

科雷兹勒抓住我的手，不让我继续说下去。伯恩斯走到我的身前，弯下腰，将烟圈吹到我的脸上，“昨晚你怎么了，摩尔？”

这时我猛然想起，对面这个人是“严刑逼供”的始祖，其恶名在纽约甚至全国赫赫有名。他曾经在审问中将数十名犯罪嫌疑人和事实上的罪犯折磨得不省人事。于是，我立即反驳道，“别把那一套刑讯逼供的东西用在我的身上，伯恩斯。你已经不在位了，没有人会听你的。”

我看见他阴森森地笑了，“那么，你是希望我把康诺尔叫进来？”我没有说话，伯恩斯笑得更开心。“瞧你这张大嘴巴，摩尔，真是记者的天性。好吧，就按你说的，那么请你告诉摩根先生，你们准备怎样破案？你们的侦查方法是什么？说吧。”

我转身面对摩根，“是这样的，伯恩斯警官一定不能理解，但是先生，您不一样。我们采取的方法可以叫作逆向调查法。”

伯恩斯笑得更大声，“还是叫作‘屁股向后法’更好！”

我意识到自己的疏忽，决定换一种方法来解释，“我的意思是，我们会从谋杀案的特征和受害人的个人特点出发，从特征分析里推断出凶手究竟是怎样的一个人。然后，通过看似没有意义的线索和证据，我们可以慢慢接近凶手。”

我知道自己听上去不是那么令人信服，幸亏科雷兹勒及时插了话：

“这类方法有过先例，摩根先生。八年前在伦敦的开膛手案件中曾经使用过这一方法，虽然那时还很粗浅。法国警方最近也正在调查一宗类似开膛手的案件——他们使用的某些手段和我们非常相像。”

“伦敦的开膛手，”伯恩斯说道，“据我所知，凶手并没有被逮捕归案，是不是，医生？”

科雷兹勒皱眉，“是的。”

“还有法国警方，他们使用所谓的‘人类学法’——目前有进展吗？”

科雷兹勒的眉头皱得更深，“进展有限。”

伯恩斯终于抬头看着我们，“就只有两个例证，先生们？”

房间内陷入沉默，我感到对方对我们的信任正在摇摇欲坠，于是我鼓足勇气，开口说道，“事实上——”

“事实上，”伯恩斯打断我的话，从我们身后走过来，对摩根说道：“这种方法对于破案并没有帮助。这些人目前所做的事情，只是告诉每一个他们接触过的人这件案子能破。叫我来说，这不仅不起作用，而且相当危险。移民唯一应该被告知的，就是他们和他们的子女必须遵纪守法。如果不这样，没有人会为他们的行为负责。或许他们认为这很难接受，但是斯特朗这个傻瓜和他的牛仔警探很快就要离开了。然后，一切就会重新回到原点，我们也会重新使用旧的方式。这一切很快就会到来。”

摩根缓缓点头，看了看伯恩斯，又将视线转移到科雷兹勒身上，“我明白你的意思，警探先生。那么，现在是否可以让我们单独待一会儿？”

和考姆斯托克以及主教们不同，伯恩斯仿佛被摩根简单粗暴的言辞所取悦，在他离开房间的时候，居然低声吹起口哨来。直到大门最终关上，摩根站起身，向窗户外面望去，仿佛在确认伯恩斯的离开。

“要不要来点喝的？”摩根开口说道。我和科雷兹勒都婉言谢绝，他于是从书桌上的盒子里取出一支雪茄并点燃，在屋内厚厚的地毯上一边吸着烟，一边来回踱步。“我之所以同意面见刚才的那些人，”他说，“部分是出于对波特主教的尊重，部分是因为我不希望看到纽约治安再这样混乱下去。”

“对不起，摩根先生，”我说，惊讶于他的语气，“但是您，还有刚才这里的那些先生们，是否曾经和斯特朗市长讨论过这件事情？”

摩根摆手，“我认同伯恩斯警探对斯特朗市长的评价，他不过暂时拥有权力而已，和这样的人打交道我没有兴趣。而且，他也并不拥有处理这种事情的智慧和能力。”摩根的脚步声沉重，科雷兹勒和我沉默不语。屋内的烟雾越来越多，将他完全笼罩。当摩根最后终于站定并开口说话的时候，我几乎快要看不清他的样子。

“在我看来，先生们，可行的方法只有两种，你们的方法，还有伯恩斯的方法。我们必须尽快恢复秩序，尤其是现在。”

“为什么是现在？”科雷兹勒说道。

“或许你还不知道，医生，”摩根小心翼翼地说道，“我们现今正站在十字路口，纽约是这样，美国也是这样。城市正在飞快地改变。哦，我指的并不是人口，移民越来越多。我是说纽约城市本身。二十年前，纽约主要是一个港口城市，港口贸易是城市收入的主要来源。今天，随着国内其他港口的发展，纽约的货运贸易已经开始走下坡路，其主导地位被制造业和银行业所取代。你们知道，制造业需要大量工人，而世界上一些贫困的国家则给我们提供了大量的劳动力资源。虽然劳工组织的领袖认为，纽约工人没有受到公平的对待。但是无论公平与否，大量劳动力正源源不断地涌来，因为即便不公平，也远远好过他们原来的生活。从你的话音中听出，你也不是美国人，医生。你是否在欧洲待过？”

“很长时间，”科雷兹勒说，“长到足以理解你的意思。”

“我们没有义务给每一个来到美国的移民提供美好的生活，”摩根继续说道，

“但是，我们有义务给他们提供希望，告诉他们通过勤奋守法，完全可以过上美好的生活。比起其他地方，这样的希望在美国更有可能实现。这就是为什么移民会源源不断来到美国的原因。”

“确实如此。”科雷兹勒说，语气中有一丝无奈。

“但是，如果我们国家的经济——目前正处于危机之中——被那些源自欧洲贫民窟的愚蠢的政治思想所左右，那么未来我们将无法再提供这样的机会。”摩根将雪茄熄灭，走到边桌前，将桌上的威士忌倒入三个玻璃杯里。他并未征询我们的意见，直接将杯子递给我们。“任何有可能为那种愚蠢的政治思想服务的事件都必须被打压，这就是考姆斯托克先生来此的目的。医生，他认为你的理论就是在为这种政治思想服务。所以，万一你们成功破案，你的理论会获得更多的支持和信任。所以你看——”摩根又拿起一根雪茄，制造了大量的烟雾，“你们已经树敌众多。”

科雷兹勒缓慢站起身，“需要将您也列入我们的敌人之一吗，摩根先生？”

接下来的这个停顿似乎异常漫长，因为摩根的回答关乎我们未来是否能够顺利破案。如果他认为波特、考瑞根、考姆斯托克和伯恩斯这些人是正确的，不能容忍我们的调查威胁到纽约的治安现状，那么我们就只好收拾家伙，打道回府。摩根控制着纽约城所有的商业交易，如果他决定与我们为敌，我们受到的阻力将会空前强大。反过来说，如果他向城中权贵表示，我们的行为可以被容忍——不用积极支持，我们就有希望不会受到比目前更大的阻挠。

摩根终于长长呼出一口气，做出决定。“你不必，先生。”说着，他熄灭了手中的雪茄，“如我先前所说，我其实并不明白你们所说的那些方法和理论，无论是心理学还是刑侦破案。但是我善于识人。在我来看，你们内心对于社会并无恶意。”科雷兹勒和我点头，如释重负，却不敢轻易显露出来。“你们依旧会面临许多阻碍。”摩根继续说道，声音却比先前轻松许多，“宗教人士，我相信，可以被劝服对你们袖手旁观。但是，伯恩斯还会阻挠你们，并尽力维护他多年精心建立的关系网和权力。而且，他还会获得考姆斯托克的支持。”

“目前我们是获胜的一方，”科雷兹勒说，“我相信将来也是。”

“当然，我不能公开表示支持你们。”摩根一边说着，一边指向房间门口，并陪同我们向那里走去，“因为那样会使情况变得更——复杂。”尽管智慧超群，博学多才，摩根本质上却是一个真正的华尔街伪善者。这些人嘴上说着敬畏上帝、热爱家庭，私下里却开着塞满情人的豪华游艇，享受着财富带来的荣耀。如果摩根被人知道和科雷兹勒站在一起，他定然会损失一些声名。“然而，既然尽快解决这件事情符合所有人的利益，那么如果你们需要任何资源……”

“谢谢，但是我们不用，”科雷兹勒说，“我们之间最好不要有任何金钱上的瓜葛，摩根先生。你必须考虑你的立场。”

摩根对于这一说辞有些不屑一顾，只是轻轻地说了声“再会”，连手都没有握，就关上大门。

“你的拒绝有些没有道理，拉兹洛，难道不是吗？”走下楼梯时我对他说，“他只是想帮助我们。”

“别太轻信了，摩尔，”科雷兹勒说，“像他这样的人，做事情通常只从自己的利益出发。摩根认为，比起伯恩斯压制移民愤怒的方法，我们找到凶手的成功可能性更大。在这一点上，他是对的。我告诉你，约翰，如果能看到这些人的下场，哪怕失败都值得。”

我实在是太过疲惫，不想再听科雷兹勒的长篇大论，于是飞快地朝麦迪逊大街看了看。“到华道夫酒店那里叫辆车回家吧。”我这样决定。

顺着莫里山往下走的时候，路上几乎一个人影都没有，科雷兹勒也不再谴责那些将我们带到这里的人。我们一路向下走，越来越沉默，也越来越疲惫。“黑色图书馆”的这次会面所带来的影响渐渐显现出来。

“这辈子都没这么累过，”到达第三十四大街之后我大口喘着粗气，“你知道吗，科雷兹勒，刚看到摩根的时候，有那么一刹那我想，莫非他是凶手？”

科雷兹勒笑得很大声，“我也是！一定是因为他的脸，摩尔——他的鼻子，酒糟鼻！我们以前从没讨论过鼻子的问题！”

“假设真的是他，事情可就变得危险了。”说着，我们看见一辆马车停在华道夫酒店外面（阿斯托利亚酒店当时还没有建好）。“那些人不会停手。摩根说得对，伯恩斯已经很难对付了；而考姆斯托克在我看来，已经完全疯了。”

“他们尽管威胁好了，”我们钻进马车之后，科雷兹勒高兴地说道，“现在，我们已经知道敌人是谁，那么防御工作就要简单得多。而且，他们的进攻将会变得越来越困难，因为很快他们就会发现，我们已经神秘地——”科雷兹勒展开手掌，在面前晃了一晃，“——消失了。”

31

第二天早上 9 点 30 分，莎拉准时出现在祖母家的门外。虽然已经睡了十个多小时，我还是感到有些眩晕和疲惫。莎拉腋下夹着的《纽约时报》告诉我，今天已经是 5 月 26 日。我向莎拉的马车上走去，刺眼的阳光提示着我，春天的脚步已经开始向夏天缓缓逼近，但我还是仿佛生活在火星上一般（今天报纸的头版上说，波士顿航天员正在对火星进行科学研究，他们相信这个被我们称之为“红色战争”的星球上是有人类居住的）。在前往科雷兹勒家的路上，莎拉好几次被我滑稽的行为逗得咯咯直笑，但当我谈起昨天与摩根的会面时，她立刻变得严肃起来。

到达第十七大街时，史迪威早已将马车备好，科雷兹勒也已经在马车里就座。我把自己的行李拿上车，和莎拉一起坐了进去。离开的时候，我抬头看见玛丽·帕尔默站在门厅的平台处。她看上去面有忧色，即便隔着一段距离也能够清晰地看见她脸上的泪痕。我转过身，科雷兹勒也在回头望着她，但他很快便转过身来，脸上浮出一丝微笑。这样的表情在我看来，多少有些不合时宜。我想，也许和莎拉有些关系，但当我望向她时，却发现她正在故意将视线挪开，眺望着街道对面的史蒂文森公园。我不能理解他们之间奇怪而复杂的互动，有些恼怒地将身体靠在马车后座上，懒洋洋地沐浴着春日阳光，听着马车嗒嗒一路向东驶去。

然而，我们前往中央车站的路程却注定不是一次轻松之旅。行驶到第十八大街的欧文宫殿附近时，马车突然停下来，停在一家酒馆外面。科雷兹勒拿起我和他的行李下了车，并让莎拉和我一起进去。虽然我有些不情愿，但还是照着他的话做了。走进昏暗的小酒馆之后，我看见另外两个男人和一个女人钻进马车，他们的面孔被帽子遮挡，和史迪威一起迅速离开了。这些人刚走，科雷兹勒就迅速从酒馆后门走了出去，拦下一辆马车，然后招呼我和莎拉赶紧上车。在路上，科雷兹勒解释说，这是为了甩掉那些伯恩斯派来跟踪我们的人。虽然这样做非常必要，但我已经开始感到厌烦，只希望能赶紧坐上火车。或许，我还可以在乘车的时候好好睡上一觉。

但是，还有一件事情让我不能安然入眠。到达中央车站后，莎拉一路将我们送到月台上，在那里，去往华盛顿的列车已经准备就绪。科雷兹勒一直在喋喋不休地叮嘱她如何与我们保持联系，以及我们不在时该怎样安排史迪威和塞勒斯（在他出院之后）。很快，火车的汽笛声响起，列车员也开始吹响哨子，提醒乘客上车。我背过身去，以为我的在场或许会让另外两人的亲密告别有些尴尬。可是，科雷兹勒却只是与莎拉握了握手，便迅速登上了火车。看到他们这样落落大方，我有些瞠目结舌，发愣的样子让莎拉笑出声来。

"可怜的约翰，"莎拉亲热地抱了抱我，"还在想把事情弄清楚。不用担心——总有一天真相会水落石出。而且，不必担心你的牧师理论。很快你们就会有新的发现。"

说着，她将我推上火车，望着我们在火车的轰隆声中逐渐远去。

科雷兹勒订的是一等包厢的座位。一放好行李，我就舒展身体躺下来，脸朝着窗外，想用睡觉的方式扼杀自己内心对两位好友之间关系的好奇。科雷兹勒拿出一本威尔基·柯林斯的《月亮宝石》，津津有味地读起来——这是卢修斯离开之前借给他的。看见他这样怡然自得，我更加恼火，转了个身，将帽子扣在自己的脸上，故意鼾声四起，直到自己不知不觉陷入熟睡。

我大概睡了两个多小时，醒来时发现，窗外的景色已经变换成新泽西州油绿丰美的草地。我伸了个懒腰，一扫清晨以来苦闷压抑的情绪，重新焕发了对生活的激情，只是感到有些饥肠辘辘。对面科雷兹勒的位置上有一张字条，上面说他去餐车预订座位。于是我赶紧整理一下仪容，也朝餐车快步走去，准备大快朵颐一番。

接下来的旅途的确是一种高级的享受。5月的美国东北部，一望无垠的草地风景如画，在这样美丽的景色下享用美餐，令人心旷神怡。科雷兹勒一直情绪高昂，甚至一度愿意和我讨论案件之外的事情。于是，我们聊起即将到来的全国政治集会——共和党人6月将在圣路易斯聚会，民主党也将在8月召开他们的会议。我们还谈起刊登在《纽约时报》上的一篇报道，说在母校的棒球队击败普林斯顿之后哈佛广场上发生了一起骚乱事件。吃甜品时，我们又说起另一个新闻：大都会剧院经理亨利·阿贝和莫里斯·格劳刚刚宣布剧院破产，而且欠下高达四十万美元的债务。但随后又有新闻爆出，一群“私人财团”（毫无疑问，其首领就是前一天晚上招待我们的那一位财阀）正在集资，帮助剧院重新开张营业。他们的第一个举动，就是要在6月21日举办一场高价的《唐璜》义演。科雷兹勒和我认为，这次演出绝对不能错过。无论我们的调查那时已经进展到何种地步，都一定要去观看。

下午时分，我们终于抵达华盛顿联合车站。等到了晚饭时候，我们已经在宾夕法尼亚大道和第十四大街的维拉德酒店安顿下来。从四楼的房间望出去，政府大楼清晰可见，白宫也近在咫尺。或许我们可以有机会当面问一问克利夫兰总统，一生中两次进驻白宫的感受如何。自从我结束政治记者生涯，并与茱莉亚·普拉特小姐取消婚约之后，就再也没有来过华盛顿。此刻，在这个春日的夜晚，当我站在维拉德酒店房间眺望华盛顿的美景之时，才意识到自己已经远离昔日的生活。一阵伤感涌上心头，但我并不喜欢这份忧郁情绪，所以，我迅速拿起房间里的电话，打给了我的一位昔日旧友——霍巴特·韦弗，他在印第安事务局任职。打电话的时候他还在办公室，于是我们相约晚上在酒店餐厅见面。

科雷兹勒也加入了我们的聚会。霍巴特是个戴着眼镜、头脑简单、身材肥胖的家伙。在这个世界上，他最喜欢的莫过于免费的美酒和美食。只要备足这两样，我相信他一定知无不言，而且会对我和科雷兹勒想打听的事情倾力相助。他告诉我，印第安事务局的确保存着多年以来印第安人（或被认为是印第安人犯下的）谋杀案件的卷宗材料。但我们感兴趣的只是那些悬案。当他问我们，究竟想寻找哪一个具体地区卷宗的时候，科雷兹勒只是简单回答道：“过去十五年内的西部边界地带。”霍巴特说，对这么广阔的地域进行搜查恐怕要进行很多筛选，建议我和他最好私下里偷偷进行。因为他的老板——内政部长迈克·霍克·史密斯——和克利夫兰总统一样，对新闻记者十分痛恨，尤其是那些无孔不入的小报记者。然而，我们的美食和美酒发挥了作用，待到酒酣饭饱之际，霍巴特已经完全相信了我们的能力（尽管对于我们的目的一无所知）。

而且，为了令他进一步坚定信心，我还在饭后带他去了一家位于城市西南角的舞厅，那间舞厅以声色犬马而闻名。

第二天早上，我和科雷兹勒相约共进早餐。虽然旅途艰难，但我们希望周四晚间的时候艾萨克森兄弟已经到达南达科他州的朽木镇。他们离开前已经被告知，到达该处后要去镇上的西部联合电报办公室查看是否有我们的电报。科雷兹勒给他们的第一封电报是在周三早餐之后发出的。他在电报里告诉兄弟二人，因为某些原因（以后他会具体解释），凶手可能是神父这一推测已经证明是错误的，一旦我们有新的发现，会立即通知他们。发完电报之后，科雷兹勒决定前往圣伊丽莎白医院，而我则欣然前往位于F大街上的专利局大厦，大部分内务部官员和档案卷宗都在那里。

专利局大厦是一座希腊复古式的建筑，建于1867年，其后便迅速成为政府办公大厦的标准模板：四方形的建筑中间留有空地，内部装潢和外部装饰都乏善可陈。进入大厦内部，我意识到要找到霍巴特的办公室绝非易事，因为里面实在是太大了。这对于我却是好事一件，因为我的出现不会引起他人的注意。每天都有上百名联邦公务员在大厦的四个角楼里来回穿梭，大多数人对于其他人的身份和职责都漠不关心。霍巴特似乎丝毫不受昨夜晚归的影响，早就为我在档案室的一个角落里摆好了一张书桌，而且已经为我准备好了第一批需要查看的资料：来自西部边境各要塞和行政中心关于白人定居者和印第安苏族之间暴力事件的报告，时间可以追溯至1881年。

在接下来的两天里，除了这个小小的档案室一角，我几乎哪里都没有去。想到未来的几周内我可能都要埋头在这种暗无天日的角落，我渐渐有些分不清现实和幻想。卷宗里那些骇人听闻的谋杀、屠杀和报复事件也似乎开始产生影像——如果换在风景宜人的公园里阅读卷宗，这种情况绝对不会发生。于是，我渐渐被那些看似和案件毫无关系的故事所吸引（有的早已经被破获，有的则和我们的案子半分联系都没有），因为这些故事充满着一种神奇的魔力，让我急切地想知道结尾究竟如何。一些故事极其残忍——好不容易在荒凉的西部原野上艰难生存下来的拓荒者和他们的妻子儿女，不幸惨死在当地人的冰冷屠刀下。这些杀戮多半是因为土地或法律纠纷，并非拓荒者所为，但却因此枉送了性命。幸亏这样的案件并不多，大多数案件源于苏族人的报复性杀戮。这些杀戮虽凶残，但至少可以被理解——因为背叛在先的往往是白人士兵、印第安事务机构（印第安事务局是所有腐败机构中的翘楚），以及见利忘义的军火商人和威士忌酒商。我翻看着这些故事，不禁回想起自然历史博物馆里的博厄斯博士和魏斯勒对于我们查案的担忧：美国普通白人民众对印第安人普遍持有一种不信任的态度，他们对这些发生过的惨案一无所知，并不了解白人和印第安人之间的真实情况。出于固守的印象，大多数人在听说某些极端行径时——例如，本案凶手肢解尸体，会不自觉地将这种残忍行为和印第安人联系起来。

周三的晚些时候，我终于结束了在内政部档案室里暗无天日的漫长工作，回到酒店和科雷兹勒讨论彼此的发现和收获。科雷兹勒今天的工作并不顺利，圣伊丽莎白精神病院院长是个非常棘手的人物，科雷兹勒最后不得不求助罗斯福才从这位傲慢的官员那里获得了医院的卷宗记录（罗斯福让自己在检察总长办公室的一位朋友给院长打了电话）。这一番辗转花去了科雷兹勒大半天的工夫，最后才终于收集到一长串曾经在西部军队服过役、但后来因为精神问题被送往圣伊丽莎白医院的军士名单。尽管如此，当我见到科雷兹勒的时候，他的表情却有些闷闷不乐。因为当初圣伊丽莎白医院在信中提到的那个人虽然曾经是一个士兵，却是在东部出生并长大的，从来没有去过芝加哥以西的任何地方。

“那么芝加哥没有出现过流动抢掠的印第安人？”我问道，科雷兹勒的双眼紧盯着资料，上面记录了这个男人的背景和服役过程中的许多具体情况。

“没有，”科雷兹勒平静回答，“这的确令人遗憾。他的很多细节都和我们的凶手相似。”

“还是不要抱太大期望，”我说，“我们还有很多嫌疑人。目前为止，霍巴特和我已经筛选了四件发生在达科他和怀俄明州的分尸案——都是在苏族部落和军队驻地附近发生的。”

科雷兹勒终于看完手头的资料，抬头望着我，“其中有涉及儿童吗？”

“有两起，”我回答，“在一起案件里，两个女孩和她们的父母一起遇害；另外一起案件的受害者是一对孤儿男童和女童，和祖父一起被杀害。但问题是，在这两件案子里，被分尸的都是成年男性。”

“你有没有什么推测？”

“两起案件都应该是报复性袭击。但是那个祖父的案件非常有趣：案子发生在基奥堡附近，时间是1889年秋天，就是最大的印第安居留地分崩离析的时候。那附近有许多心怀怨怼的苏族人，大多数是‘坐牛’和另一位酋长‘红云’的追随者。一支骑兵小分队曾经去受害人家里进行调查，领头的中尉认为行凶者可能是‘红云’的某位好战的手下。但是同去的一位老兵却说，‘红云’的人手最近并没有作案，而且死去的祖父曾经和印第安事务局以及驻扎在另外一处要塞的军队有过冲突，那个要塞的名字好像叫‘罗伯逊’。老人指控罗伯逊驻军里的一位骑兵上士对他的孙子进行了性侵犯。巧合的是，老人一家惨遭杀害时，那位上士所在的部队正在基奥堡附近驻扎。”

科雷兹勒起先一直漫不经心地听着，但我的最后几句话引起了他的警觉，“那个士兵叫什么？”

“卷宗里没有提，霍巴特明天早上会去陆军部查证。”

接下来，我们对其他几个案件资料进行讨论，但出于各种原因这些案件都被排除。随后，我们整理科雷兹勒在圣伊丽莎白医院收集到的名字，排除了名单上的绝大部分，只留下几个疑似嫌疑的人物。等到全部工作结束，已经是凌晨一点，我回到自己的房间，倒了一杯威士忌苏打，只喝了一半，便昏沉沉在沙发上睡着了，连衣服都忘了脱。

周四早上，我又回到内政部档案室那张小书桌前，沉浸在更多的杀人故事里。临近中午时分，霍巴特从陆军部回来，带回来的消息却令人失望：那位在祖父一家被害案中嫌疑最大的骑兵上士案发当时已经四十五岁，这就意味着到1896年时，他已经五十二岁——对于本案凶手来说年龄太大。但是，我们还是需要记下他的名字和最后出现的地方（他退役后在辛辛那提开了一家干货店），说不定当初我们对于凶手年龄的推定出了错。

“抱歉没有带来好消息，”霍巴特看着我将这些情况一一记下，突然说道，“想吃午餐吗？”

“好啊，”我回答，“一个小时以后来接我，我得把这起1892年的案子整理清楚。”

“好。”他转身往外走，手伸到口袋里时却仿佛想起了什么，“哦，约翰。想问一下，你们的调查只限于边疆省份和地区吗？”他说着，从衣兜里拿出一张折叠的字条。

“是的，怎么了？”

“没什么，有个挺有意思的事儿，昨晚你离开之后我才发现。”他把手里的字条展开，平铺在我的书桌上，“但是好像没什么关系，是纽约州的案子。吃排骨怎么样？”

我正拿着字条在仔细看，“你说什么？”

“我是说午饭，吃排骨怎么样？有一家新开的店，那儿的啤酒也很不错。”

“好！”

一位漂亮的女档案保管员从我桌前经过，霍巴特赶紧追上去。随后不久，从楼梯方向传来女人的尖叫，然后是一记响亮的耳光和霍巴特喊疼的声音。我非常不厚道地偷偷笑起来，靠在椅背上，开始研究他留给我的那份材料。

这件案子的受害人是一位名叫杜里的牧师，他和妻子在1880年被发现在位于纽约新帕尔茨郊外的家中被害。在文件上，尸体被描述为“受到极其野蛮和残酷的分尸”。杜里牧师曾经在南达科他州做过传教士，在那里和印第安部落发生过公开的冲突。事实上，新帕尔茨地方警署早就把这起案件定性为印第安人的报复，因为案发现场留有一张凶手留下的字条，上面解释了杀人的由来，还说他们把夫妇二人刚成年的儿子带回了印第安部落。这起案件听上去有些残忍，如果发生在西部，将会对我们的调查有所帮助。我放下资料，几分钟之后又重新拿起，内心疑惑是不是我们搞错了凶手的地域背景。最后，我把文件揣在口袋里，准备晚上找科雷兹勒讨论一下。

余下的半天时间里，我只发现了两起看似有所帮助的案件。其一是一群学生和老师在一间偏僻教室被全部杀害；另外一起是一户牧民因为契约纠纷而被全家灭门。工作了漫长的一天却只发现区区两起案件，我内心不无遗憾，抬头朝维拉德酒店望去，期待科雷兹勒会有所收获。可是科雷兹勒也并未比我好到哪里，他只是又找到几个士兵的名字——这些人在过去十五年里曾经在西部服役，而后因为暴力或行为不当被精神病院收容，并有面部缺陷。这几人中，也只有一人的年龄符合我们预先的推论（大概三十岁）。在酒店餐厅共进晚餐的时候，科雷兹勒将这个人的卷宗递给我，而我则将杜里牧师案件的文件交换给了他。

“在俄亥俄州出生长大，”我看着科雷兹勒找到的资料，“如果是这样，出院后他必须在纽约住上相当长的一段时间才可以。”

“没错。”科雷兹勒一边回应，一边打开我交给他的文件，漫不经心地喝了一口浓汤，“这就是问题所在——此人直到 1891 年春天才离开圣伊丽莎白精神病院。”

“时间有点短，”我赞同地点点头，“但依然有可能。”

“他的面部缺陷好像也不太有说服力——不过是一道长长的伤疤，在右脸颊和嘴唇。”

“那是怎么一回事？听上去有点恶心。”

“可能是战争伤疤，摩尔，所以童年阴影什么的可以被排除——”

突然，科雷兹勒的眼睛猛然睁大，他放下汤匙，快速地阅读着我交给他的文件。随后，他的视线移到我的脸上，说话的声音里有一种被压抑的兴奋，“你从哪里拿到的这份档案？”

“霍巴特，”我将手中的资料放在一边，“他昨晚找到的。有问题吗？”

科雷兹勒的手飞快地从衣服内袋中取出几张折叠的字条，然后迅速将它们展开铺平在桌子上，推到我的身前，“注意到了吗？”

我仔细看了看。这是一张来自圣伊丽莎白医院的表格，表格最顶端有一项叫作“出生地点”。

在那一栏中，赫然写着这样的字样：“新帕尔茨，纽约”。

32

“这是医院第一次给我们写信时提到的那个人？”我问道。

科雷兹勒热切地点头，“那份档案我一直保留着。虽然不相信预感，但我怎么也忘不了他。有很多细节都符合——出生于一个宗教信仰严格的家庭，家境贫困，只有一个哥哥。还记得莎拉说，凶手家中人口可能很少，因为母亲憎恨生育吗？”

“科雷兹勒……”我试图让他减慢语速。

“还有，信里提到他‘面部抽搐’，但这一缺陷在医疗档案里并没有得到详细解释，只是将其描述为‘眼眶和面部肌肉间歇性的剧烈收缩’。没有提到原因是什么。”

“科雷兹勒——”

“而且，接收医生的报告里说，他有很强的施虐倾向，还有令他发作的事件里的一些细节也说明——”

“科雷兹勒！你能不能先闭嘴，让我看看资料？”

他猛地站起来，异常兴奋，“是的——是的，当然。你先看着，我去电报局看看有没有艾萨克森的电报。”他放下文件，“我有很强的预感，摩尔！”

说着，他冲出餐厅。我开始仔细阅读有关此人的医院卷宗。

约翰·比彻姆下士，1886 年 5 月被圣伊丽莎白精神病院接收。他说自己出生于新帕尔茨——这是一个位于哈德逊河以西的小镇，距离纽约北部杜里牧师被害的地方只有大概六十五英里。档案中记载，他出生的具体日期为 1865 年 11 月 19 日，父母被登记为“过世”，只有一个哥哥，比他大八岁。

我拿过从内务部那里找到的关于被害的杜里牧师和他妻子的资料。那宗案件发生在 1880 年，受害者有一个十几岁的儿子被印第安人带走。另外一个年长的儿子——亚当·杜里——在案发时候正位于马萨诸塞州一个名叫牛顿小镇的自己家中。

我取过另外一份医院档案，那是约翰·比彻姆的接收医生留下的记录。我想找到这位下士被送进精神病院的具体原因。尽管医生字迹潦草，我却还是找到了我想要的东西。

“病人来自应伊利诺伊总督要求而被派往芝加哥的部队，目的是为平息当地于 5 月 1 日开始的罢工骚乱（即干草市场暴乱）。在 5 月 5 日针对芝加哥北部罢工工人的行动中，士兵们被要求开火。有人随后发现病人用刀狠戳一个已经丧生的罢工工人尸体。M 中尉恰好目击了病人行为，但病人声称 M 和他积怨已久，所以总是在‘关注’他。M 中尉解除了病人的职务，驻军医生也认为他不适合再继续服役。”

接下来是一段关于科雷兹勒先前提到过的施虐倾向和被害妄想的评论。在档案中，不止一位精神病医生对比彻姆在圣伊丽莎白医院里四个月的表现进行了记录，我快速翻看着，想找到关于比彻姆父母的资料。可是卷宗里却没有任何一处提到他的母亲，对他童年的记述也非常少。但在比彻姆被释放的前夕，一段对他的总体评价提到了以下内容：

“病人申请了人身保护令，并声称自己无违法或异常行为；他说，社会需要法律和执行法律的人；其父亲应该是非常虔诚的信徒，总在强调规则的重要性和违反规则会受到的惩罚。建议增加镇静剂的剂量。”

这时，科雷兹勒又像风一般卷了进来，摇晃着自己的脑袋。“什么也没有。他们一定在路上被耽搁了。”说着，他指了指我手上的档案，“说吧，摩尔，你发现了什么？”

“时间上是吻合的，”我回答，“还有地点。”

科雷兹勒拍了拍手，重新坐下来，“做梦也没有想到会是这样。谁能够相信？居然被印第安人绑架？太荒诞了！”

“听上去是有些荒诞，”我说，“但我不记得印第安人有俘虏男孩子的习惯，尤其是一个已经十六岁的男孩。”

“你能确定吗？”

“不能，但克拉克·魏斯勒或许可以。我明天早上给他打电话。”

“一定要打。”科雷兹勒重重地点头，从我手里拿过资料，再一次仔细研究起来，“我们还需要更多的细节。”

“我也这么想。我可以打电话给莎拉，让她去找报社的一位朋友带她去太平间。”

“太平间？”

“过期刊物都存放在那里。纽约报纸一定报道过这个案子，莎拉可以去找一找。”

“是的，应该能找到。”

“与此同时，霍巴特和我看看是否能够找到这位‘M 中尉’，不知道他现在还是否服役。或许他能够提供更多线索。”

“那我就去圣伊丽莎白医院，看看有没有人对这位约翰·比彻姆下士有更多印象。”科雷兹勒举起酒杯，脸上露出笑容，“嗯，摩尔——我们又有希望了！”

好奇和期待令我一夜难眠，第二天早上又传来好消息：艾萨克森兄弟终于到达朽木镇。科雷兹勒发电报告诉他们原地待命，等下午或晚上再联系他们。他去发电报的时候，我到酒店大堂去打电话。好不容易接通了自然历史博物馆，克拉克·魏斯勒却又不知所终。还好，他热情洋溢的声音最终在电话那端响起时，给了我们莫大的帮助。他信心满满地告诉我，内务部档案里描述的那个故事肯定是假的。印第安酋长派遣杀手千里迢迢赶赴新帕尔茨——而且中间没有出现任何事故，这样的事情极为荒诞。而在杀人之后留下一封解释的字条，绑架受害者未成年的儿子，随后又完全不被人注意地返回西部大本营，这几乎可以算是天方夜谭了。魏斯勒认为，一定是有人在戏弄新帕尔茨警署那帮笨蛋，虽然手法并不太高明。我真诚地对他的分析表示感谢，随后挂了电话，又接通了百老汇大街 808 号。

莎拉的声音听上去有些急躁。很明显，在之前的两天里，一些令人讨厌的家伙对我们的办公室表现出极大的兴趣。莎拉发现自己经常被人跟踪，她非常确信这一点，虽然她时刻防备，武器不离身，但这样近距离的监视也会令人发狂。此外，自我们离开之后莎拉似乎无事可做，她的注意力几乎全部被那几个幽灵一般的跟踪者吸引过去。出于这一原因，任何任务——哪怕只是去收集过期报纸，也仿佛给她的精神注入了强心剂。她饶有兴趣地倾听了我们的最新进展。当我问她塞勒斯什么时候才能够陪她出门工作的时候，她回答说，虽然那个大个子已经出院，但身体还是太虚弱，几乎下不了床。

“我不会有事的，约翰。”她坚持这么说，却并没有太大的说服力。

“那是当然，”我回答，“纽约城里一半的坏人都没有你的装备齐全，警察也是。不管怎么样，让史迪威跟着你。虽然个子小，打起架来他会是个好帮手。”

“是的。”莎拉笑着回答，笑声中充满令人镇静的力量，“他已经帮了我很多，每天晚上送我回家。我们还一起抽烟呢，但你不许告诉科雷兹勒医生。”我不知道为什么莎拉一直坚持称呼拉兹洛为“科雷兹勒医生”，但我无暇多想。

“我得挂电话了，莎拉。如果你发现了什么，给我打电话。”

“好的。你们也保重，约翰。”

我挂了电话，跑回去找科雷兹勒。

他还在电报室，正在写发给罗斯福的电报的最后几个字。电报的主要内容是科雷兹勒请罗斯福联系新帕尔茨的市长，以弄清楚过去二十年里，是否曾经有过一个叫作比彻姆的人居住在那里。然后，罗斯福需要再联络马萨诸塞州的牛顿市政府，看是否有位叫作亚当·杜里的人是那里的居民。虽然急于获得答案，但我们也知道弄清楚这些问题需要时间，我们在圣伊丽莎白医院和内务部还有许多事情要去做。于是，科雷兹勒和我离开电报室，去拥抱又一个春光明媚的早晨。

那天有许多事务要处理，可我的思绪却总是不由自主地飘散到关于约翰·比彻姆和杜里牧师的神秘案件上去。我相信科雷兹勒也一定和我一样。有几个问题在我脑海中一直挥散不去：如果印第安人杀手的故事是虚构的，那么是谁编造了这个故事？谁是杀害杜里一家的凶手？他们的小儿子究竟发生了什么？医院档案里关于约翰·比彻姆的童年为什么记载甚少，而且从来没有提到过他的母亲？而这个备受精神折磨的家伙现在究竟在哪里？

忙了一天，我也没有找到这些问题的答案。内政部或陆军部也无法提供更多关于杜里遇害一案或比彻姆早年生活的线索材料。科雷兹勒那边也一无所获，他告诉我，精神医院没有被要求，也无任何授权去调查病人在申请人身保护令并被释放后的去向。并且，医院的非医职人员对比彻姆治疗期间的表现并没有更多印象，只记得他患有面部痉挛。很明显，他是个非常没有个人特色的人，虽然目前查找起来十分困难，却很符合我们对凶手的推测——这是一个并不会过多引起他人注意的人，除了施暴。

那个星期五，我们获得的唯一有用线索来自当晚来到酒店的霍巴特。根据陆军部的记录，那个在 1886 年解除了约翰·比彻姆军队职务的中尉名叫弗雷德里克·米勒，现在已经晋升上校，目前在北达科他州的耶茨堡服役。科雷兹勒和我都认为，有必要和他进行一次面谈，但耶茨堡位于艾萨克森兄弟目的地——松树岭——的相反方向。权衡之下，我们觉得绕路去一趟耶茨堡还是必要的，因为这是我们目前能够找到的最有价值的线索。于是，当晚六点，科雷兹勒和我又给朽木镇发了电报，告诉警探兄弟二人立刻前往北方。

与此同时，我们也收到来自罗斯福的回电，说马萨诸塞州已经确认，的确有一个叫亚当·杜里的人住在牛顿市。新帕尔茨那边还没有回音，但是他一直在催促。科雷兹勒和我只好暂时离开，不知道该做些什么，只能寄希望于罗斯福或莎拉晚些时候会有所进展。我们告诉电报室的职员，如果有回电就到酒吧去找我们，随后便到酒店昏暗豪华的酒吧里找了个略偏僻的位置，点了两杯鸡尾酒。

“趁着等待的时间，摩尔，你给我讲一讲导致约翰·比彻姆被解除兵役的那次工会骚乱。我隐约记得有过这么一件事，但具体想不起来了。”科雷兹勒喝了一口酒，对我说道。

我耸耸肩，“没有太多可说的。1886 年的时候，劳工骑士团[①]在全国几乎所有的大城市都组织了大规模的罢工。但芝加哥的情况很快失控——罢工工人和反罢工人士打得不可开交，警方和罢工工人冲突不断，而反罢工人士又和警察打了起来，乱作一团。罢工第四天，一大群工人在干草市场广场集会，警方赶到现场维持秩序。这时候，不知道什么人冲着警察队伍扔了一颗炸弹，炸死了好几个警察。扔炸弹的人或许是罢工工人，或许是想制造混乱的无政府主义者，也有可能是工厂主的秘密打手，试图栽赃嫁祸给工人。但问题关键在于，这场骚乱给了州长一个绝佳借口，让他得以征用自卫队和联邦军队。炸弹事件之后的第二天，工人们在北部郊区的一个磨坊再次集会时，军队出现了。据当时带队的指挥官所言，他命令工人立即疏散，但工人领袖却坚持声称他们并没有听到这样的指令。不管怎样，军队最后开了枪，场面极其难看。”

科雷兹勒点头，似乎在思索着什么，“芝加哥……那里有相当数量的移民，是不是？”

“没错。德国人、斯堪的纳维亚人、波兰人——应有尽有。”

“罢工人群里的移民也肯定很多，你认为呢？”

我举起一只手，“我知道你想说什么，科雷兹勒，但这并不意味着什么。那个时候全国各地的罢工行动里都有移民参与。”

科雷兹勒皱起眉头，“是的，我知道。可是——”

---

① 劳工骑士团（Knights of Labor）：是 1869 年由尤利亚·斯蒂芬斯等七个裁缝工会会员在费城建立的美国工人组织。其主要纲领是要求 8 小时工作制，实行同工同酬，废除童工，在公用事业领域实现公有制，成立合作社，进而通过合作的社会代替资本主义竞争等。1880 年该组织已发展到 2 万余人；1884 年增至 7 万之众；1886 年最盛时达到 70 多万人。1886 年发生干草市场骚乱，该会被诬告有牵连，再加上内部宗派分立和松懈的管理，不久便分崩离析。1900 年近乎消亡；1913 年正式解散。

就在此时，一个穿着红色制服的小伙子走进酒吧，喊着我的名字。我跳起来朝他跑过去。他告诉我，酒店前台让我过去一趟。于是我赶紧向外走，科雷兹勒紧随在我的身后。走到前台，服务生将电话递给我，刚一拿起来，就听见莎拉兴奋异常的声音：

“约翰？是你吗？”

“是的，莎拉。你说，我听着呢。”

“你坐下，我们可能要谈上一阵子。”

“我不想坐。究竟什么事？”

“我在《纽约时报》上找到杜里被害案的报道了。案发那一周有好几篇专门报道，其后也有好几篇。你想知道的有关杜里家人的信息都在那些文章里。”

“等一下，”我说，“你直接和科雷兹勒说，这样他可以记下来。”

科雷兹勒将他的笔记本放在前台桌面，让接待员很不高兴。然后，他拿起电话听筒，一边听一边在本子上记录。以下是我从他的记录中得到的故事：

维克多·杜里牧师的父亲是一位胡格诺派教徒，19 世纪早期为逃避宗教迫害而被迫离开自己的祖国——法国（胡格诺教徒是新教徒，而当时大多数的法国人信奉天主教）。他先去了瑞士，但家里的境况并未得到改善。于是，他的长子维克多——一个“归正会”传教士，决定来美国碰碰运气。20 世纪中期，杜里辗转来到新帕尔茨，这是一个由 18 世纪荷兰新教徒建立的小镇，后来成为众多法国胡格诺教徒的家园。在小镇居民的资助下，杜里开始传教，但不到一年，他和妻子及幼子便移居到明尼苏达，想要将新教的光辉传播到居住在那里的苏族部落（那时候的苏族部落还没有被迁移到达科他）。杜里并不是一个成功的传教士，他为人专横且尖刻，过于强调上帝对于异教徒和违背者的惩罚，无法令苏族人感受到耶稣和上帝的关怀。1862 年苏族大暴乱（史上最激烈的印第安人和白人冲突之一）爆发的时候，原本资助他传教的新帕尔茨财团亦准备将他召回。

在暴乱爆发期间，杜里一家侥幸逃脱了被印第安人杀害的命运。但是，这一经历却给了他新的灵感，令他认为可以重新获取资助人的支持。他随身携带照相机，四处摄影，专门拍摄被印第安人屠杀的白人。等到 1864 年回到新帕尔茨的时候，杜里牧师已经声名大噪——实际上是臭名远扬，因为他把这些照片展示给镇上那些富裕的居民。他本想借此让那些古板保守、大腹便便的居民感到恐慌和害怕，从而可以继续资助他的传教工作。可是这样做反而适得其反，这些被屠杀和分尸的照片太血腥，而且杜里在展示照片时的举止过于狂热，让人反而开始质疑他的精神状态是否正常。于是，他成为社会的弃儿，无法再继续自己的宗教职责。最后，杜里沦落到成为当地一座荷兰归正会教堂的看门人。1895 年，他们的第二个儿子的降生，令这个本就一贫如洗的家庭雪上加霜，于是，全家人不得不搬到城外一间简陋的小房子里。

和美国东部大多数白人社区一样，新帕尔茨的居民对印第安部落习性并不了解，在得知杜里一家的历史和作为之后，认为杜里 1880 年的遇害应该是源于二十年前他在明尼苏达苏族部落传教时和印第安人结下的梁子。与此同时，也有一些流言说杜里和他们的长子亚当关系恶劣（流言的起源已经不得而知）。亚当在杜里一家遇害多年以前就已经定居在马萨诸塞州，是一名农夫。流言说，亚当有可能偷偷潜回纽约州，杀害了自己的父母——原因为何谁也不知。然而，警方并未把这种流言当真。再加上杜里的小儿子贾佩思不知所终，他被印第安人掳走这种说法完全符合当地居民对西部民族的野蛮印象。

杜里家的故事就是这样，然而莎拉的调查却不仅于此。她想起自己儿时的一些朋友现在正在新帕尔茨居住，于是在离开《纽约时报》之后，她给这些朋友打了电话，看能不能从朋友那里获得关于杜里一家新的线索。其中一个正好在家的朋友说，他对此事并无印象，但莎拉锲而不舍，转而问起新帕尔茨的日常生活。正是在这样的闲聊中，莎拉获得了一条非常有价值的线索：新帕尔茨坐落于山瓦岗山脚下，以陡峭而险峻的岩石著称。莎拉激动地问对方，是否镇上居民平日休闲时愿意爬山？是的，对方回答，登山运动在那里十分普遍——尤其是那些新近从欧洲迁移来的居民。

科雷兹勒和我被这条线索惊得久久不能平复，需要时间来慢慢消化。科雷兹勒告诉莎拉，晚些时候会再联系她，于是他挂了电话，又回到酒吧里，想把整件事情好好梳理一下。

“怎么样？”科雷兹勒仿佛还心有余悸。我们又重新点了加冰的鸡尾酒，“你怎么看？”

我喝了一大口，“先从基本事实开始吧。杜里家的长子——亚当——在小时候目睹了一些可怕的血腥暴行，在他当时的年纪是不可理解的。”

“是的。而且他的父亲是牧师，或至少是传教士——凶手作案都是依照宗教节日，你记得吗，摩尔？他们的家庭生活一定也是依照这个规律。”

“父亲看上去似乎非常严厉，性格古怪，但是在外面却是受人尊敬的——至少一开始是这样。”

科雷兹勒的手指在栏杆上画来画去，“所以……我们可以推断出存在家庭暴力，很早就已经存在，而且持续很多年，从而在孩子心中种下复仇的种子。”

“没错，”我表示赞同，“现在我们已经有了动机。但是亚当的年龄要比我们先前推测的大上许多。”

科雷兹勒点头，“可是那个幼子，贾佩思，如果活到现在应该和比彻姆差不多大。如果杜里是他杀的，然后伪造字条，隐匿行踪，继而改名换姓——”

“但是他没有亲眼看见过屠杀和分尸，他那时甚至都没有出生。”我说道。

科雷兹勒用拳头使劲敲了一下吧台，“的确，他没有在西部生活的经历。”

我在脑子里将这些事实翻来覆去进行不同的组合，却始终未能得出新的结论。就这样过了一会儿，我只好说道，“关于他们的母亲，我们还一无所知。”

“是的，”科雷兹勒用指节继续敲打着吧台，“但是他们一贫如洗，家徒四壁，尤其在明尼苏达时，可能这一段经历在亚当的记忆里留下了深刻的印象。”

“没错，要是亚当再年轻几岁……”

科雷兹勒叹了叹气，摇摇头，“还有许多问题——答案恐怕只有亲自去马萨诸塞州的牛顿市才能找到。”

“那么——我们需要去一趟吗？”

“谁知道呢。”科雷兹勒啜了一小口酒，“我自己也不知道该怎么办，摩尔。毕竟，我不是专业警探。该怎么办？是留在这里继续发掘更多有关比彻姆的资料，然后同时追查那些有可能发现的新线索，还是直接去牛顿市？我怎样才能知道该在何时停止寻找所有的可能性，而专注于某一特定线索呢？”

我思索片刻。“我们无法知道，”我说，“因为我们没有经验。但是——”我站起身来走向电报室。

“摩尔？”科雷兹勒在我身后喊，“你究竟要去哪儿？”

我仅仅花了五分钟时间，把莎拉调查到的那些信息浓缩在一封电文里，随后发往北达科他州耶茨堡的电报局。电文结尾只有一句话：请建议行动方案。

在随后的时间里，科雷兹勒和我一直逗留在酒店餐厅，直到服务员来通知我们他们就要打烊。去睡觉是不可能的事情，于是我们走出酒店，到白宫附近的广场去散步，一边抽烟，一边继续探讨杜里一家故事的各种可能性，试图将他们和约翰·比彻姆联系在一起。继续追查杜里这条线索需要时间，这是显而易见的事情。虽然我们都没有说，但是心里清楚，如果时间继续浪费下去，下一次凶手再作案的时候，我们将仍然一筹莫展，无法阻止。目前摆在面前的两种行动方案都充满了不确定性，急需我们做出决定。我们在华盛顿广场上漫无目的地走着，却迟迟无法抉择。

幸运的是，回到维拉德酒店时，前台职员正在等候我们，手里拿着一封来自耶茨堡的电报。艾萨克森兄刚刚抵达那里便发了出来。电文虽短，语气却十分坚定：线索确凿，继续追查。

33

清晨时分，我们已经登上开往纽约的火车。在前往牛顿市之前，打算先回纽约办公室一趟。一旦确定下来要继续追查杜里的线索，华盛顿就再没有待下去的必要了——那里连睡觉都不安稳。火车一路向北行驶，不仅让我们渴望行动的急切心情得到满足，而且还慷慨地给我们至少几个小时的休息时间。从一登上火车，我就想好好睡上一觉，可是刚在黑暗的车厢里打了个盹，一种强烈的、不安的预感却让我惊醒过来。我点亮一根火柴，想看看是什么让我如此不安。我看到了科雷兹勒，他坐在我的对面，双眼直勾勾地望着窗外呼啸而过的昏暗景色。

“拉兹洛，”我悄悄地喊他，借着火柴的微光看着他的眼睛，“怎么了？发生了什么事情？”

他用左手摩挲着下巴。“病态想象。”他仿佛自言自语。

我猛地吸了一口气，因为火柴烧到了手指。看着余烬跌落在地上渐渐熄灭，车厢重新陷入黑暗，我低声问他："什么想象？你在说什么？"

"'我读过这样的故事，也知道这是真的'。"他重复着凶手信中的一句话，"是关于吃人的故事。我们先前推测，凶手可能有病态的想象。"

"所以呢？"

"那些照片，约翰。"虽然我看不清他的脸（还有车厢里其他的东西），他的声音却听上去十分紧张，"那些被屠杀的拓荒者的照片。先前我们曾推断，凶手应该在西部边疆待过一段时间，因为只有经历过，才能够解释凶手变态的行为模式。"

"你的意思是，维克多·杜里拍摄的照片或许也起到同样的效果？"

"并非对所有人。但是，此人因为童年有过暴力和恐惧阴影，所以对照片上的内容格外敏感。还记得我们讨论过的食人行为吗——这或许是凶手童年时曾经读过，或听说过的事情。恐怖故事总是会留下深刻久远的印象。所以，对这样一个执着于病态想象的人来说，照片难道不也会起到极端的效果吗？"

"有这个可能性，我想。你还在想那个失踪的弟弟的事儿？"

"是的，贾佩思·杜里。"

"可是，为什么有人要把这种血腥照片拿给一个孩子去看？"

科雷兹勒仿佛没有听到我的问题，"比红色印第安人更脏……"

"你说什么？"

"我还不能确定，约翰。或许他是无意中发现了那些照片；又或许照片是一种警示手段。答案只有到了牛顿市才能揭开。"

我思索片刻，却感到头越来越昏沉。"好吧，"我决定缴械投降，"如果不休息一下的话，恐怕没办法和别人对话，不管是在牛顿市还是在任何地方。"

"我知道。"科雷兹勒回答。随后，我听见他在座位上一边蠕动着，一边还在自言自语："但是我有一个想法——"

等我从睡梦中醒过来，火车已经到达中央车站。将我吵醒的是车厢大门砰地被人拉开和行李在车厢里来回碰撞的声音。我们二人看上去一如昨晚一样憔悴，跌跌撞撞下了车，走出车站，发现纽约的清晨阴云密布。莎拉这个时候应该还没到办公室，所以我们决定先各自回家，稍事休息之后再到办公室会面。回到华盛顿广场的家里，我足足睡了两个小时，又泡了个澡，然后和祖母共进早餐。霍尔姆斯医生被绞刑之后，祖母的精神曾经放松许多，但以我早饭时候的观察，她原本放松的神经似乎又开始慢慢绷紧。她略带紧张地浏览着报纸上的新闻，似乎在寻找下一个令她日日不能安寝的理由。我提醒她根本没有必要这样做，却只得到祖母的冷眼，告诉我她不准备听取一个和"那个科雷兹勒医生"鬼混在一起的人的意见，我因为和他一起频繁出现在公众场合，无疑已经截断了自己所有的社交之路。

哈瑞特为我准备好了出发去牛顿市的行李。上午 9 点，我准时出现在百老汇大街 808 号的电梯间，精神抖擞，蓄势待发。看着熟悉的办公室，感觉似乎已经离开很久，远远超过四天的时间。我急切地想要见到莎拉，当电梯到达六楼，我看见她正在和科雷兹勒交谈。我不想去理会他们之间究竟是怎么回事，一个箭步冲过去将莎拉抱起，抱着她转了个圈。

"约翰，你这家伙！"莎拉笑着说，"难道是因为春天来了——你还记不记得上次对我动手动脚的后果？"

"哦，不可以，"我赶紧放下她，"被丢在河里的经历一次就够了。怎么样？和拉兹洛约会去了？"

"是的，"她一边回答我，一边整理自己脑后的发髻，绿色的眼睛闪过一丝防备，"你们两个家伙倒是玩得痛快，我刚才和科雷兹勒医生说了，如果以为我会放任你们寻找刺激而坐视不理，你们就大错特错了！"

我的眼睛一亮，"你也要去牛顿市？"

"我说了，我也想来一趟惊险之旅。"她说着，拿出一张纸在我眼前晃了晃，"和你们两个待在同一车厢恐怕一点刺激都没有。不是这样的，科雷兹勒医生说，需要有人去新帕尔茨。"

"罗斯福几分钟前刚打过电话，"科雷兹勒转头对我说道，"比彻姆这个名字在新帕尔茨的档案里出现过。"

"哈，那么贾佩思·杜里就不可能是约翰·比彻姆。"我说。

科雷兹勒耸肩，"那是另外一个复杂的问题，需要进一步查证。但是，你和我现在必须马上赶往牛顿市；艾萨克森兄弟二人也出门了，所以只剩莎拉。毕竟，新帕尔茨是莎拉的地盘——她在那一带长大，毫无疑问，她最懂得如何和那里的地方官员打交道。"

“哦，那是当然，”我说，“那么谁留在这里居中协调？”

“你们高估了这份工作的重要性，”莎拉回答，“史迪威完全可以胜任，塞勒斯身体恢复以后也可以。而且，我离开的时间应该不会超过一天。”

我暧昧地朝她抛去一个眼神，“还是我的话管用吧。”

莎拉猛地转过身，“约翰，你真讨厌。科雷兹勒医生早就已经同意了。”

“好了好了，”我说道，“所以，就是这样，我的话一文不值。”

在这样轻松愉快的气氛中，史迪威·泰戈特终于获得了能够趁我们不在时扫荡办公室并寻找香烟的绝佳机会。中午我们离开时，史迪威成为唯一留守纽约的人。分别时他脸上的表情仿佛在告诉我们，找不到香烟决不罢休。但尽管如此，他还是认真地倾听科雷兹勒临行前对他的叮嘱，了解和我们联络的具体方法。只是科雷兹勒的叮嘱到了最后，却不自觉地演变为对尼古丁危害的陈词演说，这时史迪威便一个字都听不进去了。科雷兹勒、莎拉和我刚走进电梯，房间里便传来抽屉和柜子被翻动的声音。科雷兹勒无奈叹着气，知道现在并不是追究的好时机，因为还有更重要的事情去做。但是我知道，只要案子一结束，第十七大街上科雷兹勒的家里就会上演多场有关健康生活的冗长讲座。

我们三人先去了格拉梅西公园莎拉的家，她回去收拾一下自己的行李（以防新帕尔茨之行超过一天的时间）。在那之后，我们再次玩了一套先前去华盛顿时玩过的小把戏，以甩掉身后的小尾巴。到达中央车站后，莎拉去买开往哈德逊方向的火车票，我和科雷兹勒则在去往纽黑文方向的另外一个窗口排队。我们的分别和之前周一的那次一样，干脆利索，并无任何儿女私情。我甚至开始怀疑自己先前关于二人关系的判断出了错，就好像我曾经误以为凶手会是一个行为败坏的牧师一样。去往波士顿的火车准时出发了，不久就穿过韦斯特切斯特县的东部，进入康涅狄格州境内。

早前的华盛顿之旅和今天波士顿之行的主要差别，在于窗外景色的不同，以及去往这两个地方的乘客的区别。在这个星期六，我们再也看不到新泽西和马里兰一带嫩绿起伏的美景；取而代之的，是康涅狄格州和马萨诸塞州凹凸不平的崎岖山地，不禁让我感叹究竟是怎样的艰苦生活才造就了新英格兰人吝啬刻薄、喜好争吵的性格。我并不是非要究根问底，而是此时身边就正坐着许多这种性格的人。科雷兹勒这次并没有购买头等舱的座位，这是一个非常严重的错误。随着火车开动起来，身边的乘客也渐渐提高了争吵和抱怨的音量，几乎完全盖过火车疾驰的声音。连绵数小时，我和科雷兹勒不得不忍受身边一波又一波的高谈阔论，从钓鱼、地方政治一直聊到目前美国令人担忧的经济形势。然而，尽管车厢喧闹无比，我们还是制订了一套完备的去探访亚当·杜里的方案——如果我们能够找到他。

我们在波士顿的后湾车站下了车。车站外面有许多正在等候的车夫。一个小眼睛、高个子的瘦削男人向我们走来。

“去牛顿市吗？”科雷兹勒问。

男人仰起头，下嘴唇撇了撇。“有十几英里呢，”他说，“半夜之前我赶不回来。”

“我付你双倍价钱。”科雷兹勒断然决定，将自己的手提包扔到男人破旧马车的前座。车夫看上去仿佛因为未能继续讲价而有些沮丧，但他还是动作敏捷地跳上马车，抓起马鞭。我赶紧冲过去上了车，在其他车夫的咒怨声中踏上了前往牛顿市的旅途。马车开动之后，车厢里一片寂静，并没有人开口说话。

远处昏暗的落日似乎在预示着不久之后就要降临到马萨诸塞州东部的雨水。在这样的夕阳里，波士顿的轮廓渐渐消失，被连绵起伏的岩石和农田代替。直到天色已经半黑，我们才抵达牛顿市，车夫殷勤地要载我们到据说是城里最好的旅馆去。但科雷兹勒和我都知道，这所谓最好的旅馆无非是车夫亲戚经营的旅馆而已。但是我们又累又饿，而且人生地不熟，只能默许车夫的建议。行进在牛顿市古朴的街道上，看着街道两边常见的新英格兰样式的房屋，我开始有一种幻觉，仿佛陷入一条又一条的迷宫之路，挣扎不得——这是在哈佛念书的时候我经常会有的感受。那个“牛顿市最好的旅馆”也丝毫不能减轻我内心的不安——不过是一间简陋的隔板建筑，简简单单几样家具，菜单上的菜式也只能算是填饱肚子而已。晚餐时的唯一惊喜来自旅馆主人（车夫的二表兄），他说自己知道亚当·杜里的农场位置，可以给我们指路。然后，听说第二天早上还要租车，载我们到这里来的车夫自告奋勇地留下来，说第二天可以继续拉我们过去。安排好这些事情，我们回到逼仄阴暗的房间，躺在坚硬窄小的木床上努力消化着晚餐吃到的羊肉和土豆。

第二天早上我们起得很早，却还是没有逃过旅馆主人热情招待的早餐——

又厚又硬的烙饼和咖啡。天气晴朗起来，没有了下雨的迹象。旅馆外面停着昨日那辆破旧的马车，车夫已经整装待发。在向北行驶的路上，几乎一个人影都看不见，直到半小时之后，才有一群奶牛映入眼帘。它们在一片坑坑洼洼、满是碎石的草地上吃草。奶牛身后的不远处，一排橡树之间立着几座小小的房屋。走近之后才发现，那是一间农舍和两座谷仓。一个男人站在足以淹没脚踝的厩肥里，正在艰难地给一匹老马钉马掌。

我注意到，这个男人的头发已经开始脱落。在清晨阳光的照耀下，他的光头闪闪发亮。

34

男人的谷仓、篱笆和马车都已经破旧不堪，农场没有别的帮手，家畜看上去一副无精打采的模样。这些迹象充分表明，亚当·杜里的生活过得并不富裕。没有人比贫苦的农夫更懂得生活的冷酷和艰辛，这样清贫的景象也让我们一路而来的兴奋清醒了许多。我们走下马车，告诉车夫在外面等候，然后小心翼翼地朝他走过去。

“对不起——杜里先生？”那个男人不为所动，低头修补着马匹左前腿的马掌。他身前的棕色老马，因为终日背着枷锁辛苦劳作，身上好些地方都已经斑驳。苍蝇围着它嗡嗡直飞，对于主人给它钉掌的举动，它也并不肯好好配合。

“是我。”男人的声音有些尖厉，始终用后背对着我们。

“亚当·杜里先生？”我再一次询问，想让他转过身。

“如果你们是来见我，就一定知道我是谁。”杜里有些不耐烦，喘着粗气放下手里的马腿站起身来。我发现他的身高足有六英尺多。他拍拍老马的脖子，一半是生气，一半是疼爱。“这家伙总以为会死在我的前面，”他低声嘟囔着，仍然背对我们，“所以为什么要配合我呢？可是，我们都还有很多年要熬啊，你这个老……”说着，他转过身，脑袋上没有多少头发，露出肉色的头皮。他咧着一张满是黄牙的大嘴，一双蓝色的杏核眼看上去并无多少生气。手臂很粗壮，拍打着衣服尘土的一双手又厚又大。他眯缝着眼睛斜眼看着我们，既不十分欢迎，也并无多少敌意。“嗯？两位有什么事？”

我走上前，自认为十分优雅地用我和科雷兹勒在波士顿火车上早就商量好的计策开始和他套话。“这位是拉兹洛·科雷兹勒医生，”我说，“我叫约翰·舒勒·摩尔，是《纽约时报》记者。”我一边说着，一边从皮夹子里拿出自己的证件，“我是个警务通讯记者。老板派我来报道一些案件，确切地说，是调查最近几十年来一些有名的悬案。”

杜里点头，面露疑色，“你们是来询问我父母那件案子？”

“的确如此，”我回答，“杜里先生，恐怕你已经听说了最近纽约市警察部门的内部调查？”

杜里的小眼睛眯成一条缝，“我父母的案子和他们无关。”

“是的。但是我的老板很担心，在纽约州居然有这么多重要案件得不到执法部门的追查，因此悬而未决。所以，我们决定重新调查其中的一部分，看看多年过去之后是否能够有所进展。不知道你是否介意向我们透露一些关于你父母被害一案的线索？”

杜里的脸色起了波澜，仿佛被一阵突如其来的痛苦猛然击中。当他再度开口说话的时候，语气中的怀疑已经全然消失，仅仅剩下无奈和悲痛，“还有谁会在乎呢？已经过去了十五年。”

我尽量表现出同情和义愤，“难道时间久就可以不作为吗？杜里先生，并非只有你自己，还有许多人的家人也被害且无法找到真凶，他们都想知道事情的真相。”

杜里想了想，摇摇头，“别人的事情和我无关。我不想谈这件事。”

他准备离开，但深谙新英格兰人习性的我早就预料到了这样的局面，非常镇定地开口说道：“当然，我们会支付报酬。”

果然，他停住了脚步，转过身看着我，“报酬？”

我向他露出友善的笑容，“咨询费，不会特别多，大概一百美元？”

我知道，这个数目对他这样的穷人已经是巨额。果然不出所料，他的眼睛明亮起来。“一百美元？”他有些不敢相信，“只是说说话就行？”

“正是这样，先生。”我从钱夹里抽出一百美元。

杜里思考片刻，最终从我手里拿过钞票。随后，他走向自己的老马，重重拍了拍它的屁股，让它到附近去吃草。“我们进谷仓里谈吧，”他说，“我还有工作要做，不能因为这些破事儿耽误。”然后，他迈着重重的脚步穿过泥泞的马粪，走向谷仓。

科雷兹勒和我紧随其后，因为计策成功而窃喜。刚走到谷仓门口，杜里转过身，脸上露出担忧的神色。

“等一下，”他说，“你说这个人是医生？他来干什么？”

“我是专门研究罪犯行为的，杜里先生，”科雷兹勒镇定回答，“也研究警方办案手法。摩尔先生让我来给他的采访提供一些专业意见。”

杜里接受了这样的解释，但对科雷兹勒的口音不甚喜欢。“你是德国人，”他说，“或者瑞士人。”

“我的父亲是德国人，”科雷兹勒回答，“但我在美国长大。”

杜里对这样的回答似乎并不满意，一路沉默走向谷仓。

走进破旧的谷仓，马粪的气味更加强烈，只是偶尔可以闻到干草的气息，因为阁楼上有一间干草仓库。木板墙几年前刷过漆，但现在大部分地方已经脱落，露出本来的木头纹理。不远处的门边是一个鸡笼，里面的家禽扑闪着翅膀，发出咕咕的声音。马具、镰刀、铲子、镐头、木槌和水桶——各种工具随处可见，有的挂在墙面，有的吊在低矮的天花上，还有的就干脆散放在泥土地面。杜里径直朝一架破旧的撒肥机走去，机器车轴下垫着一摞石头作为支撑。他拎起木槌，使劲敲打着车轮，把它从基座上卸下来。随后，他厌恶地嘟哝了两句，开始修理车轴。

“好吧，”他拿过一个装着黏稠润滑脂的旧桶，看也不看我们，“你们问吧。”

科雷兹勒朝我点头，示意由我先开始。我于是说道：“从报纸上我们看到了当时的一些报道，不知道能否告诉我——”

“报纸上的报道！”杜里低声嘟囔着，“那么我猜，你们也知道那些笨蛋们还曾经怀疑过我。”

“报上说那不过是流言，”我回答，“警方说从没有——”

“从没相信过？他们的确不太相信。可还是派了两个家伙到这里来骚扰我和我的妻子，足足骚扰了三天。”

“你结婚了，杜里先生？”科雷兹勒的声音很平静。

杜里盯了科雷兹勒几秒，语气不忿，“是的，结婚十九年，但这和你们无关。”

“有孩子吗？”科雷兹勒追问，语气依旧小心翼翼。

“没有，我们——我和我的妻子——没有孩子。我们没有。”

“所以，我猜你的妻子能够做证，当你父母被害的时候，你其实就在这里，哪里也没有去。”我说。

“可是对那帮浑蛋来说，这根本不算证据，”杜里回答，“妻子的证词在法庭上不起作用。后来我不得不请一个邻居，一个住在十英里开外的邻居，来证明在父母遇害的那天，我和他在一起砍树。”

“你知道为什么警方不肯相信你吗？”科雷兹勒问。

杜里的木槌“咣”的一声落在地上，“我敢肯定你也知道，医生。这并不是秘密。多年来我和父母的关系并不好。”

我伸出一只手拦住科雷兹勒，“是的，我们听说了。”我说，想从杜里那里套出更多的线索，“但是警方的描述很模糊，很难从中得出有效结论。因为这一点对我们的调查很重要。所以，不知道你能不能为我们说得更清楚一些？”

杜里将撒肥机的车轮搬到工作台上，四处敲敲打打，“我的父母都是性格刚强的人，摩尔先生。他们必须性格刚强，才能千里迢迢来到这个国家并生存下来。但是，尽管我现在这样说，对于当时的我——”一种强烈的情绪仿佛就要喷薄而出，但他竭力克制住了自己，“当时的我很难理解，我记忆中只有冷言冷语，还有皮鞭打骂。”

“所以你被他们殴打？”我想起科雷兹勒和我在华盛顿第一次看到杜里一家的故事时做出的推测。

“并不仅仅只是我自己，摩尔先生，”杜里回答，“当我犯错时，父母从来不会回避惩罚，但那并不是导致我和他们疏远的真正原因。”他看了看墙上一面狭小破旧的窗户，又继续开始敲打车轮，“我有一个弟弟，贾佩思。”

科雷兹勒点点头，我继续说道，“是的，我们也听说了。很可怜。我们深表同情。”

“同情？也许吧，但是我告诉你，摩尔先生——那些野蛮人对他做的事情，其残忍程度恐怕比不上我父母对他的万分之一。”

“他被虐待了？”

杜里耸耸肩，“有人不认为那是虐待，但我觉得是，一直都这么觉得。嗯，他是个古怪的孩子，从某些方面来说是这样。所以，父母对待他的方式在一些外人看来很正常。但其实不是这样，先生。有些行为比恶魔还可怕……”杜里仿佛出了神，但很快他甩甩头，“对不起，你们想问的是我父母的案子。”

在接下来的半个小时，我不停地就1880年他父母被害那天的事情做出询问，纠结于一些我们其实早已得知的细节，因为这可以掩盖我们的真实意图。随后，我问他为什么印第安人会想要杀害他的父母，引诱他告诉我们更多在明尼苏达传教时的家庭生活，这样就可以更进一步获得更多关于杜里家庭关系的线索。杜里述说的时候，科雷兹勒悄悄拿出笔记本，沉默地记录下他所说的那些事情：

亚当·杜里1856年出生于新帕尔茨，但他最早的童年记忆只能回溯到四岁左右，那时候全家人搬到明尼苏达州的里奇利堡，一个位于州印第安苏族事务所管辖范围之内的传教点。杜里一家住在距离要塞不到一英里的一座木头房子里，房屋很小，只有一个房间，这给了亚当近距离观察父母关系的绝佳机会。如科雷兹勒和我先前所知，他的父亲是非常严格的宗教徒，即便在给苏族人布道的时候也完全不加任何粉饰。但让我们感到吃惊的是，虽然在工作上一丝不苟，杜里牧师对孩子却并不暴力冷酷，相反地，据亚当所说，在他的回忆里，和父亲在一起的时光是快乐温暖的。的确，杜里神父有时也会狠狠地惩罚孩子，但大多数情况下，发出惩罚指令的那个人，却是杜里太太。

提到自己的母亲，亚当的脸色阴暗起来，语气也更加犹豫，仿佛有关母亲的回忆给他带来了莫名的压力和恐惧。杜里太太性格冷漠且严厉，在亚当小的时候并没有给予他许多关怀和抚育。事实上，在倾听亚当讲述母亲的故事时，我经常会不由自主地想到杰西·波默罗伊。

“虽然我因为她对我不理睬而感到伤心。”杜里一边继续陈述，一边将已经修好的车轮重新安装到车轴上，“但被她冷漠伤害最深的应该是父亲——因为她根本不是一个真正意义上的妻子。她所有的家务活都干，家里虽穷，但也总是收拾得井井有条。可是，当全家人都生活在同一间屋子里的时候，你就会不自觉地注意到一些——关于父母婚姻中更亲密的东西，或者感受到这种亲密关系的缺失。”

“你的意思是，他们并不亲近？”我问。

“我是说，我不知道她为什么会嫁给父亲。”杜里粗暴地回答，仿佛将内心的痛苦和怒气都倾泻在正在修理的车轴和车轮上，“她根本无法忍受父亲碰她，更不要说生儿育女了。我的父亲，你知道，非常想生孩子。他有自己的梦想，想把子女送到广阔的西部荒野中，继续他的传教事业。可是母亲……他们每一次的共处对她都是折磨。有的时候她选择默默忍受，有的时候她就会反抗。我真的不知道她为什么会选择结婚，只除了在我父亲传教时……父亲是个能言善辩的人，母亲几乎参加了他主持的每一次宗教集会。她似乎非常喜欢这样做，很奇怪。”

“你们从明尼苏达回来以后呢？”

杜里痛苦地摇了摇头，“我们从明尼苏达回来以后，生活变得每况愈下。父亲不仅丢掉了工作，也丢掉了和母亲仅有的正常关系。他们经年累月说不上一句话，也从来没有身体接触，至少我记忆中是这样。”他抬起头又看了看窗外，“只有一次例外……”

他停顿了几秒钟，我轻声催促他：“贾佩思？”

杜里点头，将自己从沉思的状态中拉回，“天气暖和的时候，我喜欢在户外过夜，就在山脚下——山瓦岗山。父亲早年在瑞士从祖父那里学会了登山技术，山瓦岗是个绝佳的攀岩去处，他不仅爬山锻炼身体，也将这门技术传给了我。虽然我并不精通，却经常陪着他一起，因为那是我最快乐的一段时光——可以远离那个家，还有那个女人。”

这段话里的信息带给我们巨大的冲击和震撼。科雷兹勒伸出虚弱的左臂，以惊人的力量抓住我的肩头。杜里并没有发现我们的小举动，也并不清楚他的话给我们带来了怎样的影响，他只是继续说道：

“但是最冷的时候，你几乎无处可去，除非想冻死在外面。我记得那是2月的一个晚上，我的父亲……他可能喝多了，虽然他很少这样。不管究竟是醉酒还是清醒，他终于对母亲一直以来的冷漠态度表示反抗。他说起妻子的职责，丈夫的需求，然后抓住她。是的……母亲尖叫反抗，骂他像明尼苏达的那些野蛮家伙一样。可是父亲并没有住手。那天晚上很冷，我从窗户离开了家，睡在隔壁邻居的破旧谷仓里。即便隔着一段距离，我依旧可以听见母亲的叫喊和哭泣。”说到这里，杜里仿佛又一次陷入回忆，忘记了自己身处何方，语气疏离，“我以为自己会害怕，但其实并没有。事实上，我还暗自给父亲加油鼓劲……”他的意识仿佛这一刻突然清醒，为自己的话感到有些羞愧。捡起地上的锤子，他继续开始敲打车轮，“我吓坏你们了吧，两位。如果是这样，我道歉。”

“不，没有，”我飞快说道，“你让我们更好地理解了这起案件的背景，完全可以理解。”

杜里飞快地瞄了科雷兹勒一眼，目光中充满怀疑，“那么你呢，医生？你也能理解吗？你一直都没有说话。”

尽管遭到逼问，科雷兹勒依旧表情镇定。我知道，像科雷兹勒这样经常出入精神病院的老手不可能露出任何端倪。“我听得太入迷了，所以没有说话，”科雷兹勒说，“我想说的是，杜里先生，你是个非常善于言谈的人。”

杜里笑了，“你是说和其他农夫相比？是的，那应该归功于我的母亲。她每天晚上都逼着我们学习。五岁之前我就已经学会读写。”

科雷兹勒赞赏地抬起头，“真厉害。”

“但我的手可不会这样认为，”杜里回答，“她总是用木棍敲打我们的手——我又跑题了。你们想知道我弟弟后来怎么样？”

“是的，”我回答，“但在那之前，告诉我——他是个什么样的孩子？你说他有些古怪——哪里古怪？”

“贾佩思？”杜里终于将车轮成功安装到撒肥机的车轴上，他站起身，拿起一根长长的杆子，“难道不古怪吗？……在充满怨恨的家庭里长大，父母都不欢迎他的到来，他还能长成什么样子？对母亲来说，贾佩思是父亲野蛮行为和色欲的产物；对父亲来说，尽管他想要更多的孩子，但贾佩思是他堕落的象征，代表了那个可怕的夜晚里他兽欲的一面。”杜里一边说着，一边用长杆将车轴下面垫起的石块敲落。于是，车轮落到地面，向前滚动了好几米。杜里似乎很满意自己的工作，取过一把铲子，又继续说道：“对于一个一无所靠的孩子来说，这个世界充满了重重陷阱。我总是尽自己所能去帮他，但等他长大时，我却已经到附近的农场工作，和他很少见面。我知道他过得艰难，忍受着我曾经忍受过的一切，甚至更多。我真的希望可以多帮帮他。”

“他有没有和你说过，他都经历了些什么？”我问。

“没有。但是我曾经亲眼看见了一些。”杜里用铲子将地上家畜留下的粪便铲到撒肥机上，“周末的时候，我总是尽可能地和他待在一起，告诉他在家庭之外，生活里还有很多美好的东西可以享受。我教他登山，我们可以在山里待上一天一夜。可是最后……最后，我想没有人可以抵消母亲对他的影响。”

“你的母亲，她很暴力？”

杜里摇头，回答诚恳而清醒，“贾佩思和我受到的暴力打骂并不多。父亲有时候会用鞭子打后背，但仅此而已。不，我相信，我一直相信母亲的方式是最——黑暗的。”杜里将铲子放在一边，坐在一块大石头上，拿出烟袋和烟头，“我想，从某方面来说，我比贾佩思要幸运，因为母亲对我不过是漠不关心。但是贾佩思——母亲似乎觉得，剥夺他应该得到的母爱还远远不够，她对贾佩思的每个行为、每个举动都挑三拣四。甚至当他还在襁褓的时候，不知道也无法控制自己的行为——她也因为他所有的事情抱怨不停。”

科雷兹勒拿出一根火柴，凑过身去，杜里勉强接了过来，“你所说的‘所有的事情’都指什么，杜里先生？”拉兹洛问。

“你是个医生，先生，”杜里回答，“我想你猜得出来。”他接连抽了好几口烟袋，让里面的碳充分燃烧。“那个凶狠的婊子！我知道，这样评价自己死去的母亲是有些过分。但是如果你见过她对他的那个样子，先生们，总是针对他。如果贾佩思抱怨、哭泣或者发脾气，她就会说出更刻薄的话，是我从来不敢想象能够从她嘴里说出的话。”杜里站起来继续挥舞着铲子，“她说，他不是她的儿子。他是印第安人的儿子——那些肮脏、吃人的野蛮家伙把他扔在我们家的门前。小贾佩思那时至少相信了一部分这样的话。”

每一分钟，都有更多的细节和线索浮出水面。我一边专注倾听，一边因为这些巨大的发现而内心狂喜不已。我甚至希望杜里能够赶紧结束他的故事，这样我就可以兴奋地跑出去，对着天空大喊——尽管阻力重重，科雷兹勒和我终于就要抓到真凶。但是我也知道，现在最应该做的就是控制自己，所以我学着科雷兹勒的样子，尽量不动声色、镇定自若。

“那么你弟弟长大以后呢？又发生了什么？”科雷兹勒问道。

毫无预警地，亚当·杜里突然大喊一声，狠狠地将铲子扔到对面的墙上，引得鸡笼里的鸡群发出惊恐的声音，不停拍打着翅膀。回过神来，杜里扭了扭嘴边的烟斗，试图平息内心的情绪。科雷兹勒和我并没有采取任何行动，但我知道，我已经吃惊地睁圆了双眼。

“我想，咱们最好彼此坦诚，先生们。”杜里的情绪处在爆发边缘。

科雷兹勒没有接话。我于是只好颤抖地开了口：“坦诚？杜里先生，我可以保证——”

“去你妈的！”杜里大喊，狠狠地跺着脚。随后，他沉默了几秒，让自己的声音平静下来，“你们以为我没有被问过话吗？你以为我是个农夫，所以我就是个傻瓜？我知道你们究竟想干什么！”

我正要反驳，科雷兹勒按住我的手臂，“杜里先生已经对我们开诚布公，摩尔。我想我们也该如此。”杜里点头，粗重的呼吸慢慢平复下来，“是的，杜里先生。我们怀疑，你弟弟就是杀害你父母的凶手。”

这个男人从胸腔发出悲鸣，一半是悲伤，一半是惊讶。“他还活着？”他问，愤怒已经消失得无影无踪。

科雷兹勒缓缓地点了点头，杜里无助地举起双手，“为什么现在还要追究？都已经过去了这么久——一切都结束了。就算我弟弟还活着，他也从未联系过我。为什么还要追究？”

“所以连你自己也有所怀疑，不是吗？”科雷兹勒没有回答他的问题，反而从口袋里拿出一小瓶威士忌，递给杜里。

杜里点头，喝了一口酒，对科雷兹勒也不像先前那样愤愤不平。我还以为之前他的怨怼来自科雷兹勒的德国口音。现在才知道，原来杜里早就怀疑我们另有所图，因为科雷兹勒并不是一名普通医生。

“是的，”杜里终于开口，“你要知道，医生，我从小就生活在苏族人中间。我在部落里有几个好朋友，也亲眼看见了 1862 年的苏族暴乱。我知道警方最后关于我父母被害的解释完全是错误的。而且，最重要的是，我了解自己的弟弟。”

“你知道他完全有杀人的能力。”科雷兹勒语气温柔，如同之前诱使杰西·波默罗伊一样。他的声音很平静，但问题却切中要害，“杜里先生，你是怎么知道的？”

杜里的脸颊淌下一滴泪珠，我的心也仿佛被刺痛，有些同情。“贾佩思大概——嗯，九岁或十岁时，”杜里喝了一口酒，声音变得轻柔起来，“我们在山瓦岗山上待了几天，打猎，设置陷阱抓小动物——松鼠、负鼠，还有浣熊之类的东西。我教过他射击，但他不怎么喜欢。贾佩思特别擅长设置陷阱。他能花上一整天的时间去寻找动物巢穴，然后在暗处埋伏数小时，耐心等待猎物上钩。这是一种天赋。但是有一天，我们分开去打猎——我去追踪了一只山猫。等我回到营地的时候，听见了一种古怪而可怕的尖叫。是哀号声，声音尖厉，也很痛苦，听上去十分恐怖。我走进营地，看见了贾佩思，他抓住了一只负鼠，正在——他正在把它用刀活生生地大卸八块。我跑过去，朝着那可怜的小家伙开了一枪，然后把贾佩思拉到一边，我看到他的眼里闪动着邪恶的光芒。事后我狠狠地教训了他，他哭了，也承认了错误。我以为这只是一次偶然事件——等他以后懂事了，就不会再这么做。”杜里戳了戳烟袋，里面的烟已经燃尽。

科雷兹勒又递给他一根火柴，说道：“但他并没有。”

“没有，”杜里回答，“这样的事后来又发生了好几次——我知道的就有好几次。他从来不对大型动物下手，比如农场里的马和牛。总是那些弱小的动物，好像小动物更能激发出他的邪恶。我曾经试图让他放手，可是……”

杜里的声音渐渐微弱。他坐在那里，双眼呆呆地望着地面，似乎不想再继续说下去。科雷兹勒却温柔地鼓励他：“可是，后来又发生了一些事？”

杜里抽了一口烟，点点头，“但是，我觉得这件事他是无辜的，医生。而且我认为你也会赞同我。”他的一只手握成拳头，狠狠地砸了一下大腿，“但是我母亲，那个死女人，说这是贾佩思邪恶行为的又一表现。说他是自作自受！”

“我想你最好解释一下，杜里先生。”我说。

他飞快地点头，喝了一口威士忌，然后将瓶子还给科雷兹勒，“是的，很抱歉。我想想——这件事大概发生在——嗯，就在我离家前不久，应该是1875年夏天，贾佩思当时十一岁。我工作的农场来了一个新的雇工，比我稍微大一些，是个内在和外在都很有魅力的人，而且和孩子们特别相处得来。成为朋友之后，我邀请他和我们一起去打猎。他对贾佩思特别好，贾佩思也很喜欢他——

这样一来，他和我们的交往就越来越多了。他们俩经常在一起布置陷阱，我则去猎捕一些大的动物。我是这么想的，这个人或许可以打消贾佩思折磨小动物的念头。那家伙似乎也明白贾佩思的状况。我很相信他，你知道，我让他看护好我的兄弟。”谷仓外面传来沉闷的声音，“可是他辜负了我的信任，”杜里站起来，“以一种最恶劣的方式。”说着，他打开窗户，把头伸出去，大声喊道：“你！别在这儿待着。我告诉过你的——继续往前走！”他把头缩回来，挠了挠头。“是那匹蠢马，想悄悄溜到谷仓后面吃那里的草，我可不能……对不起，先生们。言归正传，一天晚上，我看见贾佩思躺在营地，下身赤裸，哭个不停，而且还在流血——那个恶魔已经不知去向，我们再也没见过他。”

谷仓外面又传来沉闷的声音。杜里拿起一根长长的鞭子，朝门口走去，“恕我失陪一会儿，先生们。”

“杜里先生？”科雷兹勒喊住他，杜里停下脚步，在门口转过身，“这个家伙，农场里的这个人——能告诉我他的名字吗？”

“完全可以，医生，”杜里回答，“因为内疚，我一直记得他的名字。比彻姆——乔治·比彻姆。我先走了。”

这个名字带给我的震撼比今天任何一条线索都更甚，仿佛给我所有的狂喜泼了一盆冷水，让我重新迷惑起来。“乔治·比彻姆？”我轻声重复，“可是，科雷兹勒，如果贾佩思真的是——”

科雷兹勒用手指制止了我，“留着你的问题，摩尔，记住——尽量不要在杜里面前提到我们的真实来意。我们已经差不多得到了全部想要的线索，现在，找个借口，我们该走了。”

“全部想要的线索？好吧，或许你已经得到了你想要的，可是我还有很多疑问。为什么要隐瞒他呢？他有权利——”

“告诉他又有什么好处？”科雷兹勒低声呵斥，“他的痛苦已经够多了，这么多年内疚不安。如果告诉他，他的弟弟不仅杀害了他们的父母，还害死了数条孩子的人命，这对他或者对我们，又有什么益处？”

我安静下来。如果贾佩思·杜里真的还活着，并从未联系过他的哥哥亚当，那么，这个受尽折磨的农夫根本无法协助我们的调查。如果告诉他我们的怀疑，尤其这些怀疑还未得到证实，对于他将是一场沉重的心灵打击。出于这些原因，当杜里教训完他的马回到谷仓时，我按照科雷兹勒的嘱咐，编造了一个要赶火车回纽约以便截稿的借口。这个借口我曾经在不同的情况下使用过，几乎屡试不爽。

“可是，你们离开之前，最好诚实地告诉我，”杜里送我们到马车上时突然说道，“追查悬案的报道——这是真的吗？还是说，你们只是为了重新追查我父母被害的案子，然后用我提供的线索给我的弟弟定罪？”

“我可以向你保证，杜里先生，”我诚恳地对他说道，“报纸上不会出现关于你弟弟的文章。你告诉我们的那些事情只是让我们确认，警方当年的侦查是错误的——再无其他。这些信息将会绝对保密。”

因为这番话，杜里坚定地和我握了握手，“谢谢，先生。”

“你的弟弟曾经遭受许多苦难，”科雷兹勒一边和杜里握手，一边说道，“而且我推测，在你父母死后，他的苦难可能还在继续——如果他活着的话。我们并没有立场去做任何评判，也不会从中谋取任何利益。”听到这句话，杜里努力抑制着就要流下的泪水。“我还有一两个问题，”科雷兹勒说道，“如果你不介意。”

“只要我知道，一定全都告诉你，医生。”杜里说。

科雷兹勒歪了歪头，“是你的父亲。很多归正会的牧师并不十分在意宗教节日。但是，我觉得你父亲似乎不太一样。”

“的确是这样，”杜里回答，“节日是我们家里仅有的欢乐时刻。当然，母亲总是反对，她总是拿出《圣经》，说这样的庆祝是繁文缛节，庆祝节日的人应该受到惩罚。但是，我父亲坚持要这样做——实际上，他最出色的布道都是在节日里完成的。但是，为什么——”

科雷兹勒的黑色眼睛显而易见地明亮起来，他举起一只手，“只是一件小事，我知道，我不过是好奇。”登上马车，科雷兹勒似乎又想起什么，“哦，还有一件事。”杜里抬头望着我们，“你的弟弟贾佩思，他脸上的——问题是什么时候开始的？”拉兹洛说道。

“脸部抽动症？”杜里有些迷茫，“我记得他从小就有。刚生出来的时候没有，但是后来——自从认识他以来他就已经那样了。”

“经常发作吗？”

“是的，”杜里努力在回忆，但随即又笑了，“除了在山上。他埋设陷阱的时候，眼睛和湖水一样平静。”

我不知道自己还能够忍耐多久，但科雷兹勒依旧泰然自若。“这孩子虽然可怜，但真的才华出众，”他说，“你手里没有他的照片吧，我想。”

“他不愿意拍照，医生——我想可以理解。”

“是的，是的。我同意。好吧，再会，杜里先生。”

我们终于离开那座小小的农场。我转过身，看见亚当·杜里迈着沉重的步伐走回谷仓，强壮有力的双腿和一双穿着靴子的大脚踩在满地的污泥和牲畜粪便里。但是，就在打算进去的那一刻，他却突然停下脚步，飞快朝旁边的大路跑去。

“科雷兹勒，”我说，“莎拉说报纸上那些案件的报道里，提到过贾佩思的脸部抽搐吗？”

“我不记得提过，”科雷兹勒没有转身，“为什么这样问？”

“因为今天和亚当·杜里的谈话中，我敢说这件事并没有被提到——他刚才意识到了这一点。他肯定在猜测我们是怎么知道的。”尽管情绪越来越兴奋，我还是努力克制自己。“感谢上帝！科雷兹勒，告诉我——告诉我我们已经找到凶手！亚当今天说的很多话我还不太理解，但是一定，请一定告诉我，我们已经有结论了！”

科雷兹勒笑了，兴奋地举起自己的右拳，“我们今天获得了许多线索，约翰——我十分肯定这一点。或许还不是全部，或许还没有按照正确的顺序排列——但是，是的，我们已经获得了绝大多数线索！车夫，直接载我们去后湾车站！我记得6点05分有一趟开往纽约的火车——我们必须赶上它！”

接下来的路程里，我们的内心充满了难得的喜悦和轻松。如果早知道这份喜悦和轻松是如此短暂，我应该更充分尽情享受的。一小时之后，我们刚走到回程的一半，突然，不远处传来仿佛树枝断裂般短促而清脆的声音，令我们的欣喜戛然而止。清脆的声音之后我听见气流摩擦发出的嗞嗞声。随后，拉车的马匹仿佛突然被什么东西击中，鲜血如喷泉一样从脖颈汩汩而出，令它一头撞到地上。车夫、科雷兹勒和我还未反应过来，又听见了一声尖厉的脆响和气流摩擦的声音。这一次，科雷兹勒的右上臂被擦掉一块皮。

35

科雷兹勒一声惊呼，气急败坏地趴在车厢地面上。想到我们现在已经完全暴露在枪口之下，我赶紧催促他跳下马车，藏身于车厢底下，紧贴地面。车夫走到外面，去查看死去的马匹。我喊他赶紧蹲下，但他显然更沉浸于自己的经济损失中，忘记了自身安全，让自己成为一个鲜明的靶子。直到又一声枪响在空气中爆裂，子弹呼啸着扎进他脚边的土地，他才意识到自己正处在极度危险中，于是拔腿就朝身后约五十码开外的茂密树林跑去，那里和枪手藏身的小树林方向正好相反，在马路另外一侧。

看着车夫一边跑一边大声咒骂，科雷兹勒脱下外套，让我帮他先简单处理一下伤口。伤口处血肉模糊，但未伤及要害，只是擦伤了右上臂的一处皮肉。最重要的事情是止血。我解下腰带当作止血带系在伤口上方，将它拉紧，然后把科雷兹勒的衬衫袖子撕成条状，当作绷带缠在伤口上，血终于慢慢止住。然而，当又一颗子弹呼啸而至，打碎了车轮上的辐条，我知道如果不采取措施，很快就会有更多的伤口出现。

“枪手在哪儿？”科雷兹勒一边询问，一边仔细查看对面的小树林。

“我看见一些烟雾，就在那株桦树的左边，”我用手指着那里，“我想知道的是，枪手究竟是谁。”

“有太多的可能性，”科雷兹勒紧了紧胳膊上的绷带，发出疼痛的呻吟，“最有可能的，是我们在纽约的敌人。考姆斯托克的势力几乎无处不在。”

“派杀手来暗杀我们，这不太像考姆斯托克的风格。或许是伯恩斯？说不定是杜里？”

“杜里？”

“他弟弟脸部抽搐那件事提醒了他，也改变了他对我们的态度——或许，他以为我们在骗他。”

“虽然他说得挺吓人，但看上去不像会杀人的样子，”科雷兹勒托着自己受伤的胳膊说，“而且，他如果真要杀我们，也会堂堂正正，而不是暗地放冷枪。”

我突然灵光一现，“或许是……他？我们要追查的凶手？他有可能一直暗地跟踪我们从纽约到这里。如果真的是贾佩思，我记得亚当说过，他并不十分擅长射击。”

科雷兹勒一边思索，一边继续盯着对面的树林。随即，他摇摇头，“你的想象力太丰富了，摩尔。凶手为什么要跟踪我们？”

“因为他知道我们的目的，也知道自己的哥哥住在哪里，亚当和我们的谈话会把他供出来。”

科雷兹勒不停地摇头，“这不太现实。一定是考姆斯托克，我告诉你——”

空气中再次传来子弹的呼啸声，一颗子弹准确击中了我们藏身这一侧的车厢板。

“我知道了，”我急切地说，“这件事可以以后再讨论。”转过身，我看了看身后的那边密林，“车夫跑过去了，似乎没出什么事。你受伤的那只手臂怎么样？能跑吗？”

科雷兹勒又呻吟了一声，“应该没问题。真是见鬼！”

我拿过科雷兹勒的外套。“跑到开阔地的时候，”我说，“不要跑直线，不要让你的行动路线过于清晰，”我们一边说着，一边俯身爬行到车厢的另一侧，“你先走，我在你的后面。”

“我有一种很不好的感觉，”科雷兹勒扫视着面前约五十米距离的开阔地，“只要我们继续追查，这种麻烦就会不断存在。”他似乎很是因此而焦虑。在起身准备出发之前，他突然拿出自己的银色怀表，交给我。“听着，约翰——如果万一——嗯，我想让你把它交给——”

我笑着把怀表推还给他，“你这多愁善感的样子真讨厌！快走吧，以后你自己交给她——快走！”

向东北方向奔跑约五十码的空旷距离要比我们想象的艰难得多，尤其是奔跑的代价是自己的生命。从马车到对面的树林，存在无数难以克服的障碍——鼠洞、沟渠、树根，还有石头，我的心紧张得怦怦直跳，腿脚也仿佛失去往日的敏捷。奔跑到安全地带差不多花了我们近一分钟的时间。虽然枪手只有一个人，枪法也并不准，但我们好似死里逃生。空气里仿佛都是子弹飞来飞去的声音（其实真正射出的可能只有三四发），我们不顾一切地向丛林深处跑，任树枝扫到脸上也全不在乎。等到彻底安全的时候，我差点就要失禁。

我看见科雷兹勒靠在一株巨大的杉树上，伤口处的绷带已经松开，又重新开始渗血。我帮他包扎好伤口，将外套搭在他的肩头，他因为失血脸色苍白，瑟瑟发抖。

“我们不能离大路太远，和它保持平行，”我轻声说，“直到看见人和车为止。这里距离布鲁克林不远，从那里可以再搭车去车站。”

然后，我搀扶他站起来，沿着茂密的丛林继续向前走，紧盯着大路以免走失。不久，布鲁克林的城市建筑出现在不远处，我觉得应该安全了，于是走出树林并加快了脚步。没过多久，一辆运冰的马车路过我们身边停下来，车夫跳下马车，关切地问我们发生了什么事。我编了个故事，说我们乘坐的马车翻了车，并请求车夫将我们顺路拉到后湾车站。这个决定无疑是明智的，不仅节省了脚力，车上的冰块也有助于科雷兹勒减轻伤口的痛楚。

快到后湾车站的时候，已经是下午五点半，天色渐渐昏暗起来。我让车夫在距离车站还有两百米左右的一片稀疏松树林处停下来。我们谢过了车夫的帮助，他车上的冰几乎完全止住了科雷兹勒的血。下了车，我扶着他走进被浓荫遮住的树林。

“我是个热爱大自然的人，摩尔，”科雷兹勒有些迷惑，“但现在却不是和它亲密接触的好时机。为什么不直接坐车去车站？”

“如果枪手真的是考姆斯托克和伯恩斯派来的人，”我一边回答，一边在树林里寻找一个能够无遮挡看清车站的地方，“他或许会猜到我们下一步的行动。可能正在守株待兔。”

“哈，我明白你的意思了。”他靠着松树坐下来，重新包扎自己的伤口，“所以我们先在这里等候，等火车来了，悄悄从这里登上火车。”

“就是这样。”我回答。

科雷兹勒拿出怀表，“还有大概半小时。”

我意有所指地看了看他，笑着问道：“半小时足够你向我解释一下，刚才那块表究竟是怎么回事？”

科雷兹勒躲开我的眼神，我吃惊地发现他居然面露窘色。“你是忘不掉这件事了，是不是？”他挤出一个微笑。

“是的。”

他点点头，“我想也是。”

我在他身边坐下来，“好吧，你打算和她结婚吗？”

科雷兹勒耸耸肩，“我确实——考虑过。”

我低着头窃笑，“我的天……结婚。你——嗯，你知道的，你求过婚了？”科雷兹勒摇头。“是想等到案子结束吧，那时她更有可能同意你的求婚。”

科雷兹勒看上去有些不解，“为什么？”

“这么说吧，”我回答，“那时她应该已经证明了自己的观点，如果你懂我的意思。所以，她会更容易接受婚姻。”

“观点？”科雷兹勒一头雾水，“什么观点？”

“拉兹洛，”我开始教训他，“你难道不知道？这件事对莎拉来说很重要。”

“莎拉？”他更糊涂了。从他的反应里，我突然意识到自己从一开始就弄错了。

“噢，天哪，”我叹气，“不是莎拉……”

科雷兹勒瞪着我看了好几秒，倚在树上，张着嘴放肆地大笑起来。我从未见过他笑得这么大声，这么令人讨厌。

“科雷兹勒，”我很是懊恼，“求求你，希望你——”可是他笑得不能停止，我恼羞成怒：“科雷兹勒！科雷兹勒！好吧，我是个大笨蛋。你现在能不能不要再笑了？”

可是他根本不理我，又狂笑了大概半分钟才渐渐平息下来。因为大笑牵动了手臂上的伤口，他托着自己受伤的手臂，又轻声笑了一会儿，眼泪都笑了出来。“对不起，摩尔，”他说，“可是你怎么会以为——”他又止不住地笑起来。

“好了，我应该怎么想？”我问他，“你总是和莎拉单独在一起。而且你说自己——”

“莎拉对婚姻根本没有兴趣，”科雷兹勒终于平静下来，“她连对男人的兴趣都没有——她认为，一个女人完全可以独立并精彩地过好自己的生活，这是她人生的基本信条。你应该知道。”

“是的，我一度也曾经认为她是这样的人，”我撒了谎，不过是想挽救自己最后的尊严，“可是你们在一起的样子，看上去就像——好吧，我也不知道像什么！”

“我和她刚认识不久就有过这样的对话，”科雷兹勒继续向我解释，“她说，不要把情况搞得那么复杂，纯粹只是工作关系。”看到我噘嘴，他继续说，“知道真相一定让你特别难以接受。”说着，他忍不住又笑起来。

“的确如此。”我干脆破罐子破摔。

“你本可以开口问的。”

“算了吧。我也是具有职业精神的人！”我跺着脚反驳，“早知道不该管这些破事——”突然，我想起了什么，“等一下，如果不是莎拉，那是谁——”我看着科雷兹勒，他的头低垂下去——答案显而易见。“哦，上帝，”我吸了一口气，“是玛丽，对吗？”

科雷兹勒望着车站，眺望着火车来时的方向，仿佛在等待某人前来将他解救——可是并没有。“情况很复杂，约翰，”他终于开口，“我希望你能够理解并尊重我们的关系。”

我震惊无比，一句话也说不出来，只能沉默地坐在他的身边，听他讲述两人“复杂关系”的来龙去脉。显然，这里面有些因素也曾让他深深苦恼：玛丽本来是他的病人，而且她对他的情愫很有可能只是内心感激，或是尊重。正是因为如此，科雷兹勒向我解释得非常详细。他本来非常小心，一年前当他初次发现玛丽对他的心意时，他既不愿意鼓励她，也不想让自己产生出同样的情意。而此时，他似乎非常焦急地想让我理解，他和玛丽互生情愫是一件自然的事情。

科雷兹勒刚开始治疗玛丽的读写困难症时，他意识到，如果不能让玛丽对自己完全信任，就无法和她进行良好的沟通。为了达到这一目的，他于是隐晦地向玛丽提起了自己的“个人历史”。科雷兹勒并不知道我已经从其他人那里了解了这段不为人所知的经历，所以他用了一个语焉模糊的词。我猜，玛丽有可能是第一个从科雷兹勒那里听说这个故事的人，这样的举动无疑换来了玛丽的全心信任，甚至更多。科雷兹勒本来只想通过讲述自己的故事来鼓励玛丽说出她的经历和遭遇，但与此同时，他也在她心中种下了亲密的种子。这种亲密情感一直延续到玛丽后来为他工作，把他的家里管理得井井有条，但也让两个人的关系更加复杂起来。终于有一天，科雷兹勒发现，自己再也无法否认玛丽对他的情感已经远远超出感激的范围，而自己也对这个美丽的女人暗生情愫。他于是开始自省，审视自己对于这个不幸孤独的女人的关怀是否仅仅只是出于同情。刚开始调查案件的时候，关于这个问题的答案，他还没有完全弄清楚。案件的发生延迟了他找寻自己内心的答案，但也帮助他渐渐明白自己的心意。后来，当他意识到不仅调查成员身处危险，而且连他身边的人也受到威胁的时候，科雷兹勒萌生了想要保护玛丽的强烈欲望，这种欲望并不仅仅只是出于职责。意识到这一点，他决定关于这起案件，玛丽知道得越少越好，最好和案件半点牵连都没有。因为他知道，他的敌人正在虎视眈眈地盯着他以及他在意的人。科雷兹勒希望，就算有人潜到了玛丽身边向她打探消息，她的一无所知会让她处于一个相对安全之地，这也算是对她的一种保护。直到我们出发去华盛顿的那天早上，科雷兹勒才决定将自己和玛丽的私人关系“升级”（科雷兹勒的原话）。他告诉了她自己的决定，她泪眼婆娑地看着他离开，担心会有事情发生，阻拦两人的关系进一步向前发展。

科雷兹勒讲完他的故事，我听见从东面传来火车的汽笛声。虽然内心还很震惊，但我迅速将最近几周发生过的事情在脑海里匆匆浏览了一遍，想知道自己究竟在哪里出了错。

“是莎拉，”我终于找到原因，“从一开始她就好像——嗯，我不知道她究竟想干什么，但是她的举动非常奇怪。她知道你和玛丽的事吗？”

“我肯定她知道，虽然没有和她提过，”科雷兹勒回答，“莎拉把她周围发生的一切都看作某种形式的测验，用以磨炼她的侦探技能。我相信，这件事在她眼里一定非常有趣。”

“有趣？”我哼了一声，“我还以为是爱情。我打赌她一定知道我猜错了。她总是这样，故意让我左思右想——哼，等我回去叫你好看。我会让她知道，捉弄我会得到什么样的下场——”

去往纽约的火车距离我们只有大约一英里的距离，还在全速朝车站方向行驶。我停止了自己的抱怨。

“我们上了车再说，”我扶着科雷兹勒站起来，“安顿好，我们再继续！”

等到火车终于在车站停下来，科雷兹勒和我开始快步越过一片凹凸不平的崎岖之地，朝火车的最后一节车厢跑去。跳上火车尾部的平台，悄悄溜进车厢，我给科雷兹勒在车厢后部找了个位置让他坐下来。车厢乘务员不在，我们趁机赶紧整理了一下科雷兹勒的伤口和我们的仪容。每隔几秒钟，我就朝窗外看一眼，看是否有可疑人物经过。但唯一引起我兴趣的是一个老妇人，穿着华贵，拄着一根拐杖，身旁跟着一个个子高大、仿佛受尽折磨的女佣。

"看来我们可以稍事休息了，"我站在车厢过道，"我到前面去看看——"

我的声音突然顿在那里，因为车厢尾部不知从哪里冒出了两个大块头的家伙，正站在车尾平台上。虽然他们的注意力此刻并不在火车上——他们正在和月台上的车站职员争论着什么，但是我已经清楚地辨认出，这两个人就是当初在桑托雷利家追打我和莎拉的那两个家伙。

"怎么了，摩尔？"科雷兹勒问我，"发生了什么事？"

考虑到他现在的情况恐怕不适合和敌人进行任何的直接对抗，我勉强笑了笑，摇摇头。"没什么，"我飞快地说，"什么也没发生；别神经兮兮的，科雷兹勒。"

这时，老妇人和她的护士从车厢前门走进来。尽管内心恐惧，我的脑筋却转得飞快。"我一会儿就回来。"我对科雷兹勒说道，随后朝老妇人的方向走去。

"打扰了，"我微笑着向对方诚恳致意，"需要我帮忙吗，夫人？"

"当然，"老妇人回答，仿佛对这样的殷勤已经习以为常，"我这个女佣真是一点用都没有。"

"噢，不是这样的。"我一边回答，一边打量着老妇人随身携带的拐杖——拐杖顶端镶嵌了很重的金属材料，做成了一只天鹅的形状。我搀着老妇人的手臂，惊讶于她居然这么重。"即便最好的用人也并非万能。"听到我这样说，女佣向我投来感激的眼神，于是我趁机拿过老妇人的拐杖，"如果您允许，夫人，请让我帮您拿着拐杖。现在，我们可以——坐下了！"坐垫猛地瘪了下去，里面的空气几乎全部被释放出来，发出响亮的声音。

"噢！"老妇人喊道，"是的，太好了。谢谢你，先生。你真是一位绅士！"

我再次露出微笑。"愿为您效劳。"说着，我转身离开了。

经过科雷兹勒身边时，他惊讶地望着我，"摩尔，你究竟——"

我朝他嘘了一声，朝车厢后门走去，侧着脸，让车厢外面的人看不到我。那两个家伙仍然在和月台上的车站人员争论不休，我不知道他们在吵什么，但我看到其中一人拎着长长的枪盒。“必须先干掉他。”我对自己悄声说。但我没有立刻动手，只是静静等待火车启动的那一刻。

当那一刻终于来临，我听见外面那两个家伙对着车站职员发出怒吼。几秒钟后，他们就会走进车厢。我深吸一口气，然后轻轻拉开车门。

为纽约棒球队效力的那几年可没有白白浪费。在中央公园的那些下午，我已经练就了一身极其精湛的击球技术。此时的我拿着老妇人的拐杖，直接向拿着枪盒的那个人后脑勺处用力挥去，那家伙痛得大喊一声。不等他蹲下，我朝他的肩部用力一推，将他推下了火车。车子刚刚启动，开得很慢，但是他也不可能再追上来。但是，还有另外一个家伙。他一边大喊着“怎么回事”，一边朝我扑过来。

我猜测他会想掐住我的喉咙，于是我俯下身，将拐杖上的天鹅狠狠向他的阴部戳去。那个男人痛得身体蜷缩起来，等到再站直身体，眼里盛满怒火，似乎下一秒就要喷射出来。他挥舞着拳头朝我扑来，我将身体探出车外，才险险躲过这一击。火车正在加速，男人的动作有些笨拙，尤其当他的全力一击完全落空之后，他趺趺撞撞，难以维持平衡。我抓住机会，抡起拐杖朝他的脸颊挥过去，可惜却被对方挡住。我双手握着拐杖，而对手知道我又要对他袭击，一边用结实的手臂护住头的两侧，一边带着满满的杀气向我逼近。

“臭小子！”他咒骂着，突然飞腿向我踢来。我没有别的招式，只能狠狠地再次将拐杖对准他的喉咙处击打过去，正好命中喉结。他发出痛苦的叫喊，立刻动弹不得。我飞快扔下拐杖，双手抓住车顶将自己吊起来，用尽全身力气朝那人踢去。他被踢下火车，掉在铁轨上。他翻了个身，双手仍然紧紧捂着自己的喉咙。

我蹲在门口，大口地喘着粗气。站起身，发现科雷兹勒向门口走来。

“摩尔！”他来到我身边，“你还好吗？”我点头，有些上气不接下气。科雷兹勒看了看身后，说道：“你的情况明显要比那两个家伙好得多。可是，如果你还能走，建议你赶紧回去——那个老太太快要发疯了。她以为你偷了她的拐杖，正威胁说等到了下一站要去找人投诉。”

等我的呼吸终于平静下来，我把身上的衣服扯平，捡起拐杖回到车厢里，踉跄地穿过走道，来到老妇人身边。

“在这里，夫人，”虽然呼吸还有些不稳，但语气诚恳。老妇人畏惧地往回缩了缩身体，“我只是把拐杖带到太阳底下去欣赏了一下。”

老妇人没有说话，沉默地将拐杖接过。刚走回自己的座位，却听见她突然尖叫起来：“不——把它拿开！那上面有血，快拿开！”

我有些虚脱，科雷兹勒及时扶住我，递给我一小瓶威士忌。“我猜，那些人不是来向你讨债的吧。”他说。

我摇摇头，喝了一口酒。“不是，”我说，“是康诺尔的人。我只知道这些。”

“他们难道真的要杀死我们？”科雷兹勒有些疑惑，“或者只是想吓唬我们一下？”

我耸耸肩，“恐怕我们永远都不会知道。坦率地说，我现在不想谈这个话题。先前我们进行了一场非常重要的讨论，就在他们闯进来之前……”

乘务员来了，我们买了两张去往纽约的车票。随后，我便开始盘问有关他和玛丽之间的事情。并非因为我不相信——我想见过玛丽的人，都会对这件事毫不怀疑，而是因为谈论这个话题可以令我紧张的神经得以安抚，也能让科雷兹勒卸下心防。那天我们经历过的所有危险和调查中遇见的所有无情和残酷，在科雷兹勒的个人大事面前都已经不再重要。这样的对话对他来说既不寻常，也有些困难。可是，我从未见过他的表情如此柔软，话语如此温柔。

可是，我却再也见不到那样的科雷兹勒。

36

我们搭乘的火车始于地方小站，是一趟慢车，等到最后终于抵达纽约中央车站时，曙光已经显露在东方天际。科雷兹勒和我一致认为，最好先回家各自休息，待下午再碰面讨论从亚当·杜里那里获取的丰富线索。于是，我们分别叫了车，回到各自家中。华盛顿广场祖母家里如我所希望的那样一片寂静，让我可以偷偷溜回自己的房间，不用惊醒他人。在我蹑手蹑脚走上楼梯，准备脱衣上床之时，房间的门被轻轻敲响。我还没来得及应答，哈瑞特的脑袋从门缝里露了出来。

“噢，约翰先生，”她的声音很不安，“谢天谢地。”她走进我的房间，拉紧身上的睡袍，“是霍华德小姐，先生——她昨晚打了一晚上电话，半夜也打。”

“莎拉？”我吃惊地望着哈瑞特，她的脸上并没有往日常见的笑容，“她在哪儿？”

“在科雷兹勒医生家——她说你可以去那里找她。发生了一些——嗯，我也不知道，先生。她并没有解释得很清楚。但一定是不太好的事情，她的声音听起来很不安。”

我匆忙套上鞋子。“科雷兹勒医生？”我的心怦怦跳个不停，“她到那里去做什么？”

哈瑞特不安地绞动着双手，“我说过，先生。她没有告诉我——你快去吧。她已经打了十几次电话。”

我冲出房门来到街上。这个时候只有在第六大街才能找到马车，我以最快的速度向西跑去，在高架桥下面找到一辆空车，迅速跳了进去。我告诉车夫科雷兹勒家的地址，并告诉他十万火急。车夫立刻抓起马鞭，疾驶而去。一路上，我处于一种恐惧的茫然状态，疲惫和困惑让我无法理解哈瑞特话里的深意。突然，几滴水珠滴落在脸上，我将身子探出车外——阴云正笼罩在城市上空，将晨光完全隔绝在云层之后。雨丝如注，渐渐淋湿了大街和小巷。

车夫一刻不停地赶往斯图文森广场，很快就来到科雷兹勒家门外。我慷慨地付了一笔车费，告诉他不必找零。车夫表示他会在门口等候，或许他知道我一会儿可能还需要用车，不想错失这样一个慷慨的主顾。我快步朝前门走去，门应声而开，莎拉迎了出来。

她看上去并不像受了伤的样子，为此我松了一口气，给她一个大大的拥抱。“感谢上帝，”我说，“哈瑞特的表现差点让我以为——”突然，我看见莎拉身后站着一个男人：满头白发，深邃的五官，穿着白大褂，手里还拎着医生包。我飞快地瞥了莎拉一眼，她的脸上满是疲倦和悲伤。

“这是奥斯本医生，约翰，”莎拉轻声说，“科雷兹勒医生的朋友，就住在附近。”

“你好！”奥斯本医生向我致意，“那么，霍华德小姐，我希望你已经明白我的意思——那个孩子最好不要移动，也不要打扰他。接下来的二十四小时非常关键。”

莎拉点头，“好的，医生。谢谢您的精心照顾。如果不是有您——”

“希望还能帮得上忙。”奥斯本飞快地回答。然后，他戴上帽子，朝我点点头便离开了。他刚走，莎拉便将我拽进屋子里。

“究竟发生了什么事？”我跟在她身后往楼梯上走，“科雷兹勒在哪里？什么孩子？是史迪威受伤了？”

“嘘，约翰，”莎拉悄声说，语气焦急，“必须保持安静。”说完，她转身接着走到二楼门厅，“科雷兹勒医生——出去了。”

“出去了？”我问，“去哪儿了？”

走进昏暗的门厅，莎拉本想去开灯，但是挥挥手又放弃了这个念头。她重重地坐进沙发里，从旁边的桌子上取过一支香烟。

“坐下，约翰。”她说。短短的几个字却夹杂着复杂的情绪——无奈、悲伤和愤怒。我帮她点燃香烟，等待她开口说话。“科雷兹勒医生去了太平间。”莎拉说道，吐出一个烟圈。

我暗吸一口冷气，“太平间？莎拉，怎么回事？究竟发生了什么？史迪威还好吗？”

她点点头，“他会好起来的。史迪威在楼上，和塞勒斯在一起。他有两处头骨破裂。”

“头骨破裂？”我震惊不已，“怎么会——”一种恐怖的感觉倏地爬过全身，我看着漆黑的门厅和隔壁走廊。“等一下。你为什么会在这里？怎么会有人在这里进进出出？玛丽哪里去了？”

莎拉没有回答。她只是揉了揉眼睛，然后更加沉默地抽着烟。当她的声音再次响起，声音却极其微弱，“康诺尔来过了，周六晚上，还带了两个人。”我内心的恐惧越来越强烈。“显然，他们跟丢了你和科雷兹勒医生。从他们的语气和行为可以判定，一定是被老板狠批了一通。”莎拉站起来，走到窗边推开一条缝隙，“他们破门而入，把玛丽关在厨房。塞勒斯当时还在床上，所以只剩下史迪威独自面对他们。那些家伙问他，你和科雷兹勒医生究竟在哪里，可是——嗯，你知道史迪威，他什么也不肯说。”

我点头，喃喃自语：“‘都滚开！’”——那是史迪威的口头禅。

“是的，”莎拉回答，“所以——他们对史迪威严刑逼供。除了头骨破裂外，他的肋骨也断了几根，脸上被打得鼻青脸肿。但是，最重的伤在头部——这么说吧，他死不了，但谁也不清楚活下来会是什么样子。明天或许就能知道了。塞勒斯挣扎着想下床，刚走到二楼走廊就支持不住，撞到了自己的头。”

虽然已经有了不好的预感，但我还是得问：“那么玛丽呢？”

莎拉的手臂无力地垂下来，“她一定是听见了史迪威的叫喊，我不能想象还会有别的什么原因会让她做出后来的举动。她拿着一把刀，逃出了厨房。不知道她究竟想做什么，可是……刀子捅伤了康诺尔，可是玛丽摔在楼梯的最底下，她的脖子……”莎拉的声音逐渐弱下去，已经微不可闻。

“断了？”我不自觉地接过她的话语，却不敢相信她说的话，“她死了？”

莎拉点头，清了清嗓子继续说道，“史迪威拿起电话，呼叫了奥斯本医生。我昨晚才从新帕尔茨回来，然后想顺路过来看一看。现在一切都——嗯，恢复了。史迪威说，这是意外。康诺尔并非有意要杀死她。当玛丽拿着刀子冲向他的时候，他正好转身，然后就……”

有好几秒钟的时间，我视野内的景象似乎全部消失，到处都是灰色的一片。随后我又听见那个声音，就是乔吉奥·桑托雷利遇害的那一晚我在威廉斯堡大桥上听见的声音——血液在全身奔流翻腾。脑袋有些晕眩，我想用手托住它，却发现自己的脸庞已经被眼泪打湿。我的脑海里闪现出一些支离破碎的画面，如光影一般在眼前掠过。当我的声音再次响起，却仿佛来自遥远的天际。

“这不可能，”我说，“完全不可能。不可能是巧合——莎拉，拉兹洛刚刚才告诉我——”

“是的，”她说，“他也告诉我了。”

我站起来，双腿仿佛虚脱，蹒跚走到窗边和莎拉站在一起。天上的阴云越来越多，黑压压地笼罩着整座城市。“这帮狗娘养的，”我低声咒骂，“一群畜生……抓住康诺尔了吗？”

莎拉将烟蒂扔出窗外，摇摇头，“罗斯福带着人在追捕他。他们搜查了医院和所有康诺尔常去的地方。可是我猜他们找不到。康诺尔的人究竟是怎么在波士顿找到你们的，这还是一个谜。但可以肯定的是，他们一定去查问了车站售票处。”莎拉望着窗外，拍拍我的肩。“你知道的，”她低声和我耳语，“从我第一次走进这间屋子，玛丽就开始担心，担心会有事情发生，从而将他从她身边带走。我一直在试图让她明白，我不会成为他们之间的阻碍，可是她依然害怕。”莎拉转过身，走回屋内重新坐下，“或许，她比我们所有人都聪慧。”

我用手拄着前额。“不应该是她……”我叹息道，但是内心深处我也明白，鉴于我们目前正在进行的调查，这一切完全有可能。我需要重新调整自己，认清这噩梦一般的现实。“科雷兹勒，”我努力让自己的声音显得不那么虚弱，“他在太平间？”

“是的，”莎拉又拿起一支香烟，“我没办法亲自告诉他事情的经过，是奥斯本医生说的。他说他有经验。”

我吸了一口冷气，握紧拳头，朝楼梯方向走去，“我要过去看看。”

莎拉抓住我的手臂，“约翰，你千万小心。”

我飞快地点头，“我会的。”

“不，我的意思是，你要小心地对待他。如果我想的没错，这件事的后果恐怕比我们想象的严重得多。劝他看开一点。”

我挤出微笑，和她握了握手，然后便下楼离开了。

车夫仍然在外面的人行道处等我。看见我出来，他飞快跳上马车。我告诉他有急事要去贝尔维尤，于是马车再一次飞驰而去。雨下得越来越大，伴随着一阵阵强劲的西风。穿过第一大道时，我把头顶的帽子拉下来遮住脸，不让车顶飞溅的雨水落在脸上。我不记得自己在路上都想了些什么，只是一些关于玛丽的片段回忆——那个有着美丽蓝色眼睛的漂亮女孩，在短短几个小时之内，从女仆变成了我最好朋友的未婚妻，却又转瞬香消玉殒。对于发生的这一切，我似乎已经麻木，没有感觉，也不想有任何感觉。我呆呆地坐在车里，任这些画面一幕幕在脑海中闪现。

到达太平间门口，我看见科雷兹勒靠在大门边上，我们检查罗赫曼尸体的时候曾经从这扇门通过。他靠在墙上，双眼空洞而幽暗，仿佛之前我们的被害人一般完全没有神采。雨水顺着屋檐沟渠流下来，将他从头到脚全部淋湿。我想把他拉开，可是他的身体僵硬且不肯合作。

“拉兹洛，”我轻声说，“快点，到车里来。”我使劲拽了拽他，可是他纹丝不动，只是用嘶哑的声音回应我：

“我不想离开她。”

我点头，“好的。那么，我们到门里去，你已经湿透了。”

他的眼睛转了转，看看自己的衣服，然后点点头，踉跄着和我走到门廊屋檐下。我们站在那里，好半天没有说话，最后才听见他毫无生气的声音响起。

“你认识——我的父亲——”

我看着他，望着他痛苦的面庞，心仿佛都要跳出来。“是的，”我点头，“我认识他。”

科雷兹勒机械地摇着头，“不，你知道我——小的时候，父亲曾经对我说过什么？”

“不知道，是什么？”

“他说，”科雷兹勒的声音低哑，仿佛费尽力气才说出这番话，“我总是自以为是。自以为能够读懂别人的行为，自以为比父亲强。但是有一天——他说，总有一天我会发现，其实自己什么都不是，不过是个——骗子……”

再一次，我发现自己无法开口，无法告诉科雷兹勒因为莎拉的发现我完全理解他在说什么。于是，我把自己的手放在他没有受伤的左肩上，看他漫不经心地整理自己的衣服。“我已经——安排好了。殡葬师一会儿就来。然后我得回家，史迪威和塞勒斯……”

“莎拉正在照顾他们。”

他突然提高了音量，仿佛很生气，“照顾他们的人应该是我，约翰！”他握紧拳头，“必须是我。是我把这些人带回家，我应该对他们的安全负责。可是你看现在——你看，两个奄奄一息，还有一个——她……”科雷兹勒痛苦地喘息着，眼睛死死地望着铁门，仿佛目光能够穿透大门，看到躺在生锈而冰冷的铁床上的那个女子——她曾经是他新生活的全部希望。

我紧紧拉住他，“罗斯福正在追捕——”

“警察局的长官们在做什么，我不再有任何兴趣，”科雷兹勒斩钉截铁地说道，“其他部门的人在忙些什么我也不想知道。”他动了一下左肩，甩掉我的手，扭头不再看我，“结束了，约翰。这件血腥、残忍的工作，所有的调查，一切都结束了。”

我一时张口结舌，不知道该说些什么。他的神情很严肃，不像在开玩笑。“科雷兹勒，”我说，“你先休息几天再——”

“再干什么？”他飞快抢断我的话，“再让你们中的一个被杀掉？”

“这件事错不在你。”

“别和我说错不在我！”他愤怒地咆哮，“如果不是我，那又是谁？考姆斯托克说得没错，我只是想出风头而已。我昏了头，一心只想证明自己的观点，却对潜在的危险视而不见。那些人想干什么？考姆斯托克？康诺尔？伯恩斯？还有火车上那两个家伙？他们想阻止我。但是，我以为自己在做重要的事情，不用去管——我以为自己能处理好！约翰，我们是在追查一个杀人犯，但真正的危险却不是那个杀人犯——是我！”他狠命地咬着自己的牙齿，“好吧，我已经看够了。如果我就是那个危险元素，那么除掉我好了。就让凶手继续逍遥法外吧。这就是他们所希望的。他是他们的一部分，是他们珍视的社会秩序的一部分——如果没有凶手这样的人，他们就找不到替罪羊来替他们的凶残受过！我有什么资格去管呢？”

“科雷兹勒，”我对他的状况非常担心，因为他是认真的，“你听听自己说的话，你在推翻自己——”

“不是！”他大吼，“我要走了！我要回学院去，回我那座死气沉沉的空房子里去。忘记这件案子！我保证，史迪威和塞勒斯再也不会因为我的虚荣心而受到伤害。他们打造的这个鬼社会就让它照着他们起初的设想那样，腐烂下去吧！”

我退后几步，内心告诉自己，现在和他争论这些并没有用。可是他的态度和言语刺痛了我。“好吧。如果你决定要自暴自弃——”

他想用左手来打我，却没有打中。“去你妈的，摩尔！”他呼吸急促，怒气冲冲，“你和他们，你们都去死！”说完，他猛地拉开大门，停顿了一下让自己的呼吸平复，一双怒目投射着内心的恐惧。他看着面前漆黑的走廊，“还有我，”他轻声说，胸口的起伏终于平静下来，“我要进去了，你先走吧。我会找人把我的东西从808号搬走。我——我很抱歉，约翰。”说完，他走进太平间，铁门砰的一声在他身后关上。

我呆呆地站在原地，被雨水浇透的衣服紧贴在身上。抬起头，我看着这幢冰冷的四方形建筑，望着天空。风越来越大，吹散了乌云。我突然俯下身，连根拔起地上的一株小草，狠狠地朝铁门扔过去。

“你们全都去死！”我高举双拳大声怒吼。可是，这番宣泄却并未让我内心放松。我的双手无力地垂下，擦了擦脸上的雨水，踉跄着回到马车上。

37

离开太平间后，我无意去见任何人，让车夫直接载我去百老汇大街808号办公室。那里没有人，只有雨水敲打在窗户上的声音。我一头栽倒在沙发上，呆呆地望着贴满字条的黑板，萎靡不振，陷入从未有过的精神低谷。然而，所有的悲伤和绝望却最终被疲倦所取代，我昏昏沉沉地睡了过去，在这个昏暗阴郁的天气里长睡不醒。直到下午5点，一阵急促的敲门声响起，将我从睡梦中惊醒。我踉跄着打开房门，门外站着一个穿着西联电报局制服的职员，浑身已经被雨淋湿，手里攥着一个被打湿的信封。我从他的手里接过信封并撕开，不由自主地念了起来：

“耶茨堡的米勒上校证实约翰·比彻姆患有面部痉挛。携带相似刀具。休闲时经常爬山。建议追查。”

我来回将电文念了三遍，最后一遍读完，才意识到电报局职员刚才仿佛和我说了什么。我抬头看着他，眼神迷茫。

“你说什么？”

“回信，先生，”职员有点不耐烦，“您要回信吗？”

“哦，”我在思考，在发生了这些事之后，究竟该怎么办？“嗯……是的。”

“您最好在干一点的纸上写下来，”职员说，“我带的表格都湿透了。”

我转身走到书桌前，取出一张白纸，飞快写下几个字："尽快返回。越早越好。"职员看了看，告诉我应付的价格。我从口袋里取出一些钞票，数也没数就全部交给他。职员喜笑颜开，态度上立刻来了个大转弯。我猜，一定是小费的数额颇让他满意吧。把钱和信都收好，他随即走进电梯离开了。

如果案件调查就此终止，艾萨克森兄弟也没有必要再留在北达科他州。事实上，如果科雷兹勒真的退出调查，除了认命接受并各自回到原来的生活之外，我们也别无他法。莎拉、艾萨克森和我对凶手的所有了解，都来自科雷兹勒的指导和帮助。我望着窗外雨雾蒙蒙的百老汇大街，行走在雨中的人们小心翼翼地躲避着来往车辆。我实在无法想象，如果没有了科雷兹勒，案件调查究竟会走向何方？

我正这样想着，门口传来钥匙开门的声音。莎拉走进来，手里拎着雨伞和日用品，精神抖擞，完全不见早间的悲伤和焦虑。她快步走进房间，仿佛什么都没有发生过，话语轻快而温柔。

"外面都要发洪水了，约翰！"她一边说话，一边甩了甩雨伞上的水珠，然后将伞放在伞架上。脱下外套，她把手里的东西放进厨房。"想要步行穿越第十四大街实在是太难。好不容易才拦到一辆车。"

我朝窗户外面望去。"可是，街上被冲洗得很干净。"我说。

"想不想吃点什么？"莎拉问，"我去煮咖啡，我买了吃的——恐怕只能吃三明治。"

"三明治？"我的回应并不热情，"不能出去吃吗？"

"出去？"她从厨房回来，走到我的身边，"不能出去，还要——"她突然看见艾萨克森兄弟的电报，猛然住口不言，拿起电报从头到尾仔细看了一遍，"这是什么？"

"马库斯和卢修斯，"我回答，"他们证实了关于约翰·比彻姆的线索。"

"太好了，约翰！"莎拉惊喜地喊道，"那么我们——"

"我已经回信了，"我被她的欣喜态度所打扰，粗暴打断她的话，"告诉他们尽快回来。"

"这就更好了，"莎拉说，"我想，他们在那里也不会有更多进展。这里更需要他们。"

“需要他们？”

“我们有很多工作要做。”莎拉的回答很简短。

我的肩膀耷拉下来，果然，我对她的担忧并非没有来由。“莎拉，科雷兹勒今天早晨告诉我——”

“我知道，”她说，“他也告诉我了。那又如何？”

“那又如何？结束了，都结束了。没有他，案子怎么可能还查得下去？”

莎拉不以为然，“就和他在的时候一样喽。听我说，约翰，”她揽住我的肩膀，将我带到书桌前，让我坐下，“我知道你在想什么——你错了。就算没有他，我们也可以。我们有能力做到。”

我摇头，“莎拉，严肃一点——我们没有受过专业训练，我们没有心理学背景——”

“我们什么都不需要，约翰，”莎拉坚定地说道，“记得科雷兹勒教过我们的东西吗？情境。关于心理学、精神病学，或者相似案例，我们不需要什么都知道。我们只需要了解凶手，了解他的案件——而我们现在已经知道了。事实上，如果把这周最新发现的线索整理出来，我们就能够完全了解这个人——或许比他自己了解得更多。科雷兹勒的确很重要，但是他现在已经离开，我们不需要他。但是你不能退出，不允许你退出。”

她的话有些道理，令我无法反驳。我思考片刻，却再次摇头，“我知道这个机会对你而言意味着什么。你可以因此来向警察部门证明——”

她猛地朝我的肩膀打了一拳，令我的话戛然而止，“去你的大头鬼，约翰。不准这样侮辱我！你难道以为我是为了一个机会而加入调查的？我之所以辛勤查案，是因为我想睡个好觉——你出了几趟差难道就忘了？”她冲到马库斯的书桌，翻出几张照片。“还记得这些吗，约翰？”我瞥了一眼，那是犯罪现场的各种照片，“如果现在罢手，你认为自己会过得轻松？如果又一个男孩遇害怎么办？你会怎么想？”

“莎拉，”我也提高了音量，“我并不是在说我想怎么样！我们得实际一点！”

“转身离开就是实际的做法了？”她也冲着我大喊，“科雷兹勒这么做是因为他迫不得已——他受到了伤害，很严重的伤害。离开是他回应伤害的唯一办法。但是，那是他的选择，约翰。我们可以继续！我们必须继续！”

说完这激烈的一番话，莎拉放下挥舞的双手，深吸几口气，然后整理了一下衣服，走到黑板前指着右侧的方向。“在我看来，”她的语气恢复平静，“我们还有三周时间可以准备。一分钟也不能浪费。”

“三周？”我惊讶地问道，“为什么？”

她走到科雷兹勒的书桌前，抽出封面上印着十字架的那本册子。“基督教日历，”她把册子举起来，“我猜，你已经知道他为什么看重这个？”

我耸耸肩，“是的，我们或许已经找到答案。维克多·杜里是一名牧师。所以——”我试图寻找一种恰当的说法。但如果科雷兹勒在场，他一定会这样说：“杜里一家的生活节奏，他们家庭生活的循环，都与这本基督教日历相合。”

莎拉的嘴角微微翘起，“你看，约翰，你先前推断凶手可能是牧师，并非完全不对。”

“不仅如此，”我想起离开亚当·杜里的农场时科雷兹勒问过他的那个问题，“杜里牧师十分喜欢过宗教节日——他的节日布道最受欢迎。可是他妻子……”我的手指轻轻敲着桌面，似乎在斟酌掂量。意识到问题的重要性，我抬起头，“他的妻子是贾佩思痛苦的来源——贾佩思的哥哥是这样说的。即便在节日里，她对孩子们也总是怒火冲天。”

莎拉脸上露出满意的神色，“还记得我们之前讨论过，凶手讨厌谎言和虚伪？如果父亲在人前布道时一副正人君子模样，而转过身在家里却……”

“是的，”我低语，“我记得。”

莎拉走到黑板前面，做了一件令我瞠目结舌的事情：她拿起粉笔，毫不犹豫地将刚才讨论的线索一笔一画地写在左边黑板上。她写得没有科雷兹勒那么熟练和整齐，但她的字迹仿佛天生就属于那里，浑然天成，和以往并无多少差别。“凶手的行为是对自己生命里情感危机的一种反应，”莎拉的声音充满自信，“当这种危机十分严重的时候，他就会杀人——三周以后，他的情绪危机恐怕会到达顶峰。”

“这个日期你刚才提过，”我说，“但我不记得6月末有什么重要的宗教节日。”

莎拉将基督教日历递给我，指着其中一个日期。我看见日历上的6月21日（周日）下面赫然标记着：“施洗者圣约翰日。”我的眼睛猛然睁大。

“大多数教堂都不会大肆庆祝，”莎拉的声音很平静，“但是——”

“施洗者圣约翰，”我轻声说，“水！”

莎拉点头，“是的，水。”

“比彻姆，”我一边喃喃自语，一边思考着二者之间的联系。虽然有些困难，但两者之间一定存在某种关联，“约翰·比彻姆……”

“你说什么？”莎拉问，“我在新帕尔茨找到的那个人叫乔治·比彻姆。”

这一次，换我走向黑板，拿起粉笔，一边点击着“暴力或骚扰的形成”那一栏，一边飞快解释道：“贾佩思十一岁时，曾被他哥哥的一个工友侵犯——性侵犯。这个人曾是他的朋友，是他深深信任的人。那人名叫乔治·比彻姆。”莎拉发出一声惊叫，一只手吃惊地捂住嘴巴。“现在，如果贾佩思·杜里在杀人之后改名为比彻姆，为了重获新生——”

“这是一定的，”莎拉说道，“这样，他就成了折磨者！”

我急切地点头表示赞同，“那么，为什么取名约翰？”

“因为他是施洗者，”莎拉回答，“使人纯净！”

我笑了，迅速将这些线索写在黑板的相应位置，“这只是个推测，但是——”

“约翰，”莎拉好脾气地纠正我，“整块黑板上面全都是推测，但是它们行之有效。”我放下粉笔，转身看见莎拉的双眼熠熠发光。“你现在明白了，是不是？”她说，“我们必须继续下去，约翰——我们必须这样做！”

于是，我们便照做了。

接下来的二十天是我一生中最不平凡、也是最困难的二十天。艾萨克森兄弟回信说，他们最早也要周三晚上才能回到纽约，于是我只能和莎拉两人对之前一周各自收集的信息进行交流、讨论和记录。这样，艾萨克森兄弟一回来就可以迅速融入，开始工作。莎拉和我在接下来的几天里一直待在808号办公室，仔细梳理各种文件，逐渐找回了往日工作的热情。我们并非有意如此，只是不想让科雷兹勒的缺席成为让工作瘫痪的借口。之前科雷兹勒留下的东西被静静地堆在角落里，桌子也被推到墙角，这样一来，我们四个人的桌子就更紧密地靠在一起。莎拉和我其实并不见得十分兴奋，只是已经决定不再悲伤。和以往一样，专注是关键：无论这一段转折期多么令人痛苦和迷惘，只要我们将注意力只集中于捕获凶手和阻止他再次作案，我们都有信心将这些困难克服。

这并不意味着我们已经将科雷兹勒完全驱逐出脑海，相反，莎拉和我经常会提到他，想要充分理解玛丽的死亡给他带来的究竟是怎样的打击。在这样的谈话中，我们不可避免地会谈到他的过去。一想到科雷兹勒悲惨的童年故事，我对他弃我们而去的最后一丝气恼也随之烟消云散。于是，我没有告诉莎拉，自己在星期二的早上悄悄去了科雷兹勒家。

之所以去他家，部分是想知道史迪威和塞勒斯的恢复情况，但最重要的原因，是想平复那天在贝尔维尤太平间发生在我和他之间的争执。谢天谢地，我的朋友也如我所想，尽管他还是坚定地不肯回到调查中来。他平静地提起玛丽的被害，让我深深感受到他内心的伤痛。但不仅如此，真正让他不肯回头的原因，是他的自信心已经完全粉碎。我认识他以来，这是第二次他对自己的判断产生动摇和怀疑（第一次发生在去调查杰西·波默罗伊之前的那一周）。我不赞同他将所有的过错归咎于己，却也无法责备他这样做。每个人都有自己应对和处理悲伤的方法，作为好友，我只能尽量去理解他的选择。所以最后，尽管内心悲伤不已，我却什么都没有说，只是握了握他的手，平静接受了他退出调查的最后决定。我们和彼此告别，我却再一次怀疑，如果没有他我们究竟能够走多远。然而，还未走出他家大门，我的思绪就已经回到案件本身。

在艾萨克森兄弟还未回来的那三天时间里，我得知莎拉的新帕尔茨一行收获颇丰，证实了许多先前对于凶手童年的假设。她找到好几个和贾佩思·杜里的同龄人。那些人面带愧色地承认，贾佩思因为面部痉挛问题曾经受过很多人的嘲笑。不论在学校（正如马库斯推测的那样，新帕尔茨学校在那时教授的正是帕尔默书写方法），还是陪父母进城，贾佩思总是会遭到一群群孩子的攻击，他们争先恐后地模仿他脸上的抽搐，仿佛进行着某种竞赛。贾佩思脸上的抽搐不同于一般面部痉挛。现在已经长大的小伙伴告诉莎拉，那是一种非常强烈的收缩，令他的眼睛和嘴完全被拉向头的一侧，仿佛痛苦难当，下一秒就要迸发出眼泪。但奇怪的是，贾佩思从不还击，也从不对那些嘲笑他的人恶言相向。他总是沉默地做着自己的事情，所以几年之后，镇上的小伙伴对折磨他也渐渐失去了兴趣。可是，这样被群而攻之的经历即便只有短短几年，却足以在贾佩思的内心投下阴影。更何况，在他的人生里，还存在着一个永远不知疲倦的折磨者——他的母亲。

关于母亲的性格，莎拉并未做太多推测，尽管她完全有理由这样去做。通过在新帕尔茨的调查，她已经能够对杜里太太进行一个笼统的描述，但她更乐意深究其中。贾佩思的母亲依然还被小镇上许多人记得，部分是因为她对丈夫传教工作的狂热支持，但最令人印象深刻的还是她冰冷严酷的个性。新帕尔茨的太太们都说，贾佩思·杜里的脸部痉挛其实就是源于母亲的整日吵闹不休（民间智慧有时果然会达到心理学洞见的高度）。虽然这些线索很有价值，但亚当·杜里提供的有关他母亲的信息却更令人惊喜。莎拉的每一条推测——从凶手母亲的强迫婚姻，到她对于生儿育女的厌恶，和对幼子的恶言相向——都被杜里在谷仓里向我和科雷兹勒所讲述的那些话所证实。亚当甚至还告诉我们，他们的母亲经常骂贾佩思是“肮脏的印第安人”。在凶手的生命里，的确有一个女人扮演着“邪恶的角色”。虽然在杜里家，动手惩罚的那个人是牧师本人，但杜里太太的行为代表了另外一种不同的惩罚，形式虽不同，威力却巨大。事实上，莎拉和我几乎可以断定，如果贾佩思的怒火一定要在父母中间择其一而发泄，那个人肯定会是他的母亲。

总而言之，目前几乎可以肯定的是，因为凶手曾经被生命中那个最重要的女性所虐待，因此，他对所有的女人几乎都退避三舍。这就给我们提出了另外一个问题：为什么凶手会选择有异装癖的男孩子去下手，而非真正的女人？为了获得答案，莎拉和我参考了之前曾经学习过的一个心理学理论：受害人通常会和凶手具有相似的性格特征。我们据此推测，贾佩思和母亲之间这种互相憎恨的关系随着时间的推移已经演变成一种自我厌弃。哪一个被母亲厌恶的孩子不会怀疑自己的生存价值呢？于是，贾佩思的愤怒跨越了性别界限。只有在摧毁那些性别模糊的孩子的过程中，他的怒气才能得到释放。

莎拉和我整理线索的最后一步，便是找出凶手如何从贾佩思·杜里变成约翰·比彻姆。莎拉在新帕尔茨查到的和乔治·比彻姆有关的资料很少——他只在小镇上居住了一年，他的名字也只在1874年的国会选举投票记录中出现过。但是，我们十分肯定已经知道了他改名的原因。从调查最初开始，我们就知道凶手具有虐待人格，他的每一个举动都表达了自己想从受害者变为施虐者的强烈欲望。因此，我们可以自然地推论：他会选择将自己的名字改成那个曾经背叛并侵犯他的坏人的名字，这一行为恰好标志并象征了他从受害者到施虐者的转变。于是很自然地，当他杀人的时候，他也沿用了那个名字，因为他的受害者也和他当年信任比彻姆一样，对于面前的人极度信任。很明显，凶手一边小心翼翼地培养着受害者对他的信任，一边却又对于他们的盲目信任极其鄙夷。再一次，他希望通过消除童年生活的阴影来摒弃性格中令自己不能忍受的那一面。

于是，贾佩思·杜里就变成约翰·比彻姆。根据圣伊丽莎白医院的精神评估记录，他对于被监视十分敏感，而且对迫害行为（并不全是自己的幻想）持有强烈的情绪反应。1886年夏天，他从精神病院被释放之后，他的这些人格特质并未见得有任何好转，因为他被释放是利用法律漏洞而获得，并非出于医生的意愿。如果约翰·比彻姆真的就是我们要抓捕的凶手，那么他的疑心、敌意和暴力情绪只会随着时间的推移变得越来越严重。莎拉和我都认为，比彻姆为了熟悉纽约地理环境，一定在出院后不久就来到这里，很有可能再未离开。这样一来，我们便有了希望，因为他在这十年里一定和许多人有过交集，而且在某些特定地区或对于某些职业的人来说是一张熟悉的面孔。当然，我们并不能够准确描述他的外貌，但是，基于我们先前的推测，以及亚当·杜里的外貌特征，我们完全可以推断出一个相貌范围，再加上约翰·比彻姆这个名字，找到他本人应该不会太困难。当然，我们不能够保证他仍然在使用约翰·比彻姆这个名字，但是莎拉和我都认为，这个名字对他意义重大，除非有特殊事情发生，他会一直把这个名字使用下去。

在艾萨克森兄弟回来之前，以上就是我们利用现存线索进行的所有推测。周三的夜晚如期而至，但莎拉和我还没有收到警探兄弟的任何消息。于是，我们决定去完成另外一项艰巨的任务——说服罗斯福在科雷兹勒退出的情况下让我们继续调查。我们内心知道，这不是一件容易做到的事情。正是罗斯福对科雷兹勒的极大尊敬，才使得这个想法在最初得以实现（当然，还有他对非正统结论的偏好）。罗斯福一周以来一直在忙于搜捕康诺尔和继续在警察部门内部进行反腐败斗争，所以对我们目前的进展并不知情。但是，他早晚也会从科雷兹勒或艾萨克森那里得知真相，所以我们决定先下手为强，直接告诉他事情的来龙去脉。

在警察局出现可能会引起媒体或警方猜测，所以我们决定去罗斯福家里。

他和妻子艾迪斯租住在麦迪逊大道 689 号，那里是罗斯福的姐姐芭米的一处房产。房屋温馨明亮，装饰得宜，但对于他们家五个调皮的孩子来说却有些容不下（公平地说，连后来的白宫似乎对他们来说都显得有些逼仄）。在确定罗斯福晚上一定会在家里和家人共进晚餐后，我和莎拉坐车在晚上 6 点夕阳刚落的时候来到 689 号罗斯福家的门口。

还未敲门，便听见屋里传来孩子们大呼小叫的声音。开门的是罗斯福六岁的二儿子柯米特。他身穿一件旧式白衬衫、灯笼裤，留着他那个年纪男孩子惯有的长发。他右手里握着的东西仿佛是非洲犀牛角，脸上满是戒备的神色。

“你好，柯米特，”我笑着和他说，“你父亲在家吗？”

“谁也不许进来！”他直视我的双眼，大声喊道。

我板起脸，“你说什么？”

“谁也不许进来！”他重复道，“我是霍拉肖，我要守住这座桥！”

莎拉被逗得咯咯直笑。我点头，“哈，知道了，守桥卫士霍拉肖。好吧，霍拉肖，如果……”

我一边说话，一边走上门廊台阶，柯米特警惕地举起犀牛角，突然砸在我的脚上。我疼得大叫一声，莎拉笑得更厉害了。柯米特继续高声喊道：“谁也不许进来！”

这时，从屋子后面传来一个温柔而坚定的声音，那是艾迪斯·罗斯福。“柯米特！你那边怎么回事？”

柯米特的大眼睛里出现了一丝畏惧，突然转身跑到旁边的楼梯，大声叫喊：“撤退！撤退！”说着，便消失在楼梯上。我忍着脚上的疼痛，一瘸一拐走进屋内，一个四岁左右的小女孩满脸严肃地看着我们——这是罗斯福的二女儿埃塞尔。她的手里拿着一本图画书，画着各式各样的动物图案，正朝某个方向走去。看见我和莎拉走进来，而柯米特消失在楼梯，她停下脚步，朝柯米特的方向指了指。

“霍拉肖是守桥卫士。”她嘟哝着，大眼睛滴溜溜转了转，又摇摇头。随后，她的注意力又重新回到图画书上，一边看一边朝大厅走去。

突然，我们右手边的一扇门被撞开，走出一个身材矮胖、穿着制服、一脸恐惧的女仆。罗斯福家里仆人并不多，他的父亲是一位著名的慈善家，将家中的大部分财产都捐献了出去，所以罗斯福只能靠写作所得和他微薄的薪水支撑整个家庭。女仆对我和莎拉的出现似乎视而不见，只是慌张地藏在敞开的大门之后。

“不要！”我听见她在大喊，“不要，泰德少爷，我不要这样做！”

从女仆刚才跑出来的地方，走出一个七八岁的男孩，身穿一件严肃的灰色衣裳，和罗斯福一样戴着眼镜。他是泰德——罗斯福的大儿子，是家中的重要人物。此时的他肩头上蹲着一只横斑林鸮①，一只戴着手套的手里还揪着一只死老鼠。

“佩茜，你真是不可理喻，”泰德对女仆说道，“如果不教会它捕猎，我就不能把它送回森林里去。你把这只老鼠拎起来，放到它嘴巴上面——”泰德正说得起劲，突然看见我们站在门口。“噢，”他的眼睛猛然明亮起来，“晚上好，摩尔先生。”

“晚上好，泰德。”我尽可能回避他肩头的那只猫头鹰。

他朝莎拉转过身去，“您一定是霍华德小姐，是吗？我在父亲的办公室见过您。”

“真厉害，罗斯福少爷，”莎拉说，“你的记性真好——是个科学家的料！”

泰德骄傲地笑了。突然，他想起自己手中拎着的老鼠，飞快而热切地对我说道，“摩尔先生，您能帮我拿一下老鼠吗？——这里，揪住它的尾巴——放在距离庞培嘴上大约一英寸的地方？它还不太习惯有猎物出现，有时候还会被它们吓坏。这段时间它一直在吃生牛排，我得用手抓住它，怕它吓得飞走。”

对罗斯福家庭生活缺乏了解的人或许会因而却步，但我已经习惯了这样的景象，只能叹口气，抓住老鼠尾巴，然后按照泰德要求的那样放在猫头鹰的脸部上方。猫头鹰害怕地转了好几次头，不安地扇动着巨大的翅膀。与此同时，泰德用戴着手套的手紧紧抓住鹰爪不放，嘴里发出“啾啾”的声音，仿佛在给予安慰。终于，庞培扭转着灵活的脖子，嘴尖对准老鼠，一下子咬住它，然后

---

① 横斑林鸮：横斑林鸮是一种大型猫头鹰。它们的面部淡色，眼睛周围有深色的环。喙呈黄色，眼睛褐色。分布在加拿大、美国东部及墨西哥的密林中。

一点点地将老鼠吞进喉咙，直到它完全不见。

泰德咧开嘴笑了，“干得不错，庞培！比牛排好吃多了，是不是？现在你需要学会自己去捕食，这样就可以回去找你的小伙伴了！”说完，泰德转过身看着我，“我们在中央公园一棵空心树里找到它的，它的妈妈被打死了，其他的鸟宝宝也都死了。但它后来长得很好！”

“小心，下面！”楼梯顶端传来一声惊呼，泰德的脸色猛然不安起来，带着猫头鹰迅速消失在走廊尽头。女仆本想追着他离开，却被二楼顺着栏杆滑下来的巨大的白色物体吓得定在了原地。她不知道该往哪个方向跑，只能无奈地蹲在地上，双手捂着头，高声尖叫。顺栏杆一路滑下来的是十二岁的爱丽丝·罗斯福，她技术纯熟地落在地板上，笑着跳起来，拉了拉身上的白色裙子，略带嘲弄地伸出手指，指着女仆的方向。

“佩茜，你像只大鹅一样！”她大笑着说道，“我告诉过你，不要站着不动，你得先选好一个方向，然后使劲跑！”说完，爱丽丝转过身，精致美丽的面孔对着我和莎拉——那张美丽的脸庞在几年后几乎令白宫所有的单身汉为之疯狂。“你好，摩尔先生。”她的声音充满自信，虽然只有十二岁，却已经知道自己的魅力所在。“这位就是霍华德小姐？”她的语气兴奋而直率，“警局里仅有的两位女性之一？”

“是的，”我回答，“莎拉，这是爱丽丝·李·罗斯福小姐。”

“你好，爱丽丝。”莎拉伸出手。

爱丽丝仿佛一个大人一样和莎拉握手，“我知道，很多人都不赞同女性在警察局工作，霍华德小姐，但是我认为这简直帅呆了！”她举起一个小背包，包带缠在手腕上。“想看看我养的蛇吗？”她问，莎拉还未来得及回答，就看见她从包里拿出一条长约两英尺的花纹蛇。

“爱丽丝！”艾迪斯的声音再次响起。我转过身，看见她从走廊尽头走来。“爱丽丝！”她的声音很有权威，但又小心翼翼。毕竟，爱丽丝并非她亲生。“亲爱的，我想应该先让客人把东西放下，坐下来，然后再把蛇拿给他们看。你们好，霍华德小姐，还有约翰。”艾迪斯轻轻地拍了拍爱丽丝的前额，“我还指望着你能招待好客人呢，你知道的。”

爱丽丝朝艾迪斯笑了笑，转过身来，把小蛇收进背包里，“很抱歉，霍华德小姐。请到客厅来坐。有很多问题我想问你呢。”

“我非常想回答你的问题，”莎拉亲切地说道，“可是，我们先要和你的父亲谈点事情——”

“莎拉，”罗斯福低沉的声音响起，他的身影也随之出现在走廊，“孩子们才是我们家真正的主人。你最好还是先和他们谈谈。”

听见父亲的声音，孩子们一拥而上，将他围在中间，争先恐后地说着自己这一天的大小事情，想要得到父亲的意见或首肯。看着这样一幅和乐融融的景象，艾迪斯无奈地摇头，叹了口气，和许多认识罗斯福的人一样，似乎无法理解这样奇妙的亲子关系。

“嗯，”艾迪斯悄悄对我们说，“最好有些紧急的事情，要不然他们会没完没了。”说着，她用担忧的眼神望着我，“我知道你们最近在忙的事情的确十分紧急。”我点头，艾迪斯于是使劲拍响自己的双手，“好了，你们这帮家伙！肯定已经吵醒了阿奇。现在，去洗手吃饭！（阿奇是当时家中最小的孩子。罗斯福的幼子昆廷在 1896 年时还未出生）动物们不能上餐桌。”艾迪斯继续说道，“我是认真的，泰德。庞培会更乐意待在厨房。”

泰德笑了，“可是佩茜肯定不会乐意。”

虽然有些不情愿，但孩子们还是乖乖离开了，莎拉和我跟着罗斯福来到他的书房。这间宽敞的房间里到处是书，文件堆积在桌子上，还有很多已经打开的参考书和地图。罗斯福清理出靠窗的一张书桌和两把椅子，招呼我们坐下来。孩子们已经不在眼前，他看上去仿佛有些疲惫。这让我有些吃惊，因为几天以来他似乎战绩不错：斯特朗市长已经要求罗斯福在警察局的主要对手之一自动辞职，虽然那家伙也搞了很多动作，但综合看起来，罗斯福还是占据上风的。我想向他表示祝贺，但他阻止了我，把手放在腰间。

“我也不知道最后结局会怎样，约翰，”他的神情有些阴郁，“有时觉得，我们的工作仿佛不仅限于纽约市内。纽约城的腐败仿佛是神话里的七头妖怪，砍下一个头，还会有成千上万的头又冒出来。我怀疑现在的政府是否真正有能力做出改变。”然而，罗斯福是不允许这样的情绪持续太久的。他拿起一本书，放在桌子上，镜片后的双眼炯炯有神地看着我们。“好了，这些事和你们没有什么关系。你们来是为了什么？”

想说的事情其实很难说出口，然而我和莎拉还是坚持说完了。罗斯福听完我们的陈述，坐在椅子里，身体靠在椅背上，面带忧虑。

“我一直在担心科雷兹勒对于这件事的反应，”他轻声说，“但我没有想到，他会彻底放弃。”

于是，我决定告诉罗斯福有关科雷兹勒和玛丽·帕尔默的故事，这样他才能充分了解玛丽的死对科雷兹勒是怎样的一种致命打击。因为罗斯福也曾经历过类似的事情——他的第一任妻子年纪轻轻便撒手人寰，我想他应该能够感同身受。果然，罗斯福表达了理解，但一丝怀疑的神情也爬上他的额头。

“你说你们想继续调查？”他问，“你觉得你们能破案？”

“我们已经掌握足够多的信息，”莎拉飞快回答，“应该说，等凶手再次作案的时候，我们就能够掌握足够的线索了。”

罗斯福看上去有些吃惊，“那是什么时候？”

“十八天之后，”莎拉回答，“6 月 21 日。”

罗斯福双手交叉放在脑后，一边看着莎拉，一边来回摇晃着身体。随后，他转过头来看着我，“科雷兹勒退出不仅仅是因为悲伤，是不是？”

我摇头，“是的。他对自己的判断和能力都产生了怀疑。我以前一直不知道，他总是怀疑自己。他隐藏得很深，但是可能很早以前……”

“是的，”罗斯福点头，“因为他父亲。”莎拉和我面面相觑，表示自己并没有透露过任何信息。罗斯福轻声笑了，“还记得我和科雷兹勒上大学时候在体育馆的那次冲突吗？还有那晚后来发生的事情？我们一直在谈论自由意志的话题——非常投缘——他问我是怎么学会拳击的。我告诉他，父亲在我还小的时候专门为我修建了一座小体育馆，告诉我锻炼身体是抵御疾病、治愈哮喘的最好方式。然后，科雷兹勒问我，是否可能强迫自己去过平静的生活。我说，我学会并珍惜的每一件事情都需要我成为一个积极行动的人。当时我没有意识到，但事实上我证明了他的观点。后来，出于好奇，我问起他的父亲，因为他父亲在纽约也是名人。可是科雷兹勒的表情唰地一下就变了。我永远忘不了那一幕。他躲避着我的目光，好像不敢直视我的眼睛——然后，他下意识地抓住了自己有问题的那只手臂。好像一提到父亲，他就本能地会这样做。我敏感地意识到有什么事情不对。不用说，我完全没有想到他的童年会是那样。这让我不禁感叹，我们的童年生活是多么不同。我自己后来常常想，生活在那样一个父子关系恶劣的家庭，他的世界将会是怎样？”

莎拉和我都无法回答，我们三人同时陷入沉默。此时，书房外面传来爱丽丝激动的声音：

“我可不管什么横斑林鸮，小罗斯福！它绝对不能吃我养的蛇！”

听到这句没头没脑的话，我们都笑了，又回到刚才谈论的正事上。

“所以，”罗斯福将又一本书拍在桌子上，“关于调查。告诉我——既然我们已经有了名字和大致的相貌描述，为什么不发布通缉令，让我的人满城去搜查呢？”

“找到他又能怎么样？”莎拉说，“逮捕他？我们有什么证据？”

“凶手很聪明，”我赞同地说道，“没有人证，也没有法庭承认的物证。我们只有指纹，一张没有签名的字条，还有若干推测——”

“那张字条最起码有好几处伪造的地方。”莎拉插话。

“如果凶手被捕后又被释放，谁也无法推测他将会做出怎样的举动。”我继续说道，“不行，艾萨克森兄弟从一开始就说，必须要在他作案的时候进行抓捕。”

罗斯福若有所思地点点头。“嗯，”他说，“如果那样的话，我们就会面临新的挑战。科雷兹勒虽然退出调查，却并不会使我更加轻松，你们以后就会发现这一点。斯特朗市长知道我正在全力通缉康诺尔，也知道为什么我要这样做。他认为，这件事又把警方和科雷兹勒牵涉到一起，因此警告我不要因为和医生的私人关系而让自己的位置岌岌可危。而且，他还听到流言，说艾萨克森兄弟正在对一起牛郎被害案进行独立调查。他告诉我，如果流言是真的，那么必须立刻停止调查，而且必须加倍小心地处理这个案子。你们可能还没有听说昨晚的事情吧？”

“昨晚？”我问。

罗斯福点头，“昨晚有一场集会，是冲着最近的这些谋杀案来的。组织者是一群德国人，他们声称这是一起政治事件。现场的威士忌瓶子多到可以飘起来。”

“和保罗·凯利有关？”莎拉问。

“或许吧，”罗斯福回答，“唯一可以确定的是，现场差一点就失控。这个案子的政治意味越来越浓了。我想斯特朗市长一定是因为过于关心事件的后果而裹足不前。他希望案件侦破的每一步都走得小心谨慎。”说到这里，罗斯福半皱着眉头看了看莎拉，“他已经有所听闻了，莎拉，他听说你在和艾萨克森兄弟一起查案。你也知道，一旦他们知道有女人在查案，反应将会多么剧烈。”

“那我就更要加倍地去隐藏我的痕迹。”莎拉露出羞涩的笑容。

“嗯，是的。”罗斯福有些怀疑。他又打量了我们许久，然后点头，“以下是我能够提供的条件——在接下来的十八天里，尽你们的全力去调查。但当6月21日到来的时候，必须告诉我已经找到的全部线索，这样我可以安排信得过的警员去凶手可能的作案地点和逃跑路线进行抓捕。”说着，他用拳头狠狠地敲了一下另一只手的手掌，“我决不允许这样惨绝人寰的行为再次发生。”

我转身看着莎拉，她飞快地思索着什么，然后坚定地点头。

“我们还可以和艾萨克森兄弟一起调查吗？”我问道。

“那是当然。”罗斯福回答。

“成交！”我伸出手去，罗斯福将夹鼻眼镜摘下来，握住我的手。

“只希望你们已经获得了足够的教训，”罗斯福转过身和莎拉握手，“我不希望在案子没有破的情况下离开现在的工作。”

“你打算辞职？”我的语气有些嘲讽，“普拉特给了你很多吧？”

“别胡说八道。”他粗暴地回答。但随即，又不好意思地笑了，“但是我们恐怕很快就要谈一谈，还有选举的事。麦金利是我们的党内候选人，如果我没有搞错的话。民主党这一次真是蠢到了家，居然推出布莱恩那家伙——胜利一定会属于我们一方。”

我点头，“你也要去竞选了，是吗？”

他耸耸肩，“他们说我也许会有点用——在纽约和西部一些州。”

“如果麦金利打算对你的帮助有所回报……”

“好了，约翰，”莎拉语气责备，“你知道长官对这些推测的态度。”

罗斯福两眼一瞪，“你，这位小姐，你离开警局的时间实在有点太长了，说话冒冒失失的！”他送我们到门口，“走吧，出去吧。我还有一堆文件要处理——因为有人把我的秘书偷走了。”

莎拉和我离开的时候已经是晚上 8 点。吹着凉爽的晚风，我们还沉浸在被允许继续调查的欢乐情绪中，并不想这么早就回家。但是，我们也不打算将自己锁在办公室直到艾萨克森兄弟回来——虽然我们攒了一肚子的话想和他们说。沿着街道漫无目的地走着，我突然萌生一个想法：可以到圣丹尼斯酒店门前的户外饭店去吃点东西，饭店位于办公室的对面，如果艾萨克森他们回来，一眼就可以看到。莎拉也觉得这个主意不错，一路上她开心不已。我从未见过她如此开心，完全不见以往性格中常见的急躁和焦虑。但她的精力还是全神贯注，思维也一如往常活跃。其中原因其实并不复杂。尽管罗斯福对她参与调查或许会引起的公众和社会反响有所担忧，但莎拉是一个有主见的女人，是一个职业侦探——虽然在名义上还不是。在未来的日子里，我们还会面对许多考验和挫折，莎拉这种积极昂扬的斗志给了我莫大的勇气。她是我们得以继续调查案件的最重要的动力。

那一晚我喝了许多酒，喝到最后，我已经醉眼迷离，行为失态，对趁着夜色来逛街的美女频频抛去媚眼，连桌子旁边的小树篱都无法阻挡我的热情。莎拉对我的举止已经忍无可忍，差点就要把我扔下独自离开。就在此时，她的眼神被街道对面的景象吸引过去。我迷迷糊糊地顺着她的目光看去，一辆马车正停在 808 号门口，马库斯和卢修斯从马车上走下来，面带倦色。或许是因为酒精，或许是因为最近发生的一系列事情，也或许只是因为天气，我突然兴奋起来，一个箭步跨过小树丛，冲到街道对面和他们热情拥抱。莎拉比较理智，紧跟在我的身后。卢修斯和马库斯在西部一定晒了许多太阳，肤色黑了许多，却透露着一种健康温暖的气息。能够回家他们也很兴奋，但我不能确定，当他们知道科雷兹勒已经退出之后，是否还能保持这种激情。

“西部实在是太神奇了，”马库斯一边搬着行李，一边大声说，“我和你说，完全是一种不同的生活视角。”说着，他嗅了嗅，“空气也比这里好得多。”

“在火车上的时候，有人冲我们开枪，”卢修斯继续说，“有一颗子弹击穿了我的帽子！”他把一根手指捅进帽子上的窟窿里，“马库斯说不是印第安人干的——”

“绝不是印第安人。”马库斯说。

“他说不是印第安人，但我不确定，而且耶茨堡的米勒上校说——”

“米勒上校不过是出于礼貌。”马库斯打断了他。

“嗯，或许吧，”卢修斯说，“可是他的确说过——”

“他说了些什么？关于比彻姆？”莎拉问。

“——的确说了，尽管大多数印第安人都已经被打败——”

莎拉一把抓住他，“卢修斯！关于比彻姆，他究竟说了些什么？”

“比彻姆？”卢修斯有些茫然，“哦，是的，他说了好多。”

“他说的很多事情其实最后都归结为一点，”马库斯看着莎拉，停顿了一下，棕色的大眼睛里满含深意，“他就是我们要找的凶手——就是他。”

38

虽然我已经有些醉醺醺，但艾萨克森兄弟在圣丹尼斯饭店里分享的消息却立刻让我清醒过来。

弗雷德里克·米勒上校现在已经四十多岁，19 世纪 70 年代末期曾被派往芝加哥的西部陆军总部。那时候的他还是一名前途无量的年轻中尉。可是，他却厌倦了日复一日的枯燥文职生活，请求被派遣到更深的西部，向往能够获得一些刺激的经历。要求被批准后，他被派驻到达科他州，在那里受过两次伤，还失去了一只胳膊。于是，他又回到芝加哥，却不愿再从事以前的文职工作，主动请缨负责训练为应付突发事件而召集的当地预备役部队。正是在那里，他首次遇见了一个名叫约翰·比彻姆的年轻士兵，时间是 1881 年。

比彻姆告诉他的征兵教官他已年满十八岁，但米勒并不相信——六个月后这个新兵蛋子到达芝加哥的时候，看上去也仍旧不满十八。然而，为参军谎报年龄的事情是常有的，米勒也并未放在心上，因为比彻姆的确是个好苗子——守纪律、认真细心、工作得力，不到两年就晋升了下士。虽然他一心想去西部和印第安人打仗的执着让自己有点恼火（他不希望自己的优秀士兵在边疆把性命送掉），但总体来说，当时还是中尉的米勒对这位年轻下士在 1885 年之前的表现都十分满意。

然而那一年，芝加哥贫民区发生的一系列事件却逐渐揭露了比彻姆性格中的另一面。比彻姆朋友不多，闲暇时会去移民社区的慈善机构帮助那些孩子，尤其是孤儿。起初，这看上去是一件令人敬佩的事情——比喝酒打架要好得多，所以米勒中尉并不十分在意。可是几个月后，他发现比彻姆的情绪有了变化，变得郁郁寡欢。他问比彻姆，却没有得到一个令人满意的解释。不久，当地一家慈善机构负责人出现在驻地，要求与驻地官员面谈。负责人坚持不让比彻姆再出现在他所负责的孤儿院。当问起缘由时，负责人什么也没说，只是说比彻姆令那里的几个孩子“心情沮丧”。米勒于是立刻叫来比彻姆和他对质，后者非常愤怒，说孤儿院的负责人是由于嫉妒他和孩子们相处得太好的缘故。可是，米勒中尉却觉得其中肯定另有故事，于是逼问比彻姆，最后他变得极度躁动不安，居然说这一切都是米勒和其他驻地军官的错（后来米勒也一直无从得知事件的真相）。他说，如果一早把他派往西部，那么所有的一切都不会发生。从这次对话中，米勒感到比彻姆的行为很反常，于是给他放了个长假。比彻姆把整个假期都用于登山，去了田纳西、肯塔基和西弗吉尼亚。

等他再回到部队，已经是1886年初，比彻姆的精神状况似乎好了很多。他再一次成为米勒所熟悉的那个遵守纪律、工作努力的士兵。然而，这一切后来证明不过是个假象。在5月第一个周发生的干草市场动乱中，这一假象被完全击得粉碎。莎拉和我已经得知，比彻姆之所以后来被送到圣伊丽莎白精神病院，正是因为米勒发现他在5月5日的混战中对着一具已经死亡的示威者遗体“不断猛戳”（医生原话）。然而，据米勒所描述，比彻姆的行为更接近分尸，和贾佩思·杜里的父母以及纽约的几个受害人的遭遇有令人毛骨悚然的相似之处。他看见比彻姆浑身是血，拿着刀站在一具蜷曲的尸体旁，尸体的眼睛已经被全部挖掉。于是，米勒立即下令解除比彻姆的职务。虽然他本人在西部也曾见过血淋淋的屠杀，但那是出于多年和印第安部落的冲突所致。可是，比彻姆不一样，他从未去过西部，因此他的恐怖行为无法解释。事后，部队医生给比彻姆做了检查，认为他不再适合服役，米勒对此结论也表示赞同。于是，比彻姆就被送到华盛顿的圣伊丽莎白精神病院。

以上便是艾萨克森兄弟从达科他州了解到的比彻姆的线索。一口气讲完这个故事，他们才腾出时间对着莎拉和我帮他们点的美食狼吞虎咽。接下来，便是关于科雷兹勒和玛丽·帕尔默的坏消息了。幸好，马库斯和卢修斯已经吃完了大部分的食物——因为这个坏消息彻底让他们没了胃口。兄弟二人对于没有科雷兹勒领导的案件调查表示担心和忧虑，但是莎拉再一次站了出来，花了不到二十分钟时间就用自己的激情演讲成功说服了他们——除了继续我们别无选择。而且，他们从西部带回的线索更加鼓舞了莎拉的信心，因为现在几乎可以肯定，我们已经掌握了凶手的身份和他的历史。剩下的唯一问题就是：用什么样的方法去找到他。

离开饭店时，已经是凌晨3点，此时的我们已经成功说服自己，一定能将凶手找到并绳之以法。这个任务很艰巨，因此，需要先各自回家休息。于是，我们直接从饭店回到各自的住所，好好地睡上一觉。周四早上10点，我们回到了百老汇大街808号，开始商讨下一步的行动方案。马库斯和卢修斯还有些不适应，因为办公桌从五张减到四张，手拿粉笔在黑板上写字的人也不再是科雷兹勒。但是，他们都是有经验的侦探，一旦注意力被集中在案子上，这些身外之事便显得无足轻重了。

"如果没有人有更好的想法，"卢修斯一边整理书桌一边大声说道，"我倒是有个提议。"我们纷纷表示让他说说看。他指着黑板右上角的部分，尤其是写着"屋顶"的地方说道，"约翰，你还记得吗，在你和马库斯第一次去'金法则'回来以后，关于凶手你说过一句话？"

我搜肠刮肚地回忆着当时的情景。"控制。"我想起那天晚上站在"金法则"的屋顶时，脑海里曾经浮现的一个词。

"没错，"马库斯说，"凶手在屋顶展现了绝对的自信。"

"是的，"卢修斯站起来走向黑板，"好吧，我的想法就是：我们已经花了很多时间去了解凶手的噩梦——他童年真实的噩梦，以及现在依然在折磨他的精神噩梦。但是，当他策划并实施作案时，他却不像一个在精神上屡受困扰和折磨的人。他变得积极主动，非常有目的性，会主动出击，而不是被迫做出反应。就像在他的信里看到的那样，他对自己的智慧非常得意。他的这份得意究竟来自哪里？"

"什么来自哪里？"我有些糊涂。

“自信，”卢修斯回答，“哦，完全可以解释他的智慧。事实上，我们已经解释过了。”

“他的智慧其实是一种狡诈，”莎拉说，“被侵犯过的儿童一般会具有这种特质。”

“正是如此。”卢修斯晃了晃光秃秃的脑袋，掏出一条手绢擦了擦脑袋和前额——他的紧张动作让我感到很有趣。“但是，你说的自信是怎么回事？一个拥有不幸童年的孩子怎么会发展出自信？”

“嗯，可能是因为军队生活。”马库斯推测。

“是的，有可能，”卢修斯也表示赞同，语气变得越来越兴奋，“但在我看来，他的自信来源于参军以前。约翰，亚当·杜里不是说过，只有当他们在山里打猎的时候，他弟弟的脸才不会痉挛？”杜里的确曾经这么说过。“登山和打猎，”卢修斯继续发表着他的意见，“似乎能减轻他内心受到的痛苦和折磨。所以，他愿意在高处行走。”

马库斯紧盯着他的弟弟，不能理解地摇摇头，“你到底是什么意思？和科雷兹勒医生玩这套猫捉老鼠的游戏也许可行，可是——”

“请给我一分钟，谢谢，”卢修斯举起一根手指，“我的意思是，要想把凶手找出来，不妨去追踪让他觉得心安的线索，而不是那些让他觉得恐惧的东西。他一直在屋顶寻觅猎物并作案，他的受害者都是儿童——这一切说明，能够掌控形势对凶手而言至关重要。我们已经知道他对儿童的执念从何而来，已经知道他善于打猎和布置陷阱，但是屋顶呢？1886年的时候，他还没有在大城市生活过——可是现在的他却已经能够驾轻就熟，甚至还能设下陷阱。这其中的差别一定需要大量时间才能够做到。”

“等一下，”莎拉一边点头，一边说，“我有点明白你的意思了，卢修斯。凶手离开精神病院，想找个地方隐姓埋名重新开始，纽约便是一个不错的选择。可是他来到这里后，却发现对这里的城市生活完全不熟悉——拥挤的街道，嘈杂的人群，还有焦虑和不安。一切都如此陌生，甚至令他感到危险。但随即，他发现还有屋顶可去。那里是完全不同的——更安静、更缓慢、人也更少，令他更加熟悉和亲切。而且，他发现有不少工作都需要在屋顶行走——根本不需要下到街面。”

"除了晚上，"卢修斯飞快补充说，"当城市不再像白天那样拥挤，他就可以找回自己熟悉的节奏。记得吗，凶手从未在白天杀过人。他熟悉夜晚的节奏，但是白天——我敢说，他白天肯定都在屋顶上。"卢修斯的前额涌出越来越多的汗珠，他回到自己的书桌，拿出几张字条，"阿里·伊本－加兹遇害之后，我们曾经讨论过一些需要在屋顶行走的工作，但是并没有继续追查下去。回头一看，我想这可能是我们目前最能够追查的方向了。"

我痛苦地发出一声呻吟，"哦，天哪，卢修斯——你知道这意味着什么吗？这意味着要调查每一家慈善社团、传教组织、推销公司、报社，还有每一间医疗机构。我们必须要缩小范围。"

"的确如此，"马库斯的声音听上去并不比我更加热情，"就算缩小范围，也会让我们跑断腿。"他站起来，走到挂着曼哈顿地图的地方，指着那些作案地点的标志说道，"这些案件全都发生在第十四大街以南，意味着凶手对下东区和格林尼治一带恐怕更加熟悉。他或许住在那里，或许在那里工作，这也和先前预测他并不富裕的推论相互吻合。所以，可以把调查范围缩小到那一带。"

"说得对，"卢修斯指着黑板继续说道，"不要忘记已经找到的线索。如果我们确信凶手是从贾佩思·杜里变成约翰·比彻姆，那么他绝不会什么工作都做。考虑到凶手的性格和背景，某些工作一定会更加合适。打个比方，你刚才提到推销公司，约翰。难道你真的认为凶手会有可能去推销，或者愿意去尝试这样的工作吗？"

我正想说凡事皆有可能，却突然意识到卢修斯说的没错。我们花了好几个月的时间，才慢慢拼凑起凶手的性格和行为特征，并非所有的工作都有可能。我又喜又惊。我们已经对凶手了解得极为透彻，完全可以判断出，凶手绝不会从事那种需要他低声下气讨好移民租客，或者沿街叫卖商品的工作。他会觉得那是对他聪明才智的一种侮辱。

"好吧，"我对卢修斯说，"但是范围还是很广——神职人员、慈善机构、记者，还有医护工作者……"

"还可以继续缩小范围，约翰，"卢修斯说，"只要想一想。比如记者——你了解这些人。你认为比彻姆会是他们其中一员，还有医护工作者——比彻姆有过相关背景吗？他什么时候接受过医疗培训？”

我思索片刻，耸耸肩，“好吧，好吧。所以只剩教会，或者慈善机构这一类性质的工作了。”

“这些工作对他而言可能会更轻松，”莎拉说，“他完全可以从父亲那里获得一些宗教常识和术语——毕竟，他的父亲是一个非常能言善辩的人。”

“不错，”我说，“但是，即便我们将范围缩小至此，想在21号之前完成所有的调查，时间也会非常紧张。马库斯和我当初花了一个礼拜才得到一点点线索。这太不实际了！”

或许看上去的确不实际，但也没有其他选择。那一天剩下的时间里，我们列出一份在下东区和格林尼治村范围内所有慈善机构和宗教团体的名单，分成四个不同的区域。每个人负责其中一个区域，并在第二天开始进行调查。两个人一组已经不可能，因为要调查的地方实在太多。我在星期五走访了几个地方，受到的接待完全称不上热情。虽然早已对此有所准备，但是一想到接下来的几天或许几周都将如此度过，我还是有些打怵。尽管我不断提醒自己：调查走访是每个侦探应尽的职责，但并没有让我变得更加好过。之前我曾经这样做过（我以前曾经采访过几个这次我要去拜访的某些团体，出于不同的目的），但走在拥挤的人行道上，我的情绪越来越悲观，因为距离施洗者圣约翰日只有十六天了。

然而，有一点让我觉得十分庆幸：没有人再跟踪我。晚上回到办公室时，其他人也说没有发现自己被人跟踪。当然我们还不能肯定，但是唯一可能的解释就是，敌人或许认为，没有了科雷兹勒，我们将注定失败。周末两天，我都没有见到康诺尔或其同伙的身影，也没有见到疑似为伯恩斯或考姆斯托克工作的人。想要完成一件令人伤脑筋的工作，不被人打扰是最好不过的事情，而且，我们也没有多余的精力去查看究竟有没有人在窥探我们。

尽管我们希望，比彻姆在过去十年里能够为名单上的某个慈善机构工作，但他绝对不会以这样的身份光顾被害人所在的夜总会。我们认为，他更有可能是以顾客身份去接触受害者。因此，尽管名单上包括了一些针对穷困且不服管教的孩子而开设的慈善机构的名称，我并没有去调查经营童妓（尤其是牛郎）的场所。然而，经过“金法则”的时候，我还是去顺道看望了我的朋友约瑟夫，告诉他我们最新收集到的有关凶手的信息。到达那里的时候场面有些尴尬，因为约瑟夫恰好正在做生意，我从没看见过他做生意时候的样子。约瑟夫一看见我，便迅速躲进隔壁的一间空屋子。过了一会儿，我以为他不会再出来，可是他还是露面了，脸上的油彩已经洗掉。他微笑着向我挥手，认真地听我说话。我告诉了他最近的进展，并让他带话给自己的那些朋友千万小心。说完这些，我急于离开去其他地方调查，约瑟夫却抓住我，问我是否可以找时间再和他一起打桌球。我答应了，他非常高兴，仿佛我们之间原本脆弱的纽带因此而变得坚固起来。看着他消失在门后，我不由得为他的生计感到伤感。可是，我不得不赶紧离开，因为还有很多重要的工作去做。

似乎在纽约，每一种错误行为都会有一个对应的组织去想办法阻止。有些组织针对的行为比较广泛，比如“犯罪防治协会”，或者各式各样的宗教团体——天主教、长老会、浸礼会以及其他。有些组织似乎只在街头分发的小册子和宣传单上见过，例如“黑夜教会”。有些组织是区域性的，如“柏威利协会”。还有少数的一些组织，如“马匹协助协会”“防治虐待动物协会”等，它们的交往对象以动物为主。看到这些组织的名字时，我不禁想到贾佩思·杜里折磨并分尸动物的行为。这些组织尽管不需成员登上屋顶，但它们有接近动物的便利条件，或许也会成为凶手的选择之一。然而，和这些组织官员接触之后，我无功而返。接下来还有无数的孤儿院，它们雇用人手在街头搜助流浪儿童。这些机构都必须仔细调查，因为约翰·比彻姆在芝加哥时曾经对孤儿院儿童表达出了特别的喜好。

这样的工作极为耗时。无数日夜就这样度过，却未能找到令人满意的线索，也无法证明我们能够及时阻止下一次杀戮的发生。莎拉、艾萨克森兄弟和我究竟还要调查多少表里不一、道貌岸然的教会人员和社会组织机构？我们究竟还要花费多久的时间？这很难说，也并无多大意义，因为我们几乎一无所获。在接下来的一周里，每一个人都只在重复同样的程序：去往某个组织总部，问那里是否有一位名叫约翰·比彻姆的工作人员，或者和比彻姆有类似相貌和行为举止的人。我们得到的回答大同小异，都是千篇一律的对该组织或者组织成员的歌颂和称赞。只有强忍着听完这些长篇大论，才会得到一个否定答复，或者被允许查看该组织的档案，然后，我们才能最终离开那里。

如果说我对这些工作充满怨言，或许是因为直到6月的第二个周末我才突然意识到：纽约唯一没有得到私人赞助基金，或者没有被社会团体扶助的群体，恰恰就是目前正处于最危险境地的一群人——童妓。这一漏洞非常明显，令我不禁想到记者雅各·里斯——一个在纽约慈善圈被过度吹捧的人。他盲目地对桑托雷利案的事实进行否认，并拒绝报道。里斯并不是唯一对这个社会问题视而不见的人，许多我拜访过的官员也是如此，让我气愤不已。周一晚上，我拖着沉重的脚步回到办公室，内心对这些昏庸的伪君子痛恨不已，不禁连声发出一连串的恶毒诅咒。我以为办公室没有人，一转身却惊讶地发现莎拉也在。

“真是精彩，约翰。说句实话，我现在和你的心情完全一样。”她抽着烟，看着墙上的黑板和曼哈顿地图，“我们选错了路。”她厌恶地说道，一把将烟蒂扔到窗外。

我瘫坐在沙发里，发出一声呻吟。“你一直梦想成为侦探，”我说，“你应该知道，这样的工作可能要花上几个月才能有所突破。”

“可是，没有那么多时间了，”莎拉说，“我们只有周日之前的这几天而已。”她一边看着地图一边摇头，“不仅只是因为工作单调没有进展，”她仰起头，试图抓住脑中一闪而过的思绪，“你有没有想过，约翰，这些所谓的慈善组织似乎对他们帮助的对象一无所知？”

我用手撑着头，“你什么意思？”

“我说不好，”莎拉回答，“那些人看上去……知道得并不多。这好像不太对劲。”

“什么不对劲？”

“凶手，比彻姆。看看他的所作所为。他很容易就和那些男孩打成一片，让他们对他产生信任。那些孩子相当多疑，你知道的。”

我想起约瑟夫。“外表上或许吧，”我说，“内心里，他们也渴望能有真正的朋友。”

“好吧，”莎拉勉强同意了我的观点，“可是，比彻姆能够轻易地和他们建立起友谊，好像一下子就能够看透他们心中所想。可是，那些慈善机构人员却做不到。所以我说，我们一开始的方向弄错了。”

“莎拉，现实一些，”我说着，站起身走到她的身边，“哪里有那种愿意挨家挨户敲门去花费大把时间了解个人信息的机构呢——”

我的话突然冻结在那里。我突然想起，的确有这样一个机构，它们总是花费大量时间去调查莎拉所说的那些个人信息。过去的一周里，我每天都会路过机构门口，却从未想到过其中的联系。而且，这家机构有上百名雇员都需要在屋顶行走。

“真他妈的见鬼。”我低声嘟囔着。

“什么？”莎拉急切地问，“约翰，你想到了什么？”

我的眼睛扫到黑板右侧，那里写着本杰明和索菲亚·茨威格的名字。“当然……”我自言自语，“1892 年似乎有点迟，但是有可能在 1890 年就已经遇到他们。也可能是在复查的时候遇到了他们。整件事情真的弄反了——”

“约翰，见鬼，你究竟在说什么？”

我一把抓住莎拉的手，“几点了？”

“马上六点。怎么了？”

“那里应该还有人。快走！”

我来不及解释，拽着莎拉冲出大门。她一路抗议并向我追问，但我并没有回答。坐电梯下楼后，我们来到街面，向第八大街的方向一路跑去，然后左转，不久就到达 135 号大楼门前。我冲上去拉开大门，门开的一刹那，觉得整个人都轻松起来。回过头去，我看见莎拉正微笑地看着门口，在大厦前门一侧有一块小小的黄铜牌匾，上面写着：

美国人口普查局

负责人：查尔斯·H. 穆雷

39

我们进入了一个满是卷宗的世界。

人口调查局占据了大厦的两层楼，办公室里全是各种木头架子，一直顶到天棚，连窗户都挡住。每层楼有四个房间，墙上安装了带轨道的梯子，一张大书桌摆在房间的正中央。电灯从天棚上垂下来，将明亮的光线投射到木地板的每个角落。这是一个冰冷的房间，不掺杂任何感情，只有不加修饰的、冷酷的数字。

在三楼，我和莎拉终于看见了一个人。他看上去很年轻，戴着帽子，身穿一件并不名贵但是熨得笔挺的西装，夹克随意搭在靠背椅上。白衬衫袖子外面戴着套袖，一双蜡黄干枯的手正在整理着抽屉里的各种表格。

“打扰了？”我朝书桌慢慢走去。

男人面色不虞地看了我一眼，“已经下班了。”

“当然。”我飞快回答，看来这又是一个官僚派头十足的家伙，“如果是公事的话，我会挑另外一个合适的时间来拜访。”

男人上下打量着我，又看了看莎拉，“什么事？”

“我们是记者，”我说，“来自《纽约时报》。我叫摩尔，这位是霍华德小姐。不知道穆雷先生是否还在？”

“穆雷先生从不会在六点半之前离开办公室。”

“哈，那么他还在。”

“他可能不会想见你，”年轻人说，“上一次记者出现在这里时，可并没起什么好作用。”

我思考着这句话的深意，随后问道：“你是指1890年的那件事？”

“当然，”男人飞快回答，仿佛对十年前的事情依旧记忆清晰，“连《纽约时报》也进行了荒诞的指责。在这个世界上，贿赂和篡改报告的事情多不胜数，我们可没法全部负责，不是吗？”

“那是一定，”我回答，“穆雷先生在——”

“1893年的时候，国家人口普查局负责人波特先生不得不被迫辞职，”年轻人丝毫不理会我的要求，继续以受伤且满含责备的目光看着我，“他是为了证明，真正的问题根由是在华盛顿，而不是这里。摩尔先生，这里没有人应该辞职。”

“我很抱歉，”我的容忍几乎到了极限，“但是真的有急事，如果你能够告诉我们穆雷先生——”

“我就是查尔斯·穆雷。”男人平静地说道。

莎拉和我面面相觑。我无奈叹口气，面前的这个人并不好对付。“我明白了，好吧，穆雷先生。不知道您是否可以查看一下贵司的雇员档案？我们正在找一个人。”

穆雷斜眼看着我们，“你们的证件？”我把自己的身份证明掏出来递给他，他仔细研究着，仿佛它是伪造的一样。“嗯，我想这应该不是假冒品。我不得不谨慎。任何一个人都有可能闯进来说他是记者。”他把证件交还给我，然后问莎拉，“那么霍华德小姐呢？”

莎拉的脸上毫无表情，半天才说道，“我没有凭证，穆雷先生。我是个秘书。”

穆雷对这个答案似乎并不满意，但他还是点点头，转身问我：“什么事？”

“我们正在寻找一个人，”我说，“名叫约翰·比彻姆。”听到这个名字，穆雷的表情并没有明显变化。“大概六英尺高，头发稀疏，脸上时不时会有一点小抽动。”

“小抽动？”穆雷说，“如果那种程度的抽动算是小的话，我还真不知道抽动症是什么样子了。”

在亚当·杜里的谷仓里经历过的那种感受又一次席卷了我——血液在四处奔腾燃烧，内心有一个声音不断地告诉我：我们走对了路，这条路上还依稀可以看到他留下的印记。我迅速瞟了莎拉一眼，看到她和我一样，兴奋之情难以抑制。

“所以，你认识比彻姆？”我的声音有些颤抖。

穆雷点头，“或者说，我曾经认识他。”

我仿佛被突然浇了一盆冷水，“他不在这里工作了？”

“曾经在这里工作过，”穆雷回答，“我后来开除了他。去年 12 月。”

我仿佛又看到一丝希望，“那么，他在这儿工作了多久？”

“他惹上麻烦了？”穆雷没有正面回答我的问题。

“不，不，”我飞快回答，想找出一个合理借口来掩饰我们真正的意图，“我——不是，是他的哥哥卷入了一件——嗯——土地投机丑闻。我想比彻姆先生或许可以帮助我们找到他，或者给我们提供一些线索。”

“哥哥？”穆雷有些怀疑，“他从没提过自己有个哥哥。”我正想再编一个故事遮掩过去，他却继续说道：“我没有别的意思。约翰·比彻姆是个沉默寡言的人，我对他的了解并不多——尤其是他的私生活。但是，他平日表现非常得体，而且斯文有礼。这也是为什么后来我会惊讶于……”穆雷的声音突然变得微弱，他用手指敲打椅背，看了看我，又看了看莎拉。最后，他站起来，走到墙边的梯子旁，将它沿着轨道滑到房间的另一侧。“他是在1890年春天被雇用的。”穆雷一边说着，一边爬上梯子。然后从接近天棚的地方拽出一个木抽屉，在里面翻找着什么，“比彻姆申请的职位是人口调查员。”

“什么？”

“人口调查员，”穆雷手里拿着一个大大的信封从梯子上爬下来，“就是负责计算和调查的职员。在1890年6月和7月间，我雇了大概九百多个这样的人，工作时间为两周，每周薪水二十五美元。他们每个人都填写了一份申请表。”说着，穆雷打开信封，从里面抽出一张纸递给我，“这是比彻姆的申请表。”他说。

我忍着急切的心情，从头到尾仔细看了又看。穆雷继续说道：“他的资历相当不错——正是我们要找的人。大学学历、未婚、身家清白——条件非常好。”

果然是这样，完全是伪造，我内心暗暗自语。面前的这份表格谎话连篇——当然，前提是在美国并没有两个一模一样都患有脸部抽动症的约翰·比彻姆。如果真的存在两个一样的人，那么贝蒂荣的人体测量学又将如何解释？莎拉站在我的身侧，也看着这份表格，然后向我点点头，仿佛在说她也和我得出了同样的结论：1890年前后，比彻姆已经开始练习欺骗和伪造技术了。

“表格顶端有他的地址，”穆雷说，“他被解雇的时候，还依然住在那里。”

在表格最顶端，我看到几周之前曾经仔细研究过的熟悉字迹，“班克大街23号”——就在格林尼治村的中心位置附近。“好的，”我说，“太好了。谢谢！”

穆雷似乎不愿意看到我和莎拉如此热切地盯着申请表，他从我的手中抽回表格，又重新放进信封里，“还有别的事吗？”

“别的？”我说，“哦，没有了。我想应该没有了。谢谢你的帮助，穆雷先生。”

“那么再见。”他重新坐回书桌前，戴上袖套继续开始干活。

莎拉和我朝大门走去。“哦，”我假装想起了什么，“穆雷先生，你说你解雇了比彻姆，我能知道原因吗？他看上去很适合这份工作。”

“我不是个八卦的人，摩尔先生，”穆雷冷冷地说道，“还有，你们是为他哥哥来的吧，不是吗？”

我又生一计，“我想，比彻姆在13选区工作的时候，没有惹过麻烦吧？”

穆雷哼了一声，“如果他惹了麻烦，我就不会把他从统计员提拔到办公室职员，然后又让他在这里工作了五年——”他的声音突然停住，抬起头，“等一下，你怎么知道他被派到13选区？”

我笑了，“这并不重要。谢谢你，穆雷先生，再会！”

我抓着莎拉的手，飞快跑下楼梯。穆雷拖动椅子的声音在背后响起，很快他的身影出现在楼梯口。

“摩尔先生！”他很生气，“你们别走。我需要知道你们是怎么知道的！摩尔先生，你听见——”

但是我们已经冲出大门。我拽着莎拉的手一路向西跑去，其实不必拉她，她自己也跑得飞快。到第五大道的时候，莎拉终于忍不住大笑起来。我们停下脚步等候穿过马路，莎拉突然一把搂住我。

“约翰！”她喘着粗气，“这是真的吧，他就在这里——我的上帝，终于知道他住在哪里了！”

我也兴奋地和她拥抱，但却十分谨慎：“只是知道了他曾经住在哪里。现在是6月，去年12月他被解雇，六个多月没有工作，这可能会改变很多事情——比如他没钱支付房租。”

“可是他可以再找工作啊。”莎拉说，她的喜悦也不复当初。

“希望是这样，”我看见面前的车流少了许多，“快走。”

刚一踏上人行道，莎拉问道：“可是你是怎么想到的？你说的13选区又是怎么一回事？”

我们朝着班克大街的方向走去。在路上，我把自己的推测解释给莎拉听。我记得曾经听报社的同事提过，1890年的人口普查在当年的夏秋两季进行，之后在纽约和全国引发了一桩非常巨大的政治丑闻。毫无疑问，丑闻的源头来自纽约的政治巨头们。由于政治权力来源于选民的数量，所以他们绞尽脑汁想在普查的过程中动些手脚。在1890年7月，出现在穆雷办公室想要获得人口普查员职位的九百多人中，有很多其实是坦慕尼协会或“大佬”普拉特的人。他们被上级指派虚报选民数量，以使忠于自己党派的选区不会被重新划分，从而导致其政治力量在纽约州或全国选举中下降。这就意味着，他们需要虚报某个具体选区的选民数量，捏造出许多实际上并不存在的选民资料。因此，人口普查员的工作并不仅仅是简单地统计数字，他们需要深入调查选民家庭，不仅要知道全国究竟有多少公民，还需要知道这些公民都过着怎样的生活。调查于是包括了许多私人问题，这些问题如我的一位同事在报纸上所写的那样，“在其他情况下或许完全不相干”。于是，大量来自民主党和共和党的虚假信息涌入负责人穆雷的办公室里，和那些真正的选民资料混杂在一起，真假难辨。这样的造假行为其实不仅仅限于纽约，但和以往一样，纽约总是作假最厉害的地方。最后，送往华盛顿的人口总报告被一拖再拖，迫使这个项目的总负责人，也就是穆雷先前提到的波特先生于 1893 年被迫辞职。普查工作则由他的继任者 C.D. 莱特继续完成。但是，最终也无人知晓，这些数据的真实性是否可靠。

人口普查员的工作区域根据国会选区来划分，所以纽约也被分成不同的选区。我告诉莎拉，我向穆雷提出的有关比彻姆和 13 选区的问题其实出自个人的一个猜测。我知道本杰明和索菲亚 · 茨威格就住在这个选区，于是推测比彻姆是在进行人口普查的时候遇到了他们。幸运的是，我的猜测没有错——虽然还并不知道究竟是什么原因导致穆雷解雇了他。

“比彻姆应该不会虚报信息，”走到格林尼治大道的时候莎拉说，“他不像是会卷入政治丑闻的人。而且，普查也已经结束。如果不是因为虚报信息的话，究竟是什么原因会让他被解雇？”

“明天可以让艾萨克森兄弟去调查清楚，”我回答，“穆雷看上去更喜欢和公职人员打交道。但是，如果你现在问我原因是什么，我打赌比彻姆被解雇一定和儿童有关。或许有人举报了他——不一定涉及暴力，但一定是丑事。”

“看上去的确有可能，”莎拉说，“你还记得穆雷说过，比彻姆看上去斯文有礼，可是后来事情发生后他却很惊讶？”

“没错，”我说，“一定是发生了不愉快的事情。”

说话间，我们已经到达班克大街。向左拐去，带有独特格林尼治风格的街区映入眼帘。绿树环绕的乡村洋房一路延伸到哈德逊河边，随后变成一连排的车站和仓库。洋房的门廊和飞檐样式雷同，透露着单调乏味的气息。路过这些洋房，可以清晰地感受到居住在这里的中产阶级的惬意生活。班克大街 23 号距离格里尼治村中心只有一个半街区的距离，去往那里的路上我们还兴致满满，但到了那里，看到的景象却给了我们迎头一击。

门厅窗外立着一个小小的告示牌，上面写着“房屋出租”。莎拉和我对视了一眼，朝着狭窄的前门台阶走去。我摁响了大门上的黄铜门铃，和莎拉沉默地等候在门口。几分钟之后，屋内传来急促的脚步声，一个老妇人的声音随之响起：

“哦，不，不。走开——快走，快！”

很难判断她是否在对我们说话，但随即里面传来开门的声音，让我知道刚才的指令并非针对我们。门打开了，出现在我们面前的是一个身材矮小、满头白发的老太婆，穿着一件已经褪色的19世纪70年代样式长裙。牙掉了好几颗，下巴上的汗毛已经变得花白。她的眼睛滴溜溜地转着，不知道脑筋是否也像眼睛这般灵活。看到我和莎拉，她刚准备开口说话，一只黄色的小猫出现在她的脚边。她抬起脚，轻轻将小猫踢回屋内。

“不许出来，我说过了！”老太婆厉声说道，“客人没有话要和你说——你们也是！”话音还未落，屋内传来此起彼伏的猫叫声——我猜差不多有六七只。老太婆抬头看着我，眼睛发亮，“哦？你是来租房的吧？”

这个问题让我有一刹那的失神。幸亏莎拉机敏地插了进来，先介绍了一下自己。“那个房间，夫人？”莎拉继续说道，“更准确地说，是那位前房客——比彻姆先生已经搬走了？”

“哦，是的。”老太婆正说着，又一只猫出现在门口。这是一只灰色条纹猫，突然间跳上门口的平台。“嘿！皮特！”老太婆大喊，“哦，快抓住它，摩尔先生！”我弯下腰，将猫抓在手里，还给老太婆，趁机在猫身上挠了两下，“这些猫！无法想象它们有多顽皮！”

莎拉清了清嗓子，“是的，的确如此。夫人，嗯……”

“叫我皮尔特蒙特夫人，”老太婆说，“屋子里只能停留八只——其他十五只猫都必须待在院子里。要不然我就会非常生气。”

“那是当然，皮尔特蒙特夫人，”莎拉说，“八——是个非常合理的数字。”看见皮尔特蒙特夫人满意地点头，她又继续追问，“关于比彻姆先生……”

“比彻姆先生？”老太婆回答，“是的。他很有礼貌，房租也及时交，而且还不喝酒。当然，他不太喜欢猫，什么动物都不喜欢，但是——"

"他走的时候说去哪里了吗？"莎拉打断她的话。

"他没有，"皮尔特蒙特夫人说，"他并不知道要去哪儿。他说可能是墨西哥，或者南美，那里总有很多机会。"她突然停下来，打开门，"真是抱歉，"她说，"请原谅我，两位到里面说话。"

我想了想，和莎拉一起走进屋内。我知道，如果想从这位唠叨的夫人那里获取任何有用的线索，可能至少要陪她聊上五到十分钟。看见她的客厅，我的心几乎一下子沉了下去。客厅的装潢陈旧昏暗，房间里的一切——从椅子、沙发到维多利亚风格的小摆设，仿佛全都蒙着厚厚一层灰。房间里充斥着猫粪和尿液的味道。

皮尔特蒙特夫人坐在扶手椅里，"猫是非常好的同伴，只是总喜欢往外跑。一句话都不说，就消失得无影无踪。"

"皮尔特蒙特夫人，"莎拉有些按捺不住，"我们非常迫切地想要找到比彻姆先生。我们是——他的老朋友，你看——"

"哦，那可不太可能，"皮尔特蒙特夫人皱起眉头，"比彻姆先生没有朋友。他说过的。他总是说'独自走路的人走得快'，每天早上他都这样对我说，然后就去海运公司上班了。"

"海运公司？"我很惊讶，"但是他——"

莎拉碰了碰我，阻止我继续说下去。看着几只猫在屋子里来回流窜，她挤出一个微笑。"当然，"她说，"是海运公司。比彻姆先生是个有进取心的人。"

"说得没错，"皮尔特蒙特夫人说，"哦，那是莱桑达，"她指着一只喵喵叫的猫说道，"从上周六我就没有见过它了。这些猫！动不动就消失……"

"皮尔特蒙特夫人，"莎拉显示出惊人的耐心，"比彻姆先生在这里住了多久？"

"多久？"老太太陷入沉思，"哎，加起来差不多三年吧。他从来不抱怨，总是按时交房租。"说着，她又皱起眉头，"可是，他总是很忧郁，也不吃饭！我从没见过他吃东西。只知道工作，夜以继日。我想他总是要吃饭的，是不是？"

莎拉笑着点头，"你知道他为什么离开吗？"

"嗯，"皮尔特蒙特夫人的回答很简短，"生意失败了。"

“失败？”我很好奇。

“他的海船在海岸遇到暴风雨，”老太太说，“唉，那些可怜的水手。比彻姆先生拿出所有的钱救济他们的家人，你知道。”她突然举起瘦骨嶙峋的手，“如果你看到一只小母猫走过，霍华德小姐，一定要告诉我。她还没有吃早饭。它们总是动不动就消失不见。”

我知道这样说可能很卑鄙，但我真的恨不得扭断她的脖子，还有她那些该死的猫。但莎拉依然很有耐心，陪着老太太有一句没一句地聊着天，“是你让比彻姆先生走的吗？”

“不是我，”皮尔特蒙特夫人回答，“他自己做的决定。他说没有钱再继续付房租了，也不想欠人情。我说可以缓几个星期再交，但他并不愿意。我还记得他走的那天——是圣诞节前的那一周，就是小吉不见的那个时候。”

我无力地发出呻吟。莎拉问道，“小吉？是只猫吗？”

“是的，”皮尔特蒙特夫人仿佛陷入回忆，“就那么——不见了。一个字也没留下。它们也有自己的事情要处理吧，我是说猫。”

我的目光在地上游移，看见几只猫嬉闹着走进房间，其中一只躲进一处阴暗的角落办了点私事。我捅捅莎拉，不耐烦地示意她往楼上去。

“是否介意我们看看要出租的房间？”莎拉问。

皮尔特蒙特夫人回过神来，微笑看着我们，好像我们才刚刚进来，“所以，你们想租房？”

“有这个可能。”

这个回答又引发了老太太一连串的唠叨。在唠叨声中，我们走上楼梯，两侧的绿色墙纸都已经陈旧脱落。比彻姆先前住过的房间在三楼。如果以皮尔特蒙特夫人的速度，我们恐怕一辈子都爬不上去。最后，我们终于来到比彻姆的房间，屋子里的八只猫已经汇聚在房间门口，大声叫唤。皮尔特蒙特夫人打开房门，我们走了进去。

让我们感到惊讶的是，那些猫都停在门口，不肯进来。房门刚一打开，它们的叫声便戛然而止，表情突然严肃起来，然后飞快冲下楼去。那些猫离开之后，我仔细打量了一下这个房间，很快闻到一丝异样的气味——腐烂的味道。这种味道不像是猫的排泄物散发的臭味，也不是客厅里那种陈旧的气味，它更刺鼻一些，仿佛是死老鼠。我看见莎拉也皱着鼻子，她一定也闻到了。我暂时想不出这究竟是什么味道，于是将注意力集中在房间里面。

其实根本不必费神，因为房间里空空如也，什么都没有，墙上有一扇窗户冲着班克大街的方向。房间里没有多少家具，只有一张已经有些年头的四柱床，一个同样已经陈旧的衣柜，还有一件再普通不过的五斗橱。五斗橱上放着一个水盆，旁边有个小罐子。除了这些摆设，房间里再无其他。

“他来的时候，房间就是这个样子；离开的时候也几乎完全一样，”皮尔特蒙特夫人说，“比彻姆先生就是那样的一个人。”

我们假装想要看一看才能决定是否租下房间，于是仔细查看了衣柜和五斗橱，没有发现前房客留下的任何痕迹。这间大约二百平方英尺的房间里，就像完全没有住过人一样，更不用说曾经住过一个曾经残害了数十条人命的变态杀手。空气中弥漫的腐烂味道更加深了我们的这一判断。最终，莎拉和我告诉皮尔特蒙特夫人，虽然房间不错，但对我们来说不够宽敞。然后，我们便转身准备下楼。

莎拉和女主人走在前面，她又开始喋喋不休地讲她的猫。她们刚走到楼梯处，我却无意间在比彻姆房间的门内看到了一些东西——墙纸上的污渍。那些污渍是棕色的，分散开来，仿佛血飞溅在墙纸上之后留下的印记。顺着血渍飞溅的方向，我来到床边，皮尔特蒙特夫人已经不在屋内，我于是将床垫拉开，想仔细看个究竟。

一股刺鼻的味道迎面扑来。这味道和打开房门时闻到的味道完全一样，但要强烈很多，差点令我吐了出来。我赶紧闭上眼睛，捂住口鼻。正打算将床垫放回原位，却突然在角落处看到了一只死猫。猫皮耷拉着，有些地方已经完全腐烂，露出里面干涸的内脏。它的四只脚上都缠着绳子，已经完全腐烂。后腿旁边有几根相连的骨头，看上去仿佛是尾骨——应该是猫的尾巴，已经被截成几段。它的头被放在距离身体七八英寸的地方，上面松松垮垮地耷拉着一小块皮毛。尸体下面的床垫和弹簧有大片陈旧的血渍，颜色和墙纸上的污渍一模一样。

我扔下床垫跑到走廊，迅速拿出一块手绢捂住嘴巴，好不容易抑制住了呕吐的冲动。深吸了几口气，我站在楼梯上面，不知道是否还有力气走下去。

“约翰？”我听见莎拉在楼下喊，“你在哪儿？”

走下第一级楼梯的时候，我还有些发晕，但后来就好多了。来到房屋前门，看见皮尔特蒙特夫人正站在她的猫群中间，拉着莎拉的手。我努力挤出一个微笑，向她道了声谢，随即飞快地消失在门外。那天晚上天气晴朗，空气也似乎格外清新。

莎拉在我身后，仍然和皮尔特蒙特夫人说着什么，那只灰色条纹猫再一次跳到门口的平台上。“皮特！”皮尔特蒙特夫人大声喊道，“霍华德小姐，能不能……”莎拉已经抓住那只猫，微笑着还给了她。“这些猫！”皮尔特蒙特夫人悻悻说道，和我们再见后关上了大门。

莎拉走下楼梯，来到我身边，看到我脸上的表情，她的笑容消失了。“约翰？”她说，“你看起来面色不好，怎么了？”她抓住我的手臂，“你一定是发现了什么——究竟是什么？”

“小吉。”我一边回答，一边用手绢擦着头上的冷汗。

莎拉的脸色凝重起来，“小吉？那只猫？你究竟在说什么？”

“让我这么说吧，”我挽着她的手，和她一起朝百老汇大街的方向走去，“不管皮尔特蒙特夫人如何认为，猫不会无缘无故消失不见。”

40

莎拉和我回到办公室不久，艾萨克森兄弟也回来了，脸色沮丧，与我和莎拉几小时之前的表情一模一样。我们飞快地向他们说明当晚的调查进展，莎拉把这些重要线索一一写在黑板上。卢修斯和马库斯为至少能够找到比彻姆的某些踪迹表示欣喜，虽然人口普查局和皮尔特蒙特夫人家的调查——在我看来——并未让我们比今天早晨更进一步。我们还是不知道比彻姆现在在哪里，也不知道他究竟在做什么。

“是的，约翰，”卢修斯说，“但是最起码我们知道他没有在做什么。本以为他会因为父亲是传教士而选择某些与传教有关的职业，但这个推测显然是错误的——或许这其中另有原因。”

“或许因为他在其中遭受过太多的痛苦，”马库斯思索着，“或许他无法像父亲那样动一动嘴皮子就行，哪怕只是为了生存。”

“因为他对伪善的痛恨？”莎拉一边在黑板上记录着，一边说道。

“没错，”马库斯说，“任何与宗教或传教有关的工作都会让他本能地产生反感——他不会去从事这一类工作，因为他不相信自己能够道貌岸然。”

“非常好，”卢修斯点着头，“所以他去了人口普查局，不必担心泄露自己内心深处的想法。毕竟，很多人口普查员都在申请表上撒谎，也没有人被发现。”

“而且，这份工作也满足了他内心的某种渴望，”我补充道，“他能够借此机会进入别人的家庭，靠近他们的孩子，在不被人注意的情况下获得他想要的信息——但同时也给他造成了困扰。”

马库斯接着我的话继续说道，“那是因为过了不久，他开始发现自己不能够掌控。可是，那些被害的牛郎怎么解释？他并不是在男孩家里和他们相遇的——因为牛郎并不住在家里，而且那时候比彻姆已经被解雇。”

“是的，”我说，“这是另外一个需要解释的问题。无论比彻姆在被解雇之后去了哪里，他都需要继续深入别人的家庭生活，希望能够继续走进他们的家庭，因为他要研究被害者。那样一来，即便那些男孩子平日生活在妓院，他也能对他们的特殊处境表示怜悯和同情，使受害者对他信任备至。”

“而这一点，恰恰是那些所谓的慈善机构所缺乏的。”莎拉说道。

“正是如此。”我打开窗户，让户外的清新空气吹散屋里的沉闷。

“可是，我还是有些不确定，”马库斯说，“目前的线索如何才能找出凶手？我不想催促大家，可是，距离下一次凶手作案只剩下六天时间。”

房间里陷入沉默，我们的眼睛不由自主地瞟向马库斯的书桌，那里堆着许多先前受害者的照片。我们知道，如果没有找到凶手，照片一定又会多起来。最终，卢修斯第一个打破沉默，语气冰冷却坚定。

“必须沿着这条路走下去——去追踪凶手自信、主动的那一面。在凶手和普查局以及皮尔特蒙特夫人交往的过程中，他从未表现出恐惧或惊惶。他编织了很多谎言，未露任何破绽地和他们交往。在那段时间里，他是否也在持续作案？或者他被解雇的事实是否令他的内心暴力进一步升级？这些问题目前还不太清楚。但我肯定，他还没有完全丢掉自信，即使内心深处也有想被抓获的渴望。我们先暂且这样假设吧。假设他又找到一份能够满足他愿望的工作——在屋顶行走，可以近距离接触贫民，而且还不会显得过于伪善。所以，你们有什么想法？”

看着自己的创造力和好运气胎死腹中，这是非常令人难过的事情。而我们现在就正处在这样的境地中。或许需要冷静一下，也或许是因为距离最后期限只剩下不到一个星期，压力太大。不管原因究竟如何，我们的大脑和嘴巴似乎都被卡在某处，停滞不前。的确，还可以去人口普查局继续挖掘线索。马库斯和卢修斯决定第二天去拜访穆雷，看究竟是什么原因导致比彻姆在去年 12 月被解雇。但除此之外，似乎并没有其他出路。已经是晚上 10 点，在这种极度不确定的情况下，我们结束了一天的工作。

艾萨克森兄弟在周二去拜访了穆雷先生，得知比彻姆之所以被解雇，是因为他对一个孩子显示出了不同寻常的关注。那是一个名叫艾丽·拉什卡的女孩，住在运河以北果园街的一处出租公寓里。这个地址也位于 13 选区之内，距离茨威格家并不远。然而，在我们看来，这条线索却有些古怪，因为这是个女孩，而且她也不是妓女。马库斯和卢修斯本想继续挖掘，去拜访小艾丽和她的父母，但非常不幸，他们全家已经离开纽约，搬到了芝加哥。

据穆雷说，拉什卡的家人来投诉比彻姆的时候，并没有提到任何有关暴力的事情。显然，比彻姆没有使用武力威胁艾丽——相反，他对她非常友善。但是女孩已经十二岁，她的父母对女儿和一个陌生的单身男子如此近距离接触表示担心，这种心情其实非常可以理解。查尔斯·穆雷还说，他其实也不是一定要解雇他，只是比彻姆在接近艾丽的时候，借用了人口普查局的名义，而拉什卡一家并不在普查名单之上。穆雷是个非常谨慎的人，绝不希望自己的任上出现任何丑闻。

莎拉说，艾丽·拉什卡是个身家清白的女孩，除此之外，还有一点值得注意：她活了下来，并没有被比彻姆杀死。考虑到这些因素，莎拉认为，比彻姆或许根本无意伤害艾丽，也许他只是想和另一个人建立正常的交往。如果真是这样，那是他成年后第一次这样去尝试——当然，除了他在芝加哥孤儿院的所作所为。又或许，因为拉什卡家人禁止他接触艾丽，并且迅速搬离纽约，这样的行为让比彻姆倍感受伤和愤怒。毕竟，他最近的几起案件都发生在去年 12 月以后。

以上便是从人口普查局获得的有用线索和据此做出的推测。完成上述工作的时候，已经是周二下午 5 点 30 分。接下来，莎拉和我也分享了自己那一天的工作进展：一份比彻姆被解雇后可能从事的工作的名单。考虑到已知的那些因素——对移民的痛恨、不善交往（尤其是成年人）、需要在屋顶行走，还有对宗教组织的反感——莎拉和我将名单缩小到两类具体工作：收账人和司法文书传递员。这两种工作和宗教无关，涉及大量的屋顶行走（因为这些人不被家庭的前门所欢迎），而且可以满足比彻姆一定的权力欲望和控制感。与此同时，这些工作依旧可以让他接触到比较广泛的人群，也给他提供了深入别人家庭的借口。最后，莎拉还提到另外一条线索，更加坚定了我们的推测——比彻姆在精神病院时曾经提过，社会秩序需要法律的维护，需要有人执行法律。债务人和那些有过非法行为的人（哪怕只有一点点的联系）肯定会被他嗤之以鼻，因此，如果能有机会对这样的人进行折磨，他恐怕求之不得。

马库斯和卢修斯对我们的推断表示赞同，即便那意味着新一轮的走访和调查。然而，我们还是抱有希望的：雇用这类人员的政府和税收机构的数目远比我们之前走访的慈善组织少得多。莎拉是警局秘书，我是报社记者，我们这样的身份不太可能从市政办公室或政府机构获得相应信息。所以，艾萨克森兄弟承担了与政府机构打交道的任务。莎拉和我则负责调查独立收账公司，尤其是业务范围在下东区和格林尼治村附近——特别是 13 选区之内。到了周三早上，我们全部都已经开始沿街走访。

如果说走访调查慈善机构让人在道德上义愤填膺，和收账公司的人打交道则是一个充满危险的工作。这些公司通常都在窄小肮脏的二层楼办公，他们的负责人背景复杂，有的从事过警务或法律工作，有的以前是骗子，还有的曾经做过赏金猎人。总而言之，从他们的嘴里很难轻易得到任何资料，只有“好处”才能撬开他们的嘴巴，而且，这些“好处”需要提前支付。可是，通过“好处”获得的信息要么是虚假信息，要么对我们的调查毫无用处。

再一次，我们的时间都浪费在这些辛苦乏味的事情上，没有丝毫进展。艾萨克森兄弟那边也是如此，尽管纽约市雇用的司法文书传递员都配有详尽档案，却并没有一个叫约翰·比彻姆的人。莎拉的第一天工作同样颗粒无收。周二下午，我结束了名单上的调查回到办公室，不知道下一步应该做什么。独自一人眺望着窗外的哈德逊河，我的内心再次被恐惧所占据——时间已经所剩无多，周日的夜晚很快就要来临，比彻姆很可能已经知道我们正在监视那些从事牛郎生意的舞厅，他也许会到一个新的地方重新挑选受害人，将他带到某个不知名的地方，再次展开冰冷的杀戮。我不断在想，我们急切需要的不过只是一个地址，或者一份工作——任何一个可以找到他的线索。这样，我们就可以在那个关键时刻跳出来，阻止暴行，也结束他自己的痛苦和不幸。很奇怪，在看过他的暴行之后，我居然会想到他的不幸，居然会对他产生莫名的同情。我的确对他有几分同情，尤其在了解他的童年遭遇之后。在案件调查最初科雷兹勒设定的几个目标里，至少我们已经了解了他的心理发展……

电话铃声突然响起，打断了我的思绪。我拿起电话，听见莎拉的声音。

“约翰？你在干什么？”

“没什么。我的名单调查完了，一无所获。”

“快来百老汇大街967号，二楼。快点！”

“967——在二十几大街？”

“没错。在第二十二和第二十三大街之间。”

“那里不是你负责的区域。”

“是的，我不是那么循规蹈矩的人。”她叹气，“我们真是笨死了——那么明显的事情。你快来！”

我还来不及回答，她就挂上电话。我飞快穿上外套，给艾萨克森兄弟留了一张字条，怕他们回来找不到我和莎拉。收拾好正要出门，电话又响了。我抓起来，这次是约瑟夫。

“摩尔先生？是你吗？”

“约瑟夫？”我说，“发生了什么事？”

“哦，嗯，没什么。不过——”他的语气有些犹豫，“你和我说的那些事是真的吗？就是你们在找的那个人？”

“千真万确。怎么了？”

“哦，昨天晚上我看见一个朋友——他是个做街头生意的，不属于任何一家舞厅。他说了一些事儿，让我想起你说过的话。”

虽然赶时间，但我还是坐下来，拿出笔和纸，“说吧，约瑟夫。”

“他说有个人许诺说——嗯，就是你说过的，要带他走那些话。他说他要去住一个大城堡还是什么的，从那里可以看到整个纽约城，可以嘲笑每一个曾经嘲笑过他的人。所以我想起你说过的话，我问他那个人脸上是不是有什么毛病。但他说没有。你确定那个人脸上有问题吗？”

“是的，”我回答，“现在，我——”

“哦，哦，”约瑟夫突然打断我，“安在喊我，好像有客人来了。我得走了。”

“等一下，约瑟夫。告诉我——”

“抱歉——我不能再讲了。见面再谈？比如晚上？”

我本想知道更多，但考虑到他的特殊情况，我答应了，“好吧，老地方，晚上 10 点？”

“好的，”他听上去很高兴，“到时候见。”

我把听筒放回原位，赶紧冲了出去。

刚走出 808 号，正好赶上一辆电车，几分钟之后就到达第二十二大街。走在人行道上，我眺望着街道对面围成三角形的几幢高楼大厦，上面悬挂着许多巨大的招牌，从无痛治牙到配制眼镜再到售卖船票，几乎无所不有。那些招牌中间，在 967 号大厦的二楼窗户玻璃上，印着几个金色的大字——“米切尔·哈珀，处理账务纠纷”。看路上没有了车，我穿过马路，朝 967 号大楼走去。

莎拉正在哈珀先生狭小的私人办公室里。哈珀本人和他的办公室与窗户玻璃上的金色大字完全不符。办公室里家具很少，有没有被清洁过完全看不出来。他的衣着非常随便，头发和胡子都乱七八糟。莎拉介绍我们互相认识，哈珀却只顾着抽烟，连手都懒得伸。

“我读过很多医学文章，摩尔先生，”他把手插在脏兮兮的马甲口袋里，用沙哑的声音向我解释，“微生物！微生物是所有疾病的根源，它们通过身体接触而彼此传染。”

我本想和他说，洗手和洗澡会杀死许多微生物，但又放弃了这个想法，只是点点头，看着莎拉，仿佛在问她究竟为什么要把我拖到这个地方来。

“我们早应该想到的，”她轻声和我耳语，又大声说道，“2 月份的时候，哈珀先生受华盛顿大街的兰福德 · 斯特恩先生所托，来处理他的一些债务问题。”看着我一头雾水的样子，她悄悄和我说道，“斯特恩先生在华盛顿市场那里拥有许多物业。他的房客之一就是老加兹。”

“噢，原来如此。为什么你不直接说？”我问道。

莎拉示意我不要说下去，显然并不愿意哈珀先生知道我们的真正来意。“我今天早上遇见了斯特恩先生。”她仿佛话中有话。我意识到为什么要提到斯特恩了。老加兹在儿子被害时已经欠了几个月的房租。“我告诉他我们想找一个人，”莎拉继续说道，“他应该是个收账人，哥哥刚刚去世，给他留下了一大笔遗产。”

我微笑着点头，莎拉编故事的本领越发进益了。“哦，是的。”我飞快应和。

“斯特恩先生说，他将自己所有的债务纠纷都交给了哈珀先生，”莎拉说，“所以——”

“所以我告诉霍华德小姐，”哈珀打断了莎拉的话，“如果真的有一大笔遗产，我想知道我的消息可以值多少。”

我点点头，看着面前的这个男人——这种把戏再简单不过。“哈珀先生，”我夸张地说道，“我可以肯定地答复你，如果能够提供比彻姆先生的去向，你将获得非常丰厚的回报。这个回报，大概是——百分之五？”

哈珀原本叼着的烟卷差点掉到地上，“百分之五——哇，这真是一大笔数目，先生。太慷慨了！五个点！”

“全部遗产的百分之五，”我说，“我向你保证。但是，你必须告诉我——你知道比彻姆先生在哪儿吗？”

对面的男人突然仿佛有些不确定，“嗯——这么说吧，我大概是认识他的。我知道他一般会去哪里——至少他想喝酒的时候会去那个地方。”我冷冷地看了他一眼。“我可以带你去，我向上帝保证。桑树街那儿有一间专门卖陈啤酒的酒馆，我是在那里遇见他的。本来，你们也可以在那里等他，可是——两周以前，我让他走人了。”

“让他走？”我问，“为什么？”

“我是个体面人，”哈珀说，“这也是个正经的工作。但是——嗯，先生，你也知道，有时候不得不用一点武力，才能收上账。若不是这样，谁会愿意乖乖把钱交出来？我之所以雇用比彻姆，是因为他个子高，看上去挺强壮。他自己也说打架没问题。可是他却干了些什么？和人家聊天。聊天——他就只干这个。去他妈的——哦，对不起，小姐。你不可能只靠聊天就让别人把钱掏出来。尤其是那些移民。天！要是让他们开口，他们会说个没完。那个叫加兹的家伙就是这样——比彻姆去了他家三次，却连一个铜板都没有从加兹的口袋里掏出来。”

哈珀还想继续往下说，但我们却不想再听下去。莎拉和我让他写下那间小酒馆的地址，告诉他晚上我们会去那里。如果能够见到比彻姆，他就很快可以拿到属于他的那一份。令人讽刺的是，两天以来，我们获得的唯一一条免费线索居然来自这个贪得无厌的家伙，而这条线索几乎价值连城。

41

刚走出哈珀的办公室，便迎头碰上艾萨克森兄弟二人，他们看到我留下的字条，于是赶到这里。随后，我们四人来到“布鲁巴赫”啤酒花园，就哈珀先生透露的线索进行讨论，并制订了当晚的行动计划。计划很简单：如果找到比彻姆，我们不会和他正面交锋，而是打电话给罗斯福，让他派人（比彻姆不认识的人）来跟踪他。如果找到比彻姆的住处，而因为某些原因他并不在家，就进去飞快地搜查一番，看能不能找到可以直接入罪的证据。计划决定之后，我们将杯中的啤酒一饮而尽，在 8 点半时登上一辆电车，前往五点区进行调查。

对于没有去过五点区的人来说，那个地方给人的体验很难描述。即便在一个美好的春日夜晚——如同这个周四的夜晚，这里也散发着一种致命的威胁。和其他的城市角落完全不同，这种威胁并非以一种张牙舞爪的方式存在。比如在田德隆，那里充斥着花天酒地的狂欢作乐，经常可以看见醉汉们当街大打出手。然而，那不过是看上去热闹而已，凶杀案在田德隆仍然会引起不小的轰动。

可是，五点区完全是另外一种不同的气质。在这里或许也会听见大呼小叫，但通常发生在室内，即便有尖叫出现在街上，也很快会被扼杀和窒息。事实上，在桑树街一带，最令人害怕的是街道上几乎无人在外面活动（因为雅各·里斯不懈的抗议，街道上的建筑很多都已经遭到破坏）。这里的居民在一天中的大多数时间里，都停留在逼仄破旧的棚屋和出租屋内，又或者聚集在污秽肮脏的街面小酒馆里。死亡和绝望经常光顾这里。只需要在这些孤独破旧的街上走上一趟，即便是最阳光乐观的灵魂也会开始怀疑自己的人生价值。

卢修斯现在便是如此，因为我们已经到达了哈珀给我的地址所在——巴科斯塔大街 119 号。建筑正门口旁边有一处脏兮兮的石阶，从门里传来的笑声判断，这就是比彻姆经常光临的小酒馆的入口处。我转身看了看卢修斯，他正紧张地扫视着身边黑漆漆的街道。

“卢修斯——你和莎拉留在这里，”我说，“需要有人望风。”

他点头，又拿出手绢开始擦汗。“好的，”他说，“我可以的。”

“如果有事发生，千万不要亮明身份，”我补充道，“那只会给你招来杀身之祸。”说完，我和马库斯往门里走。我又朝卢修斯看了一眼，悄悄对莎拉耳语：“看着他点，好吗？”莎拉笑了，虽然我看得出她其实也很紧张，但我知道她的心意很坚定。转过身，我和马库斯走进酒馆。

不知道史前人类居住的洞穴究竟是什么模样，但在我看来，五点区的小酒馆并没有比史前洞穴好到哪里去——我们面前的这一间便是例证。天棚距离地面只有八英尺左右高，因为这里本来只是楼上店面的地窖所在。四边都没有窗，光线则由四盏阴暗的煤油灯发散出来。在灯光下面，几张简陋的长桌摆成两排。酒馆客人们或坐或睡，不分年龄性别，全都是醉醺醺的样子。当晚酒馆里的客人大约有二十个，只有三人——一对男女，还有另外一个正对着他们的胡言乱语咯咯直笑——还略微清醒。看见我们进来，他们用呆滞的眼光看过来，马库斯迅速看了我一眼。

“我猜，”他对我嘀咕，“在这里走路得慢一点。”

我点头，然后慢悠悠地晃到“吧台”——不过是一块厚木板搭在两个灰桶上。很快，两杯“陈啤”摆在我们面前。所谓的陈啤酒，其实就是其他啤酒屋的啤酒桶里的沉淀渣滓所提取出的东西。我付了钱，却没有去碰它。马库斯也把他的那一杯推到一边。

酒保大概有五英尺半那么高，褐色的头发和胡须，脸上露出愤愤不满的表情。

“不想喝？”他问。

我摇头，“我们是来找人的，一个客人。”

“去你妈的，”他吼道，“滚出去！”

我拿出一沓钞票，“只问几个问题。”

酒保紧张地望了望四周，看见那三个相对清醒的家伙并没有在看我们，于是悄悄地把钱塞进自己的口袋，“想问什么？”

我说了比彻姆的名字，他却没有反应。但随后我说起他的脸会抽搐，酒保的眼睛猛然亮起来。我于是知道，哈珀先生并没有和我们撒谎。

“一个街区以外，”酒吧低声说道，“155 号，顶楼，后面那间。”

马库斯看了看我，酒保看见了他眼中的怀疑。“我亲眼见到的！”他说，“你们是那个女孩的家人？”

“女孩？”我说。

酒保点头，“那边住着一个女孩，她妈妈说她被绑架了。他没伤害她，但是差点把提起这件事的家伙打得半死。”

我想了想，又问道：“他酗酒吗？”

“原来不这样。他第一次来的时候，我都不知道他来这儿干什么。后来他喝得越来越多了。”

我看看马库斯，他飞快地点点头。我扔下一沓钱，转身准备离开。但是酒保抓住我的胳膊。“你们从我这里什么也没听到，”他急切地说，“那个家伙我惹不起，”他咧着一嘴黄牙，“他有一把大刀。”

马库斯和我离开了，剩下的酒被他一饮而尽。经过那些喝得烂醉的客人的身后，我们分外小心。门口处的一个家伙在我们经过时站起来往台阶上撒尿，但他不过是下意识的，并没有个人目的掺杂其中。

马库斯小心翼翼地跨过门口那摊尿渍，突然对我说：“比彻姆酗酒？”

“是的，”我一边回答，一边推开大门，“记得科雷兹勒有次说过，凶手可能进入了一个最后的自我毁灭阶段。任何一个会在这种地方喝酒的人，都有这种倾向。”

我们走出来，莎拉和卢修斯的表情还一如刚才那样紧张。“走吧，”我说，带头向北走去，“我们得到了一个地址。”

巴克斯特大街155号是一间毫不起眼的出租屋。如果换在其他地方，可能会有女人和小孩说话唱歌，甚至打闹叫喊。但在这里，他们只是用手捧着头，年轻人的面容和老人一样疲惫且麻木，没有人对街上发生的事情显示出任何兴趣。一个在我看来三十多岁的男人坐在门口的平台上，挥舞着一根棍子，好像是警棍。从他扭曲的面孔和乖戾的表情可以判断，那根棍子曾经为他立下过不少功劳。我登上台阶，棍子倏地一下抵在我的胸口，不让我往前再走一步。

“来干什么？”男人问，呼吸中有一种樟脑酒的味道。

“来找人。”我回答。

男人笑了，“别骗人了，哥们儿。到底来干什么？”

我停顿了一下，“你是什么人？”

男人停住笑声，“我是这幢出租屋的看守——房东让我来的。所以别想骗我，除非你想尝尝这家伙的味道。”他说的是柏威利一带的黑话，这套言辞几乎所有小混混都会用，所以并没有多少杀伤力。可是，我不喜欢被一根棍子威胁，所以掏出钱包。

“顶楼，”我把钱递过去，“后面那一间。有人在家吗？”

男人的脸上露出笑容。“哦！”他接过钱，“你是说那一间——”他突然眨了眨眼，然后滑稽地将自己的右半边脸和眼睛拧在一起。但似乎他又对自己的表演不甚满意，于是用手使劲拽着头皮，然后满意地大笑起来。“哈，他不在，”他说，“他晚上从来都不在。白天有时候在，但晚上不会在家。你们可以看看屋顶，或许在那上面。他总喜欢在那上面待着。”

“他的屋子在哪儿？”我说，“或许可以去那里等他。”

“可能锁上了吧。”男人不怀好意地笑了。我见状又拿出一沓钞票，“或者，也没锁。”男人开始往出租屋里走，“你们不是警察吧？”

“我花钱，不是为了回答问题。”我说。

男人想了想，点点头，“好吧。跟我来——但是保持安静。”

我们点点头，跟着男人往出租屋里面走。出租屋里长长的昏暗台阶散发着排泄物和腐烂的臭味，我停下脚步，让莎拉走在我的前面。

“和皮尔特蒙特夫人家的气味一样。”莎拉轻声和我耳语。

我们顺利地通过六段楼梯，然后男人敲响了那里四扇门中的其中一扇。没有人回答，他举起一根手指：“稍等。”说着，他大步跑向去往屋顶的最后一段楼梯。过了一会儿，他又转回来，神情放松了许多。“没有人，”他说，然后从口袋里掏出一串钥匙，打开了刚才敲过的那扇门，“我得确定他不在附近。他是个敏感的家伙，那个——”他没有说名字，只是又开始挤眉弄眼，然后又放声大笑。随后，我们进入他的房间。

门边的木架上有一盏煤油灯，我点燃它，房间里慢慢变得明亮起来。这是一段狭窄的通道，大概三十英尺长。通道的中间立着隔墙，墙上开了一扇门。两侧墙壁上没有窗户，只有两道裂缝，从那里可以看到外面——其实，除了邻居家的墙，几乎什么也看不到。隔墙处有个小火炉，屋子里除了一个生锈的水桶再无其他清洁工具。从前门望过去，只能看见几件家具：隔墙附近摆着一张旧书桌和一把椅子，再过去一点是床。墙上刷着厚厚的墙漆，已经开始脱落，露出里面脏兮兮的污渍，仿佛便桶底座上经常看见的那种褐色锈渍一般。

在这间屋子里居住的那个人曾经叫作贾佩思·杜里，现在却是杀人犯约翰·比彻姆。在这个窄小的空间里，一定隐藏着某些线索——虽然也许很难找到。我没有说话，示意艾萨克森兄弟往房间里面走。他们会意地点点头，径直走过隔墙，进入房间最里面。莎拉和我走向书桌，领我们来的那个男人警惕地守在门口。

房间狭小而空旷，搜查一遍可能花不了几分钟。莎拉在昏暗中将手伸进书桌的每个抽屉，确保没有遗漏任何东西。书桌和墙壁之间夹着一张地图。我把手撑在桌子上，想要仔细看清楚，却发现指尖传来异样的感觉——书桌表面纵横交错着许多细凹槽。我于是缩回手，看着墙上的地图，依稀可以辨认出是曼哈顿的轮廓，但是上面的记号却很陌生。有好几处画着一些互相交错的直线，旁边写着晦涩难懂的数字和符号。我正想仔细看清楚，耳边传来莎拉的声音：

“看这里，约翰。”

我向下看去，她从最底下的抽屉里拿出一个小木盒。她将木盒摆在桌上，有些害怕地站到一边。

盒盖上粘着一张老式银版照片，样式和质地与南北战争时期著名摄影家马修·布莱迪拍摄的照片类似。从照片的磨损和破旧程度判断，应该和布莱迪的时代也差不多。照片上是一具白人尸体：头皮被割，内脏被挖，还被阉割。尸体四肢上有许多箭头，双眼也被挖掉。照片并没有署名，但很明显，这是杜里牧师的作品。

照片下的盒子盖得很紧，里面散发出一种气味，和皮尔特蒙特夫人家里比彻姆房间的味道一样——腐烂的动物尸体的味道。我的心沉了下去，就在那时，我听见马库斯的声音：

“哦，不，上帝，怎么……”

随后便响起纷乱的脚步声，马库斯跌跌撞撞地来到我和莎拉身边。虽然灯光昏暗，我也看得出他脸色苍白，仿佛受到极大的惊吓。要知道，这家伙先前在令我们翻江倒海的凶案现场都表现出足够的镇定！几秒钟之后，卢修斯走出来，手里捧着什么东西。

“约翰！”卢修斯语气焦急，“约翰，证据就在这里！上帝啊，我想现在终于可以名正言顺地展开犯罪调查了！”

“该死！”门口的男人说，“你们果然是警察？”

我没有理他，划燃一根火柴，举得高高的，走到卢修斯面前。我正想凝神看清他手里捧着的那个东西，却听见莎拉猛地发出一声惊呼，随即用手捂住嘴巴跑开了。

卢修斯手里捧着一个巨大的玻璃罐，里面盛满福尔马林液体。液体里泡着的东西是人的眼睛。我知道，让马库斯感到可怕的，并不是这些眼睛的形态，而是它们的数量。玻璃罐里不仅仅只是五个受害人的眼睛，也不仅只是加上茨威格兄妹后的七双眼睛。那里足有十多双眼睛，即意味着有十多位受害者。所有的眼睛隔着玻璃默默注视着我们，仿佛在无声抗议，抱怨说你们怎么才来……

片刻之后，我的视线转移到莎拉找到的那个小盒子上，我慢慢打开它。里面散出的气味并不如我想象的那样强烈，让我可以毫不费力地看清里面的内容。但是，我不知道那是什么——红黑相间的一小块东西，看上去仿佛一块干了的橡胶。

"卢修斯？"我把盒子递给他。

卢修斯把玻璃罐放在桌子上，接过盒子走到门边，把它放在煤油灯下仔细观察。门口的男人也凑过来想要看清楚。

"是屎吗？"男人问，"闻起来有点像。"

"不是，"卢修斯平静回答，目光一直没有离开，"我认为，这是心脏。"

这个平日在五点区小有名声的恶棍瞠目结舌，面带惊恐地转过身，不敢再看。"你们究竟是什么人？"他喘着粗气。

我盯着卢修斯，"心脏？罗赫曼的？"

他摇头，"年代要久远得多。它的表面好像涂了一层什么东西，我猜是清漆。"

我看了看莎拉，她还在拼命地深呼吸，双手捂着自己的上腹部。我拍拍她的肩膀："还好吗？"

她飞快点头，"嗯。还好。"

我望向马库斯，"你呢？"

"应该可以了，很快就好。"

"卢修斯——"我朝他招手，"得有人去看看炉子那儿。你可以吗？"

卢修斯点头，虽然刚才来的路上还有些紧张，但他现在已经完全进入工作状态。"借我一根火柴。"我从口袋里掏出火柴盒递给他。

接过火柴，他朝隔墙处冰冷的炉灶走去。炉子旁边有个木箱，里面装着木柴，木柴上放着一个油腻腻的平底锅——有人在这里做过饭。卢修斯划燃火柴，深吸一口气，然后将炉灶的门拉开。我闭上眼睛不敢继续看下去，过了十几秒钟，我听见炉灶门被关上的声音。

"里面没有东西，"卢修斯说，"一些油脂，烧焦的土豆，并没有其他东西。"

我松了一口气，拍拍马库斯的肩膀。"关于这个，你怎么看？"我指着墙上的曼哈顿地图。

马库斯仔细研究了一番。"这是曼哈顿，"他飞快说道，又看了几秒钟，"看上去像是测绘地图。"他看了看把地图固定在墙上的大头钉，拔出来一一仔细检查，然后判定："还没有掉色。应该是最近才钉上去的。"

卢修斯走过来，和我们站在距离书桌不远处的地方，围成一个小圈。

"房间后面只有这些？"我问。

“只有这些东西，”马库斯说，“没有衣服，什么也没有。我认为，他已经走了。”

“走了？”莎拉表示不解。

马库斯失望地点头，“可能他知道我们会找上门来。我猜，他不会再回来。”

“可是，为什么他不把这些证据都带走？”莎拉问。

马库斯摇头，“或许他根本不认为这是证据，又或许他走得匆忙。也有可能……”

“也有可能，他想让我们找到它。”我说出了所有人心里的话。

正分析着，我突然看见门口那个家伙探头探脑，想看清楚玻璃罐里的东西。我走过去，用身体挡住他的视线。卢修斯这时说道：“或许他就是这样想的，可是我们不能放松警惕，必须看住这个地方，以防他会回来。必须告诉罗斯福长官多派些人手来——如同我先前所说，我们完全可以光明正大地展开凶案调查了。”

“你认为有足够证据可以指控他吗？”莎拉轻声问道，“我知道这听起来有些恐怖，可是那些眼睛不一定属于受害者。”

“是的，不一定，”卢修斯回答，“除非他能够编出一个天衣无缝的借口，不然任何陪审团都会判定他有罪，尤其在我们提供背景线索之后。”

“那么好吧，”我说，“莎拉和我去桑树街，让罗斯福派人将这里日夜看守起来。卢修斯，你和马库斯留在这里直到有人来接替你们。你身上有武器吗？”马库斯摇头，但卢修斯却掏出一把左轮手枪，就是上次伊本－加兹在城堡花园被害时他随身携带的那一把。“好的，”我说，“马库斯，你在这里等候的时候，顺便研究一下这张地图，看是否能有新发现。记住——”我的声音低沉下去，“不要亮明身份，至少不要在支援力量到来之前。警察们很少到这里来，因为来了就很难再出得去。”

艾萨克森兄弟郑重地点头。莎拉和我转身想离开房间，却发现拿着警棍的那个家伙拦住了我们的去路：“现在可以告诉我，究竟是怎么回事了吧？你们是警察，是不是？”

“这是——私事，”我说，“我的朋友在里面——等那个人回来。”我再一次从钱夹里拿出十美元，“就假装你从未见过他们。”

“十美元？”男人点头。“十美元可以让我忘记我妈的脸，”他咯咯笑着，“我什么都不记得了。”

莎拉和我飞快走到街上，沉默地一路向北，而后向西，希望能顺利搭上去往百老汇大街的电车。这段路很危险，尽管我并不想让莎拉知道——只有我们两个人，而且莎拉还是个女人。在十九世纪六七十年代，五点区的任何一个黑帮都完全有能力将我放倒，然后困住莎拉，我们甚至连一个街区都走不出去。一路上我在暗自祈祷，祈祷黑帮分子们正沉迷于花天酒地，这样我们就可以悄悄溜出去。

神奇的是，我们居然做到了。9点45分，我们已经抵达百老汇大街，坐上了电车。几分钟之后电车来到休斯敦大街，于是莎拉和我下了车。我们无暇理会是否有人会看见，径直冲进警局，一路狂奔到罗斯福的办公室。办公室里并没有人，一个警员说罗斯福回家吃饭去了，但应该很快就会回来。半个小时的等候令我们如坐针毡。罗斯福一回来看到我们也似乎吃了一惊，但听到我和莎拉带来的消息之后，便立刻严肃起来，大声发出一连串指令。看着他风风火火的样子，我突然有了个想法，于是示意莎拉朝楼梯方向走去。

“那张字条，”我一边和莎拉下楼，一边说道，“那封写给桑托雷利太太的信——如果用它和比彻姆对质，会一举击垮他。”

莎拉也觉得这个主意不错，于是我们赶紧走出警局，拦下一辆马车，朝808号办公室飞驰而去。虽然还没有到热血沸腾的程度，但我们此刻的确兴奋异常，恨不得马上就到达目的地。

到了办公室的大楼门前，我一心只想赶紧上楼，却未能注意到门厅里不知道什么人留下的一个巨大的麻袋，差点被它绊倒。俯下身子，我看见袋子上贴着一张标签，上面写着“百老汇大街808号，6楼”。我看了看莎拉，她也满脸疑惑地盯着麻袋。

“你没有订购什么东西吧，约翰？”她问，语气有些嘲讽。

“别胡说八道，”我说，“说不定是送给马库斯和卢修斯的东西。”

我仔细打量了一下，伸手去解张口处的绳子。绳子被打了死结，很难解开，于是我掏出一把折叠刀，在麻袋表面从头到脚划了一道。

从袋子里滚出来一个人——是约瑟夫。他的身体上并没有明显的伤口，但皮肤却呈现出一种难看的青白色。很显然，他已经死了。

42

贝尔维尤的验尸官花了六个多小时才判定，约瑟夫是因为脑后被插入细刀片或较大的针头而死。我几乎整晚都在太平间门外，一边踱步一边抽烟，却始终不能明白事情的始末。我想到比弗·埃里森，想起他也曾经用类似的凶器干净利索地结束过别人的性命。但尽管悲愤难耐，我也知道埃里森和这件事无关。约瑟夫并不是他的人，即便比弗需要找个新人来磨刀，在动手之前也一定会先威胁恫吓。所以，除非伯恩斯和康诺尔胁迫了他（这几乎没有可能），我也想象不出真凶会是谁。但除了一个人——比彻姆。不知他使用了什么样的手段，虽然我再三叮嘱，约瑟夫却还是落到他的手里。

我的叮嘱。看着约瑟夫小小的身体躺在床上被推出冰冷的验尸房，我的脑海中有一个声音一遍遍地在提醒我：是我和他的见面导致了这个孩子不幸的结局。我曾想帮助他应对每一个可能发生的危险——可是我怎能预见到，原来他最大的危险竟来自和我的交往？现在，我和验尸官说，我会帮他郑重其事地办好一切身后事，仿佛他究竟会体面地葬在布鲁克林还是被草草扔在哈德逊河的漩涡里是非常重要的一件事一样。虚荣、自负、不负责任——一整晚，我的脑海里都在不由自主地回想科雷兹勒当初在得知玛丽被杀之后曾经说过的话："在与邪恶对抗时，鲁莽只会让更多的不幸发生。"

我就这样茫然地想了一整夜，直到天明。走出太平间，却不无意外地看到我的老朋友坐在马车里等我。塞勒斯坐在驾驶的位置上，看见我走出来，向我同情地点头示意。科雷兹勒微笑着走下马车，等候我的到来。

"约瑟夫……"我的声音因为抽了一夜的烟和长久的沉默而变得沙哑。

"我都知道了，"科雷兹勒说，"莎拉给我打过电话。我想你应该吃点东西。"

我虚弱地点了点头，跟着他坐进马车。塞勒斯轻轻吆喝着马儿前行。清晨时分并没有多少行人和车辆，我们沿着第二十六大街一路西行。

马车开动之后，我倚在座位上，头向后仰靠着坐垫，一边叹着气一边呆呆地望着半明的天空。“一定是比彻姆。”我喃喃自语。

“是的。”科雷兹勒轻声应和。

我转头看着他，“可是这一次，他没有肢解尸体。我甚至都看不出他是怎样杀人的，没有血迹。只在脑后留下一个洞。”

科雷兹勒眯起眼睛。“干净利索，”他说，“这不是他惯常的杀戮仪式，是更实用的手法。他杀害约瑟夫是为了保护自己——或者，是为了送信。”

“送信给我？”我问。

科雷兹勒点头，“虽然已经陷入绝境，他不会轻易束手就擒。”

我缓缓摇着头，“可是怎么——这一切怎么就会发生呢？我告诫过约瑟夫，把我们知道的一切都告诉了他。他知道要提防比彻姆。见鬼，昨天下午他还给我打电话，想核对某些细节。”

科雷兹勒惊讶地抬起眉毛，“是吗？为什么？”

“我也不知道，”我有些厌烦，掏出一支香烟，“他有个朋友最近见过一个人，那人说要带他走，去一个——城市上空的城堡，他说。大概是这样。听上去的确像是比彻姆会说的话，但那个人并没有面部抽搐症。”

科雷兹勒转过身，小心翼翼地说道：“哈，看来你不记得了？”

“记得什么？”

“亚当·杜里。他曾经说过，贾佩思在打猎的时候，面部并不会痉挛。我猜当他跟踪受害者时——”他看见我已经明白了他的意思，于是停下了原本想说的话，“我很抱歉，约翰。”

我扔掉香烟，双手抱着头。科雷兹勒说得没错。捕猎，跟踪，设置陷阱，杀戮——这一切对比彻姆而言驾轻就熟，令他镇定而放松，所以他的脸也完全可以保持平静。不管约瑟夫提到的那个街头男孩究竟是谁，他一定被比彻姆搭讪过，约瑟夫也是。这一切的发生只是因为我遗忘了一个细节……

科雷兹勒将手放在我的肩头，沉默地随着马车前行。当我再次抬起头来，马车已经停在“德莫妮卡”饭店门前。我知道饭店还有一两个小时才会开门纳客，但如果还有谁能够令他们在非营业时间接待客人，那个人一定就是科雷兹勒。塞勒斯先下车，把我从车上扶下来，话语轻柔：“我们到了，摩尔先生。你得吃点东西。”我挪动着麻木的双腿，跟随科雷兹勒走向饭店，查理·德莫妮卡正站在门口。他的眼睛里满是同情，显然已经知道发生了什么。

“早上好，医生，摩尔先生，”他的声音很轻柔，在往里面走的时候他继续说道，“希望二位用餐愉快。若有需要我的地方……”

“谢谢，查理。”科雷兹勒说。

我碰了碰他的胳膊，勉强说道：“谢谢你，查理。”然后走进饭店大厅。

科雷兹勒总是那么善解人意，知道这里是全纽约唯一能够让我打起精神吃点东西的地方。此时的“德莫妮卡”只有我们两个人，晨光从窗外洒入室内，令我受损的体力和精神慢慢恢复。我吃了点黄瓜片、鸡蛋和烤乳鸽。最重要的是，我终于能够开口说话了。

“你知道吗，”我坐下之后喃喃说道，“昨天我还在想，虽然那个人恶贯满盈，可我居然会对他有一丝同情。是因为他之前的遭遇，我以为我了解他。”

科雷兹勒摇头，“你并不了解他，约翰，并不完全了解。你可以走近他，近到能够预测他的行为，但是最终你和我都不能理解，当他看见那些受害者的时候，他究竟看到了什么？或者，他究竟感受到了什么？想要获得答案，唯一的方法就是……”科雷兹勒朝窗外望去，“就是去问他本人。”

我微微点头，“我们找到了他的住所。”

“莎拉告诉了我，”科雷兹勒说，思绪仿佛被拉回来，“你做得很好，约翰。你们都是！”

我不无嘲讽地笑了，“做得好……马库斯认为比彻姆不会再回去了。我现在也不得不同意他的看法。那个嗜血的家伙总是先我们一步。”

科雷兹勒耸肩，“或许吧。”

“莎拉告诉你地图的事儿了吗？”

“是的。”科雷兹勒说。侍者走过来，端给我们两杯新鲜的番茄汁，“马库斯已经认出来——那是一张纽约市政供水系统图。过去十年里，全部供水系统都被翻新。比彻姆很可能从公共档案室里偷到了这份地图。”

我喝了一口番茄汁，“供水系统？这他妈的又是什么意思？”

“莎拉和马库斯已经有了些想法，”科雷兹勒说，尝了尝盘子里的洋蓟松露炒土豆，“我想他们会告诉你。”

我直视他的眼睛，“所以，你并不打算回来？”

科雷兹勒飞快躲开我的眼神，“我不可能回去，约翰。现在还不能。”鸡蛋端上来的时候，他似乎语气轻松起来，“你们周六已经有计划了——受洗日那天？”

“是的。”

“那晚对他来说意义重大。”

“我知道。”

“他把自己的——‘战利品’——都留下了，这意味着某种危机。还有，盒子里的心脏？我猜，可能属于他母亲。”我耸耸肩，听科雷兹勒继续说道，“当然，我想你也知道，周六晚上恰好是阿贝和格劳的大都会剧院义演日？”

我张着大嘴，一脸惊讶地看着他，“什么？”

“义演，”科雷兹勒说，仿佛满心欢喜，“大剧院的破产几乎令阿贝心力交瘁。如果没有其他重要事情，我们一定要去。”

“我们？”我尖叫，“科雷兹勒，可是我们要去抓捕杀人犯，你知道的！”

“是的，是的，”科雷兹勒说，“但是可以稍晚一些。目前为止，比彻姆还没有在午夜之前杀过人。所以这个周六他也不会。那么，为什么不让等待的时间过得更惬意一些，而且还可以助阿贝和格劳一臂之力。”

我扔下叉子，“我知道——可是我有点摸不到头脑。你不是来真的吧，你不能——”

“马洛尔将扮演唐璜，”科雷兹勒仍然兴致勃勃，“爱德华·德·雷兹克扮演莱波雷洛，我都不敢告诉你扮演泽琳娜的是谁……”

我有些生气，但还是问：“弗朗西斯·萨维尔？”

“没错，”科雷兹勒颔首，“安东·塞得尔是乐队指挥。哦，还有，诺帝卡扮演安娜。”

毫无疑问，这将是一个令人难忘的歌剧之夜，立刻让我被它的美好景象所吸引。但随即，约瑟夫苍白的面孔猛然出现在我的脑海，抹去了一切美好的想象。“科雷兹勒，”我冷冷说道，“为什么你能坐在这里，如此怡然自得地和我谈论歌剧，仿佛我们的朋友都没有遭到——”

“我并没有怡然自得，摩尔。”他的黑色眼睛仿佛死一般的沉寂，眼神冰冷，但却异常坚定，“咱们做个交易——若你和我一起去看《唐璜》，我就重新回到调查组里。我们一起结束这一切。”

“你会回来？”我满是惊讶，“什么时候？”

“先看完歌剧再说。”科雷兹勒回答。我还想说点什么，却被他用手制止，“我只能说这么多，约翰。所以不要再问。你只需要告诉我——是否愿意接受这个交易？”

我当然愿意接受——不然还能如何？尽管艾萨克森兄弟、莎拉和我几周以来有所进展，但约瑟夫的死让我对能否成功破案产生了深深的怀疑。但是，科雷兹勒要回归调查，这种可能性仿佛给我注入了强心剂，让我在接下来的时间里消灭了几乎一整只小乳鸽。是的，他在故作神秘——但科雷兹勒并不是反复无常的人，我敢肯定，他一定出于某种目的才会这样做。于是，我答应会准时赴约。当我说希望能够告诉其他人这件事的时候，科雷兹勒却阻止了我。他的意见是，先不要告诉别人，尤其是罗斯福。

“我并不是因为对他不满才如此要求。”马车抵达联合广场北角的时候，我下了车。科雷兹勒解释道，“罗斯福是个正直善良的人，而且在搜捕康诺尔那件事上非常卖力。”

“可是那人还是没有找到。”我把从罗斯福那里得来的消息转告给科雷兹勒。

科雷兹勒看着远处，表情很落寞，“我认为他早晚会出现。与此同时，我们还有其他的事情要做。好了，咱们走吧，塞勒斯。”说着，他关上车门。

马车离开了，我独自一人往回走。

回到办公室，桌子上有一张艾萨克森兄弟和莎拉留下的字条，说他们各自回家休息一会儿，然后准备和罗斯福派出来的警探一起看守比彻姆的住所。趁着他们不在，我躺在沙发上，打算也让自己放松休息一下，可是却怎么也睡不沉。即便如此，到中午时我已经恢复了许多，于是回到华盛顿广场的家里，沐浴换衣，并打电话给莎拉。莎拉说，他们准备傍晚时分到巴科斯塔大街，而且罗斯福也会去。她还说她会叫辆车来接我，这样我们就都可以多休息一会儿。

事实证明，马库斯对比彻姆的推测完全正确：直到星期六凌晨 3 点，他始终未现身。我们意识到，他一定不会再回来了。我把科雷兹勒对比彻姆的分析转述给大家：他将自己的“战利品”弃之不顾的行为，显示了内心某种危机高潮的来临——这意味着周六晚间的行动必须万无一失。依据几周前的协议，罗斯福也将成为周六行动的一员。于是，我们约定周六下午在百老汇大街 808 号展开行动计划的具体商议。

罗斯福是第一次来我们的办公室，看着他脸上露出的惊讶和若有所思，我不禁想起自己在被比弗·埃里森下药之后，第一次在办公室醒来时候的模样。罗斯福还是一如既往地充满好奇，不停地询问关于各种物件的各种问题——从墙上的黑板到厨房的炉灶，从进门就开始喋喋不休。待我们坐下商讨正事之时，已经是一小时之后了。这次会议和往常的讨论并无二致：每个人都抛出自己的想法，供大家讨论或反驳，并从天马行空的推测和想象中找出最坚实的那一个推断。罗斯福一开始还有些迷惑，但逐渐被吸引，并开始积极地贡献自己的角度和观点。每一次做出一个合理的推论，看着罗斯福满意地用拳头敲打扶手椅并发出赞赏的感叹，都让我对已经完成并正在进行的工作又产生了新的认识和体会。

在非常重要的一点上，我们达成了一致：比彻姆住所处的纽约供水系统图和他过往的罪行并无太大关联，而是指向他即将作案的地点。在发现比彻姆住所的那一晚，在等候罗斯福的警探支援时，马库斯通过对比墙灰的颜色和印记证明，地图是新挂在墙上的。考虑到温度、湿度、墙灰质地等各种因素，马库斯认为，地图被挂上墙的时间差不多是在厄内斯特·罗赫曼遇害的时候。

“太棒了！”罗斯福向马库斯表示致敬，“这就是为什么我邀请二位加入警局的原因——现代的侦破手段！”

还有若干其他因素验证了马库斯的结论。首先，很难判定凶手先前的作案地点——如贝德罗岛、自由女神像——和纽约市的供水系统有任何关系。其次，修建该系统的目的之一是为居民日常生活（如沐浴）提供方便供水，在凶手的认知里，这完全可以被理解为一种受洗方式。最重要的是，比彻姆之所以将地图留下，不仅是为了催促我们找到他，更是对我们能力的一种讥讽。因此，完全有理由认为，这幅地图将和他的下一次作案息息相关。卢修斯一边听我们讨论，一边将这些思考写在黑板上。

“好极了，”罗斯福喊道，“太棒了！我喜欢这样的方式——科学破案！”

我们并没有告诉他，其实这并非真正意义上的科学破案；我们只是默默地找出和曼哈顿所有公共设施与建筑相关的资料和书籍，开始对供水系统进行研究。

比彻姆 1896 年的作案地点都在河岸上，由此我们已经推断，大面积的水域是他犯案手法里一个相当关键的情感因素。因此，应该将目光聚焦到那些和水岸距离接近的供水管网上。这样一来，调查范围就小了许多，确切地说，只剩下一个选择：高架桥输水塔。从 19 世纪 50 年代起，高架桥输水塔便承担着将清澈的纽约北郊水源运送到曼哈顿的任务。的确，如果比彻姆真的选择了高架桥输水塔，那么这将是他第一次在休斯敦大街以北作案。但是，虽然以往作案范围集中在下曼哈顿区，却并不代表他对曼哈顿以北一无所知。实际上，比彻姆非常有可能会挑选一个不那么起眼的地方作案——比如水管接头处，而将我们误导到高架桥输水塔。

“可是，那个男孩说的事你们怎么看？”罗斯福有些沮丧，因为他无法加入这个推理的过程中，“他说‘城市上空的城堡’什么的，能不能印证你们的假设？”

莎拉解释说，这一点对于我们的假设的确有帮助，因为高架水塔为平衡曼哈顿内陆水库的水压，的确建得很高，看上去仿佛一幢城堡。可是，这并不意味着比彻姆一定会将受害者带到那里。我们面对的是一个心理极度变态、不按常理出牌的凶手，莎拉说。他掌握着我们的一举一动，并且非常可能会误导我们的行为。然而，比彻姆是否知道我们已经掌握了他对水的心理需求，这一点我们并不十分清楚——比彻姆本人可能并没有意识到自己的这种心理。所以高架桥输水塔仍然是比彻姆最有可能的选择。

罗斯福饶有兴趣地倾听着莎拉的分析，时不时点点头、摩挲着下巴。最后，他猛地击了一下手掌：“太棒了，莎拉！”他说，“不知道你的家人如果听到会怎么想，可是莎拉，说真的，我为你感到骄傲！”他语气中的真诚而热烈让莎拉忽略了话语里轻微的高人一等，转身微笑着走开了。

当策划周六晚上的警力部署时，罗斯福变得更加专注和投入。他说想亲自挑选监视输水塔的人手，因为这是一项非常需要技巧的工作——我们都知道，如果比彻姆窥视到警方的任何动向，就有可能跑掉。除了监视输水塔，罗斯福还想向所有的高架桥和渡口布置警力，并派人轮流巡视东部和西部的邻水区域。

此外，尽管比彻姆这一次完全有可能从别的地方挑选受害者，罗斯福也还是会派人去盯梢罗赫曼遇难那一晚我们曾蹲守过的那些舞厅和夜总会，以防万一。

现在只剩下一个问题：莎拉、艾萨克森兄弟和我，我们将在这幕大戏里扮演怎样的角色？显然，我们应该去监视输水塔。所以我不得不宣布：因为我要和科雷兹勒去听歌剧，所以会晚一些再加入他们。我的说法立刻遭到队友的怀疑，但我却无从辩解，因为已经和科雷兹勒保证过不能事先透露交易的内容。幸运的是，在莎拉和艾萨克森出言指责之前，罗斯福跳出来给我解了围，因为他也要去看慈善义演。他说，这样大规模出动警力去缉捕一个牛郎杀手，斯特朗市长很有可能不予批准。但是，市长和委员会的其他成员也会出席义演，如果他们看到罗斯福也在那里，就不会对当晚的警力布置和安排产生过多怀疑。罗斯福非常支持我去看演出，说这会让那些官员更加放心。而且，他也赞同科雷兹勒的说法，比彻姆从未在午夜之前作过案，所以他没有理由提前行动。罗斯福和我看完演出后再加入也完全来得及。

看到他们的最高长官如此表态，艾萨克森兄弟勉强同意了。莎拉却满腹怀疑地看着我，趁其他人商讨具体安排的时候将我悄悄拉到一边。

“他在策划着什么，是不是，约翰？”莎拉问道，语气严肃，示意我不要信口开河。

“谁？你说科雷兹勒？”我希望自己的声音听上比较自然，“没有，我觉得没有。很久以前我们就约好了。”接着我故弄玄虚：“莎拉，如果你真的认为这样做不好，我可以直接和他说——”

“不用了，”莎拉飞快回答，却并不相信我的话，“罗斯福说得有道理。反正我们都会在水塔那边，你去不去无所谓。”我有些生气，但是并没有表现出来。“还有，”莎拉继续说，“三个礼拜了，他一句话都没有说，却选择在明晚出现，这真是很奇怪。”说着，她四下瞅了瞅，似乎在思索着什么，“如果他真的有什么计划，一定要告诉我们。”

“那是当然，”我说，看着莎拉依旧一副不肯相信的模样，我睁大双眼，“莎拉，我有什么理由不告诉你？”

莎拉无法回答，我也无法回答。只有一个人知道这个问题的答案——可是，他却不想说出来。

为了周六晚间的行动，我们都需要养精蓄锐，但我认为在行动之前还是应该找到那个约瑟夫曾经提过的街头男孩。我们不知道他的名字或长相，想找到他就像大海捞针。夜晚马上就要来临，找到他的可能性越来越微乎其微。我们找遍了下东区、格林尼治和田德隆一带街头游妓经常出没的地方，探访了所有做牛郎生意的妓院，却一无所获。我们在找一个男孩，他在街头从事皮肉生意，可能正打算洗手不干（如果比彻姆延续他以往的作案手法，他可能会让男孩暂时保密），他有个朋友叫约瑟夫，在“金法则”工作——是的，就是那个被杀害的孩子。正是这句话抹去了我们寻找线索的期望。因为被寻访的几乎每个人都认为，我们在寻找杀害约瑟夫的凶手，没有人想与之牵扯上关系。到午夜时分，我们不得不接受了这样的事实——那个孩子很可能已经和比彻姆在一起，希望他还没有惨遭毒手。

怀着这样的想法，我们踏上了回家的路途。显然，这次和比彻姆的交锋与以往任何一次都将不同。并不仅仅因为现在我们已经知道了他的名字和过往，我有一种预感：这次的正面交锋将会比我们想象的更危险，因为一切都在比彻姆的计划和安排之中。是的，从一开始我们就知道，比彻姆的内心有一种渴望，渴望我们将他阻止。但是，这种渴望仿佛世界末日的来临，会给牵涉其中的人带来极大的灾难。是的，我们会做好防卫，加上警方的力量，我们的人数将比他多上十倍甚至百倍。可是，凶手在其噩梦一般的人生中也曾面对过悬殊的力量对比，他轻而易举地击败了所有人，成了唯一的赢家。没有一场对抗是仅仅靠人数差别就能够决定结果，有许多无形的因素都需要考虑。若考虑这些因素，未来的结果便很难预计——哪怕我们一方的人数和装备都要比对方强上百倍。事实上，运气是否明显地不在比彻姆一方，我很难确定。

43

站在一群衣着光鲜、财大气粗，并标榜自己为“纽约上层社会人士”的男男女女中间，我终于理解了无政府主义者总是想往人群中扔炸弹的那种冲动。

纽约城中所谓的“精英权贵”和他们的扈从们个个衣香鬓影、穿戴华贵，往来穿梭于彼此之间，或交头接耳，或窃窃私语。那种肆意和放纵在不知情的局外人看来似乎具有极大的魅力，但在清醒人的眼中却显得那样可笑和可悲。在那个周六的夜晚，6 月 21 日，我便是这样一个清醒的误入者。科雷兹勒和我一早就已经约好，我不用去他家，直接在慈善演出开始之前到大都会剧场的包厢里见面（这一安排至今仍令我迷惑不解）。这意味着我需要自己搭车去剧院，并独自一人孤独地走过剧院门口那条狭窄的通道。再没有比纽约上流社会的慈善集会更令人抓狂的场合了。我吃力地在拥挤的人群中寻找出路，小心翼翼地避开那些衣着华贵、动作矜持的女士们，却一不小心遇上我童年时期结交过的那些朋友和我父母的友人。一看到我，他们便飞快地将自己的视线移开，或者以几乎不可察觉的程度弯一下腰，意思是：“得了吧，我们还是不要说话，以免彼此尴尬。”其实，我对这些都无所谓，只是如果他们能躲到一边让我迅速通过，就更好了。待我终于挤过熙熙攘攘的人群来到剧院二层，衣服已经褶皱不堪，精神也已涣散，耳边回荡着一路走来听到的千篇一律的愚蠢的对话和聊天。好在我已经找到解脱的方法——我来到位于楼梯角落处的一个迷你酒吧，端起一杯香槟一饮而尽，然后又拿起两杯酒，径直朝科雷兹勒的包厢走去。

科雷兹勒已经坐在包厢里，正在研究当晚的节目单。“我的上帝！”我一屁股坐进他旁边的位子里，酒一滴也没有洒出来，“自从沃德·麦卡利斯特过世之后，再也没有见过这样的景象！他不会是从坟墓里爬出来了吧？”（考虑到年轻的读者，我要告诉大家：沃德·麦卡利斯特是纽约著名的社交皇后艾斯特夫人的座上宾，也是“四百人”一词的发明者，四百人是这位社交皇后家中客厅能够容纳的基本数量。[①]）

---

① 译者注：19 世纪初，纽约的上流社会是指以艾斯特家族为核心的“四百人”的小圈子。艾斯特家族早年从事皮货贸易而迅速致富，经几代人的努力，到了 19 世纪初已经成为纽约数一数二的“名门望族”。卡洛琳·艾斯特是那个时期纽约社交界皇后，她手中有一张 400 人的名单，详细记载着美国社会中名门望族家庭的名媛淑女。她每一次举办舞会，都是按这张名单抽取参加者，绝无例外。以后，在美式英语中，“四百人”特指上流社会的小圈子。

“还是不要为好，”科雷兹勒说道，微笑看着我表示欢迎，“当然，像麦卡利斯特这样的人，谁也说不准。好了，摩尔！”他扔下节目单，搓了搓双手，脸上的气色好极了，比我最近几次见过的都要好。他用眼睛示意我手中的香槟，“今晚你是有备而来。”

“当然。他们全都倾巢出动了，不是吗？”我一边说着，一边扫视着附近的包厢和人群。刚想探出身子看个清楚，科雷兹勒却拦住我。

“如果可以，摩尔，我希望今晚咱们靠后坐。”看见我露出不解的表情，他继续说道，“我不想被那么多人看到。”

我认可了他的说法，重新在他身边坐下，眼睛却一直没有离开剧场的观众。很快，我看到35号包厢出现的人，“哈，我看见了摩根和他太太。我猜，今天某位可怜的女演员将要损失一两个钻石手镯了。”看着楼下依然人头攒动，我继续说，“那些还在外面的人怎么办——楼下的座位都已经满了。”

“如果今晚还能听清楚演员在唱什么，那就是奇迹了，”科雷兹勒笑着说，但那笑容却让我有些迷惑——他通常不会对这样的事情感到可笑，“艾斯塔的包厢里挤得都快爆炸了。卢瑟福家的小伙子喝多了，站都站不起来。”

我拿出眼镜，向马蹄形包厢的另一面望去。“克鲁的包厢里全是年轻姑娘们，”我说，“她们的穿着打扮可不像是来听歌剧，多半是来钓金龟婿的！”

突然，科雷兹勒叹了口气，右手指着某处，“看，那些社会治安的维护者们来了。真是大张旗鼓啊！”

我飞快地看了科雷兹勒一眼，“你今晚的情绪有些古怪——没有喝多吧？”

“再清醒不过，”科雷兹勒回答，“比任何人都要清醒。摩尔，不必为我担心，我的理智还在。哈，罗斯福来了。”他伸出胳膊挥手示意，却突然龇牙咧嘴。

“胳膊上的伤还没好？”我问。

“偶尔还有点疼，”他回答，“虽然不严重，但我总要找人算账——”他突然停下来，飞快地看了看我，然后故意做出无所谓的表情来。“以后再说。现在，约翰，告诉我，你的那些同伴这个时候在哪儿？”

我知道自己的脸上又露出担忧的表情，但是他的最后一个问题让我集中了精神。“他们和警察一起去高架桥蹲守了。”我说。

“高架桥？”科雷兹勒重复着，“所以下一个作案现场有可能是高架桥输水塔？”

我点头，“我们是这样推测的。”

科雷兹勒很兴奋，双眼熠熠发光。“是的，”他喃喃自语，“是的，当然。这是他另外一个唯一的选择。”

“另外一个？”我问。

科雷兹勒飞快地摇头，“没什么。你没有把我们的约定告诉他们吧？”

“我只说了我的去向，没有解释原因。”我回答。

“很好。”科雷兹勒靠在椅背上，看上去很满意我的表现，“所以，罗斯福也不会知道……”

“知道什么？”我问。我依稀又有了以前那种熟悉的感觉——仿佛在表演中闯进了错误的剧场，对周遭的一切都一头雾水。

“嗯？”科雷兹勒已经神游天外，仿佛我并不存在，“哦，稍后再解释给你听。”他突然用手指向乐池，“太棒了——那是塞得尔。”

昂首挺胸走向台前的正是安东·塞得尔。他曾是理查德·瓦格纳[①]的私人秘书，现在则是纽约首屈一指的乐队指挥。他戴着夹鼻眼镜——我一直都很奇怪，在如此激情澎湃的指挥动作之下，他如何保证眼睛不会从鼻梁上滑落？塞得尔一走上指挥台，乐池立刻安静下来。他凌厉的目光扫视全场，一直在窃窃私语的权贵们羞红了脸，略带畏惧地闭上了嘴。随后，剧场灯光熄灭了。塞得尔的手臂用力一挥，《唐璜》序曲缓缓奏起，包厢里的嘈杂声也随之渐渐响起，让人不胜烦忧。可是，科雷兹勒仍旧一动不动地坐在自己的位置上，表情十分平静。

在接下来近两幕半的表演中，科雷兹勒以超乎想象的镇定忍受着四周那些足以毁掉一场精彩演出的嘈杂人声。马洛尔的歌唱和表演一如既往地出色，而配角们的表演——尤其爱德华·德·雷兹克扮演的莱波雷洛——也非常出彩。可是，他们的精彩演出却只得到一些稀稀拉拉的掌声，更多的是令人烦不胜烦的嘈杂和喧哗。弗朗西斯·萨维尔扮演的农家女泽琳娜令人愉悦，可是她完美

---

① 理查德·瓦格纳（Wilhelm Richard Wagner）：全名威尔海姆·理查德·瓦格纳（1813—1883），德国作曲家，著名的古典音乐大师。

的歌喉却根本无法令愚蠢的卢瑟福兄弟动容——在他们的认知里，这位歌者似乎和在柏威利舞厅跳舞的舞女们没有任何区别。中场休息的时候，观众席再一次沸腾起来，和演出开始前一样——仿佛一群丛林野兽，只不过披着闪闪发光的豪华外衣而已。等到下一幕开始，维多利奥·阿里蒙迪扮演的大统领开始敲响唐璜的房门时，我已经对周遭的氛围无法再忍受下去。真是不能理解，科雷兹勒为什么要邀请我观看这样一场闹剧。

但我很快就知道了答案。舞台上的阿里蒙迪开始哭泣，如雕塑般用手指着马洛尔。塞得尔指挥着乐队激情演奏，一种我从未在剧院听到过的音量响彻整个大厅。这时，科雷兹勒平静地站起身，深吸一口气，碰了碰我的肩膀。

“好了，摩尔，”他轻声说，“我们该走了。”

“走？”我站起来，和他一起站在包厢最暗处，“去哪儿？演出结束后还要和罗斯福见面呢。”

科雷兹勒并未回答，只是镇定地拉开包厢房门，门外站着两个人——塞勒斯和史迪威。他们的衣着打扮与我和科雷兹勒极为相仿。看见他们两个，尤其是史迪威，令我又惊又喜。那孩子看起来已经完全恢复了，但如此盛装打扮令他有些局促——歌剧院并不是他喜欢来的地方。

“别担心，史迪威，”我拍拍他的肩膀，“听一次歌剧死不了人。”

史迪威将手伸到衣领里，使劲拽了拽让自己松口气。“还不如抽根烟，”他低声嘟囔着，“可是这里没有烟，是不是，摩尔先生？”

“好了，史迪威。”科雷兹勒严肃起来，穿上外套，“这个话题我们已经讨论过。”随即，他转身看着塞勒斯，“你知道该怎么做？”

“是的，先生，”塞勒斯平静回答，“等到演出结束罗斯福先生想要知道你们去了哪里的时候，我会告诉他我并不清楚。然后，我们会诱骗他去你说的地方。”

“诱骗？”科雷兹勒循循善诱。

“不是诱骗，是迂回，以防我们被人跟踪。”

科雷兹勒点头，“很好。摩尔，我们走吧。”

说着，他悄悄走向门外。我向后望了望，发现并没有人注意我们的举动——这也是为什么他坚持坐在包厢后排的原因。看着史迪威穿着正装浑身不自在的样子，我不禁想知道：为什么要让他俩假扮我们？科雷兹如此匆忙究竟意欲何为？我的大脑里塞满了问题，但唯一知道答案的人却已经大步朝剧场外走去。伴着唐璜坠入地狱时的痛哭哀号，我紧紧跟随科雷兹勒走出剧院，来到百老汇大街上。

科雷兹勒的神情既兴奋又坚定。“我们走路过去。”他对门童说道，后者随即摆摆手，制止了门口那些蠢蠢欲动的马车夫。

“科雷兹勒，该死的，”我跟着他走过街角，愤愤说道，“至少你得告诉我，我们现在去哪儿？”

“我以为你已经猜出来了，”他朝我招手，示意我和他一起，“我们去找比彻姆。”

对我来说，他的回答仿佛迎头一击。他停下来拽着我的衣服，以便我能继续跟上他的脚步。我踉跄跟着他来到路边，等候穿过马路。科雷兹勒笑着对我说：“不要担心，约翰，再走几个街区就到了。应该有足够的时间回答你的问题。”

“几个街区？”我们穿过川流不息的车辆，到达街道对面，“不是去高架桥输水塔吗？那可在好几英里以外！”

“比彻姆今晚不会在输水塔那里，摩尔，”科雷兹勒回答，“守在那里的同伴们注定要无功而返了。”

我们朝第三十九大街的方向走去，将百老汇大街的喧嚣甩在身后。前面的街道空旷安静，我们的声音在黑暗中回荡：“那么他究竟打算去哪里儿？”

“你完全可以推断出来，”科雷兹勒一边回答，一边加快了脚步，“想一想他留在住所的那些东西！”

“拉兹洛！”我很生气，一把抓住他的手臂，“我没有心情和你玩游戏！你让我甩开那些和我并肩作战了几个月的同事，而且还弃罗斯福于不顾——最好给我解释清楚，究竟你要干什么！”

他的神色从兴奋转为同情，“对于其他人我很抱歉，约翰——我是真心的。如果有其他办法……可惜并没有。请你理解，若是牵涉到警方，比彻姆肯定活不下来。对于这一点我再肯定不过。哦，并不是说罗斯福也会那样做，但在比彻姆被监禁或等待判刑的过程中，肯定会有某种意外发生。或许是警员，或许是狱卒，或许是其他的囚犯——出于自卫什么的。这样一来，我们想知道的关于约翰·比彻姆的问题就无从获得答案了。”

“但是，莎拉还有艾萨克森兄弟他们，他们有权知道——”

“我不能冒这个险！”科雷兹勒斩钉截铁地说道，迈着坚定的脚步一路向东，“他们为罗斯福工作，是罗斯福给了他们饭碗。我无法保证他们一旦得知了我的计划会不会透露给罗斯福。我甚至都不敢把全部计划透露给你，因为我知道，你曾答应会将一切与罗斯福分享——你是个言而有信的人！”

我必须承认，他说得有道理，也平息了我心中的怒火。我一边紧跟着他的脚步，一边要求他告诉我更多的计划细节。“你的计划究竟是什么？究竟已经策划了多久？”

“从玛丽被害的那天早上开始，”他的回答中有一丝苦涩。走到第六大道街角，我们停下脚步。科雷兹勒转身看着我，黑色的眼睛熠熠发光。“最初我选择退出调查，完全是出于一时激愤，并非明智之举。但是那天早上，我突然有了一个想法：既然敌人的主要监视目标是我，我的退出或许可以成全你们，让你们有更大的自由度去开展工作。”

我思索着他话中的内容。“的确如此，”我说，“后来再也没有见过伯恩斯的人。”

“可是我见过，”科雷兹勒回答，“现在也是。我经常带着他们满大街兜圈。这听上去有些荒唐，但我的确这样做了，因为我相信以你们的能力和学识，完全可以发现新的线索，对比彻姆的下次作案进行预判。”穿过车流时，科雷兹勒拽着我的手，继续讲述着他的想法。“和你们一样，我也推断出比彻姆的下一次作案时间应该是6月21日——施治者圣约翰日。但是，受害者和作案地点需要你们来确定。我本以为你的朋友约瑟夫可以帮助我们找到第一个问题的答案——”

“他差一点就成功了，”我说道，那种熟悉的内疚和刺痛混合的情绪又席卷而来，“尽管如此，他最起码告诉了我们受害者不会是谁——我们已经知道，下一个受害者并不来自任何一家妓院，是个街头从业者。”

“没错，”科雷兹勒和我来到大道东侧，“那孩子给了我们非常有用的线索，他的死是个悲剧。”他的语气很落寞，“有时候我想，是不是和比彻姆有关的每件事、每个人到最后都会以悲剧收场……”但转瞬间，他又重新恢复了坚定和执着，“不管怎样，约瑟夫提到过‘城堡’一说，从那里受害者可以俯瞰纽约全景。这一点给了我们极大的帮助——也就是说，如果和你们在比彻姆住所发现的东西联系在一起，这条线索显得尤为重要。”

我只是微笑着点头，已经放弃了继续追问接下来行动安排的想法。这种妥协的态度有些令人费解，但几周以来我都在没有科雷兹勒的协助和指导下进行自己的工作，已经习惯了这样的孤独和寂寞。此时走在他的身旁，听着他井井有条、镇定自若地分析案件细节，知道在分别的这段日子里，莎拉、艾萨克森兄弟和我进行的工作经常让他时时挂怀，这样的认知给予我极大的喜悦和满足。我知道他和我们或许还存在某些分歧，他兴奋的双眼里此时正跳跃着一种不可预知、不可控的因子，但这些都并不重要。我们的方向是正确的，我一直坚信不疑。尽管脑海里有个声音不断在提醒我：你们只有两个人，要面对一项本应数十人一起完成的任务。但它却迅速被我的兴奋和急切所淹没。

我飞快地瞥了科雷兹勒一眼，“如果罗斯福发现我们早就离开，他会把整个纽约城都翻过来！”

科雷兹勒耸肩，“他最好先动动脑筋，完全可以依靠手中的线索判断出我们的去向。”

“线索？你是指比彻姆住所里发现的那些东西？”我再一次感到不解，“就是依据那些东西才决定去高架桥输水塔的，还有‘城堡’的说法。”

“不，约翰，”科雷兹勒摆了摆手，“你们只是依靠部分找到的东西做出了这样的结论。再想想，他都留下些什么？”

我在记忆中搜索，“眼睛……地图……还有一个粘着相片的盒子。”

“没错。现在想一想，他有可能出于什么样的原因——有意或无意——留下那些东西。眼睛说明他就是我们要找的凶手。地图告诉我们他下一步行动的大致区域。那么，盒子——”

“盒子说明的是同一件事情，”我飞快插话，“相片说明我们找到了贾佩思·杜里。”

“说得对，”科雷兹勒回答，“但是盒子里面的东西呢？”

我不懂他的意思。“那颗心脏？”我喃喃自语，“已经有了年头，都已经干了——你说那是他母亲的心脏。”

“是的，那么现在把地图和盒子里的东西联系到一起去想。”

“城市供水系统……心脏……”

“再想一想约瑟夫说过的话。”

“城堡，或者要塞，”我还是没有头绪，“从那里可以看见整座城市。”

“所以……”科雷兹勒循循善诱。

此时我们已经走在第五大道上，答案突然像闪电一样照亮我的整个脑海。从这里向北两个街区、向西一个街区之外有一处地方，它如神话里的特洛伊城一样规模巨大，建有高耸的城墙——克罗顿水库。水库仿照古代埃及陵墓的样式而建，看上去的确仿佛一座城堡。纽约人总喜欢在它的城墙上散步，因为可以一览无余地总览纽约全貌。而且，克罗顿是纽约市的主要供水水库，可谓纽约供水系统的“心脏”所在，为全城各地输送日常用水。想到这里，我吃惊地望着科雷兹勒。

“是的，约翰，”他微笑着，带领我朝目的地走去，“就是这里。”我们来到水库的城墙之下，此时这里并没有多少人，但他还是低下声音：“毫无疑问，你们或许已经知道，比彻姆有可能已经了解我们会在所有的水域进行监视和看守。但是，你们的目光一直只聚焦于那些处所，却忽视了比彻姆可能会有备选方案。”科雷兹勒抬起头，脸上露出几分担心，这是今晚第一次我看见他露出这样的神情。“如果我猜得没错，他现在已经在上面了。”

“这么早？”我问，“我记得你说过——”

“今晚不一样，”科雷兹勒飞快回答，“今晚他早就做好准备，等待客人的到来。”说着，他将手伸到斗篷里，掏出一把左轮手枪，“拿着，摩尔。但是最好不要开枪——除非迫不得已。我还有很多事情想问他。”

说完，他朝水库大门走去。看着那里和埃及古老寺庙几乎一模一样的阶梯式样，再联想到我们今晚的行动目标，我不禁打了个寒战。在靠近大门处，我拦住科雷兹勒。

“有件事，”我和他耳语，“你说伯恩斯的人有可能在跟踪你。你怎么知道他们现在不在附近？”

他望着我身后的黑夜，不知在想些什么，令我感到深深的不安。他仿佛对自己接下来的命运已经未卜先知，却并不想做出任何改变。

“噢，不知道他们在不在，”他的语气平静，“事实上，我反倒希望他们此刻会在。”

说完，科雷兹勒走进大门，踏上宽阔的深色台阶，顺着城墙向水库顶端的步道走去。我不再去费力思考他神秘话语中的深意，只是默默跟在他的身后。突然，我的眼角瞥到第五大道之外某处有金属光泽在闪烁，我停下脚步，想把它看清楚。

第四十一大街上，一棵枝繁叶茂的大树阴影之下，停着一辆华贵精致的黑色马车，车灯散发着微弱的光芒，马和车夫似乎都已沉睡。忽然间，我内心的恐惧直线上升。但我努力保持镇静，快走几步追上科雷兹勒，内心安慰自己：在纽约，拥有精致黑色马车的并非只有保罗·凯利一人。

44

刚走到水库城墙上，我意识到自己犯了个严重的错误：不应该只身和科雷兹勒进入这个危险的地方。城墙上的人行步道宽约八英尺，步道两侧安有高约四英尺的铁质栏杆，因为步道距离地面足有六层楼那么高。从城墙上往下看，令我想起最近几个月的屋顶经历，那种令人生畏的感觉又席卷而来。抬头看着水库四周建筑的焦油屋顶和烟囱，我心里十分清楚，虽然此时并没有真正站在一个严格意义上的屋顶，但我们已经进入了由约翰·比彻姆主宰的世界。我们再一次跨进了他的地盘，只是这一次我们是应邀而来。科雷兹勒和我沉默地沿着城墙向前走，右手边是宽阔的水库水面，倒映出不知几时突然出现在夜空、现在依然在缓缓上升的明月。在这样明澈的月光下，我们明显身处险境，因为我们不再是猎人，而是猎物。

以往那些熟悉却令人不安的场景就好像玛丽和我先前看过的那场电影，一一在我的脑海里闪现——每一个遇害者的尸体被捆绑和分解的样子；凶手用于杀人的可怕长刀；皮尔特蒙特夫人家中被剥了皮的猫；比彻姆在五点区的那间阴暗住所；他声称用来烹饪桑托雷利“臀尖肉”的炉灶；约瑟夫毫无生机的尸体；最后，是凶手自己。虽然我们已经掌握了许多线索，做出许多推断，他最后出现在我脑海里的时候依然还只是一个模糊的剪影。无尽的黑夜和天空中闪烁的星星并不能令我有所释怀并驱散这些恐怖画面的阴影。从高高的城墙向下望去，文明仿佛距离我十分遥远。每一个轻微的脚步声都似乎预示着自己正在走向无法无天的死亡之地。我幻想着能够将凶手绳之以法，却恰恰彰显了自己的脆弱和无力。我们虽能够解开那些为之辛勤了数月的问题的谜底，却终将以残酷的死亡为结局。但是，尽管内心焦虑万分，我却并不后悔来到这里。或许是科雷兹勒感染了我，是他让我相信，今晚一切都将在这里结束。无论如何，我会和他在一起。尽管我知道，非常有可能我们再也无法回到来时的街道。

隐隐的啜泣声在我耳边响起，抬起头，我却没有发现人影。城墙步道上没有路灯，只有月光的温柔照耀。当我们拐个弯，来到位于第十四大街一侧的城墙上时，一座一层楼高的设施幽灵般地出现在面前，那里是整座水库的控制站。抽泣的声音就是从那里传来——又尖又细、充满绝望，仿佛被什么东西捂住，听得并不真切。走到距离控制站十几米远的地方，我看见月光下显现出一个模糊的人影。又往前走了几步，才看清楚是一个全身赤裸、跪在地上的少年。他的双手和双腿被绑在身后，头向前倾，顶在石头路面上。嘴里被紧紧塞着什么东西，以一种痛苦的角度张开着，他满脸都是泪水，但是谢天谢地，他还活着。可是令人惊奇的是，那里只有他一个人。

我仿佛条件反射一般，想上前去解救那个可怜的孩子。科雷兹勒却一把拉住我，急切对我耳语：“不要去，约翰！他是故意的！”

“什么？”我轻声说道，“你怎么知道他是——”

科雷兹勒一边点头，一边用眼睛示意我向控制站屋顶望去。那上面站着一个人，光秃秃的脑袋在月光下闪闪发亮，和塞勒斯遇袭那一晚看到的那个脑袋一模一样。我的心怦怦跳起来，让我不得不深吸一口气，让它赶紧平静。

“他看见我们了吗？”我和科雷兹勒耳语。

科雷兹勒眯起眼睛，没有透露任何情绪。“毫无疑问。关键是，他是否知道我们已经看见了他？”

答案迅速就被揭晓。那颗光秃秃的脑袋突然消失，仿佛某种野生动物倏忽间悄无声息地消失在丛林里，全无踪迹。此时，那个被缚的少年也看见了我们，原本无望的啜泣开始变成无语的乞求，虽然听不清他究竟在说什么，但一定是在向我们求助。看着他，我仿佛又看见约瑟夫，想将他解救的冲动和渴望变得无法抑制。但科雷兹勒却一直紧紧地拉着我。

“别冲动，约翰，”他轻声说道，“再等一等。”从步道到控制站有一条小路，科雷兹勒指着它对我说，“我今早来过这里。从控制站向外走有两条路：你可以回到步道，也可以通过那里的台阶直接到街面上。如果他没有出现……”

一分钟过去了，出口处和控制站楼顶并没有任何人影出现。科雷兹勒有些迷惑，“难道他跑了？”

“也许，他觉得被抓的风险太大了。”我回答。

科雷兹勒想了想，又看看仍在哭泣求助的那个孩子。“好吧，”他终于说道，“我们到那边去，要小心。把子弹推上膛。”

往前走的最初几步非常困难，我的脚步僵硬，仿佛身体已经预知了即将发生的危险，拼命反抗不肯合作。走了两三米，仍然没有发现对手的踪迹，我的步伐轻松了许多。我开始相信，比彻姆一定已经逃走，因为害怕被抓。我的内心甚至涌起喜悦，为能够成功阻止一起杀戮的发生而感到高兴。我不知不觉露出笑容。

可我过于自负了。就在我扬扬自得，松开手中扳机的时候，一个巨大的阴影从天而降，突然出现在步道外侧的栏杆上，黑影夹着呼呼的风声和万钧之力，狠狠击打在我的下颌处。我只听到咔嚓一声，是我的脖子被猛然扭向一边时发出的声响。随即，世界便陷入黑暗。

我应该没有昏迷太久，因为醒来的时候月亮投射下的影子并没有显著的变化。然而，我的头昏昏沉沉，仿佛许多天没有睡过觉。随着视线慢慢变清晰，我开始意识到自己受了伤。有的疼痛十分尖锐，有的是钝痛，但都清晰可查。我的下巴，脖子，还有手腕处都火辣辣的，肩膀也疼痛难忍。但最难受的是喉咙里，仿佛被什么东西堵住了一样。我朝地上使劲啐了几口，却吐出一颗牙齿，还有一些血水。头仿佛灌了铅一般沉重，费了好大劲才抬起来。此时的我才发现，自己并不只是被踢了一脚，我的双手被扭在身后，捆绑在步道一侧的栏杆上，脚踝也是，迫使我的上半身和头痛苦地半悬在空中。在我面前的地上，赫然是先前拿在我手中的左轮手枪。

我呻吟了一声，吃力地抬起头，看到科雷兹勒在我身旁。他也和我一样被绑在栏杆上，只不过他很清醒，也没有受伤。看到我望向他，他朝我微笑。

“你还好吗，约翰？”他说。

“啊——”我只能这样回应，“他在哪儿？”

科雷兹勒吃力地示意我往控制站那边看。

那个被捆绑的孩子依然还在原地，他还在惊恐地哭泣。在他身前，站着一个体形高大的男人，穿着一件平淡无奇的黑色外套，背对着我和科雷兹勒的方向。男人缓慢脱下外套，将衣服整齐地堆放在一边。很快，他就脱光了自己的衣服，全身赤裸，露出一身健硕的肌肉。他朝着男孩的方向往前跨了一步，揪着他的头发，强迫他抬起头。那可怜的孩子露出一张稚嫩的脸，从脸和身体的线条来判断，应该只有十二岁左右。

“哭？”男人的声音低沉而冰冷，“像你这样的家伙应该哭……”

他突然松手，转过来面对科雷兹勒和我。身体正面的线条和后面同样健美，完美到几乎可以去做人体标本。我抻着脖子、皱起眉头，努力想看清楚他的脸。虽然内心并无期待，但如此一张平庸而没有特色的脸还是出乎我的意料之外。他的脸部特征和稀疏的头发，都酷似亚当·杜里。还有眼睛，同样拥有一双小眼睛，和自己的大脑袋并不相称。他右半侧的脸此时并没有痉挛，但那里的皮肤很是松弛，下巴闭得紧紧的。总而言之，这是一张再平凡不过的面孔，丝毫看不出主人正在遭受精神上的混乱和煎熬。他看上去从容而镇定，仿佛杀人这种可怕的事情和普查人口那样的工作并无多大的区别。

我突然意识到，这正是约翰·比彻姆最可怕的地方。他从容地弯下腰，从衣服堆里拿出一把巨大的猎刀，走到我和科雷兹勒面前。他的身体上毛发很少，皮肤光洁，在月光的照耀下反射着微光。他首先看了看科雷兹勒，然后又将目光投向我。

“只有两个人，”他摇头，“真是蠢——蠢透了。”说着，他拿起那把卢修斯曾经在“德莫妮卡”展示给我们看的大猎刀，将刀刃平放在科雷兹勒右颈处，慢悠悠地顺着他的脸部线条来回游移。

科雷兹勒看着比彻姆的手，小心翼翼地开口说道，“贾佩思——”

比彻姆猛地发出一声怒吼，反手狠狠地打了科雷兹勒一巴掌。“不准叫这个名字！”他恶狠狠地说道，将刀刃压在科雷兹勒眼角下面，在他的脸颊上生生划出一道血印，“不准你再说这个名字……”比彻姆深吸一口气，想让自己平静，仿佛刚才的怒气有损自己的颜面。

“你一直在找我，”他居然笑了，露出熏黄的牙齿，“你们想监视我，可是我却一直在监视你。”笑容此刻突然隐去。“你想看？”他用刀指着男孩，“那就请尽情欣赏。他会先死，干净利索。可是你不会。你又蠢又没有价值——连我都阻止不了。愚蠢的，没用的东西。所以，对你我不会手下留情。”

说完，他转身向男孩走去。我悄声和科雷兹勒耳语，“他要干什么？”

科雷兹勒似乎还没有从刚才那一巴掌中恢复过来。“我猜，”他说，“他要杀了那孩子。要让我们全程观摩，然后再……”

我看见血顺着科雷兹勒的脸颊和下巴流下来。“你还好吧？”我问。

“唑——”科雷兹勒呻吟了一声，似乎对我们未来的命运并不关心，“我们真笨。明知对方是个登山能手，却没有想到他完全可以翻过石墙绕到我们身后……”

比彻姆蹲在男孩的身边。“为什么他要脱掉衣服？”我问。

科雷兹勒仔细看了看。“因为会有血，”他说，“他不想弄脏自己的衣服。”

比彻姆把刀放在一边，用手抚摩身前男孩的身体。

“可是，难道只有这一个原因？”科雷兹勒的语气有些惊讶。

比彻姆的脸上没有任何表情，没有愤怒，也没有欲望，像一个解剖师一样检查着男孩的身体和四肢，在触到男孩生殖器的时候停下来，抚摩着，然后站到男孩的身后，用手拍了拍男孩屁股，开始动作起来。

我猜到他要干什么，觉得恶心不已，将头扭到一边。“可是我以为，我以为他不会对受害者进行侵犯。”

科雷兹勒还在观察。“那并不意味着他不想，”他说，“约翰，情况很复杂。他在信里说他没有‘玷污’受害人，可是他有没有尝试过？”

我朝那边又瞥了一眼，看见比彻姆还在动作，却无论如何不能令自己勃起。“可是，”我鄙夷地说道，“如果他想的话，为什么——”

"因为他实际上并不想，"科雷兹勒回答，似乎已经明白了面前这一切，"他感到有什么东西在逼迫他，逼迫他杀人——这并非他内心的欲望。可是，他可以被迫去杀人，却无法被迫去强奸。"

仿佛是为了印证科雷兹勒的分析，比彻姆突然受挫一般怒吼起来，双臂伸向天空，浑身颤抖。然后他低下头，又转到男孩正面，突然用他修长的双手掐住男孩的脖子。

"不要！"科雷兹勒猛然大喊，"不要，贾佩思，看在上帝的分儿上，这并不是你想要的——"

"不许再叫那个名字！"比彻姆大喊，男孩在他的手里尖叫扭动，"我要杀了你，你这个肮脏的——"

突然，一个熟悉的声音在我左手边响起。

"谁你也别想杀，你这个畜生！"

尽管脖子很痛，我还是飞快扭过头去。康诺尔从黑暗里走出来，手里举着一支点 45 的左轮手枪。跟在他身后的是两个我们熟悉的"老朋友"——曾经在桑托雷利家附近堵截过莎拉和我，后来又一路跟踪我和科雷兹勒到亚当·杜里家，并被我在波士顿车站毫不客气踹下火车的那两个家伙。

康诺尔向比彻姆一步步逼近，双眼眯成一条缝隙，"听见我说的话了吗？从那孩子身边滚开！"

比彻姆缓缓松开手，原本毫无表情的脸上却一瞬间仿佛突然起了变化：他的眼睛睁得很大，让我第一次在他的脸上看到恐惧。那双眼睛因恐惧而睁到极致，最终不由自主地颤抖起来。

"是康诺尔！"我内心惊大于喜，看着科雷兹勒，想让他给我一个解释。可是科雷兹勒却神色复杂地看着他，目光中有欣喜，更有憎恨。

"是的，"科雷兹勒说，"是康诺尔……"

"把那两人放下来，"康诺尔对其中一个手下说道，然后俯身捡起科雷兹勒的枪，枪口一直没有离开比彻姆，看着位于他身侧的打手不情不愿地将科雷兹勒和我一一解开绳索。"你，"康诺尔指着此时畏缩不前的比彻姆，"赶紧他妈的穿上衣服，你这个变态。"

但是比彻姆仿佛听而未闻，表情变得越发恐惧，挤在墙边缩成一团。此时，他的右脸开始痉挛，起先还比较缓慢，只有眼睛在使劲眨，嘴角在抽动。但很快，整个右半张脸剧烈收缩起来，频率非常快，让他整个人看上去极其可怜。

康诺尔看着这一切变化的发生，一股不屑的表情出现在他的脸上。“天哪，真是恶心死了……”他转身朝着左边的手下说道：“迈克——给他披上件衣服，看在上帝的分儿上。”他的手下走上前，捡起比彻姆先前放在地上的衣服，一股脑地扔给他。比彻姆接过衣服，紧紧抱着，却未见有进一步的动作。

科雷兹勒和我活动了一下被束缚的僵硬的四肢和肩膀，康诺尔的手下又重新回到他们老大的身后站定。

“你们不打算放开那个孩子吗？”科雷兹勒的声音有些艰涩。

康诺尔摇头。“还是先厘清一些事情吧，医生，”虽然手里举着枪，他似乎对科雷兹勒还是有所担心，“我们是冲着他来的，”他指着比彻姆说道，“和旁人无关。你们如果离开，什么事情都不会有。一切都会在今晚结束。”

“是的，一切都会在今晚结束，”科雷兹勒回答，“却不是以你所期待的那种方式。”

“什么意思？”康诺尔问。

“意思是，想让我们离开是不可能的，”科雷兹勒断然拒绝，“从你上一次在我家杀人之后，这件事就不可能轻易了结。”

康诺尔飞快摇头，“不，等一下，医生——当时我也不想！只不过是在完成任务，那个婊子——”科雷兹勒的脸上怒火中烧，向前迈了一大步。康诺尔紧紧握住手里的枪，“别过来，医生——别逼我。我说过的，我们只是为这个人而来。但是，如果把你们三个都干掉我也很愿意。虽然我的老板也许会不高兴——但如果我有充足的理由，如果你再逼我，我倒是不介意把你们都干掉。”

比彻姆好像才注意到正在发生的一切，右脸还在剧烈抽动。看了看康诺尔和他的手下，他朝科雷兹勒飞快跑来，到他的身边蹲下。

“他们——”他的声音在颤抖，“他们要——要杀了我。”

康诺尔粗鲁地笑了，“是的，你很快就要死了，这个该死的笨蛋。一切都是因为你。你以为你是谁？哭哭啼啼，一点人样都没有。”说着，他朝自己的手下炫耀，“真是不敢相信，是不是？这个——这家伙就是我们一直在找的凶手，一个只会玩弄小男孩，然后把他们碎尸的家伙！”

“你撒谎！”比彻姆突然爆发出怒吼，手在身侧握成拳头，“你胡说八道！”

康诺尔和他的手下哈哈大笑，却让比彻姆的精神愈加崩溃。趁着那几个家伙没注意，我悄悄站到比彻姆的身侧。我也不知道为什么要这样做。我朝着那三个蠢蛋皱起眉头，却并没有什么效果。我看向科雷兹勒，他似乎正盯着康诺尔身后的某处，似乎有所期待。他的嘴唇缓缓张开，在我意识到之前，突然大喊一声：

“行动！”

黑暗里又冲出一个黑影，他身手敏捷，如猿猴一般轻盈地越过栏杆，手里拿着一根铅管，直冲康诺尔持枪的手挥去。另外两个打手还未反应过来，也已经被一阵眼花缭乱的组合拳打倒在地。哀号的康诺尔很快也遭受了同样的命运。为了保险起见，戴着帽子的勇士用铅管在每个人的头上狠狠击打了几下。我几乎目瞪口呆地看着这一切在瞬间发生——内心暗然而生的喜悦在看清勇士的脸之后却迅速消失了。

来人是杰克·麦克马纳斯，前拳击手，现在是保罗·凯利“新布莱顿”舞厅的保安兼打手。麦克马纳斯将铅管插入腰间，捡起地上科雷兹勒和康诺尔的手枪，朝我走来。我打起精神，以为科雷兹勒和我将是下一个进攻的目标。可是，麦克马纳斯只是整理了一下松垮的夹克，朝水库方向狠狠啐了一口，然后将手枪交到我的手里。我将枪口对准比彻姆，看着麦克马纳斯向科雷兹勒走过去，举起手放在帽边，向医生致意。

“干得好，杰克！”听到科雷兹勒如此说，我差点一头栽到地上。“请你把他们捆起来，再把这两个家伙的嘴堵上。等中间那个醒过来，我想和他谈谈。”科雷兹勒指着昏迷不醒的康诺尔说道，“如果他能醒过来的话……”

麦克马纳斯压了压帽檐，从我身前走过，拿出一捆绳子和两块手帕，毫无怨言地按照科雷兹勒的吩咐一一做好。与此同时，科雷兹勒快步走到男孩身边，给他松绑。

“好了，”看到男孩还在抽泣不停，科雷兹勒安慰道，“都已经结束，你现在安全了。”

男孩抬起头看着科雷兹勒，眼睛里依然充满恐惧，“他差点就……”

“那已经不再重要，”科雷兹勒微笑说道，拿出手帕仔细擦拭着男孩的脸庞，“重要的是，你现在还活着。”说着，科雷兹勒从地上拾起自己的斗篷，轻轻地盖在男孩依然颤抖的身体上。

现在一切已经恢复正常，我来到步道外侧，越过栏杆朝水库下面望去。果然，在墙面几英寸开外的地方发现了和之前马库斯在城堡花园找到的一模一样的登山岩钉，上面拴着结实的绳索。就像科雷兹勒推测的那样，对像比彻姆这样一个专业登山爱好者来说，悄悄绕到我们身后对他来说轻而易举。我转过头，看着这个现在已经被我们打败的家伙，他的头剧烈地摆动着，完全不明白究竟发生了什么。

麦克马纳斯拉了拉帽子，一言未发，沿着步道大步消失在黑夜里。

科雷兹勒转身看着男孩，“我们先进去，好吗？摩尔，我先把这孩子带到控制站里去。”

我点头，看着他和男孩走进去，枪口始终对着比彻姆。比彻姆此时已经缩成一团，脸上抽搐不停，喉咙里发出一些支离破碎的哭泣的声音。他看上去似乎已经不再构成威胁，但我却不能掉以轻心。我迅速打量了四周，看见他的刀还躺在地上，于是走过去将它捡起，插在自己的腰间。我瞄了一眼康诺尔，发现他的身上带着一副手铐。我取下手铐，扔给比彻姆。

“快，”我说，“戴上手铐。”

比彻姆动作缓慢地戴上手铐，仿佛依旧魂游天外。我搜了搜康诺尔的口袋，找到了手铐的钥匙。随即，我看到他衬衫某处印着一小块血渍。我解开他的上衣，他的身侧有一道长长的、深入肌肤的伤口。刚才和麦克马纳斯的打斗中，伤口开裂了，正在渗血。我知道，这是玛丽捅他一刀后留下的伤口，在那之后他残忍地将玛丽甩下了楼梯。

“干得好，玛丽！”我轻声说着，从康诺尔的身边走开。

科雷兹勒走了出来，摸着头四处打量着，脸上露出满意的神色。随后，他看着我，仿佛知道我想和他说什么。

“你这家伙，”我厉声说道，“赶紧告诉我，这该死的究竟是怎么一回事！”

45

科雷兹勒正要张嘴回答，街面上传来一声尖锐的口哨。科雷兹勒跑到栏杆一侧往下看，我也飞快跑过去，看到塞勒斯和史迪威正赶着马车朝这边驶来。

“摩尔，恐怕我现在还没有时间和你解释，”科雷兹勒说着，将脸转向比彻姆，“塞勒斯和史迪威的到来说明，歌剧表演至少已经结束了四十五分钟。罗斯福应该已经开始怀疑我们。他会先和储水塔那边的人核查，一旦发现我们不在……”

“你打算怎么做？”我问。

科雷兹勒挠挠头，笑了，“不是很确定。我的计划里本来没有这个部分——我并不敢肯定自己还能活下来，即便有麦克马纳斯的帮助。”

我的内心无由来地感到刺痛，并没有把它表现出来。“哦，”我有些生气，“所以我猜，我也已经死了。”

“好了，摩尔，”科雷兹勒不耐烦地摆摆手，“现在没有时间解释。”

“可是康诺尔怎么办？”我指着地上昏迷不醒的那个家伙追问。

“把他交给罗斯福，”科雷兹勒飞快回答，随后走到比彻姆身前，“尽管他应该受到更严厉的惩罚。”他蹲下来直视比彻姆的双眼，深吸一口气，伸出手在他面前晃了晃。比彻姆似乎无动于衷。

“他下山了，”科雷兹勒叹息，“看上去是这样。”我明白他的意思：如果说今晚在城墙上第一次看到的那个比彻姆是冷静、残暴、曾经在山瓦岗山上从容设置陷阱的年轻捕手，那么此时畏缩成一团的他则已经下了山，笼罩在一生中所有的不幸和恐惧中。我们知道，只要他还继续处于这样的精神状态，就不会对我们产生威胁。于是，科雷兹勒从他手中拿过外套，披在他粗壮赤裸的肩上。“听我说，贾佩思·杜里，”科雷兹勒语气沉重，令比彻姆停止了抽泣和呻吟，

“你的双手已经沾满鲜血，从你的父母开始。如果罪行一旦公布于众，你的哥哥亚当——那个活着并挣扎着想体面活着的你唯一的亲人——将会内心崩溃，受到社会的骚扰和指责。哪怕是有这一个原因，我希望你仅存的良知能够听清楚我接下来要说的话。”

比彻姆的眼睛仍然混浊不清，但他缓缓点了点头。“好的，”科雷兹勒说，“警察很快就会来。他们来的时候，你会不会还在这里将取决于你对我的诚实程度。我现在要问一些问题，以判定你的精神状态以及你和我合作的意愿。你知道，纽约居民要求严惩凶手，如果你诚实地回答我，或许可以想办法让你不必接受那么严重的惩罚。你明白我的意思吗？”比彻姆再次点头，科雷兹勒于是掏出他无处不在的笔记本，“好的，那么先从基本事实开始……”

科雷兹勒开始迅速而镇定地记录比彻姆浓缩的一生：从他童年还是贾佩思·杜里开始，一直到他杀害父母的重要细节。随着比彻姆回答的问题越来越多，并一一证实我们之前的那些推测，他的声音也变得越来越虚弱无助，仿佛为面前正在记录的这个男人所慑，因为他比自己还要更加了解自己，于是除了屈服别无选择。而另一方面，科雷兹勒对于比彻姆越来越合作的态度表示满意，并从他的陈述中感受到他内心中希望与人交流和被人理解的强烈渴望。

本以为自己也会对这样的审讯结果感到欣喜，然而，看着比彻姆温顺地回答一个又一个的问题，听见他的声音变得越来越顺从，不再带有丝毫我们初见时的威胁和狂妄，我的心头突然涌起一股无名之火，瞬间燃遍全身。这个满手血腥，罪孽深重的人根本无权请求任何同情。我内心暗想：此刻蜷缩成一团，为自己的罪孽痛哭忏悔的人究竟是怎样的一个怪物？他以往那些不顾一切的残暴、冷酷和自负都哪里去了？这样的问题在我的脑海里不断冲击，令我越发狂躁，终于无法抑制。我猛地站起身来，朝他大吼：

“住嘴！你他妈的住嘴，你这个卑微的懦夫！”

比彻姆和科雷兹勒立刻沉默下来，抬头望着我。比彻姆看我举起手枪，脸部痉挛又开始剧烈地发作起来。科雷兹勒的表情则从惊讶和不解迅速变为责怪和不安。

“好了，摩尔，”他说，并没有让我有机会解释，“你到里面去，和那孩子待一会儿。”

“好让你和他单独在一起？”我的声音因为愤怒和激动而颤抖，“你疯了吗？看看他，科雷兹勒——这个人是凶手，就是他杀了那么多人！你却在这里听他解释，以为他另有苦衷——”

“约翰！”科雷兹勒制止了我，“不要再说了，你进去等我。”

我的目光越过科雷兹勒，看着比彻姆。“为什么？你想和他说什么？”我枪口向下对准比彻姆的头，“你以为自己可以逃脱惩罚，是不是？”

“该死，摩尔！”科雷兹勒一把抓住我的手腕，却不能使我移动分毫，“你住手！”

我把脸凑过去，看着比彻姆不断痉挛的脸，“我的朋友认为，如果你不怕死，就说明你是疯子。”我说道。科雷兹勒扑上来想把枪从我手里夺走，可我仍然将枪口对准比彻姆的喉咙，“你怕死吗？——怕吗？去死，就像那些你杀害的——”

“摩尔！”科雷兹勒大喊。

但是我已经被愤怒冲昏了头。我猛地用拇指向后一拨，打开手枪保险，令比彻姆发出绝望至极的叫喊，如同一只困兽，无助地躲闪着。“没有，”我怒吼，“你没有疯——因为你怕死！”

突然，空气中传来一声枪响。那声音距离我并不远，比彻姆应声倒下，左前胸赫然出现一个深红色的血洞，还伴着空气和血向外流淌的嗞嗞声。他睁大眼睛望着我，戴着手铐的双手无力地垂到地面上，外套从肩头滑落。

我杀了他，那是我脑海里出现的第一个念头。可是我既没有感到喜悦，也没有内疚，仿佛只是在承认一个事实。可是，看着比彻姆在地面上蜷缩成一团，我下意识地看了看自己的枪管：它仍然是冰冷的。我茫然不知究竟发生了什么，科雷兹勒却一个箭步冲过去，迅速给比彻姆检查伤口。看着比彻姆胸口不断淌出的鲜血，他摇了摇头，握紧双拳愤怒地抬起头。可是，他并没有在看我，目光落在我的身后。我随之缓慢转过身去。

康诺尔不知何时已经解开绳索，站在步道中央。他因为受伤驼着背，左手捂着还在流血的伤口，右手却举着一把小巧的双管手枪。嘴角淌着血，露出狰狞的笑容，踉跄着向前走了几步。

“今晚必须要结束一切。”他把枪口抬高对准我们，“放下枪，摩尔。”

我小心翼翼地照着他的话做了。刚把手枪放在地上，枪声又一次响起——这一次来自遥远的地方。康诺尔后背中枪，呻吟着倒下，露出后背的枪眼，血迅速从那里流淌出来。从枪声过后的烟雾中，走来一个人影，他的轮廓在月光下慢慢清晰起来。

是莎拉，她手里还举着一支精美的手枪。她面无表情地看了看已经被击倒的康诺尔，随后又抬起头看着科雷兹勒和我。

“刚到储水塔，我就想到了这个地方，”话音未落，艾萨克森兄弟也出现在她身后，“罗斯福说你们早就离开了剧场，我就知道……”

我长长出了一口气。“谢天谢地。”用手擦了擦额头上的冷汗，然后捡起自己的手枪。

科雷兹勒仍然蹲在比彻姆身旁，抬头望着莎拉，“罗斯福现在在哪儿？”

“还在找你，”莎拉说，“我们没告诉他。”

科雷兹勒点头，“谢谢你，莎拉。你本不必这样做。”

莎拉仍然毫无表情，“你说得没错。”

比彻姆突然咳嗽起来，吐出大口的鲜血。科雷兹勒将自己的手臂垫在他的脑后，抬起他的头。“警探先生？”听到科雷兹勒的呼唤，卢修斯立刻冲过来帮忙。

他飞快检查了比彻姆胸膛上的伤口，却摇摇头，“情况不太好，医生。”

“是的，我也知道，”科雷兹勒回答，“我只是需要——使劲摩擦他的手，好吗？摩尔，把手铐摘掉。我只需要几分钟就好。”我赶紧卸掉比彻姆的手铐，科雷兹勒从口袋里拿出一小瓶嗅盐，在比彻姆的鼻子下晃了晃。卢修斯使劲拍打并摩擦他的手掌。拉兹洛的表情和动作变得越来越焦急，甚至开始绝望。“贾佩思，”他轻声喊道，仿佛在哀求，“贾佩思·杜里，能听见我说话吗？”

比彻姆的眼皮颤抖着，努力睁开，已经混沌的眼球无力地转动着，最终聚焦在眼前的人脸上。此刻他的脸没有痉挛，像一个惊恐万分的孩子，想要寻求帮助，却知道自己已经无能为力。

“我——”他又咳出更多的血，“我——要死了……”

“听我说，贾佩思，”拉兹洛用手擦去他嘴角和脸上的血渍，“你必须要听我说——你看见了什么，贾佩思？你看着那些孩子的时候究竟看到了什么？是什么让你杀了他们？”

比彻姆的头剧烈抖动着，紧接着全身都颤动起来。他惊恐地看着自己的上方，张大嘴巴，露出满是血的牙齿。

“贾佩思！”科雷兹勒大声喊道，仿佛预知他下一刻就要死去，“你究竟看到了什么？”

比彻姆的头依然不停抖动，他看着科雷兹勒满是哀求的面孔，“我……不知道……”他大口喘着气，仿佛在道歉，又好像在乞求，“我……不……知道！我……没有……他们……”

突然，他脸上的抽动仿佛瞬间传遍全身，他紧紧抓住科雷兹勒的衣服，脸上露出对死亡的恐惧。终于，他结束了最后一次痉挛，吐出一口血水，然后便静止不动了。他的脑袋从科雷兹勒的手臂间滑落，眼里的恐惧渐渐消散。

“贾佩思！”科雷兹勒还在大喊，却知道为时已晚。卢修斯伸出手，合上比彻姆的眼睛，随后，科雷兹勒将他的头放在冰冷的地面上。

所有人沉默无言，几分钟后城墙下又传来一声口哨。我站起来，走到栏杆边向下望去，塞勒斯和史迪威正焦急地指着西面的方向。我明白他们的意思，朝他们招招手，又走到科雷兹勒身旁。

“拉兹洛，”我小心翼翼地开口，“似乎是罗斯福朝这边来了。你得做好准备，怎么解释——”

“不，”科雷兹勒没有抬头，声音很坚定，“我不会留在这里。”等他坐直身体，抬起双眼时，我才发现他眼睛通红，而且很湿润。他的眼光依次扫过我、莎拉、马库斯和卢修斯，并点头说道：“你们都曾给过我很多帮助、友谊，还有许多其他东西——可是，我恐怕还要请你们继续帮我。”他站起来，对艾萨克森兄弟说：“警探先生？我需要你们帮我把比彻姆运走。约翰，你说罗斯福是从第四十大街方向过来的？”

“恐怕是这样，”我回答，“下面那两个人是这么说的。”

“很好，那么，”科雷兹勒继续说道，“他到达时，塞勒斯会领着他上来，我和警探先生则把比彻姆从第五大道那扇门运走。”说着，他走到栏杆旁，朝下面挥手，发出指令：“史迪威会在下面等我。”他走到莎拉面前，抓住她的肩膀，“如果你不愿意，莎拉，我不会勉强。”

莎拉瞪着双眼看着他，仿佛下一秒就会对他发出控诉和指责，可是她并没有。她只是耸耸肩，将手枪收起来。“医生，这一次你没有跟我们说实话，”莎拉严肃的表情有所松动，“但如果不是因为你，一开始我们也不会有这样的机会。所以，我们扯平了。”

科雷兹勒将她拥入怀中。“谢谢，”他轻声说道，然后松开了她，“现在，嗯，在控制站里还有一个已经吓坏了的孩子，他身上披着我的斗篷。你去找他，设法让罗斯福不要对他进行任何盘问，直到我们去城里找他。”

“城里？”我看着莎拉朝控制站走去，不禁问科雷兹勒：“等一下，你——”

“没有时间解释了，约翰，”说着，他走到马库斯身边，对他和卢修斯说道，“警探先生，罗斯福是你们的长官，所以我能够理解，如果——”

“您不用说了，医生，”卢修斯打断他的话，“我知道你想去做什么。我也很好奇，想知道结果。”

“你会亲眼看到的，”科雷兹勒回答，“希望你能够协助我。”他随后又对另外一个人说道：“马库斯，如果你不想来，我非常能够理解。”

马库斯掂量了一下科雷兹勒话中的意思。“只剩下这一个疑问了，是不是，医生？”他问。

科雷兹勒点头，“也是最重要的一个。”

马库斯想了想，然后点点头，“好吧。相对于科学的魅力而言，偶尔一次不听从上级的命令也没有什么。”

科雷兹勒拍拍他的肩膀。“小伙子不错！”他说，然后回到比彻姆的身边，抬起他的一只手臂，“好吧，那么——我们走吧，得尽快！”

马库斯抬起比彻姆的脚。卢修斯将地上的衣服盖在比彻姆身上，然后抓起他另外一只胳膊，一起将比彻姆抬起来。因为这个动作，科雷兹勒又牵动了肩上的旧伤口，但他没有理会，匆忙顺着步道往第五大道的方向离开了。

只剩下我一个人，看着地上昏迷不醒的两个家伙和康诺尔的尸体，我鼓起勇气开口喊道：“等一下，”我追在他们身后，“该死的，一分钟就好！科雷兹勒！我知道你们要去干什么！可是你不能就这么甩下我，让我——”

“我没有时间解释，约翰！”科雷兹勒说着，加快了脚步，“我大概需要六个小时，到时候一切就水落石出了！”

“可是我——”

“你是个立场坚定的人，摩尔！”科雷兹勒喊道。

我停下脚步，看着他们顺着楼梯而下，消失在茫茫黑夜里。“立场坚定，”我嘟囔着，踢了地面一脚，然后转过身，“立场坚定的人才不会被留下来，处理这些乱七八糟的——”

突然，控制站那里传出一阵骚乱，先是莎拉的声音，然后是罗斯福。他们似乎言辞激烈。随后，罗斯福冲了出来，莎拉和另外几个穿着制服的警员紧随在后。

“哈！”罗斯福看见我，发出一声低吼，他伸出手指，狠狠地指着我，“这就是被我误以为是君子，从而订下君子协定的一帮家伙！我就应该——”

突然，他看见躺在地上的那两个打手和尸体，迷惑不解地来回看了看，随后指着地上的尸体问道：“这是康诺尔？”

我点头，飞快地隐藏起对科雷兹勒弃我而去的怒气，假装一副焦急的样子。“是的，你来得正好，罗斯福。我们到这里寻找比彻姆——”

听到这个名字，罗斯福的脸上又充满怒气。“是啊，我知道，”他低声吼道，“要不是我最好的两个手下跟踪了科雷兹勒的人——”

“可是比彻姆并没有露面，”我说，“这是陷阱，康诺尔干的，他其实想杀的人是——史迪威。”

“史迪威？”罗斯福半信半疑地问道，“科雷兹勒家的那个孩子？”

我真诚地看着他，“罗斯福，史迪威是康诺尔杀害玛丽的唯一目击证人。”

罗斯福恍然大悟，双眼圆睁，“啊！是这样。”他的眉毛迅速皱起来，“可是，究竟发生了什么？”

“幸运的是，长官，”莎拉看出我已经黔驴技穷，于是主动上前，“艾萨克森兄弟和我出现得非常及时。”她无比坚定自信地指着地上的尸体说道：“康诺尔背后中的那一枪是我开的。”

“是你，莎拉？”罗斯福难以置信，“可是，我还是不明白。”

“我们其实也不清楚，”莎拉继续说道，“直到你派人来告诉我们，约翰和医生不见了。等我们推测出他们有可能去的地方，你已经离开了储水塔。如果我是你，长官，我就会继续留在那边——你的人还在那里警戒，而且凶手至今仍未出现。”

“是的，”罗斯福若有所思，“是的，我想你说得对——”他突然站起来，仿佛嗅到了阴谋的味道。“等一下，我想我明白这是怎么一回事了。如果刚才说的都是真的，那么告诉我——那个男孩是谁？”他用手指着控制站厉声问道。

“说实话，罗斯福，”我还在试图掩饰，“你最好——”

“剩下那些人哪儿去了——科雷兹勒还有艾萨克森他们？”

“长官，”莎拉说道，“我可以告诉你——”

“哦，是啊，”罗斯福将我们一把推开，“我现在明白你们在干什么了。你们在合谋欺骗我，不是吗？真厉害啊！我真应该感到高兴！来人！”一个警员立刻出现在我们身后，“让人把那个孩子带过来！把这两个抓起来带回警局！”我和莎拉还来不及说话，罗斯福的手指再一次出现在我们面前，左右晃了晃，“我要让你们知道，在纽约警察局，究竟是谁说了算！”

46

当然，他只是在吓唬人。是的，罗斯福把我们带到桑树街警局，关在他的办公室，花了好几个小时长篇大论地给我们讲述何为荣誉，何为信任，以及信守承诺的重要性。但最后，我还是把当晚的真相告诉了他——尽管我还不能确定科雷兹勒是否能有足够的时间完成他们想做的事情。我告诉罗斯福，其实我没有骗他，因为出现在歌剧院时，连我自己都不知道科雷兹勒究竟在搞什么鬼。而且，对于水库城墙上发生的一系列事件，连我自己也很想弄清楚原因和来龙去脉。我向罗斯福保证，一旦搞清楚了答案，就会到警局一五一十地告诉他。听到我这样说，罗斯福的怒气慢慢平息下来。莎拉说，目前最重要的，也最没有悬念的，是比彻姆的确已经死掉，这个事实令罗斯福欣喜不已。就像他几周前和我们说过的那样，案件的了结对他个人而言意义重大（其实，考虑到案子的复杂性，其实罗斯福自己并未从中获利）。等到莎拉和我准备离开时，已经是凌晨4点。这时候的他不再暴跳如雷，而是开始热情洋溢地对我们的表现表示赞赏。

“有点离经叛道，”他将手放在我们两人的肩膀上，陪着我们向外走，“可是，总体而言非常棒！让人印象深刻！凶手和受害者没有半点关联，有可能是任何人，可是，你们还是找到他，并阻止了他。”他摇着头，仿佛难以置信。“没有人会相信这种事情。而且，居然还抓到了康诺尔！”我看见莎拉皱了皱眉，但她很快将自己的情绪隐藏起来。“是啊，我已经迫不及待地想知道科雷兹勒最后的答案了。”他用手搓搓脸，目光在地面凝视了几秒钟，又迅速抬起头来，“好吧，那么，你们现在准备去做什么？”

这是个很简单的问题，它背后的含义却令人感到不太舒服。“我们想要——”我喃喃说道，“嗯，我们——嗯——我也不知道。还有些细节——需要整理。”

“那是当然，”罗斯福回答，“但是，我的意思是，这案子已经结束，你们成功了！”他看着莎拉，似乎若有所期。

莎拉点了点头，和我一样有些迷惑不安。“是的。”在罗斯福期待的眼光里，她也只挤出这一句话。

然后，我们都陷入长久的沉默，那种破了案却不知道接下来该往何处去的不安情绪感染了每一个人。为了驱散这种不好的感觉，罗斯福故意转换了话题。

“不管怎么说，”他拍了拍胸膛，“很幸运，我们以一种有趣的方式了结了这个案件，而且很及时。我明天要去圣路易斯。”

“哈，是的，”我很高兴可以谈点别的，“是去开会？你们要推选麦金利？我猜你们会推选麦金利。”

“第一轮投票会选他，”罗斯福略带兴奋地回答，“开会不过是形式而已。”

我不怀好意地看着他笑，“你已经在华盛顿挑到适合自己的位置了？”

罗斯福闻言刚想发火，因为他痛恨有人说他有故意操纵之嫌。但随即又想起，我是他的老朋友，从来不会对他的动机产生怀疑，所以他很快又心平气和下来，“还没有，真的，有很多可能性！也许是海军部——”

莎拉噗的一声笑出来，立即又用手捂住嘴。“哦，”她说道，“抱歉，长官。只是——嗯，我想象不出你穿上海军服的样子。”

“是啊，罗斯福，”我也趁机调侃他，“说到海军，你究竟知道多少？”

“怎么了？”他有些羞恼，“我写过一本书，关于1812年的海战，书评非常好！”

“哈，”我点头回应，“果然不一样。”

罗斯福也笑了，“是啊，海军部不错。可以和那些该死的西班牙人好好算算账！”

“得了，”我截住他的话头，“我不想知道。”

莎拉和我朝楼梯走去，罗斯福双手叉腰站在办公室的门口。虽然熬了一整夜，他还是那么精神抖擞。走到走廊尽头的时候我回头望去，他的脸上依然带着笑容。

“不想知道吗？”他在我们身后兴奋喊道，“你们也可以加入进来！凭借这次的出色表现，打败西班牙皇室对你们来说几乎小菜一碟！真的，考虑一下，很有操作性的——可以研究西班牙国王的心理状态！把你们办公室的黑板也一起带上，一定能够想出打败他的方法！”

我们没有理会，径直走出警局，他的声音逐渐消失在黑夜中。

莎拉和我朝老佛爷百货的方向走去，没有对案件结果进行任何讨论，因为我们还在震惊中，没有回过神来。并不是不想弄清楚在水库发生的一切，而是我们知道还有很多信息都不知道，而已经掌握的那部分线索却需要时间和思考来慢慢理解。在所有今天已知的事件里，最令人震惊的莫过于莎拉——她今晚开枪打死了一个人。

“我猜我们中间一定会有人这样做。”她语气疲惫。此时我们已经路过老佛爷百货公司，正一路向北。莎拉的双眼茫然望着路面：“可是没有想到，那个人居然是我……”

“如果要追究原因的话，康诺尔是罪魁祸首。”我试图安慰她，小心翼翼，不想被她误认为我是出于对女性的同情才这样做。

“哦，我明白，约翰，”她回答，“我的确明白。可是……”她的声音微弱下来，随即又深吸一口气，看了看四周寂静的街道，扫过一幢又一幢高楼，最后落在我的身上。突然，她抱着我，将头倚在我的胸口，“一切真的都已经结束了，是不是，约翰？”

“你听上去似乎很遗憾。”我轻抚着她的头发说道。

“有一点，”莎拉回答，“并非因为那些已经发生的事情。我从未有过这样的经历，不知道以后还会不会有。”

我托着她的下巴，令她抬起头，凝望她的双眼，“我想，不会再有人允许你这样做。并不是因为你做得太好，你知道。”

她笑了，离开了我的怀抱。“或许你说得没错。”转过身，有马蹄声在远方响起，“哦，运气真好，马车来了。”

让我吃惊的是，她突然抬起右手，将大拇指和食指弯曲起来放进自己的嘴里。她鼓起脸颊使劲一吹，发出清脆的哨声，差点让我的心都跳出来。我捂着耳朵，惊讶地望着她，却发现她在开心地对着我笑。

“我一直在练习，”马车驶过来，停在她的身边，“史迪威教会我的。还不错，你觉得呢？”说着，她登上马车，笑容依然留在脸上，“晚安，约翰。谢谢你。”随后，她敲敲车顶，“车夫，去格拉梅西公园！”说着，便离开了。

只剩下我一人，不知道该往哪里去。我浑身酸痛，但回家睡觉绝对不可能。我想沿着寂静的街道继续走下去，并非想弄清事情的来龙去脉，只是想吸收和消化已经发生的那些事情。约翰·比彻姆已经死了。虽然可怕，但这件事情已经成为过去。我于是突然头痛地想：下个周一的早上，我就要决定是否回到报社，继续像以前那样蹲守在警局门口，等候某个故事的线索或案情进展，然后去调查那些家庭暴力、入室抢劫的案件……

不知不觉中，我来到琼斯大街。在街道尽头，“新布莱顿”舞厅依旧灯火通明。我想，或许答案就在那里。于是，我的脚步不由自主地朝着那个方向走去。

距离舞厅不远，就听见那里传来震耳欲聋的音乐声。保罗·凯利豪爽地雇用了一支专业乐队，比普通舞厅里常见的三人乐队要气派得多。沙哑的笑声、醉酒的尖叫声和推杯换盏的声音此起彼伏。我并不打算进去，恰好看见凯利从舞厅门口走出来。一个穿着制服的警察和他一起，正一边微笑，一边点数着手里的钞票。凯利抬起头张望，看见了我，用手肘推了推警察，示意他赶紧离开。警察听了他的话，匆匆朝着桑树街的方向离开了。

“哈，摩尔！”凯利从丝质马甲的口袋里掏出一只鼻烟壶，露出我熟悉的笑容，“你可以当作什么也没看见。”他说，用头示意着那个警察离去的方向。

“不用担心，凯利，”我走近他，“我想我欠你一个人情。”

“我？”凯利笑了，“不可能吧，大记者。看你好像没受什么伤。从城里传来的谣言来看，你还真是幸运！”

“好了，凯利，”我说，“今晚我看见你了，你的手下麦克马纳斯救了我。”

“杰克？”凯利打开鼻烟壶，我闻到上好的可卡因的味道，“奇怪，他居然没有告诉我。见义勇为，听上去不太像是杰克会做的事。”凯利倒了一些咖啡因在手上，使劲嗅了嗅，然后将鼻烟壶递给我，“来点吗？我本来也不想，可是这些天实在——”

“不，谢谢，”我说，“听着，我觉得你和科雷兹勒之间好像达成了某种交易。”

“交易？”凯利重复着。他假装一无所知的态度让我有些恼怒。他又吸了几口可卡因，看见一个衣着体面的魁梧男人跌跌撞撞从舞厅门口走出来，便有意往旁边让了让。男人身旁是两个衣着华丽的年轻女子。凯利向男人道了晚安，转身看着我，“我为什么要和这位善良的医生达成交易呢？”

“这正是我所不知道的！”我有些生气，“我唯一能想到的解释就是，你曾经说过很敬佩他。那天在你的马车里——你说自己还读过他的著作。”

凯利再次笑了起来，“可是，那也不足以让我放弃自己的利益。摩尔，我是个实际的人，和你的朋友摩根先生一样。”看见我茫然不解的样子，他的笑容更深了，“当然，我知道你们那天见面的事。”

我很想追问他究竟是如何知道的，可是追问也没有用——他肯定不会告诉我，不过让他平添笑料而已。“好吧，”我退后几步，“今晚已经受够了，也不想再知道究竟谁知道了什么。凯利，请转告杰克，我欠他一个人情。”

说完，我转身准备离开。刚走出几步，听见身后凯利的声音响起：

“嘿，摩尔，”我转过身，看见他在微笑，“听上去你今晚的确很惨。”他将鼻烟壶放回口袋，懒洋洋地抬起头，“我并不是说自己知道了什么。但是，如果你空下来，问问自己——在今晚出现的所有人中，对城里的男孩子威胁最大的那个人究竟是谁？”

我站在原地，目瞪口呆地看着凯利，低下头，想要弄清楚他话中的深意。渐渐，一个答案浮出水面，让我吃惊地张开了嘴。我抬起头准备告诉他我的答案，却发现凯利早已不见。我想进舞厅去找他，但很快放弃了这个想法——没有用。我明白他的意思，理解他做过的一切。保罗·凯利——黑社会老大、赌场常客、业余的哲学家和社会批评家——直觉地预感到了什么。尽管或许我们没有人能活着看到这场游戏的结果，但我认为，他的预感是正确的。

受到一种莫名的鼓励，我转身跳上一辆原本等候在那里的马车，大声催促车夫带我到东百老汇大街去。车夫扬起马鞭，顺着老佛爷百货向东驶入沃斯大街。我轻轻笑出了声，甚至开始哼起歌来。“最后的谜语。”我唱道，这几个字和马库斯早先说过的一模一样。我想亲眼看到这最后的谜题被解开。

车子到达科雷兹勒学院时，正好凌晨4点半。我停在科雷兹勒的马车旁边，街道十分寂静，只有对面的某间屋子里传来几声婴儿的啼哭。我付过车钱，走下马车，看见马库斯坐在学院大门的台阶上，一边抽烟，一边摸着头。看见我到来，他有些紧张，冲我挥了挥手。我朝科雷兹勒的马车里面望去，史迪威躺在里面吞云吐雾，看见我出现，他随意地向我敬了个礼。

“摩尔先生，”他热情地说道，“这味道不错，是警探先生的烟，你应该试试。”

“谢了，”我转过身，“改天再说吧。塞勒斯呢？”

“在里面，”史迪威回答，又重新躺下，“在给他们冲咖啡。他们已经工作好几个小时了。”他使劲吸了一口烟，指着天空的方向，“你知道的，摩尔先生，从没想到这个鬼地方居然能看到这么多星星。我以为那味道肯定会把他们熏跑……”

我笑了笑，从马车旁走开。“说得没错，史迪威。”我望着马库斯身后大楼的窗户，它们依旧灯火通明。

我走到马库斯身边，坐下来，“你不进去？”

他飞快地摇着头，从鼻子里呼出一道青烟，“先前进去过。我以为自己受得了，可是——”

“你不用告诉我，”我接过他递给我的烟，点燃它，“我不打算进去。”

学院前门被打开，露出一条缝隙。我转过身，看见塞勒斯的头从缝隙里伸出来。“摩尔先生？”他说，“你想来杯咖啡吗？”

“如果是你冲的，塞勒斯，那一定要来一杯。”我说。

他歪了歪脑袋，耸耸肩。“我对自己的水平可不太自信，”他说，“自从头被打破以后，就再没冲过咖啡。”

“我愿意冒这个险，”我说，“他们进行得怎么样？”

“快结束了，我想，”塞勒斯回答，“应该快结束了……”

但直到四十五分钟之后，才听见手术室传来收拾器械的声音。在这期间，马库斯和我抽着烟，喝着咖啡，迂回地谈论着调查结束后我们即将面临解散的问题。不管科雷兹勒和卢修斯在里面发现了什么，其结果都无法改变比彻姆已经死亡的事实。已近破晓时分，我开始意识到，这一事实将成为我们接下来生活的转折点。

5点半，身后的大门终于打开，卢修斯首先走出来。他穿着一件皮围裙，上面血渍斑斑，混合着各种液体的味道，看上去已经精疲力竭。

“好了，”他用满是血的毛巾擦了擦手，“就是这样，我想。”说着，他一屁股坐在我们身旁，掏出手绢擦汗。塞勒斯随后走出来。

“到底怎么样？”马库斯问，有点气恼，“你说‘就是这样’是什么意思？就是哪样？你们到底发现了什么？”

“什么也没有，”卢修斯摇头，闭上眼睛，“从外表上并看没有任何异样。科雷兹勒医生又仔细检查了几项指征，可是……”

我站起身，将烟蒂扔到地上。“那么，他的推论是正确的。”我平静地说，背后却涌上一阵寒意。

卢修斯耷拉着肩膀，“就目前的医学水平而言，他的推论是正确的。”

马库斯看着他的兄弟。“你想干什么？”他说，“如果医生是正确的，他就是正确的，别扯什么医学不医学的。”

卢修斯本想理论一番，但挣扎半天却只是叹了口气。“是啊，”他说，“他是正确的。”他站起来，摘下围裙递给塞勒斯。“至于我，”他说，“我要回家了。医生让我们晚上都到‘德莫妮卡’去，11点半。或许到那个时候，我就能吃下去东西。”说完，他开始往外走。

“等一会儿，”马库斯看着他的兄弟逐渐走远，“你不能丢下我一个人回去。枪还在你那里呢。再见，约翰，晚上见！”

“晚上见，”我点头，“好好休息，卢修斯。”

卢修斯转过身，敷衍地冲我摆摆手，“哦，谢谢你，约翰。你也是，还有莎拉。嗯，我们晚上见。”

他们离开了，一路上好像还在争论着什么，直到走出我的视线。

学院大门再次打开，科雷兹勒终于出现。他穿着自己的外套，看上去比卢修斯还要糟糕。脸色苍白，眼下有大大的黑眼圈，恍惚了好一阵儿才认出我。

“哈，摩尔，”他说，“我没有想到你会来。事实上，我正盼着你。”然后，他对塞勒斯说道，“我们结束了，塞勒斯。你知道接下来怎么做？”

“是的，先生。货车司机一会儿就到。”

“不会被人看见？”科雷兹勒问。

“他是个很可靠的人，医生。”塞勒斯回答。

“很好。你和他一起去第十七大街。我送摩尔回家。”

科雷兹勒和我登上他的马车，叫醒了睡眼惺忪的史迪威。他随后将车掉了个头，一路向前驶去。我没有逼问科雷兹勒，知道他需要时间恢复自己。

“卢修斯告诉你了？什么也没有找到。”车子行驶到百老汇大街的时候，科雷兹勒终于开口。

“是的。”我回答。

“没有先天异常，没有外伤的痕迹，”科雷兹勒轻声说道，“也没有任何奇怪的症状说明他精神有缺陷或患有疾病。无论从哪一方面去看，这都是一个完全正常、健康的大脑。”说着，他身体向后靠去，将头倚在车子靠背上。

“可是你并不失望，不是吗？”我对他的态度有些不解，“毕竟，这说明你的推断是正确的——他并没有精神失常。”

“的确说明我是正确的，”科雷兹勒语气很平静，“可是，我们对于大脑构造知道得太少，摩尔……”他叹了口气，强打精神继续说道，“可是，没错，就目前已知的心理学和医学知识而言，约翰·比彻姆并没有任何精神疾病。”

“好吧。”我很不情愿地意识到，科雷兹勒并未因此感到兴奋，“不管他是否正常，他已经不再构成威胁。这一点比任何事情都更重要。”

史迪威驾车左转，进入普林斯大街。科雷兹勒转过头对我说道：“到最后你也并不同情他，是不是，摩尔？”他问。

“哈，”听到他这样说，我有些不舒服，“说真的，我比自己想象的更善良。

他的死差点让你崩溃了吧。”

“不是因为他的死，”科雷兹勒说着，从口袋里拿出银色烟盒，“而是因为他的一生，那些造就了他的阴暗和邪恶。我们还没来得及研究他，他就已经死了。整件事情仿佛一无所获……”

“如果你想让他活着，”我看着他点燃香烟，“为什么还希望康诺尔会跟着我们？”

“康诺尔，”科雷兹勒咳嗽了两声，“对于他今晚的遭遇，我绝对不后悔。”

“嗯——”我想尽量显得公正，“我的意思是，毕竟他已经死了。而且，他也算救过我们的命。”

“不能那样说，”科雷兹勒回答，“不等比彻姆伤害我们，麦克马纳斯就会出手。他一直都在。”

“什么？他为什么那么晚才现身？我的牙都被打掉了，天哪！”

“是的，”科雷兹勒仿佛有些歉意，抚摩着自己脸上的伤口，“差一点就来不及。但是我告诉过他，除非是致命的伤害，不然不要插手，因为我想尽量多观察比彻姆的行为模式。至于康诺尔，从他出现的那一刻起，我就希望能够将他绳之以法，或者……”

科雷兹勒的语气里有一种可怕的坚决和恨意。我知道如果还想继续聊下去，最好赶紧换个话题。

“我今晚见过凯利。我猜你去找过他，因为你别无选择。”科雷兹勒点头，眼睛里盛满苦涩。“他告诉了我为什么同意帮助你。或者说，他暗示了我。他认为，以现在的社会现状而言，你才是真正的威胁。”

科雷兹勒哼了一声，“他和考姆斯托克应该切磋一下。如果我是社会的威胁，那么他们就是社会的毒瘤。尤其是考姆斯托克。”

车子在麦克道尔大街向右转弯，途经路边的阴暗小饭店和意式咖啡厅，向华盛顿广场驶去。“拉兹洛，”看着他又陷入沉默，我开口问道，“那时候你和比彻姆说，或许可以让他不必经受那么严厉的惩罚，你的意思究竟是什么？你不会为了让他活着供你研究，而坚持声称他是精神失常的吧？”

“不是，”科雷兹勒回答，“但我的确不想让他马上被处死，可能会请求改判终身监禁。很久以前我就意识到，他对我们的暗中观察、他写给我们的信，还有他杀害约瑟夫的行为，其实都表达出想和我们沟通的欲望。今晚，他开口回答我的问题时，我知道自己发现了一些之前没有意识到的东西——他杀害了许多陌生人，却愿意去谈论这些行为。”科雷兹勒叹了口气，虚弱地抬起双手，“我们丧失了一个绝佳机会。很少有人会这样做，你知道——讨论自己的行为。杀人犯们在被捕之后通常不愿意承认罪行，即便开了口，也不会讨论那些亲密的细节。他们似乎不知道该如何开口。但是比彻姆不同，他最后那句话——他说，不知道驱使他杀人的东西究竟是什么。但是我相信，如果时间足够，完全可以帮助他讲出来。”

我看着他。“你知道他们不会让你那样做。”科雷兹勒不以为然地耸耸肩，不愿承认。“考虑到这个案件背后的政治意义，”我继续说道，“他的审判将会进行得史无前例地迅速，几周之内就会被送上绞刑架。”

“或许吧，”科雷兹勒说，“可是我们已经无从得知了。哈，摩尔——有很多事情，我们永远都不会知道……”

“可是最起码，你可以让大众知道是你最后找到了凶手。这件事本身就很了不起，不是吗？”

科雷兹勒耸肩，“有吗？我倒不觉得。若是没有找到他，他还会继续躲藏多久，约翰？”

“多久？嗯，会很久吧，我猜。他从很久以前就已经走上不归路了。”

“是的，”科雷兹勒回答，“可是还会持续多久？他已经濒临崩溃——总有一天会有人注意到他。而且他很期盼这一天的到来，非常期盼。别人提到比彻姆，或许会把他定义成为一个社会边缘人。但这种判断太过肤浅，也不近真实。因为比彻姆从未有过反社会行为，而社会也没有排斥过他。为什么会这样？因为他和这个社会是紧密相连的——尽管以一种扭曲的方式。他是我们这个社会的产物，是社会罪恶面的产物。他的出现血淋淋地揭示了我们群居生活时犯下的那些罪恶。他渴求社会能够理解他，渴求一个向大家展示自己受‘社会’不公待遇的机会。而奇怪的是，社会其实也期待他的出现。”

“期待他？”我有些不解，马车已经驶进华盛顿广场，“什么意思？他们若有机会，一定会电死他。”

“是的，那是因为所有人都知道了他的所作所为，”科雷兹勒回答，“摩尔，其实我们都希望有这样的人存在，因为在现有的社会里，他们是现成的、易被攻击的靶子。可是躲在背后的那些势力和因素呢？那些造就了比彻姆恶行的行为和因素呢？对于那些，我们容忍了，我们甚至以此为乐……”

科雷兹勒的眼睛望向别处，马车慢慢停在我祖母家的房前。在东方，天色已经微亮，一缕光线落在屋顶。科雷兹勒四下里看了看，目光落在那一束光亮上，露出一丝久违的微笑。

“你的祖母知道你在办理一起谋杀案，有何评论？”科雷兹勒问道，“她总是对恐怖事件怀有异样的兴趣。”

“我没有告诉她，”我回答，“她以为我的毒瘾又犯了。考虑到方方面面的因素，我还是让她这样误解下去为好。”我僵硬着双腿跳到地上，“所以——我们今晚去‘德莫妮卡’聚餐，是不是？”

科雷兹勒点头，“这主意不错吧？”

“当然，”我回答，“我要给查理打电话——让他告诉大厨准备几道拿手菜。应该好好庆祝一下！”

科雷兹勒的微笑更深了。“的确如此，摩尔，”说着，他关上车门，伸出手来。我和他握手道别，他呻吟了一声，然后将脸转向前方，“史迪威，走吧。”

史迪威转身和我打了声招呼，然后马车便朝着第五大道的方向离去了。

47

结束了“德莫妮卡”的饕餮大餐，已经是周二的早晨，我跌跌撞撞地走在回家的路上，路过第五大道酒店时买了一份当天的《纽约时报》。我一边在路上走，一边匆匆浏览着报纸内容。沃宁清洁公司的清洁工们对我虎视眈眈，生怕我会把报纸碎片扔在地上。我没有理会他们，埋头寻找自己想看的内容，最终在报纸首页的右下角找到了它。

同一天早上，贝尔维尤太平间的看守人收到一份神秘的包裹，包裹被油布紧紧缠绕，放在太平间后门的墙角下，里面是一个身高约六英尺的男人的尸体。尸体完全赤裸，没有任何能够指明身份的文件。前胸有一处致命的枪伤，其他处也有不同程度的伤口。尤其头盖骨被撬开，里面的脑组织疑似受到专业人士的解剖处理。油布上别着一张字条，声称该具男尸是最近制造了一系列牛郎被杀案的凶手。《纽约时报》上的原话是这样的："若干被遗弃的男孩被其杀害，被害者的工作地点污秽不堪，不宜在此披露。"警察局的最高长官罗斯福也证实，凶手的确在企图再次作案时被击毙。出于某些重要的原因，罗斯福长官说，他不能随意透露凶手的姓名以及他被击毙的细节。但是民众可以确定的是，警方已经破了案，这起轰动一时的系列杀人案终于可以盖棺定论。

读完文章报道，我四下里看了看，发出一声长啸，一扫多日以来胸中的憋屈和苦闷。

二十三年以后，当我回望这段经历的时候，内心依然涌动着一种兴奋和成就感。科雷兹勒和我都已经步入暮年，纽约也已经改头换面——就像摩根那一晚在"黑色图书馆"里所说的那样，这个城市和国家，在1896年经历了一场骚乱的变革。多亏罗斯福和他的政治盟友，纽约才得以强大自身的力量，从而发展成为世界的中心。罪案和腐败依然存在，其手段和花样也更加层出不穷——例如保罗·凯利，已经摇身一变，成为工人组织的领袖人物。在纽约，依然有娈童在从事皮肉生意时丧生于邪恶的成人之手，偶尔还会有无法辨认的尸体出现在城市的阴暗角落。但是就我所知，像约翰·比彻姆那样的恐怖案件却再也没有发生过。我总是在祈祷，这样的人越少越好，但科雷兹勒却认为我在自欺欺人。

在后来的二十三年里，我经常会遇见艾萨克森兄弟，莎拉也是。他们继续满腔热忱地从事着罪案侦探的工作，并且取得了惊人的成就。偶尔，我们也会在一起合作调查某个案件，那些过往和点滴是我一生中最值得怀念的部分。可是，在我看来，再没有比抓捕约翰·比彻姆更令人惊心动魄的经历了。或许随着罗斯福的逝世，这一事件会再次获得公众的注意力。即便没有，它也至少证明，在其冲动咆哮的外表之下，罗斯福的敏锐头脑和宽广胸怀才是让这一前所未有的悬案得以破获的关键。

噢，或许有人会想知道塞勒斯和史迪威后来的故事。塞勒斯结婚了，和他的新婚妻子一起继续为科雷兹勒工作。夫妻俩生养了好几个孩子，其中一个正在哈佛医学院上学。史迪威成年之后，从科雷兹勒那里借了一笔钱，在第五大道旅馆对面的街上开了一家烟草商店。他的生意做得不错，过去的十五年里，每次我见到他，他的嘴角都叼着一根烟。

比彻姆案子结束三年之后，克罗顿水库被拆掉了。在普拉特的城市改造计划里，克罗顿水库已经不再能够满足城市供水的需要，于是决定推倒它，在原址上修建一座纽约市立图书馆。看到《纽约时报》上的拆毁通告，我在某天中午特地绕路去看了一眼。水库的推倒工作是从南墙开始的，就是在那段城墙之上，我们经历了整个探案过程中最惊心动魄的那一段。可是那里现在已经一切无存，只留下一个巨大的深坑，再也看不出它的原貌，也无法想象，那段城墙曾经能够抵挡数百万加仑的水汹涌澎湃的力量。

新版后记

世界上所有美好和糟糕的事情，都无法预知。《沉默的天使》的面世也是如此。

20 世纪 90 年代，我是个军事和外交历史的痴迷者，可是这份痴迷未能给我带来稳定的工作。我的上两本书——一本关于美国安全政策的历史；另外一本是 19 世纪美国雇佣兵的自传——反响不错，但好口碑并没有带来相应的销售量。连我为历史期刊撰写的文章都引发争议——我为《纽约时报读书评论》撰写的一篇质疑美国内战军事领袖的文章收到了无数充满恶意的电子邮件，其数量之多几乎创造了历史。

如果说我对历史的言辞令人反感，那么我对现在和未来的想法——比如关于美国即将面临巨大危机的说辞——也同样令人担忧，以至于没有人愿意出版我的言论。

出于这样的原因，我决定开始尝试小说创作，想要告诉大家，我的思想永远不会被现实束缚。大学毕业后，我曾经出版过一部小说。我知道对作家而言，最方便的做法莫过于构想出一部自己想要阅读、但尚未面世的书。出于对犯罪行为和思维形成的个人兴趣，我决定写一本心理推理小说。可是，我在非虚构文学领域的多年写作习惯却逼迫我依旧严格地按照自己的研究和方法来撰写。后来我很快意识到，这其实很难：究竟怎样才能将故事和自然科学完美结合起来，而又不会让读者觉得匪夷所思？

我一直有些犹豫不定，直到我终于构想出两个角色：一个是杀人犯，一个是追捕杀人犯的猎人——两个人都曾有过被虐待的经历和背景。或许这个想法其实一直都在那里，或许它是我的灵光一现，是我自己的光明和黑暗历史相互妥协的反映。无论原因如何，我的初衷是想揭示，为什么背景相似的两个人最终会走上不同的道路。在我看来，这也是大部分心理推理小说并没有解释清楚的地方——它们根本没有揭示心理探案的过程，依然采取传统的“凶手是谁”的老套路。对于此类小说，我称之为“叙事版的填字游戏”。

起初，和所有作者一样，我想打造一个不一样的故事——一个即便你从一开始就知道凶手是谁，但依然感到不寒而栗的侦探推理故事。我想展示的，并非亚里士多德式的从行为事件推断人的性格的常规做法，而是想把生活中的关键事件如何塑造一个人的性格，并成为他行动基石的过程完全展现出来。从现代电影中我们已经得知，人的行为并不完全等于他的性格。在我为这些关键的形成性事件进行素材搜索的时候，我突然意识到，自己在某些方面也和小说中的这两位主人公的经历和性格有相似之处。

亨利·亚当斯是亚当斯总统的孙辈人物，也是美国历史学新流派的开创者。他的核心理论对我影响深远。他认为，国家和人一样，都具有鲜明的性格。对历史学家而言，他们的重要任务——也是最困难的任务——就是寻找一个国家的民族身份和民族行为。在为书中两个角色寻找个人历史的转折点时，我便萌生了这样的想法：我可以将故事的背景设置在过去，设置在心理学刚刚从它的母学科——哲学——脱离出来并自成体系的时刻，为故事主人公添加丰富的人类行为（有意识并自愿的行为），而不仅仅只是功能性（机械的和反应的）的动机和举动。简而言之，让我的故事与众不同的关键，便是令我曾经痴迷投入的历史领域。

最重要的，是找到合适的历史背景——并非所有历史时刻都适合于展开一次惊心动魄的心理探案故事（曾经就有过将此类故事啼笑皆非地安置于并不恰当的历史时间里的失败案例），而是要切合科学发展的实际，使这样的探案故事合情合理。在美国的历史长河里，我应该回到哪一个片段，才能使司法心理学的出现不那么突兀？

对一个历史小说家来说，找到这样的重合点并不困难。就我所知，司法心理学的最初萌芽起始于威廉·詹姆斯在 19 世纪 70 年代建于哈佛大学的心理实验室。的确，那时的美国已经出现许多精神病学家和心理专家，每个人都发明了一套自己的理论，但他们很大程度上都是在自欺欺人，并没有接受过系统的论证和检测。这一学术领域那时为德国人所掌控。

詹姆斯的出现改变了这一状况，并非因为他专注于司法或犯罪心理学（他其实并不是，也深为将心理学原则脱离功能学领域而应用于犯罪学这一复杂多变的行为领域而苦恼），而是因为他的影响是普世的。若你是一位生活在 19 世纪末 20 世纪初的心理学家，你一定会听说过詹姆斯，一定会读过他的《心理学原理》，因为那是美国历史上第一本丰富阐述心理学理论的著作。

我将小说的背景置身于我出生并长大的城市——纽约，主要是想纪念那些屡受威胁却最终被保留的历史遗迹，效仿罗斯福在 19 世纪 90 年代出任纽约警察委员会主席时所做的那样。西奥多·罗斯福是最令我着迷的美国领袖，从小我就对他产生了浓厚的兴趣。在收集资料的时候，我突然意识到，他在哈佛读书的那一段时间，恰巧也是詹姆斯开始建造心理实验室的时期。我的运气不错，这两件事并不仅仅只是时间上的重合。罗斯福真的曾经在詹姆斯的课堂学习过——不是心理学，是比较解剖学。这就意味着，我想着力描写的两股历史洪流（心理学向行为动态领域方向的发展，以及纽约刑事侦破手段的进步）的代表人物，不仅可以作为故事背景在时空上彼此重合，还可以作为小说人物穿插在故事情节之中。

剩下的工作，便是构思几个小说人物，填补到这两股历史洪流中去，让他们出现在同一历史时空里。于是就诞生了约翰·舒勒·摩尔和拉兹洛·科雷兹勒这两个虚构人物。摩尔是罗斯福的童年伙伴，是他在哈佛的同学；科雷兹勒是小说主角，出生在国外，才华横溢但身世坎坷。他们在小说中都扮演重要的角色：摩尔是一名罪案报道记者，平日行为放荡不羁，流连于各种地下场所。科雷兹勒是一个执着的精神病学家，时常出没于精神病院、监狱和贫民窟。其他几个次要角色也依次诞生：志向远大的女侦探莎拉·霍华德，精通现代刑侦手段的艾萨克森兄弟，还有史迪威·泰戈特和塞勒斯·蒙特罗斯——他们是科雷兹勒的左膀右臂，帮助他与社会的各色人物打交道。在我完成了对犯罪学和异常心理学的调查，在历史、科学和情感等各个方面故事已经初见雏形的时候，这些人物也一一出现在我的眼前。

整件事让我兴奋不已，可是，正如前文所说，它却并不能保证经济上的收益。我知道，无论这个故事的想法多么引人入胜，我的编辑——安·葛道夫——并不情愿让我从非小说类创作转为小说撰写。我的经纪人苏姗妮·格拉克也犹豫不定。因此，我需要制订一个计划——其实是另外一个计划，撰写一部同样迂回曲折、但也许不像小说那样生动细致的作品……

那时的我们和现在不同，并没有生活在一个信息完全爆炸的时代——例如，如果有人造假，丑闻会迅速通过个人电脑和网络传遍千家万户。但是在当时，想象力完全可以弥补信息不足的缺陷，而我的想象力一直异常丰富。坐在老式的 IBM 电脑前，看着绿色荧光屏上不断闪现的字符，我的想象力如高速的火车一样飞奔。我决定给经纪人和编辑他们想要的东西——一个有趣的非文学类的故事。我会向他们展现真实的历史——至少在开头是这样，然后在吸引住他们的目光之后，一点点地揭开真相。希望小说最后惊心动魄的结尾不会让他们真的将我赶出他们的办公室。

如我所说，这样的计划在当时很难实现——现在似乎变得容易许多，我也不知道这是好还是坏。我的计划需要各种“伪证”，最困难的便是制作一张“伪造的照片”。具体说来，就是制作一张“摄制”于 20 世纪初的照片，展现的是科雷兹勒医生拜访白宫，和罗斯福总统见面的场景——这发生在他们利用心理学手段成功破获一起纽约系列杀人案的若干年之后。

当然，现在你完全可以走到街上，随便叫住一个八九岁的孩子，塞给他 20 块钱，他会立刻在短时间内（大概就相当于你向他解释罗斯福是谁的时间）用电脑复制粘贴出一张这样的图片来。这一切应该感谢比尔·盖茨！但是当年，我不得不完全用手工来制作。首先，在浩如烟海的照片档案里找出一张和科雷兹勒的老年相貌有几分相像的照片（最后找到了作曲家爱德华·格雷格），确认照片上的人物尺寸和光感能够和我早先挑选的一张罗斯福在书桌前的照片一致，复印若干份以便我之后进行剪切和粘贴，然后不断地尝试并失败，尝试又失败……直到最终满意，再将拼合的照片复印，并加上“仿造”的文字，便达到了我想要的效果。

以今天的标准来看，以这种方式合成的照片非常原始。但在1992年，我可以大言不惭地说，这简直是天才之作。准备好所有的素材和计划之后，我首先拿给经纪人苏姗妮。她非常惊叹于我的想法，认为这将是一部销量上佳的通俗历史文学。但随后我告诉她，我想以小说的形式来撰写。

为什么？她疑惑不解。难道是因为原始研究资料不够？

嗯——并不完全是这样……

苏姗妮是容易被说服的那一个，但是我的这套说辞在编辑那里却前途未卜。在我看来，我的编辑安·葛道夫将在未来十年里成为出版业的中坚力量，早在1992年她就已经初露峥嵘。在安的面前玩这套瞒天过海的把戏实在有些冒险。苏姗妮告诉我，这会影响安对于我职业操守的评定。我是一个严肃的作家，我很肯定，但如果这是能够说服安同意我撰写小说（尤其是这部小说）的唯一方法，那么，我已经做好了完全准备。

于是，我将自己的想法提交给安。安仔细阅读了我的提议，让我和苏姗妮到她的办公室见面会谈。她对这个故事给予了高度认可，但随后当我告诉她想把故事写成小说时，她显得有些犹豫。为什么要这样做呢？难道前期资料收集还不够？难道是被采访的家庭成员不够配合？还是——

最终，真相只有一个：我没有其他选择，因为整个故事都是虚构的。

安一言未发，沉默了数分钟之久。然后，她猛地将手拍在书桌上，大声说道，“该死的！从来没有人这样欺骗过我！”

嗯，我有些紧张，难道这不恰好证明，这将是一个前所未有的貌似真实的故事？

接下来的几分钟令人心跳加速。安对我的回答回应了一个冷冷的目光。但接下来，她令人钦佩的勇气再次展露出来——我们达成了交易。剩下的就看我的了！

对于我的读者们，我还有话要说：这本书问世后获得的支持和好评，让我万万没有想到。但是，《沉默的天使》及其续集《黑暗天使》如此畅销不衰（其实是你们让它们畅销不衰），并成为历史神秘小说的模板，这样的事实已经完全超出我的想象。正是因为你们的热情和支持才使得作家得以继续创作，才使得作家能够忍受创作过程中的各种艰辛和磨难。书籍、读者和作者之间的关系应如君子之交，清澈且纯粹——我从一开始便是这样做的。这也是我会写下这样一篇后记的原因。

C.C.

于樱桃平原，纽约

2006 年 4 月

西奥多·罗斯福就任总统后不久，拉兹洛·科雷兹勒医生拜访了他，请求对社会的“最弱势群体”——儿童和精神病人——给予更多的关注和照顾。罗斯福惊讶地发现，医生在 1896 年时才刚刚变浅的头发，在 1901 年时已经全部变得花白，但其性格举止却一如从前。“他时而疾言厉色，时而彬彬有礼，”罗斯福在会面之后写道，“仍旧情绪高昂地谈论着他关于个人心理形成的观点。他的理论和他本人一样，不仅让人难以理解，而且令人坐立不安。然而，出于我们的友谊，以及他曾做出的伟大贡献，我将永远保持倾听的姿态。”科雷兹勒在罗斯福 1919 年逝世之后也曾经写道：“西奥多具有一颗童真的心，能够创造伟大，也有愚蠢之举，但却很少与人造成伤害。人们都说，这个世界将永远会怀念他——我就是这样。”

致　谢

在为本书撰写做初始调查时，我意识到被现代人称为“连环杀人”的事件其实从人类社会之初便已经出现。这个非专业的观点后来得到了大卫·亚伯拉罕博士的证实，并指引了我进一步研究的方向。亚伯拉罕博士是美国暴力和杀人案研究的最著名专家之一，于2002年去世，留下了许多丰富大胆的思想和著作。我已经没有机会当面表示我的感激和敬意，因此想将新版小说当作礼物敬献给他。《沉默的天使》的成功，得益于他的指导，他是一个真正懂得如何在时间的残酷流逝中永葆青春活力的人。

本书的出版得到了许多机构的帮助，包括纽约档案馆、纽约公立图书馆、纽约历史学会、美国自然历史博物馆和纽约社会图书馆。

约翰·考斯顿曾为我的研究提出非常有建设性的建议，并经常与我交流想法。在此我深表感激。

还有许多其他作者关于连环杀人案或杀人犯的作品曾给予我莫大的帮助和启发，包括：考林·威尔森对犯罪历史百科全书式的记载；詹妮特·可莱兹对19世纪以来嗜杀者的精彩研究；哈罗德·塞彻尔对臭名昭著的亚伯特·费雪[①]的研究（费雪写给受害人母亲的信是激发我创作比彻姆的灵感之一）；乔伊·诺

① 亚伯特·费雪：20世纪初美国臭名昭著的连环变态杀手，至少有15名儿童死于他手。

伊斯关于连环杀手的著作；罗伯特·K. 莱斯勒的回忆录——他终其一生都在研究这样的人物。最后，我还是要感谢亚伯拉罕博士，他对大卫·博科维茨[1]和开膛手杰克的研究都无人能及。

蒂姆·海德曼阅读了我的手稿，感谢他的友情和对我作品的深刻洞见。

我的经纪人苏姗妮和编辑安一如既往地给予我支持、鼓励和指导，从想法雏形的产生一直到全书完成。能够拥有这样的经纪人和编辑是所有作家的梦想。苏珊·詹森的能力、效率和幽默感也助我良多，在此一并表示感谢。

汤姆·皮温斯基在心理学方面颇有见地，他在我心中是如磐石一样坚定的所在，一切噩梦在他那里都会化为平静。

这本小说出版之后，我失去了我的最好朋友之一——詹姆斯·乔司。我的工作得益于他的友情和帮助。我非常怀念他。

大卫·弗洛姆金，罗博·考利，艾希奎尔·维纳一直在无私地帮助我，我亏欠他们许多。

还要感谢我在拉图雷特的伙伴：马丁·席格诺，黛比·迪尔博和杨云。

要感谢我的家人，尤其是表姐玛利亚和表兄威廉。

在本书第一版的致谢中有一段来自约翰·雷的话——“它的秘密在于忠诚，并始终如一”。对于这一观点，有些读者觉得晦涩难懂，认为其站不住脚。我想说的是，非常幸运能够认识许多能够理解这句话的人（其中一些人的名字在前文已被提到），但看到有人依然不能领会这句话的精髓，我还是感到有些悲哀。

最后，感谢吉娜·森特罗、詹妮弗·荷西、凯特琳·纽曼和伊万·卡姆菲尔德，感谢他们在出版过程中的周到细致和所做的一切。

① 大卫·博科维茨：又称“山姆之子”，是美国历史上臭名昭著的连环杀手之一。

THE ALIENIST

版权登记号：01-2016-2479

图书在版编目（CIP）数据

沉默的天使 /（美）卡勒·卡尔著；黄洁芳译. —北京：现代出版社，2021.2

ISBN 978-7-5143-8939-5

Ⅰ. ①沉… Ⅱ. ①卡… ②黄… Ⅲ. ①侦探小说－美国－现代 Ⅳ. ① I712.45

中国版本图书馆 CIP 数据核字（2020）第 256595 号

沉默的天使

著　　者　【美】卡勒·卡尔
译　　者　黄洁芳
责任编辑　赵海燕　王　羽
出版发行　现代出版社
通信地址　北京市安定门外安华里 504 号
邮政编码　100011
电　　话　010-64267325　64245264（传真）
网　　址　www.1980xd.com
电子邮箱　xiandai@vip.sina.com
印　　刷　三河市国英印务有限公司
开　　本　710mm × 1000mm　1/16
印　　张　26.5
字　　数　350 千字
版　　次　2021 年 4 月第 1 版　2021 年 4 月第 1 次印刷
书　　号　ISBN 978-7-5143-8939-5
定　　价　55.00 元

寻找唯一的真相